KB016431

한국
아동문학비평사
자료집

9

보유편

한국
아동문학비평사
자료집

9

보유편

류덕제 엮음

보고사
BOGOSA

서문

보유편을 내면서

『한국 아동문학비평사 자료집』 보유편을 내려고 한다. 2019년 초부터 2020년 말까지에 걸쳐 7권의 자료집을 출간한 바 있다. 마무리한다는 생각에 800쪽 안팎이었던 책을 마지막 7권은 1,200쪽을 넘겼다. 1~6권에 누락되었던 자료 32편을 함께 실은 탓이다.

자료집을 발간한 후 눈에 띄는 오자와 탈자를 수정하면서 새로 발견한 아동문학 비평 자료를 틈틈이 전사하다 보니 150편이 넘는 분량이 되었다. 애써 찾은 새로운 매체에서 얻은 것이 있는가 하면, 샅샅이 살폈다고 생각했던 신문에서 놓친 귀중한 자료도 있었다.

앞서 했던 것처럼, 난삽한 표기법 때문에 확인하기 쉽지 않은 인명이나 도서명 등에 주석을 달아 읽는 데 도움을 주고자 했다. 그러나 편자의 역량이 미치지 못하여 그냥 흘려버린 곳이 더러 있다.

아직도 발견하지 못한 비평 자료가 더 있겠지만 이것으로 『한국 아동문학비평사 자료집』 발간을 마치고자 한다. 해방기 이후의 자료도 발간하라는 요구가 있어 욕심을 내볼까도 생각했으나, 곧 정년이 다가오는 데다 시력이 많이 떨어지는 등 혼자 감당하기에 버거워 생심을 거두기로 했다. 후배들의 도전을 기대해 본다.

이번에도 여러 분들로부터 소중한 자료를 구할 수 있었다. 〈근대서지학회〉 오영식(吳榮植) 선생은 『어린이』의 부록 『어린이세상』을 제공해 주었고, 박진영(염희경) 선생은 『왜』와 『어린 페터』의 서문을 볼 수 있게 해 주었다. 종로도서관의 조양옥 사서는 그간 신문과 잡지에서 제목만 보고 애타게 찾았던 일제강점기 아동문학 도서 여러 권을 pdf 자료로 보내 주었다. 모두 깊이 감사드린다.

연속물이라 당연하다고 할 수 있지만, 또 보고사의 신세를 진다. 영리와는 거리가 먼 책이라 송구한 마음이 크다. 김흥국 사장과 박현정 편집장, 한자와 까다로운 원문 때문에 편집하는데 애로가 많았을 황효은 씨에게 감사를 드린다.

2022년 12월
대명동 연구실에서 류덕제

서문

아동문학 연구의 토대 구축을 위하여

『한국 아동문학비평사 자료집』은 이십세기 초부터 한국전쟁 직전까지의 아동문학 관련 비평문을 모아 전사(轉寫)한 것이다. 주로 일제강점기와 해방기의 비평문이다. 한국전쟁 이후의 비평문도 일부 포함되어 있는데, 대체로 사적(史的)인 정리나 회고 성격의 글이라 아동문학을 이해하는데 도움이 되는 것들이다. '아동문학 관련 비평문'이라 한 것은 이론비평과 실제비평, 서평(書評), 서발비평(序跋批評) 등 아동문학 비평뿐만 아니라 소년운동과 관련된 비평문들도 다수 포함하였기 때문이다.

문학 연구는 문학사로 귀결된다. 사적 연구(史的研究)는 일차 자료 확보가 무엇보다 중요하다. 그중에서도 비평 자료는 작가와 작품에 대한 이해를 위해 반드시 필요하다. 이것이 『한국 아동문학비평사 자료집』을 편찬하는 이유다. 지금까지 아동문학에 관한 비평 자료는 방치되었거나 매우 제한된 범위 내에서 소수의 연구자들이 관심을 가졌을 뿐이다. 최근까지 아동문학에 대한 연구는 현대문학 연구자들의 관심분야가 아니었다. 아동문학과 가장 친연성이 강한 교육대학에서는 작품을 활용하는 실천적인 교육 방법에는 관심이 많았지만 학문적 접근은 대체로 소홀했었다.

원종찬이 '한국아동문학 비평자료 목록'(『아동문학과 비평정신』)을 올려놓은 지도 벌써 20여 년이 가까워 오지만, 아동문학 비평에 대한 연구는 여전히 미흡하다. 아동문학 작가나 작품에 대한 서지(書誌)는 오류가 많고, 작가연보(作家年譜)와 작품연보(作品年譜)가 제대로 작성되어 있지 못한 경우가 태반이다.

최근 현대문학 연구자들이 대거 아동문학 연구로 눈을 돌리면서 일정한 성과가 있었다. 하지만 연구 토대가 불비하다 보니 한계가 많다. 토대가 불비한 아동문학 연구의 현황을 타개하자면 누가, 언제, 무엇을 썼는지에 대한 자료의 정리가 필수적이다. 정리된 자료는 목록화하고 찾아보기 쉽게 검색 기능을 제공해야 할 것이다.

이 자료집은 일차적으로 아동문학 비평문을 찾아 전사하여 모아 놓은 것이다. 언뜻 보면 찾아서 옮겨 적는 단순한 일이라, 다소 품이 들긴 하겠지만 별반 어려울 게 없을 것이라 생각하기 쉽다. 그러나 실제 작업을 진행해 보면 난관이 한둘이 아니라는 것을 알게 된다. 먼저 아동문학 비평 자료의 목록화 작업이 녹록하지 않았다. 원종찬의 선행업적이 큰 도움이 되었지만 보완해야 할 것이 많았기 때문이다. 게다가 일제강점기의 통일되지 못한 맞춤법과 편집 상태는 수없는 비정(批正)과 각주(脚註) 달기를 요구하였다.

자료의 소장처를 확인하는 것도 지루한 싸움이었다. 소장처를 안다 하더라도 입수하는 것은 생각만큼 용이하지 않았다. 자료를 선뜻 제공하지도 않지만, 제공한다 하더라도 까다로운 규정 때문에 어려움이 많았다. 1920년대 잡지 대여섯 권을 복사하는데 10여 차례 같은 도서관을 찾아야 했다. 지방에 있는 편자로서는 시간과 비용과 노력이 여간 아니었다.

자료를 입수했다 하더라도 문제는 또 있었다. 원자료(原資料)의 가독성을 높이기 위해 영인(影印)이 아니라 전사를 하고자 한 데서 비롯된 것이다. 암호 판독 수준의 읽기 작업이 필요했다. 1회분 신문 자료를 읽어내는 데 하루 종일 걸린 적이 한두 번이 아니었다. 마이크로필름 자료의 경우 한글도 그렇지만 한자(漢字)의 경우 그저 하나의 점(點)에 다름없는 것들이 허다했다.

10여 년 동안 이 작업을 진행해 오면서 공동작업의 필요성이 간절했지만 현실적인 여건이 따르지 못해 여러모로 아쉬웠다. 전적으로 홀로 전사 작업을 수행하느라 십여 년이나 작업이 천연(遷延)될 수밖에 없었다.

그러나 나선 길을 성과 없이 중동무이할 수는 없었다. 매일 늦은 밤까지 수업을 제외한 대부분의 시간을 신문 자료와 복사물 그리고 영인본들을 뒤져서 자료를 가려내고 옮겨 적는 작업에 매달렸다. 시간이 갈수록 자료의 양이 늘어가고 욕심 또한 커졌다. 새로운 자료를 하나둘씩 발견하다 보니 좀 더 완벽을 기하고 싶었던 것이다. 자료 발굴에 대한 강박증이 돋아났다. 그러다 보니 범위가 넓어지고 작업량이 대폭 늘었다. 석사과정 당시 자료의 중요성을 강조하던 선생님들 덕분에 수많은 영인본을 거의 무분별하게 구입해 두었는데, 새삼 많은 도움이 되었다.

일제강점기의 아동문학은 소년운동과 분리되지 않는다. 소년운동은 사회운동의 일 부문 운동이었다. 이 자료집에 '소년회순방기(少年會巡訪記)'를 포함한 소년운동 관련 자료들이 많은 이유다. 소년운동이나 소년문예운동에 관한 기사 형태의 자료들이 아동문학을 이해하는 데 요긴하지만, 이 자료집에서는 갈무리하지 못했다. 따로 정리할 기회가 있을 것으로 생각한다.

자료를 전사하면서 누군지도 모르는 수많은 필자들을 만났다. 각종 사전을 두루 찾아도 그 신원을 알 수가 없었다. 잡지의 독자란과 신문 기사를 통해 필자들의 신원을 추적하였다. 아직 부족한 점이 많지만, 대강은 가늠할 수 있는 정도가 되어 자료집의 말미에 '필자 소개'를 덧붙일 수 있게 되었다. 하지만 분량 때문에 '작품연보'는 뺄 수밖에 없었다. 일제강점기 다수의 필자들은 본명 이외에 다양한 필명(호, 이명)으로 작품 활동을 하였다. 이들의 신원을 밝혀 '아동문학가 일람'을 덧붙였는데, 연구자들에게 많은 도움이 될 것으로 생각한다.

이 자료집을 엮는데 여러 기관과 사람의 도움을 받았다.

신문 자료는 국사편찬위원회의 '한국사데이터베이스'와 한국언론진흥재단의 '미디어가온', 국립중앙도서관의 원문 자료 서비스와 네이버(NAVER)의 '뉴스 라이브러리', '조선일보 아카이브' 등의 도움이 컸다. 인터넷을 통해 확인할 수 있고, 검색 기능까지 제공되기 때문에 무척 편리했다. 그러나 다 좋을 수는 없듯이 결락된 지면과 부실한 검색 기능 때문에 아쉬움 또한 컸다. 결락된 부분은 『조선일보』, 『동아일보』, 『시대일보』, 『중외일보』, 『중앙일보』, 『조선중앙일보』, 『매일신보』 등의 영인 자료를 찾아 보완할 수 있었다. 부실한 검색 기능을 보완하기 위해 지루하기 이를 데 없는 신문 지면의 목록화 작업을 오랜 시간 동안 수행해야만 했다. 『조선일보 학예기사 색인(朝鮮日報學藝記事索引)』은 부실한 검색 기능을 보완하는 데 큰 도움이 되었다. '조선일보 아카이브'가 제공되기 전 마이크로필름 자료를 수시로 열람할 수 있게 해 준 경북대학교 도서관의 도움도 잊을 수 없다.

잡지 자료는 『한국아동문학 총서』의 도움이 컸다. 경희대학교 한국아동문학연구센터에 소장되어 있는 이재철(李在徹) 선생 기증 자료와 연세대학교 학술정보원 국학자료실의 이기열(李基烈) 선생 기증 자료, 서울대학교, 고려대학교, 서강대학교, 이화여자대학교 도서관의 여러 자료들에 힘입은 바가 크다. 이주홍문학관(李周洪文學館)에서도 『별나라』와 『신소년』의 일부를 구할 수 있었다. 아단문고(雅丹文庫)에서 백순재(白淳在) 선생 기증 자료를 통해 희귀 자료를 많이 찾을 수 있었다.

자료를 수집하는데 많은 분들의 도움을 받았다. 부산외국어대학교의 류종렬 교수는 애써 모은 『별나라』와 『신소년』 복사본을 아무런 조건 없이 하나도 빼지 않고 전량 건네주었다. 이 작업을 시작할 수 있게 밑돌을 놓아 주어 고맙기 이를 데 없다. 신현득 선생으로부터 『별나라』, 『신소년』, 『새벗』 등의 자료를 보완할 수 있었던 것도 생광스러웠다. 한국아동문학연구센터의 자료를 마음대로 이용할 수 있도록 도와주었을 뿐 아니라, 빠진 자료를 찾아달라는 무례한 부탁조차 너그럽게 받아 준 김용희 선생의 고마움을 잊을 수 없다. 희귀 자료의 소장처를 알려주거나 제공해 준 근대서지학회의 오영식 선생과 아단문고의 박천홍 실장에게도 고맙다는 말을 전해야 한다.

막판에 『가톨릭少年』을 찾느라 애를 썼다. 성 베네딕트(St. Benedict) 수도원 독일 오틸리엔(St. Ottilien) 본원이 한국 진출 100주년을 맞아 소장 자료를 공개하였다. 베네딕트 수도원의 선 신부님과 서강대 최기영 교수를 거쳐 박금숙, 장정희 선생으로부터 자료를 입수할 수 있었다. 자신들의 연구가 끝나지 않았음에도 흔쾌히 자료를 제공해 주어 귀중한 비평문을 수습할 수 있었다.

자료 입력이 끝나갈 즈음, 마무리 확인을 하는데 수시로 새로운 자료가 불쑥불쑥 나타났다. 많이 지쳐 있던 터라 타이핑 자체가 싫었다. 이때 장성훈 선생의 도움이 없었으면 마무리 작업이 훨씬 더뎠을 것이다. 학교 일이랑 공부랑 겹쳐 힘들었을 텐데 무시로 하는 부탁에 한 번도 싫은 내색을 하지 않고 도와주었다. 자료를 찾기 위해 무작정 동행하자는 요구에 흔쾌히 따라주었고, 수많은 자료를 사진으로 찍어 주었던 김종헌 선생의 고마움도 밝혀 두어야 한다.

수민, 채연, 그리고 권우는 나의 자료 복사 요구를 수행하느라 자기 대학 도서관뿐만 아니라 이웃 대학의 도서관을 찾아다녀야 했고, 심지어 다른 대학 친구들을 동원해 자료를 복사해야 했다. 언제 벚꽃이 피고 지는지도 모르고 산다며 푸념을 하면서도, 주말과 휴일마다 도시락을 싸고 일상의 번다한 일을 대신한 집사람에게도 고마운 인사를 해야겠다.

10년이 넘는 시간을 이 일에 매달렸는데, 이제 벗어난다고 생각하니 한편 홀가분하면서도 아쉬운 점이 없지 않다. 자료 소장처를 몰라서, 더러는 알면서도 이런저런 어려움 때문에 수습하지 못한 자료가 적지 않기 때문이다. 눈 밝은 연구자가 뒤이어 깁고 보태기를 바란다. 학문의 마당에서 '나를 밟고 넘어서라.'는 자세는 선학과 후학 모두에게 꼭 필요하다고 생각한다.

끝으로 이 자료집은 1920년대까지 다른 출판사에서 첫째 권이 간행된 후 여러 사정으로 중단되었다. 새로 보고사에서 완간하게 되었다. 많은 자료를 보완했고, 아동문학과 소년운동을 나누어 편집했다. 자료집의 발간을 흔쾌히 맡아준 보고사 김홍국 사장과 박현정 편집장, 부실한 교정(校正)과 번거로운 자료 추가 요구를 빈틈없이 처리해 준 황효은 씨에게 감사를 드린다.

2019년 정월

대명동 연구실에서 류덕제

일러두기

1. 이 자료집에 수록된 모든 글은 원문(原文)을 따랐다. 의미 분간이 어려운 경우는 각주(脚註)로 밝혔다. 다만 다음과 같은 경우에는 각주를 통해 따로 밝히지 않고 바로잡았다.
   가) 편집상 오류의 교정: 문맥상 '文明'을 '明文'으로 하거나, '꼿꼿하게 直立하여 잇지 아니며/고 卷髮로써 他物에다 감어가하/'와 같이 세로조판에서 행별로 활자가 잘못 놓인 경우, '꼿꼿하게 直立하여 잇지 아니하고 卷髮로써 他物에다 감어가며'로 바로잡았다.
   나) 괄호와 약물(約物)의 위치, 종류, 층위 오류의 교정: '(a), (B), (C), (D)'나 '(가), (2), (3), (4)'와 같은 경우, '(A), (B), (C), (D)'나 '(1), (2), (3), (4)'로 바로잡았다. 같은 층위이지만 '◀'이나 '◎' 등과 같이 약물이 뒤섞여 있거나, 사용해야 할 곳이 빠져 있는 경우, 일관되게 바로잡았다.
2. 띄어쓰기는 의미 분간을 위해 원문과 달리 현재의 국어표기법을 따랐다. 다만 동요(童謠), 동시(童詩) 등 작품을 인용하는 경우 원문대로 두었다.
3. 문장부호는 원문을 따르되, 일관성과 통일성을 위해 추가하거나 교체하였다.
   가) 마침표와 쉼표: 문장이 끝났으나 마침표가 없는 경우 마침표를 부여하고, 쉼표는 의미 분간이나 일관성을 위해 필요한 경우 추가하였다.
   나) 낫표(「 」), 겹낫표(『 』): 원문에 없지만 작품에는 낫표, 신문과 잡지와 같은 매체, 단행본 등에는 겹낫표를 부여하였다.(『별나라』, 『동아일보』, 「반달」, 『어깨동무』 등)
   다) 꺾쇠(〈 〉): 단체명에는 꺾쇠를 부여하였다.

라) 큰따옴표(" ")와 작은따옴표(' '): 원문에 외국 인명, 지명 등에 낫표나 겹낫표를 사용한 경우가 있어 작은따옴표로 통일하였다. 한글 인명이나 지명, 강조나 인용 등의 경우에 사용된 낫표와 겹낫표는 모두 큰따옴표로 구분하였다. 다만 본문을 각주에서 인용하는 경우에는 한글이라 하더라도 작은따옴표를 사용하였다.

4. 오식(誤植)이 분명한 경우 본문은 원문대로 하되 각주를 통해 오식임을 밝혔다. 이 자료집의 모든 각주는 편자 주(編者註)이다.

5. 원문에서 판독할 수 없는 글자는 대략 글자의 개수(個數)만큼 '□'로 표기하였다. 원문 자료의 훼손이나 상태불량으로 판독이 불가능한 글자의 개수를 헤아리기 어려운 경우에는 '한 줄가량 해독불가' 식으로 표시해 두었다. '×××'나 '○○○'와 같은 복자(伏字)의 표시는 원문대로 두었다.

6. 인용문이 분명하고 장문인 경우, 본문 아래위를 한 줄씩 비우고 활자의 크기를 한 포인트 줄여 인용문임을 쉽게 알아보도록 하였다.

7. 잡지나 책에서 가져온 자료일 경우 해당 쪽수를 밝혔고(예: '이상 5쪽'), 신문의 경우 수록 연월일을 밝혀놓았다. 단, 원문에 연재 횟수의 착오가 있는 경우 각주로 밝혔으나, 오해의 소지가 없을 경우에는 그대로 두었다.

8. 외국 아동문학가들의 성명 표기는 필자와 매체에 따라 뒤죽박죽이다. 일본어 가타카나〔片仮名〕를 한글로 표기하는 데서 비롯된 것으로 보인다. 이해의 편의를 위해 원문 아래 각주로 간단하게 밝혔다. 자세한 것은 『한국 아동문학비평사를 위하여』(보고사, 2021)의 '외국 아동문학가'를 참조하기 바란다.

차례

아동문학

소년운동

참고자료

아동문학

十錢叢書 編修人, “例言”, 新文舘 編輯局 編修, 『껄늬버 유람긔(葛利寶遊覽記)』, 신문관, 1909.3.[1]

此書는 쑈리탠國 有名한 神學家 스위으트(Swift: 1677~1745) 氏의 名著 『껄늬버 旅行記(Gulliver's Travel)』를 摘譯한 것이니 『로빈손 漂流記』와 共히 世界에 著名한 海事小說이라.

그 大槪는 껄늬버란 船醫가 잇서 航海 中에 覆船을 當하야 身丈이 僅不過 六寸 되는 小人種이 居生하난 한 島國에 漂着하야 奇怪한 觀光을 하고 그 後에도 또 身丈이 三丈이 더 되난 巨人種이 居生하난 곳에 流入하야 危險한 經難을 하던 珍妙한 遊覽記니 原著는 쏘오지 第一世 時節의 習俗을 諷刺한 것이나 이러한 政治的 寓意는 姑捨하고 다만 그 小說的 趣味로만 보아도 또한 絶大한 妙味가 잇난지라. 故로 英美 諸國에서는 이것을 學校課書로 써서 少年의 海事思想을 鼓發하나니라.

우리 新興한 文壇에는 여러 가지 恨事가 잇스니 쇠익스피여, 밀(이상 1쪽)톤, 싼테, 꿰데, 에머쏜, 톨쓰토이[2] 等 諸家의 述作을 移植함은 姑舍하고 아직 그 名字도 入聞됨을 보지 못한 이때에 이 따위 小話를 譯述 — 게다가 抄譯함은 우리가 무슨 文學的 意味로 한 것은 아니오 다만 淫蕩하고 浮虛한 戲文字가 우리 少年의 嗜讀物이 되난 것을 보고 얼만콤 이를 矯救[3]할가 하난 微意로 한 것이라.

우리가 이제 少年 諸子를 爲하야 가장 적은 돈과 힘으로 가장 有益한

1 '십전총서'는 육당(六堂) 최남선(崔南善)이 설립한 출판사 신문관(新文舘)에서 1909년 발행한 문고본을 가리킨다. 체재가 소형(B6판)이고, 값도 염가(10전)라 붙은 명칭인데, 첫 번째 책이 바로 『껄늬버 유람긔(걸리버여행기)』이다. 이어서 『산수격몽요결(刪修擊蒙要訣)』을 발간하고 중단되었다.

2 셰익스피어(Shakespeare, William), 밀턴(Milton, John), 단테(Alighieri, Dante), 괴테(Goethe, Johann Wolfgang von), 에머슨(Emerson, Ralph Waldo), 톨스토이(Tolstoy, Lev Nikolaevich)를 가리킨다.

3 '교구(矯捄)'의 오식이다. 교구(矯捄)는 '틀어지거나 잘못된 것을 바로잡음'이란 뜻이다.

智識과 興味를 사게 하랴 하야 '十錢叢書'를 發行하려 할 새 이로써 小說類의 第一冊을 함은 海狂인 編者가 스사로 깃버하난 바-로라.

隆熙 三年 二月 五日

'十錢叢書' 編修人 識 (이상 2쪽)

빅토르 위고(최남선 역), “역사소설 ABC契”, 『소년』, 제3년 제7권, 1910년 7월호.

녀름ㅅ 동안 玩覽의 材料로
이로써 本卷의 後半을 삼다.
歷史小說 **에이쎄시(ABC)契**
으랑쓰國 옉토르 유우고 原作
(『미써리쏄』에서 摘譯)

옉토르 유고(Victor Hugo)는 十九世紀 中 最大 文學家의 一이오 『미써레이쏄』(Les Miserables)[4]은 유고 著作 中 最大 傑作이라. 나는 不幸히 原文을 낡을 幸福은 가지지 못하얏스나 일즉부터 그 譯本을 낡어 多大한 感興을 엇은 者로니, 그 聖神의 意를 體行하난 밀니르의 崇高한 德行과 社會의 罪를 偏被한 짠발짠[5]의 奇異한 行蹟은 다 白紙ㅅ張 갓흔 우리 머리에 굿세고 굿센 印象을 준 것이라. 나는 그 冊을 文藝的 作品으로 보난 것보다 무슨 한 가지 敎訓書로 낡기를 只今도 前과 갓히 하노라.

여긔 譯載하난 것은 某 日人이 그中에서 「ABC契」에 關한 章만 剪載摘譯한 것을 重譯한 것이니, 이는 決코 이 一臠으로써 그 全味를 알닐 만한 것으로 알음도 아니오, 또 泰西의 文藝란 것이 읏더한 것이다를 알닐 만한 것으로 알음도 아니라, 다만 일이 革新時代 靑年의 心理와 밋 그 發表 되난 事象을 그려서 그때 歷史를 짐작하기에 便하고 또 兼하야 우리들노 보고 알 만한 일이 만히 잇슴을 取함이라. 우리나라 一般 靑年에게는 事實이 좀 어려운 中 더욱 譯文이 生硬하야 낡기가 便치 못할 듯하나 勉强하야 한두 번 낡으시면 三伏洪爐 中에 쌈 흘닌 갑슨 잇스리라 하노라.(이상 32쪽)

4 위고(Hugo, Victor Marie)의 『레미제라블(Les Misérables)』을 가리킨다.
5 『레미제라블』의 등장인물 미리엘 주교(Bishop Myriel)와 주인공 장 발장(Jean Valjean)을 가리킨다.

金春姬 女史, "동화극 대회를 구경하고", 『부인』, 제2권 제2호, 1923년 2월호.[6]

편즙 선생님. 저는 지난 一月 十四日에 텬도교당(天道教堂)에 열리엿든 〈텬도교소년회(天道教少年會)〉의 동화극 대회[7]에 구경 갓든 이약이를 잠간 적어 올립니다. 하도 구경을 잘하고 쏘 자미스러워서요.

저는 규중(閨中)에 잇는 녀자인지라 동화극이 무엇인지 소년회가 무언지 잘 몰낫습니다. 저의 집 어린 것들이 소년회에 다니기로 동화극을 한다는 말은 몃츨 전부터 들엇습니다. 하로는 어린 것들이 광고지와 립장권을 가지고 와서 오늘 저녁에 우리 소년들이 연극을 하니 어머니 가티 가십시다고 합듸다. 그래서 저녁을 일즉 치르고 다섯 시 반쯤 해서 텬도교당으로 갓섯습니다. 텬도교당 정문 밧게는 벌서 사람이 수삼십 명이 모여 서서 서로 다토어 가며 표를 사는데 문간이 메여질 듯이 법석을 합듸다. 그런데 표 파는 이들도 전부 소년들이얘요. 그 치운 날에 어린이들이 바들바들 썰면서 표를 파는 양이 좀 애처러워 보입듸다. 나는 가지고 간 표가 잇셔서 표는 아니 사고 여러 사람 틈에 찌여 들어갓습니다. 교당 문안에를 들어서 보니 그 넓은 교당 안이 벌서 삼분의 이는 찻겟지요.

여섯 시 반쯤 된가 봅듸다. 시간이 되엿다고 여러 구(이상 55쪽)경 온 사람들이 박수를 작구 하며 어서 하라고 써듭듸다. 뒤를 돌아보니까 어느듯 교당 안은 꽉 찻고 문간까지 사람이 빼곡이 섯습듸다. 아마 나처럼 구경들

---

6 본문은 한글을 기본으로 하였으나 한자를 덧붙여('동화극대회(童話劇大會)'와 같은 방식) 놓았다. 여기서는 의미 분간에 필요한 한자만 괄호 속에 병기하겠다.

7 「동화극대회－텬도교청년회 주최로」(『조선일보』, 1923.1.11)에 "텬도교청년회소년부(天道教青年會少年部) 주최로 오는 십사일 오후 여섯시에 텬도교당에셔 아릭와 갓은 각본으로 동화극 딕회(童話劇大會)를 열 터인딕 이외에도 남녀의 무도(舞蹈)와 곡예가 잇셔 미우 자미잇스리라 하며 입장료도 약간 잇슬 터이라더라. 1. 「별주부전(鼈主簿傳)」, 1. 「사랑의 선물」, 1. 「독불전장여화(獨佛戰場餘話)」(番外)

은 퍽 조하하는가 봐요. 어린이들 재간을 놀릴다니까[8] 사랑스러워도 오섯겟지오. 그리고 광고도 퍽 잘한 모양이애요. 「별주부전」이라면 우리 녀자들도 다 아는 우리나라 옛날이약이니까 그것을 연극한다니까 더 만히 온 것 가태오. 휘장 뒤에서 쿵쾅 소리가 연해 나며 아마 준비가 바쁜가 봅듸다. 구경 온 이들이 하도 재촉을 하니까 그런지 준비가 다 되야 그런지 호각소리가 나며 휘장이 들석하더니 十六七세쯤 되여 보이는 얌전한 소년이 학생복을 입은 채 쓱 나섭듸다. 아마 그가 회장인가 봐요. 아이— 누집 소년인지 퍽도 쏙쏙합듸다. 말을 엇지면 그럿케 또박또박 순서를 차려서 알아듯기 쉽게 합니까. 어룬들도 그러케는 못하겟습듸다. 아이 공부도 퍽 잘 시켯습듸다. 연설을 한참 하고 나서는 곳 여러 소년들이 일어셔서 창가(唱歌)를 합듸다. 집 어린 것에게 드르니까 그것이 소년회가(少年會歌)라나요. 창가도 퍽 자미스럽게 지엇습듸다. 여러분과 가티 알기 위하야 그 창갓를[9] 써 볼가요.

一. 우리 소년동무들 모와 놀지나
쾌활하고 건전한 사람 배우며
가튼 마음 가튼 뜻 한 정신으로
기리 엉켜 즐거울 우리 소년회
二. 우리 소년 동무들 뛰고 놀지나
아름답고 새로운 씨를 뿌리며
조흔 생각 조흔 뜻 한 보법(步法)으로
기리 엉켜 즐거울 우리 소년회

자— 얼마나 자미스럽고 뜻 깁흔 창가임니까. 저는 어린 것들에게 곡조를 배와 늘 외이려 합니다.

---

8 '놀린다니까'의 오식이다.

9 '창가를'의 오식이다.

창가를 한 뒤에는 휘장이 열리며 풍금 소리에 쌀하 입분 소녀 여섯이 한글가티 하-얀 옷을 입고 단(壇) 우로(이상 56쪽) 오르더니 구경 온 이들께 인사를 하고 손바닥을 가티 치며 듯기 조흔 창가를 합듸다. 아이 엇지나 귀여운지오. 그리고 재조들이 여간이 아니애요. 그다음에는 최봉수(崔鳳守)라는 처녀가 나와 독창을 하는데 그야말로 선녀의 목소리가티 들리웁듸다. 사람도 퍽 얌전하거니와 음성이 퍽 조하요. 그리고 나서는 또 소녀들이 나와서 양춤(洋舞)을 춥듸다. 처음 보아 그런지 그도 퍽 자미스러워요. 그다음 휘장이 닷기고 족음 잇더니 이제야말로 별주부(鱉主簿) 연극이 나옵듸다. 룡궁을 만들고 병상(病床) 우에 룡왕의 짜님이 병들어 누어 잇는데 초불을 밝히고 등롱(燈籠)을 달고 한 것이 꼭 룡궁 가태요. 그리고 시종 둘이서 문어발 관(冠)을 쓰고 향불을 들고 들어와 긔도하는 양이던지 시녀 여섯이 리어(鯉魚) 모양을 하고 초불들을 들고 들어오는 양이던지 룡왕이 금빗치 번쩍번쩍하는 면류관(冕琉冠)[10]을 쓰고 울긋불긋한 골룡포(袞龍袍)를 입고 공주 겻헤 안즌 양이 참 그럿들이 되얏습듸다. 그런데 의사(醫師)는 물고기 치레를 아니 하고 륙디(陸地)의 사람 모양으로 갓을 쓰고 두루막이를 입고 풍채(風遮)[11]까지 쓰고 섯습듸다. 아이들께 드르니까 의사는 한울에서 오자서(伍子胥)[12]라는 신선이 내(이상 57쪽)려 왓드랍니다. 그중에도 뎨일 우순 것은 별주부라는 자라입듸다. 어찌면 그러케 꼭 자라가티 차렷는지요. 자라가 굼틀굼틀 기여들어 올 째에는 모다 허리가 불어지게 우섯습니다. 의사의 말이 다른 방법으로는 아무래도 공주의 병을 곳칠 수 업고 륙디에 나가 토끼의 간을 어더다 먹어야 한다 하니까 룡왕이 자라를 명하야 륙디에 내보내는 양이 하도 우수엇습니다. 룡궁(龍宮)에도 술이

10 면류관(冕旒冠)의 오식이다.

11 풍차(風遮)는 겨울에 추위를 막기 위하여 머리에 쓰는 방한용 두건의 하나로 앞은 이마까지 오고 옆은 귀를 덮게 되어 있으며 뒤에서 보면 삼각형이다.

12 오자서(伍子胥: ?~B.C. 484)는 중국 춘추 시대의 초나라 사람으로 이름은 원(員)이다. 아버지와 형이 초나라 평왕(平王)에게 피살되자 오나라를 도와 초나라를 쳐서 원수를 갚았다.

잇는지 술을 다 먹여 보내요. 얼마 잇더니 자라가 토끼를 업고 들어옴니다. 모다 손벽을 치며 야단스럽게 우섯습니다. 하-얀 몸에 두 귀를 뻣치고 자라 등에 업혀 오는 것이 분명한 토기입듸다. 그리고 깡충깡충 뛰는 꼴이든지 압발을 싹싹 비비는 것이 엇지나 우슴이 나든지 지금 생각해도 우슴이 남니다. 그리고 토기가 꾀를 내여 륙디의 즘생들은 선보름에는 간을 내여 셰탁(洗濯)해서 공긔 조흔 데 두고 후ㅅ보름이면 다시 늣는다고 룡왕을 속이는 양이 참 속을 듯이 되엿습듸다.

그리고 토기가 룡왕을 속이고 죽을 고 를[13] 버서나서 자라 등에 다시 업펴 륙디에 나와 가지고 여러 토기들과 가티 깡충깡충 뛰며 자라를 놀려대는 것이 우슴도 나고 자미스럽습듸다. 하-얀 토기 팔구(八九) 마리가 귀를 빠죽빠죽 뻐치고 달빗 알애에서 뛰는 것은 분명 토기 셰상(世上)에 간 것 갓습듸다.

그다음은 최창덕(崔昌德) 양의 독창과 소년 두 분의 서양 춤이 잇서 매우 자미스러웟고 〈한네레의 죽엄〉이란 역극은[14] 말소리가 들리지 안코 또 그것을 처음 보니까 그런지 그닥 자미스럽지는 안습듸다. 게다가 불을 쓰고 하니까 엇지나 갑갑하던지요. 그러나 마음은 산듯산듯해지며 참말 어린 처녀가 죽는 것가티 불상해집듸다. 그리고 한네레의 녀교사가 죽은 한네레를 위하야 노래 부르는 것은 과연 비창(悲悵)합듸다.

그다음 〈마리의 긔게(奇計)〉라는 병정노름은 전편 우슴거린데 마리라는 애가 위급한 불란서 병정을 로파(老婆)로 변장을 시겨 구해주는 것과 독일 병정들이 감짝가(이상 58쪽)티 속아 넘어가는 것이 어찌나 우습던지 모르겟습듸다.

그리고 그날 저녁 뎨일 쾌한 것은 어린 사람들의 재조 넘는 것입듸다. 광대도 그러케는 못하겟서요. 무둥춤도 일수 잘 추고 바다넘기는 노름도 참 잘합듸다.

---

13 '죽을 고비를'에서 '고'가 빠진 오식이다.

14 '연극은'의 오식이다.

그리고 어리광대 노릇하는 소년은 어찌나 익살맛게 잘 노는지 참말 무엇 잡아먹은 영감 갓습듸다.

구경한 이약이는 이만 씃치겟습니다. 그리고 되지 못한 감상(感想)이나마 두어 마듸 적겟습니다.

규중에서 출입이 적은지라 보고 드른 것이 업던 차에 이번 동화극 대회를 보니까 퍽 조흔 감상이 생깁듸다. 옛날 가트면 집구석에서 코를 훌적훌적하고 밥투정이나 하고 어리광이나 부릴 만한 어린이들이 제법 당당하게 만인이 모힌 데 나아가 쾌활하게 뛰고 놀고 연설하고 창가하고 재조 부리는 것은 참 감격하겟습듸다. 시대가 밝기는 밝은 시대애요. 사내들은 모르지만 어린 게집애들이 그리함은 더욱 놀내이겟습듸다. 그 언사(言辭)와 행동이 어른 부럽지 안케 차근차근 어울어저 나감은 실로 탄복하겟습듸다. 어린 처녀가 글세 만인의 압헤 선뜻 나셔서 독창을 하다니요. 그리고 춤까지 추고 어쩐 이는 조치 못한 평판도 한겟지오.[15] 나는 퍽 감심(感心)합니다. 그날 저녁만 해도 그들이 얼마나 귀여웟서요. 아이 그들의 얼골과 행동이 눈에 환하게 빗치움니다.

저는 우리 집 어린 것들을 박게 내보내고는 늘 근심 걱정을 하며 마음을 못 놋턴 터이엿습니다. 그러나 지금부터는 마음을 노켓습니다. 노상이야 업겟습니까마는 학교에를 가던지 소년회에를 가든지 여러 선생님들이 그러케 잘 가르켜 주고 보호해 주는데 무엇이 걱정이겟습니까.

저는 우리 부인들께 이러케 여쭘니다. 아들과 쌀이 잇거든 집안에 끼고 잇지 말고 학교에나 소년회에 보내여 사람 구실을 시키십시다고요. 그날 구경한 것이 저의게 얼마나 유익한지요. 소년회 선생님들을 차자 인사라도 여쭈려 합니다.(이상 59쪽)

---

15 '하겟지오'의 오식이다.

“『新少年』을 첨 내는 말슴”, 『신소년』, 창간호, 1923년 10월호.

우리 朝鮮은 三百萬의 少年을 가젓습니다. 우리는 충심으로써 여러분 少年을 사랑하며 또 존경(尊敬)하나이다. 장래 새 朝鮮의 主人이 될 사람도 여러분 少年이요 이 朝鮮을 마터서 다스려 갈 사람도 여러분 少年이올시다. 우리 朝鮮이 꼿답고 향기로운 朝鮮이 되기도 여러분 少年에게 달렷고 빗나고 질거운 朝鮮이 되기도 여러분 少年에게 달렷습니다. 여러분 少年은 우리 朝鮮의 목숨이요 人間의 빗치올시다. 그러므로 우리는 더욱 여러분 少年을 사랑하여 존경(尊敬)할 쑨 아니라 엇더케 하면 여러분의 그 깨긋하고 참된 자연(自然)을 자연(自然) 그대로 자라시게 거들어 볼가 엇더케 하면 여러분의 힘이 더욱 굿세어지고 생각이 더욱 새로워지도록 도움이 잇서 볼가 엇더케 하면 여러분의 질거운 압길을 여시는대 가장 착실한 시중이 되어 볼가 하는 생각이 밤나즈로 말지 안습니다. 이제 우리는 생각을 기울이고 정성을 다하야 이 『新少年』을 여러분께 드리나이다. 여러분 少年은 우리의 도움이 더욱 커지도록 우리의 정성이 더욱 도타워지도록 이 『新少年』을 정다운 동무로 사귀어 주시며 사랑하야 주시옵소서. 정다이 사귀므로써 서로의 사랑이 더욱 깁허지며 서로의 사랑이 더욱 깁허지므로써 우리의 일이 이루어지오리다.(이상 1쪽)

白南奎, "『新少年』의 압길을 비노라", 『신소년』, 창간호, 1923년 10월호.

"글 잘 읽어야, 잘된다." 이 말은 우리 집안에서 항용 하는 敎訓語다.

오날, 우리는 우리 子弟에게 무슨 글을 읽혓는가?

우리는 이때까지 우리의 글을 읽지 못하엿섯다. 곳 잘 읽지 못하엿섯다.

하면 우리는 씃업는 압길에 엇더케 하면 우리 子弟로 하여금 새로운 少年을 만들 수 잇슬가? 이것이 무엇보다도 큰 問題다.

이때에 『新少年』이 생겨남은 참으로 바라고 기다리던 바다.

아 모든 것을 헤치고 용기 잇게 나가려는 『新少年』아!

너는 깨씃한 어린이에게 참된 넉슬 주련다.

너는 單純한 어린이에게 만흔 슬기를 주련다.

너는 바드러운 어린이에게 굿센 힘을 주련다.

너는 모다 새것이다.

너를 읽는 少年들은 참 잘될 것이다.

하므로 나는 우리의 잘될 『新少年』을 爲하야 오래도록 너의 健康을 비노라.(이상 2쪽)

韓錫源, "序", 『音譜附脚本 少年少女歌劇集 第一集』, 영창서관, 1923.12.

크리스마쓰, 復活主日, 꼿主日을 우리 半島主日學校界에서 해마다 盛大하게 직히게 된 것은 참으로 깃버하고 感謝하는 바이다. 그런데 이 갓흔 集會에서 쓰는 歌劇 또는 餘興的 演劇 等은 우리 教會의 거룩한 講壇을 背景으로 함에 對하야는 이따금 도리혀 平教友섇 아니라 모든 兒童의게 큰 害毒을 줌이 적지 안타. 그런 故로 할 수 잇는 대로 宗教的이오 兒童의게 適合한 歌劇을 聚集하야 出版하기를 여러 主日學校 同勞者의 勸告에 依하야.

『音譜附脚本 少年少女歌劇集』이라는 것이 出現하게 된 것이 勿論 全部가 理想的으로 되엿다고는 못하겟스나 그러나 只今의 普通 歌劇의 缺陷을 補充될 줄은 編者도 確信하는 바로다.

本集에 收取한 歌劇은 『새동무』, 『新民公論』, 『幼年』 其他 雜誌에 記載되엿든 것이오 또는 全部가 實地로 地方 各 教會 主日學校에서 試演을 하야 본 結果 地方人士의 大歡迎을 밧(이상 1쪽)은 것섇 아니라 主日學校에서 — 普通學校 學藝會에 — 主日學校 歌劇會에서 크게 好評을 밧은 것들이다.

本集을 編輯하야 第二男 秀東의 昇天을 紀念하고 따라서 이 歌劇集이 우리 半島主日學校界에 多少라도 兒童의 宗教生活의 도음이 되기를 祈禱하면서·········.

主后 一千九百二十三年 六月 十一日 아참 八時에
第二男의 昇天을 紀念하야

著　者　誌
京城府 仁寺洞 一三七番地에셔 (이상 2쪽)

韓錫源, "序", 『音譜附脚本 少年少女歌劇集 第二集』, 영창서관, 1924.12.

近來 各地 教會에서 크리쓰마쓰, 復活主日, 主日學校日, 兒孩主日, 振興主日을 盛大하게 직히게 된 것은 朝鮮의 宗教々育이 날노 發展되야 가는 證據이라 하겟다.

그런대 이러한 集會를 準備할 때에 其任에 當한 主腦者들의 困難이 적지 아님을 짐작한 編者가 只今브터 一年 前에 임의 『音譜附脚本 少年少女歌劇集 第一集』을 出刊한 바 이는 當時 某々 親友의 勸告도 잇섯슬 뿐 아니라 또한 各地方 教會 指導者들의 懇切한 要求가 잇섯던 까닭이다.

果然 이것이 各 地方教會의 兒童集會에 利用되야 만흔 도음이 되얏슴은 스사로 깃버하는 바이나 이러한 集會가 盛行함을 따라 一般은 더욱 새로운 種類의 歌劇集의 出現하기를 바라는 現狀임으로 編者는 다시 前回의 執筆者들의게 請하야 第二集을 抄集한 바 이것도 亦是 各地에서 數次 實演하야 만흔 歡迎을 밧던 것이다.(이상 1쪽)

本集의 刊行으로 因하야 朝鮮兒童의 宗教的 實生活에 多少의 도음이 잇기를 祈禱하면서……………

一千九百二十四年 九月 九日

朝鮮南監理教會 年會 主日學校部 事務室에서

著　者　誌 (이상 2쪽)

編輯室, "(작문)選後所感", 『신소년』, 1924년 8월호.[16]

作品을 보내실 때는 自己가 充分히 보고 이만하면 말이 잘 되엇다 또 글자의 틀닐 것도 업다는 自信이 잇쓴 後에 보내실 것이요 또 글시는 잘 쓰지는 못할지라도 정하게는 쓸 수 잇는 것이니 日後부터는 정하게 쓰시기 바랍니다. 또 題目을 생각할 적에 잘 생각할 것이올시다. 이 더운 녀름 장마지는 녀름에 눈 오는 아참이 무엇이며 쏫 피는 봄이 웬닐입닛가. 勿論 이런 問題도 쓰기에 달녓지마는 이번에 보내신 분에 글에 잘 아니 되엿고 또 童謠는 自己가 생각하고 맛본 것을 살 생각하엿쓰면 그것을 낡고 낡어서 가장 맛잇고 힘이는 줄기만 남길 것입니다. 二十行이나 十五行에 기게 다라게[17] 역거 놋치 말고 日後부터는 十行 以內로 줄여서 잘 써 보시오."

(이상 60쪽)

鄭烈模, "童謠 選後에 늣김", 『신소년』, 1925년 1월호.

이번에는 童謠을 보낸 이도 만치마는 잘된 것도 相當히 만타. 第一 李泰賢 君의 「거울」은 참 짤막한 데다가 잘도 써서 누구든지 보고는 하하 하고 아니 늣길 수 업스며 任東爀 君의 「참새」는 鍾소리부터 消防隊의 생각을 잘 돌녓다. 金榮鍾 君의 「눈」은 눈을 제목 삼은 만흔 童요 中 가장 잘된 것으로 생각한다. 其外 咸龍龜 君의 것과 金在洪 君의 것도 잘 되엿고 權錫昌 君의 「金붕어」도 잘되엿다. 올닌 以外의 佳作者로는 李元鳳, 崔興福,

16 『신소년(新少年)』에 수록된 정열모(鄭烈模)의 동요 선후감과 맹주천(孟柱天)의 작문 선후감을 모두 모아 제시한 것이다.

17 '길다라게(길다랗게)'의 오식으로 보인다.

姜昌渭, 鄭始勉, 金龜柱, 吳命福, 無名少年, 金永述, 張文鎭, 朴英植, 李貞求, 孟舜基, 南相德, 朴化春, 黃亨澤, 金壽龍, 郭相철, 黃秉柱, 金尙甲, 柳海貞, 曹秋蘆, 曹石雄, 鄭太伊, 金明善, 金是榮, 李澤鍾, 金桓業, 崔興吉, 崔七坤, 吳定根, 崔京化, 金萬石, 李明秀"(이상 69쪽)

孟柱天, "作文 選後에 늣김", 『신소년』, 1925년 1월호.

作文도 大端히 進步되엿다. 처음에는 問題부터 못 어더서 어려운 어른들이 써드는 큰 問題를 가지고 놀난도 하고 또 짓는 것은 조도 自己 生覺대로 쓰지 안코 아모럿케나 여기서 저기서 씌여다 쓰고 하드니 近日에는 차차 進步가 되야 가는 것 갓다. 그러나 童謠만큼만은 아직 못 된 것 갓흐니 만히 지어 보시요. 무엇보다도 自己의 生覺을 남에게 傳하고 發表하랴면 作文 練習을 잘해야 됩니다. 이번 글을 보면 金榮鍾 君의 것은 아주 老城한 글이오 任尙淳 君의 글은 그 實景을 잘 썻고 또 吳定根 君의 글은 妙는 업스나 順序는 整理되엿다. 金元甲 君의 「달마지」는 能이 씨엿고 또 너머 漢文 文字를 쓰랴 하는 病이 잇다. 그 外에 曹石雄 君의 것은 처음 말이 넘우 긴 늣김이 잇고 成奭勳 君의 것은 넘우야 살핀 感이 잇다.

如何間 어렵게 짓는 것이 잘 짓는 것이 아니며 漢文字 만이 쓰는 것이 잘 짓는 것이 아니다. 그 外에 佳作은 李貞求, 鄭始勉, 姜錫福, 鄭順膺, 許聖業, 黃榮奎, 嚴宜鍾, 金永述, 金斗淵, 朴英植, 朴性九, 廉壽元, 南相德, 朴昌敦, 孟舜基, 金在洪, 郭魯億, 高在善, 柳海貞, 金明壽, 金文達, 金世鍾, 曹石雄, 成奭勳 (이상 69쪽)

鄭烈模, “童謠 選後에”, 『신소년』, 1925년 4월호.

今番 童謠에는 大体로 보아 그리 잘된 것이 別로 업슴을 遺憾으로 생각하다.

「고흔 꼿」은 그리 잘되엿다고는 못하겟스나 簡潔하게 지엿고 姜 君에 「봄이 오네」는 생각은 조흐나 아직 글이 洗練되지 안엇스(이상 52쪽)나 더욱 더욱 잘 짓기 바라며 池 君의 「물오리」는 그 材料는 잘 골랏스나 그 觀察은 平凡하다. 또 「遞夫」도 平凡한 것이오 朴 君의 「그림자」[18]는 잘되엿스나 더하게 妙할 수 잇슬가 생각한다.(이상 53쪽)

孟柱天, “作文 選後에”, 『신소년』, 1925년 4월호.

朴 君의 「돌아가신 祖母님」은 어린 생각에 祖母님이 그리운 것을 잘 썻다. 姜 君의 「春雨」는 아직 글이 어린 듯하나 普通學校 三年生으로는 優秀한 作品이오 李泰化 君의 「아우에 日記帳」은 讀者의 맘을 充分히 늣길 수 잇는 글이요 金春明 君의 「病든 아우」는 압헤 잇는 日記帳과 가치 그 瞬間에 일을 잘 썻다. 金榮鍾 君의 「新學期의 感想」은 참 老成한 글이오 申 君의 「불상한 少女」[19]는 選者가 多少 곳첫스나 넘우 글을 꿈이느라고 애쓴

18 고성(固城) 삼산(三山) 김재홍(金在洪)의 「고흔 꼿」, 고성(固城) 삼산(三山) 강응수(姜應洙)의 「봄이 왓네」, 전주(全州) 제일공보(第一公普) 지연해(池蓮海)의 「물오리」, 대동군(大同郡) 임원면(林原面) 청호(淸湖) 김아각(金雅各)의 「체부(遞夫)」, 안악군(安岳郡) 동창포(東倉浦) 박영식(朴英植)의 「그림자」를 가리킨다.

19 경성(京城) 현저동(峴底洞) 106 박동명(朴東明)의 「돌아가신 조모님」, 재동공보(齋洞公普) 강일구(姜日求)의 「춘우(春雨)」, 함북(咸北) 청진(淸津) 이태화(李泰化)의 「아우의 일기(日記)장」, 경기(京畿) 수원(水原) 김춘명(金春明)의 「병(病)든 아우」, 개성(開城) 제일공보(第一公普) 김영종(金榮鍾)의 「신학기(新學期)의 감상(感想)」, 고흥공보교(高興公普

혐의가 잇다.(이상 56쪽)

孟柱天, "作文 選後感", 『신소년』, 1925년 7월호.

今番에는 大體로 作文의 成績이 조코 그 數가 만흔 것을 깁버한다. 作文을 지음에는 前번에도 말한 바와 갓치 自己가 切實히 늣긴 바 맛본 바를 가장 率直히 씀이 조흔 것이다. 먼저 着想이 定하얏거든 한 김에 쳐음부터 씃가지 내려써야 한다. 그리하면 文脈의 틀림이 업난 것이다. 그 後에 文句에 틀님을 차근〳〵히 訂正하야 다시 淸書하야 보내야 한다. 쏘 한가지는 아모리 잘 지은 作文이라도 그것을 보는 사람 읽는 사람에게 무슨 늣김을 줌이 업스면 갑시 업는 것이다. 日後에는 이 点에 만히 注意하여라. 選外佳作으로는

崔鍾鎭	그리운 누의동생
趙在烈	散步의 感想
蘇용叟	淸谷寺로
李重烈	春光
洪淳益	열을 헤이라
文炳云	봄빗
廉수원	푸른 동산에 놀면서
徐進華	들 구경
宋夢吉	우리 아우
金在洪	일기 중에서
李陽元	十五夜의 달
楊順永	暮春의 景

校) 신(申)의 「불상한 소녀(少女)」를 가리킨다.

趙飛岩　初夏
方雨龍　봄이 왓다
李鳳吉　晴天
李相鵬　어머님의 쏫다운 사랑
尹正奎　親友
安大容　月夜에
李武寧　農村
李南奎　이상한 꿈
姜順道　개고리 소리
趙春남　내 동모 新少年
韓豪雄　端午 消息,
金榮珍　遠足가는 날 아츰
朴萬燮　바람
李敎瓚　移秧
金敬熙　靑谷寺 遠足
金형斗　봄생각
金澈芸　異域의 설음
丁玄圭　우리 집이 기루어
鄭萬椿　夏期를 當하여
姜應수　知識을 배홉시다
孟軾　집 업는 제비
楊順永　少年 店員의 生活
金良石　우리 同胞들
鄭順膺　朝鮮의 少年들아
金倫福　「龍塘浦에…」를 익고
한廷珏　光陰은 금錢이라
朴活湜　우뢰비 (이상 60쪽)

鄭烈模, "(동요)選後感", 『신소년』, 1925년 8월호.

每日 새 作者가 늘어가는 것은 깁분 일이다. 우리 童謠界를 爲하여 慶賀할 일이다. 洪淳益 님의 「주머니」[20] 가튼 것은 果然 價値 잇는 紹介品이올시다. 이번에 入選된 것들은 거의 選者의 맘에 든 것이 만습니다. 加一層 努力하심을 바랍니다. (烈) (이상 56쪽)

孟柱天, "作文 選後感", 『신소년』, 1925년 8월호.[21]

作文은 自己의 맘 먹은 것 생각한 것을 글자로 써서 다른 사람으로 하야곰 듯는 대신에 읽게 하는 것이외다. 그럼으로 아모리 自己의 生覺이 훌륭하고 아름답더라도 쓰기를 조리잇겟[22] 또 깨긋히 못 쓴다면 結局 다른 사람으로 하여곰 自己의 生覺을 알닐 수 업는 것이올시다. 그러니 諸君은(이상 59쪽) 이 点에 注意하야 쓰기를 바람니다. ………… 個人의 作品으로 보면 金斗寧 君의 「田家의 黃昏」은 美文이외다. 더욱이 일반 讀者가 主義할 것은 本文 속에 해가 진다 黃昏이 되엿다. 이런 文句를 쓰지 안코 발서 미루나무 우에 참새가 재々거린다. 쌈을 흘니며 일하고 들어오는 일군들 이런 文句가 黃昏인 것을 注意하여야 할 것이다. 張 君의 우리 鄕村의 狀況 一段은 老成한 글이다. 더욱이 後半이 그러하다. 그러나 이 글을 보면 무엇이라 말하기는 어려우나 不足한 感이 잇다. 그는 다름이 아니라 '寂寞하든 廣野', '春色이 方濃', '平和로운 樂園'이니 하는 文句는 普通으로 이러한 때에는

20 홍순익(洪淳益)의 「주머니」(재래)(『신소년』, 1925년 8월호, 53쪽)를 가리킨다. '재래'는 전래동요를 가리키는 것이다.

21 글쓴이가 밝혀져 있지 않으나 다른 경우를 참고해 볼 때 맹주천(孟柱天)이 쓴 것으로 보인다.

22 '조리잇게'의 오식이다.

흔이 쓰는 文句이외다. 이 文句는 作者의 절실히 늣긴 것이 아니요. 普通으로 쓰는 文句를 주어 모아 썻기 때문에 힘이 不足하고 늣김이 不足하다. 金在洪 君의 글은 츠음 절半은 大端히 힘잇는 文句올시다. 金 君도 張 君과 가튼 注意을 要하며 昇應順 君의 글을 보면 昇 君이 本來 自己가 洞里에서 본 父兄의 완固함을 切實히 늣긴 故로 아모 修飾도 업시, 勿論 글을 쑴이랴고도 아니 하고 切實히 늣긴 것을 率直히 쓰면 글에 힘이 잇는 것이외다.
選外佳作으로는

李相鵬「비」, 「枯木에 온 봄」
姜順道「夏夜의 散步」
崔興吉「비오는 밤」
金基亭「기다리든 비」
李陽元「지리한 장마」
李日珏「우리 집」
徐翼錫「여름의 하로」
徐德出「여름의 저녁」
盧奉州「空中에 뜬 소리개」
孟承洙「靑年의 必要한 立志」
姜仲圭「우리는」
沈壽鶴「산골 전답」
申鶴均「人生의 압흠」
李天圭「雨後」
朴浩燮「友는 親할수록 공경하라」
權漢浩「朝鮮 少年에게」
韓豪雄「나의 苦心」
姜洛相「바늘모」
李貞求「故鄕 생각」
朴升濂「初夏」
吳仁錫「이른 아침」

李相道「밤」
金水極「나는 이런 不幸兒」(이상 60쪽)

孟柱天, "(작문)選後所感", 『신소년』, 1925년 9월호.

아마 여름 休暇라 틈이 만엇든 것이겟지요. 今番 作文은 總 八百七(이상 58쪽)十三点이 되엿습니다. 이 만흔 것에서 가장 잘된 것을 차지랴니 거반 ― 힘이 갓하서 썝기에 애를 만히 썻습니다. 大體로 보아 優秀한 作品은 적엇습니다. 前號에는 잘된 作文이 만핫스나 今番은 왼일인지요. 더욱 분발하야 차々 가을바람도 불기 시작하니 맘을 가다듬어 來月號에는 優秀한 作品을 만히 보내시기를! 그리고 보내는 글은 잘은 못 쓰더라도 깨긋이 써 보내시기를! …(天)… (이상 59쪽)

鄭烈模, "(동요)選後感", 『신소년』, 1925년 10월호.

가장 활발한 우리 童謠界를 爲하여 나는 만흔 깃븜을 가집니다. 萬이 넘는 讀者 中에서 千에 갓가운 童謠 作家를 엇게 된 것은 決코 偶然한 일이 아니라 하겟습니다. 勿論 內容으로 보아서나 表現으로 보아 選者를 놀내게 (이상 63쪽) 할 만한 것이 업는 것은 적이 遺憾이라 아니 할 수 업스나 藝術의 첫걸음을 걸어가시는 諸君에게 잇서는 쏘한 不得已한 事勢인 줄 압니다. 萬一 내가 諸君에게 完全한 作品을 지금 바란다는 것은 한갓 慾心에 不過한 일이올시다. 무슨 일이 그리 쉽사오릿가. 오랜동안 남의 作品을 구경하고 스々로 만히 지어서 남의 批評을 듯고 하여 가는 동안에 훌륭한 作家가 될 것이올시다. 그런즉 諸君은 今日에 惡作을 恨歎하지 말고 한갈갓흔 希

望을 가지고 間斷업는 努力을 하여 주시기 바랍니다. 그리하여 少年 藝術中 가장 價値 잇는 우리 童謠界를 한번 燦爛하게 꾸며 봅시다. 한마대 더 보태여 말하고저 하는 것은 作家 中에 或은 그 成績이 다달이 進步되는 이도 잇고 혹은 漸々 退步되는 이도 잇스니 웬일일가요. 아즉 여기는 그 이름을 들어내지는 아니합니다마는 各々 反省하여 加一層 努力하여 주시기를 바랍니다. (烈) (이상 64쪽)

鄭烈模, “(동요)選後感”, 『신소년』, 1925년 11월호.

다른 여러 가지 注意할 일은 別로 업습니다. 다만 作者의 態度가 前보다 變하여 取材가 가장 너르게 되엿다는 것이 깃븐 일이올시다. 卽 다시 말하자면 平凡한 事實에서 큰 늣김을 엇고자 하는 作者 諸君의 努力이 보일 때 나는 깃븐 맘을 禁치 못합니다. 童謠의 生命은 卽 그것이올시다. 하잘것 업는 經驗에서 무서운 感動을 엇는 것이야 합니다. 그리고 童謠의 本質은 決코 說明的이나 時間的이여서는 안 됩니다. 말하자면 刹那的이고 感動的이어야 합니다. 말은 決코 어려운 말을 써서 안 됩니다. (烈) (이상 55쪽)

孟柱天, “(작문)選後感”, 『신소년』, 1925년 12월호.

今番에도 글 數는 다른 때에 지々 안케 만엇습니다. 一般으로 注意할 것은 글시를 깨긋하게 쓸 일이올시다. 누가 보든지 잘 알아보도록 쓸 것이올시다. 文壇에 보내는 글뿐 아니라 사々로이 편지를 할 때든지 自己의 日誌를 쓸 때든지 항상 注意한[23] 것이올시다. 個人으로는 尹山谷 君의 것[24]이 잘 되엿습니다. 少年時代에 흔히 잇기 쉬운 일이올시다. 南 君의 「오래

된 日誌」[25]는 그 文脈의 配列이 잘되엿고 金舜泳 君의 「우리 鄕里」는 매우 整頓된 글이며 李曾孫 君의 「느진 가을」은 三學年生으로 그 만흔 漢文 熟語를 다 알가 의심스러울 만큼 잘 썻습니다. 崔洛植 君의 「서리 온 아침」[26]은 그 氣分은 多少 잇는 듯하나 文句의 選擇에 注意할 必要가 잇겟습니다. 그런대 서로〳〵 남의 글을 잘 익고 全體의 생각을 보며 그 記事의 配列을 생각하며 또 다 익고 무슨 생각이 나々 돌려 생각하고 하면 글이 더욱 늘 줄 압니다.(이상 68쪽)

鄭烈模, "(동요)選後感", 『신소년』, 1926년 2월호.

이번에는 投稿한 數로 보면 다른 달에 몃 倍가 되겟스나 佳作이라 할 만한 것이 썩 적습니다. 入選된 것도 選者로서 매우 躊躇한 것이 만흐니 新年 첫 서슬에 우리 童謠界를 爲하여 드린 칭찬이 도로혀 헛소리를 한 것 갓흔 늬웃침이 업지 아니합니다. 一層 努力하야 주(이상 62쪽)시기를 바람니다. 이번에는 選外佳作을 記錄치 하니합니다.[27] 이것이 여러분의 反省할 期會가 된다 하면 저는 多幸으로 알겟습니다.(이상 63쪽)"

---

23 '注意할'의 오식이다.

24 윤산곡(尹山谷)의 「멧 줄기의 감루(感淚)」를 가리킨다.

25 원문을 보면, 남상덕(南相德)의 「오래된 일기문」이 바른 제목이다.

26 원문을 보면, 제목이 「서리 오는 아침」으로 되어 있다.

27 '아니합니다.'의 오식이다.

孟柱天, "(작문)選後所感", 『신소년』, 1926년 2월호.

남의 집 잔채에 가서 상을 밧을 때 상이 좁다면 음식 그릇이 만타는 말이지요. 어느 講演會에 가서 會場이 좁다면 聽衆이 만탄 말이지요. 作文을 보다가 머리가 압흐다면 作品이 만탄 말일가요. 나는 참 머리가 압핫습니다. 그러나 이 머리 압흔 것은 돈 주고 사랴도 못 살 깁붐의 압흠이올시다. 내 머리가 압흐면 압흐니만큼 글 짓는 少年이 만흔 것이요 글 짓는 少年이 만흐면 만흔이만큼 卽 『新少年』이 發展하는 것이요 『新少年』이 發展하면 發展하는이만큼 우리 少年 잘사는 것이니 來月에도 또 내 머리가 압흐기를 바랍니다. 前號에 잔소리를 좀 하엿드니 藥이 된 모양이다. 昇 君과 吳 君에게서는 感謝狀이 오고 尹山谷 君은 말업시 實行하엿다. 참 깁븐 일이다. 個人의 評은 고만두고…… 今番뿐 아니 前號에도 前號(이상 67쪽)에도 이런 問題로 作文을 지은 이가 만타. 例를 들면 火事, 돌아가신 어머님, 可憐한 母子, 可憐한 孤兒, 乞人 等이다. 이런 事實을 當할 때 勿論 어린 가슴에 말 못할 늣김이 널니라. 그럼으로 大槪는 잘 짓는다. 그러나 압길이 千里萬里 갓흔 少年들이 엇지하야 이런 問題만을 만히 짓는가. 잘 생각해 볼 것이다. 그 反面에는 이런 問題가 만타. 新少年들아 全力하자 奮鬪하자 우리의 希望, 우리의 將來 等이다. 問題야 참 조타. 압흐로 나가자는 問題다. 반가운 일이다. 그러나 이런 問題를 멋도 모르고 것멋이 들녀서 여긔저긔서 들은 風月로 동도 닷지[28] 안는 말을 쓰는 少年도 만타. 이 外에도 우리의 日常 보고듯는 곳에도 作文의 材料가 無窮無盡하지 안은가. 더욱 觀察을 周密히 하야 다음에는 다른 問題로 훌륭한 글을 만히 보내어 머리가 더 압흐게 하기를 바란다. (天) (잘 지은 中에도 넘우 긴 것은 紙面關係로 못 내는 것이 잇고 또 揭載하야만 할 것도 못하는 것이 잇스니 未

28 '동'은 '사물과 사물을 잇는 마디. 또는 사물의 조리(條理)'라는 뜻이다. '동이 닿지 않는 엉뚱한 소리'와 같이 쓴다.

安 千萬) (이상 68쪽)

鄭烈模, "(동요)選後感", 『신소년』, 1926년 4월호.

이번에는 調子[29]를 主張 삼아 뽑앗습니다. 童謠의 生命은 果然 調子에 잇슨 즉 그것이 當然한 일이올시다. 이번에 뽑힌 몃 가지는 모다 大家를 누를 만한 手法이 보입니다. 여러분의 努力이 選者의 期待에 거진 갓가워진 것을 나는 깃버합니다. 여러분! 이번에 뽑힌 것들이 엇재서 調子가 훌륭한가는 研究 問題로 하여 둡니다. 잘 생각해 보시고 여러분도 그러한 調子를 쓰도록 練習하야 보시요. 勿論 훌륭한 作家가 된 뒤에는 엇더한 調子를 쓰든지 모다 어울리지마는 初學者로는 이런 調子로 쓰는 것이 有益합니다. (烈) (이상 68쪽)

孟柱天, "選後所感", 『신소년』, 1926년 8-9월 합호.

月前부터 作文欄의 大擴張으로인지 우리 少年들의 奮鬪로인지 作文 投稿數가 급작이 는 것이다. 다른 때의 倍는 確實히 된다. 더구나 今番에는 平安北道의 讀者의 作品 더구나 義州의 讀者의 作品이 만흔 것을 크게 깁버한다. 次號에는 十三道 어느 道를 勿論하고 다투어가며 投稿하야 조흔 글을 만히 읽혀 주기 바란다. 近日에 와서는 京城 讀者의 作文이 만치 안음을 못내 섭々히 생각한다. 또 작문은 본래가 賞을 타거나 아니 타는 것은

---

29 조자(調子)는 '소리의 높낮이가 길이나 리듬과 어울려 나타나는 음의 흐름' 곧 '가락'을 뜻한다.

둘제 문제요 第一은 모다 짓는 그 힘을 길으기 위하야 한 것이니 다 한 구절이라도 自己가 自己의 힘으로 짓는 것이 貴하고 칭찬할 것이요 賞을 엇기 위하야 또 雜誌에 올니기 위하야 自己의 힘으로 아니 짓고 다른 사람의 힘을 빌며 또 다른 雜誌에서 벗겨 보내는 等事는 참으로 미운 짓이니 서로〳〵 注意하기 바란다. 近日 우리 雜誌에서 남의 것을 벗겨다가 自己 것이라고 發表하는 少年이 잇는 듯하다. 우리는 또 우리 讀者는 가장 正直한 公明正大한 사람이 되야 조곰도 붓그러움이 업시 하기를 맹서하자. (天)

(이상 75쪽)

金昶濟, "序", 金弼禮, 『(精選童話集)어린동무』, 女子基督教青年聯合會出版, 1924.8.20. (재판 1925.2.20)[30]

洋々한 大河도 涓々한[31] 泉流에서 始하고 亭々한 喬木도 眇々한 種子에서 生하나니, 小로써 大를 成하고 近으로브터 遠에 至함은 天地를 貫하며 古今을 通하야 不易할 眞理로다. 管子[32] ㅡ 嘗言호대 "一年의 計는 穀을 樹함만 不如하고 十年의 計는 木을 樹함만 不如하고 百年의 計는 人을 樹함만 不如하다." 함도 쏘한 那邊의 眞理를 語함이로다. 人을 樹함은 곳 教育을 云함이오, 教育의 基礎는 兒童을 導化함에 잇슴은 多言을 不須하는 바-라, 國家 百年의 大計를 思하는 者- 어찌 兒童導化에 着眼치 아니하리오. 西諺에 兒童은 王國이라 함이 쏘한 偶然한 語가 아니로다. 그런대 兒童을 導化함에 諸種의 手段方法이 잇슬지나 其中 가장 有力하고 有効함은 童話라 하노니, 조흔 니야기가 어쩌케 만흔 興味를 이르키며 짜라서 깁흔 印象과 感化를 주는 것은 幾篇의 讀本이나 千言의 訓誡보다 優勝함은 一般 教育者의 熟知하는 事實이라(理論이 아니다.)今에 余의(이상 1쪽) 경애하는 女友 金弼禮 氏는 그 令名이 教育界에 熟著함은 贅說할 必要가 업거니와 特히 數年來로 女子基督青年會 事業에 盡瘁하는 中 婦人의 天職으로서 兒童教育보다 適當하고 重大함이 殆無함을 切感하야 公私奔忙한 中에 一書를 譯述하니 곳 『어린동무』라. 一日 女史는 本書를 余에게 提出하고 序

30 원문에는 "弦齋 金昶濟 識"라 되어 있다. 김창제(金昶濟: 1880~1957)는 일제강점기와 한국의 YMCA 운동가, 기독교 교육자, 사회사업가, 문필가이다. 1918년 함흥 YMCA 창설을 주도하였고, 이화여전과 YMCA 학관에서 교사로 봉직하였다. 중앙 YMCA와 경성 YMCA 이사를 역임하였다.

31 '연연하다'는 "시냇물이나 소리, 술, 김 따위의 흐름이 가늘다"라는 뜻이다.

32 중국 춘추시대의 제나라 재상인 관중(管仲, ?~B.C. 645)이 지었다고 전해지는 책으로, 부민(富民), 치국(治國), 포교(布教)를 서술하고 패도(인의를 가볍게 여기고 무력이나 권모술수로써 공리만을 꾀하는 일) 정치를 역설하였다. 원본은 86편이었다고 하나 원나라 이후 76편이 남아 오늘날까지 전한다.

言을 請하는지라, 余의 拙文이 特히 本書의 眞價를 表現할는지 不知하나 女史의 誠意에 深感한 바 되야 本書를 開讀하니 果然 津々한 趣味와 諄々한[33] 教訓은 不知不識間 讀者로 하야금 書中의 人 卽 兒童이 되게 하는도다. 맛치 慈母나 保姆 압헤서 니야기를 듯는 兒童과 갓도다.

余는 本書가 다만 女子基督青年會員 諸氏의 重寶가 될 뿐 아니라, 幼稚園 保姆, 小學校 教員, 主日學校 教師, 家庭의 母姊 等은 勿論이오, 其他 演說家, 說教家, 一般 交際家들에게 本書를 推薦하기를 敢히 躊躇치 아니하노라. 終에 臨하야 本會의 事業이 此로 因하야 一層 進步되기를 祝하고 다시 女史의 奉事的 精神을 賀하야 一言으로써 卷首에 弁하노라.

一九二四. 七. 一四　　弦齋　金昶濟　識 (이상 2쪽)

33 '순순(諄諄)하다'는 "타이르는 태도가 아주 다정하고 친절하다"라는 뜻이다.

"秀才 兒童(六) 家庭紹介-將來의 文學家, 校洞普校 五年 尹石重(一六)", 『동아일보』, 1925.2.6.

═ 글 잘 짓는 어린이 ═

이 어린이는 조선 말글이나 일본 말글이나 글 잣 짓기로 유명하답니다. 무슨 잡지에든지 어린이의 잡지에는 안 나는 잡지가 별로 드물담니다. 아버님은 윤덕병(尹德炳)[34] 씨라고 금년에 마흔하나이시고 어머님 조 씨는 이 석중이가 아즉 철도 모를 세 살 때에 다시 도라오지를 못할 길을 밟으섯는데 그때에 누나 하나와 가치 세상 모르는 어린 두 남매는 외할머니 되시는 리 씨의 손에 길리우게 되엿습니다. 외할머님 리 씨는 어머니 업는 가엽슨 두 어린 남매를 정성것 기르시엇는데 삼 년 전에 누의동생마자 또 어머니의 뒤를 따라가고 그 소생으로 이 어린이 하나만 남게 되엿답니다. 재작년 가을까지 외조모님 슬하에서 길리우다가 인제는 동대문 밧 아버님 집에 가 잇는데 지금은 계모 로 씨(盧氏)가 계시담니다. 천성이 량순하여서 아버님과 어머님에게 대단히 귀여움을 밧으며 공부를 대단히 녈심으로 하야 여름방학에도 학교에서 보다 더 공부를 녈심으로 한담니다. 그래서 아버님께서는 병이 들까 념려하시고 꾸중까지 하신 일이 잇섯답니다.

34 윤덕병(1884~1950)은 일제강점기의 사회주의 운동가이자 노동운동가이다. 1910년 양정의숙(養正義塾) 법률과를 졸업하였다. 1923년 7월 홍명희(洪命熹), 원우관(元友觀), 김찬(金燦) 등과 함께 〈신사상연구회〉 결성에 참여하였다. 1925년 4월 조선공산당 제1차 대회 때 중앙검사위원으로 선출되었다가 일제경찰에 피검되어 1929년 8월까지 옥살이를 하였고, 1930년 3월 〈신간회〉 관련 격문사건으로 다시 구속되었다가 석방되었다.

張道斌, "序文", 오천석 역, 『끄림童話』, 한성도서주식회사, 1925.5.[35]

우리 朝鮮은 自來 教育方法이 너무 漢文式에 傾하여(高麗朝 以後를 指함) 그 온갖 手段이 兒童들을 引導하기에 매우 不適當한 바 많았더라. 저 어린 兒童들에게 알기 어려운 漢文 漢詩와 깨닫기 어려운 倫理 禮儀를 가르치니 그것이 어찌 效力을 내리오 도리어 害를 줄 뿐이니라.

지금 우리 社會의 新教育制度의 下에도 또한 너무 不徹底한 바가 많아 다만 乾燥無味한 科學說이나 宗教書로 兒童을 引導하니 兒童들이 매우 理解하기 어렵고 따라서 修養의 向上을 遲晩케 하는지라. 그러면 우리 有心者들은 이 問題를 한번 考慮하여 天下의 子女로 하여금 滋味있는 教訓下에서 自然히 向上進步하는 材料를 準備하여야 하리로다.

이제 天園 吳 君이 『끄림童話』를 譯成하니 이 童話가 비록 淺近한 이야기에 不過하나 과연 家庭에 處하여 子女를 訓하는 이가 適當한 機會에 이 童話를 應用하면 可히 써 趣味津津한 兒童의 感興을 주는 同時에 社會生盛에 一助가 될 수 있다 하노라. 關하여 吳 君의 妙年美筆을 驚嘆하기 마지아니하노라.

張道斌 謹識

35 이 내용은 『끄림童話』(한성도서주식회사, 1925.5)의 자료 탈락으로 인해, 하동호의 『한국 근대문학의 서지 연구』(깊은샘, 1981, 228~229쪽)에서 가져왔다.

오천석, "처음 들이는 말슴", 오천석 역, 『끄림童話』, 한성도서주식회사, 1925.5.

져는 이 조고마한 책으로 말매암아 여러분을 알게 되엿슴을 마음으로 반갑게 생각합니다.

이 글은 독일의 언어학자 야곱 · 루드위히 · 카-ㄹ · 끄림(Jacob Ludwig Karl Grimm)과 뎌의 아오 윌헤름 · 카-ㄹ · 끄림(Wilhelm Karl Grimm) 두 사람이 협녁하야 독일의 유명한 젼설(傳說)을 예술화(藝術化)하야 모하노은 『아동과 가졍의 니야기(Kinder Und Hausmärchen)라는 책 가온데셔 제가 닑어 보고 가쟝 자미롭게 생각한 니야기 열둘을 쏩아셔 번역하엿습니다. 져는 불행히 독일말을 아지 못함으로 할 수 업시 쎄트라이스 · 마-쉘씨(Beatrice Marshall)의 영어 번역서[36]를 거듭(이상 1쪽) 번역하엿습니다. 이는 큰 유감이올시다. 그러나 할 수 잇는 이 썻은 본문에 츙실히 하노라고 하엿습니다.

이 책은 세계 각국 어느 나라 말노던지 번역 안 된 곳이 업다 하며, 만약 잇다 하면 야만국 갓흔 데나 된다 합니다. 쏘는 독일 사람으로 끄림이라는 일홈을 모르는 사람은 진자 독일 사람이 아니라고까지 하야 독일 아희들은 어머니와 아버지의 일홈을 배운 다음에는 반다시 이 책의 작자 끄림형뎨의 일홈을 배와 닉히며 이 책을 가쟝 갓갑고 사랑하고 깨끗하고 어진 동모로 삼는다 합니다. 더욱히 모-든 예술가(藝術家)들은 이러한 단순한 글 속에서 참된 맑은 예술을 차져내이려 한다 합니다. 이것을 보아도 이 소책자의 가치가 얼마나 고상한지를 여러분은 짐작하실 줄 암니다.(이상 2쪽)

져는 이 책자의 글에 대하야 더 쓰랴고 아니 합니다. 이는 여러분께서 이 글을 한 줄 닑으시기 젼에 참 갑을 차져내일 수 잇슬 것을 밋는 고로입

---

36 Beatrice Marshall(trans.), 『Grimm's Fairy Tales』(Complete edition), London: Ward Lock & Co., 1900.

니다.

마즈막으로 져와 갓흔 둔한 사람의 붓이 원작자의 붓끗을 그릇되이 하지나 아니 하엿슬가 두려워합니다.

一九二〇. 五. 二八

서울 한모퉁이□□□

역자 오천석 근지 (이상 3쪽)

"동요를 쏩고서", 『어린이』, 제3권 제7호, 1925년 7월호.

어린이사에 모여 오는 우편 중에 第一 만흔 것이 주문 편지, 고다음이 수수썩기 대답, 고다음이 동요, 고다음이 作文, 童話, 이럿슴니다.

그런대 그럿게 만흔 동요 중에는 대개 남의 지은 것, 보고 짓거나 글ㅅ자만 조곰 곳쳐 논 것이 만슴니다. 그런 것은 좃치 못할 뿐 아니라 순실하게 늘어가기가 어려운 것임니다. 짓는 법은 여긔에 길다랏케 이약이할 수 업스니 배호실 이는『어린이』第二卷 二號, 四號에 난 것을 다시 차저보아 닑고 또 닑고 아못조록 만히 닑은 후에 그때그때에 본 것 늣긴 것을 묘하게 잘 나타내기에 힘을 써야 할 것임니다. 그리고 책에 쏩혀 난 남의 잘 진 것은 그냥 글자만 나리 닑지 말고 그 정경과 지은이의 생각한 것과 또 짜낸 손씨를[37] 잘 헤아려보는 공부를 하여야 자긔에게 유익할 것임니다.

○ 이번에 드러온 것 중에

錦山 李殷護 씨의「어릴 적」

安州 尹興贊 씨의「먼 后日」(이상 36쪽)

(과 其他)

는 넘어 잘되여 어린이 作品이라 할 수 업고 또 童謠라는 것보다 詩라고 할 것인 고로 쏩는 데 넛치 안엇슴니다. 金剛山 溫井里의 尹貞求 씨의 것 여러 가지는 번역한 것 갓흔 뎜도 잇스나 하여간 상당히 잘된 것이엿고

蔚山 徐德出 氏의「노고지리」外 一篇

京城 裵圭奭 氏의「가는 봄」

全南 金貴泳 氏의「꾀꼬리」

大邱 金癸得 氏의「제비」

東萊 李金苗 氏의「잔듸밧」

京城 洪淳恪 氏의「비」

---

37 '솜씨를'의 오식이다.

統營 梁達錫 氏의 「비」
高陽 任東爀 氏의 「百合花」
安東 申小紅 氏의 「죽은 아우」
安東 孫魯美 氏의 「떠러지는 쏫」
仝上 「우는 애기」

는 다 조곰만 더 잘되엿드면 할 것이엿습니다. 족곰 더 힘쓰십시요. 그러고 咸北 金理京 氏의 「물네」는 童謠라 하는 이보다 民謠라 할 것이엿습니다. 점 어린이의 마음을 잘 나타내스면 훌륭하겟습니다.(이상 37쪽)

秦長燮, "(童話의 아버지)가난한 집 아들로 世界學者가 된 '안더-센' 선생", 『어린이』, 1925년 8월호.[38]

> 八月 四日! 이날은 이 세상 어린이들을 위하야 한업시 곱고 더할 수 업시 아름다운 童話의 꼿을 피워 논 有名한 '안더-슨' 선생이 지금으로브터 五十연 전에 이 세상을 써난 긔렴의 날인 고로 세계각국에서 모다 이날 긔렴뎨(祭)를 지냄니다. 째는 八月 선생의 뎨일을 마지하는 째 우리는 특별히 선생을 생각하는 마음으로 여러분에게 선생의 소개를 간단히 하기로 하엿습니다. (記者)

예전브터 어린이들을 위하야 童話를 쓴 사람은 세계 각국에 퍽 만을 것임니다. 그러나 그중에 제일 훌륭한 이야기를 써서 어린이들의 마음을 즐겁게 해 주고 곱게 해 주어 가장 존경을 밧고 층송을 드러 오기로 유명한 사람은 내가 지금 이야기하랴는 '안더-센'이란 先生님임니다.

그분의 "이야기"는 구슬과 갓치 아람다웁고 진주와 갓치 빗나고 맛치 새로 피이는 꼿송이갓치 향긔롭기까지 합니다. 우리 『어린이』 잡지에도 창간호에 그의 이약이 「석냥파리 少女」가 실녓든 일이 잇스며 方 先生님의 『사랑의 선물』 가운데 잇는 「꼿 속의 작은이」도 그의 이야기이닛가 여러분(이상 6쪽)은 임의 읽으셔서 잘 아실 줄 미듬니다. 그러나 여러분은 그 어룬의 이야기는 읽으서셔 알지마는 그 어룬이 언제 엇던 곳에서 나와서 엇더케 자라 엇더케 그런 조흔 이야기를 만히 쓰고 엇더케 살다가 죽엇나 하는 것은 아즉 모르실 것임니다. 그래 나는 지금 그 유명한 '안더-센' 先生님의 내력을 간단하게 여분께[39] 알려드리겟습니다.

지금브터 백이십년 전 짜스한 봄날인 四月 三日에 덴마-크(丁抹)란 나

---

38 원문에 '색동會 秦長燮'이라 되어 있다.

39 '여러분께'의 오식이다.

라 후넨이란 섬 속에 잇는 오텐스라고 하는 조고만 마을에서 그는 나엇습니다.

아버지는 신을 곳치는 사람이요 어머니도 한때는 길에서 비럭질까지 하든 사람이라니 물론 그는 학교에도 못 다니고 배곱하 우는 가난한 신세엿습니다. 더구나 그가 열네 살 되는 해에 아버지가 도라갓슴으로 그와 그의 어머니는 더욱 어려워저서 제대로 끼니를 채우기도 어려웟슴으로 할 수 업시 주린 배를 부둥켜 쥐고 재봉(裁縫)일하는 집에 심브림꾼 겸 견습(見習)으로 가 잇섯습니다.

그러나 어려서브터 아버에게서 여러 가지 이상하고 자미잇는 이야기를 만히 드러서 그는 부지중에 문학(文學)에 마암이 몹시 쓸리엿습니다. 그래서 그곳에서도 얼마 못 잇고 나와 어렵게 지내이면서도 늘 冊 읽기를 제일 조와햇습니다. 고향에서 즉업을 구하려고 애를 써스나 틀니고 오즉 예술(藝術)을 사모하는 마암에 조고만 가삼을 조이고 잇섯습니다. 그래 맛참내 그가 열여덜 살 되는 해에 겨오 어머니에 허락을 으더 그 나라의 서울을 차저갓습니다. 그러나 옛적이나 이제나 세상은 그리 정답지 못하엿습니다. 그(이상 7쪽)는 엇던 무곡가(舞曲歌)에게 배호기를 청햇스나 드러주지 안코 연극장에 배우가 되려 햇스나 그것도 틀넛습니다. 그러는 동안에 얼마 안 되는 노비는 다 떨어지고 아조 그는 엇더케 할 수 업시 객지에서 울게 되엿습니다.

그러나 그는 어려서브터 목소리가 조왓슴으로 겨오 엇던 음악가(聲樂家)와 작고가(作曲家)에게 구조(救助)를 바더 엇던 연극장에서 노래를 해 주면서 겨오 지내엿습니다. 그러나 얼마 못 가서 그의 목소리는 아조 낫버젓슴으로 거기서도 나오게 되자 하는 수 업시 다시 초초하게 고향으로 도라왓습니다. 고향에 도라와 퍽 어렵게 지내면서도 그는 열심으로 각본을 쓰고 잇섯습니다. 그래 맛참내 그가 二十四세 때에 그의 열심에 감동된 선배의 주선으로 나라에서 돈을 대여 주는 류학생(國費留學生)이 되여 工夫를 하게 되엿습니다. 工夫를 맛친 뒤에 그는 독일 불란서 이태리 등지로 려행(旅行)을 하야 여러 나라의 경치도 보고 풍속도 연구햇습니다. 그가 그 유명한 이야기책(童話冊) 첫 권을 세상에 내여놋키는 三十一세 적입니다. 정말이지 그가 그전에 쓴 아모것보다 이 이약이책이 그의 일홈을 영원히 놉게 한 것임니다.

그가 六十二세가 되엿슬 째에 그는 크게 성공한 몸이 되여 다시 짜뜻한 고향에 도라왓습니다. 그째에 고향 사람들은 그의 도라옴을 밋칠 듯이 깃버하며 마젓습니다. 어린이 나라의 텬사(天使)가 온다고! 童話의 아버지가 온다고! 그 나라 임군이 축뎐을 치며 그 마을은 맛치 경절날(祝日)갓치 번화하게 장식하며 학교는 공부를 수이고 그의 것는 곳마다 학생들로 하야(이상 8쪽)금 고흔 쏫을 뿌리게 햇습니다.

그 뒤에도 그는 편안하게 지내이다가 그가 七十一세 되든 해 八月 四日에 그 나라 서울 코펭하-겐에서 편안히 이 세상을 써낫습니다.

'안더-센' 先生님이 이 세상을 써나신 지 올해가 五十年 되는 해임니다. 그래 世界 各國에서 이 거륵한 童話의 아버지의 五十年 祭日을 다 갓치 긔렴함니다. 됴선에서는 우리 〈색동회〉 주최로 이날에 서울서 종용한 긔렴을 하기로 하엿습니다.(이상 9쪽)

沈斗燮, "少年斥候團友에게", 『신소년』, 1925년 8월호.

우리 '뽀이스카우트'는 '인터내쉬낼' 곳 국제적(國際的)으로 생긴 모듬인데 그 종극의 목적은 '世界의 平和'올시다. 다시 말하면 갓흔 낫씨에 갓흔 마음씨를 가지고 天眞爛漫한 우리 少年들은 中國, 日本, 朝鮮, 英, 米, 法, 德,[40] 어느 나라에 낫던지 국경(國境)을 초월(超越)하야 서로 단합하며 서로 사랑하며 서로 도아서 씃々내 한 덩어리가 되자 함이외다. 이 얼마나 거륵하고 아름다운 事業이겟습닛가.

다 아시는 바와 갓치 '보이스카우트'는 수십 년간에 英國 '빠-덴 파우엘'[41] 將軍이 시작한 것인데 얼마를 지나지 안어 세계 각국에 널리 퍼젓습니다. 그런데 그 主要 精神이 무엇이냐 하면 規律, 活發, 謙讓, 淸淨, 正直, 禮義,[42] 온갓 美德을 修養하기를 게을이하지 안흐며 그래서 나라를 위하야 일하고 社會를 위하야 봉사(奉仕)하는 것이외다. 우리 朝鮮에도 각처에 '보이스카우트'가 잇고 그들을 련합하기 爲하야 京城에 聯盟이 잇습니다.

그 團體 組織의 方法은 歐美各國의 大學者들이 專門으로 研究해 낸 것이외다. 우리는 勿論 거게 이지하여[43] 하려니와 그중에도 우리 조선에 適合하도록 하여 가는 것이 조흘가 합니다. 다시 말하면 우리의 固有한 精神을 土臺로 삼고 共通되는 世界 知識을 吸收할 것이외다.

지금은 여름이라 여러분은 엇더커[44] 이 休暇를 지내려 하십닛가. 森林 속에서나 바다가에서 청결한 空氣를 배불리 마시고 몸을 튼々이 하며 知識

---

40 '米, 法, 德'은 각각 미국(米國, 美國), 프랑스(法國), 독일(德國)을 가리킨다.

41 베이든 파월(Baden-Powell, Robert: 1857~1941)을 가리킨다. 영국의 전직 군인으로 1907년 세계적인 소년 조직인 보이스카우트를 창설하고 1910년에는 걸스카우트의 전신인 걸가이드(Gril Guides) 운동을 조직하였다.

42 '活潑', '禮儀'의 오식이다.

43 '의지하여'의 오식이다.

44 '엇더케'의 오식이다.

을 널피심에 게을이하지 말 것이외다.

여러분은 '뉴니폼'을 입고 徽章을 붓첫스니 이것은 명예 잇는 '보이스카우트'의 一員인 표적이외다. 아모조록 惡을 勿爲하고 善을 力行하야 '보이스카우트'의 참된 精神을 發揮하야 世界 少年의 善良한 동무가 되는 同時에 將來 새 朝鮮의 充實한 일군이 됩시다.

世界의 平和는 여러분에게 잇습니다.(이상 18쪽)

碧梧桐, "現代의 科學小說－豫言的 作家 웰스(1)(乙賞)", 『매일신보』, 1925.11.29.

現代의 科學小說이라 하면 英國의 '엣·뒤·웰스'[45]를 첫 손구락 곱지 아니할 수 업다. 다음으로는 年前에 죽은 米國의 '째크 론돈'[46]과 佛國의 '쭐 베른'[47] 等이 잇스나 '웰스'와 比肩되지 못할 것은 누구나 아는 바이다. 그들도 科學小說의 大家인 것은 否認할 수 업는 事實이나 그러나 그는 임의 過去의 사람이다. 그 우에 着想으로 보드리도 공팡내가 날 만한 舊式이 되여셔 到底히 現代 新人의 興味를 잇쓸기에 不足하다. 飜譯이나마 日本에는 黑岩淚香[48] 一流의 探偵小說 비슷한 探偵小說이 잇셧스나 우리 朝鮮에는 그거나마 업스니 氣막힌 일이다. 金東成[49] 氏의 손으로 몃 가지 科學小說이 飜譯된 듯하지만 아직도 아모 反響이 업는 것을 보니 째가 일은 것 갓다.

어느 意味로 보아셔 英國의 'ᄶᅩ난·ᄶᅩ일'[50]과 米國의 '아-사-·리-브'[51]와

---

45 H. G. Wells를 읽은 것으로 보인다. 웰스(Wells, Herbert George: 1866~1946)를 가리킨다.

46 런던(London, Jack: 1876~1916)은 미국의 소설가이다. 불우했던 소년 시대, 방랑하던 청년 시절을 거쳐 여러 직업을 전전하다가 개의 야성과 환경을 다룬 「황야의 부르짖음(The Call of the Wild)」(1903), 「백아(白牙)(White Fang)」(1906) 따위의 동물 소설과 초인적인 선장을 묘사한 작품인 「바다의 이리」로 인기를 얻었다. 이 외에도 자전적인 소설 「마틴 이든(Martin Eden)」(1909)을 발표하였다.

47 베른(Verne, Jules: 1828~1905)은 프랑스의 소설가로, 근대 과학소설의 선구자로 인정받았다. 작품에 『해저 2만 리(Vingt mille lieues sous les mers, 영어 Twenty Thousand Leagues Under the Sea)』(1870), 『80일간의 세계 일주(Le Tour du monde en quatre-vingts jours, 영어 Around the World in Eighty Days)』(1873) 등이 있다.

48 구로이와 루이코(黑岩淚香: 1862~1920)는 일본의 탐정소설가, 사상가, 작가, 번역가, 저널리스트이다. 번역가, 작가, 기자로 활동하고 『요로즈초호(萬朝報)』를 창간하였다. 번역 소설에 『철가면(鐵假面)』, 『암굴왕(暗窟王)』, 『아 무정(噫無情)』 등이 있다.

49 김동성(金東成: 1890~1969)의 호는 천리구(千里駒)이고 1920년 『동아일보』 기자, 1932년 『조선일보』 편집국장을 지냈으며, 8·15 광복 후 합동통신사를 설립하였다. 저서에 『신문학(新聞學)』, 『중남미 기행』, 『한영사전』 등이 있다.

는 現代 科學小說의 雙璧이라고 할 수 잇겟다. 이 두 사람은 探偵小說의 大家로 그 興味는 全然히 科學的 推理上 잇는데 兩人이 함띄 科學的 頭腦를 活用식히는 데는 그야말로 奇想天外한 일이 만타. 單純히 科學的이라고 하는 意味에셔는 '꼬난・쏘일'보다 '아-사-・리-브'의 小說이 훨신 滋味잇다. 이러니 져러니 해도 '쏘일'은 飛行機라든지 無線電信이 업는 時代의 産物이다. 이러한 文明의 利器를 縱最無盡히 活用하는 點으로 보아셔는 '리-브'가 確實히 現代的이고 最新式이다. '쏘일'의 小說에 나오는 '샤록・홀무스'라고 하는 大探偵은 '리브'에게서는 亦是 名探偵 '크레익 케네데이'[52]로 되여 神變不可測의 科學作用으로 犯人을 잡아 넌다. 五百萬의 讚者가 잇다고 誇大한 廣告를 하는 米國 通俗雜誌 『코스모포리탄』에셔는 依然히 '리-브'의 小說이 歡迎을 밧는 모양인 듯하다. '샤록・홀무스'의 性格 中에는 英國 紳士의 典型的 品位가 잇다고 할 슈 잇다.

또 動物小說家로 有名한 '헨리・로밧트'가 잇다. 動物劇으로 一時 名聲이 赫赫하던 佛蘭西의 '로스탄'[53]의 '샤도켈' 갓흔 것에는 動物이 主演하는 奇拔한 劇이 잇지만 決코 科學的이라고는 할 수 업다. 도리혀 極히 非科學的이다. '로밧트'의 小說에는 動物을 主人公으로 하고 一人稱으로 하야 쓴 것이 잇지만 그 亦 仔細히 吟味하야 보면 純全히 科學的이라고는 할 수

50 도일(Doyle, Sir Arthur Conan: 1859~1930)은 영국의 의사이자 소설가로, 셜록 홈스가 활약하는 탐정 소설을 발표하여 본격적 추리 소설의 장르를 확립하였다. 작품에 『셜록 홈스의 모험(The Adventures of Sherlock Holmes)』(1892), 『바스커빌가의 개(The Hound of the Baskervilles)』(1901~1902) 등이 있다.

51 리브(Reeve, Arthur Benjamin: 1880~1936)는 미국의 미스터리 작가로, 미국판 셜록 홈즈라고 불리는 '크레이그 케네디(Craig Kennedy) 교수' 시리즈의 작가로 유명하다. 1910년 잡지 『Cosmopolitan』에 '크레이그 케네디 교수'라는 탐정이 등장하는 단편 미스터리를 기고했고 곧 미국 전역에 걸쳐 인기를 얻었다.

52 셜록 홈스(Sherlock Holmes)와 크레익 케네디(Craig Kennedy)를 가리킨다.

53 로스탕(Rostand, Edmond Eugène Alexis: 1868~1918)은 프랑스의 시인・극작가이다. 감동적이고 다채로운 역사극을 써서 자연주의에 식상한 관객들의 호평을 받았다. 작품에 〈시라노 드베르주라크(Cyrano de Bergerac)〉가 있다. '샤도켈'은 동물을 등장인물로 한 『샹트클레르(Chantecler)』(1910)를 가리키는 것으로 보인다.

업다.

以上에 列擧한 科學小說家 中에 '웰스'는 그 量으로든지 質로든지 確實히 拔群的 偉大한 價致[54]가 잇다. 普通 科學小說이라 하면 非常한 架空的 驚異的 事實을 聯想한다. 짜라 結果로 科學小說이란 荒唐無稽한 것으로 넘겨 짐작한다. 이것은 큰 矛盾이다. 可令 말하면 月世界 旅行이던지 海底旅行 갓흔 것은 常識으로는 싱각하기좃차 不可能한 것이다. 하지만 不可能한 事實을 題材로 해 가지고 有識한 人士에게 닑히랴고 하는 것이다. 어린 아해가 닑는 것이면 如何한 거짓말을 해도 속겟지만 識者가 일로 因하야 感動하는 것은 그곳에 何等의 形式으로든지 科學的 根據가 업스면 아니 된다.(계속)

碧梧桐, "現代의 科學小說－豫言的 作家 웰스(2)", 『매일신보』, 1925.12.13.

'웰스'에게는 이 科學的 根據가 잇다. 이러한 意味로 그의 小說을 닑으면 반다시 그 속에 豫言的 根據가 잇서셔 讀者를 끈다. 그는 아즉 '쑤례리로'[55]의 飛行機가 英佛海峽을 橫斷하기 前에 『空中戰爭』을 著作하야셔 飛行機 時代가 올 것을 豫言하야 的中하고 또 歐洲大戰이 勃興되기 前에 『世界解放』이라고 하는 小說을 써서 歐洲戰爭[56]을 豫言힛다. 한층 나가서 嚴密하게 말하면 『世界 解放』[57] 속에 잇는 豫言과 現 戰爭의 經過와는 대단한 差異가 잇다. 『世界 解放』 속에는 젹어도 一千九百五十年頃에야 中歐同盟

---

54 '價値'의 오식이다.

55 1909년 최초로 도버해협을 횡단 비행한 블레리오(Blériot, Louis: 1872~1936)를 가리킨다.

56 1914년 7월, 사라예보 사건으로 오스트리아가 세르비아에 선전포고를 하면서 시작되어 세계적 규모로 확대된 전쟁으로 제1차 세계대전을 가리킨다.

57 웰스의 소설 『The World Set Free』(1914)를 가리킨다.

軍과 英佛伊露 사이에 世界的大戰爭이 이러나게 되여 잇다. 그때에는 '카로리남'이라는 一大爆發彈이 發明되리라는 바 이 新 爆發彈은 舊來의 大砲 갓흔 것과는 比較도 못 될 만치 猛烈한 것으로 마치 砂糖덩어리가 물에셔 녹아바리는 것 갓치 自由로히 地上의 物質과 化合하야 모죠리 破壞하는 것이라고 한다. 二十世紀의 大砲와 갓치 彈道이니 照準이니 하는 군 것도 업고 또 破壞力으로 말하드릭도 大砲와 갓치 瞬間的이 아니요 十七日 동안 同 程度의 猛烈한 破壞를 繼續한다 한다. 이 '카로리남'[58] 한 개만 飛行機上에서 쩌러트리면 京城 市街 갓흔 것은 눈 깜작할 사이에 灰盡할[59] 것이다. 그리하야 이 爆發彈이 넘어도 危險한 故로 國際法에 依하야 셔로 使用하지 안키를 約束힛섯다. 그러나 中歐同盟軍이 이것을 使用하야 巴里를 全滅식히엿슴으로 佛蘭人은 크게 憤慨하야 卽時 快飛行機를 타고 亦是 '카로리남'으로 伯林을 全滅식히게 되얏다. 英國도 '카로리남'을 運送하다가 잘못 和蘭의 防堤에다 쩌러트려서 和蘭 一面이 大海로 變하고 日本도 米國으로 가는 中途에 '카로리남'을 잘못 太平洋上에 쩌러트려서 太平洋의 狂瀾이 十七日間 大舞蹈를 하게 되얏다. 이러케 되고 보니 世界의 都會라는 都會는 全部 滅亡하고 그 우에 世界人類는 넘어나 慘憺한 戰爭의 머리를 알케 되엿다. 그리하야 各國의 代表者가 伊太利 '색리삭고'[60]에 모혀 永久的 平和를 相約하고 世界는 이로부터 解放되여 참된 永久的 平和를 享有하게 되엿다는 것이 이 『世界 解放』의 梗槪이다.

그러면 '웰스'의 所謂 平和라는 것은 무엇인가? 卽 現代 文明에는 두 가지 큰 病廢가 잇는대 하나는 都會病이요 또 하나는 軍備病이다. 이 두 가지 病廢로 苦悶하든 우리 人類는 '카로리남'으로 因하야 都會는 廢墟로 化하고 軍備는 虛名無實의 것이 되고 말엇다. 때는 二十一世紀 初頭이라 飛行機가 크게 發達되여 마치 人類는 새와 가치 大空을 橫斷하야 夏節은 '히말라

58 웰스의 소설 속 핵 폭탄 Carolinum을 가리킨다.

59 '남김없이 소멸하거나 멸망함을 비유적으로 이르는 말'인 '회진(灰塵)' 또는 '불에 타고 남은 끄트러기나 재'라는 뜻의 '회신(灰燼)'의 오식이다.

60 현재 스위스의 브리사고(Brissago)를 가리킨다.

야' 山腹에 겨울은 南洋 珊瑚島上에 生活할 수 잇게 되니 조금도 都會가 必要치 안케 되엿다. 都會란 元來 交通이 不便하든 十九世紀나 二十世紀의 產物이요 決코 發達된 二十一世紀에 必要한 것은 아니다. 우션 이러한 意味로 永久的 平和가 올 것을 그는 主唱하고 잇다. 어느 點으로 보면 터문이 업는 臆說 갓지만 其實 仔細히 그의 主唱하는 바를 吟味하면 肯首할 點도 업지 안타.

'웰스'의 小說노 우리 朝鮮에 飜譯된 것은 임의 오릭 前부터 여러 가지가 飜譯되여 잇다. 『月世界 紀行』, 『宇宙戰爭』, 『新유토비아』 等과 쏘 그의 近作인 『쓰리틀링 君의 先見之明(『Mr. Britling sees it throngp)』도 飜譯되엿다는 所聞을 드럿다. 何如間 그의 代表作으로는 『新유토비아』를 치지 안을 수 업다.[61]

文藝評論家인 '존 · 푸리만'은 '웰스'를 卽興詩人이라고 評힛다. 이것은 滋味잇는 말이다. '웰스'의 作品을 一一히 通讀하면 科學的 矛盾이 만켓지만 그러나 그의 慧眼은 잘 科學的 可能을 看罷하고 卽興的으로 大宇宙觀을 組立식힌다. 科學小說家를 卽興詩人이라고 評한 것은 미우 奇拔한 標語이지만 찰하리 科學의 眞理를 獲得한 그리고 '웰스'를 잘 아는 사람의 評語이라고 나는 싱각한다.

十一月 十日 稿

【附記】이 作品은 乙賞에 入選된 것이엇스나 作者로서 懸賞의 意思가 업셧다는 異意가 有하기 玆에 乙賞을 取消함.

---

61 『월세계 기행(The First Men in the Moon)』(1901), 『우주전쟁(The War in the Air)』(1908), 『신 유토피아(A Modern Utopia)』(1905), 『브리틀링 군의 선견지명(Mr. Britling Sees It Through)』(1916)을 가리킨다.

咸演浩, "秋波 兄", 文秉讚 편, 『어린이의 선물』, 東洋書院, 1926.1.10.[62]

秋波 兄

世上에 第一 貴하고 지극히 놉고 가장 사랑스러운 것은 그 무엇??? 저 텬진란만한 어린이들일 것이올시다.

그럼으로 '비스막'[63]은 말하엿지요.

"독일의 將來는 어린이에게 달엿스니 나는 어린이를 보면 敬禮를 한다."고.

보십시요. 저 先進國들의 少年男女들을

그 얼마나 씰々하고 늡々하며 씩々함니싸만은[64]

우리 朝鮮 少年界를 돌아볼 째에 저는 限업시 그의 身上이 가엽스며 짜아서 우리 槿域의 明日이 말할 수 업시 걱정되읍니다. 그러나 이 問題를 저 流行의 有志紳士덜은 아직것 그러케 안탑갑게 생각지 안이하는 것 갓삽니다.

이제 兄이 々 問題에 애가 타서 東西 분주 싸우는 밧분 새이에 저 가여운 少(이상 1쪽)年들이 웃음으로 읽을 冊을 지어 刊行하시니 뜻이 갓튼 저는 少年덜보다 압서々 깃버 날쒸고 십사외다.

---

62 이 책은 표지에 저작자가 밝혀져 있지 않다. 하나 함연호의 서문에 '추파 형(秋波兄)'을 호명한 후, '이제 형이 이 문제에 애가 타서 동서분주 싸우는 밧분 새이에 저 가여운 소년들이 웃음으로 읽을 책을 지어 간행하시니'라 한 것으로 보아 '추파 문병찬(文秉讚)'이 저작자임을 알 수 있다.

63 비스마르크(Bismarck, Otto Eduard Leopold, von Fürst: 1815~1898)를 가리킨다. 근세 독일의 정치가로, 1862년에 프로이센의 수상으로 임명된 후, 강력한 부국강병책을 써서 프로이센·오스트리아, 프로이센·프랑스 전쟁에서 승리하고 1871년에 독일 통일을 완성한 후, 신제국의 재상이 되었다. 밖으로는 유럽 외교의 주도권을 장악하고, 안으로는 가톨릭 교도, 사회주의 운동을 탄압하여 '철혈 재상'이라고 불렸다.

64 '씰々하고 늡々하며 씩々함니싸만은'(끌끌하며 늠름하며 씩씩합니까만은)의 오식으로 보인다. '끌끌하다'는 '마음이 맑고 바르고 깨끗하다'라는 뜻이다.

四五年 以來로 先覺 先生들께서 이 問題에 勞心焦思하사 몃 種의 冊이 出刊되엿사오며 쏘『어린이』,『新少年』等 몃 種의 少年雜誌도 發行되오나 모든 것이 아직 아직이오니

兄任은

朝鮮의 가여운 동무덜을 위하야 더욱더욱 힘써 주시오. 저도 쏘한 잇는 힘을 악기지 안이하리이다. 삼가 두어 마듸로써 이 고흔 책의 序文에 代하나이다.

乙丑 七月

咸演浩 (이상 2쪽)

큰실과, “(머리말) 『아희생활』의 出世”, 『아희생활』, 창간호, 1926년 3월호.

오래 기다리든 귀한 『아희생활』이 나왓슴니다.

이- 『아희생활』이 엇더케 나오게 되엿는가? 간단히 말삼드릴이다. 이- 머리말을 쓰는 이 사람은 우리나라 여러 곳을 단녀 보앗슴니다. 읽을 만한 글의 주린 우리의 뎨이세국민 곳 우리 아희들이 오래동안 우럿슴니다. 오래동안 먹을 것을 달나고 부르지졋슴니다. 오래동안 동모하고 놀겟다고 애-썻슴니다.

그리하야 우리나라 동셔남북에 잇셔 아동교육의 힘쓰시는 여러 션생님들이 또한 오래동안 죠션 아희들의 본이 될 만한 아희가 나기(出生)를 기다렷슴니다.

◈ 『아희생활』이 나오게 된 짜닭

이 본이 될 『아희생활』은 한두 사람의 힘으로 나오게 하지 못할 것이올시다. 작년 가을에 경셩에셔 모힌 죠션쥬일학교대회[65]에 오섯든 뜻이 갓흔 여러분 션생님들이 죠션 아희들의 부르지지는 소래를 듯고 깁히 늣기든 졍(情)이 발하야 한번 『아희생활』을 내일 의론을 말하매 다수한 어른들이 서로 도아서 『아희생활』을 내기로 하엿고[66] 이 쇼식이 온 죠션에 퍼짐을 좃차 동졍하시는 분이 각 곳에셔 불 닐듯하야 지금은 이백여 명의 찬동자(讚同者)[67]를 엇게 되고 짜라셔 이- 귀하고 복스러온 『아희생활』이 우리

---

65 1925년 10월 21일부터 28일까지 경성(京城) 중앙기독교청년회관에서 열린 제2회 조선주일학교대회를 말한다. 회장은 장홍범(張弘範), 총무는 허대전과 정인과(鄭仁果)였다.

66 제2회 조선주일학교대회 후에 정인과, 한석원(韓錫源), 장홍범, 강병주(姜炳周), 김우석(金禹錫), 석근옥(石根玉)이 창립발기회를 하였고, 허대전, 곽안련(郭安連), 이순기(李舜基), 이석락(李晳洛) 등이 도와 『아희생활』을 창간하게 되었다.(최봉칙, 「『아희생활』 10주년 연감」, 『아희생활』, 1936년 3월호, 부록 5쪽)

67 『아희생활』 발간 비용을 마련하기 위해 사우(社友)들을 모집하고 그들로부터 주금(株金)을 받아 비용을 마련했는데, 1926년 3월 말까지 233명의 사우들이 559주를 약정하였다.(「아희

아동계에 나오게 되엿습니다.(이상 1쪽)

바라고 축수하건대 이— 친구 『아희생활』은 만흔 복을— 풍성한 량식을 — 만족한 위안을 가져다가 조선 아희들의게 주러면 아모 질병이 업시 잘— 기러나셔 화려한 삼쳔리강산에셔 아름다온 무궁화 가지를 손에 들고 네의 동모들과 갓치 노라 보아라. 이— 아희를 맛는 여러 동모들!

부대〰 잘 대졉합시다. 늘— 품에 안고 단니면서 사랑하여 주고 말도 늘— 하여 보라. 이 아희는 죠흔 말을 잘한답니다.(이상 2쪽)

생활 사우 방명」, 『아희생활』, 1926년 4월호, 48~50쪽)

김, "사혜말", 『아희생활』, 창간호, 1926년 3월호.

일은 始作이 半이라고 昨年 十月에 서울에서 몃々 先生님들이 各 地方으로부터 모히여 議論이 되야 어린 동무의 親舊인 少年少女 雜誌『아희생활』을 發刊하기로 되엿습니다.[68]

正月 첫날로 이『아희생활』을 꼭 創刊하랴고 하엿든 것이 엇절 수 업는 形便으로 因하야 三月 첫날로 또 다시 延期를 하엿습니다. 三月 첫날을 當하엿습니다. 아직 나올 時間이 채 못 된 模樣이올시다. 여러 가지 어려온 中에 외롭기 짝이 업는 이—『아희생활』이 只今에 소리를 치고 우리의 어린 동무들을 찻게 되엿습니다.

이갓치 어려온 境遇에 여러 동무를 찻는 첫 번『아희생활』이 아름답지가 못합니다. 다음 차즐 때부터는 經驗에 依하야 더— 親舊다온 어린 동무의 잡지로 여러분을 차저 뵈오랴 합니다.

이 잡지를 爲하야 原稿를 보내 주신 여러 先生님씌 感謝함을 드리고 또는 紙面의 關係로 첫 번에 실녀 들리지 못함을 大端히 未安하게 生覺합니다.

다음 號부터는 讀者들의게 讀者欄을 드리기로 하얏습니다. 여러분 동무들이 잘 써 주시기 바람니다.

紙面의 關係로 主幹 先生님[69]의 西北의 서울 平壤에셔 正月 첫날에 新年童話大會와 湖南의 都城 光州에서 正月 二十九日에 新年童話大會에서 자미스럽게 지낸 事實을 올니지 못하게 됩니다. (김)

---

68 1925년 10월 21일부터 28일까지 경성(京城)에서 열린 제2회 조선주일학교대회를 마치고 정인과(鄭仁果), 한석원(韓錫源), 장홍범(張弘範), 강병주(姜炳周), 김우석(金禹錫), 석근옥(石根玉) 등 조선인 목사들이 모여『아희생활』을 창간하기로 한 것을 가리킨다.

69 주간은 한석원(韓錫源)을 가리킨다.

金起田 외, "나의 少年時代－닛처지지 안는 긔억", 『어린이세상』, 1926.9.1.(『어린이』, 제4권 제8호 부록)

◇ 金起田

나의 소년시대는 거희 그 전날을 글방 선생의 초달 밋헤서 지냇습니다. 그리고 집에 드러가면 □□ 정 만흐신 할아버지 할머니가 계시고 뎨일 무서운 아버지가 계신 그 밋헤서 벌벌 썰면서 지냇습니다. 나의 소년시대는 대가리로 꽁지까지 압박만 밧던 생활임니다.

이러한 중에서도 지금까지 닛치워지지 안는 깁븐 생활은 글방에 단닐 그때에 밤이면 반다시 동무들끼리 한데 모혀서 정다웁게 자던 그것이며 또 한가지는 나와 동갑쯤 되는 일가집 누이동무들과 가티 자미잇게 놀던 그것임니다. 어대까지 어룬들의 세상을 피하야 되나 안 되나 우리 어린 동무들끼리 다른 한 세상을 배포하고서 즐기던 것 —— 이것이 나의 소년시대임니다.

◇ 金基鎭

내 나히 어리엇슬 때의 긔억 중에서도 가장 오래된 긔억이라고는 다섯 살 되엇슬 때에 어룬들이 술을 마시는 것을 보고서 어머니 몰래 안방 웃묵에 노힌 술 항아리에서 용수 속에 씌워 노흔 표주박으로 술을 함부로 퍼먹고서 타작하고 싸어 노흔 집단 틈에 가서 낫잠을 코가 비트러지게 자다가 집안사람에게 들키어 가지고 깨어 일어나서도 오히려 술이 깨이지 아니하야 "께드러젓다 쾡－쾡 께드러젓다 쾡－쾡"이라고 하는 종작업는 노래를 불르며 사랑마당으로 비틀거리며 거러 돌어다니든 긔억이 잇습니다. 그때는 가을해가 넘어가는 석양판이엇습니다. 지금도 그때의 긔억을 불러이르키면 그와 한가지로 팔봉산 아래에 놉직하게 지은 우리 집과 우리 집 마당에 싸힌 노적가리와 그 근처에서 뛰며 놀든 나의 모양과 그리고는 내가 술에 취해서 군소리를 하며 거닐든 때의 짜뜻하게 쪼이며 넘어가든 가을의 석양 해의 붉은 비티 고흡게 고흡게 눈압헤 나타납니다.

나는 이 이전의 긔억이라고는 업습니다. 이것이 내가 생각할 수 잇는 가장 오래 묵은 긔억입니다. 그 후로 내 나히는 二十이 넘을 때까지의 긔억은 하도 만흐니까 무엇을 말슴해야 조흘지 몰음니다.

◇ 薛義植

아홉 살 때에 소학교를 졸업하엿난대 다름박질 잘하고 싸홈 잘하고 작란 잘하고 톄조에는 늘 一등이엿섯슴니다. 톄조라도 보통 톄조가 아니고 그때는 합방 전인 고로 소학교에서도 군대식으로 병식톄조를 가르켯슴니다.

그리고 늘 용감한 군인이 되야 장래에 대사업을 니룰 인물이 돼야 한다는 것이 목표엿섯든 고로 그런 데에 자극되야 우리끼리 짜로 놀아도 전쟁노리를 만히 하엿고 할 때마다 나는 대장이 되얏섯슴니다.

지금도 잇지만 승벽이 잇서서 키는 작고 나희는 작어도 늘 대장이 되거나 두목 괴수가 되서 □□□하엿섯슴니다.

공부 □□□ 글씨는 아주 망난이고 녯날이약이를 퍽 조와하엿슴니다. 잡지로는 그때에 □□ 『少年』, 『붉은저고리』, 『아이들보이』 갓흔 것을 닑엇슴니다. 그러고 그 잡지들의 주간이든 崔남선 씨의 감화엿□□□ 텬성으로 그랫던지 □□□를 조와하는 것과 가티 □□□를 조화하엿슴니다.

그러고 혼자 노는 것보다는 여러 사람이 모여 놀기를 조와하야 □□□ 소년구락부를 모와 가지고 한 공일에 한 번씩 글을 지여 가지고 모이는 일을 꽤 쑤준히 하엿고 우리들끼리 신문을 맨들어서 돌려본 일도 잇는대 그때에 쓰든 도장을 긔렴으로 지금도 가지고 잇슴니다. 그리고 동리 아해들을 모아서 야학을 시작하고 학교에서 배혼 것을 아해들에게 가르키기도 하엿슴니다.

그러나 밧게 나가서는 그럿케 번쾌 노릇을 하고 쾌활하게 놀다가도 집에만 드러오면 쥐가티 갓처 잇섯슴니다. 가뎡이 넘어 엄해서 그랫는대 아버지보다도 형님이 더 무서웟슴니다. 머리는 닐곱살 때에 싹것는대 극도로 반대하시든 어머니께서 자긔 손으로 싹거 주섯슴니다.

더 자미잇게 쓰고 십은 일이 만흐나 맛츰 밧븐 째라 이밧게 더 못 쓰니 마음에 섭섭함니다.

◇ 申瑩澈

소년시대라야 지금 생각하면 하나도 신통한 것이 업습니다. 생장한 곳이 시골 중에도 아조 궁벽한 시골 가정이나 동리가 그리 썩썩한 곳쁜이엿스니 무엇 하나 소년답게 길너날 여지가 업섯지요. 게다가 시대가 지금과도 달버서 완고한 생각만 갓고 잇섯스니 무슨 소년다운 긔분이 그째 소년에게 잇섯겟습닛가.

다만 한 가지 생각나는 것은 녀름밤 — 달 밝을 째 山모정에 올나가서 소리를 놉혓다 낫추엇다 하며 자긔 싼에는 가장 신이 나는 드시 녀름 글(오언당음이니 칠언당음이니 하는 서당에서 녀름이면 의례히 닑는 글구로 쓴 한문시입니다.)을 닑던 맛입니다. 의미도 자세히 모르고 어려웁듸 어려운 한문자로만 얼거노은 글구를 그래도 가장 신이 나게 닑엇다는 것은 지금 사람으로 생각하면 퍽이나 우습고도 아모 취미 업는 노릇 갓지만 그래도 내가 소년시대로 잇던 그째만 하여도 시골에서는 그런 것을 가장 자미잇는 공부로 알엇습니다. 하여간 녀름밤 밝은 달이 반공에 달녀 모정의 첨하 씃헤 빗칠 제 서당의 동무들과 그 달을 바라보며 청아한 어린 목소리로 가즈런히 그 글을 읽던 맛은 아모려나 그째가 그리웁습니다. 글을 닑고 나면 니슬방울이 나무 씃 풀 씃에 반작반작 뭉그는 느진 밤에 산길을 거러 내려와서 서당 마루에 걸터 안즈면 샛빩안 달빗이 서편으로 山기슭을 넘실 넘실 넘어가고 무슨 버레소리인지 뜰 압회 이슬 저진 풀속에서 울 제 아모 잡념 업는 어린 머리에도 싸닭업시 구슬픈 생각이 니러낫습니다. 그러면 밤이 늣도록 잠을 못 자고 혼자서 마루 씃헤서 그 버레소리를 가만히 드러가며 누어 잇섯습니다. 아마도 이것이 열두서너 살 째 녀름 씃흐로부터 가을 처음에 옴겨 가는 음력 七月 초상의 일일 듯합니다.

시대는 달버지고 나희는 만해젓지만 지금도 그째 일을 생각하면 얼마나 그리운지 모르겟습니다. 지금도 달 밝은 녀름 밤에 어린 少年少女들이 팔을 얼매고 동요(童謠) 가튼 것을 노래하는 소리를 드르면 문득 나히 어렷던 때 일이 생각나서 어렷던 그때로 다시 도라간 듯한 늣김이 생길 뿐입니다.
(이상 1쪽)

李鍾喆, “大文豪 톨쓰토이”, 『별나라』, 제6호, 1926년 11월호.

‘레오 니코라이부잇지 톨스토이’[70]는 一八二八年 八月 二十八日[71] 아라사 복판 짱인 ‘야쓰야나 쏘리야나’[72] 동산에서 양반의 아들노 태어낫습니다. 나히 겨우 두 살이 되매 그는 어머니를 여이엿습니다. 그러자 아홉 살 적에 그의 가장 사랑하든 아버지까지 도라가섯습니다. 아라사의 대예술가(大藝術家) 아니 온- 세상의 큰 문학가 톨쓰토이도 자긔를 나흔 어머니 얼골이 엇더케 생겻느냐고 무르면 그는 고만 고개를 숙인다고 합니다. 여러분! 얼마나 불상한 일임니까? 대문호 톨쓰토이도 어렷슬 적에는 어머니 아버지의 짯듯한 사랑을 맛보지 못하고 적막하게 지내던 그는 열세 살 적에 그의 叔母 되는 이 밋헤서 글을 배웟습니다. 그리고 톨쓰토이가 열다섯 살 적에는 카산大學에를 들어갓다고 합니다. 여러분! 우리나라 사람들은 열다섯 살 적에 보통학교나 온전하게 졸업하엿슬가요? 그곳에서 톨쓰토이는 이 년 동안 동양말을 배우고 쏘다시 이 년 동안을 법률을 배워 보앗스나 그에게는 도모지 재미를 주지 못햇습니다.

열하옵 살에 그는 대학을 그만두고 맛형과 갓치 야스나야 보리야나로 도라와(이상 9쪽)서 자긔네의 부리는 농사군의 살님사리를 고처 보려고 애를 썻다고 합니다. 우리가 가만히 생각하여 봅시다. 열여덜 살 열아홉 살 적이면 아무것도 모르고 그저 날쒸며 제 마음대로 놀 째인대 톨쓰토이는 대학까지 공부하고 세상에 나서서 농사군의 살님살이를 고쳐보랴고 애를 썻다 하니 얼마나 놀나운 일임니까? 우리나라에 만일 일어한 사람이 단 하나래도 낫셧다 할 것 갓흐면 우리는 얼마나 행복한 사람이 될가요. 이째부터 톨쓰토이는 예술가 되기를 원하엿습니다. 그째 지내든 니애기는 그이가

70 톨스토이의 성명(full name) ‘Lev Nikolayevich Tolstoy’를 가리킨다.

71 구력으로 1828년 8월 28일이다. 신력으로는 9월 9일이다.

72 러시아 제국의 툴라(Tula) 지방 야스나야 폴랴나(Yasnaya Polyana)를 가리킨다.

처음 지은 책 「地主의 아침」[73]이란 글 속에 자서히 씌워 잇지만은 그런 말까지는 도모지 쓸 수가 업스며 더욱이 소년시대에 일어난 니애기만 쓰라는 부탁이니가 도로 뒷거름을 칠 수밧게는 업습니다.

아라사가 대통령으로 잇지 아니하고 황제 째에는 거만스럽고 아니꼬운 벼슬아치덜이 퍽 만엇습니다. 그러나 톨쓰토이는 어렷슬 적에라도 쪽々하고 훌융하여서 납쁜 벼슬아치 사는 쌍에서는 조곰도 잇고 십지 아넛습니다. 날마다 들노 산으로 도라다니며 나무꾼 아해들이나 농사군 아해들과 갓치 놀기를 퍽 조화하엿습니다.

이럿타고 못된 것을 조와하는 것은 아니엇습니다. 넙구 야튼 것을 가리지 안코 사람을 엡수 여긔지 안는 마암에 놀엇습니다.

그러나 어머니 아버지는 호령을 통々이하며 쌍놈들과 함께 논다고 야단을 첫스나 조곰도 곤치는 법이 업섯습니다.

그가 나히 네 살 적에 벌거벗고 목욕하다가 어데서인지 향불 피는 냄새를 맛고서 말하기를 "아 나는 새로운 냄새를 맛고 새사람이 되겟다."고 하며 가슴의 갈빗대를(이상 10쪽) 만지며 "나는 처음으로 내 몸을 보앗다. 이제부터는 이 몸을 사랑하겟다."고 말하엿습니다. 그리고 하로는 조선으로 치면 추석 가위 가튼 날 제 동무(물론 농사군의 아들)가 신(구두)이 업서셔 울고 잇는 것을 보고 그는 서슴지 안코 선뜻 자긔의 구두를 버서 주고 맨발노 집에 돌아와서 어른들한테 경을 첫다고 함니다. 이째부터 톨쓰토이는 남을 사랑하고 밋고 쓰고 해서 열심으로 공부한 싸닭이람니다. 여러분이 조곰만 더 커 보십시요. 반듯이 톨쓰토이의 지은 글을 보게 될 것임니다. 더 쓰고 십지만 한도가 잇써서 억지로 그만둡니다. (끗) (이상 11쪽)

73 톨스토이의 단편소설 「A Morning of a Landed Proprietor」(1852)를 가리킨다.

金岸曙, “이솝의 이야기”, 『별나라』, 제6호, 1926년 11월호.

이번에는 여러 훌융한 이들의 어린 때 이야기 號를 만들 터이니 당신의 죠와하는 ‘타고아’ 詩聖의 이야기를 짤막하게 써 달나는 부탁을 밧은 지 오래엿으나 이럭저럭하는 동안에 時日이 밧싹 갑짜윗을 쑨 아니라 쏘한 ‘타고아’의 어린 때 이야기를 쓴다기로 별로 어린 동무들에게 아기자기한 자미를 줄 것도 못 되고 나 亦是 그 先生의 어린 때 이야기를 자세히 몰으고 보니 임이 밧은 부탁이라 쓰지 아니할 로수가 업서 어린이들의 제일 자미스럽이 하고 쏘한 가장 친한 동무가 되는 이솝 先生의 어린 이야기는 아니라 자미잇는 이야기나 하나 말슴하고 밧은 부탁을 때어 바리랴고 합니다.

말을 들으면 이 先生의 몸이 대단히 약한 데다가 늘 병에 시달녀 대단히 괴롭은 一生이라고 합니다. 그쑨 아니고 不幸히 그의 몸은 自由가 업는 죵으로 엇던 짜닭스러운 쟝사군의 집에 배와섯드랍니다. 그러한 재조 잇는 이로 自由도 업시 一生은 죵의 몸으로 지내 보내엿으니 얼마나 혼자 괴롭워하고 실어(이상 18쪽)하겟습니가. 한번은 主人 되는 쟝사치가 길을 써나는 배가 죵을 全部 다리고 가면서 죵에게 무엇이든지 하나식 짐을 가지고 가자고 하엿읍니다. 그래 이솝은 제일 무거운 쌀자루를 골나 등에 지고 써나는 것을 보고 다른 죵들은 “저것이 바보야 제일 무거운 쌀자루를 골나 진담.” 하면서 비웃섯읍니다. 그러나 이솝은 조곰도 관게치 아니하고 깃븐 얼골로 천々히 그들의 뒤를 짤아갓습니다. 그런데 点心때가 되야 밥을 짓게 되니 쌀자루는 가뵈야워젓읍니다. 이 모양으로 저녁을 지내고 아츰을 맛고 하는 동안에 쌀자루는 텅 뷔이게 되엿읍니다. 그때에야 다른 죵들이 “과연 이솝의 지혜에는 귀신이 울 일이야.” 하면서 칭찬하엿다고 합니다. 그의 쓴 글을 보고 그의 한 일을 들으면 방불하게 깁픈 곳이 잇지 아니함닛가. 그러기에 글은 사람이라는 말도 잇는 것입니다.

쏘 한번은 길에 손님을 맛낫습니다. 그 손님은 모자를 벗서 들고 이솝에게 각듯이 인사를 한 뒤에 “여긔서 보이는 저곳을 가자면 멧 시간이 걸니겟습닛가?" 하고 물엇읍니다.

"그대로 가십시요." 고 이솝은 대답을 하니까 그 손님은 다시 "글세 갈 줄이야 몰으겟읍닛가만은 이곳서 저곳까지 가자면 時間으르 얼마나 걸니겟는지 그것을 좀 가르켜 줍시사 하는 말입니다." 하며 물엇습니다만은 이때에는 이솝은 亦是 "그대로 가십시요." 하는 말을 곱할 뿐이엇읍니다. 그러나 그 손님이야 화가 나지 안켓습닛가. "응, 저것이 바보로구나. 내가 저것에 물은 것이 잘못이야." 하면서 그 손님은 압흐로 걸어갓습니다. 이때에 이솝은 소리를 놉혀 가지고 "잠간. 그곳에 섭시요. 한마듸 할 터이니 두 時間이면 저곳에 가시겟읍니다." 하니까 그 손님은 놀내면서 "엇더케 두 時間 걸녀야 저곳에 갈 것을 알으십닛가."고 다시 물으니까 "글세. 당신의 걸음거리를 보지 못하고 엇더케 멧 時間이면 갈 것을 말슴해 들일 수가 잇겟습닛가?" 하엿다니 이것도 엇젯든 재치 잇는 말의 하나이외다. 정말 이런 이야기가 잇섯든지는 몰으겟으나 이솝 先生의 남겨 준 일이라니 그대로 밋을 수밧게 없는 것이오 또 이솝 先生의 할 만한 곳이라고도 생각됩니다.(이상 19쪽)

鄭烈模, "告別", 『신소년』, 제4권 제12호, 1926년 12월호.

讀者 여러분! 제가 우리 雜誌에 童謠를 써 온 지가 滿 二年이 되엿습니다. 그 짜르지 아니한 동안에 한 번도 滿足한 것을 發表하여 드리지 못한 것은 엇지 저 스々로의 遺憾뿐이오릿가. 여러분께서도 응당 불만을 늣기시엇슬 것으로 압니다. 그러나 가다가 或 稱讚하시는 분도 게시엇슴은 決코 저의 作品이 조아 그런 것이 아니라 다만 여러분의 너그러운 度量에서 나오신 것이오니 그때마다 저는 고맙고도 붓그러운 맘을 禁치 못하엿습니다. 이와 갓치 愛護하시는 뜻을 밧들자면 더욱〳〵 工夫에 힘을 써서 善美한 結果를 여러분께 보여 드려야 할 것이오나, 마침 제게는 하여야 할 일이 만허지고, 또 우리 글 쓰는 동모 가운대, 日本 東京에 게신 鄭芝鎔 氏가 우리 雜誌를 爲하여 每月 童謠를 쓰시게 되엿스므로 저는 얼마 동안 또 조흔 긔회가 오기까지 童謠 쓰기를 中止하겟습니다. 鄭芝鎔 氏의 作品은 旣往에도 몃 머리 보셧스니 짐작하실 것이요 압흐로 發表되는 것을 보시면 아실 바와 갓치 얼마나 絶妙한 手法인 것을 저 갓흔 사람의 區々한 說明을 기다릴 必要가 업슬 것인 줄 압니다.

그런대 鄭芝鎔 氏는 少年 적부터 文筆의 才操가 게시어 일즉이 그 아름다운 作品이 우리 文壇에 紹介되엇고 또 압흐로 朝鮮에서 文學을 建設하시기에 努力하시는 어른인즉 여러 가지 意味로 우리 雜誌에 이런 어른의 글을 실게 되는 것은 매우 意味 잇는 일이오니 讀者 여러분으로 더불어 우리 同人은 慶賀할 일인 줄 밋삽나이다. 씃흐로 저의 告別은 童謠에 限한 일이오니 今後 다른 方面으로 여러분과 親히 지낼 것은 더 말슴할 것 업습니다. 그러면 여러분!(이상 28쪽)

색동會 鄭寅燮, "'마저 구-스'의 新年 선물", 『신소년』, 1927년 1월호.

이애야 너는 아느냐?
옛날 옛적 아주 옛날에,
불상한 두아해가 잇섯습니다.
그애들 일홈은 나는 몰나도,

날조흔 녀름날에
도적 마젓서,
숩속에 쩌럿트려젓다고,
사람들이 그러든걸요?

그래서 밤이오니싼,
모양업시 슬퍼햇다고,
해ㅅ님은 넘어가고요,
달빗도 업섯답니다!

그애들은 훌적이고 한숨하고요,
쓰게도 소리질너 울엇답니다.
그래서 불상한 어린것들이
누은양 그대로 죽엇습니다.

그리고 그애들이 죽엇슬때에,
샛붉은 로빈새들이 (이상 42쪽)
딸기나무 닙삭귀를 가지고와서,
그애들 두몸을 덥헛습니다.

그래서 새들은 하로점도록
숩속에 불상한애기!

숩속에 불상한애기!
이노래를 불넛습니다.

그런대 너는 알고잇느냐!
숩속에 불상한애기.

선물인사

'마저 구-스'라는 기우 어머니는 아름다운 푸른 한울에 살고 잇는데 커다란 아름다운 기우새 등에 올나타고 공중에 나라다니며 달세게 사람들 갓가히 펄々 눈과 갓치 제 마음대로 나라다닌답니다. '마저 구-스' 할머니가 그 기우새의 흰 나래를 흔들면 그 나래짓이 쏘한 눈과 갓치 펄々 쌍 우에 춤추며 써러지는데 그것이 곳 하나식 힌 조희가 되여서 그 조희 우에 아해들이 무엇보다도 깃버하는 아해들의 노래가 쓰여 잇습니다.

그래서 英國 아해들의 어머니들은 이것을 아해들에게 항상 읽어 듯게 해 줍니다. 그 이약이를 어머니에게 무러보기도 하고 그 노래를 꿈갓치 부(이상 43쪽)르고 잇는 英國 아해들은 얼마나 저 금알을 낫는 기우새와 '마자 구-스' 할머니를 조와하겟습닛가!

그 노래를 모은 책이 『마저 구-스』[74]라는 어엽븐 책입니다. 그 가운대는 쏫노래, 새노래, 달노래, 해노래, 썩노래, 과자노래, 버래노래, 고기노래, 양반노래, 상놈노래, 바보노래, 멍텅구리, 쫄々이, 작란꾼, 슬흔 것, 깃븐 것, 긴 것, 짜른 것, 달구소리, 코소리, 자장가, 수々썩기, 손톱작란, 발톱작란노래, 왈강달강, 쏘々쎄々, 히々해々, 호々々々…… 기々묘々한 것이 한

74 '머더구스(Mother Goose)'는 허구적인 늙은 여인으로, 동요(nursery rhyme)로 알려진 전래적인 어린이의 노래와 시의 원천이다. 머더구스가 처음 동요와 연결된 것은 뉴베리(Newbery, John)가 출간한 『머더구스의 노래(Mother Goose's Melody; or Sonnets for the Cradle)』(1781)라는 동요선집과 관련된다. 현존하는 가장 오래된 『머더구스의 노래』는 1791년판이지만, 1765년에 출판이 계획되었거나 출판이 되었던 것으로 보인다. '머더구스'라는 이름은 페로(Perrault, Charles)의 요정담인 『머더구스 이야기(Contes de ma mère l'oye)』(1697)에서 유래하였다.

울에 별갓치 빈틈업시 차 잇습니다.

「숩속에 두 애기」도 英國 아해들이 손작란할 때 자미잇게 부르는 이약이 노래 가벼웁고 쓸々한 곡조의 하나입니다.

여러분 불상한 두 애기가 도적 마저서 컴々한 어두운 밤에 아지 못한 숩속에서 엇지 할 줄 모르고 울고불고 훌적이는 그 모양을 생각해 보시요!

여러분도 이 애들과 갓흔 처지에 잇슬지도 모릅니다. 사랑스러운 고흔 마음을 가진 로빈새들은 죽은 그 애들이 감긔나 들가 렴려해서 쌋뜻한 닙사귀를 덥허 줍니다. 소리 질러 울든 설음이 갈어안질 때까지 그 애들은 깨지 안는 깁흔 잠을 자겟지요.

그러나 밤이 지내가고 붉은 해가 도다 오면 짜뜻한 봄철의 새해가 되면 쏘 다시 죽음의 잠을 깨여 그리운 집을 차저 쌋뜻한 어머니 품에 안길지도 모릅니다.

> 로빈새들과 함긔 여러분도
> 숩속에불상한애기!
> 숩속에불상한애기!

고요하고 가벼운 자장가를 불너주시요.

여러분의 설치레 색동저고리 고흔 댕기, 긴 댕기, 붉은 갑사댕기 푸러서 그 두 애를 덥허 주시요. 행여나 어린 몸이 어름갓치 영々 얼가 봐…….(이상 44쪽)

許大殿, "序", 『동화 연구법』, 죠션쥬일학교련합회, 1927.4.[75]

本書는 米國 예수敎派(改革派) 聯合主日學校協會에셔 編輯ᄒᆞ야 敎師養成科 標準 課目에 敎科書로 認定ᄒᆞ고 使用ᄒᆞᆷ으로써 米國 內에셔 널니 使用ᄒᆞ게 되엿습니다.

朝鮮主日學校聯合會는 本會 敎師 養成科 課程 中 特別科 敎科書로 認定ᄒᆞ엿습니다. 幼年部와 初等部 先生들은 다른 部에 對ᄒᆞᆫ 敎科書를 連續的으로 工夫ᄒᆞ기 爲ᄒᆞ야 此書을 必히 硏究ᄒᆞ야 되겟ᄂᆞ이다.

本會는 米國 敎師養成科出版會에셔 뉴욕市 캔톤 푸레스로 此 英文書을 出版ᄒᆞ게 ᄒᆞ고 又 飜譯ᄒᆞ야 우리나라에셔 使用ᄒᆞ게 許諾ᄒᆞᆫ 該會의 厚意와 又ᄂᆞᆫ 本 著作者의 手苦을 兼ᄒᆞ야 致賀不已ᄒᆞᄂᆞ이다.

本會는 此書가 압흐로 오릭동안 朝鮮에셔 必要ᄒᆞ게 使用ᄒᆞᆯ 줄 밋습니다.

朝鮮主日學校聯合會 總務
許 大 殿 誌
主后 一千九百二十七年 四月 十五日

75 이 책의 원문은 Cather, Katherine Dunlap, 『Story Telling—For Teachers of Beginners and Primary Children』(New York: The Caxton Press, 1921)이다. '미국교사양성과출판회(米國 敎師養成科出版會)'는 'The Teacher Training Publishing Association'을 가리키고, '갠톤 푸레스'(캔톤 푸레스사)는 출판사인 'The Caxton Press'를 가리킨다.
허대전(Holdcroft, James Gordon: 1878~1972)은 1903년 미국 북장로회 선교사로 내한하여, 일시 귀국하였다가 1909년부터 1940년까지 한국에서 선교사로 봉직하였고, 주일학교연합회 조직에 이바지하였다.
도마련(Stokes, Marion Boyd: 1882~1968)은 1907년 미국 감리회 선교사로 내한하여 1940년 일제에 의해 강제추방될 때까지 선교활동을 하였다.

都瑪連, "序", 『동화 연구법』, 朝鮮主日學校聯合會, 1934.8.

本書는 米國 예수敎 新敎派 聯合主日學校協會에서 編輯하야 敎師 養成科 標準課目에 敎科書로 認定하고 使用하므로 米國 內에서 널리 使用하게 되엿다.

本書 原文은 美國 敎師養成科出版會에서 뉴욕市 캔톤 푸레스社로 出版하게 하엿으며 此書를 또 朝鮮文으로 飜譯하야 發行하도록 許諾하엿으니 本會로써는 該會의 厚意와 本 著作者의 手苦를 兼하야 致賀를 마지않는 바이다.

本書는 家庭의 主婦들과 幼稚園 保姆들과 主日學校 職員들이며 敎役者들과 其他 宗敎敎育上 兒童敎育을 目標로 하는 분에게는 반듯이 있어야 할 冊子이다. 此書가 發行된 지 오래지 않어서 數千部가 벌서 絶版이 된 故로 今番에 修訂하야 再版으로 發行하엿다.

朝鮮主日學校聯合會 總務
都　瑪　連 (이상 1쪽)

딸낭애비, "『별나라』를 위한 피·눈물·땀!! 수무방울", 『별나라』, 1927년 6월호.

◎ 韓晶東　선생님은 진남포 삼숭학교(三崇學校)에 게심니다. 언제던지 서울만 오시면 꼭 붓들고 놋치를 안을 터임니다. 『별나라』를 위하야서는 사죽을 못 쓰시는 분이지요. 그러고 운동을 조와하신다는데 어데서 그러케 고흔 노래(동요)가 나오시는지.

◎ 주요한　선생님은 『東亞日報』도 보시고 東光社에도 게시니가 한 몸에 두 지게를 지시고 쩔々 매심니다. 그래서 요좀은 글을 못 쓰시지요. 그러나 『별나라』를 몹시 사랑하신담니다.

◎ 劉道順(紅初)　선생님은 江西郡 青年會學校에서 교편을 잡고 게신데 힘도 세시고 씨름도 잘하시고 뛰기도 잘하심니다. 그럿컨만 어데서 그러케 고흔 솜씨가 나오는지 눈물이 쏘다지는 연극도 잘하시고 가르치기도 잘하십니다. 요좀은 여러 가지 사정이 잇서々 얼마간 쉬섯는데 『별나라』와는 백년을 갓치 살기로 구든 약조를 하엿습니다.

◎ 秦宗爀(雨村)　선생님은 仁川 習作時代社에 게신데 언제던지 늘-웃는 얼골노 사람을 대하기 때문에 아모리 무쑥(이상 40쪽)々한 사람이라도 고만 목이 멤니다. 그래서 女子란 별명까지 듯습니다. 아무럿튼 얌전하고 곱고 『별나라』 조와하는 분이지요.

◎ 李學仁(牛耳洞人)　선생님은 日本 가서 공부하고 게신데 얼골도 한번 뵙지는 못하엿스나 몹시 조선이란 이 짱을 사랑하시는 분으로 글귀절마다 뼈가 웅々 울도록 쓰시는 분이람니다.(現住所는 東京 巢鴨町宮下 一五八 天道教宗理院 內.

◎ 金道仁(可石)　선생님은 쳐음부터 『별나라』를 위하야 전 노력을 하신 분임니다. 우리에게는 둘도 업는 恩人이며 얼골이 잘 생겨서 조순～한신[76] 게 누구를 보던지 다정하게 굼니다. 지금은 仁川서 밧분 일을 보고 게신데(現住所는 仁川府 柳町 五 仁興精米所 內)임니다.

◎ 李定鎬(微笑)　선생님은 京城 어린이社에 게신데 『어린이』 하나만 저스트보가지고도 쪌々 매실 그 틈을 타서 『별나라』에 대한 일이라면 한집안가치 굴어서 정이 붓습니다. 글만 보서도 아시겟거니와 조곰도 빈틈업시 얌전하십니다.

◎ 安俊植(雲波)　선생님은 『별나라』의 옷이요 밥이요 집이니가 더 말할 수 업고 키가 훌적 크신데다 목소리가 크세서 미구에 그 목소리는 '라듸오' 모양으로 전 세게를 진동하실 것입니다. 비바람 눈을 무릅쓰고 분투하시는 선생님은 언제나 늘 별나라社에 게시고.

◎ 崔奎善(青谷)　선생님은 주판 잘 노으시기로 유명하신데 韓一銀行에서 곰곰한 일을 보시고도 그래도 시간을 남기셔서 少年運動을 열々히 부루지즈십니다.

◎ 李康洽(오로라生)　선생님은 어려서부터 아직까지 쌈이라고는 해 보신 적이(이상 41쪽) 업습니다. 글씨 잘 쓰시고 코가 빨-간 분이 어데로 보나 착하십니다. 『별나라』와는 닛지 못할 못이 굿게 백여 굉장이 도와주시는 분입니다. 지금은 (京城 市外 城北洞)

◎ 梁在應(孤峯)　선생님은 서울 光熙町 二丁目에 게신데 그야말노 머리가 고슬〜〜하시고 맘이 서글〜〜하십니다. 마조 안저 이약이를 하면 먼저 우숨부터 나옴니다. 그러케 재미잇는 분이십니다.

◎ 延星欽(皓堂)　선생님은 정말 선생님이십니다. 京城 蓮建洞 培英學校에서 낫과 밤을 이어 일을 하시고도 『별나라』를 위하야 극력 후원하야 주십니다. 키가 작으마하고 얼골이 까무죽々하신 분이 썩 다정해요.

◎ 元경묵　선생님은 東光社에 게신대 대모에 안경 쓰시고 쩌들기 잘하시고 진지 만히 잡수시고 악수할 때는 팔이 쩌저질 것 갓흐신데 얼골이 환-하게 아주 선々한 분입니다. 『별나라』에서 빠지면 안 될 분입니다.

◎ 崔秉和(蝶夢)　선생님은 안경 쓰시고 얌전한 학생이십니다. 설은 이약이를 조와하시기 때문에 언제나 「무궁화 두 송이」[77] 가튼 것만 조와하

---

76 '조순〜〜하신'의 오식이다.

시지요. 얼마나 우리들을 울니시려는지.(별나라社)

◎ 金永喜 선생님은 女 선생님으로써 시작할 때부터 지금까지 무진 애를 써 주섯습니다. 이번에 실닌 「北間島로 끌녀간 任順이」[78]를 보십시오. 소리 업시 착하고 눈물 만흔 詩人이십니다.

◎ 姜炳周(玉波) 선생님은 그야말노 샛별가치 맘속에 빗을 가지신 분입니다. 여러 가지 괴로운 중에서도 『별나라』를 위하야 적지 안은 노력을 해 주십니다.(現住所 京城(이상 42쪽) 樂園洞 三六)

◎ 崔喜明(실버들) 선생님은 大邱師範學校에 게십니다.[79] 얼마 안 잇스면 어데로 가시게 될넌지 알 수가 업습니다. 퍽 재미잇고 너그러운 어룬이십니다. 처음부터 지금까지 꼭 한마음으로 『별나라』만 위하십니다.

◎ 朴芽枝 선생님은 全南 莞島中學院에 게신데 썩 얌전하시고 교리 잇는 어룬으로 편지 구절만 닑어 봐도 정이 폭々 듭니다.

◎ 尹基恒 선생님은 시원～하십니다. 무엇이든지 사내답게 일을 돌보아 주시며 지금은 京城 需昌洞 四二番地에 게십니다.

◎ 廉根守(樂浪) 셩생님은[80] 별나라社에셔 뎨일 힘나시는 분입니다. 안 선생님과 함께 밤을 득々 새시는데 이번에는 사진까지 낫스니 실컷 들여다보아 주십시요.

— (이후에 긔회 잇는 대로 또 쓰겟습니다.) — (이상 43쪽)

---

77 접몽(蝶夢)의 「(소년소설)무궁화 두 송이」(『별나라』, 1926년 11~12월호)를 가리킨다.

78 김영희(金永喜)의 「北間島로 끌니여 간 任順이」(『별나라』, 1927년 7월호)를 가리킨다. 김영희(金永喜)는 『별나라』 발행인 안준식(安俊植)의 부인이다.

79 최희명(崔喜明: 1907~?)은 경성부(京城府) 봉래정(蓬萊町) 3정목(丁目) 196번지가 본적이다. 1927년 3월 배재고등보통학교(培材高等普通學校)를 졸업하고, 1927년 4월 1일 대구사범학교(大邱師範學校)에 입학하여 1929년 3월 25일 졸업하였다.(최희명의 대구사범학교 학적부 참조)

80 '선생님은'의 오식이다.

져작쟈 홍병션, "교육동화一빅집 부모와 교ᄉᆞ용 셔문(序文)", 『교육동화일백집』, 조선야소교서회, 1927.10.

동화(니야기)는 ᄋᆞ희의계 업지 못ᄒᆞᆯ 것일다. ᄋᆞ희싱활의 량식이라 ᄒᆞ겟다. ᄋᆞ희들은 어룬의계 니야기를 드르랴고 ᄒᆞᆫ다. 그런고로 ᄋᆞ희를 맛나ᄂᆞᆫ 어룬은 불가불 ᄋᆞ희의계 니야기를 ᄒᆞ여야 ᄒᆞ겟다. 그러나 니야기가 만키는 만흐나 ᄋᆞ희를 맛나셔 니야기를 ᄒᆞ고져 ᄒᆞ면 ᄒᆞᆯ 니야기가 업서셔 어려운 ᄯᅢ가 만흔 것일다. ᄋᆞ희들이 어룬ᄃᆞ려 돈 달나고 조르ᄂᆞᆫ 것보다도 니야기희 달나고 조를 ᄯᅢ에 ᄒᆞᆯ 니야기가 업스면 참 곤난ᄒᆞᆫ 것일다. ᄯᅩ 니야기 즁에도 엇던 니야기는 ᄋᆞ희의계 히 주어셔 됴흔 것도 잇거니와 됴치 못ᄒᆞᆫ 것도 만흔 것일다. 그럼으로 니야기를 잘 골나셔 히 주어야 ᄒᆞ겟다.

『교육동화一빅집』이라ᄂᆞᆫ 것은 어룬들이 ᄋᆞ희의계 ᄒᆞᆯ 니야기 一빅을 턱ᄒᆞ야 노흔 것이니 ᄋᆞ희들을 위ᄒᆞ야 쓰시기를 ᄇᆞ란다.

물론 이 칙을 직졉 ᄋᆞ희들을 닑힐지라도 됴흘 것일다. 이 칙으로 가뎡에셔는 부모,(이상 1쪽) 유치원과 쥬일학교와 하긔 ᄋᆞ동셩경학교에셔는 선싱님들이 ᄉᆞ용ᄒᆞ실 것일다. ᄯᅩ는 일반 보통학교에셔나 야학교에셔 어ᄃᆡ셔던지 쓰실 것일다.

이 칙이 다힝히 ᄋᆞ동교육에 다쇼의 리익이 된다 ᄒᆞ면 이 칙을 편찬ᄒᆞᆫ 쟈는 깁히 감샤ᄒᆞᄂᆞᆫ 바일다.

一九二七年 七月 日

져작쟈 홍병션 (이상 2쪽)

田榮澤, "니야기 할아버지 안덜센", 『아희생활』, 1928년 1월호.

一

근세에 서양의 동화문학의 보옥으로 치는 거슨 독일사람 그림의 동화가 잇고 그리고는 댄막 나라 시인 한스크리스찬 안델센(Hans Christian Andersen)의 동화임니다. 그러나 그림의 동화는 그림의 형데가 국어 연구하기 겸하야 녯날브터 구뎐으로 내려오는 인간의 뎐셜(傳說)을 모아서 써 노앗슬 뿐이지만 안델센 친히 부모님의 무릅 우에 들은 니야기 혹은 시골서 화로가에서 농부 할아버지 할머니들의게 들은 니야기를 재미잇게 써서 모왓슬 뿐 아니라 자긔의 머리속에 니야기의 나라를 지어 가지고 공상으로 어엽분 왕자, 공주, 이상한 선녀와 산신령문신령을 마음대로 놀리고 춤을 취워서 놀날 만한 동화문학을 만들어 내엿습니다.

二

안델센은 이상한 셩력을 가진 사람임니다. 그는 一八〇五年에 덴막 나라 서(이상 54쪽)울서 갓가운 퀴오네[81]라는 조고만 장거리에서 낫습니다. 아버지는 간난한 구즈기이 장사요 어머니는 가엽시 쩌도라다니든 사람이엇다. 이러케 미쳔한 쳐지에서 자라낫지마는 아버지라는 이는 좀 별다른 남자로서 일을 하다가 틈만 잇스면 글도 닑고 리웃의 유식하다는 사람들과 서로 토론도 하엿습니다. 낡 맑은 봄날 아참이나 가을밤이면 부자 두 사람은 섬의 느틔나무 수풀 사이로 슬々 그닐면서 키가 늘신한 아들 한스는 딸기를 짜기도 하고 들의 쏫을 싸고 하는 동안에 한편에서는 아버지는 고달픈 몸을 나무 뿌리에 쉬이고 안저서 멀리 프른 하날을 바라보면서 별노 락이 업는 자긔의 살님을 도리켜 생각하고 한숨을 짓다가도 어린아들이 '아버지!' 부르고 달녀오고 흥이 나면 빌그레 우스면서 날근 『아라비안나잇』 책을 펴고 재미잇는 뎨목을 닑어 주엇습니다. '한스'는 텬생 세상의 항용 아희덜과 달

---

81 퓐섬(Fyn섬, Funen)을 가리킨다.

나서 원악 령특해서 — 신경질이오 감졍이 세인 까닭도 잇겟지마는 학교에 보내기는 하지마는 너무 엄하게 달우는 거슬 실혀해서 무슨 일이든지 아들의 마음대로 하도록 버려두엇습니다. 그뿐 아니라 아버지는 틈이 잇는 대로 '한스'를 위해서 인형을 만들어서 쌘스를 식히고 춤을 취웟습니다. '한스'도 게집애가치 인졍[82]에다가 옷을 닙혀 주고 인형을 가지고 극을 하기를 조와햇습니다.

三

이 모양으로 어린 '한스'의 머리는 더한층 공상(空想的)이 되엿습니다. 그래 어느새 제 몸이 녯니야기와 연극 가온대 나오는 어린 왕자나 된 듯이 생각하기에 니르럿습니다. 한번은 이런 일이 잇섯습니다.(이상 55쪽)

소학교에 다닐 째 일인대 그 동모 가온대 가난한 집 게집애가 잇섯습니다. '한스'가 "너 이담에 자라면 무에 되려니!" 하고 물은 즉 그 게집애는 "나는 훌륭한 셩주대감 댁에 드러가서 젓 짜는 게집애가 되고 십허!" 하고 대답햇습니다. 겨우 아홉 살 먹은 '한스'는 아주 검방진 모양으로 "오냐 오냐 인제 내가 셩주대감이 되거든 너를 불너 가마." 하면서 그 공상 가온데 잇는 장차의 자긔 궁천이며[83] 셩(城)을 셕판에다가 그리기를 시작하엿습니다. 그러고 하는 말이 "나는 실노 말하면 가난한 집 아들이 아니란다. 훌눙한 셩주의 아들노 태여낫섯는데 대전 갓흔 집 입븐 침상에서 잠들어 자는 거슬 요슐쟁이가 가져왓단다." 하고 소리쳐 말하엿드랍니다.

졍말 안델센이 어려서는 꼭 녯날 니야기 갓흔 이상한 쳐지에서 지낫습니다. 그 부모는 겨우 다섯 살 먹은 어린 '한스'를 더리고 그 고을의 감옥 간수네 집에 가서 밥을 먹엇습니다. 언제든지 죄수 두 사람이 시죵을 햇습니다. 어린애는 젼에 들엇든 도젹놈 니야기, 옥 니야기감 컴〻한 요술쟁이네 산당이 눈압에 왓다갓다하야 혼자 무서워햇습니다.

그는 숫가락 들 힘도 업시 고만 마루 우에 쓰러졋습니다. 그리고 누어서

82 '인형'의 오식이다.

83 '궁전이며'의 오식이다.

지금 막 눈압헤 보든 감옥소의 광경을 자긔의 머리 가운대 잇는 동화 나라에다가 집어너어 가지고 새로운 공상의 나라를 만들엇습니다. 그는 그 고을 미친 사람과 간질 들인 사람 잇는 병원에 놀너 갓다가 입븐 미친 녀자 한 사람이 마음 놋코 쒸노는 '한스'를 감작 놀내게 해서 고만 기절을 한 일이 잇섯습니(이상 56쪽)다.

또 한번은 거지들만 사는 집에 가서 더럽고 냄새 나는 방에서 엇든 할머니한데 여러 가지 녯날니야기며, 귀신니야기며 독개비니야기 갓흔 무서운 녯이야기를 홈박 들엇습니다.

안델센의 아버지는 볼래 몸이 약하야 페에 병이 잇서서 안델센이 열한 살 먹엇슬 째에 아버지 병이 위중해젓습니다. 아버지 병이 경말 위태해저슬 째에 어머니는 안델센더러 "얘 너 져 강ㅅ가에 나가보아라. 거긔서 혹 아버지 혼을 만나나 보게. 만나면 아마 이번이 마지막이리라." 햇습니다.

남달리 령리하고도 좀 약하고 그리고 감졍덕인 안델센은 벌々 썰면서 강에 나가 보앗스나 아모것도 만나 보지 못햇습니다. 그러나 아버지는 그런 지 사흘 만에 도라가섯습니다. 뒤에 남은 불상한 모자(母子)는 아버지의 시톄 녑헤서 밤을 새엿습니다. 그째에 벽에서 귀쏘람이 소리가 들리닛가 어머니는 벌레더러 "암만 불러도 쓸데업다야. 그 사람은 인제 죽엇서." 그리드람니다.

이러케 녯날 녯날니야기가치도 이상스러운 미신의 세계에서 안델센이 자라낫습니다. 그리하야 쟝래의 동화작가로서의 상상(想像)과 감졍(感情)을 준비해 두엇든 것임니다.

四

아버지가 도라가시고 수양아버지가 드러온 뒤에는 쳔년 '한스'의 기나긴 세월에 이상스러운 길을 쩌낫습니다. 이째가 그의 쩌도라댄긴 시대엇습니다. 재봉을 잘한다고 해서 양복집 직공으로 갓든 일도 잇섯(이상 57쪽)고 동화극의 배우로 나갓든 일, 어리고 서투를 각본을 만들어 가지고 곳 무뎌의[84]

84 '서투른'과 '무대의'의 오식으로 보인다.

셩공을 쉼인 일도 잇섯습니다. 한때는 는[85] 그의 유명한 걸작소셜『즉흥시인(卽興詩人)』[86] 가온대 잇는 쳔년[87] 음악가 안트니오쳐럼 음악가가 되여셔 극쟝에서 그 어엽븐 목소리가 대환영을 밧은 일도 잇섯들랍니다.[88]

이리하야 졀망과 굼주림의 괴로운 생활이 륙칠년 동안이나 갓습니다. 그리다가 엇든 고마운 이를[89] 만나서 그의 도음으로 대학을 마치고 으란스로 이달리로 유롭 대륙을 유람하고 동양에까지 간 일도 잇섯는데 이러케 차々 순경(順境)에 들어가 예술뎍 생활을 시작한 거슨 설흔 살 젼후이엇습니다.

예술가로서의 안델센의 소원은 시인이 되고 극작가 되고 또 소설가가 되는 것이엇습니다. 그래서 그는『즉흥시인』과『그림 업는 화텹』[90]을 비롯하야 열 몃 편의 창작을 해 보고 자긔의 쟝긔는 거긔에 잇는 줄노 생각을 하고 잇섯습니다. 그러나 그 작품은 대개는 자긔 나라에서밧긔는 닐어[91] 주는 사람이 업섯고 도리혀 단지 심々풀이로 작난거리로 써 내 버리고 자긔도 우습게 녁이든 동화는 야단스럽게 각 나라말노 번역이 되여서 크게 환영을 밧게 되엿습니다.「눈의 녀왕」,「미운 오리」,「물 사람」,「국하 나무」,「들의 흰 새」[92] 이러한 입븐 니애기를 지은이의 일흠을 온 세계의 만흔 어린이들이 어린이쁜 아니라 각 나라 모든 사람이 널니 널니 긔억하고 언제까지든지 감사와 사랑을 바치기를 그치지 안케 되엿습니다. (이다음은 래월호

85 '는'이 불필요하게 한 번 더 들어간 오식이다.

86『The Improvisatore』(1835)를 가리킨다.

87 '쳥년'(청년)의 오식으로 보인다.

88 '잇섯스랍니다.'의 오식이다.

89 여기서 '고마운 이'는 요나스 콜린(Collin, Jonas)을 가리킨다.

90『그림 없는 그림책(Picturebook without Pictures; 덴마크어 Billedbog uden billeder)』(1840)을 가리킨다.

91 '닑어'(읽어)의 오식이다.

92「눈의 여왕(Snow Queen)」(1844),「미운 오리 새끼(The Ugly Duckling)」(1843),「인어공주(The Little Mermaid)」(1837),「전나무(The Fir-Tree)」(1844),「들판의 백조(The Wild Swan)」(1838) 등을 가리키는 것으로 보인다.

에) (이상 58쪽)

田榮澤, "이야기 할아버지 안델센(2)", 『아희생활』, 1928년 2월호.

五

안델델센의[93] 동화가 비로소 한 책이 되여서 나온 것으로 말하면 一千八百三十五년에 나온 『아이들을 위하야 니애기한 동화』라는 겨우 예순한 페지밧게 안 되는 얇다란 책이엇습니다. 거긔에는 「콩 우에 자는 공쥬」, 「부시돌 상자」, 「작은 클나우스와 큰 글라우스」, 「젹은 이이다쏫」 잇다위 네 편의 동화가 들엇습니다.[94] 이런 거슨 안델센 동화의 처녀작이라 하겟습니다. 이 가온대 「젹은 이々다쏫」은 엇든 죠고만 계집애가 '코펜하겐'의 식물원에 잇는 쏫 니야기를 한 어러고[95] 천진스러운 관찰을 재료로 삼아서 순전이 어린애다온 공상이 활발하게 펴지고 동해 나가는 대로 신선하고 자연스러온 글은 그려내인 것입니다.

그때에 안델센은 동화의 줄걱지를 자긔의 공상에서만 쓰집어내지는 안엇습니다. 「이이다의 쏫」과 가치 나온 다른 셔편도 다 작자가 어려서부터 들은 뎐막 나라의 녯날니야기에서 나온 것임니다.

쳔진스럽고도 사나온 촌사람의 기풍(이상 16쪽) —— 그 씀직이 무식하고도 생각 밧기 지혜와 재조가 나오는 우서운 맛 순박한 시골 생활의 한 조각 한 조각이 안델센의 한업는 상상력(想像力)과 입브고 맛잇는 솜씨로 보는

---

93 '안델센의'의 오식이다.

94 『Tales, Told for Children(덴마크어, Eventyr, fortalte for børn)』(1835)에는 「완두콩 위의 공주(The Princess and the Pea)」, 「부시통(The Tinderbox)」, 「작은 클라우스와 큰 클라우스(Little Claus and Big Claus)」, 「꼬마 이다의 꽃(Little Ida's Flowers)」 등의 작품을 담고 있다.

95 '한 어리고'의 오식으로 보인다.

듯 살은 듯이 그러진 것임니다. 그래도 문채(文彩)과 긔교(技巧)를 죠와하는 십팔 셰긔 긔풍의 영향을 만히 밧은 뎬막 사람들은 안델센의 동화의 촌 냄새 나고 텬진스러운 맛을 리해치 못햇슴니다.

그다음에는 一八三六년에 동화집이 또 하나 나왓는데 거긔에는 니야기 세 편이 들엇슴니다. 또 그다음 해에 난 책에는 니애기 두 흘이 들어 잇섯는데 녯날 뎐설을 곳쳐 만든 니애기도 잇지마는 순전한 작자 자신의 창작도 잇셧슴니다. 그 가온데 「님금의 새 옷」은 스페인 나라 뎐실에[96] 의지하야 된 것이오 「적은 엄지 손가락 아씨」와 「물 사람」[97] 니애기는 분명이 안델센의 창작임니다. 참말 시인의 공쟝에서[98] 나온 근대식 동화(近代式童話)이엇슴니다. 그 가온데도 「물 사람」 니애기는 동화 작자로서의 안델센의 일홈이 놉하진 처음의 명작(名作)이엇슴니다. 또 一八三八년에는 자긔나라 국민 뎐셜에 의지하야 「들의 힌 새」라는 굉쟝이 기인 니애기를 썻슴니다. 그런 다음에는 안델센의 동화라 하면 무슨 니야기를 쓰든지 큰 환영을 밧앗슴니다. 그는 아모 긔탄업시 쓰고 십흔 것을 무어시나 썩々 써 버렷슴니다. 동화짓기는 이러케 一八七二년까지 게속하야 거진 사십년 동안에 힘드린 일이엇슴니다. 물론 이때에는 안델센의 동화는 세계뎍으로 환영을 밧든 것은 말할 것도 업슴니다.

六

안델센의 동화가 근대의 작가 가온데 누구의 것보다도 그중 아희들이 죠와하는(이상 17쪽) 첫재에 까닭은 그 감졍이나 공상이 꼭 어린이인 때문임니다. 아희들은 야만인과 갓치 아모리 리치에 닷지 안는 일이라도 그거슬 례사로이 용납하고 그러케 리치에 닷치도 안는 니애기들은 마음대로 꿈여내고 사람의 일상의 감각세게(感覺世界)를 버서나서 오관 이상(五官以上)의 셰게에 마음대로 나라다니고 꾀 잇고 어리석고 힘세고 약한 것을 분간해

96 '뎐셜에'(전설에)의 오식으로 보인다.

97 「황제의 새 옷(The Emperor's New Clothes)」(1837), 「엄지공주(Thumbelina)」(1835)와 「인어공주(The Little Mermaid)」(1837)를 가리킨다.

98 '공샹에서'(공상에서)의 오식으로 보인다.

셔 칭찬하기도 하고 비웃기도 하는 감졍은 잇지마는 션(善)이라든가 악(惡)이라든가 하는 거슬 분간하는 지식은 업는 법이지오. 그런데 안델센의 동화는 아이들이 늣기는 대로 (죠곰도 어런다온 리론이나 교훈이 업시) 솔직하게 그리로 써 버린 것이 특색이랍니다.

「부싯돌 상자」 속에 잇는 병뎡은 요술쟁이 할머니의 목을 잘나 놋코 그 보물을 빼아 가지고 —— 그것을 본전 삼아 행세하고 「비행 가방」[99]의 쟝사 사람은 불상한 토이기의 공주를 속이고 —— 간사한 작은 '클라우스'는 사람 죠흔 큰 '클라우스'를 나죵쩟 골녀 먹엇지오. 그러케 어런의 세상에서는 맛당이 도덕상 죄악이라고 할 일이라도 쳔진스러운 아희들 마음에는 그저 바람이 불고 비가 오고 텬동 소리가 나는 것 갓흔 인상을 남길 따름입니다.

七

어듸까지든지 어린아희의 마음이 되여 가지고 동화를 쓰는 안델센은 아모리 고상하고 화려한 공상이라도 동화에 써 놋케 되면 언제든지 쉽고 순々한 말이 되고 아이들이 알기 쉬운 인물과 사실을 갓다가 그 사샹(思想)과 감졍(感情)을 나타내임니다. 가령 강한 권셰를 가진 이는 언제든지 녯날의 머리에 왕관을 쓰고 손에 홀을(이상 18쪽) 잡고 길다란 옷을 질질 끌고 댄기는 왕이지오. 그러나 왕의 모양은 잇지마는 그 말하는 것과 생각하는 것은 꼭 촌 농군 할바버지오 그리고 무릇 초목금수며 일월셩신(日月星辰)이며 그 밧긔 자연게의 가지가지에다 아이들의 생활의 관게된 싼 관찰이 잇습니다. 그것을 세밀하게 깨다라 아라 가지고 묘하게 나타내이는 말을 발명한 것은 홀로 안델센의 쟝긔로 아모도 감히 짜르지 못할 것임니다.

그러면서도 안델센의 동화는 엇든 것이나 가쟝 시뎍이오 예술뎍 맛이 만흔 고로 그것이 텬진스럽고 어린애다우면서도 어른들이 닑어도 매우 재미잇습니다. 그즁에도 예술뎍 맛이 만흔 것 —— 동화라기보다도 한 산문시(散文詩)라고 할 수 잇는 것은 「달이 본 니애기」, 「어머니의 니애기」, 「꾀골사와 쟁미쏫」[100]이란 것임니다.

99 「하늘을 나는 가방(The Flying Trunk)」(1839)을 가리킨다.

八

"내 요술주머니도 인제는 바닥이 드러낫네." 안델센이 이러케 그 친구의게 말한 편지를 부친 것은 一八七五년 정월 초하로이엇습니다. 자긔도 인제는 오래 못 살 것을 아랏든 모양이외다. 그래도 긴병 알는 사람이 잠시 소복되는 때가 잇는 셈으로 한때는 다시 꼿 피는 양춘이 도라오는 듯이 보엿습니다.

마참 그때에 그의 칠십 회 탄신을 축하하기 위하야 그 나라 서울과 그 탄생한 곳과 두 곳에서 동시에 성대한 축하회가 열녓습니다. 우흐로는 님금으로부터 아레로는 산골 농부까지 이 귀한 동화작가의 탄생일을 국민축일노 직혀셔 열심으로 축하하엿습니다. 이 반가운 소식은 병셕에 잇는 안델센을 얼마나 위로하엿슬잇가.

이러케 국민 젼톄에 따뜻한 동경과 사랑을 밧으면서 그해 팔월 사일에 '클리셋트'[101]의 젹은 집에서 마음세 착한 온 세상 아이들의 은인은 다시 깨지 못하는 잠을 들고 말엇담니다. 끗.(이상 19쪽)

---

100 「어머니의 이야기(The Story of a Mother)」(1847), 「장미의 요정(The Rose Elf)」(1839)을 가리키는 것으로 보인다.

101 코펜하겐(Copenhagen) 근처의 'Rolighed'('고요'라는 뜻)를 가리킨다.

金雪崗, "西北地方 童話 巡訪記(續)", 『아희생활』, 제3권 제2호, 1928년 2월호.[102]

二十三日 ═ (晴天) … 沙里院

午後 四時半에 沙里院驛에 着하니 本社支局 金貞俊, 李昌玉 兩氏가 풀넷폼까지 와서 반가히 마지하여 준다. 그리하여 그 두 분의 案內로 平海旅館에 行具를 맛기고 少年會를 차젓스나 맛나지를 못하엿다. 市街를 一週한 후 저녁 먹고 八時半에 本部禮拜堂에서 總務 金貞俊 氏의 司會로 童話會를 開하니 聽衆이 無慮 五百餘名에 演題는 「멍텅구리」와 「少年勇士」엿다. 閉會 后 沙里院少年俱樂部 四五人이 여러 가지의 歡迎의 懇談이 有한 후 聯合會에 加盟키로 하엿다. 三人이 作伴하여 散步 后 밤 열두 시에 꿈나라의 한 사람이 되엇다.

二十四日 ═ 信川 (晴)

오늘은 西沙里院驛에서 信川을 向하게 되엇다. 汽笛 一聲에 經便鐵道[103] 몸을 실렷다. 午后 三時에 信川驛에 着하엿는데 쓸쓸하기 그지업다. 한 사람도 맛나지를 못햇다. 나는 참말 이번 巡回 中 처음으로 孤寂을 느끼는 곳은 이곳이다. 少年團體는 有耶無耶인 形便이다. 그리고 各 新聞支局은 주인이 업다. 그날 밤 禮拜堂에서 童話會를 開催하게 되어 童話 하나와 本誌 宣傳 講演을 하엿다.

나는 이곳에서 무엇보다도 느낀 것은 너머나 少年運動에 對한 意識이 업고 입으로만 博愛니 四海同胞主義니 하지 말고 좀 더 實行이 잇기를 바란다. 아니 悔悟함이 잇기를 두 손으로써 祝壽하여 빌기를 마지아니한다.

---

102 김설강의 「서북지방 동화 순방기(전3회)」(『아희생활』, 1927년 11월호~1928년 2월호) 중 결락된 제3회분이다.

103 '경편철도(輕便鐵道)'의 오식이다. '기관차와 차량이 작고 궤도가 좁은, 규모가 작고 간단한 철도'를 가리킨다.

二十四日 ═ 信川溫泉 … (雨)

오전 九時 車를 썰키고 十一時 自働車로 信川溫泉에 着하여 大成旅館에서 一迫하며[104] 朝鮮에서 有名하다는 이 溫泉에서 하로를 지내고 그 이튼날 午后 一時 車로 載寧을 向하여 써낫다.(이상 64쪽)

二十五日 ═ 載寧 … (曇)

午后 四時에 도착하엿다. 東亞支局의 案內로 本社支局을 차젓스나 아모도 업섯다. 모다 出他햇다고 한다. 조곰 후에 載寧少年會를 차젓다. 그날 밤에 該會의 主催로 明信學校에서 童話大會를 開催하니 四百餘名의 純어린이의 모듬으로 만흔 滋味를 보고 閉會式에는 黃海少年聯盟 載寧少年會 靑年會聯盟 幹部 諸氏와 茶菓會를 베풀고 現下 朝鮮의 各 方面에 對한 運動과 特히 少年問題에 對한 講究가 有한 후 十一時에 閉會하다. 特히 載寧少年會와 金元洸 氏에게 感謝함을 마지 아니한다.

二十六, 七, 八 ═ 海州 … (晴)

午前 九時에 自働車에 몸을 실코 十一時에야 海州에 到着하엿다. 一着으로 本社 支局長 吳仁明 氏를 차젓다. 그는 벌서부터 童話會 準備에 눈코 뜰 사이 업시 東奔西走하며 宣傳하러 단긴 모모양이다.[105] 海州勞友少年 幹部 멧 사람 맛나 보고 東亞支局을 訪問한 후 吳義明 氏의 親切한 案內로 海州의 古蹟과 各 名勝地를 探訪하고 廣石川 맑은 물에 冷浴을 하고 午后 五時半에 歸하니 約條하엿던 큰샘 韓錫源 兄이 이제야 到着하엿다. 그래 반가히 마저 錦城旅館으로갓다. 四方 十字架路마다 '포스다'를 宏壯하게 써붓처 노앗다. 本社 支局長의 敏活한 活動과 誠意를 알 수가 잇다. 그리고 宣傳 '비라'도 數千枚 색린 모양이다. 이번 巡回에 本社 支局으로 相當한 準備와 活動을 보고 支局의 發展이 여긔에 잇슬 줄 안다. 밤一 八時半에

---

104 '一泊하며'의 오식이다.

105 '모양이다.'에 '모'가 한 번 더 들어간 오식이다.

豫定과 가티 童話大會를 開하니 四坊으로 雲集한 少年少女가 압흘 다토아 들어온다. 聽衆은 무려 六百餘名이엇다. 이곳은 特히 本誌 一卷式 携帶하는 이에게 立場을 식힘에도 不句하고[106] 大盛旺을 呈하엿다. 支局長의 開會宣言이 有하고 어린 少女의 淸雅하고 流暢한 獨唱이 有한 후 처음으로 내가 「말 잘 듯난 少年」을 한 뒤 韓錫源 先生의 「이상한 두루마리」의 재미잇고 有益한 童話가 씃난 후 聽衆은 꿈나라의 王國에서 뛰놀며 취할 대로 취햇다. 다시 精神을 새롭게 하기 爲하야 少女 中 二人의 遊戱 唱歌가 有한 후 또 「義俠少年」이라는 演題를 걸고 내가 또 美淡[107] 하나를 하엿다. 群衆은 모다 쥐죽은 듯이 고요하다. 그리고 義憤에 잠겻다. 그런데 어떤 少年은 주먹을 불근 쥐고 뛰어나오려고 한다. 이날 하로밤을 어린이 世界에서 平和로운 '타임'을 보내게 되여 趣味津々한 가온대 十一時에 閉會하엿다.

× ×

그 이튼날이엿다. 午前에는 山步를[108] 좀 갓다가 도라오니 큰집에서 별안간 呼出이 나왓다. 그래 허는 수 업시 그곳까지 짜러 갓섯다.(이상 65쪽)

어듸나 마찬가지지마는 이번 巡回에 安州와 海州는 유독히 觀察한다. 조곰 잇다가 吳韓雨 先生이 불려 왓다. 幾 時間 동안 重言復言하다가 午后 二時半에야 나왓다. 오늘 나는 龍塘浦에 가서 仁川行 배를 타고 갈 터인데 여러 知友들과 支局의 挽留로 中止하엿다. 三年 前 少年 溺死事件 째문에 海州 사람들은 배 타기를 꺽으나 쓰리워할 쁜 아니라 녯 記憶이 回想될 째마다 왼 몸에 소름이 씨친다고 한다. 그 이튼날이다. 吳龍煥 氏를 訪問하고 四人이 同伴하야 自働車로 山水佳麗한 海州와 龍塘浦의 名勝古蹟을 探訪한 후 '카피아'에 들어가 茶菓會를 열고 胸襟을 서로 터노코 재미잇는 타임을 보내엇다. 밤에는 困하여 일즉 자리에 누엇다.

特히 本社 支局과 吳龍煥 氏와 任 牧師 其外 人士들에게 感謝함을 마지

106 '不拘하고'의 오식이다.

107 '美談'의 오식이다.

108 '散步를'의 오식이다.

안으며 아즉까지 記憶에 새로움을 말하고 십다.

七月 三十日 ＝ 開城 … (晴)

午前 九時에 海龍自働車로 韓錫源 兄과 同伴하야 載寧과 沙里院을 것처 釜山行 列車에 몸을 실엇다. 午后 七時半에 開城驛에 到着하여 큰샘 兄宅에 가서 하로밤을 便히 쉬고 그 이튼날 午前 十一時로 나는 仁川을 向하고 큰샘 兄은 京城驛에 내리엇다. 午后 三時에 仁川에 도착하여 東亞支局을 訪問하고 仁川少年會의 會館을 무르니 그의 案內로 가는 途中 벌서부터 準備하엿던 것이 눈에 씌엇다. 四方에 '포스다'를 宏壯히 써 노앗다. 이곳서도 亦是 나를 퍽 苦待하엿던 모양이다. 그리고 午后 三時半부터 童話會를 開催하엿다. 그래 中央武道館에 가 보니 다른 演士 한 분이 이약이를 進行하고 잇다. 나는 行具를 가지고 到着 卽時로 童話 하나를 '선물'로 주는데 만흔 感應과 有益을 주엇다고 말할 수 잇섯다. 閉會 后 仁川少年會를 그 幹部의 案內로 訪問하니 委員 十餘人이 죽― 둘러서서 나를 반갑게 마지한다. 나는 簡單히 이번 巡回의 趣旨와 그들 압날의 幸福을 祝한 후 四五人의 親切한 案內로 仁川 市街를 것쳐 밤 九時 車로 京城行 列車에 몸을 실엇다. 그때 少年會의 幹部 四五人 停車場 풀녯폼까지 親히 나와 送別의 눈물 지울 때 나 亦 섭섭함을 금치 못햇다. 밤 十時半에야 京城驛에 着하엿다.

× ×

今般 西北地方(平安道, 黃海道, 京畿 一部) 童話巡回는 이것으로서 終幕을 지엇다. 씃흐로 이번 巡回에 만흔 指導와 便宜를 圖謀해 준 團體와 個人 여러 同侔들에게 眞心으로써 울어나오는 感謝를 마지아니하며 特히 本誌 愛讀者와 〈朝鮮少年聯合會〉에 參加키로 한 團體와 새로히 組織되는 少年團體에게 길이― 祝福하며 압날의 쑤준한 奮鬪와 努力으로써 싸와 나가기를 빌고. ―(씃)― (이상 66쪽)

金台英, "童謠를 쓰실려는 분의게", 『아희생활』, 제2권 제10호, 1927년 10월호.[109]

一. 머리말

1. 동요(童謠)의 價値

동요는 아희들의 노래입니다. 노래는 즉 졍서(情緖)를 읇조린 것이외다. 각각 그 민족의 졍서를 읇은 노래은 오즉 그 민족만 가질 수 잇는 귀한 보물 즁에 하나이외다. 더욱 동요는 그 민족 즁에도 가장 귀하고 희망 만흔 아희들의 노래임니다. 아희들만 맛볼 수 잇는 노래임니다. 어른들이 맛볼녀면 반듯이 어린 째의 그 긔억을 써나서는 안 될 노래임니다. 이럿케 됴선의 어린 마음만 읇흘 수 잇는 이 아름다운 보물(寶物)을 지을려고 애쓰는 동모들이 날로 늘어가는 것은 깃븐 일이외다. 혹 도회(都會)에서는 보기 듬은 일이다[110] 싀골 갓흔 데서는 흔이 길거리에서 어린이들이 모혀 손을 서로 잡고 즐겁게 노래(童謠)를 부르며 쒸노는 것을 봄니다. 童謠는 참으로 어린이들의 작란터에 쏫이외다. 쏫 즁에도 가장 아름다운 쏫이외다. 맑은 작란터에 아름다운 쏫(이것은 됴흔 동요라야) 그 속으로 어린 벗들은 쒸놈니다. 어린이들의게 작란터(작란터는 어린이들의 마음자리)를 쌔앗고 쏫들을 짓밟어 버린다면 얼마나 가엽고 불상한 아희들이 되겟슴닛가? 웨 그런고 하면 아희들은 쟈미잇는 작란을 써나서는 깃븜이 업는 싸닭이외다. 그러면 됴선의 동요(童謠)(이상 17쪽)는 됴선의 어린이들의 맘이라야 됴선의 어린이들의 작란터에 쏫 노릇을 할 수 잇습니다.

---

109 김태영의 「(동요연구, 동요작법)동요를 쓰실려는 분들의게(전5회)」(『아희생활』, 1927년 10월호~1928년 3월호) 중에서 결락된 1회와 5회분이다.

110 '일이나'의 오식으로 보인다.

2. 동요(童謠)의 歷史

나의 어릴 때(지금도 만흔 나희는 아니지만)는 동모들이 모희면 이런 작란을 만희 햇지요. 한 아희가

"새야 새야"

소리를 하면 우리는

"쌧쌧쌧쌧"

하는 소리를 하지오. 또 "새야 새야" 하든 아희가 "파랑새야" 소리를 하면 또 우리는 "쌧々々々"하며 그 소리를 밧지오. 이럿케 하여 노래를 주고밧고 놀앗습니다.

소리 먹이는 노래	밧는 노래
새야 새야	쌧々々々
파랑새야	쌧々々々
녹두남게	쌧々々々
안지마라	쌧々々々
녹두쏫치	쌧々々々
써러지면	쌧々々々
청포장사	쌧々々々
울고 간다.	쌧々々々

우리가 늘 눈을 놀나게 하는 文明을 봅니다. 긔차, 긔션, 자동차, 또 엇든 때는 비행긔도. 이런 새롭은 문명이 들어올 때 동요라는 것도 갓치 외국(外國)서 들어온 줄 아는 이가 잇다면 잘못 아신 것이외다. 내 고향은 싀골이외다. 싀골 중에도 아주 싀골인 경남(慶南)에 한쪽 산골 속에 잇는 의녕(宜寧)인데 내가 어릴 밝아숭이 때는 우리 아버지 어머니는 학교가 무엇인지 차가 무엇인지도 몰낫는데 나는 어리넛가 말할 것도 업섯지만 우리는 노래하며 노랏습니다. "새야 새야" 하는 그것 외에도 만핫지오. 그것을 보드래도 우리 됴션서는 아마 퍽 오래 젼에도 동요가 잇섯습니다. 그럿타고 몃 십

년 젼부터도 아닐 것이외다. 아(이상 18쪽)마 우리 됴선 민족이 말(言語)이 생기면서브터 곳 생겻다고 하겟슴니다. 그 증거(證)로는 긔선(汽船)을 타고 싼 사람들이 발견(發見)치 못한 남양(南洋)의 섬들을 차즌 탐험가(探險家)들의 말을 들으면 그곳 土人들도 노래 잇드란 말을 함니다. 그 土人들은 맛치 원시인(原始人)과 갓흘 것이외다. 반듯이 국민이 생기고 말(言語)이 생기면 뚤어서 그 민족의 작란터에 쏫치 될 노래가 잇다는 것을 잘 말하여 줌니다. 우리도 이 짱에 흙냄새 나는 아름다운 동요를 가졋고 우리 할아버지 할머니의 어릴 째에도 불으고 놀앗슬 터입니다. 다못 원통한 것은 우리 할버지 할머니들이 자긔는 어렷슬 째에는 즐겁게 부르고 놀든 그 노래를 아들과 쌀들의게 만희 가르처 주지 안어서 그 귀(貴)한 노래가 만희 젼(傳)해 나려오지 못햇다는 것임니다. (未完) (이상 19쪽)

金台英, "童謠를 쓰실려는 분들의게(5)", 『아희생활』, 제3권 제3호, 1928년 3월호.

가을 맛는 제비

(고긴벗 씨 작)

선들々々써늘한 가을만되면
짯듯한봄에왓든 강남제비는
남쪽나라녯고향 그리워하며
다라날길찻기에 헤매임니다 (以下 略)

이런노래를 우리가 닑고 자미가 잇다고 싱각하면 여긔에 잇는 말(言)을 싸서 싼 노래를 지어 보라는 말이외다. 자― 시험삼어 한번 지어 봅시다.(이상 47쪽)

가을맛는나무닙 (말을 짜셔 모방한 것)

선들〻〻써늘한 가을만되면
짯듯한봄에왓든 푸른나무닙
쌍쇽나라녯고향 그리워하며
써러질곳차져셔 몸을썸니다

쏙 이대로 말을 짜서 지으라고는 하지 안습니다. 독쟈 여러분은 달으게 붓쳐도 잘될 상 십거든 다르게 이 우에 잇는 노래의 말을 짜서 지어 보십시오. 이것도 남의 흉내 즉 모방(模倣)의 하나이 되겟지오. 쏘 모방의 한 가지는 남의 지은 노래의 말을 반대로 내가 뎨목(題目)을 뎡하여 지어 보라는 말을 지난 십이월호에 하엿지오.

어머님

이름중에서 제일가는이름
그것은어머니의이름입니다

마음중에 제일가는마음 (이상 48쪽)
그것은 어머니의아음입니다

눈동자중에 제일가는동자
그것은어머님의눈동자 (크라스티인 작)
(以下 略) 고긴벗 씨 편즙 『셰계소년문학집』에서)

일홈과 마음과 눈동자 즁에 뎨일은 나의 어머니 우에 업다고 이 우에 잇는 어머니라는 노래는 잘 말하엿습니다. 그런데 우리 어머니가 일홈도 뎨일 됴코 마음도 뎨일 고흐시고 눈동라도[111] 뎨일 순하다고 하는 말의 반대되는 말(言)로 쏘한 노래를 지어 봅시다. 우리집 개가 우리집 어머니와 졍반대 되는 밉살스런 놈이 잇다고 가뎡(假定)하여 놋코 노래를 써 봅시다.

111 시를 볼 때, '눈동자도'의 오식이다.

우리집 개　(반대 되는 말로 모방한 것)

이름즁에서 뎨일미운이름
그것은 바둑(犬名)의이름임니다 (이상 50쪽)
마음즁에 제일낫분마음
그것은바둑의 마음임니다

눈동자즁에 뎨일무서운눈동자
그것은 바둑의눈동자임니다

미운, 낫분, 무서운 이 말은 반대되는 말로 하자닛가 그럿케 되엿습니다. 그러면 긔교(技巧)를 쳐음 배울 때 꼭 요럿케 다시 말하면 잘되고 자미잇는 노래를 반대로든지 또는 그 자미잇는 노래의 말을 따다가 쓰는 것만 하여서는 안 됩니다. 될 수 잇는 대로는 남의 흉내를 내지 안코 내가 말을 됴리(調理)잇게 짓기도 하여야겟습니다. 이 긔교(技巧)가 딴 학문갓치 일뎡한 학설(學說)이 잇는 것은 아니고 엇잿든 남의 것을 만희 닑고 또 내가 만히 짓고 하여서 차츰차츰 솜씨가 엣부게 되고 모양 잇게 닑기에 서투른 맛이 업슬 것이외다. 엣버지고 모양 잇게 된다는 말이 공연한 멋쟁이의 헛작란으로 쌘 잇게만 할 싱각으로 노래를 찌젹여 아무것도 안 되게 만들어 놋는다는 말이 아니라 노래 한 개를 살녀 둔 채 됴흔 아름다운 옷을 입혀 노흔 것갓치 엣브게 모양잇게 노래의 싱명(이상 50쪽)을 살니도록 하는 그 솜씨를 말함이외다. 긔교(技巧)에 대하여 지금까지 말한 것을 통드러 말하자면 그저 만희 닑으라(닑어도 유익한 노래) 그리하여 만이 지으라고 하겟습니다. 多讀多作. 우리의 닑는 노래가 못된 사람들의 지은 것 갓흔 노래는 쌧긋한 어린 마음을 때뭇게 할가 함이외다. 듯기에도 아니꼬운 그런 노래는 뒷날 남의 잘못을 편단할 자격을 엇은 후에 닑을 것이외다.

음운(音韻)과 격됴(格調)

갓가운 나라인 中國의 한시(漢詩)를 볼지라도 글자마다 소리(音)의 놉고 나즌 것이 잇답니다. 놉고 나즌 글자를 잘 됴화(調和)하여 짓는데 그것도 일뎡(一定)한 법이 잇서서 놉고 나즌 글자를 잘 골나 노하야만 된담니다. 됴선서는 아마 그런 어려운 법은 업슬 줄 암니다. 아모 나라의 노래든지 고런 어려운 형식(形式 즉 음운)을 맨드러 그 형식(形式) 안에다가 노래를 잡어 너허야 된다는 것은 나의 찬셩치 안는 바임니다.

엇잿든 닑기에 아름다음(美)와 서투른 맛이 업도록 노래 짓는 이가 쓰면 고만이라고 말하겟슴니다. 중국도 녯적 한문(漢文)이 처음 나와 업든지 또 국문(國文)이 싱기기 젼에(이상 51쪽) 그 민족들이 부르든 노래는 결코 그런 형식(形式)이 업섯슬 것임니다. 나는 즁국 글이 서투름니다. 그러나 즁국의 노래 갓흔 것을 닑을 째마다 이런 형식이 업섯드라면 즁국의 노래는 더 훌륭한 노래가 나오지 안을가고 싱각하엿슴니다. 그러면 우리 됴선 사람은 음운(音韻)에 대하여 아모 거리씸 업시 노래를 쓸 자유가 잇슴니다. 그럿타고 한부로 노래답지 못하게는 쓰지 못하지만 엇잿든 우리는 노래답게만 쓰면 고만이외다. 그 말은 음운(音韻)이 잇서도 일뎡한 법이 업시 누구든지 자유로 노래를 잘 쓰면 음운(音韻)이 마져진다는 말이외다. 또 격됴(格調)라는 말은 엇든 말이냐?고 하면 엇든 글이던지 말이 모혀 구(句)가 되고 구(句)가 모혀 절(節)이 되고 절(節)이 모혀 한 장(章)이 된다는 것은 여러분도 대강 아시겟슴니다. 노래는 구(句)가 행(行)을 니룸니다.

그런데 한 줄(一行) 안에 말의 구(句)가 둘이든지 셋이던지 만호면 넷(一定치 안슴니다.) 적으면 하나 이럿케 모혀 한 줄을 니루고 또 한 줄, 두 줄(멧 줄이든지) 모혀 한 졀(一節)을 니룸니다. 노래 짓는 이들은 한 졀(一節)을 련(聯) (이상 52쪽)이라고도 한답듸다. 또 여러 졀(節) 모혀 한 장(章 혹은 한편 －篇－)의 노래를 니루게 됨니다. 혹은 한 절로도 한 쟝의 노래가 되는 수도 잇슴니다. (未完)

訂正

작년 십이월호의 충동(充動)은 충동(衝動)으로

금년 신년호의 계통(係統)은 계통(系統)으로 (이상 53쪽)

禮是約翰, "서문", 富來雲, 鄭聖龍, 『어린이 낙원』, 조선기독교 미 감리교회 종교교육협의회, 1928.5.17.[112]

현대 교육가들이 누구나 예술교육의 실현을 위하여 머리를 기울여 고심도 하려니와 정신적 양식의 공급을 위하여도 깊고 무거운 아동문학의 출현을 관곡(款曲)하게 기대함도 우리가 알고 남음이 있습니다. 그러나 불행하게도 우리 조선에만은 등한함도 있으려니와 이 방면에 노력을 기울이는 이조차 없어서 언제나 유감으로 생각한 지 오래였더니 향히 브라운리 교수가 일찍 느낀 바 있어서 세계명작동화 19편을 선역(選譯)하여 조선 어린이들에게 사랑의 선물로 보내게 됨을 볼 때 오직 깊은 감격이 용솟음칩니다.

웅대한 구상과 단려(端麗)한 역필은 반드시 어린이들의 정신을 심취케 함이 있을 것을 믿으며 아울러 경건 적실히 한 종교적 정취 풍아(風雅)한 예술적 감흥은 우리 어린이들의 품격을 순화(諄化), 미화할 것을 믿고 삼가 역자의 위공(偉功)을 감사합니다.

1928년 5월 일
종교교육협의회
총무 예시약한(禮是約翰)[113]

112 『어린이낙원』(이화보육학교, 1934.5.23)은 재판이다. 여기에는 초판에 없는 서은숙(徐恩淑)의 '서문'과 김영희(金永羲)의 '『어린이 락원』 제2판을 맞이하면서'가 있다. 1928년판을 보지 못해 박진영이 편찬한 『번역가의 머리말』(소명출판, 2022)에 수록된 것을 옮겼다.

113 예시약한(禮是約翰, Lacy, John Veer: 1896~1965)은 미국 감리교 출신 내한 선교사로 1919년부터 1931년까지 한국에서 선교활동을 하였다.

徐恩淑, "序文", 富來雲, 『어린이 낙원(재판)』, 이화보육학교, 1934.5.23.

누구나 童話를 듯기 실혀하는 이는 없읍니다. 特히 兒童에게는 童話만으로도 그 院孩에 全般 生涯를 支配할 수 잇는 것을 아는 우리에게는 꼭 적당하다고 할 만한 童話 材料가 없엇던 것을 유감으로만 알앗드니 先生의 心血과 勞力의 結果로 이 冊이 우리에게 오게 되는 깃븜을 갓게 해 주신 그 感賀한 心情 엇지 다 文字로 滿足을 나타내릿가. 이 冊이 再版이란 榮譽를 가짐에 그 內容의 充實과 教育의 價値가 含有되엿다는 것을 如實히 나타내고 잇읍니다. 故고[114] 過去의 유감된 것을 補充하시는 남아에 이 冊『어린이 樂園』을 사랑하실 줄 밋읍니다.

끝으로 先生의 健全과 成功을 빌며 같은 目的과 같은 事業으로 앞날의 幸福을 圖謀하시는 여러 同志에 健全을 빕니다.

一九三四年 五月 十日

梨花保育學校 徐 恩 淑

金永羲, "『어린이 락원』 第二版을 맞이하면서", 富來雲, 『어린이 낙원(재판)』, 이화보육학교, 1934.5.23.

五月 中旬의 晴明한 아침입니다. 窓 앞에 선 나무들에마다 新綠의 어린 싻이 香그러운 가는 바람에 하늘대이고 잇읍니다. 軟하고 보드라우면서도 씩씩하고 자라는 싻들이야 이 '樂園'의 노리터에서 天眞스럽고 貴엽게도 뛰놀을 어린이들과 같읍니다.

114 '故로'의 오식이다.

希望과 자랑이 찬 어린 싻은 아직 몹슬 여름의 뜨거움이나 숨 마키는 몬지들이며 그 자람을 어여내일 버레들을 알지 못하는 이 節期에 씩씩히 꾸준히 든든히 자라나듯 우리들도 어린이들의 때에 希望과 理想과 慈愛의 품에서 씩씩히 든든히 길을 것이 아니겟읍니까. 이제 初版으로 이미 많은 어린이를 이와 같이 길러 준 이 사랑의 선물이 다시 版을 거듭하여 어린이들에게 나옴을 祝賀하는 同時에 이 樂園을 우리 어린이들에게 열어 주시려고 世界의 名作인 十九童話를 飜譯 力作하신 뿌라운 孃과 故 鄭成龍[115] 氏에게 또 다시 感謝하는 바이외다.

自然의 어린 싻은 때가 가서 우리의게서 떠나드라도 이 어린이의 樂園은 언제나 永永 어린이의 봄으로 우리 어린이들에게 봄의 자람을 주시기 바랍니다. 이는 곳 어린이가 우리의 希望이며 生命이고 香氣인 까닭이리이다.

一九三年 五月 十日

於 松都 古邑 麗鶴園草屋 金 永 羲 (이상 1쪽)

115 '정성룡(鄭聖龍)'의 오식이다.

微笑, "이솝프의 智慧", 『어린이』, 제7권 제1호, 1929년 1월호.

희랍(希臘) 나라에서 가장 큰 명절인 올림피아의 제(祭)날이 도라왓슴니다. 해마다 이날만 되면 왼 나라 사람이 모다 한곳에 모이여 여러 가지 경긔(競技)를 하며 즐겁게 이날을 보내는데 금년에도 이날이 도라온 고로 방방곡곡에서 경긔장으로 밀려가는 사람들이 글자 그대로 인산인해(人山人海)를 일우엇습니다. 그때에 지나가는 한 나그네가 밧헤서 일을 하고 잇는 엇던 소년에게 길을 물엇습니다.

"이 애. 여기서 경긔장짜지 가려면 몃 시간이나 걸니겟늬?" 그러닛가 그 소년은 그냥 괭이로 밧흘 파면서

"어서 거러가십시요." 하고 아모 말이 업섯습니다. 나그네는 화가 나서

"글세 거러갈 줄을 몰라서 그러는 것이 안이라 내가 무른 것은 여기서 경긔장짜지 가는 동안이 멧 시간이나 걸니겟느냐 말이다." 소년은 여전히 처다보지도 안코

"어서 거러가십시요." 할 뿐이엿습니다. 나그네는 점점 더 골이 나서

"에이 고햔 놈…" 하면서

그냥 거름을 빨니하야 거러가닛가 그것을 보든 소년은 그제야 얼는 나그네의 뒤를 쏫차오면서 "여봅시요. 경기장짜지 가시려면 이십 분은 넉넉히 걸(이상 37쪽)니겟습니다." 하엿습니다. "안이 이놈아. 네가 누구를 놀니는 모양이냐."

"온 천만에 말슴을 하십니다. 제가 어른을 까닭 업시 놀릴 니가 잇겟슴닛가. 앗가 진즉 대답을 안 한 것은 어른의 거러가시는 거름거리를 보아야겟스닛가 어서 거러가시라고 한 것이지요. 사람의 거름거리는 어듸 다 꼭 갓슴닛가."

나그네는 그제야 그 까닭을 알고 크게 감복하야 매우 감사하다고 인사를 한 후에 떠나갓슴니다. 여러분! 이 소년이 누구인지 아시겟슴닛가. 이는 다른 사람이 안이라 여러분이 잘 아시는 이솝프 우화(寓話)를 만드신 이솝

프 선생입니다. 이 이솝프는 어렷슬 때부터 이럿케 지혜가 만흔 천재(天才)이엿스나 불행히 집이 가난하여서 어려서부터 남의 집에 심부름순이 되엿습니다. 그쁜만 안이라 니마가 톡 도드라지고 배는 복어(鰒)가티 불쑥 나와서 그야말로 얼골과 체격이 아조 못생긴 사람이엿습니다. 그래서 사람들은 이 이솝프의 별명을 잔나비라고 지엿습니다. 그럼으로 주인도 보기 실타하야 이솝프를 노예 시장(奴隷市場)에 내여다가 팔앗습니다. 시장에서도 갑이 가지 안는다고 사람들은 오전(五錢)에도 사지 안음으로 주인은 할 수 업시 엇던 사람의 병난 말(馬)과 이솝프를 맛밧구엇습니다. 이솝프를 사 간 사람은 쿠산트스[116]라는 사람이엿습니다. 새 주인은 다른 종 사오인을 또 사 가지고 집으로 도라가게 되여서 종들에게 각각 짐을 하나씩 지워 주엇습니다. 주인은 이솝프에게

"너는 무엇을 지고 가겟느냐." 하고 무럿습니다.

"나는 제일 큰 짐을 지고 가겟습니다." 하엿습니다.

이리하여 이솝프는 제일 큰 짐을 지고 가게 되엿는데 맛츰 그 짐 속에는 일행(一行)이 날마다 먹고 살 면보[117]가 갓득 들어 잇섯습니다. 그래서 먼 길을 가는 일행은 아침저녁으로 그 면보를 쓰내 먹으면서 간 고로 나종에 목덕디에까지 니르럿슬 때에는 아모것도 업는 빈 보잭이만 가지고 갓습니다. 이럿케 매사에 꾀 잇는 짓을 하엿습니다.

새 주인은 종을 뼈가 빠지게 부려 먹으면서도 한마듸의 충찬하는 말은 업시 날마다 잔소리만 하여서 종들은 골머리를 알엇습니다. 하로는 주인이 이솝프를 블르더니 "이 애. 이솝프야. 오늘은 저 저자(市場)에 나가서 제일 맛잇는 상등료리(上等料理)를 좀 사 오너라." 하엿습니다. 이솝프는 곳 나가더니 희랍 사람들이 제일 조와하는 짐승의 혀바닥(舌)으로 만든 료리를 사 가지고 왓습니다. 주인은

---

116 이솝의 첫 번째 주인 크산트스(Xanthus)를 가리킨다.

117 면포(麵麭)를 가리킨다. 면포는 개화기 때에 '빵'을 이르던 말로, 중국에서 만든 단어를 우리 한자음으로 읽은 것이다.

"이 애. 이 건 참 맛이 훌륭하고나." 하면서 조와(이상 38쪽)하엿습니다. 그런데 료리라고 내오는 게 전부 혀바닥쁜인 고로 주인은 또 잔소리를 하엿습니다.

"이 애. 이 바보야. 아모리 혀바닥이 맛잇는 상등음식이기로서니 그래 모다 혀바닥만 사 왓단 말이냐."

"세상에 혀바닥가티 조흔 것은 업습니다. 학문도 혀바닥의 힘으로 가르키지요. 또 연설도 혀바닥의 힘으로 하지요. 긔도도 혀바닥의 힘으로 하지 안습닛가?"

"올치 올치. 짠은 그럿쿤! 그래 네 말이 올타. 이 애. 이솝프야. 그럼 내일은 어듸 제일 하등료리를 사 가지고 오너라." 하고 주인은 우스며 말햇습니다. 이튼날 주인이 식당(食堂)에 나가서 "이번에는 무엇을 사 오려노…" 하고 궁금하게 기다리고 잇스려닛가 이번에도 작고작고 갓다 놋는 것은 모다 혀바닥쁜이엿습니다. 주인은 성이 나서

"이놈아. 혀바닥은 상등료리라면서 오늘도 혀바닥을 사 왓스니 네가 주인을 놀니는 모양이냐." 하고 호령을 하엿습니다.

"아니올시다. 세상에 혀바닥가티 낫분 것은 업습니다. 거즛말도 혀바닥으로 하지요. 못된 욕도 혀바닥으로 하지요. 그러니 혀바닥보다 더 낫분 게 어대 잇습닛가?" 이솝프는 시침이를 떼고 이럿케 말하엿습니다. 이것은 그 주인이 하도 잔소리를 몹시 하닛가 그 주인의 입버릇을 곳처 주려고 그럿케 한 것이엿습니다. 그러나 주인의 입버릇이 이솝프의 그만 꾀로 쉬웁게 곳처지지는 안엇습니다.

그 후 얼마 지나서 이솝프는 주인을 따러서 애급(埃及) 짱으로 려행을 갓습니다. 그곳 환영회(歡迎會)에서 술이 얼근히 취한 주인은 또 례(例)의 입버릇이 시작되엿습니다.

"안이 멀-니서 못처럼 차저온 손님에게 술을 요것만 준단 말이냐. 고약한 놈들… 바다의 물을 다 마시여도 싀원치 안을 터인데 그래 술을 요것만 주고 고만둔단 말이냐." 하고 심술을 피엿습니다. 애급사람들은 그 말을 듯고 너무도 분해서 "무어? 네가 바다물을 죄다 마신단 말이지. 애 이놈.

굉장한 놈이로구나. 그래 정말 다 마시겟니."

"하. 물론 마시고말고……"

"못 마시면 엇더케 할 터이냐. 목숨을 내걸고 마시기 내기를 할 테냐."

"그래 햇다. 못 마시면 내 목아지를 가저가렴으나."

이튼날 아침에 모든 애급 사람들은 이숍프의 주인을 끌고 바다까로 나가서 그를 에워싸고 "못 마시면 죽인다."고 위협을 하엿습니다. 그러나 어제밤은 술김에 정신업시 그런 말을 하엿스나 지금은 술이 다 깨엿슴으로 주인은 얼골이 파래 가지고(이상 39쪽) 벌벌 썰엇습니다. 애급 사람들의 재촉은 성화 갓고 안 마시면 죽을 터이고 정말 큰일이 낫습니다. 그때 그 주인의 애쓰는 것을 보고 이숍프가 무슨 생각을 하엿는지 여러 사람의 압흐로 활발스럽게 나스며 "여러분. 내가 우리 주인 대신에 바다물을 마시겟습니다." 하엿습니다.

"무어? 네가? 하하하 요놈 보게. 그래라. 그럼 네가 대신 마셔라. 못 마시면 네가 대신 죽는다." "암 그야 물론이지요." 하고 이숍프는 우습다는 듯이 여러 사람을 삥 둘러보앗습니다. 그리고는 "자아. 나는 물론 어김업시 바다물을 마시려니와 그 대신 이 물이 더 불지 안토록 나일강의 강구(江口)를 막아 주십시요." 하엿습니다. 애급 사람들은 이 뜻밧게 말을 듯고 혀를 끌끌 차면서 아모 말도 못하고 모다 썰썰매다가 그냥 헤여저 도라갓습니다. 죽을 번하다 겨우 살아난 주인은 이숍프를 끄러안고 울면서 감사한 례(禮)를 표하얏습니다.

주인을 구한 이숍프의 소문은 금시에 전 애급의 텬디를 울니엿습니다. 드듸여 애급왕에게까지 이 소문이 들려서 이숍프는 궁중에까지 불리워 드러가 설화사(說話師)에 임명(任命)이 되엿습니다. 애급왕은 몬저 이숍프의 지혜를 시험코저 왼 나라의 명인(賢者學者)들을 불러서 여러 가지 어려운 문데를 쓰내엿습니다. 철학자(哲學者) 하나이

"기둥 한 개로 버틔인 큰 절간(大伽藍)이 잇는데 그 주위에는 十二 도시(都市)가 잇고 그 도시에는 三十 개의 외곽(外廓)이 둘러 잇고 그 외곽의 주위에는 항상 흰옷 입은 사람과 검은 옷 입은 사람이 빙빙 도라가고 잇스

니 그것이 무엇인지 아르켜 보시요." 하엿습니다. 그러닛가 이솝프는 씰씰 우스며

"그럿케 쉬운 것은 갓난아기에게나 무르십시요. 큰 절간은 즉 우주(宇宙)요 기둥 한 개는 一년이며 열두 도시는 열두 달(十二月) 三十 외곽은 삼십일(三十日) 두 사람은 낫(晝)과 밤(夜)임니다. 좀 더 어려운 걸로 무르시지요. 이솝프에게는 너머나 쉽습니다." 하고

대답하엿습니다. 일 만 가지 일에 이솝프의 지혜를 당하는 사람은 업섯습니다. 이리하야 점점 왕의 신용을 두텁게 어덧습니다.

그다음에 이솝프는 동물(動物)의 비화(譬話)를 지여서 모든 사람을 감동식혓습니다. 그것이 즉 오늘날에는 거이 닑지 안는 사람이 업고 듯지 못한 사람이 업슬 만치 유명해진 『이솝프 우화』[118]임니다.(이상 40쪽)

118 『Aesop's Fables』 또는 『Aesopica』를 가리킨다.

許奉洛, “(위인전기)少年 톨쓰토이”, 『아희생활』, 제4권 제2호, 1929년 2월호.

금풍은 소슬하고 달은 밝은대
북방으로 나라오는 기럭 소래는
만추의 소식을 전해주난대
아하 우리 동포 형데 평안하신가?

이 노래는 북방에 잇던 기럭이가 가을이 되면 짜듯한 남방을 차자가는 기럭을 두고 지은 노래가 안님닛까? 우리 동포 형데가 가서 만히 사는 남만주 널은 뜰 거긔서도 멀니— 북쪽으로 가면 넓고 넓은 텬디가 버러 잇습니다.

이 넓은 텬디가 찬바람 소산디로[119] 유명한 로세아 나라입니다.

이 소산디인 로세아는 넓고 넓어서 끗이 업고 한이 업는 넓고 넓은 큰 광막한 나라이랍니다. 서는 사해, 북은 찬 북방양, 동은 오혹크해,[120] 어대를던지 이런 넓은 텬디에 흰 눈이 만히 싸여 잇는 서비리아 야스나 뽀리나[121]란 촌락에 위인이 낫스니 이가 레오 톨쓰토이랍니다.

톨쓰토이의 집에는 四 남매가 잇는 단락(이상 17쪽)한 가뎡으로 참으로 평화스러운 것이 봄날에 해빗처럼 짜뜻한 긔운이 집을 휘싸돌고 잇섯습니다.

아바지 니고라쓰 이러잇지 톨쓰토이[122] 백작은 一千八百十二년경에 군대에 드러갓다가 유명한 로불전쟁[123]이 끗난 후에 군적에서 몸을 빼여 이

119 ‘물건이 생산되는 곳’이란 뜻의 ‘소산지(所産地)로’로 보인다.
120 ‘오호츠크해(Okhotsk해)를 가리킨다.
121 러시아 제국의 툴라(Tula) 지방 야스나야 폴랴나(Yasnaya Polyana)를 가리킨다.
122 니콜라이 일리치 톨스토이(Nikolai Ilyich Tolstoy: 1794~1837)를 가리킨다.
123 1812년 프랑스의 나폴레옹이 러시아를 침범해 벌어진 전쟁으로 ‘Patriotic War of 1812’라고 한다.

쏘리나 촌에 살게 되엿습니다. 톨쓰토이 난 지 十八개월 만에 어머니는 단 나라 사람이 되여 버렷습니다. 아바지가 군대에 이슬 째에는 당당한 중좌이엿스나 지금은 촌락에 한 농민이 되여슬 쑨임니다.

농부가 되여서는 아참브터 저녁까지 논과 밧을 도라보고 엇던 째는 자긔가 친히 호매와 답조지를 잡을 째도 이섯습니다. 그의 아바지는 언제던지 큰 연둑을 물고 흠썩々々 담배를 피우는 것이 그의 한 습관이엿습니다. 째로 그의 아바지는 아희들를 모와 놋고 자미잇고 깃븐 이야기를 말해 주기도 하고 혹 시(詩) 갓흔 것 암송식혀도 주엇습니다. 저녁밥들를 먹은 후에는 아바지는 안락의자에 안즈시고 긴 연둑을 부처 물고서 이야기를 시작하는 것이 매일 저녁 일과(日課)이엿습니다.

하로 날은 아바지가 저녁 먹은 후 동화회를 열게 되엿는대 아바지는 이번에는 한 책을 가지고 정숙히 안저 고요한 가는 목소래로 시(詩)의 한 구절을 외이고서는 하는 말이 이 시는 부이시컨[124]의 시다. 뎨목은 「나포레온」이다. 내가 이 시를 세 번 읽은 후 너희들 가운대 뉘가 이 시를 외일 수 잇는지 내기를 좀 해 보겟다고 하고서 그 시를 세 번 읽엇습니다.

레오 톨쓰토이 이째브터 문학의 텬재가 잇섯든 것임니다. 그 아름다운 시 문구를 읽을 째마다 마암은 무쌍히 유쾌하엿고 홍미를 부치엿습니다.(이상 18쪽)

그 아바지는 세 번 읽은 후 세 형들과 다 외이여 보라고 하엿지만 하나도 씃까지 외이지 못하엿스나 레오 톨쓰토이난 활발하게 니러서 처음브터 씃까지 일자일구도 틀림업시 물 흐르듯 줄々 외이엿습니다.

아바지는 이것을 보고 한뎡 업시 깃버서 레오의게 말하기를 "레오야. 네는 이곳에 잇는 네 형이나 뉘보다도 참 훌늉하고나. 네가 외이는 품이 푸리시킨이가 와서 시를 읍프는 것 갓고나." 하고 마암으로 대 칭찬을 하엿습니다.

어머니를 일흔 레오는 아바지의게서 어머니 대신 귀여움과 사랑을 밧어

---

124 푸시킨(Pushkin, Aleksandr Sergeyevich)을 가리킨다.

셧습니다. 어머니 노릇하던 이 아바지도 레오가 아홉 살 나던 해에 멀고 먼 나라로 떠나가게 되엿습니다.

이 슬픔은 얼마나 슬프고 얼마나 애답다고 하여슬까. 어린 레오의 적은 가슴에는 그때 죽음이란 것이 참 무서운 것이라 늑기게 되엿습니다.

인간의 죽음이란 것이 참 크고 큰 문뎨란 것에 큰 고민을 당한 레오 톨쓰토이는 발서 아홉 살를 맛게 되엿스니 아버지, 어머니를 일흔 톨쓰토이가 얼마나 불상타 하겟습닛가?

□ 어린 톨쓰토이 고민 □

아버지 일흔 四 남매 어린 것들은 고아가 되어서 의지할 곳 업서 삼촌 알렉산테라의 손에서 자라나지 아니치 못하게 되엿습니다. 또 불행히 삼촌 집에 가서 산 지 삼 년만에 삼촌도 먼 세상에 려행을 떠낫습니다. 그리하야 친척 업고 의지할 곳 업난 이 불상한 어린 것들은 가잔이란 거리 쎄라기란 부인의 손에 의탁하야 자라게 되엿습니다. 十五 살 나던 一千八百四十三年에 가산대학에 입학을 하게 되엿지요.(이상 19쪽)

대톄 위인이란 사람은 어려슬 때브터 생각하는 것이 보통이 아닙니다. 누구던지 주의치 못하는 뎜에 늘 생각을 가지게 됩니다.

톨쓰토이도 여러 가지 알지 못할 것이 만헛습니다. 뎨일 인간이란 것이 엇제서 사라가지 아니하면 아니 되겟난가? 이것이 뎨일 의문이엿습니다.

"우리는 무엇을 위해 사는가. 만일 악한 행위를 하기 위해 사람이 산다면 사람이란 것은 아모 가치가 업슬 것이다. 인간은 선을 위해 조흔 행위를 하기 위해 사는 것이 틀립업는 일이 안일 것이라."[125]란 굿은 결심을 가젓습니다.

엇던 날 레오는 먹다 남은 떡 삼사 조각을 가지고 가잔 거리에 나갓습니다. 거리에는 내왕하는 사람이 만흔대 그중 한 거지가 막대기를 의지해 가면서 "나리. 적선을 하십쇼. 동젼 한 푼 줍쇼." 분주한 거리에 가는 사람의게 애원을 합니다. 그러나 한 번씩 도라다보아 주는 외에는 물픔을 던저주

125 문맥상 '안일 것인가'란 뜻이다.

는 사람은 업섯습니다.

레오는 불상하게 넉여 "노인. 이것 잡수시우." 가젓던 썩 한 조각을 내여 주엇습니다. 거지는 여러 번 고맙다고 하고서는 얼마나 가는대 거지는 또 "나리. 적선을 합소. 동전 한 푼만 적선을 합소." 또 이갓치 부르지젓다. 이것을 본 레오는 자기가 썩 준 것이 오날 저녁에는 넉々하겟는대 웨 더 구걸를 할까. 슬픈 생각도 나고 또는 거지를 동정하는 것이 올흘까 올치 안흘까 여러 가지 생각을 하게 되엿습니다. 거리로 해서 도라오다가 컴々한 곳에 도적놈을 한나 맛낫지요. 도적놈 "넌 누구냐? 레오 톨쓰토이다. 물건를 도적해 가지 마라." 도적놈은 무엇야 검방진 말을 마라 하고 쌤을 싸리고 물건를 도적해 가지고 갓습니다. 톨쓰토이는 또다시 도적놈이란(이상 20쪽) 것을 생각을 하게 되엿습니다.

집에 도라와서 베라기 부인의게 그 말를 다 고하엿습니다. 그런대 도적놈을 업시 하려면 엇더케 하야 됨닛까. 누구던지 도적질 못하게 하려면 엇더케 함닛까? 부인은 "레오야. 네가 남을 감화를 주어라. 그러면 몬저 네가 유명하야 되겟다. 말일[126] 네가 로세아에 첫재 가난 유명한 사람이엿드면 오늘 그 도적놈도 너의게 감화를 밧아 도적질 아니하엿슬 것이라."고 하엿습니다.

레오 톨쓰토이는 그러면 나를 몬저 단력식히고 수양을 식혀 엇더튼지 훌늉한 사람이 되겟다고 생각이 비롯 생기엿습니다.

대톄 텬재라는 것은 모든 사람이 별지 안케 생각하는 일를 깁히 깁히 생각함니다. 그 까닭에 세게의 대 예술가란 레오 톨쓰토이 그 사람은 우리가 당하지 못하는 괴로움, 번민을 당하엿습니다.

그리하야 그 고와 번민으로 그의 생각이 엇더케 커젓는지 알 수 업게 되엿습니다.

해가 지낼사록 그의 고민은 작고 더하야 맛츰내 그 고민으로 당치 아니치 못할 一千九百十년 十月에[127] 썌리나 자긔 집에서 수도원으로 향하는 길에

---

126 '만일'의 오식이다.

아스다보[128] 정거장에서 급병에 걸어 八十二세에 드듸여 대 예술가은 이 세상을 써나가게 되엿슴니다.(이상 21쪽)

127 톨스토이의 사망일은 구력 1910년 11월 7일, 신력 11월 20일이다.

128 아스타포보(Astapovo) 철도역을 가리킨다.

정재면, "톨스토이 선생을 소개합니다", 『아희생활』, 1929년 3월호.[129]

여러 동무여. 새해에 얼마나 조흔 희망을 가지고 잘살아 보렴닛가. 이제 여러 동무 압헤 톨스토이 선생을 한번 소개하려 합니다.

이 先生은 비록 로시아에서 나스나 참으로 셰게뎍 큰 선생입니다. 그는 하도 만흔 책을 지으섯는데 그것은 모다 훌늉한 금과 옥 갓흔 말삼입니다. 그는 우리 어린동무들을 위하야도 여러 가지 조흔 말을 하여 주섯는데 그 가온대 몬저 한 가지 니야기를 가져서 새해에 새 선생을 소개하는 표를 삼어서 여러분으로 오래 긔억하게 하려 합니다. 그래서 선생이 우리의게 주고 가신 니야기는 이러하다.

엇던 녀름날에 장마비가 하도 여러 날을 두고 줄곳 나리더니만 하날은 구름이 것치고 빗난 해빗이 빗최엿소이다. 그때는 바로 장마물이 만히 불어나서 큰 강 작은 내의 물이 넘무 넘처서 넓고 넓은들이 왼통 물빗이 되엿소이다. 온 동리사람이 늙은이 젊은이 할 것 업시 오래동안 집안에 갓처서 얼마나 답々하든 중에 넓은 들이 물낫다는 말을 듯고 나도〳〵 하면서 서로 써들어 가면서 뒤동산에 올나서 물구경 하게 되엿소이다. 그때에 맛참 압집 복녀와 뒷집 길남이도 한가지로 물구경 하려 나섯다. 이(이상 69쪽) 두 아해는 닐급 살식 된 어린아애인데 하도 어른들이 만히 물구경을 감으로 그 틈에 씨여서 동산 우에 올나섯다. 엇지도 시원한지요. 큰 눈을 쓰고 멀니 바라보니 넓으나 넓은 들이 왼통 물나라이 되엿소이다. 그러나 이 두 아해는 집안의 게신 부모가 걱정하고 근심하실가 하여서 급히 집으로 나려오게 되엿다. 이 두 아해는 너무나 넓은 물을 잘 구경하고 나서 하도 깃붐이 가득하야 서로 손목을 잡고 노래을 하면서 뛰기도 하며 잘

---

129 정재면(鄭載冕: 1884~1962)은 일제강점기 간도에서 조선독립기성총회 의사부원, 임시정부 내무부 북간도 특파원 등을 역임한 독립운동가이자 교육가이다. 1884년 평안남도 숙천(肅川)에서 출생하여, 일제하 북간도 용정(龍井)의 명동학교를 중심으로 민족교육에 힘을 쏟았다. 본명은 정병태(鄭秉泰)이고, 호는 벽거(碧居), 일광(一光), 우산(雨山) 등이 있다.

놀기도 하다가 그만 뒷집 길남의 발이 해빗이 빗쵀는 발자곡의 물을 발브니 그 흙물이 쒸여서 압집 복녀의 치매를 맛추워 버렷다. 그럿케 되니 복녀는 그만 얼골빗치 변하면서 아이고 우리 어머님이 꾸지람하시겟다. 우리 어마님이 억건 억건 쌈을 흘니면서 내 치매를 곱게곱게 하시엿는데 아— 이것 엇지할가 하면서 종알종알하엿다. 길남은 하도 붓그러워서 미안하여 하는 말이 이 애 복녀야 나는 정말 물구경 하고 나서 너무 깃부고 조와서 정신 업시 덤비는 가온대 그만 네 고흔 치마를 더럽게 하엿으니 얼마나 미안하고 답々하다. 그러나 이제 엇지할가. 엇지하면 조흘가 하면서 깁히 근심을 한다. 복녀는 길남을 도라보면서 이렇게 말하엿다. 길남아 근심 마라. 우리 집에는 비누도 잇고 맑은 샘물이 잇는데 다시 씻츠면 곱게 된다. 근심 말고 어서 갓치 가자고 하엿다. 그래서 이 두 아희는 서로 미안할가 하여서 자조〳〵 서로 도라보면서 집 압헤 다달엇다. 맛참 그때입니다. 압집 복녀의 어머님이 물을 길으려고 나아오다가 복녀의 치마가 더럽힌 것을 보더니 왈락 분을 내면서 왜 치매를 그러케 더러워진 리유를 무럿다. 복녀는 할 수 업시 그럿케 된 일을 바른대로 말하엿소이다. 복녀의 어머니는 그 말을 듯고 그만 화를 내여서 손을 번적 들더니만 그(이상 70쪽)만 길남의 쌤을 싸렷다. 왜 남의 집 아희의 치마를 버려 주느냐고 발악을 하엿다. 길남은 어린아해로서 큰 손길에 한번 맛고 나니 그만 너무 압퍼서 울음이 터저 나와서 대셩통곡하면서 자긔집으로 다라 드러갓다. 길남의 어머니가 집안에서 뵈를 짜다가 길남의 울음소리를 듯고 다라나오더니만 길남을 붓처 안고 왜 우는 리유를 무럿다. 길남은 울음 석긴 말노 지난 일을 낫々치 실상대로 바루 말하엿다. 그러니 길남의 어머니는 복녀의 어머니를 향하야 하는 말이 아해를 이 장마날에 갓치 길을 다니다가 흙물에 혹 의복을 더럽게 됨이 쉬운 일이인 것이니 그것을 인하야 남의 귀한 아해를 치는 것은 무슨 짓이냐. 참 사람은 중히 녁이지 안코 의복만 중하게 보느냐고 하엿다. 그리하야 이젼브터 여간 마음에 걸니던 일을 다 말하면서 서로 큰 싸홈이 버러젓소이다. 이갓치 녀자들의 싸홈이 하도 보기가 실턴지 복녀의 아바지가 나아가서 녀인들의 싸홈하는 것을 말니노라고 왓다갓다 하면서 그만 긋치라고 하엿다. 이러는 모양을 보고 잇든 길남의 아바지가 번개갓치 달녀나오더니만 복녀의 아버지의 옷소매를 붓잡으면서 하는 말이 이 사람아 녀인들 싸홈에 남자가 무삼 상관이냐 하면서 손길이 왓다갓다 한다. 이런 판이 턱 되니 압집 녀인과 뒷집 녀인이 서로 양々거리면서 눈물이 줄々히 나리는 줄도 몰으고 싸홈에 취하엿고 압집 남자와 뒷집 남자는 서로 식흘식흘하면서 무슨 황소싸홈 하듯 한다. 아츰 열 시브터 시작한 싸홈이 저녁 네 시가 되도록 그냥 계속하엿다. 그때에 복녀와 길동은 어른들의 싸홈하는 구경을 실토록 잘 구경하고 너무 시진하엿던지 그 두 아해는 그만 그들이 싸홈하는 젼장판 겻헤서 장마물이 졸々 흘너 나려오는 도랑에 안저서 발도 싯츠며 그리(이상 71쪽)다가 물동막이를 시작하여서 아조 자미잇게 놀면서 호박줄기를 가지고 냉쳥폭포도 만들고 갈닙을 가지고 적은 배도 만들어서 아조 즐겁게 속삭이면서 또래 일도 자미잇게 놀자고 서로 니야기합니다. 바로 잇때입니다. 뒷집 길동의 할머니가 나아옵니다. 그는 예수교 뎐도부인이 되여서 각 교인의 집을 차저보다가 도라오는 길입니다. 압집과 뒷집에서 서로 도와주고 서로 사랑하야 할 처인데 도로혀 녀인은 녀인과 싸호고 남자는 남자로 더브러 큰 젼쟁이 버러젓으니 참 망측한 일이다. 바로 죽을지 살지 아지도 못하고 서로 씩々쌕쌕하면서 참말 할 수 업는 형편입니다. 그때에 그 늙은 할머니는 점잔은 말슴으로 크게 이렇케 말하엿다.

그대들은 무슨 일노 인하여서 이렇케 긔운이 시진하도록 싸홈을 한단 말이야. 아참브터 시작한 싸홈이 저녁때가 되도록 게속하엿다니 이 무슨 마귀의 즛이냐. 이 싸홈을 시작케 한 아해들은 발서 저이들 간에 서로 화친한 후에 물노름하면서 재미잇게 잘 노는데 그대들은 어른이 된 사람이면서 아모 상관 업는 일을 가지고 종일 싸홈을 하엿으니 그대들은 좀 붓그럽지 아니하냐고 하면서 셩경 마태 十八쟝 三절을 닑어서 듯게 하엿소이다. 그 말삼은 이러하니 "내가 진실노 너희게 닐으노니 너희가 도리켜 어린아해갓지 못하면 결단코 텬국에 드러가지 못한다." 하엿소이다. 그 어른들이 좀 생각하여 보더니만 모다 머리를 툭々 털면서 참 붓그럼을 건디지 못하야 각々 제 집으로 도라가 버렷다. 피알 하나 싸지 안은 일에 왼종일 동안 만흔 힘을(이상 72쪽) 쓰면서 싸홈하엿스나 무슨 리익이 잇서나 참 헛싸홈뿐이다. 끗.

우리 톨쓰토이 선생의 이 뜻이 깁은 글을 닑게 되니 과연 알 것이 잇다. 아해들은 잘 화목하는데 어른들은 공연히 쓸데업는 싸홈을 하는 것이니 그것은 혈긔와 욕심을 발함으로 그렇케 됨이다. 그런데 이 셰상을 평화케 할 이는 다만 젼도 부인 갓흔 늙은 부인의 마음을 가진 사람이 손에 셩경책을 가지고 그 입으로 성경 말삼을 강론함으로 싸홈하기 조화하는 무리가 다 회개하고 붓그러워저서 제 할 일을 하게 됨을 가라처 주웟소이다. 과연 톨스토이 선생은 조흔 동화를 우리의게 주고 얼마 젼에 져 하날나라로 가섯소이다. 그만.(이상 73쪽)

고긴빗, "歌壇 選後感", 『아희생활』, 제4권 제3호, 1929년 3월호.

社에 놀라 나왓다가 뜻밧게 三週年 紀念號에 실일 '어린 歌壇'을 選하게 되엿습니다.

二月 달에 드러온 童謠 八十餘 篇 中 가장 優秀한 것으로 쏍은 것이 우에 發表한 것이며 그 外에 佳作도 만히 잇섯스나 大部分은 落選이 되고 말앗습니다.

童謠는 어린사람 맘에서 생긴 말의 音樂입니다. 어린사람 맘에서 생긴 말의 音樂이 藝術的 價値가 잇스면 童謠라고 할 수 잇습니다. 즉 詩 가튼 形成이 업고 自由로 노래해서 自由 그대로 表現하면 그만입니다.

돌라 말하면 通俗말노 써서 어린이나 어른이나 알아보도록 ― 어린사람 마음(生活)을 通해 본 것이면 그만일 것입니다.

드러온 童謠를 보건대 大體가 模倣이 만흐며 創作的 氣力이 잇다 해도 結局은 構想 ― 表現方法이 不足합니다.

아무러튼 그에 對한 評은 紙面關係上 길게 말 안 하고 다만 우에 못 실이게 된 選外 분에게 몃 분만 간단한 作法의 批판을 나릴 쁜입니다.

◎ 安邊 金光允 氏 ═ 空想스러운 氣가 잇습니다. 좀 더 手法을 날이시면 잘 되겟습니다.

◎ 晋州 朴隱月 氏 ═ 佳作이엇습니다. 그대로 작고 뻣어나가시면 조컷습니다.

◎ 新高山 南應孫 氏 ═ 퍽 熱心한 点이 만습니다. 그러나 構想의 曲折이 不足합니다. 如何間 佳作이엇습니다.

◎ 厚昌 蔡奎三 氏 ═ 잘된 作品입니다. 手段을 좀 더 쓰셋스면 傑作입니다.

◎ 大邱 金甲淵 氏 ═ 童謠 意識을 더 느시고 곱게 쓰 나가면 아름다울 것입니다.

◎ 朴順錫 氏 ═ 技巧는 훌융하다고 볼 수 잇습니다. 背景을 더 쓰십

시오.

◎ 平壤 鄭泰善 氏 ═ 唱歌로는 되엇습니다. 그러나 童謠로는 말이 놉고 無味합니다.

◎ 載寧 朴永燮 氏 ═ 佳作이엇습니다. 그러나 構想이 不足합니다.

◎ 江東 金相廷 氏 ═ 잘되엇습니다. 그대로만 작고 나가시면 成功하실 것임니다.

◎ 金大昌 氏 ═ 文字로 쓰지 마시고 어린이나 어른이나 다 알도록 注意하시면 잘되겟습니다.

◎ 春陽 瑤草生 ═ 佳作임니다. 좀 더 練習하시면 조켓습니다.

◎ 平壤 金仁淑 氏 ═ 構想이 적엇습니다. 熱心으로 나가시면 成功되고 말 것임니다.

◎ 平壤 鮮于天福 ═ 未來 大家임니다. 부준이 習作해 나가십쇼.

◎ 高遠 姜龍律 氏 ═ 全體 構想 不足합니다. 조금 더 練習하시면 조켓습니다.

◎ 咸興 洪基植 氏 ═ 情的으로 보아 조홧스나 表現術이 모자람니다. 더 힘쓰십시오.

◎ 載寧 金鳳俊 氏, 平壤 許珏 氏 ═ 한목 볼 만한 作이나 童謠로써는 取할 바가 업습니다. 어린 사람 雜誌에는 童心을 通한 童心藝術을 要求합니다. 이 点에 留意하십쇼. 以下 略

고 긴 빗

孟柱天, "머리말", 『少年讀物 로빈손漂流記』, 신소년사, 1929.3.11.

『로빈손漂流記』는 距今 二百餘年前 西曆 一千七百十九年에 英國人 文豪 '다니엘·데포-'[130]라는 이가 지은 冒險小說이다. 그때는 勿論이요 至今까지 世界의 一大 奇書로 만흔 愛讀을 바덧스며 또 어느 나라 말로든지 번역되지 안흔 것이 업다고 한다.

書中에는 奇怪한 일도 만코 慘酷한 일도 만흐나 그러나 波瀾曲折이 만으니 만치 더욱 興味가 깁다.

또 이 小說의 主人公인 로빈손·크루소의 부지런과 꾸준한 忍耐性과 仁慈한 맘과 義俠한 맘 더욱이 그의 勇敢한 氣品과 進就한 氣像은 우리가(이상 1쪽) 크게 배워야 할 것이다. 오늘날 해ㅅ발 빗치는 곳마다 英國의 땅이 업는 곳이 업다고 크게 자랑함은 全혀 이 『로빈손漂流記』의 二百餘年 感化에 말미암음이라고 한다. 이것이 우리 少年에게도 무슨 教訓이 될가 하는 생각으로 그 大略을 譯抄하야 한번 읽기를 勸하는 바이다.

丙寅 嘉俳節 譯者 識(이상 2쪽)

---

130 디포(Defoe, Daniel: 1660~1731)는 영국의 소설가이다. 리얼리즘의 개척으로 근대 소설의 시조로 불리며 작품에 『로빈슨 크루소(Robinson Crusoe)』(1719)가 있다.

崔奎善, "사랑하는 동무여", 뮤흐렌 저, 崔奎善 역, 『왜?』, 별나라사, 1929.3.

이 새로운 童話『왜? 엇재서?』라는 조고마한 册을 번역함은 나의 가장 사랑하는 어린동무 여러분이 이것을 읽고 엇더한 생각과 엇더한 늣김이 多少라도 잇섯스면? 하는 안탁가운 마음으로 이것을 번역해 싼 것임니다. 여러분은 여러 가지의 童話集을 읽으셧슴니다. 그 가운대는 자미잇는 것도 잇섯슬 것이며 무서운 독개비가 나와서 여러분을 무섭게 한 일도 잇섯겟지요. 그러나 나는 여러분이 참말로 이 세상의 모-든 일을 고대로 正直하게 적어 논 실제로 자미잇고 유익한 이러한 이약이는 못 보섯스리라고 밋으며 생각합니다.

여러분은 날마다 구차한 사람들이 괴로웁게 지내는 것을 보시요. 여러분 가운대는 구차하다 하는 것이 얼마나 쓰라린 것인지 그것을 아시는 분도 게시지요. 여러분 가운대는 이 세상에서 조곰도 일은 안 하면서 그래도 잘 사는 부자가 잇는 것을 아시지요. 또 여러분의 아버지가 한 시 반 시를 쉬이지 못하고 힘드는 일을 하시면서도 만일 지금 하는 일이 업서지면 엇저나 하시고 근심하시는 것도 몰으시지는 안으실 터이지요!

이 이약이를 쓰신 뮤렌 先生任은 엇더케 하면은 이렇게 矛盾된 일이 업도록 할가? 하시(이상 1쪽)는 안탁가운 마음으로 우선 이 자미잇는 이약이를 우리에게 쑴여 주섯슴니다. 즉 다시 말하면 勞働하는 사람은 누구나 힘과 마음을 합처서 서로 도읍고 서로 위하야 산다면 세상은 勞働하는 사람들만을 위하야서도 또 그 어진 자질들을 위하여서도 잘살게 될 수가 확실히 잇다는 것을 이저서는 안 되겟슴니다.

뮤흐렌 先生任은 자긔는 일을 하지 안으면서 불상한 사람들에게 일을 식키는 부자는 누구나 그들의 敵이라고 하섯슴니다. 그러닛가 엇재든지 이 세상의 勞働者는 누구나 다 가티 힘과 힘을 모아서 이렇게 된 빗두러진 制度를 고처야 함니다.

이 책 속에 잇는 어엽부고 아름다운 薔薇나무도 부자의 마나님이 왓슬 때에는 얼골을 찌프리고 성을 내지 안엇슴니가?

쏘 적은 참새는 자기의 동포들을 위하야 좀 더 조흔 곳을 찻다가 죽지 안엇슴닛가? 쏘 忠實한 小犬은 자기의 죽을 목숨을 살려 준 구롬보 아희의 代身으로 죽지 안엇슴닛가?

쏘 악어는 더럽고 징그러운 김승이엿스나 그래도 부자요 奴隷의 主人보다는 좀 더 親切하다는 것을 밝히지 안엇슴닛가?[131] 그리고 불상한 孤兒의 '포울'은 엇지해서 세상(이상 2쪽)이 고르지 못한가 하는 생각을 가지고 모든 勞働者들의 동무가 되며 쏘는 그들에게 엇재서? 왜? 하고 생각할 수 잇도록 만드러 주어서 나종에는 그여히 세상 사람들이 죄다 왜? 하고 뭇고 그의 대답을 듯도록 되지 안엇슴닛가?

여러분! 여러분은 이약이를 다 읽으신 후에는 반듯이 다른 동무에게 이 책을 빌려주십시요. 돈이 업서 사지 못하는 동무에게…………………

그 동무들도 여러분이 이 冊에서 보신 새로운 동무들하고 퍽 자미잇게 즐거운 時間을 보내는 중에 자연히 생각하고 늣기는 무엇이 잇슬 것입니다.

一九二七. 五. 一一

譯者

靑谷 崔奎善 (이상 3쪽)

131 '김승'은 '짐승'의 방언이고, '밝히지'는 '밝히지'의 오식이다.

"本報 創刊에 際하야", 『朝鮮兒童新報』, 제1호, 1929.6.1.

一

우리 朝鮮은 누구나 다 아는 바와 가티 二千三百萬이란 큰 家族을 가진 집안이다. 이 家族 中에는 쏫가티 향긔러운 將來와 日月가티 光明한 未來를 가진 어엿분 少女와 귀여운 少年이 잇다. 이 少年少女는 우리 朝鮮이란 집안의 큰 보배이다. 안이 우리 朝鮮이란 집안을 爲하야 땀 흘니면서 奮鬪努力할 큰 일ㅅ군들이다. 다시 말하면 저 少年少女들은 朝鮮이란 집안을 爲하야 또는 나라를 爲하야 中堅人物이 될 第二世國民이다. 뉘 우리 朝鮮이란 집안을 적다 하는가? 비록 우리의 집안이 크지는 못하나 이 집안에 五百萬名이란 少年少女가 잇는 現今이다. 이 五百萬이 病 업시 잘 成長하는 것은 곳 朝鮮의 繁榮을 意味하는 것이며 同時에 나라의 隆昌을 意味하는 것이다. 그러함으로 우리는 저 五百萬이란 少年少女 自身을 爲하야 또는 朝鮮이란 집안을 爲하야 敎養上 또는 指導上 最善의 方法을 講究하여야 하겟다. 우리는 첫째 肉體에 잇서〻는 健全한 少年少女를 맨들녀 힘써야 하겟스며 精神에 잇서〻는 着實한 少年少女를 맨들녀 힘써야 하겟다. 五百萬 少年少女의 肉體가 튼튼해지면 이 朝鮮도 짜러서 튼〻해지겟스며 또는 저네의 精神이 堅實해지면 이 朝鮮도 짜러서 堅實해 질 것이다.

二

그러한데 오늘날에 잇서〻 우리 朝鮮은 저 少年少女를 爲하야 어쩌한 施設을 하고 잇는가? 첫째 學務當局者는 얼마만 한 施設을 하야써 우리 少年少女를 訓育하며 또는 指導하는가? 우리 朝鮮에 敎育 改善의 施設이 잇게 됨이 이에 二十個 星霜 이 사이에 朝鮮 兒童에 對한 敎育이란 참으로 進步 發達되엿다. 이에 對하야서는 어쩌한 사람이든지 點頭할 것이며 首肯할 것이다. 올타. 오늘날에 잇서〻 學務當局者로서 우리 朝鮮 兒童을 爲하야 이미 施設하야 노흔 公立普通學校의 수효가 얼마나 되는가? 오늘날에 잇는 그것의 수효만 千三百三十七校에 達하며 이에서 訓導를 밧는 兒童의 수효는 四十萬 以上에 至하는 現狀이다. 그리하나 學務當局者의 朝鮮 兒童을 爲한 바의 敎育施設이 이에만 긋치지 안코 더욱더욱 새로워질 줄로 미드며 쏘는 增進될 줄로 밋는 바이다. 그러하나 오늘날에 잇서々 民間의 施設은 어쩌한가? 勿論 우리 民間에 若干의 兒童敎育機關이 업는 바는 안이로되 그 施設 그 內容에 잇서々 아직도 可觀할 것이 업슴을 嘆息하는 바이다. 그러하나 이는 우리의 살님사리가 豊富해짐에 짜러 改善되겟슴으로 더 말하려 안 하는 바이다.

三

上記는 官民 사이에 施設되여 잇는 兒童敎育機關에 對하야 말함에 지내지 못함으로 이에 다음 하야서는 社會的으로 우리의 兒童을 爲하야 施設되여 잇는 바를 述하려 한다. 첫째 宗敎的으로는 主日學校, 一般的으로는 少年軍, 少年運動 機關 쏘는 兒童雜誌 等이 잇서 우리 少年少女를 敎養하기에 努力하는 바이 적지 안 한 모양이다. 그러함으로 吾人은 저네들 少年運動者, 少年指導者 諸氏에게 對하야 衷心으로 感謝하야 마지안는다. 그러하나 우리의 살님사리가 豊裕하지 못함과 쏘는 事業에 對한 堪忍力의 不足으로 因緣하야 항상 中途에서 廢止되지 안하면 有名無實에 도라가고 마는 바가 업지 안타. 이에 吾人 同志는 朝鮮이란 큰 집안의 일ㅅ군 五百萬 少年少女를 爲하야 奮起하는 바이다. 그리하야 吾人은 浮華한 思想, 虛榮的 精神을 排除하고 健全하며 쏘는 着實한 主義下에서 第二國民인 五百萬 少年少女를 爲하야 指導에 힘을 다하려 하며 敎養에 힘을 다하려 하는 바이다. 그리하야 本 新聞이 오늘날에 出生하게 된 것이다.

四

事實 우리 朝鮮이란 집안에는 健全한 子女가 잇서야 하겟스며 着實한 子女가 잇서야 하겟다. 健全하고 着實한 子女를 가진 집안은 날로 더부러 隆昌해지는 것이오 해와 더부러 繁榮해지는 것이다. 이러함으로 吾人은 浮華한 思想 쏘는 虛榮的 精神을 排除하고써 五百萬 少年少女의 前衛가 되고저 自期하는 바이다. 뉘 五百萬 少年少女를 적은 수효라 말하는가? 뉘 五百萬 少年少女를 弱한 힘이라 말하는가? 이 五百萬의 少年少女는

곳 우리 朝鮮의 힘이다. 이 힘이 强해지면 朝鮮도 짜러서 强해지겟스며 이 힘이 弱해지면 朝鮮도 짜러서 弱해질 것이다.

그러함으로 우리는 健全한 朝鮮, 着實한 民族을 맨들녀 努力하여야 하겟다. 健全한 精神을 가진 사람에게는 浮華한 思想이 敢히 侵犯하지 못하는 것이오 着實한 思想을 가진 사람에게는 虛榮的 精神이 誘引하지 못하는 것이다. 우리는 朝鮮이란 큰 집안을 爲하야 또는 第二世國民인 五百萬 少年少女를 爲하야 쓴긔 잇게 努力하려 하며 굿쇠게 나가려 하는 바이다. 이것이 곳 우리의 使命이며 우리의 主義임을 中外에 向하야 宣言하는 바이다. 그리하야 우리는 學務當局者의 國民敎育에 對한 範圍 內에서 우리 少年少女의 前衛가 되고저 自期하며 또는 指導者가 되고저 自期하는 바이다. 願컨대 朝鮮의 少年少女 諸君을 爲하야 일하는 學務當局者나 民間의 有志는 우리의 主張과 主義에 對하야 一臂의 力을 액기지 말기만 바라며 또는 비는 바이다.

延星欽, "獨逸 童話 作家 '하우ᄯᅳ'를 追憶하야(上)", 『중외일보』, 1929.11.19.

世界의 優秀한 童話作家를 손꼽는 中에 獨逸의 天才 童話作家 윌헤름·하우ᄯᅳ(Wilhelm Hauff)를 ᄲᅢ노을 수 업습니다.

윌헤름·하우ᄯᅳ는 一八〇二年 十一月 二十九日에 슈툿트가르트[132]라는 곳에서 出生하야 一八二〇年에 튜-빈겐神學校[133]에서 新學과 哲學을 修學한 後 一八二四年으로부터 同二十六年에 이르기ᄭᅡ지 휴-겔[134] 男爵家의 家庭敎師로 잇섯고 그 후에 佛蘭西와 和蘭에 旅行한 일이 잇습니다. 一八二七年에 슈툿트의 『모르겐ᄲᅳ랏트』[135] 紙의 記者로 從事하다가 同年 十一月 十八日 겨우 二十六歲를 一期로 長逝하얏습니다. 하우ᄯᅳ가 抒情詩 몃篇과 小說 二三篇을 發表하든 그 當時는 로만틱한 文學이 盛行되든 時代엿든 ᄶᅡ닭에 自他를 勿論하고 그 傾向에 물들지 안을 수 업섯스니 勿論 하우ᄯᅳ도 로만틕 文人派의 一人으로 特히 슈와-벤派[136] 作家엿기 ᄯᅢ문에 위-란드와 홉프만[137]의 影響을 만히 밧고 잇섯습니다. 그러나 이러한 抒情詩나 小說보다도 그의 일홈을 이 世上에 남겨 노케 맨든 것은 그의 童話集입니다.

---

132 슈투트가르트(Stuttgart)를 가리킨다.

133 튀빙겐대학교(University of Tübingen)를 가리킨다.

134 휴겔(Hugel, Ernst Eugen von) 남작을 가리킨다.

135 『Morgenblatt』를 가리킨다.

136 슈바벤 학파(Schwäbischer Dichterkreis)를 가리킨다. 1810년부터 1850년 사이에 일부 친분 관계로 맺어진 독일 슈바벤 출신 시인들의 총칭이다. 그들은 19세기 초엽의 정변(政變)과 전란 속에서, 중세로부터 내려온 영광에 빛나는 슈바벤의 자유를 옹호하며, 주로 민요·목가(牧歌)·발라드 등을 시로 지었다. 이 시인 집단에 속하는 작가로는 울란트(Uhland, Ludwig), 케르너(Kerner, Justinus), 슈바프(Schwab, Gustav), 쿠르츠(Kurz, Hermann), 하우프(Hauff, Wilhelm), 레나우(Lenau, Nikolaus), 뫼리케(M örike, Eduard) 등이 있다.

137 호프만(Hoffmann, Ernst Theodor Amadeus)을 가리킨다.

하우프의 童話集은 標題가 『教養 잇는 사회의 자녀를 위한 童話暦』[138]이니 이 童話集은 겨우 童話 三篇으로 일우윗는데 各篇이 모다 數人이 對話하는 이약이를 모아서 長篇을 맨든 것입니다.[139] 그中에 『十日物語』[140]를 爲하야 其他 作品에도 이 가튼 形式을 取한 것이 만흐나 各 短篇에는 하우프 自身의 創作과 獨逸, 蘇格蘭[141] 等의 傳說이 包含되여 國民童話로 認定되여 잇습니다. 그러나 이 三篇의 題材가 오랜 아라비아, 에지프트 等의 이약이로 되엿기 때문에 一般 讀者에게 그리 큰 興味를 주지 못하엿는데 이것은 하우프에게 잇서서 遺憾千萬한 일이라 할 것입니다. 이것이 넘우 古代的 이약이이기 때문에 읽는 사람에게 親密한 興味를 주지 못한 것이지만은 우리들 朝鮮의 童話 童謠家로 잇서서는 그 題材가 에지프트의ㅅ 것이거나 古代 獨逸 것이거나 멀리 異國의 이약이이니까 創作童話로 愛讀할 價値가 잇스리라고 생각합니다.

하우프가 大體 이 세 가지 童話의 題材를 오래된 古代의 이약이로 맨들어 낸 것이 무슨 까닭이엿겟습닛가? 그것은 하우프 自身이 第二篇 「알렉산도리아의 長老와 그 奴隷」 中에서 一 老人의 입을 빌어

"人間의 마음은 大氣와 가티 가볍고 自由로워서 紙上을 떠나 놉히 올너가면 올너갈사록 漸漸 가벼워지고 淨潭해지나니 무릇 人間은 假令 夢中에라도 日常生活을 떠나 놉흔 곳으로 가볍게 또 自由롭게 도라단이고 십허하

---

138 『교양 있는 계층의 자녀를 위한 동화 연감』은 다음과 같이 3권이 간행되었다. 'Märchen-Almanach auf das Jahr 1826 für Söhne und Töchter gebildeter Stände', 'Märchen-Almanach auf das Jahr 1827 für Söhne und Töchter gebildeter Stände', 'Märchen-Almanach auf das Jahr 1828 für Söhne und Töchter gebildeter Stände'

139 『동화연감(Märchen almanach)』이란 이름으로 3회에 걸쳐 발표된 『대상(隊商, Die Karawane)』(1826), 『알레산드리아의 장로와 그 노예들(Der Scheich von Alessandria und seine Sklaven)』(1827), 『슈페살트의 요리점(Das Wirtshaus im Spessart)』(1828)을 하나로 묶은 것이 『하우프 동화집』인데 원제목은 『교양 있는 계층의 자녀를 위한 동화』이다.

140 보카치오(Giovanni Boccaccio)의 『데카메론(Decameron)』을 일본에서 『十日物語』로 번역하였다.

141 소격란(蘇格蘭)은 스코틀랜드(Scotland)의 음역어이다.

는 欲求를 가지고 잇다. 童話는 붓으로 써 논는 것에 지나지 안으나 이것을 듯거나 닑는 그동안에는 그 풀려나오는 이약이의 실마리에 마음이 얼키여 온갓 모든 雜念을 忘却하고 自由롭고 高遠한 未知의 世界로 飛翔해 올너가는 거긔에 童話가 가진 바 魅力이 잇는 것이다."

延星欽, "獨逸 童話 作家 '하우쯔'를 追憶하야(하)", 『중외일보』, 1929.11.20.

고 말한 것과 가티 童話의 特質을 俱有해 넛키 위하엿슴이리라고 생각합니다. 그래서 하우프 自身의 童話를 듯고 닑는 우리들의 마음을 未知의 나라로 쓸어올니여 現在의 醜惡한 社會現狀과 그 周圍環境과 日常의 온갓 煩惱을 脫却식히려고 한 것이 하우프 自身의 目的이엿슬 것입니다. 하우프 自身이 所望한 바의 가티 그의 童話를 닑는 우리의 마음은 참으로 高遠한 未知의 世界로 運行되여 그 이약이가 展開됨을 짜라서 쓧업시 高翔하는 것이 事實임니다. 하우프의 童話는 이가티 魅力이 잇고 이가티 深遠합니다. 비록 그의 一生이 짧엇든 그만큼 그의 作品 數爻가 極少하기는 하나 童話로서의 俱備해야 할 點은 다- 俱備되여 있기 때문에(그의 故國의 童話作家 그림보담 名聲은 놉하지지 못햇슬 망정) 將來의 久遠한 世上 이 宇宙의 童話의 世上이 消滅해 업서질 때까지는 하우쯔의 일홈은 남어 잇슬 것임니다.

詩人 괴-테가 『千一夜話』를 評하야

"그 特質은 何等 道德的 目的도 갓초아 잇지 안키 때문에 人間으로 하야금 自己自身을 □□할 □地까지 업게 맨들어 노아 自身을 써나서 無限한 自由의 天地로 쓸어 올니는 데 잇다."

고 말한 것은 이 하우프의 童話 가튼 것을 가르처 한 말이라고 생각합니다.

하우쯔의 童話는 이가티 心靈의 高翔이 卓越함과 同時에 또 波瀾重疊이 甚하야 그 童話 中 主人公의 運命轉換과 事件의 發展은 想像 理想으로 展開됩니다. 그러나 그림 童話에 恒用 잇는 것가티 꿈속에 나타나듯키 □□되지 안코 極히 實際的 事實로 생각할 만치 明瞭하게 事件이 進行되여 잇는 것이 또한 하우쯔 童話의 特徵입니다. 넘우 事實에 갓가웁기 때문에 도로혀 닑는 사람에게 感興이 적고 얼마間 藝術的 色彩가 缺乏된 感이 업지 안으나 事件의 轉換과 波瀾이 細密하게 表現되여 잇습니다. 그러나 이것도 「알넥산드리아의 長老와 그 奴隷」 中에서 老人을 식혀

"小說과 童話의 사이를 區別하지 안는 것이 조흐니 小說은 그 環境과 人物의 性格描寫에 偏重되여 잇스나 童話라는 것은 異常한 事件이 繼續해 닐어나서 主人公의 運命과 事件 그것이 進行되고 展開되여 가는데 興味가 잇는 것이다. 이 兩者(小說과 童話)를 區別하지 안는다면 더한層 興味잇고 훌륭한 作品이 될 것이다."

라고 말한 것을 하우쯔 自身의 童話에 對한 意見이라고 할 것 가트면 하우쯔의 童話를 닑는 사람은 理解하리라고 밋습니다. 그러나 하우프의 意見과 가튼 그러한 意見으로 創作된 童話가 眞實한 意味의 "어린사람의 童話"가 되겟습닛가. 이것은 불타오는 煖爐 엽 搖籃 속에서 길니운 國民童話라고 할 수는 업슬 것이니 하우쯔의 童話는 보드럽고 純眞한 童心이 充溢한 안데르쎈의 創作童話와도 判異합니다.

거긔에는 한 理由가 잇스니 그것은 다른 것이 안이라 하우쯔는 안데르쎈과 가티 眞實한 永遠의 어린이가 되지 못햇기 때문입니다. 그래서 그가 未知의 나라의 自然人, 波瀾重疊한 主人公의 運命과 事實的 事件을 綜合해서 創作한 이약이 「아모것도 보지 안은 猶太人 아브님」은 探偵小說로까지 볼 만합니다.

하우쯔는 眞實한 永遠의 어린이가 안이엿고 手腕 잇고 自信 잇는 冒險的 少年, 안이 靑年 갓가운 사람이엿습니다.

그림 童話를 가르처 花園에 □布한 寶玉이라 할 것 가트면 안데르쎈의 童話를 가르처 □□에 □□ 쌔끗한 쏫이라 할 것 가트면 하우쯔의 童話는

바람을 타고 蒼空으로 올러가는 白雲이라 할 것입니다.

何如間 그 作品으로 보거나 또 이 世上에 살어 잇든 그 나희로 보거나 丁抹의 안데르쎈이나 하우으의 同國人 그림에게는 比할 수 업스니 一期를 二十六歲로 쑷막은 不運의 童話作家 하우으가 獨逸에 잇섯다는 것을 니저서는 안 될 것입니다.

그가 만약 안데르쎈이나 그림만치 그 一生이 길엇든들 안데르쎈이나 그림에게 지지 안는 훌륭한 作品이 나지 못하엿스리라고 斷言할 수도 업는 일이 안입닛가.

(十一月 十八日! 二十六歲를 一期로 長逝한 하우으의 一百一年祭를 맛는 오늘 우리 朝鮮 童話 童謠家의 遺產에나마 하우으의 일홈을 남겨두랴는 생각으로 이 一文을 抄한 것입니다. ― 筆者)

李炳華, "톨스토이", 『신소년』, 1929년 12월호.

'톨스토이'는 왼 세상이 다 알 만큼 글 잘하고 생각 크기로 유명한 사람이엇습니다. 그이가 우리 소년들이 일글 만한 책도 만히 지엿지마는 우리가 항용 자미잇게 부르는 〈갓즈사 내 사랑아〉 하는 노래가 씨여 있는 『復活』이란 책도 그이가 지은 것이올시다. 그이는 노롱 로시아(勞農露西亞) 나라에서 사섯고 지금으로부터 열아홉 해 전에 이 세상을 써나섯습니다.

그이의 짜님 되는 '톨스다야'[142] 부인이 금번에 일본까지 구경을 왓다가 어느 모듬에서 그 아버지 일에 대하여 일장 연설을 하엿답니다.[143] 우리는 그이의 시중 들던 사랑하는 짜님 입에서 나온 거짓 업는 이야기를 드르면 그이가 엇더한 노인이던 거슬 대강이라도 짐작할 수 잇습니다. 그 짜님은 다음과 가치 말슴하엿습니다.

나는 우리 아버지께서 쉰여섯 살 되시든 해에 나흔 망낭딸임으로 벌서 내가 잘아서 철 알 때는 아버지(이상 13쪽)는 꼬부라진 노인이 되고 말앗습니다. 그래서 아버지께서 '사람이란 엇더한 것인가' 그런 큰 문제를 깨쳐 내랴고 맘을 태우시고 애써 공부하시던 일은 전연히 몰읍니다. 그러나 아버지께서 항상 가르치시기를 "사람이란 거륵한(偉人) 이가 되도록 힘써야 하고 거륵한 이가 되랴면 사랑(愛)이 잇서야 하다. 사람이 되어서 제 한 몸만 생각하는 이는 아직 짐생에 갓가운 최하칭이고 한 집안사람을 사랑하는 이는 조금 나흔 사람이고 한 나라를 사랑하는 이는 또 그보다 나흔 이고 왼 세게 인류를 사랑하는 이라야 가장 웃칭에 안질 만한 거륵한 사람이라." 하셧습니다. 그러나 그 거륵한 사랑(愛)의 생활(生活)을 완성(完成)하는

---

142 톨스토이의 딸 톨스타야(Tolstaya, Alexandra Lvovna: 1884~1979)를 가리킨다.

143 톨스토이의 막내딸 알렉산드라(이병화는 '톨스타야'라 함)는 톨스토이의 사후 백계러시아인들에게 체포되어 1920년 감옥에 들어가 1년간 옥살이를 했다. 1929년 소련을 떠날 수 있는 허가를 얻어 일본으로 갔다. 6개월의 허가였지만 알렉산드라는 18개월을 머물렀고, 톨스토이에 대한 강연과 러시아어 강사로 일했다. 이후 미국으로 가 1941년 귀화하였다.

데는 큰 매장(魔障)이 잇스니 부자와 가난한 이의 차별이 곳 그것이라 하셧습니다. 부자와 가난한 이의 차별이 잇고는 완전한 사랑(愛)의 세상이 될 수 업다고 구지 주장하섯습니다. 그래서 부자요 또 귀족의 아들로 태여난 우리 아버지는 그 문제를 가지고 퍽 맘을 괴로워하섯습니다. 엇더케 하면 그 가멸한 살림을 쩌나버릴가 하셧습니다. 그러나 아버지의 이 맘은 집안사람들에게는 전연히 알려지지 못하고 그러타고 집안 평화(平和)를 깨트리는 것은 더욱 아버지의 본뜻이 아님으로 아버지는 더욱더욱 고통을 늣기게 되엇습니다. 그리다가 필경 하는 수 업서서 아버서는[144] 자긔의 해갈 일을 혼자 정해 노코 아침부터 저녁까지 힘써 실행하엿습니다. 아버지는 아침 일즉 일어나면 잠간 집 근방으로 그닐다가 세게 각국에서 모아든 편지(이상 14쪽)들을 일일히 답장도 하고 정리도 하며 아침 아홉 시부터 열두 시까지는 고요히 서재에 들어안저 글짓기에 힘을 쓰시다가 오후 두 시가 되면 그때까지 써서 모흔 원고(原稿)를 손에 든 채로 식당(食堂)에 나오십니다. 그때 나테 깃거운 우슴살이 쒸인 것을 보면 그날은 훌륭한 글을 지으신 줄 압니다.

아버지는 조희를 참 귀중히 여겻습니다. 그래서 우리가 조희쪽을 헷불레하는 것을 보시면 "조희 공장에서 일하는 사람들의 고상을 생각하려므나." 하셧습니다. 아버지가 글을 지으실 때는 퍽 맘을 쓰셧습니다. 어집잔흔 원고라도 몃 번을 고쳐 쓰시는지 알 수 업섯습니다. 아버지가 제일 잘 지엇단 『戰爭과 平和』란 책은 일곱 번을 고쳐 쓰셧고 『復活』이란 책을 박을 때에도 원고를 로시아 서울 어느 인쇄소에 보내셧다가 맘에 부족한 데가 잇다고 전보를 처서 새로 고친다 별별 야단을 부린 일이 다 잇섯습니다.

두 시쯤 진지를 잡수시고는 말을 타시고 인가 업는 삼림 속으로 드러가서 글 지을 거리를 생각하십니다. 생각이 들기만 하면 곳 말 우에서 원고를 쓰기도 하셧습니다. 그때 말 우에서 쓰신 원고쪽이 지금 그대로 '모스코바' 박물관에 간수하여 잇습니다.

---

144 '아버지는'의 오식이다.

우리 아버지의 자녀 중에서 큰딸 되는 '마리야'[145]가 오즉 아버지의 생각을 이해하고 본떠서 아버지의 하시는 일을 거드러 드릴 섇 아니라 가난한 이웃집 부인네의 밧 갈고 김매는 일도 만히 도(이상 15쪽)아 주엇습니다. '마리야'는 불행히 일즉 죽고 그 뒤를 이어서 내가 아버지의 일을 도아드리는 한 사람이 되엇습니다.

로시아 본국은 물론이오 세게 각국에서 우리 아버지를 차저오는 사람이 참 맛햇습니다.[146] 그중에는 아버지의 제일 실어하는 부자도 잇섯고 쏘 종교가, 예술가, 노동자 별별 종류의 사람들이 다 모아들엇스며 아버지가 부자인 줄 알고 물건 빌고 돈 취하로 오는 사람들도 잇섯습니다. 그중에도 제일 우습기는 아버지의 얼골 한번 처다보고 명함 한 장 어더랴고 일부러 오는 사람들까지 다 잇섯습니다. 쯧々내 집안사람들은 아버지를 이해하지 못하고 아버지의 지은 책을 박여 팔면 큰돈을 버을 줄 알므로 아버지에게 그 출판하는 권리를 넘겨달라고 요구하엿스나 아버지는 구지 거절하셧습니다.[147]

아버지는 집안사람들을 이해식혀 내지 못할 줄 아시고 당신이 손수 일하여 살아가시려고 八十두 살이나 되는 늘근이가 아무도 몰내 집을 나왓습니다. 그것은 지금으로부터 十九년 전 어느 가실날 구진 비 오고 찬바람 부는 밤이엇습니다.

아버지는 그 소원을 일워보지도 못하고 가시는 도중에 병환이 나서 '오스타고프'[148]란 정거장 역장 관사(驛長官舍)에서 그만 세상을 버리고 말앗습니다. (씃) (이상 16쪽)

---

145 마리아(Tolstaya, Maria Lvovna: 1871~1906)를 가리킨다. 마리아는 톨스토이의 비서 역할, 톨스토이에게 온 편지에 대한 답신 등으로 많은 시간을 바쳤다.

146 '만햇습니다.'(많았습니다.)의 오식이다.

147 톨스토이는 청빈과 금욕의 삶을 실천하기 위해 저서의 판권을 포기하려 했으나 가족이 크게 반발해 1881년 이후에 발표한 작품의 판권만 포기하고 이전 작품의 판권은 아내에게 넘기기로 타협하였다.

148 아스타포보(Astapovo, 현 Tolstoy 역) 역을 가리킨다. 톨스토이는 1910년 10월 29일 이른 아침 막내딸 알렉산드라와 주치의를 데리고 집을 나섰고, 11월 20일 82세로 사망했다.

주요한, "童謠 月評", 『아이생활』, 제5권 제2호, 1930년 2월호.

새해의 바람

韓晶東

새해라 날이새면
동방내짱에
희망을 가득실은
해님은웃지

금년은 순한동무
양의해란다
곤풀밧헤 매－매
반가운노래

동무님네 올해는
우리것일세
우슴으로 새긔빨
날니여보세
(『어린이』, 正月號)

【評】 七五조의 평범을 전번에도 말햇다. 이것은 곡조도 七五조의 단조한 것이오 내용도 무미한 것이다. 희망, 우슴, 새기빨 등은 조흔 관념들이나 아모런 구체적 사실이 없다. 어찌해서 올해는 우리 것인지 그 필연성이 없다. '순한 동무 양'과 '희망 가득 실을 햇님'과가 어떠한 련결 관게가 잇는지 분명치 안타. 모든 노래는 더 구체적으로 호소하는 무엇이 잇서야 아니 될까.

젊은이의 노래

睦一信

1

동산에는붉은해 솟아오르네

힘ㅅ줄뻐친우리의 아츰이로세

새빩안붉은화살 희망의화살

구비구비줄기찬 아츰이로세.

2

두루두루펴지는 광명의화살

골작마다뫼마다 마음속마다

길길히파무치는 희망의화살

빗난대로가삼에 싸혀두리라.

3

힘ㅅ줄뻐친팔다리 쑥쑥뻣고서

빗난햇발향하야 다름질치세 (이상 32쪽)

우리는이강산의 씩씩한아들

주린동포먹여줄 일군이라네

(『宗教教育』, 一月號)

【評】 이것도 '주린 동포 먹여 줄'이라는 사실 외에는 다 추상적이다. 희망의 화살이란 비유는 아모 구체적 사실의 배경 혹은 암시가 없슴으로 공허한 부르지짐이 되엇다. 그것으로 첫 두 절을 불너 노앗스니 수박에 물 탄 셈이다. 마그막 한마듸를 하랴고 十一行을 허비할 필요가 잇슬까. 마그막 넉 줄만이면 그만이다. 이것도 단조한 七五調.

울기쟁이 리선생님

순봉

우리우리 야학교

리선생님은

울기쟁이 선생님이라
별명낫다오
우리보고 무슨말슴
하시다가는
써덕하면 우시지
맘도약하지
× ×
우리우리 야학교
리선생님은
어젯밤도 인순이가
밥을못먹어
야학교에 못온다는
말을듯고는
돌아서서 우시는데
모다웃엇지
— 쯧 —
一二. 一八 (『東亞日報』, 一月 二日)

【評】 울 줄 아는 선생님은 복이 잇습니다. 우는 선생 밑에서 공부하는 생도들은 복이 잇습니다. 우리 학교의 모든 선생님이 다 이 선생님같이 울 줄 아는 선생이엇드면 우리 사회가 얼마나 더 좋아젓슬른지 모를 것입니다. 이것도 七五조.

눈

金榮相

펄—펄 함박눈이
나려와서요
이짱이 고르지못해
보기실타고
허허벌판 은세게로

이루웟서요
사람이 지나가면
외치는듯이
쌛도독 발미테서
소래침니다
(『조선일보』, 一月 十日)

【評】 아까운 想이다. '세상이 고르지 못해'라는 想과 '쌛드득 외친다는' 想과는 상당히 암시력이 잇는 상이다. 그러나 그것을 深刻化, 醇化하지를 못햇다. 곡조도 역시 七五調를 벗지 못햇다.(이상 33쪽)

"童謠曲集『봄제비』-뎨일집이 발간되엿다", 『조선일보』, 1930.6.3.

일즉이 '콜럼비아'사에서 '레코-드'에 너흔 조선동요 「봄제비」와 일반유치원의 원아들이 항상 노래 부르는 「백일홍(百日紅)」이라는 동요와 그 외의 아름다운 조선동요 십여 가지를 모아서 「봄제비」의 작자(作者)인 오중묵(吳中默) 씨가 금번에 『조선동요곡집(朝鮮童謠曲集) 봄제비』 뎨일집(第一集)을 출판하엿는데 발행소는 부내 팔판동 조선봄제비사(振替 三九一○)이라 한다.

編輯給仕, "편즙실 이야기", 『어린이』, 제8권 제6호, 1930년 7월호.

○ 한참 더워지기 시작한 七月입니다. 요사이는 더구나 장마비가 날마다 게속해서 쏘다지고 잇는데 여러분 댁에 아모 별고나 업스시고 또 여러분도 몸 성히 잘들 게심닛가? 이번 달 호가 이럿케 좀 느저진 것은 더운 때이라 그런지 편즙하시는 선생님은 十週年 긔렴호라고 해서 다른 때보다도 몃 배나 더 애를 쓰섯것만 밧게서 써 주시는 여러 선생님의 글이 마음대로 드러오지를 안어 그럿케 된 것입니다.

그 통에 날은 더웁고 비는 오는데 원고 심브름하노라고 나만 죽을 번하엿습니다. 그래도 내가 그만큼 심브름을 빨니 단엿기에 요만큼이라도 책 구경을 일즉들 하시는 줄 아십시요! 해 햄! 인제 오래간만에 어듸 편즙실이야기나 넌즛이 아르켜 드릴까요?

○ 方 선생님![149] 여러분도 잘 아시다십히 다른 어른의 三곱절이나 되게 뚱뚱하신 이 선생님은 여름만 되면 아조 앗질이신데 요사이도 날마다 땀을 어쩌케 만히 흘니시는지 옷을 꼭 한 벌씩이나 버리시는 터에 그래도 이 달치 『어린이』에만은 글을 여러 편이나 쓰섯습니다.

○ 車 선생님![150] 社 안에서 제일 키가 적으시고 또 년세가 만흐신 데다 머리가 홀짝 버서지신 이 선생님은 발서 十여 년 전브터 새벽 일즉이 취운정山에를 하로도 빠지지 안코 단이시는 대단히 부지런하신 선생님으로 우리 『어린이』에도 山에 가시는 정성과 가티 史話를 달달이 써 주시든 터인데 이 부지런하신 선생님도 더위에는 엇절 수가 업스심인지 리정호 선생님이 날마다 써 주십시사 하고 졸낫서도 이달만은 제발 살녀 달나고 못 쓰섯습니다.

○ 李 선생님![151] 이 선생님이야말노 『어린이』 잡지에 전 책임을 지신 만큼

---

149 방정환(方定煥)을 가리킨다.

150 차상찬(車相瓚)을 가리킨다.

제일 만히 애를 쓰시는 선생님이신데 벌서 여러 달째 아모 잡지에도 글 쓰시는 것을 보일 수가 업더니 요 일전에 『李定鎬 라듸오 放送 第一輯 世界美談寶玉篇』을 총독부에 제출하시는 것을 보고 깜짝 놀내엿습니다. 어느 때 어쩌케 쓰신 것인지 모르나 하여간 방송국에서 수백 회나 이야기하신 중에 제일 자미잇고 유익한 美談만 열다섯 가지를 뽑으신 것이랍니다. 美談을 전문으로 쓰시는 선생님인 만치 이 책의 출판이 한업시 기다려집니다.

○ 崔 선생님![152] 이 선생님은 여러분도 아시다십히 『學生』 잡지를 맛허보시는 분인데 社 안에서 제일 몸이 마르신 선생님이십니다. 실례의 말슴이나 바람만 되게 불면 훅 날너가실 것도 갓습니다만 이 선생님이야말노 편즙실에서 그중 밧브시고 부지런하시고 또 글씨를 묘하게 쓰시는 선생님으로 『學生』 편즙하랴 개벽사 포스다 쓰시랴 그러면서도 『어린이』 잡지의 일이라면 발 벗고 나스시는 조흔 선생님이십니다. (編輯給仕)

(이상 70쪽)

151 이정호(李定鎬)를 가리킨다.

152 최경화(崔京化)를 가리킨다.

"우리들의 片紙 往來", 『음악과 시』, 1930년 9월호.

◇ 楓山이가 雨庭에게

梁!

그날밤 무사히 들어갓느냐.

우리는 퍽 섭섭하엿다.

어제 土曜日에 入京할려 하엿스나

비가 와서 냇물이 만하 그만두엇다.

부탁한 詩稿는 두리 것을 合하야

우편으로 보낸다.

詩論은 안 쓰기로 햇스니 그리 알어라.

創刊號 속히 내어 노아라.

— 中略 —

原稿料 支拂하여라.

詩 한 篇에 三圓式만 내어라.

그러나 우리는 紙갑이 업스니

이다음 入京하는 날 麥酒나 멧 打하면 그만이다. 銘心하여라.

×

印刷할 째 □을 잘 보아다고.

잘못하면 경칠 줄 알고 잇거라.

◇ 興燮이가 炳昊에게[153]

彈!

前略 楓山이가 올나왓스닛가 죽어도 두 놈이 갓치 죽을 셈 치고 팔

153 '彈'은 김병호(金炳昊), '孤松'은 신말찬(申末贊)의 필명이고, '大駿'은 김해강(金海剛)의 본명이다.

벗고 나서서 일해 보겟다.

×우다 안 되면 두 놈이 東京으로라도 다라나 팡 장사를 하면서라도 ××것다.

그런데 君의 □□□□中 다이나마이트는 하는 수 업시 깨엇다. 그러니 달은 데다 쓰것다. 마음을 가라안치고 當分間 참고 잇거라. 설마— 우리의 ×이 잇겟지.

孤松에게서 편지 왓다. 大駿의 詩, 朴轍의 詩는 다 먹히엿다. — 宋(影)은 『별나라』일 본다. (下略) (이상 35쪽)

"詩人消息 樂人消息", 『음악과 시』, 1930년 9월호.

◇ 野人 金昌述 氏(詩)

一. 住所　全州 大正町 三丁目

一. 年齡　二十八歲

一. 職業　店員

◇ 響 엄흥섭 氏(詩, 小說)

一. 一九〇六年 忠南 論山서 出生

一. 어릴 때에 錦江平野에서 새 쫏는 少年이엿다.

一. 일즉이 兩親을 여히고

一. 少年時代에는 晋州, 群山, 全州 等地로 放浪

一. 教員 生活 五年間

一. 일즉이 文藝雜誌 『習作時代』, 『白熊』, 『新詩壇』 等의 編輯동인이 엿섯다.

一. 現 푸로藝盟 中央執行 委員

◇ 楓山 孫在奉 氏(詩)

一. 慶南 草溪서 出生

一. 幼年시대에는 北滿洲, 間島 等地에서 生長

一. 教員 生活 三年間

一. 年齡 一九〇七年生 (이상 27쪽)

一. 現 京城 市外 恩平學校에서 教鞭

◇ 權景煥 氏(詩)

一. 慶南 昌原서 出生

一. 年齡 一九〇三年生

一. 現 푸로藝盟 中央執行 委員, 『中外日報』 記者

◇ 血海 朴世永 氏(詩)

一. 京城人

一. 二十七歲

一. 일즉이 上海 等地로 放浪

一. 教員 生活

◇ 海剛 金大駿 氏(詩)

一. 一九○三年 全州 完山町 一九에서 出生

一. 職業은 每日 平均 土筆 가루를 한 말식 먹는 품파리軍

一. 住所 全北 鎭安 邑內

◇ 彈 金炳昊 氏(詩)

一. 一九○六年 慶南 牧島서 出生

一. 少年時代 放浪生活

一. 現住所 金海 生林

一. 職業은 略

◇ 孤松 申末贊 氏(詩樂)

一. 一九○七年 慶南 彦陽서 出生

一. 現住 慶北 楡川 (이상 28쪽)

一. 職業은 略

◇ 久月 李錫鳳 氏(詩樂)

一. 一九○四年 慶南 馬山서 出生

一. 現住 統營 □□ 一○三

一. 職은 略

◇ 朴芽枝 氏(詩)

一. 一九○四年 咸北 明川서 出生

一. 現住 仝上

一. 職은 農夫

◇ 向破 李周洪 氏(樂詩)

一. 一九○六年 慶南 陜川서 出生

一. 現住 京城 水標町 新少年社

一. 現『新少年』編輯人

◇ 雨庭 梁昌俊 氏(詩)

一. 一九〇七年 慶南 咸安서 出生

一. 教員 生活 一年間

一. 日本 等地로 放浪 二年

一. 歸鄕 後 實際運動에 投身

一. 現『音樂과 詩』編輯人

(계속) (이상 29쪽)

高長煥 외, “무엇을 읽을가”, 『아희생활』, 제5권 제10호, 1930년 10월호.

서늘한 가을밤 기인 겨울 정히 독서의 때가 이르럿습니다. 긴긴밤에 밝은 등불 밋에서 학과의 복습을 씃낸 후 또는 토요일과 일요일 노는 날에 마음에 드는 책을 펴노코 선철들과 이애기하고 씃업는 공상나라로 마음 노코 들어가기 조흔 시절이 오앗습니다.

그러나 우리에게는 늘 한 가지 고통이 잇습니다. 그것은 곳 ‘엇더한 책을 읽을가?’ 하는 안타까운 무름이외다. 사실 합당한 책을 구하기가(특히 조선에서는 더욱이) 힘이 듬니다.

이제 우리는 여러분의 이 번민을 풀어 주고 여러분에게 가장 조흔 책을 소개하기 위하여 전선 유지 제씨의 고견을 청하여다가 이번 호에 발표하게 되엿습니다.

죠선 소년소녀에게 엇더한 책을 권할가?

◎ 高長煥 氏

一. 『朝鮮童謠選集』

二. (日文)『쿠오레(愛의 學校)』

◎ 方定煥 氏

一. 『功든 塔』, 『사랑의 學校』, 『왜』 等(이상 7쪽)

◎ 金允經 氏

一. 『朝鮮童話大集』, 『끄림童話集』, 『世界名作教育童話集』, 『어린이나라』, 『無窮花 꽃동산』, 『世界一周童話集』, 『우리동무』, 『사랑의 선물』, 『금쌀애기』, 『天使의 선물』, 『世界一週兒童美談』, 『우리동무』, 『새로 핀 無窮花』, 『금방울』, 『課外讀物童話集』, 『사랑의 동무』, 『이솝우언』 其他

二. (日文) 『世界童話集』, 『아라비아 夜話』, 『聖書物語』, 『新約物語』,

『로빈손 漂流記』, 『안데르센 童話』, 『쯔림童話』, 『가리바 旅行記』, 『子供の科學叢書』

◎ 蔡弼近 氏

二. 日文 中에 修養全集이나 偉人의 傳記 갈은 것.

◎ 李永漢 氏

一. 朝鮮文으로 된 것 中에는 아직 적당하다고 생각된 것이 업습니다. 구약, 에스터, 다니엘서를, 좀 더 재미있게 만들어 읽히엿스면

二. (英文) 『뿔다크 영웅전』이 조흘 뜻합니다.

◎ 주요한 氏

소년 독물에 관해서는 별로 문견이 업슴으로 잘 알 수 업스나 조선에서 아직까지 발간된 것은 내용은 조하도 문장의 점에 잇서서 불완전하다는 느낌을 만히 가젓섯습니다. 지금 소학교에서 가르키는 조선어가 매우 부족하니만콤 특히 훌륭한 조선 문장으로 된 독물이 나기를 바라는 것이외다.

외국작픔 중에 고전이라고 할 만한 작픔들 례를 들면 '안더선', '그림형제', '촬스・램', '떡켄스' 등의 완전역이 생기기를 바랍니다.

이미 번역된 중에는 문장에 대해서 불만이 잇습니다만은 '뮤흐렌'의 『왜』라는 것과 '아미티스'의 『쿠오레』를 추천하고 십습니다.(이상 8쪽)

◎ 全武吉 氏

아직까지 조선에는 아동 본위로 된 독물이 없다고 하여 過言이 아니고 英文, 日文은 勿論 語學力 때문에 못 읽히겠고 다만 必要하다면 앞으로 만드는 外에 道理가 없겠습니다. 主로 高尙한 趣味와 義俠心을 기를 만한 것과 通俗的 歷史에 關한 관렴을 줄 만한 讀物(勿論 朝鮮史)이 모다 가추가추 있서야 할 것임니다. 兒童을 宗敎的으로만 指導하는 데는 弊害가 있습니다.

◎ 洪銀星 氏

一. 리정호 군의 『사랑의 학교』, 고장환 군의 『少年文學集』, 방정환 군의 『사랑의 선물』, 김태오 군의 『名作童話集』, 최청곡 군의 『왜?』,

其他 新少年社 發行 讀物을 읽으라 하고 십습니다.

二. 英文으로는『五十名話集』,『三十名話集』, '그림', '안델센' 童話集들이 좋고 그다음 日文은 小川未明, 金子洋文[154] 等의 童話集이 조흘 것 갓습니다.

◎ 李光洙 氏

一.『聖經』,『沈淸傳』,『許生傳』等.

◎ 張利郁 氏

一. 童話, 神話, 冒險談, 偉人傳記, 自然에 關한 讀物 等.

◎ 崔䄎楠 氏

一.『사랑의 學校』(李定鎬 氏 譯),『主日學校 幼稚園 童話集』(韓錫源 氏 編),『朝鮮童話 우리동무』(韓沖 氏 著),『世界一週童話集』(李定鎬 氏 編),『世界偉人列傳』(洪秉璇 氏 編),『짠딱크』, 詩集『한 송이 百合』

二. 日文으로 된 것『選集世界小學讀本』(世界文庫刊行會),『小學生全集』(文芸春秋社), 우리글로 된 것이나 日文으로 된 冊 中에 勸奬할 만한 冊이 以上에 실닌 것 外에 많이 있습니다만은 不幸히 내 손에 한 번도 들어 보지 못한 關係로 아조 빼어 둡니다.(이상 9쪽)

154 가네코 요분(金子洋文, かねこ ようぶん: 1894~1985)은 소설가이자 극작가다. 1913년 아키타(秋田)현립공업학교를 졸업하고, 1917년 무샤노코지 사네아쓰(武者小路實篤)의 서생이 되었다. 사회주의 사상에 관심을 갖고, 1921년 2월 동인지『씨뿌리는 사람(種蒔く人)』을 발간하였다. 1923년 3월, 소설『地獄』을 잡지『解放』에 발표하여 문단의 인정을 받았다. 이후 초기 프롤레타리아 문학의 담당자로서 활약하였다. 1924년 잡지『文芸戰線』을 창간하였다. 1927년 〈日本プロレタリア文藝連盟〉을 탈퇴하고 〈勞農芸術家連盟〉을 결성하였다. 프롤레타리아 문학운동 해체 후에는 대중적인 상연용 각본을 썼고, 제2차 세계대전 후에는 사회당의 참의원 의원이 되었다.

김연승, "머리말", 『조선동요가곡선집』, 1930.10.25.[155]

노래는 어린이들의 양식이고 또 생명입니다. 노래가 없는 곧에는 슯흠이 오고 노래가 잇는 곧에는 깃븜이 옵니다. 우리 조선 여러 선생님들께서 만드신 자미잇는 노래는 얼마든지 수없이 만습니다.

그러나 그 여러 노래가 삼지사방에 흗어저 잇슴으로 자미잇는 노래를 힘것 맘것 불너볼 수가 없는 것을 유감으로 생각하야 위선 이것이나마 두루두루 모하다가 우리 조선 어린이들의 배곺은 노래 양에 조곰이라도 채워볼가 하오니 우리는 깃부게 즐겁게 자미잇게 신나게 힘것 맘것 소래 높여 불너 봅시다.

1930.10 김연승 씀

155 수록곡은 다음과 같다. 흐르난 별(1), 반달(2), 할미꽃(3), 가축노래(3), 살구꽃(4), 나는 깃부다(4), 春野(5), 落花(6), 물ㅅ새(7), 자장가(8), 조선의 꽃(9), 꾀꼴이(10), 어머님 나하고 갓치 가요(11), 어머님 뵈오리(12), 농촌가(13), 장미화가 말넛다(14), 가정가(15), 시계(16), 비(16), 꼬부랑 할머니(17), 핫치 난장이(18), 여름비(19), 눈먼 세 생쥐(20), 空中音樂(21), 어제밤 꿈(22), 산보가(23), 우리 애기 行進曲(24), 옵바 생각(25), 크레멘타인(26), 天然의 美(27), 갈매기(28), 카나리아(29), 참새(30), 종행하세(31), 四時(32), 종소리(32), 暗夜의 皃(33) ('皃'인지 '鬼'인지 불분명), 반짝반짝 빛난 별(34), 곧 어름(34), 대장장이(35), 유희가(36), 허잡이(37), 두루미(38), 달마중(39), 늙은 잠자리(40), 秋色(41), 기러기(42), 감사하세(43), 그리운 벗(44), 어린 가마귀(45), 가을밤(46), 군악대장단(47), 멍텅구리(48), 새 고향(49), 내 집 귀한 집(50)(이는 Home Sweet Home 임) 등 55곡이다.

崔青谷, "序. 뮤흐렌 童話 『어린 페-터-』를 내노으며!", 뮤흐렌(최청곡 역), 『어린 페-터-』, 流星社書店, 1930.10.

國際的 獨創的 童話가 뮤흐렌의 童話 『어린 페-터-』를 여런분에게[156] 들이게 된 것을 질겨함니다.

우리들은 眞實로 亂舞狀態인 오날의 童話를 짜려뉘며 새로운 童話를 마즈한다면 첫재로 뮤흐렌의 童話를 마저야 할 것임니다.

여러분은 뮤흐렌의 첫 作品 『왜?』에 잇서서 그가 얼마나 偉大한 勞働者 農民의 童話家인 것을 아섯슬 것임니다.

여러분 우리는 이 조고마한 冊 『어린 페-터-』에 잇서서 늑긴 바가 만어야 할 것이며 뮤흐렌의 童話를 오직 生命으로 삼아 압날의 幸福을 期해야 할 것임니다.

그리고 이 『어린 페-터-』에 잇서서 哀痛하야 마지안는 것은 避치 못할 事情에 數處에다가 傷處를 내게 된 것임니다. 여기 잇서서는 譯者 自身도 未安함을 마지안슴니다.

十月 十日

崔 青 谷

李孝石, "序", 뮤흐렌(최청곡 역), 『어린페-터-』, 流星社書店, 1930.10.30.

創作과 밋 外國童話 輸入에 꾸준히 힘써 오는 青谷 형을 — 우리들이 가진 것은 매우 반가운 일이다. 推敲에 推敲를 거듭한 형의 苦譯 가온데에

156 '여러분에게'의 오식이다.

서 나온 요번의 이 『어린 페-터-』도 우리 童話界를 위하야 한 큰 收穫이라고 아니 할 수 업다.

原作者 뮤흐렌의 일홈은 우리 귀에 퍽 蔪新하게 들니는 만콤 新興童話創作家로 임의 名聲이 錚々한 그이요 참으로 勞働者 農民을 위한 진실한 童話를 우리는 오직 뮤흐렌에서 發見할 뿐이다.

이 뮤흐렌의 名作童話 『왜?』를 일즉이 紹介하야 어린이의 만흔 환영을 바더 오든 譯者가 이에 쏘다시 그의 아름다운 선물 『어린 페-터-』를 옴겨 노흔 것은 매우 意味 깁흔 일이라고 할 것이다.

巨星 뮤흐렌의 原作의 優秀함이야 다시 말할 것도 업스나 譯者의 明快한 筆致는 原作의 新鮮味을 조금도 손상치 아니하고 그대로 옴겨 노앗스니 이 쏘한 깃분 일이다. 불행히 數箇所 짝거 낸 곳이 잇는 것은 애석한 터이나 避할래야 避할 수 업는 객관뎍 정세의 所爲이니 독자는 이것을 도리혀 名譽의 傷處로 알고 不具의 아들일수록 이것을 더욱 사랑하라.

몃 줄 적어 序文으로 삼고 귀여운 이 선물을 江湖의 수만흔 어린이에게 널니 推薦하는 바이다.

一九三○. 十月 十日

孝子洞에서 李 孝 石

朱耀翰, "童謠의 世界에서－十月 달의 노래들을 닑음", 『아이생활』, 제5권 제11호, 1930년 11월호.

나는 아이생활사에서 썹아낸 동요 멧 개의 평을 부탁 밧고 그것을 죽 닑어 보다가 그만 눈물이 나서 원고를 더펴 버렷습니다. 천진란만하야 새가티 즐거이 자유롭게 노래하야 할 어린이들에게 어찌하야 이 가튼 노래가 불러저야 하겟습니까. 용감하고 히망 만흔 노래도 잇습니다마는 또 아프고 쓰린 노래 답답하고 락망하는 노래 살풍경한 노래가 석겨 잇는 것은 얼마나 가슴 아픈 일입니까.

그러나 다시 생각하면 이것이 다 까닭이 잇슬 것임니다. 우리가 할 일은 그 까닭을 고처야 할 것인 줄 알앗습니다. 사랑하는 동무들은 이러한 노래의 뜻을 기피 가슴에 색여서 우리가 어른이 될 때는 이런 노래를 부르지 안토록 힘쓰고 애써 봅시다.

校門 박게서

李元壽

상작종을첫는데[157]
어쩌케할가
집으로도라갈가
들어가볼가
×
월사금이업서서 (이상 16쪽)
학교문박게
나혼자섯노라니

157 「校門박게서」(『어린이』, 1930년 10월호, 34~35쪽)에는 '상학종은첫는데'로 되어 있어, 오식이다.

눌물만나네.[158]

×

집으로도라가면
우리어머니
쫏겨온날붓들고
쏘울겟고나

×

오늘도산에올나
일본언니께
공책찌저슬은마음
편지나쓸가.

－(1330.9)－[159]

(『어린이』, 十月號)

【評】 원사금이[160] 업서서 교실에서 쏘쪄나온 어린동무 그는 웨 남과 가티 돈이 넉넉지 못햇슬까요. 그 어린이가 잘못햇습니까. 아닙니다. 그러면 그의 부모가 잘못햇습니까. 기피 생각하면 그런 것도 아닙니다. 그의 부모도 죽을 힘을 다해서 벌이를 하되 월사금 줄 돈도 못 버는 것임니다. 그들을 그러케 한 까닭은 달리 잇슬 것입니다.

웨 조선 사람의 학교는 월사금을 안 내는 학생은 몰아내게 되엇습니까. 남의 나라에는 월사금도 아니 밧고 책까지 사 주고 점심까지 먹여 주면서 가르키는데 이 학교는 그러케도 무정할까요. 선생님의 책임입니까. 아닙니다. 그 책임이 과연 어듸 잇겟습니까.

어머니가 쏘 울겟고나 햇스니 전에도 여러 번 우시엇습니다. 어머니의

158 「校門박게서」(『어린이』, 1930년 10월호, 34~35쪽)에는 '눈물만나네'로 되어 있어, 오식이다.

159 「校門박게서」(『어린이』, 1930년 10월호, 34~35쪽)에는 '1930.9'로 되어 있어, 오식이다.

160 '월사금이'의 오식이다.

눈에 쓰라린 눈물이 고여 잇는 동안 우리의 할 일은 큽니다.

그의 언니는 웨 일본을 갓습니까. 벌이를 하러 갓습니다. 웨 일본까지 벌이를 가야 되게 되엇슬(이상 17쪽)가요. 또 일본을 가면 과연 벌이가 잘 되는가요. 어린이의 가슴에는 이런 의문의 불이 타오를 것입니다.

보리방아

늘샘

아적방아 쿵닥쿵
　　저녁방아 쿵닥쿵
김참봉네 마당에
　　보리방아 쿵닥쿵
　　×
밤낫으로 쿵닥쿵
　　방아품을 팔아두
빈손들고 돌오는
　　울아버지 헛방아
　　×
울아버지 쿵닥쿵
　　헛방아를 찌어두
김참봉네 고방은
　　알보리만 웨모이나.
　　(『新少年』, 十月號)

【評】 보리방아가 쿵닥쿵 잘도 돕니다. 기차는 만흔 보배를 싯고 씩씩 달리고 공장굴둑에는 연기가 무럭무럭 나서 만흔 물건이 쏘다저 나옵니다.

그러나 웨 보리방아를 찟는 그 사람 공장기게를 돌리는 그 사람에게는 보리쌀 한 알 아니 도라보고 옷가음[161] 한 자 아니 돌아옵니까.

---

161 '도라보고'는 '도라오고'(돌아오고)의 오식이고, '옷가음'은 '옷감'의 방언이다.

무심코 보는 보리방아 — 아니 뼈에 사모치게 듯는 쿵다쿵 소리 빈손 들고 돌아오는 아버지의 모양 — 이것은 의미 기픈 그림이 아닙니까.

언니 심부름

尹石重

(1)
짤랑, 짤랑, 짤랑
짤랑, 짤랑, 짤랑
× (이상 18쪽)
동맹파업 하고나온 우리 언니가
돌리라는 광고외다, 어서 바듭쇼.
×
쉬. 쉬.
펴들지 말으세요, 바지속에 너세요.
×
저네들이 봣다가는 아니 됩니다.
아니되구 말구요, 야단 나지요.
(2)
짤랑, 짤랑, 짤랑
짤랑, 짤랑, 짤랑
×
길거리로 내여쪽긴 당신네 들께
전하라는 편지외다, 어서 바듭쇼.
×
쉬. 쉬.
쩌들지 마르세요, 시치미를 쩨세요.
×
저네들이 알앗다간 아니 됩니다.
아니되구 말구요 큰일 나지요.
(『東亞日報』, 九. 二九)

【評】 영국, 미국, 법국, 일본 — 세계 모든 나라의 어린이들이 경험하는 이러한 경험을 조선의 어린이들도 차차 당하게 됩니다.

농촌에 잇는 어린이들에게는 이 노래의 의미가 선뜻 머리에 안 드러오겟지오. 그러나 멧 해가 못 되어 그들도 이런 광경을 무시로 보게 될 것입니다. 그리하야 어린 비밀 배달부는 커서 력사의 운명을 움즉이는 큰 조류의 한 분자가 될 것입니다. "쉬, 쉬, 쩌들지 마세요" — 얼마나 실감이 잇는 표현입니까.

곡마단

方曉波

어머니와 아버지를
　　써러저와서
억제로다 재조하는
　　곡마단들이
그게무어 그다지도
　　우습습니까.(이상 19쪽)
몃푼돈에 팔려와서
　　고생을하며
매맛고서 배운재조
　　쏘한일본말
어듸어듸 자미나요
　　애처롭지요

구경군들 자미난다
　　조와하지만
팔린동무 아슬아슬
　　재조하는것
나는나는 참아보기
　　애차러워요
　　(『조선일보』, 十. 一)

【評】 숨김업시 천진한 실감입니다. 정서적 생활이 송업시 타락한 사람의 퇴패성에 대한 어린머리의 반혁입니다.
좀 더 힘잇게 단적으로 발표햇섯슬 수 잇습니다.

낫

孫楓山

논두렁에 혼자안저
　　꼴을베다가
개고리를 한마리
　　찔러보고는
미운놈의 목아지를
　　생각하얏다

논두렁에 혼자안저
　　꼴을베다가
붉은놀에 낫들고
　　한울을보며
북편짝의 긔빨을
　　생각하얏다
　　(『별나라』, 十月號)

【評】 이것은 극단까지 온 것입니다. 나는 이 노래를 볼 때에 니는 니로 갑고 힘은 힘으로 갑는다는 말을 문듯 생각햇습니다.
이런 표현이 생겨낫다는 그 사실이 우리를 기픈 생찰의 세계로 들어가게 하는 것이 아닙니까.(이상 20쪽)

짜로 잇다

梁雨庭

너의집도 가난하고

나의집도 가난하고
울둘의는 꼭갓치 간난한집애로써
싸울일이 어듸잇늬
무엇짜위 싸우늬
싸울일이 잇드래도 서로꾹참자
싸울데가 짜로잇다
때릴놈이 짜로잇다

×

너압바도 짜귀맛고
내압바도 짜귀맛고
울두리는 꼭갓흔 스름잇는애로써
못지낼게 무에냐
싸울일이 무에나
속상는일 잇드래도 서로꾹참자
싸울데가 짜로잇다.
때릴놈이 짜로잇다.

(『新少年』, 十月號)

【評】 전혀 새로운 형식과 새로운 경우로서 우정을 노래한 것이외다. 광범한 인도주의보다도 국한한 ××의식입니다. 신성한 우정이 살벌한 미움과 대조가 되엇습니다. 이것을 노래할 줄 아는 소년은 얼마나 불행합니까. 그러나 이것을 모르는 소년은 더욱 불상한 소년이 아니겟습니까.

고기쎄

金柳岸

가을강 맑은물에 고기쎄들이
무도회 열어노코 춤을춤니다
귀쭐귀쭐 귀쑤람이 설흔곡조에
줄을지여 너풀너풀 춤을춤니다

가을강 푸른물에 고기쎄들이
운동회 열어놋코 경주합니다
　귀뚤귀뚤 귀뚤람이 자즌곡조에
　고기쎄들 줄을지여 다라납니다
(『朝鮮日報』, 十. 八)

【評】 이것은 조금 달은 종류입니다. 맑은 색채와 동하는 풍경을 취합니다.(이상 21쪽)

金泰午, "世界 어린이의 동무 안더-센 先生", 『아이생활』, 1931년 1월호.

나는 률곡(栗谷) 선생, 이순신, 김옥균, 그리스도, 안더센, 패스탈롯치, 톨스토이, 갈리발디, 링컨, 룻소, 깐듸. 이분들은 다- 나의 숭배하며 존경하는 분들입니다.

그러나 이 어른들을 다 소개할 수도 없는 일이고 또는 다른 신문이나 잡지에 긔재한 일도 있으니 그중에 나의 가장 존경하는 한 분을 다시금 골나서 쓰자면 내가 지금 소개하고저 하는 '안더-센' 선생입니다.

세계 어린이 동무 안더-센 선생님이 세상을 떠나신 지 금년이 오십오년ㅅ 재 되는 해입니다. 그리고 八月 四日 이날은 어린 사람의 장래라는 것을 모르고 그를 존경할 줄 모르는 사람으로 가득히 찬 이 세상에서 가장 진실하고 열렬하게 어린 사람의 세계를 고조(高調)한 안더-센 선생이 떠난 긔렴의 날임으로 온 세계 각국에서는 이날을 해마다 해마다 성대하게 긔렴제를 드립니다. 그리하야 정말에서 영국에서 불란서에서 독일에서 스칸디나뷔아에서 이태리에서 세게에 어린 사람이 사는 모든 나라에서는 이날을 뜻있게 긔렴합니다.

펼 대로 펴 보지 못하고 잘아나는 우리 배달의 어린 령들은 온- 세상의 어린이들을 위하야 참으로 알아 주는 — 그를 생각하고 추억(追憶)함도 의미있는 일이 될가 하야 그의 전긔(傳記)를 이제 간단히 소개하겠읍니다.

한스・크리챤・안더-센은 지금으로붙어 一百二十五년 전 꽃 피고 새 우는 고흔 봄철인 四月 三日에 북쪽 구라파(歐羅巴) 덴막크〔丁抹〕 퓨덴[162]이

162 '퓨덴'은 '퓐섬(Fyn섬)' 곧 Funen(덴마크어 Fyn)을 가리킨다.

란 조고마한 섬 가온대 있는 오덴스라는 마을에서 나섯습니다. 그의 아버지는 가난한 구두쟁이〔靴工〕라는 말과 그런게 않이라 대장쟁이〔鍛冶業〕라는 말과 두 가지가 있으나 아마 빈곤한 구두쟁이란 말이 확실한 것 같읍니다. 그리고 그의 어머니는 한(이상 19쪽)때 거지까지 되엿든 사람이였읍니다. 그러므로 안더-센은 물론 학교에도 못 단니고 배곺아 우는 가난한 신세였읍니다. 그래서 十八세에 니르도록 일자무식한(一字無識漢)이라는 별명까지 드러 왔읍니다. 그는 하는 수 없이 거지 노릇까지 하여 온 불상한 처지엿으나 그 반면에는 독서(讀書)와 소설(小說)을 좋아하는 아버지를 갖엇읍니다. 그리하여 여러 가지 제미있는 이야기와 『아라비안나있트』 같은 이야기가 쾌활한 자긔 아버지의 입으로붙어 흘러나올 때에 그는 부지중에 문학(文學)에 맘이 몹시 끌리엇습니다.

그리고 아버지의 구두 곳치는 직업을 게속하고 있으면서도 늘- 책읽기를 게을이하지 않였읍니다. 그는 벌서 위대(偉大)한 문학자 되기를 맘으로 결심하엿든 것입니다. 그 후 얼마 아니 되어 희곡(戲曲), 창작(創作)을 시작하야 점차로 동화(童話)와 시(詩)를 많이 써서 세상에 남겨 놓아 샛별 같은 눈을 반짝이는 온- 세게 소년 소녀에게 보내는 무수한 선물로 동화를 많이 지였읍니다.

안더-센이 아동문학에 힘쓰게 된 동긔는 아버지의 교훈하신 영향이라고 할 수밖에 없읍니다. 이러한 교훈을 받고 장래의 행복을 꿈꾸는 안더-센은 나이 겨우 十四세 되든 해에 그의 사랑하는 어머니는 그만 영원의 나라로 슬어지고 말었읍니다. 그때에 어린 안델센의 슲읍이[163] 어떠하얏겠읍니까? 그렇나 안델센은 모든 일에 힘쓰면 된다는 씩씩하고 굳센 의지를 품고 모든 것을 참고 견대어 그 후 어떤 재봉사(裁縫師)에게 가서 재봉일도 한 적이 있읍니다.

장래에 큰 인물이 될 안더-센은 마츰내 그가 十八세 되든 해에 아버지의 허락을 얻어 덴막크의 서울 코-펜하겐을 찾어갓습니다. 그리하야 연극의

163 '슯음이'의 오식이다.

배우를 지망하얐으나 아모 극장에서도 채용해 주지를 않없읍니다.[164] 그리는 동안에 얼마 안 갖인 로비까지 없어지고 객지에서 방황하는 불상한 신세가 되였읍니다.

그렇나 그는 어리었을 때붙어 음성이 좋았읍으로 모든 모험을 무릅쓰고 자긔의 성악(聲樂)을 연주하겠다고 음악학교를 찾어가서 후완을 청했읍니다. 그리하여 마츰 어떤 훌늉한 음악가의 도음으로 어떤 연구장에서 노래를 해 주면서 지내고 있없읍니다.[165](이상 20쪽)

그렇나 불행일런지 다행일런지 그의 목소리는 얼마 않이 가서 거츠러젓슴으로 그는 하는 수 없이 겨우 몇 날이 못 되어 슲음에 앞은 가슴을 부둥겨 않고 고향인 오덴스로 돌아오았읍니다.

고향에 돌아온 안더-센은 실로 빈궁한 생활을 게속하면서도 각본(脚本)을 써서 각 극장에 보내어 상연하기를 청했읍니다. 그래 그의 열심에 감동된 한 선배의 주선으로 나라의 국비 류학생이 되어 바다스다-겔스의 다덴이란 학교에서 공부하게 되없읍니다.[166] 예술가(藝術家)인 안더-센은 시인(詩人)으로 희곡가(戲曲家)로 童話家(或은 小說家)로의 이상(理想)을 갖었었읍니다. 그는 공부를 다 맞인 후에 영국, 독일, 불란서, 이태리, 동양 한편까지 유람을 하여 그 여러 나라의 경치와 인물과 풍속을 연구하였읍니다.

그가 유명한 이야기책〔童話集〕 첫 권을 세상에 내어놓기는 三十一세ㅅ적이였읍니다. 그의 소설로 유명한 걵은 『즉흥시인(卽興詩人)』, 『연명초(延命草)』, 『그림 없는 화첩』 등의 수십 편이요 동화로는 「인어(人魚)」, 「못생긴 오리색기」, 「눈 녀왕〔雪의 女王〕」, 「야원의 백조(野原의 白鳥)」[167]

---

164 '않었읍니다.'의 오식이다.

165 '있었읍니다.'의 오식이다.

166 '되었읍니다.'의 오식이다.

167 『즉흥시인(Improvisatoren; 영 The Improvisatore)』(1835), 『그림 없는 그림책(Picture-book Without Pictures)』(1840), 「인어공주(Den lille havfrue; 영 The Little Mermaid)」(1837), 「미운 오리새끼(Den grimme ælling; 영 The Ugly Duckling)」(1843), 「눈의 여왕

같은 것입니다. 안더-센 작품(作品)이 모든 사람에게 찬양을 받는 것은 그의 사상이 건전하고 또는 종교적 진실미(眞實味)가 있음이오 그 천진의 시찰(視察)을 재료(材料)로 하야 거즛없이 순연한 아동의 공상을 그대로- 것침없이 활동해 가는 것을 청신한 자연의 필치(筆致)로 된 까닭입니다.

그는 六十二세가 되었을 때에 크게 성공(成功)한 몸이 되여 다시금 정 많고 뜻깊은 고향에 돌아오게 되였읍니다.

그때에 고향 사람들은 그의 돌아옴을 밋츨듯이 기뻐 날뛰며 동화의 천사가 온다 동화의 아버지가 온다고 그 마을은 맞이 경축일(慶祝日)과 같이 학교에서는 공부까지 쉬이고 번화하게 장식하여 그의 오는 길에는 아름다운 꼿까지 뿌리였읍니다. 그리고 그는 왼 세게 어린이들을 위하야 많은 노력을 하다가 一八七五년 八月 四일에 그 나라 서울〔國都〕'고-펜하겐'에서 七十一세를 일기로 북구의 거성(北歐의 巨星) 아동의 은인(兒童의 恩人)은 그만 영원히 이 세상을 떠낫습니다. ═ 끝 ═

一九三〇. 十. 十一.(이상 21쪽)

(Snedronningen; 영 The Snow Queen)」(1844), 「백조왕자(De vilde svaner; 영 The Wild Swan)」(1838)을 가리킨다.

“(讀書室)尹福鎭 君의 童謠 중중떼떼중”, 『東光』, 제21호, 1931년 5월호.

尹福鎭 君의 童謠

중중떼떼중

尹福鎭 朴泰俊 著

大邱茂英堂 發賣 三十二錢

尹福鎭 君의 童謠는 널리 알리워 잇다. 『중중떼떼중』이란 이 童謠集의 이름만 보아도 알 수 잇게 그의 朝鮮的 童謠의 捕促은 매우 날카로운 点이 잇다. 이 点에서 朝鮮의 童謠에 一格을 시작햇다고 할 것이다.

이 小冊은 尹福鎭 朴泰俊 作曲集 第一集으로 發行된 것으로 伴奏曲附로 十六曲을 모아 東京 해바라기會 編으로 發行되엇다. 그 曲譜는 日本 樂壇의 權威잇는 이들의 好評을 산 것을 擇한 것이라 한다. 樂曲이 어떤지는 評者 無識하야 알 수 없으나 놀날 만한 것 한 가지가 잇으니 그것은 그 樂譜의 謄寫版 印刷가 어찌 그리 선명하게 되엇는가 하는 것이다.(이상 89쪽)

李定鎬, "嗚呼!! 方定煥 先生", 『어린이』, 제9권 제7호, 1931년 8월호.

아아 한 만흔 신미(辛未)의 七月 二十三일 저녁 닐곱 시! 당신은 영원히 영원히 이 세상을 떠나섯소이다. 모-든 사람의 가슴에 설음과 눈물을 남겨 두시고 당신은 훌훌히 이 세상을 떠나가섯소이다.

세상은 七월이거니 신록(新綠)은 청청(靑靑)히 자라는데 당신뿐만이 새파란 청춘의 몸으로 어대를 가십니까. 모-든 일 모-든 사람을 다- 남겨 두시고 혼자서 외로히 어대를 가십니까. 안타까운 일을 남겨 두시고 애처로운 울음소리를 드르시면서 당신 혼자 가시는 곳이 어대입니까?

×

당신은 고닯헛습니다. 너무도 고닯헛습니다.

남달리 세상을 위하야 만흔 일을 하시노라고 당신의 몸은 몹시도 고닯헛습니다. 두 가지 잡지 편즙만에도 고닯흐실 터인데 학교일 · 소년회 일 · 또 집안일(이상 2쪽)에 고닯흐다 고닯흐다 못하야 시드럿습니다. 아아 당신의 고닯흔 얼골이 그 말한 수 업시[168] 시드른 얼골이 우리들 머리에 사라질 날이 잇사오릿가. 그 고닯흔 얼골에 우슴을 보기 전에 그 그 닥거 논 화단에 꼿과 열매가 맷기도 전에 왜 당신은 이 세상을 떠나섯습니까. 너무도 일느지 안슴니까. 너무도 빠르지 안습니까.

×

方 선생! 方 선생! 왜 말슴이 업습니까. 왜 당신이 발서 말이 업습니까. 당신은 발서 이 세상 모-든 것을 니저 바렷습니까. 당신의 년로하신 부모님의 저 애처로운 울음소리를 듯지 못하십니까. 당신의 평생을 밧처 끔직이 앗기고 위하시려든 저 어린 소년들의 가엽슨 눈물을 보시지 못하십니까. 이 울음 이 눈물을 남겨 두시고 당신은 정말 어대를 가시렵니까. 부모와

---

168 '말할 수 업시'(말할 수 없이)의 오식이다.

친우가 당신을 참아 노아 보내지 못하야 여기까지 쌀엇습니다. 당신이 못 니즈시는 소년회원과 보육학교 학생들이 당신을 닛지 못하야 여기까지 쌀 엇습니다. 끈어지려야 끈어지지 못하고 다하려야 다할 수 업는 인연을 당신은 엇(이상 3쪽)더케 끈으시고 마즈막 이 길을 써나가십니까?

×

아아 方 선생! 영원히 영원히 가시는 方 선생! 원컨댄 우리의 이 마지막 작별을 바드소서. 생전에 그 얼골 그 마음으로 이 작별을 바다 주소서. 우리는 밋습니다. 확실히 밋습니다. 당신의 그 고닯흔 몸은 한 줄기 연긔로 화하야 창공으로 가실 망정 당신의 령은 영구히 영구히 이세상을 써나시지 아니할 것을 확실히 밋습니다.

×

짧으나 짧은 三十三년 평생에 오즉 고귀한 땀과 눈물로만 싸호면서 오즉 소년운동과 기타 여러 가지 사업에 심혈을 밧처 오신 당신의 거룩한 령이 개벽사와 회관과 쏘 거기에 잇는 책들의 장장에 숨여 잇서서 이 세상 만흔 운동(이상 4쪽)자와 소년들의 가슴에 새로운 피를 너어 주시고 게실 것을 밋을 째에 결코 결코 당신의 일이 끈어젓다고 생각되지 안습니다.

×

당신의 고닯흔 몸을 작별하는 이 마당에 당신의 친애(親愛)하든 모-든 사람이 모혓습니다. 그리고 신문지 보부(報訃)로 왼 조선 곳곳의 운동 동지가 이 시간을 간직하고 잇습니다. 원컨댄 이 만흔 사람의 뜻을 바다 당신의 몸은 편안히 창공의 흰 구름을 타시고 당신의 령은 오래도록 우리의 엽헤 게서서 자라 가는 소년운동을 보시고 소년회관에서 울려 나오는 노래소리를 들으시면서 오래도록 오래도록 웃고 지내 주소서! 운명 시까지 안타까워하시든 『어린이』 잡지는 당신을 대신하야 이 몸이 쏫과 열매를 매저 드리오리니 부대부대 마음 편히 도라가 주소서!

辛未 七月 二十五日 午後 一時

永訣式場에서 **李 定 鎬** 哭拜 (이상 5쪽)

"先生의 別世를 앗기는 各 方面 人士의 哀悼辭!!", 『어린이』, 제9권 제7호, 1931년 8월호.

天道敎會 李鍾麟[169]

내가 군의 요서(일즉 죽은)한 것을 남달니 슯어하는 것은 우리 교회로서의 근실한 일꾼을 일허바렷다는 것보다도 우리 문학(文學) 방면에 한 기둥이 썩기고 우리 교육(敎育)게에 한 귀퉁이가 기우러젓다는 것보다도 제일 사랑하는 보모(保母)를 일흔 우리 六百萬 어린이들을 생각하야 슯어하는 것이다.

군이 이 세상에 생겨난 것은 자긔 부모와 처자를 위하여서 아니 자긔를 위하여서 생긴 것이 아니라 우리 어린이들을 위하여서 생겨낫고 군의 설흔 세 해 동안 이 세상에서 산 것도 자긔를 위하야 산 것이 아니라 우리 어린이들을 위하여서 살앗다. 다시 말하면 방정환 군이 곳 어린이엿고 어린이가 곳 방정환 군이엿다. 이것은 나의 말이 아니라 六百萬 어린이들의 책상머리에 노여 잇는 『어린이』 잡지가 이것을 말하고 잇다.(이상 6쪽)

이와 가티 어린이를 위하여 생겨나고 어린이를 위하여 살든 군이 엇지하여서 하로 아참에 매몰스럽게도 조선의 어린이들을 내여바리고 다시 도라오지 못할 길을 떠낫는가? 지금 어린이사의 게신 그대(리정호 군)를 보니 방 군의 죽엄이 새삼스럽게 더 슯흐구려. 내가 이럿케 슯흘 적에야 그와 가티 군의 품속에서 자라나는 어린이들의 슯음이 그 엇더하리.

그러나 우리들이 아모리 군을 슯어한대도 군은 다시 도라오지 못하는 것이다. 지금 우리들이 군을 위하여서 할 일은 쓸대업는 눈물을 흘니는 것보다 군의 일생 정력이요 심혈이든 『어린이』 잡지를 더욱더욱 키우고 넓히여서 六百萬의 어린이들로 하야금 개개히 방정환 군을 만드러 주는

169 이종린(李鍾麟: 1883~1950)은 일제강점기 『독립신문』 주필, 『천도교회월보』 사장 등을 역임한 언론인이자 정치인, 종교인이다. 일제 말기 전시동원 체제에 협력하였다.

것이 참으로 군을 위하여서의 할 일일 것이며 우리 어린이들도 군을 위하여서의 할 일은 무엇보다도 이 『어린이』 잡지를 곳 방정환 군의 후신으로 밋고 전보다 일층 더 사랑하여 주어야 할 것이다. 가슴이 답답하야 이만해 둔다.

東亞日報 編輯局長 李光洙

方 선생이 돌아가신 데 대하여서는 한마대로 앗갑다는 말슴밧게 나오지 안습니다. 지금에 가장 긔억에 남어 잇다는 것(이상 7쪽)은 우리가 『청춘(青春)』[170]이란 잡지를 발행할 당시에 선생이 겨우 열여섯 살로써 투고하여서 처음으로 선생을 알고 『소년』[171]이란 잡지에 또한 투고하여 준 글을 통하야 선생이 소년문학(少年文學)과 소년운동(少年運動)의 큰 뜻과 또 거기에 특재를 가지고 잇슴을 비로소 알엇습니다. 선생은 이와 가티 어릴 쩍부터 소년문제에 류의하야 설흔세 살이 된 오늘날까지 오로지 소년운동으로 일관(一貫)하여 왓다고 하여도 과언이 아닙니다. 어린이 잡지로는 崔南善 선생의 『붉은저고리』[172]라는 잡지가 나왓스나 그 후 곳 업서지고 이어서 선생의 『어린이』 잡지가 오날까지 끈임업시 정성껏 가진 힘과 가진 고통을 다하여 나온 것이겟지요. 『어린이』 잡지의 편즙으로 보나 또한 동화집(童話集) 가튼 것을 볼 쩍에 선생은 조선에 둘도 업는 소년운동의 선구자요 제일인자라고 볼 수 잇습니다.

그러나 아즉 조선에는 선생과 가튼 소년운동자가 업슴을 크게 섭섭하게

170 1914년 10월에 최남선(崔南善)이 창간한 우리나라 최초의 월간 종합지이다. 청년을 상대로 한 계몽지로서 『소년(少年)』지가 폐간된 후 그 후신으로 발간한 것으로, 신문학 운동이 일어나던 무렵에 문학 작품의 발표 및 문예 작품 현상 모집에 의한 창작 의욕의 진작, 해외 문학 번역 소개 등 문학 발전에 큰 구실을 하였다. 1918년 9월까지 통권 15호를 냈다.

171 1908년 11월에 최남선이 창간한 우리나라 최초의 종합 월간지이다. 서양 문물의 소개, 과학 지식의 도입과 계몽주의, 애국 사상의 고취 따위에 힘썼으며, 신문학 형성에도 큰 역할을 하였으나, 1911년 5월에 통권 23호를 끝으로 폐간되었다.

172 국권 강탈 직후에 육당 최남선이 발간한 어린이 잡지이다. 1913년 1월 1일에 창간하여 6월까지 매월 2회, 통권 12호를 발행하였다.

생각하는 동시에 선생의 별세를 더욱더욱 애석해할 짜름입니다.

朝鮮日報社長 安在鴻[173]

方 선생과 저와는 그럿케 자조 접촉은 업다고 하지만은 선(이상 8쪽)생과 나 두 사이에 친근한 사이인 것만은 사실입니다. 천만의외에 선생께서 세상을 떠나섯다는 말을 듯고 대중과 함께 애석함을 금치 못하는 동시에 조선에 어린이들의 장래가 더욱 망망하여짐을 늣길 짜름이올시다. 우리 어린이운동의 선구자요 또 제일인자로써 어린이들의 마음을 잘 알어 맛치고 어린이들을 위하야 잡지로 또는 동화집을 통하야 조선의 방방곡곡의 어린 그들로 하여곰 만흔 감화와 만흔 지시가 잇도록 분투하시여 어린이들은 선생을 맛치 아버지와 가타 숭배하여 왓습니다. 그러튼 선생이 영영 도라가섯슴을 크게 슯허하는 바입니다. 그러나 선생이 살어 게신 동안에 그 힘 그 공이 과연 컷슴으로 멀지 안은 장래에 선생과 가티 노력이 만흘 제이 方 선생이 나올 것을 밋고 바랄 뿐이올시다.

中央保育學校長 朴熙道[174]

나의 친구 여러 사람 중에도 제일 친근한 이는 오-즉 方 선생밧게 업섯습니다. 선생과 나는 이러케 다정한 만큼 선생의 생각을 잘 알고 선생의 주의(主義), 사상(思想), 인정미(人情味), 인간미(人間美) 등 모-든 인생생활에 잇서서 초인간(超人間)임을 언제나 늣기엿습니다. 선생은 언제나 우리 조선 어린이 우리나라 새 일꾼을 위하여 설흔셋이란 오날까지 눈물(이상 9쪽)과 한숨으로 싸워 왓습니다. 그는 이와 가티 조선 소년을 위하여 싸워 왓드

173 안재홍(安在鴻: 1891~1965)은 독립운동가이자 정치가이다. 호는 민세(民世). 3·1운동 이후 〈대한청년외교단〉을 조직하여 활약하고, 1923년 『시대일보』를 창간하였다. 광복 후 국민당을 조직하였고, 『한성일보』 사장·미 군정청 민정 장관·제2대 국회 의원 등을 지냈다.

174 박희도(朴熙道: 1889~1951)는 독립운동가이다. 3·1운동 때에 33인 가운데 한 사람으로 독립 선언에 참가하여 2년 형을 받고 나온 후에 월간지 『신앙생활』의 주필로 있었고, 1929년에 경성보육학교를 설립하였다.

니만큼 그의 심리는 천진하고 무자긔하고 조용하엿습니다. 조용한 가운데도 긔운 잇고 굿세게 조선의 어린이를 사랑하고 동정하면서 미래의 사회의 서광을 바라보고 나간 것입니다. 나는 선생의 병이 위중하다는 소문을 접하고 차저갓슬 적에는 사람을 잘못 아러보리 만큼 위중하엿습니다. 나는 나의게 남겨주고 갈 말이 잇스면 지금 좀 말하여 달라고 하엿더니 "평소에 다-말한 것을……" 하고는 아무 대답이 업더이다. 평소에 선생은 앗가 말한 바와 가티 세계 각국 어느 나라를 물론하고 제일 서름 만코 눈물 만흔 이 나라 어린이들에게 이중삼중으로 부모의 학대가 만흔 것은 오-직 우리 조선이 아니고는 볼 수 업는 나라인즉 우리는 아버지가 되여 가지고 그를 위하여 일하자는 말이 문득 내 머리에 소삿습니다. 이 말을 남겨 놋코 기여코 그는 한 만흔 어린이들을 남겨 놋코 떠낫습니다.

더욱히 그는 리론보다 실행이 만헛슴으로 조선의 방방곡곡에 산재한 조선 어린이로 선생의 일홈을 몰으는 이가 업스리 만큼 이번에 이 부고를 밧은 그들은 얼마나 낙망할 것을 생각하면 눈물이 압설 뿐입니다. 더욱 장례식날 선생의 관을 쑤들기면서 애절통곡하는 수만흔 어린이들을 볼(이상 10쪽) 쩍에 더욱더욱 늣기엇습니다.

우리는 조선 어린이를 위하야 아버지 일흔 불상한 어린이들을 위하야 금후 선생의 뒤를 짜러 우리는 잇는 힘을 다하며 노력하지 안어서는 안되겟다고 생각합니다. 나도 현재 어린이 교육에 종사하는이만큼 선생의 유언에 쏫차 적극적으로 노력하여 볼까 합니다. 갑작이 감상이라야 그저 이것입니다.

朝鮮少年總聯盟 丁洪教[175]

뜻밧게도 方 선생님께서 별세하섯다는 말슴을 접하엿스나 그래도 설마 — 하는 생각에 개벽사에 확실한 전화를 밧은 뒤에야 겨우 사실을 알엇습니다. 선생께서 살어 게신 동안에는 어린이의 선구자로써 남다른 교훈과

175 정홍교(丁洪教: 1903~1978)는 아동문학가이자 소년운동가이다.

남다른 뜻으로써 그의 三十三年을 맛첫다고 하여도 과언이 아니라고 생각합니다.

『어린이』, 『사랑의 선물』 등의 동화집으로써 길 못 찻는 조선의 어린 동무들의게 벗이 되엿스며 그들로 하여곰 조선 일꾼들을 만드러 내신 先生이 무정하게도 아버지 업는 조선의 어린이들을 버리고 가신 데 대하여 무엇이라고 말슴하엿스면 조흘지 한갓 비분을 참지 못할 지경입니다.

이후에 이 어린이들의 마음을 맛처 선생처럼 일하여 줄까(이상 11쪽) 하는 것이 걱정입니다. 우리 〈소년련맹(少年聯盟)〉[176]에서는 선생님의 영결식장에도 일제히 참석하려고 하며 사오일 내에 추도식도 거행할려고 합니다.

全朝鮮農民組合 李晟煥[177]

소파! 나의 가장 존경하든 소파 동무! 그는 조흔 사람이엿습니다. 만사에 둥글고 조고마하지 안코 마음 씀이 몹시 고왓습니다. 그리고 그의 재조는 이상하엿습니다. 남이 다하지 못하는 어린 사람들에게 읽키울 글을 조선서 처음으로 썻습니다. 조선에 글 쓰는 사람이 만하도 아직까지 소파와 가티 정말 소년문학을 잘하는 이가 업섯습니다. 그러고 또한 어린이들에게 자미나는 동화도 잘하엿습니다. 누가 말할 줄을 모르겟습니까마는 어린 사람들에게 알기 쉽게 자미나게 말하는 사람은 조선에서 오직 소파 동무가 잇섯슬 뿐입니다. 나는 일본에서부터 소파를 아랏습니다. 그때도 어린 사람들이 조와할 동요를 늘 노래하더이다. 이러케 남이 못 가지는 재조를 가젓든 소파! 그리고 그는 일 잘하는 사람입니다. 공사간에 쉬지 안코 일하엿습니다. 그러고 매사에 묘한 고안을 잘 내는 사람입니다. 五六년 동안을 일도 가티 하여 보앗습니다. 이럿틋 쓸모 만흔 소파 동무는 웨 이 세상을 버리엿슬가? (이상 12쪽)

한창 三十 고개를 바로 넘은 청춘으로서 웨 영원히 눈을 감앗슬가. 그가

---

176 〈조선소년총연맹(朝鮮少年總聯盟)〉을 가리킨다.

177 이성환(李晟煥: 1900~?)은 일제강점기의 언론인이다.

평소에 귀애하고 사랑하든 불상한 조선의 소년들이 아직까지 행복을 밧지 못하엿것만 그는 웨 조선 짱에서 살기를 그만두엇슬가.

무엇이 그로 하야금 이 세상을 떠나게 하엿슬가? 병이다. 그런데 그 병은 웨 고치지 못하엿슬가?

그에게는 그 병을 고칠 시간과 또는 돈이 업섯든 것이다. 나는 이번 소파가 三十 평생을 일긔로 영원히 저세상으로 간 것을 몹시 아싸워하고 슯허하는 동시에 조선 사회가 소파에게 일을 넘우도 만히 맛기엿고 넉넉한 살림을 주지 못한 것이 더욱 몹시 분하고 애통하게 생각됩니다.

엇더튼 아깝습니다. 그 마음과 그 재조와 그 문장과 그 젊은 나을 화장장의 한 줌의 재가 되게 맨든 것은 몹시도 목이 터지게 울어도 시원치 안흐리만치 슯흐고 압흡니다.

색동會 崔瑨淳

죽음은 누구라도 한번은 다 면치 못할 것입니다. 그러나 할 일을 다하고 살 것을 다 살고 八十이나 九十이나 되여 죽는다면 이것은 인생의 상로(常路)라 슯흔 가운데도 당연한 무엇을 늣길 것입니다. 그러나 三十三이란 짜른 일생을 더욱(이상 13쪽) 압흐로 활동할 후반생을 남겨 두고 죽은 方 선생의 죽음은 실로 생각할수록 넘우도 허무하며 넘우도 의외이며 넘우도 기가 막힙니다.

선생은 평소에 퍽 건강한 몸이엿습니다. 선생과 사귀인 지가 벌서 十여 년이나 되엿스나 감기 한번 알는 것을 그다지 보지 못하얏습니다. 더욱 최근 五六年 동안에 그 뚱뚱한 몸이 더욱 뚱뚱하야서 먹는 것이나 말하는 것이나 모든 것을 보면 우리 동무들 가온데서 가장 건강한 몸이엿습니다. 선생이 이와 가티 건강함을 자긔 자신도 넘우 자긔 몸에 대하야 그닥지 주의를 하지 아니하고 사회를 위하야 일을 위하야 무리한 생활을 한 것이 선생의 죽음의 가장 큰 원인이 되엿습니다.

아! 선생이 좀 더 일즉이 좀 더 자긔 몸에 대하야 주의하얏드면 이렇케 일즉이 도라가지는 안엇슬는지도 모릅니다.

선생은 글·말·여러 방면을 겸전한 만능(萬能)의 두뢰를 가진 분입니다. 더욱이 성격이 퍽 원만하신 분입니다. 조선소년운동(朝鮮少年運動) 소년문예(少年文藝)에 잇서서는 선각자이며 개척자이며 지도자입니다. 선생은 少年會·少年雜誌·童謠·童話·童劇 등 여러 가지를 조선에 첨으로 소개하며 창설하신 큰 은인입니다. 리해와 자유가 업는 우리 사회에서 모든 간난을 무릅쓰고 十수년을 하로와 가티 조선의 어린 동(이상 14쪽)무를 위하야 분투한 선생입니다. 이와 가튼 우리의 은인이며 동무인 선생이 얼마든지 활동할 수 잇는 후반생을 남겨 두고 가신 것을 생각할 때 우리는 더욱이 통곡지 안을 수 업습니다.

소년문제연구단체 〈색동회〉로서는 선생이 우리 회의 창설자의 하나이며 또 만흔 의견과 만흔 말로 우리 회를 붓뜰고 마음과 힘을 합하야 이래 十수년을 가티 싸워 오다가 사업이 중반에도 이르지 못한 이때 선생은 세상을 떠나게 되니 동지인 우리는 슯흠과 애통의 늣김을 일층 더 늣기게 됩니다.

선생이 가시기 이틀 전에 선생은 회생하기 어려운 것을 늣기엿는지 나의 손목을 잡고 가삼에 가득한 생각과 늣김을 이기지 못하야 잠시 믁믁히 잇다가 "일 만히 하라."는 간단한 부탁을 한 것이 선생의 최후의 말입니다. 이 말을 다시 생각하면 눈물이 압흘 가리우나 가삼에는 남모르는 무거운 책임을 늣깁니다.

나는 이와 가티 선생의 죽음에 대하야 애통과 비누를 검치[178] 못하면서도 마음 한편에는 선생이 확실히 이 세상을 써낫는가 하는 의심이 납니다. 나는 선생의 최후 절명하는 비장한 광경을 목도하얏습니다. 그러나 이것은 한 숢갓치 생각되고 선생은 어는 곳에서 건전히 잇느니 하는 생각이 납니다. 나는 선생의 유골이 분말되여 홍제원 화장장 납골당(弘濟院火葬場納骨堂) 안에 안치되여 잇는 것을 분명히 보앗습니다. 그(이상 15쪽)러나 나의 마음에는 선생이 뚱뚱한 몸으로 개벽사 한구석 의자에 아즉도 안저 잇는 것 갓습니다.

---

178 '애통과 비분을 감추지'의 오식으로 보인다.

先生의 영혼이 우리들의 마음속에 우리 조선 수백만 어린이들 머리속에 분명히 사러 잇다는 것을 말하고 십습니다.

아! 여러분 우리는 方 선생이 영원히 우리 머리속에 남어 잇고 우리 조선 어린이 가슴에 사러 잇슴을 밋고 그를 생각하며 그와 가티 힘과 마음을 합하야 압흐로 더욱 노력하고 분투합시다.

별탑회 延星欽

방정환 선생님! 어린 동모들을 그러케도 액기시고 어린 동모들을 위하야 그러케도 몸을 돌보지 안코 애를 써 주시든 방 선생님! 어쩌케 가여운 이들을 바리시고 이 세상을 써나섯습니까?

다른 사람들은 단 한 시간 동안이라도 이야기를 하고 나서는 왼 몸이 쌈투성이가 된다 목이 쉰다 하야 쩔쩔매이는 텬도교긔렴관(天道教紀念舘)에서도 방 선생님 당신 한 분만은 네댓 시간 동안을 아조 우습게 힘드리지 안코 어린 사람들을 웃키고 울녀 가면서 기운차게 이야기해 주시지 안으섯습니까?

그러케 남달니 기운이 조흐시고 쏘 그럿케도 씃씃하시든(이상 16쪽) 방 선생님! 왜 그리도 쉽사리 도라가섯습니까

방 선생님! 선생님이 도라가신 것을 내 눈으로 틀님업시 보고 난 뒤연만은 아즉도 선생님이 도라가신 것이 거즛말가티 생각됩니다.

소년문학(少年文學)으로 소년운동(少年運動)으로 기나긴 十여년 동안을 그러케 애쓰시든 선생님을 일흔 우리는 넘우도 뜻밧게 당하는 일에 울녀도 울음이 안 나오고 탄식조차 나오지 안습니다그려.

방 선생님! 선생님을 일코 갈 길 몰나 헤매이는 이 어린 동모들의 부르지즘을 드르십니까.

선생님! 선생님의 몸은 비록 가섯지만은 그 깨씃하신 넉(靈)만은 늘 우이[179] 어린이들 여플 써나지 말어 주소서.

---

179 '우리'의 오식이다.

天道敎 舊少年會員 孫盛燁

벌서 십여년 전 그때의 조선 사회에는 ××××을 즉후 해서 여러 가지 방면으로 장차 조선 사람의 참 답을 갱생의 길을 어들녀고 새롭은 운동을 전개식힐 때에 근본적 부문운동인 소년문제를 맨 처음 조선서 일으킨 이가 소파 방정환 선생입니다. 어제까지 애놈이란 사람 갑세 갈 것이 못 된다고 천대와 억압 밋테서 가진 설음을 달게 밧고 불상하게 잘아(이상 17쪽)나는 조선 소년에게 압날 사회의 주인은 현재의 어린이니 가장 소중하며 장내를 신뢰할 수 잇는 그들 새싹을 잘 위하며 잘 키우는 데서 압날 조선 사회에는 서광이 비친다는 첫소리를 부르지지며 우리 어린이의 인권을 륜리적 사회적으로 획득식혀 준 이가 소파 방정환 선생입니다.

십 년이 훨석 지나간 지금에 잇서 그 당시 조선서 처음으로 방 선생의 손에서 비저진 〈천도교소년회〉 창립 당시의 한 사람으로 그때 방 선생의 인상을 지금 추억해 본다면 어써케 그처럼 이야기(童話)를 잘하시는지 울렷다 웃겻다 엇던 째는 눈이 붓도록 눈물도 만히 흘렷고 한때는 재미잇는 이야기에 도취가 되여서 쓰니 때 밥을 이즈며 이야기를 해 달나고 졸나서 선생의 동경 유학 당시에 출발 시간을 노치게 한 일도 잇습니다. 그리고 그는 일체 소년에게 누구를 물론하고 존대(敬語)를 쓰기 째문에 더욱히 온화한 인정에 회원의 마음이 더한층 열복되여[180] 마치 그를 다정한 어머니처럼 쌀앗습니다.

그러나 여러분 십유여 년 동안 단잠을 못 자고 밥맛을 이즈며 자긔의 생명처럼 조선의 불상한 어린이를 위하야 분투노력하든 소파 방 선생은 지난 七月 二十三日에 영원히 세상을 써나섯습니다. 어제까지 한 社에서 일하시든 방 선생은 모든 미련을 세상에 남기고 三十三세를 일긔로 불행한 최후의 길(이상 18쪽)을 써나가 버리섯습니다. 실로 통탄한 일이오 실로 허무한 일입니다. 인생이란 어듸서 오며 우리는 무엇을 위해서 살다가 어듸로 가는 것인지?

---

180 '열복(悅服)'은 '기쁜 마음으로 복종함'이란 뜻이다.

여러분 소파 선생은 마즈막 세상을 써나실 때에 "나의 임무를 다 못해서 붓그럽다."고 하시며 나의 손을 잡으시고 "일 만히 하라."고 부탁을 하시며 돌아가섯습니다. 우리도 방 선생의 최후를 애도하며 동탄하게[181] 생각하는 점이 한갓 인정에도 얼켜 잇겟스나 그보다는 남달은 환경에 처해 잇는 우리만을 외롭게 두시고 할 일 만흔 조선을 써나가신 것이 더한층 우리의 흉금을 써개우며 애타는 피눈물을 자아냅니다. 『어린이』를 읽으시요. 그리하야 조선의 여러 동무여 방 선생의 최후 유언을 영구히 간직하야 자긔에게 맷기워진 임무를 유감 업시 다하는 사람 중에 한 사람이 되기를 맹세합시다.

『어린이』 創刊 當時 愛讀者 崔京化

사람은 늘 보면 대수롭지 안타가도 써나면 생각나는 모양으로 방 선생이 써나가시니 살아 게실 썩보다 경모하는 정이 더욱 간절하오이다. 슬푸단 말슴 살외려면 한이 업스리니 또 소용업는 헛짓이오니 아모리 운들 무얼 하며 원통한 가슴이 눈물로 맑아지오릿가? 방 선생도 사람이시매 닥치(이상 19쪽)는 제 때에는 엇지 못하고 가시는 것을 차라리 깃븐 낫츠로 보내드리는 것이 방 선생으로서도 원하시는 뜻이겟습지요.

방 선생이 나아 노신 『어린이』! 우리 조선 소년의 량식 『어린이』는 방 선생이 세상에 남겨 두고 가신 가장 큰 선물이요 방 선생의 령혼이 움즉일 무대로소이다. 창간호부터 정 드려 온 수만 동무들이 오늘날 각 곳에서 얼마나 힘차게 일들을 하고 잇나잇가. 『어린이』로 인하야 조선 소년이 갑잇는 생활에 눈쓰게 되는 것을 생각하오면 방 선생의 은혜 엇지 크고 감사한지 모르겟나이다. 방 선생의 몸은 사라젓사오나 정신은 방 선생을 아는 모든 사람 마음속에 살아 잇서 방 선생의 리상을 일우기에 활동할 것입니다. 방 선생의 모든 미련은 저이가 채우오리다. 씨치신 사업은 벌서 저이 엇개 우에 나려젓나이다.

넘우나 피곤하시겟사오니 저세상에서 안식하시며 이 세상 저이에게 복

181 '통탄하게'의 오식으로 보인다.

을 빌어 주소서, 저이는 반듯이 방 선생의 리상 즉 조선 소년이 복되게 살게 될 것을 꼭 밋고 분투하오리다.(이상 20쪽)

"요모조모로 생각되는 눈물의 逸話", 『어린이』, 제9권 제7호, 1931년 8월호.

색동會 秦長燮, "눈(雪)과 小波"

方 선생은 우리들 갓가운 친구들뿐 아니라 세상 사람이 모도 다 조선을 위하야 큰일을 만히 하실 분이라고 밋고 또 바라고 잇섯습니다.

그런데 이러케도 허무하게 갑작이 도라가시고 보니 모도가 꿈 갓고 거짓(이상 6쪽)말 갓습니다. 그러나 方 선생이 도라가신 것은 꿈도 아니요 거짓말도 아닌 정말 사실이니 이를 어찌하면 조흡니까. 가삼에 가득찬 슯음이 아즉 살어지기도 전에 方 선생의 이야기를 적어 보라고 하니 나는 머리가 뒤숭숭하야 두서를 잡을 수가 업습니다. 方 선생은 무슨 일을 해 가는 데는 퍽 엄격(嚴格)하신 편이엿지만은 갓가운 친구들과 써들고 놀 때에는 익살 잘 부리고 구수한 이야기 잘하기로 유명해서 아모리 승미가 까다로운 사람이라도 方 선생을 실타는 이는 업섯습니다.

나는 十三년 동안이나 方 선생과 친히 지내엿기 때문에 方 선생의 사사로운 생활에 자미잇는 이야기거리도 만히 알기는 하지요만은 장례 지낸 지도 멧칠 안 되는 지금에 잇서서는 아즉 그런 자미잇는 이야기가 써지지 아니합니다. 『어린이』社의 李定鎬 선생이 꼭 하나 써 보라고 하야 붓을 들기는 하얏스나 여러분을 그러케 귀애하시든 方 선생이(이상 7쪽) 도라가신 이즈음에 方 선생의 이야기로 여러분을 웃게 한다는 것은 내 뜻이 아닙니다. 그럼으로 나는 그리 우수운 이야기는 아니나 方 선생의 승미가 잘 나타난 이야기를 하나 적어 보겟습니다. 方 선생은 어려서브터 유별나게 눈(雪)을 조와하섯습니다. 方 선생이 여름철보다 겨울을 퍽 더 조와하신 것은 몸시 뚱뚱한 분이라 땀 흘리기가 괴로워보다도 겨울이 되면 가장 조와하는 눈을 볼 수 잇게 되는 까닭이엿습니다. 눈이 오기만 하면 우산도 아니 밧고 우정 눈을 마저 가면서 친구도 차저 단이며 혹은 공연히 일 업시 눈 맛는 자미 눈 나리는 구경하는 맛으로 거리를 걸어 단이기도 하얏습니다. 바로 그것이 이제브터 三年 전 겨울이엿습니다. 하로는 새벽브터 눈이 어써케 만히 왓는지 아츰에 일어나 보니 우리 집 압뜰에는 여러 치(寸)가 되게 눈이 싸엿습니다.

나도 눈을 실혀하는 편이 아님으로 눈을 마저 가면서 눈을 치우노라고 서투른(이상 8쪽) 비질을 하고 잇노라니까 門간 편에서 方 선생의 우렁찬 목소리가 들리더니 어느듯 方 선생과 함께 〈색동會〉의 曹在浩, 崔瑨淳, 鄭淳哲 선생이 우리 집 압뜰로 우루루 몰려왓습니다. "눈 오는 데 식전(食前)에 이게 웬일들이요." 하고 내가 놀래서 물으니까 "눈이 오니까 우정 차저 왓는데 눈 오는데 웬일이냐가 다 무엇이냐."고 方 선생은 책망을 하면서 댓자곳자로 우리 집 바로 뒤에 잇는 취운정(翠雲亭)으로 가기를 재촉하얏습니다. 方 선생은 그날 하도 눈이 잘 오기에 새벽에 일어나서 세 친구를 일일히 깨여 가지고 오는 길이라 합니다. 그래 우리 〈색동會〉의 다섯 동무는 하얀 눈 우에 발자죽 내는 것이 앗가운 듯이 가벼운 걸음으로 삽븐삽븐 걸어서 취운정으로 갓습니다. 우리는 그 감회 깁흔 취운정에서 아츰밥째가 느저지는 것도 이저버리고 눈에 취하야 눈 이야기를 주고밧고 하얏습니다. 그때 모힌 중에서도 눈을 가장 조와하든 方 선생의 눈을 찬미하는 이야기하든 모양이 아즉도 내 눈에 서(이상 9쪽)-ㄴ합니다.

올해도 겨울이 오면 눈은 나리겟건만 그러케도 눈을 조와하든 方 선생은 조선 짱의 눈을 다시 보지 못할 짠 세상 사람이 되고 말엇습니다.

오- 나의 경애하는 小波를 짠 세상으로 보내고 올 겨울에도 나릴 이 짱의 눈을 나는 누구로 더브러 보아야 할 것인가?!

— (七月 二十八日 朝) — (이상 10쪽)

本社 主務 車相瓚, "監獄에서 童話"

방 선생의 동화를 잘하시는 것은 여러분도 잘 알으시는 일이올시다. 그는 연단(演壇)에서만 하는 것이 아니라 몃 사람이 모혀 잇는 곳이면 어느 곳에서나 동화를 합니다. 몃 해 전에 그와 나는 소위 필화사건(筆禍事件)으로 서대문 감옥(監獄)에 드러가서 미결로 약 열흘 동안을 잇다가 무사히

석방된 일이 잇섯습니다.[182] 그때에도 그는 감방에서 여러 죄수들과 동화를 하는(이상 10쪽) 데 엇지나 자미잇게 잘하엿던지 담당 보는 간수(看守)들까지도 아주 반해서 이야기하기를 금지하기는 고사하고 자긔네가 파수를 세워가며 동화를 드럿습니다. 그리하야 나올 림시에는 방정환이란 성명을 부르지 안코 그저 동화 선생이라 하고 여러 죄수와 간수들이 출감하는 것을 퍽 섭섭이 녁이엿습니다. 그가 돌아간 뒤에도 만약 령혼이 잇다면 지하에서도 이 세상에서와 가티 동화대회를 각금 할 것입니다.

本社 新女性部 崔泳柱 "순검과 小波"

벌서 六年 전 섯달 금음께. 그때 나는 고향 水原에서 〈華城少年會〉 일을 보고 잇섯습니다. 少年會에서는 方 先生님을 해마다 모시어다가 童話會를 열엇섯습니다. 그해도 그때 方 先生님을 모시어 왓스나 마츰 때가 언짠어 교섭해 두엇든 公會堂을 못 빌니고 좁은 華城學院 초가집에서 아쉬운 대로 童話會는 열니엇습니다.(이상 11쪽)

이번에는 방 선생님의 童話뿐이 아니요 鄭淳哲 氏까지 오서서 童謠를 하여 주시고 李定鎬 氏도 처음으로 오시고 하섯슴으로 더욱이 모혀 온 어린 사람과 또 방 선생님의 말슴을 드르려고 차저온 父兄들이 무려 二千여 명이 엇습니다.

양력 섯달 금음이면 몹시 치운 때가 아닙니까. 그러나 좁은 집에 하도 만흔 사람이 모히니까 칩기는 커녕 웃옷들을 버서 버릴 지경이엿습니다.

전에는 童話會를 이틀 하고 따로 하루는 어머니와 아버지를 위하야 강연을 하엿섯스나 이번에는 方 선생님께 밧분 일이 게시어 그리 못하고 童話를 시작하기 전에 十分가량 짧은 강연을 뒤에 섯는 父兄들을 위하야 하시엇습니다.

182 1927년 3월 28일, 백상규(白象圭), 김명순(金明淳)이 『개벽(開闢)』과 『별건곤(別乾坤)』에 실린 기사를 이유로 명예훼손으로 고소하여 방정환, 차상찬, 신영철(申瑩澈)이 종로서에 구검되었다가 신영철은 방면되고 방정환과 차상찬은 경성지방법원 검사국으로 넘어간 사건을 가리킨다.(「『개벽』 동인 필화」, 『조선일보』, 1927.4.22)

그때올시다. 막 선생님의 강연이 시작된 때 경관이 와서 경관석을 연단 엽헤 해 노라고 야단을 칩니다. 물론 처음에 경관석을 준비 안 한 것이 아니나 뜻밧게 만흔 사람 더구나 좁은 집이라 마당에 멍석까지 펴 노코 그곳까지 사람이 가득 안(이상 12쪽)고 스고 하엿스니 어쩌케 지금 경관석을 해 놋켓습니까.

司會하든 나도 불니어 나가서 여러 가지 말로 사정을 하여 보앗스나 그는 대단히 불쾌한 말을 하며 주최자가 경관에게 성의가 업다고 남을하면서[183] 사람 틈을 비어 집고 간단히 강당 안까지만 드러가섯습니다.

方 선생님의 이야기는 그대로 계속되여 조선 어린 사람들의 가엽슨 사정을 말슴하시는 중이엇습니다. 불쾌한 낫빗츨 가젓든 경관은 선생님의 말슴을 듯자 눈물이 빙그르 도는 것이 겻헤 섯든 나에게 알니어젓습니다. 그리고

"이 가엽슨 사람 — 이 사람들이 우리 조선의 어린 사람들입니다."

하는 말슴을 하실 때는 것잡을 수 업시 나오는 눈물을 어찌하지 못하고 도라서 나와서 수건으로 눈물을 씨츠며 그다음부터는 "방정환이가 누구요." 하든 어투를 "방정환 씨"라고 "씨"ㅅ字를 너허 존경하는 말을 하엿습니다.(이상 13쪽)

지정해 준 조희가 넘음으로 더 다른 이야기는 쓰지 못합니다만은 方 선생의 '동화와 강연'을 한번 들은 이는 누구나 方 선생님을 존경치 안을 수가 업섯습니다. 그러니 先生과 갓가히 하는 때에는 더 어썬 생각을 갓게 되겟습니까. 참 아까운 선생님이 우리들을 버리고 가시엇습니다.

朝鮮少年聯盟 丁洪教, "時間과 小波"

조선에 잇서서 조선의 륙백만 어린이를 가장 사랑하든 방정환(方定煥) 선생은 다시 도라오지 못할 영원한 길노 여러분에게 한마듸의 말슴도 업시 가시고 마릿습니다. 이와 가티 가신 방 선생은 소년운동(少年運動) 선상에

---

183 '나무라면서'란 뜻이다.

서 한가지로 일하며 또 항상 어린 사람 문제를 써내서 말슴하든 선생이엿습니다. 그리하야 동화회(童話會)라든지 혹은 지도방침(指導方針)을 토구(討究)하는 자리라든지 언제든지 나(이상 14쪽)보다 먼저 가시는 것이엿습니다. 그리하야 어느 겨울날에 몹시 바람이불고 눈(雪)이 오는 날에 나는 방 선생보다 먼저 가겟다 하고 어느 신문사에서 주최하는 회합에를 달니여갓습니다. 문을 드러선 나는 고만 락심하게 되엿스니 한구석에 몸이 뚱뚱한 분이 안저서 잇는 것입니다. 이는 다른 이가 아니라 방정환 씨엿습니다. 이와 가티 방정환 씨는 우리 어린이의 문제라면 눈이 오나 비가 오나 시간을 직키시면서 성심성의로 머리를 썩키시면서 연구하시든 선생님이신 것입니다. 이 문제는 둘재로 하고 이와 가티 시간을 잘 지키는 시간적 관렴이 업는 조선 사람에게 본바들 바이든 선생님이 영원히 가시게 되매 나는 또다시 먼저 가고저 경쟁치 못하게 됨을 슬픈 가운데에도 원통히 생각하는 바입니다.

京城放送局 金永八, "放送과 小波"

方 선생의 죽엄으로 여러분은 얼마나(이상 15쪽) 슯히 우시엿습니까. 또한 선생을 생각할 때마다 얼마나 우시렵니까. 그러나 선생의 죽엄을 앗짜워하는 사람은 어린이 여러분뿐은 아닐 것입니다. 지금 아들과 짜님을 가진 어머님이나 아버지뿐만 아니라 압흐로 아들과 짤을 둘 사람에게 잇서서도 가슴 쓰린 일이올시다. 그만큼 方 선생은 조선의 어린이 — 가장 불운한 조선의 어린이를 위하야 마음을 다하고 힘을 다하야 어린 여러분을 지도하여 주시든 선생이 아니십니까? 이제 그러한 선생을 일흔 여러분은 울고울고 또 울어 이날이 가고 또 저 날이 와도 더욱 눈물이 용소슴칠 것이올시다. 생각하면 생각할사록 나의 머리를 의심할 만치 선생의 죽엄이 그짓말 갓습니다. 그러나 선생의 죽엄은 현실이 그것을 말하고 잇습니다. 조선의 어린이를 위하야 불행한 조선의 어린이를 위하야 거듭거듭 앗짜울 뿐이올시다.

이제 선생이 방송하실 때의 인상을 여러분에게 말슴디리고 말겟습니다.

선생은 무엇에나 다 성심성의를 가(이상 16쪽)지고 하지마는 내가 알기에는 방송 중에는 더욱이 경건한 태도로 여러분에게 말슴한 것가티 생각이 듭니다. 선생이 방송하실 때마다 선생 자신도 정한 시간을 이저바리고 이야기를 하시기 때문에 方 선생의 방송할 때마다 시간 자버먹는 方 선생이라는 별명을 일본 사람들 사이에 듯게 된 것이올시다. 그러나 이러한 일은 고의로 하신 것이 아니라 조선의 어린이를 보다 조흔 곳으로 인도하실랴고 하는 생각으로 시간을 잇고 경성의 어린이는 물론 전 조선의 어린이에게 '마이크로폰'을 통하야 조흔 말슴 조흔 교훈을 하여 주신 것입니다.

朝鮮日報 柳光烈, "'落花'와 小波"

고 方정환 군은 나의 십여 년 녯 친구이다. 그와 내가 처음 맛나기는 십오 년 전이엿다. 그와 내가 동갑이요 모다 가튼 이십 세의 청년이엇슴으로 무슨 일을 하여 보고 십다는(이상 17쪽) 맘이 가득하엿섯다. 함께 〈청년구락부(靑年俱樂部)〉를 하고 『신청년(新靑年)』이라는 잡지를 발행하엿섯다. 그때에 부장이 리복원(李復遠) 군이요 부부장이 리중각(李重珏) 군이엇는데 方 군은 여러 가지로 안밧일을 하엿섯다. 그때에 나는 군에게 중임을 맛기를 요구하엿스나 그는 부장이나 부부장 가튼 책임 잇는 지위보다 그러케 잇스며 일하는 것이 낫겟다고 하엿섯다. 이때부터 그는 겸손하는 아름다운 덕(德)을 보히고 어느 긔관에나 자리 때문에 싸홈이 나는 것을 깁히 통탄하엿기 때문이다. 그 후에 함께 록성사(綠星社)를 만들어 잡지를 하여 보앗고 『신녀자(新女子)』[184]의 편즙도 가치하여 보앗는데 그런 편집에 재분이 만이 잇섯다. 그 후 그는 동경으로 건너가고 나는 경성에 잇섯스나 우정(友情)에 돈독한 그는 일년이면 수십차식 편지를 하엿섯다. 그가 동경에서 나와 개벽사(開闢社)에 잇슬 때에도 항상 서로 맛나기만 하면 가슴을 터러노코 이야기하기에 밤 가는 줄을 몰랏섯다. 아모리 속상하는 일(이상

184 『신여자(新女子)』는 1920년 3월부터 6월까지 월간으로 발행하였다. 방정환의 자문을 얻어 나혜석(羅蕙錫), 박인덕(朴仁德), 김활란(金活蘭) 등이 창간 준비를 하여, 편집겸발행인은 빌링스 부인(Mrs. Billings)이지만 실제 편집은 주간 김일엽(金一葉)이 하였다.

18쪽)이 잇슬 때에도 서로서로 맛나서 이야기하고 나면 가슴이 싀원하게 웃고 마는 것이엿다. 어느 때에는 밤중에 까닭업시 한강 가로 단이며 밤이 깁는 줄 모르기도 하고 봄비 나리는 밤 서로 마조 안저 이야기하다가 닭을 울린 적도 잇섯다. 그는 겨울이면 눈을 퍽- 조와하엿섯다. 내가 재동(齋洞) 그의 집 마즌 편에 려관을 잡앗슬 때에 그는 눈 오는 밤에 와서 자는 나를 깨이며 "여보게. 눈이 오네. 이 눈을 맛고 단이며 밤을 새여 보지 안으려나. 나는 눈을 맛고 단이는 것이 퍽- 조와. 자네는 어썬가?" 하고 동의를 구한다. 나는 자다가 깨여 "이 사람아 추운데 찬 눈을 맛고 단이나. 눈은 개나 조와하지 사람도 조와한다던가?" 하고 우섯더니 方 군도 "예끼!" 하면서 웃고 나서 굿이 나를 다리고 밤 산보를 한 일도 잇섯다. 어린이날을 오월 일일로 만들어 조선 소년운동을 처음으로 이르킨 이도 군이요 『어린이』라는 아동 잡지를 처음으로 내인 이도 군이다. 〈소년운동협회〉 때에 여러 번 가티 일하여 보앗는데(이상 19쪽) 군은 그때에 밤을 새이며 일을 하엿섯다. 나종에는 코피를 흘리는 것을 만히 보앗다. 아마 이러한 평소의 과로가 그의 죽엄을 재촉하엿는지도 모르겟다. 그는 다정다감하고도 범사에 다심(多心)한 사람이다. "남을 맛기면 맘이 노이지 안어." 하고 대소사를 자긔 손수 만히 하는 것을 보앗다. 군은 항상 나를 보면 "자네는 너무 약하여 건강을 좀 도라보게." 하며 자긔 건강은 염려도 하지 아니하엿섯다. 그 사람이 그러케 단명할 줄은 몰랏다. 그 사람의 글이 맨 처음 활자로 되기는 『청춘(青春)』 잡지의 락화(落花)라는 글이다. 그 내용은 "어엿분 쏫을 심술구진 바람이 와서 대룽대룽 가지에 매달리는 쏫을 긔여코 써러트리고 만다고 탄식한 말이다." 지금 생각하니 그것이 단명구(短命句)이다. 군은 조선의 쏫이다. 심술구진 바람이 와서 아직 질 때도 안 된 군의 목숨을 락화(落花)를 만들엇다.

아아— 그가 마즈막 숨을 마실 때에 얼마다[185] 원통하엿스랴. 정다운 조선 불행(이상 20쪽)한 조선을 위하야 할 일을 못다 하고 죽을 때에 얼마나 안탁

---

185 '얼마나'의 오식이다.

가웁고 원통하엿스랴!

每日申報 金乙漢, "거북님과 小波"

세상 사람의 대부분이 토끼(兎)와 갓다고 하면 方 선생은 확실히 거북(龜)과 갓튼 사람이다. 어느 때든지 쉬지 안코 끈임업시 나가는 진실한 노력은 누구나 짜를 수 업는 方 선생의 독특한 장점(長點)인 동시에 또 그의 전인격이다.

짜러서 큰일이고 적은 일이고 무슨 일을 당할 때에는 반드시 돌다리(石橋)도 먼저 두다려 보고 건너간다는 격으로 신중하게 생각하고 또 생각한 연후에 가장 엄정하게 처리를 하는 까닭에 그에게는 매사에 별로 실수하는 일이 적다.

연고로 토끼와의 경주에는 좀 느린 혐의가 잇스면서도 번번히 승리를 엇거니와 굼튼튼한 그만큼 그에게는 무슨(이상 21쪽) 일을 맛기던지 그가 한번 맛기만 한다면 안심하여도 조흘 사람이다.

그리고 차근차근하게 요모조모 쎄여서 근리 잇게 말하는 그의 변설(辯舌)은 일대(一代)의 웅변(雄辯)이라고는 못할지라도 보통 사람으로서는 확실히 쒸여난 능변(能辯)이다. 짜러서 아무리 풀기 어렵고 복잡한 문제이라도 그의 입에 한번 드러가기만 하면 마티 뒤숭숭하게 함부로 엉크러진 실뭉치가 한 가닥 한 가닥씩 저절로 풀려지드시 시비곡직과 문제 귀결의 판단이 가장 뚜렷하게 낫-타난다. 그리고 그는 연단에서보다도 좌담(座談)에 잇서서 일층 더 명수의 풍모가 잇섯스니 그와 마조 안저 이야기를 한다면 왼종일을 잇서도 심심한 줄을 모르겟다는 것은 아마 그를 잘 아는 사람들의 공통의 감상일 것이다.

벌서 지나간 이른 봄이든가! 어느 날 오후 지나가는 길에 잠시 開闢社에를 들니엿더니 마츰 의자에 걸어 안저서 무엇을 쓰고 잇던 方 선생은 두 눈에 정다운 우슴을 지우며 어서 오라고 반가워 인사를 하면서 "아— 거북님이 개벽사에를 다 오시는 일이 잇습니까?"라고 한다. 그래서 엇지하야서 나를 거북님이라고 하느냐고(이상 22쪽) 반문을 하니까 그는 그 커다란 얼골에 여전히 미소를 하나 가득 씌우며 "지난번 장호원사건(長湖院事件) 때에는 다른 신문사 특파원보다도 제일 늣게 가서 일은 남보다도 제일 잘하얏스니 나는 金 형을 이제부터 거북님이라고 부르겟습니다."라고 크게 우섯다. — 넙적한 얼골 태산과 가티 무거운 몸집 썰썰 웃는 부드러운 우슴소리 — 그때의 그 인상은 마티 어제 일과도 가티 내 눈과 내 귀에 뚜렷하게 백혀 잇다. 그러나 오늘엔 벌서 한낫 고인의 추억이 되고 마럿구나?

"나는 金 형을 이제부터 거북님이라고 부르겟습니다." ……

그러나 方 선생은 자긔 자신이 거북님인 줄은 알지를 못하얏다. 그리고 아무리 현명한 方 선생이라 하드래도 그가 작고한 뒤에 도리혀 내가 자긔를 가르처 거북에 비유할 줄은 일즉이 쑴에도 쑤어 보지 못하얏스리라.

方 선생! 세상에 토씨와 가티 경망한 인생이 만흐매 일층 거북의 귀중함을 알겟고 우리의 전도가 다단하매 선생의 죽엄이 몃 배나 더 원통하고나!

(一九三一年 七月 二十九日) (이상 23쪽)

尹石重, "영원히 남기고 가신 두 가지 教訓", 『어린이』, 제9권 제7호, 1931년 8월호.

"선생님. 오늘 저녁에 즈이 少年會에 오서서 동화 하(이상 20쪽)나 해 주십시오."

"네. 그러시오."

"선생님. 이번 달 치 즈이 잡지에 이야기 하나 써 주십시오."

"네. 그러시오."

"선생님. 즈이 少年會 원유회에 선생님도 함께 참례해 주십시오."

"네. 그러시오."

…… 아모리 괴롭고 고단하신 때라도 "오늘은 못하겟소." 하고 거절하시는 것을 내 일즉이 뵈온 적이 업습니다.

×

"선생님. 코피가 나십니다. 좀 쉬엿다 하시지오."

"아니. 무얼. 왠찬아."[186]

그러시면서 콸콸 내솟는 코피를 한 손으로 바더 가며 그냥 그대로 연단에서 이야기를 계속하시든 방 선생님의 모양.

네 시간 동안의 기나긴 이야기를 끗내시고 전차 끈어진 종로 거리로 땀에 저진 두루막이 자락을 펄렁거리며 혼자 쓸쓸이 거러가시든 방 선생님의 모양.

숨이 탁탁 막히는 인쇄소 한구석에서 『어린이』 잡지 준보시느라고[187] 옷에 얼골에 잉크투성이를 하고 게시든 방 선생님의 모양.(이상 21쪽)

그러나 이젠 다신들 선생님의 그런 자태를 어더 뵈올 수 잇스리까…….

"정성스러워라. 오즉 정성스러워라."

---

186 '괜찬아(괜찮아)'의 오식이다.

187 "교정쇄와 원고를 대조하여 오자, 오식, 배열, 색 따위를 바로잡다."라는 뜻이다.

아아 늘 듯든 이 소리가 왜 이다지도 오늘은 가슴을 침니까. 그건 입이나 붓을 통해서가 아니오 행동을 통해서 진실로 선생의 일생을 통해서 어든 교훈인 때문이 아닙니까…….

○

돌아가시든 전날 밤 — 선생은 모여든 분에게 ―一히 악수를 청하시엿습니다.

그러시면서 조용히 최후의 작별을 하시엿습니다. 그러나 그때는 이미 눈이 어두어 보지를 못하시고 혀가 구더 말을 잘못하시든 때입니다.

"고맙소."

"평안히 게시오."

"공부 만히 하시오."

"나는 가오. 부듸 일 만히 하시오."

……

그러나 아모리 귀를 기우려도 "나 죽거들랑 우리 집 살님을 잘 돌아보아 달라."는 말슴이 업습니다.

아아 선생은 끗끗내 내 몸, 내 가정, 내 살님, 내 처자에 대한 욕심이 손톱 끗만치도 안 게섯든 것이외다. 선생의 온 맘 온(이상 22쪽) 전신은 오즉 조선 아기들로 가득 차섯든 것이외다.

"나를 버리라. 그리고 가정을 초월하라."

아아 늘 듯든 이 소리가 왜 이다지도 오늘은 가슴을 찔읍니까. 그건 '生'을 통해서가 아니오 '死'를 통해서 진실로 선생의 죽엄을 통해서 어든 교훈인 때문이 아닙니까.

○

아가.

사랑하는 아가.

어서들 우름을 끈처라. 한번 가신 선생의 그 길을 눈물과 몸부림으로 막을 수 잇슬 게냐.

아가.

사랑하는 아가.

어서들 눈물을 거두고 선생님이 생각날 때마다 선생님이 보고 십흘 때마다 이 두 교훈을 외우작구나!

"정성스러워라. 오즉 정성스러워라."

"나를 버리라. 그리고 가정을 초월하라."

— 七月 二十五日 先生 장레날 —

金萬, "雜誌 記者 漫評", 『동광』, 제24호, 1931년 8월호.[188]

雜誌는 商品이의다. 좋은 解釋을 하자면 같은 商品이라도 그 自身의 生命이라 할 主張이 잇는 데다가 어듸까지든지 讀者의 好奇的 興味를 時節 따라서 가장 銳敏하게 붓잡지 아니하고는 生命을 保存할 수가 없게 되니 雜誌의 經營難이 이곳에 잇을 뿐 아니라 三號 短命으로 꺼꾸러지고 마는 것이 다 이 때문이의다.

營業局에서는 營業으로의 手腕이 잇을 것은 勿論이외다. 마는 編輯局에서는 그 自身의 主張을 허물내이지 아니하면서 妙하게 讀者의 맘을 붓잡아 놓아야 되니 이곳에 記者로의 聰明과 先見과 機智가 잇서야 되는 것이외다. 고기도 時節 따라서 미끼를 갈린다고 하니 어떠케 雜誌 記者로서의 讀者의 맘을 妙하게 이끌 만한 手腕이 없을 것입니까. 생각하면 雜誌 記者처럼 어렵은 일은 없는 것이외다.

게다가 朝鮮 같은 곳에는 檢閱難이 잇고 原稿難에다가 讀者難까지 兼해 놓앗으니 아모리 名記者인들 自己의 手腕을 充分히 發揮할 수는 없는 일이외다. 一般的 好奇로는 이러한 記事를 실어야 될 것이언만 檢閱 때문에 할 수 없이 中止치 아니할 수 없는 일도 잇거니와 또 어떤 特殊한 記事 같은 것에는 原稿의 適任者조차 없고 보니 寒心한 일이외다. 그러고 讀者大衆의 敎養이 낮기 때문에 어쩔 수 없시 低級하게라도 그들의 興味를 끄을 만한 記事를 실지 아니할 수가 없으니 어떠케 記者로의 充分한 手腕을 發揮할 수가 잇겟습니까. 朝鮮 雜誌의 外國 雜誌에 比하야 遜色이 잇지 아니할 수 없는 것은 實로 이 點에 잇거니와 또 名記者로의 充分한 發育을 하지 못하고 그대로 말라빠지고 마는 것도 이 點에 잇다고 할 수밖에 없는

188 이 글은 개벽사(開闢社)의 방정환, 차상찬(車相瓚), 채만식(蔡萬植), 해방사(解放社)의 이성환(李晟煥), 김규택(金奎澤), 『동광(東光)』의 주요한(朱耀翰), 『삼천리(三千里)』의 김동환(金東煥), 『신생(新生)』의 이은상(李殷相), 『조선지광(朝鮮之光)』의 김동혁(金東赫), 『신민(新民)』의 최상덕(崔象德) 등을 다루고 있으나, 여기서는 방정환만 옮겼다.

일이외다.

이러한 세 가지 難關을 그대로 꾸준이 이 方面의 明日을 위해 努力 苦心하는 記者들의 一面을 엿보게 되니 뜨겁은 날의 '아이스크림' 맛에다는 比할 것이 아니라 해도 또한 害롭지는 아니할 것이외다.

方定煥

朝鮮서는 雜誌 王國이라 할 開闢社 二層에는 編輯室에 北極의 白熊 모양으로 혼자 들어앉아서 連해 連方 담배를 피여 물고는 『彗星』, 『新女性』, 『別乾坤』, 『어린이』들의 每號 編輯目次에 하로같이 땀을 흘리는 同氏는 開闢 雜誌 王國의 總理라는 觀도 업지 아니하거니와 그보다는 몸뚱이가 뚱뚱하고 부즈런한 것이 "努力하는 곰"이라는 感을 禁할 수 없는 것은 筆者만의 特殊感이 아닐 것이외다. 氏야말로 萬物商이라 할 만하외다마는 그實은 그러치도 아니하야 혼자서 萬物商을 버려놓은 것만차 一人一技의 避할 수 없는 곳에다 앉히운다고 하면 이것이라고 붓잡아 말할 곳은 없는 이외다. 잇다고 하면 自他가 모도다 許하는 童話가 잇을 것이나 創作으로의 氏의 童話를 보지 못한 筆者는 童話壇 우에다 氏를 맨 첨 올라 앉히우기도 어렵은 노릇이외다. 그러나 꾸준하고 沈着하고 熱이 잇게 事爲해 나아가는 氏를 筆者는 무엇보다도 귀엽게 생각하며 깊이 尊敬하는 바외다.

開闢 王國의 雜誌들이 꾸준이 달마다 『別乾坤』 같은 것은 別問題라 하고라도 그만한 內容을 讀者에게 내여놓게 되는 것은 勿論 다른 이들의 努力이 업는 것이 아니외다마는 氏의 '곰'같이 努力만 아는 부즈런의 結果에 지내지 안는 것이외다.

그러기에 氏의 編輯에는 눈부시게 새뜻한 것은 없으나마 먹어서 설사가 날 만한 것은 하나도 없는 것이외다. 꾸준이 일한다는 것이 成功의 根本이라 하면 明日의 同 王國에는 적지 아니한 光明이 잇는 것이외다.

(世上은 無常합니다. 方定煥 氏는 筆者가 이 글을 쓴 後에 別世햇습니다.) (후략) (이상 61쪽)

吳世昌, "동무 차저서 八百八十里(續)", 『어린이』, 제9권 제9호, 1931년 10월호.

◇ 驪州에 李東雨 氏를 차저서

아츰 해ㅅ볏 남을 利用하여 利川서 東으로 五十里 박 驪州를 向하여 달음질첫다. 李東雨[189] 氏를 맛나 點心을 먹고 이곳 『어린이』 讀者인 金東勳, 金光熙 其外 멧 동무를 맛나 보고 이곳서 東으로 十町쯤 썰어진 곳에 쓸쓸히 홀로 서서 南漢江에 異彩를 더욱 나타내이는 迎月樓[190]에 몸을 던저 南漢江 건너便에서 불어드는 바람을 한짜번에 마서 가며 西便으로 驪州 全市를 눈 아페 그려 보며 바로 迎月樓 및 馬巖臺에 몸을 걸처 暫時間 구비처 흘으는 洪波를 바라보다 물속에 두둥실 몸을 던저 헤염을 하다 李 동무의 집에 돌아와 이야기판이 벌어젓다. 먼저 馬巖臺라 함은 옛날에 이곳에서 바위 틈을 타서 말이 쒸여 나왓다 하야 이 바위를 가르처 馬巖이라 불으고 이 附近 만흔 바위를 모라처 馬巖臺라 불은다. 東雨 氏는 나를 맛난 것을 퍽 반가워하며 『어린이』 全部를 내노흐면서 "저는 『어린이』 三卷 째부터 讀者인데 일즉 차저 읽지 못한 것이 恨입니다."라고 하면서 上京하거든 創刊號부터 二卷까지 求하여 달나고 한다. 밤에는 늣도록 놀다 三人 合作에 노래 한 편을 지어 노코 잠들엇다.

◇ 세 동무

(金東勳, 李東雨, 吳世昌 合作)

189 『어린이』에 수필 「아우의 일기를 읽고」(제9권 제9호, 1931년 10월호), 소년소설 「섯달」(제9권 제11호, 1931년 12월호), 동요 「동무들아!」와 소년소설 「갱생(更生)」(이상 제10권 제4호, 1932년 4월호), 농촌 소년소설 「가믈(旱魃)」(제10권 제6호, 1932년 6월호), 소설 「보리 이삭 줍는 소녀」(제10권 제7호, 1932년 7월호), 소설 「이 빠진 낫(鎌)」(제10권 제8호, 1932년 8월호) 등의 작품을 발표하였다.

190 경기도 여주시에 있는 누각이다.

글바테서 쉽ᄶᅮ든 어린이동무
노래소리말소리 그립든동무
오늘에야이곳에 모혓습니다

◇ (이상 77쪽)

어린애동자가튼 별님이반짝
귀ᄯᅳ라미소리도 아름다운밤
그립든세동무가 모혓습니다

압날을맹서하는 우리세동무
오늘에맛낫슴이 처음이라도
손목잡고나아갈 동무입니다

◇ 驪州를 ᄯᅥ나 다시 利川으로

八月 六日 아츰을 먹고 두 동무와 驪州를 ᄯᅥ나서 利川을 向하고 十里를 나와 寧陵(孝宗大王)과 우리의 한글을 創造하신 世宗大王을 모신 英陵에 다엇다. 나는 여긔에서 지금으로부터 四百八十五年 前에 大王ᄭᅦ서 한글 創造하섯다는 것을 追想하엿다. 世宗大王이 아니엿드면 우리는 오늘ᄭᅡ지 글 업는 나라에 사람이 되고 말앗슬 것이다. 그런즉 우리는 갑갑하고 답답하여 견대지 못하며 그 못 바들 치욕, 천대, 토심도 얼마나 바드며 어느 굴헝 어느 구석으로 어ᄶᅥ케 밀리고 몰키는 줄도 몰을 것이다. 萬一 世宗大王이 다른 나라에 나서 이 글을 頒布하섯드라도 우리는 그 얼마나 그것을 불어워하여 탐냇슬 것이다를 생각할 ᄯᅢ 나는 그 貴하고 거륵하신 世宗大王ᄭᅦ서 지금 이 陵에 나타나 뵈엿스면 하는 헛된 空想ᄭᅡ지 ᄯᅥ돌앗다. 여긔서 두 동무를 남겨두고 利川에 와서 常根 氏와 가티 孔子廟에 올나가 風詠樓며 大成殿을 눈에 그리고 市街에 나려왓다. 常根 氏에 말을 들으면 利川의 發展은 砂防工事가 實施된 後 지금으로부터 三四年 前부터이라 한다. 이곳은 自動車 開通이 發展되여 京城을 머리로 水原, 江陵, 原州, 長湖院으로 忠州 이 外에도 各 方面으로 헤여저 나아가는 一 分岐點으로 有名하다.

그리고 昨年에 始作된 水原 間에 汽動車도 하로에 七回 往復을 하고 잇다. 電氣도 方今 架設 中에 잇스니 곳 點燈케 될 모양! 또 한가지 이곳에 名物은 '자채'라는 것이니 벼가 일즉 되기로 朝鮮 第一이라 한다. 싼은 벼가 벌서 영글엇다. 오늘 하로 더 묵기로 하고 來日은 水原으로 가기로 하자.

◇ 水原에 姜一龍 氏를 차저서

八月 七日 아츰 일즉이 利川을 써낫다. 邑內 富豪의 別莊이라는 暎日亭을 끼고 水原 街道의 客이 되엇다. 龍仁을 지나 참외로 목을 축이고 水原에 다엇슬 째는 마츰 이날이 장(市)날이여서 수만흔 群衆으로 水原城 內外는 複雜하다. 南大門(八達門)에서 李聖仁 氏를 맛나 東大門(蒼龍門) 박 姜一龍 氏를 차젓다. 姜 氏는 그때 바로 바테서 돌아오는 길이엿다. 氏는 한便으로 圖章舖를 經營하며 農事를 하신다고. 키는 比較的 큰 키고 나희는 二十二歲쯤! 참외를 벗기고 놀다 헤여저 東門을 들어섯다. 李聖仁 氏는 可憐(이상 78쪽)한 동무이엿다. 이도 『어린이』 애독자이나 二十歲께 꼿다운 靑年으로서 일즉이 父母를 故鄕인 大邱에서 일코 七年 前부터 浮萍草가티 써다니는 '룸펜'에 몸이 되어 方今 이곳 동무의 집에 언치어 지낸다 한다. 나는 이 동무에 事實 이야기를 듯고는 한줄기 눈물을 아니 먹음을 수 업섯다. 聖仁 氏와 南門을 나와 헤여저 가지고 水原 驛前 永昌旅館에 몸을 수이기로 햇다. 저녁에는 聖仁 氏와 이곳 水原座에 째마침 京城 團成社 地方部가 興行 中에 잇기에 求景을 갓섯다.

◇ 西湖서 沐浴을 하고 崔泳柱 先生을 맛나

八月 八日 아츰부터 몹시 더웁다. 아츰을 먹고 城內에 들어 華虹門[191]을 건너 訪花隨柳亭[192]에 몸을 던지엇다. 前面 가상이로는 벗지나무가 가지

191 화홍문(華虹門)은 경기도 수원시에 있는 누문(樓門)이다. 조선 정조 때 건립한 것으로 추측되며, 조선 시대 건축물 가운데 가장 웅대하고 화려하면서도 기묘한 형태를 보인다. 건너편 언덕 위에는 방화수류정(訪花隨柳亭)이 있어 조화를 이룬다.

192 방화수류정(訪花隨柳亭)은 경기도 수원시 동북쪽에 있는 정자이다. 조선 정조 18년(1794)

름[193] 겨러 잇고 北으론 廣漠한 平野와 그 틈을 타서 구비처 흘으는 시내ㅅ 물을 거울 삼고 西으론 北門(長安門) 넘어로 亦是 널은 들을 바라보며 東으로는 老松이 욱어진 산비ㅅ탈 南으로는 水原 全市를 눈에 거려 四方이 모다 내가 차지한 것이 되어 頓然히 내 몸이 金銀臺 上에 잇슴과 가트니 부드럽게 絶佳한 眺望이 여긔서 모다 집어 볼 수 잇다. 다시 南門을 나서서 水原驛을 뒤로 두고 高等農林學校와 勸業模範場[194] 아플 지나자 農事試驗場에 香내 나는 꼿냄새를 마트며 杭眉亭[195]에서 西湖[196]에 줄기 흘으는 언덕을 參觀타가 西湖 푸른 물에 몸을 던저 헤염을 첫다. 終日 쓰거운 볏만 쏘이다 물에 뜬 맛이야 一層 새로운 것 갓다. 저녁에는 이곳에 自宅을 두신 우리 開闢社員으로 게신 崔泳柱 先生님을 맛나 臨時로 旅館을 南門 엽 華信旅館으로 定하고 先生님을 모서다가 意味 기픈 이야기며 滋味잇는 이야기와 旅行 經驗談 가튼 이야기를 들엇다. 先生님은 나를 보시드니 이가티 도라다니는 것이 身體에 퍽 조흔 일이라고 하시며 깁버하신다. 밤 열시 까지 이야기하며 놀다 헤여젓다.

◇ 酷暑로 旅館에서

八月 九日 꼼짝할 수 업는 더위로 온종일 旅館에서 新聞을 보다 저녁에

에 세운 것으로 건물이 아름답고 조각이 섬세하여 근세 한국 건축 예술의 대표작으로 꼽는다. 우리나라 보물로, 보물 정식 명칭은 '수원 방화수류정'이다.

193 '가지를'의 오식으로 보인다.

194 수원고등농림학교를 가리킨다. 1904년 9월 대한제국 학부가 한성부 수진동에 설치한 농상공학교(農商工學校)에서 1906년 9월 10일 농과(農科)를 독립시켜 농림학교로 개칭하였으며, 1907년 1월 수원(水原)에 교사를 신축하여 이전하였다. 1910년 국권이 피탈되어 일제는 농림학교를 권업모범장에 부속시켰다. 권업모범장(勸業模範場)은 조선 후기에, 농축산 기술의 향상과 개량 등 농산물 생산에 관한 사무를 맡아보던 관청이다. 융희 원년(1907)에 일제 통감부가 설치하여, 융희 4년(1910)까지 유지하였다.

195 경기도 수원시 권선구 서둔동 서호(西湖) 주변에 있는 조선 시대의 정자이다.

196 서울특별시 마포에서 서강(西江)에 이르는 15리 지역에 대한 조선시대의 옛 지명이다. 이 지역은 조선 시대에 번창했던 어항이며 물자를 육지로 실어내리는 포구였다. 행정상으로는 한성부(漢城府)의 성저십리(城底十里)에 해당되는 지역으로 한성부 관할하에 들었다. 〔네이버 지식백과〕 서호〔西湖〕 (한국민족문화대백과, 한국학중앙연구원)

는 동무의게 가는 葉書 한 장을 써 너헛다. 밤에는 어제 新聞에 天氣豫報 그대로 비가 나리기 始作하엿다.

◇ **雨中에 水原서 歸家**

八月 十日 아츰 아홉시에 北門(長安門)을 나서서 京水街道를 달음질쳣다. 遲遲臺 고개[197]를 넘어 '사그내'를 거처 冠岳 三幕이며 戀主臺를 치여다보며 鷺梁津으로 쑥 떨어저 다름질치니 漢江이 悠悠히 흐른다. 漢江鐵道를 넘어서 龍山에 드러서니 都會地에 냄새가 쏘 다시 코ㅅ속을 간지린다. 멧칠간 도라다니느라고 온 몸을 깜아케 태워 가지고 집에 다엇슬 때는 洞里에서 깃거히 마저 주는 동무들! 쏘 그리고 喜悅에 날쒸는 어린 조카, 우리 집은 쏘 다시 써들석하엿다. (끗) (이상 79쪽)

197 경기도 수원시 장안구에 있는 고개 이름이다. 정조(正祖)가 부친을 모신 화산(華山) 현융원(顯隆園)에 참배를 갔다가 환궁하는 고갯길에 한동안 부친의 묘소를 다시 찾아뵐 수 없다며 가다가 멈추고 다시 가다가 멈추어 행차가 너무나 지체되어 그 고개를 일컬어 지지대라 불렀다는 데서 유래하였다.

咸大勳, "一九三一年 朝鮮의 出版界(完)", 『조선일보』, 1932.1.15.[198]

(전략)

이로부터는 少年讀物의 出版을 살펴보자! 少年讀物로는 月刊으로 少年雜誌가 여러 種類가 잇다. 『별나라』, 『新少年』, 『아이생활』, 『어린이』 等이 每月 꾸준히 나와 少年讀物로써의 任務를 어느 程度까지 하여 간다고 보겟다. 이 여러 雜誌에 對하여서는 特別한 留意를 하지 못하여 一年間의 그들의 業績을 一言으로 評하기 어려우나 如何間 우리는 이 少年雜誌들을 通하여 좀 더 少年의 가슴이 뛰는 脈搏을 感하고 써야 하겟다는 것을 一言하지 안을 수 업다. 더구나 프로레타-리아 少年讀物이 『별나라』, 『新少年』 等에 만히 揭載되는 것 갓트나 그러나 프로레타-리아 少年讀物이라고 하기에는 넘우나 프로 少年의 心琴의 絃에서 쑷겨 울러나오는 感情을 表現하지 못하엿다고 본다. 싸베-트 로서아의 피오닐 雜誌나 日本 『少年戰旗』에 比한다면 넘우도 그 力量이 不足한 것을 歎하지 안을 수 업다. 兒童의 感情世界에서 그들은 참된 프로 少年의 感情을 붓들지 못하고 쓰기 때문에 넘우도 兒童讀物로는 興味를 늣기지 못하겟다. 如何間 他出版物에 比하여 少年讀物이 雜誌로만 해도 퍽 만히 出版된 것만은 속일 수 업는 事實이겟다. 普通學校 第一學年부터 'モモ', 'ハナ', 'モモハナ'[199]를 배우지 안허서는 안 되는 朝鮮兒童의 處地로써 우리 글로의 讀物을 좀 더 만히 提供하는 것이 얼마나 必要한지 아지 못하겟다. 그런데 月刊으로 나오는 이러한 兒童雜誌들 外에 兒童出版物 프로레타-리아童謠集 『불볏』[200]이 잇다. 이는 프로레타-리아 童謠를 모하 노핫스나 몃 개를 除한 外의

---

198 「1931년 조선의 출판계」는 전체 4회(1931.1.2~15) 연재되었다. 4회(완)만이 아동문학에 관한 내용이다.

199 もも(桃), はな(花), ももはな(桃花)를 가리킨다.

200 『(푸로레타리아동요집)불별』(중앙인서관, 1931.3)을 가리킨다.

大部分이 프로레타-리아 童謠로의 價値 잇는 것이 업다고 보겟다. 우에서도 暫間 論햇지만 要컨대 프로 童謠의 作家는 맛당히 兒童 感情世界에 드러가서 노래 불러야 할 것이라고 본다. 이 以外에 春秋閣에서 나온 春秋兒童文庫가 잇다. 이는 녯날 世界各國의 童話를 모하서 出版한 것이니 別로 特別한 興味를 늣기지는 안흐나 이제 그 出版된 것을 살피면 『신빠트 航海記』, 『갈리버 旅行記』, 『로빈손 漂流記』, 『여호레나드傳』, 『이솝흐 童話集』[201] 等이다.

大槪 이것으로 少年讀物에 關한 것을 씃막고 이 一九三一年 出版界의 動向을 씃맛치려 하거니와

筆者로써 一言으로 謝하지 안이치 못할 것은 出版界를 좀 더 仔細히 紹介하지 못한 것과 또 그 書籍 內容의 完全한 檢討를 못한 것이다. 今後로는 特히 留意하여 今年間의 出版界는 좀 더 精密히 硏究해 보려 한다.

씃에 臨하여 出版業者들에게 一言하고저 하는 것은 좀 더 무게 잇는 글을 出版해 달라는 것이다. 이것을 거듭 要求하여 朝鮮 出版界에서 새로운 씃이 필 날이 올 것을 希望하여 마지안는다. (完)

---

201 「신간소개」(『조선일보』, 1931.3.6)에 "春秋兒童文庫 一. 『신빠드 航海記』, 二. 『갈리버 旅行記』, 三. 『로빈손 漂流記』, 四. 『여호레나드 傳』, 五. 『이소프 童話集』 每部 定價 二十錢 郵料 二錢 發行所 京城府 嘉會洞 八七 春秋閣出版部 振替 京城 一四三一五番"이라 하였다.

홍종인, "(讀書室)『양 양 범벅궁』-尹福鎭, 朴泰俊 童謠 民謠 集曲集", 『東光』, 제32호, 1932년 4월호.

양 양 범벅궁

尹福鎭, 朴泰俊 童謠 民謠 作曲集 (第二輯).

尹福鎭 氏는 일즉부터 童謠詩人으로 알리워젓고 朴泰俊 氏는 童謠 等 作曲에 非凡한 質을 發揮하야 이미 그의 存在는 樂壇에서 많은 尊敬을 받고 잇는 터이다.

이 두 분이 어울리워 이같이 作曲에 힘쓰고 잇다는 것은 一層 더 効果的일 것이다. 內容은 詩로 보더래도 尹 氏의 獨特한 고운 말로 朝鮮的 情調와 朝鮮語的 리듬을 찾기에 힘쓴 것을 볼 수 잇고, 作曲에 잇어 또한 雅淡하고 淸楚하야 그 非凡한 敍情的 描寫에 再三 感歎치 않을 수 없는 것이 많다. 從來 童謠 作曲에 日本 童謠의 模倣을 지나지 못하는 것이 많이 잇든 点으로 보면 朴 氏는 作曲家로 一段 우에 세우지 않을 수 없다. 비록 등사판에 된 것이나 小學校나 유치원에까지라도 貴重한 선물이 될 수 잇을 것이다.

內容은

양양범벅궁, 겨울밤, 송아지, 갈때, 빩앙조이착착파랑조이착착, 누나야, 슬픈밤, 풍경, 송아지팔러가는집, 아리랑, 하늘꺼질흉, 옥수수가운다, 우리야아실, 어이 어이 等이다.(인쇄는 등쇄이나 퍽 美術的이다.) (洪).

發行所 大邱府 本町通 茂英堂書店

振替 京城 一〇八二四番 定價 送料並 三十二錢

(이상 133쪽)

"保姆座談會(5) - 번역 동요 문제와 야외놀이 기타", 『동아일보』, 1933.1.5.[202]

(전략)

徐恒錫: 일본 말로 된 동요를 번역해 쓰는 데 불편하지 안습니까.

一同: 불편해요.

白潤玉: 어썬 것은 통 말도 안 되는데도 그대로 하지요. 그러기에 군색합니다.

金英子: 어려워서 아이들이 못할 것 가튼 것도 만습니다.

崔庚順: 일본말 그대로 가라처 달라는 부형도 잇습니다. 장차 학교 준비 겸.

徐恒錫: 우리 교유한 조(調)는 七五가 아닌데 그것을 조선 것으로 고처 쓰면 말이 부표에, 그러고 유희에도 아니 맛지 안습니까.

李萬禮: 넘우 결함 만흔 것은 안 가르치면 조치요. 동요가 만흐니까요. 대강은 자긔가 고처서 말이 들어맛도록 해서 가르처야지요.

柳另惠: 일본말 동요를 가르치면 뜻을 모르고 더구나 유히를 하자면 더하지요. 그러고 요사이 나오는 동요는 넘우 어려운 것이 만습니다.

金任述: 그럼 통 일본말로는 아니 가르처야 올흘까요.

李萬禮: 잇다금 하나씀은 가르처도 조흘 듯합니다.

(하략)

---

202 「보모좌담회-어머니 아닌 어머니 말씀(전5회)」(『동아일보』, 1933.1.1~5) 중 제5회는 '보육학교 과목에 부족은 업는가?', '보모와 년령 관게 젊은 편? 늙은 편?', '번역 동요 문제와 야외 놀이, 기타'가 논의 되었다. 이 가운데 '번역 동요 문제' 부분만 옮긴다. 서항석(徐恒錫), 최의순(崔義順), 김자혜(金慈惠)는 동아일보사 측을 대표하였고, 백윤옥(白潤玉)은 서대문유치원, 김영자(金英子)와 최경순(崔庚順)은 안국동유치원, 이만례(李萬禮)는 갑자유치원, 유영혜(柳另惠)는 조양유치원, 김임술(金任述)은 숭인유치원 보모였다.

洪蘭坡, "자장노래에 対하여", 『신가정』, 제1권 제5호, 1933년 5월호.

"자장자장 자장자장 우리애기 잘도잔다" — 이런 노래를 들을 때는 자연히 귀여운 애기를 연상하게 되며 귀여운 애기를 재울 때에는 자연히 이런 노래가 어머니의 입에서 흘러나오게 됩니다. 그러면 젖먹이 어린애나 좀 더 자라난 삼사 세 된 아이들을 재우기 위하야 어머니 된 이가 아이를 등에 업거나 가슴에 안거나 혹은 '햄목' — (그물같이 짠 그네) — 에 누이거나 하고서는 그 옆에서 부르는 노래를 자장노래라고 할 것입니다.

우리도 예로부터 자장노래가 잇엇고 또 이 자장노래는 서울이나 시골이나 교육을 받은 어머니나 받지 못한 어머니나 어머니치고는 자긔의 사랑스럽고 귀여운 아들딸을 재울 때에 부르지 않는 이가 없고 부를 줄 모르는 이가 없으니 가령 벽두에 쓴 것과 같이 "자장자장 자장자장 우리애기 잘도잔다"라고 하는 "달아달아 밝은달아"의 곡조로 부르는 노래가 곧 자장노래의 하나입니다.

그러나 이같이 예로부터 누구나 불러오든 이 자장노래에 대하야 이것이 어린애에게 어떠한 영향을 주는지 어떠한 자장노래가 가장 어린이에게 적당한지를 생각해 보고 부르는 어머니는 과연 많지 못햇을 것입니다. 그러므로 여기에 문제되는 것은 어린애들이 '자장자장'이란 말의 의미를 알아듣고서 잠이 드는 것인지 또 혹은 그 노래의 곡조에 취하야 잠을

자는 것인지 이것이야말로 자장노래의 근본적 생명이 되는 동시에 어머니 되신 이들의 알아 둘 만한 취미잇는 사실인 줄 생각합니다.

모태로부터 이 세상에 탄생한 핏덩이 어린애도 한 달이나 두 달가량을 지난 다음에는 무슨 소리를 알아듣게 되고 또 듣고 십어도 합(이상 64쪽)니다. 이때로부터 어머니 된 이가 유아의 귀에 좋은 음악 — (가령 자장노래거나 다른 쉬운 노래거나 또는 유성긔로서 나오는 음악이거나)을 들려주기 시작한다면 그 아이는 반듯이 좋은 습관을 가지게 되어 울다가도 음악소리만 들으면 그 울음을 그치고 잘 때에도 별로 성가스럽게 함이 없이 속히 잠이 드는 것은 우리들이 항상 실지로 경험하는 바이오 또 이와 같이 기르는 아이는 비교적 성질이 쾌활하게 될 뿐만 아니라 신체의 발육도 속히 되며 충실히 되는 것을 볼 수 잇으니 만일 이것이 사실이라면 어머니 된 이는 자기네의 아들이나 딸을 재우기 위하야 부르는 자장노래가 잠을 잘 들게 하는 것 외에도 아이의 감정에나 신체의 발육에 적지 않은 영향을 줌을 깨다를 것이라고 생각합니다. 그러므로 자못 어머니 된 이는 자장노래에 대하야 그 교육적 효과(効果)나 가치를 잘 판단하고 해석하며 또 이것에 관심(關心)을 가지서서 어린애의 덕성이나 감정이나 습관을 기르는데 잘 못함이 없도록 주의하는 것이 필요하다고 생각합니다.

웨 그런고 하니 음악이란 특별히 어린애들의 감정을 흥분시키기 쉬운 만치 그네들의 천진하고 단순한 감정을 음악의 힘으로 잘 기르고 인도하는 것이야말로 가장 진보된 육아법(育兒法)의 한 가지인 까닭입니다. 물론 어린이를 재울 때에 시속의 류행가나 아름답지 못한 소리를 들려준다더라도 역시 자장노래나 그 밖에 아무 음악도 들려주지 않고 재우는 편보다는 잠을 잘 잘 것이오 또 깨어 잇을 때에라도 아무 이상한 소리도 듣지 못하는 아이들보다는 비록 저급(低級)이오 야비(野卑)한 음악이라도 이것을 듣는 아이의 편이 훨신 더 활발하고 양긔 잇게 될 것만은 사실일 줄 압니다. 그러나 이 종류의 음악을 하로 이틀 한 달 두 달 듣고 자라는 동안에는 부지불식간 그 음악의 인상(印象)이 어린애의 뇌수에 젖고 백여서 나종에 차차 커지(이상 65쪽)면 자연히 야비하고 방탕하고 게을으로 심술궂고 교활

(狡猾)한 모든 못된 버릇을 배우기 쉽게 될 것이니 그 까닭은 좋지 못한 음악의 힘이 그 아이의 순진하고도 감화(感化)되기 쉬운 감정을 잘못 길러 준 때문입니다. 그러나 이와 반대로 좋은 음악 좋은 노래를 항상 들려준다면 비록 한두 달 동안에 그 결과를 볼 수는 없지마는 앞으로 차차 그 아이의 감정이 아름답게 순화(醇化)되어 깨끗한 마음 활발한 긔상 고상한 인격 등을 일울 근본을 짓게 됩니다. 그리고 보니 비록 단순히 어린애를 재우기 위하야 부르는 자장노래라도 그 어머니 된 이가 부주의하면 그 아이의 장래에 아름답지 못한 결과를 주게 될 념려좇아 없지 않은즉 세상의 어머니 되신 분들의 할 일이겟습니까.

내 자신이 일즉이 어머니 되어 본 경험이 없고 또 앞으로도 그런 일은 없을 것임으로 나는 별로히 자장노래라는 것에 대하야 큰 관심을 가저 오지는 않엇습니다. 그러나 음악가 된 자리에서 생각해서라도 우리나라에도 가장 아름다고 어엽부고 음악적 가치가 많은 훌륭한 자장노래 한두 개쯤은 꼭 잇어야 되리라고 생각합니다. 그러므로 이 긔회를 리용하야 간단하게 자장노래가 가저야 할 중요한 요소(要素)나 또는 어떠한 것이 자장노래로서 리상적인 것을 생각하여 본다면

첫재로 노래가 깨끗하고 고상하고 쉬운 동시에 시적(詩的)이오 특별히 동시적(童詩的) 됨이 필요하다고 생각합니다. 물론 자장노래를 듣고 잠자는 어린애들이 노래의 내용을 어찌 알아듣겟습니까마는 차차 자라나는 동안에는 그 노래의 말과 곡조가 뇌 속에 앏이 인상되어 성인이 된 후까지라도 이 긔억은 결코 잊어지지 않는 까닭입니다.

둘재로 곡조는 반듯이 예술적이라야만 된다는 것은 아니겟지마는 경박하고 저급하고 단순한 것보다는 좀 더 음(이상 66쪽)악적이오 예술적이라야 쓰겟다고 생각합니다. 너무 단순한 곡조는 몇번 듣는 동안에 실증이 나기 쉬움으로 나종에는 그 아이의 감정에 게으른 것을 깨닫게 하는 동시에 아무 감정적 충동이나 흥분을 주지 못하는 까닭입니다. 그러므로 우리나라의 옛날 자장노래라는 것은 대단히 자연스럽기는 하지마는 너무도 곡조의 단순한 것이 결점이 아닌가 합니다.

다음에 노래나 곡조의 전체적 감정은 될 수 잇는 대로 아름다웁고 자연스럽되 감상적(感傷的)에 치우처서는 아니 되며 보수적(保守的)이 아니라 진취적(進取的)이라야 더 좋은 것 같습니다. 그뿐 아니라 느릿느릿한 춤곡조와 같은 ‘리뜸’(리뜸이란 말은 곡조의 빠르고 느린 것과 억양굴곡(抑揚屈曲) 등을 가르킨 말입니다.)을 가지는 것이 가장 보통일 것이오 또 순전한 예술적 작품(作品)으로 된 자장노래나 긔악곡(器樂曲)의 자장노래 같은 것과는 달라서 보통으로 어머니 된 이들이 부르는 실제의 자장노래는 좀 더 민요(民謠)에 가까운 자연적 노래가 되어야 할 것입니다.

대개 이상의 조건이 알마치 들어맞은 자장노래를 갖고 또 이 노래를 아름다운 음성으로 불러 줄 어머니를 가진 아이는 이 세상에서 누구보다도 행복스러운 아이라고 생각합니다.

다시 한번 방면을 바꾸어서 그 반대 되는 편을 생각해 보십시다. 가령 어린애에게 음악을 들리거나 자장노래를 불러주는 것이 감정교육상에 아무 영향이 없다 하기로서니 남의 집 아이들이나 남의 나라 아이들은 좋은 아름다운 음악 속에서 맘대로 웃고 뛰며 자라는데 우리네의 어린애들에게는 음악소리 한 곡조도 못 들려준다면 그 얼마나 애처로운 일이며 어린애 자신으로 얼마나 적막할 것이겟습니까. 더구나 도회지에서 자라나는 아이들은 밤낮없이 전차나 자동차의 요란하고 시끄러운 소리만 듣고 하로에 한번 잠들기 전에라도 아름다운 음성으로 불러주는 어머니의 노래라도 못 듣는다면 그것은 그 아이에게 다시 없(이상 67쪽)을 불행이오 또 그 어머니 된 이의 큰 죄라고 생각할 수밖에 없습니다.

대체 어린애나 어룬이나 음악을 들을 때면 웨 즐거워하겟습니까? 그것은 사람이란 동물은 선천적(先天的)으로 '리뜸'에 대한 소질(素質)을 타고 나온 까닭입니다. 다시 말하면 사람은 문명햇거나 못햇거나 선천적으로 음악에 대한 감수성(感受性)을 충분히 가젓고 또 사람의 감정을 흥분시키고 충동을 주는 데는 무엇보다도 음악의 힘이 가장 큰 까닭입니다. 그러므로 젖먹이 어린애들도 자장노래를 절실히 요구하는 것이 역시 그 까닭일 것입니다.

대개로 네 살 이하의 어린애게는 무엇보다도 자장노래가 그 애의 감정과 조화(調和)가 잘 됩니다. 웨 그런고 하니 자장노래라면 반듯이 (혹은 거의) 어머니가 불러주는 까닭에 첫재로 그의 음성이 맑고 아름답고 똑똑하야 보통 남자들의 음성보다는 어린애에게 알아듣기가 쉬우며 또 자장노래는 곧 그 어머니의 음성을 어린애 귀에 가르켜 주어서 어머니를 그리고 사랑하는 정을 길러 주게 되는 것입니다.

그러나 만일 불행히 어머니 된 이가 친히 자장노래를 못 불러줄 경

우이면 불가불 유성긔의 힘을 빌어서라도 어린애에게 적당한 음악을 선택하여 가끔가끔 들려주는 것이 필요하겟으니 만일 이러한 경우에는 어떠한 종류의 음악이 가장 적당할는지 이것도 또한 어머니 된 이의 알아 둘 만한 일인 줄 압니다. 대개 어린애들은 복잡한 것보다 단순한 것을 더 좋아하며 남자의 소리보다는 여자의 소리를 피아노보다는 바이올린을 또 합주악(合奏樂) 중에는 춤곡조를 더 좋아하는 것이 사실이오 동시에 이런 것들이 가장 어린애의 감수성(感受性)에 맞는 것입니다. 시속의 유행창가나 잡가 등속은 그 노래의 내용이 어린애들에게 재미없는 것도 사실이지마는 그보다도 유행가라면 대개로는 감상적(感傷的)인 까닭에 어린애의 음악으로는 적당치 못한 것임을 알아 두서야 됩니다.

옛날에는 자장노래 하면 어린애를 등에 업고 재우기 위(이상 68쪽)해서만 불러 왓고 그 밖에 어린애의 감정을 흥분시키거나 활긔를 도읍기 위하야 불러 준 일은 없는 듯합니다. 그 까닭에 자장노래라면 그 목적이나 효과(効果)가 어린애를 재우는 데만 잇는 줄 알엇지마는 지금에는 이믜 이 우에 말한 바와 같이 일반 음악이 어린애의 감정을 바로잡고 덕성을 기르며 신체의 발육을 도읍는 데 큰 관게가 잇는 줄을 안 이상 우리는 언제까지나 '달아 달아'라든가 '자장자장'이라는 옛노래만을 요구할 것이 아니오 한걸음 나가서 좀 더 교육적이오 음악적인 새 자장노래를 찾지 않으면 안 될 줄 압니다.

만일 우리나라에 훌륭한 자장노래가 없거나 또 어머니 된 이가 자장노래 한마듸도 부를 만한 음악적 교양(教養)이 없다면 불가불 유성긔의 힘을 빌어서라도 우리는 우리네의 어린애를 좋은 사람 씩씩한 사람 인격자를 맨들기에 힘써야 할 것입니다. 이것이 어머니 된 이의 의무요 책임인 동시에

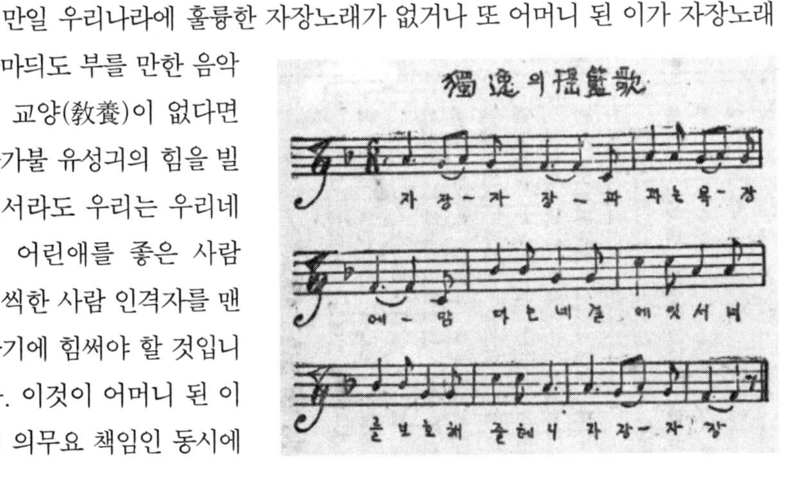

가장 진보된 사회의 아이 기르는 법입니다.

이 세상에는 나라가 다르고 말이 다르고 민족이 다르고 인정과 풍속이 다름에 따라서 자장노래치고도 그 수효가 퍽이나 많습니다마는 그러나 불행하게도 우리나라에는 아직까지 자장노래다운 자장노래가 없엇음은 실로 유감이오 큰 불행입니다. 그러타고 아무 나라 아무 민족의 자장노래나 함부로 불러 줄 것도 아닌즉 불가불 우리는 우리의 손으로 우리 음악가의 머리로 만들어 낸 새 자장노래를 갖지 않으면 아니 될 줄 알고 이러한 것이 속히 속히 많이 생겨나기를 빌고 바랄 뿐입니다.

가령 독일 음악가 '뿌람스'나 '슈버-트'의 자장노래는 세계적으로 유명한 것일 뿐 아니라 예술적 가치로 보아서도 가장 훌륭한 것인즉 이러한 노래는 세계 어떤 나라 어린애에게든지 공통적으로 좋은 영향을 줄 것이며 그 외에 음성으로 부르는 것 외에 악긔로 연주하는 자장노래 같은 것도 대단히 유익하고 효과가 많은 것들이 한두 개가 아닌즉 때때로 이러한 명곡을 리용하시는 것도 좋을 줄 생각합니다.

이번에 자장노래에 대하야 붓을 들게 된 긔회를 타서 여러 어머니 되신이의 참고가 될가 하야 세계각국의 자장노래 중 몇 곡조를 골라서 여기에 소개해 드렷읍니다. — 끝 — (이상 69쪽)

李孤山, "新聞 雜誌의 文藝選者 諸氏에게(상)－金春波 氏의 詩 「새 曲調」를 읽고", 『조선일보』, 1933.6.2.

五月 二十四日 本紙 學藝面에는 金春波[203] 氏의 詩 「네 마음의 새 曲調를」이라는 것이 發表되엇섯다. 그런데 筆者는 이 作品을 처음 읽고 그 瞬間 어듸서 한번 읽은 듯한 記憶이 잇섯슴으로 仔細히 읽고 보니 그것은 確實히 그의 創作이 안이요 本年 一月 『每日申報』 學藝面에 新 君의 當選文藝로써 發表되엿던 李貞淑 氏의 詩 「獨彈者」[204]임이 틀림업섯다. 그리하야 文壇의 小卒인 筆者는 簡單히나마 日常 所懷의 一端과 그 作을 읽은 感想을 적어 各 新聞 及 雜誌의 文藝選者 諸氏와 밋 「새 曲調」의 作者 春波 氏에게 보내는 바이다.

× ×

筆者는 이것을 다만 春波의 剽窃로만 보지 안흐랸다. 혹시 前에 그가 '李貞淑'이란 匿名으로 發表하얏다가 이제 그 作을 '推敲'하야써 '金春波'라는 일홈으로 再發表함이나 안인가 하고 好意로써 生覺하야 볼 수도 잇다. 그러나 이것은 다만 筆者의 想像일 ᄯᅡ름이요 萬若 이러한 일이 事實로써 文藝界에 잇다면 그것은 選者와 밋 讀者를 無視하고 오즉 自己滿足만을 生覺한는 '沒염치'漢이라 아니할 수 업는 것이다. 그럼으로써 春波는 '剽窃', '再發表' 兩者間 容許할 수 업는 허물을 犯한 것이다.

이에 이러한 剽窃로 볼 수밧게 업는 作品이 紙上에 나타나게 한 選者의 再考를 바라 마지안는 者이다. 그것이 數年間의 當選文藝라 할지라도 오히려 失手라 하겟거던 겨우 五個月이 된 오늘에 잇서 글ㅅ題와 文句를 조곰식 박구엇다고 그것을 全然히 몰으고 發表함은 文藝選者로서 그 方面에

203 『조선일보』에 「네 마음의 새 곡조를」이란 시를 발표한 이는 전춘파(全春波)이다. 본명은 전우한(全佑漢)이다. 필명은 '全春坡'인데, '全春波'로 쓴 경우도 있다.

204 정숙(貞淑)의 신년현상 당선 신시 「독탄자」(『매일신보』, 1933.1.3)를 가리킨다.

對한 留意가 不足함이나 안인가 하는 懷疑가 업지 안흔 것이다.

이것은 한 例를 드는 것이나 『時代像』이라고 雜誌에 亦是 『每申』의 當選童謠인 泰川 李環魯 君의 作인 「눈글씨」[205]가 누구의 일홈으로이던가 조고마케 發表되엇슴을 보앗고 其外에도 그러한 것을 본 記憶이 업지 안흔 바이다.

李孤山, "新聞 雜誌의 文藝選者 諸氏에게", 『조선일보』, 1933.6.3.

이에 잇서 筆者는 이 機會에 各 新聞 雜誌의 文藝選者 諸氏에게 考選에 더욱 愼重한 態度를 取하여 주기 바라며 發表慾에 急急한 文學少年으로서 犯하기 쉬운 過誤일른지 몰으나 하여턴 如斯한 剽窃行爲가 一日이라도 速히 朝鮮文藝界에서 그 影子를 감추도록 서로 힘써 주기를 懇望하는 바이다.

× ×

끗흐로 「새 曲調」의 作者 春波 氏에게 —— 그대는 前年 『每申』에 지금 東京 잇는 南夕鍾 君에게 對하야 駁文 쓴 일이 잇섯는가.[206] 그것이 그대엇다면 그만한 文章 及 理論의 所有者인 그대로서 엇지하야 이러한 過誤를 犯하엿는가. 甚히 疑惑해 마지안는 바이며 또한 前記 南 君에 對한 駁文 속에는 몃 해 前에 그대는 엇더한 少年雜誌의 編輯을 마터 본 일까지 잇다고 한 그대가 안인가! 其外에는 筆者 元來 寡聞인 까닭인지 그대의 作品을 別로 읽지 못하얏스며 그대의 일을 別로 듯지 못하얏다. 다만 數月 前 『每申』에서 「내 마음」[207]이란 一篇을 보앗슬 쌘이다.

---

205 이경로(李環魯)의 신년현상 당선 동요 「눈글씨」(『매일신보』, 1933.1.3)를 가리킨다.

206 全春坡, 「評家와 資格과 準備－南夕鐘 君에게 주는 駁文(전4회)」, 『매일신보』, 1930.12.6~11.

207 전춘파(全春波)의 「내 마음 흐른 자최」(『매일신보』, 1932.11.29)를 가리키는 것으로 보

하여튼 이로 보아 春波도 文學에 對하야 關心을 가진 동무로 (10자가량 해독불가)이 잇서 주기 바라며 于先 「獨彈者」의 改編 發表에 對한 反省만을 促하여 둔다.

그리고 各 新聞 雜誌社에서 懸賞文藝의 入選을 發表함에 當하야는 作者의 住所도 반드시 發表함이 여러 가지 意味로 조흘 줄로 生覺한다는 것을 이에 一言하야 두는 바이다. (李孤山)

인다.

崔應相, "最近 流行歌 瞥見(上)", 『동아일보』, 1933.10.3.

流行歌 — 이는 時代色의 反映이며 民衆의 滋養이다. 明日의 活動力을 準備키 爲한 休養으로서 입으로부터 입으로 흘러가는 노래 이것이 卽 流行歌이다.

流行歌는 徹頭徹尾 明日의 活動을 妨害하며 조곰이라도 더 大衆을 疲勞시켜서는 안 된다. 그러므로 牧師式 說敎나 學者的 論理를 內容에 담어 보려는 것은 愚鈍의 極致인 同時 따라서 流行歌의 生命을 斷絶하는 것이다. 때문에 流行歌는 時代變遷의 狂波에 隨行하야 或은 消滅하고 或은 새로히 發生되어 昔人의 膾炙튼 名謠가 今日의 記憶에 샘솟지 않으며 方今 流行하는 新歌曲이 明日에 何等 보잘것없는 古物의 身勢를 打鈴하게 되는 것이다.

무릇 流行歌는 曲의 巧拙로 流行이 左右된다. 제 아모리 豊富한 藝術的 內容과 詩的 芳香을 갖후엇드래도 시시한 作曲이 붙엇으면 너절한 流行價値 제로의 拙作이 되고 마는 것이다. 勿論 좋은 內容에 名曲이 뚫은다. 이것이 順理오 原則이다.

하나 曲으로 成功한 作品이 반드시 充實한 內容을 보여주느냐 하면 그런 것도 아니다. 「酒は涙か」, 「港の雨」 등 水準 以上의 曲임은 누구나 다 肯定하는 바이지마는 譯詞에 잇어서 沒趣味와 租惡을[208] 感하는 臭氣滿滿의 稚拙과 邪曲을 發見할 수 잇는 것이다. 여기에 우리는 精選된 歌詞와 微妙한 作曲이 보다 나은 流行性을 띠고 魅惑的 蔓延力을 充分히 發揮하는 것을 보는 것이다.

우리는 우에 簡略히 流行歌의 本管과 流行性의 優劣을 究明하엿다.

그러면 우리는 이제 다시 流行歌 歌詞 問題에 暫時 발길을 멈추어 보자.

近者 本欄을 通하야 異河潤 氏는 流行歌 作詞 問題를 詳論하면서 親切

208 '粗惡을'의 오식이다.

히 不幸한 歌詞를 例擧해 가면서 忠告 비슷한 苦言을 浪費하엿다.[209]

大抵 流行歌를 硏究하는 者 먼저 그 社會 時代相을 透視 洞察함을 要하는 것이니 그 社會의 雰圍氣와 그 時代의 色彩를 明觀치 않고 流行歌를 論難하는 것은 盲人의 象 구경 結果와 같을 것이다.

許多한 大家然的 詩人들의 無爲 沈默 속에 藝術的 創作慾으로 불타는 몇 新進과 그만한 붓작난은 나두 한다고 달겨든 小說壇의 某某, 劇界의 某某, 내가 부르는 노래는 내가 만들어야 한다는 自負的 作曲家 數三 氏等의 不斷한 勞力으로 製作된 歌謠가 레코-드의 忠實한 宣傳 仲介로 朝鮮 流行歌壇의 命脈을 마음조리게 保存하고 잇다. 그러면 그들 歌詞의 內容은 果然 어떤 것이냐?

우리는 그것에 論及하기 前에 異 氏의 些小한 不注意를 指摘 修正할 必要가 잇다. 「落花流水」의 '참아 그리워'라는 語句 使用에 對하야 氏는 '참아'는 劇詞로 그 아래 假正的[210] 動詞가 없는 以上 쓰지 못할 것이라 하엿다. 이 무슨 認識不足이냐? 萬一 '참아' 代身에 '하도'나 '몹시'를 넣어 보라. 우리는 리듬의 缺乏과 餘韻의 不滿足을 느끼고 남음이 잇다. '참아 그리워'는 '참아 그리워 못 견디겟서요'의 '참아'다. 完全히 決定하는[211] 動詞가 잇지 않은가? 光彩를 잃은 作品을 만들고도 藝術的 良心이 健在하신 지 問安하고 싶다.

藝術은 直觀과 透視의 再現이다. 魅惑的 語句의 羅列과 感傷的 氣分의 配置만으로 詩가 되는 것이 아니다. 詩는 感情의 流露며 魂의 躍動이다. 牧師의 敎理 解說과 學者의 古典 講義가 詩가 아닌 거와 같이 詩는 生命의 根源이며 愛의 讚美다. 美의 探求이며 理想의 燃燒다. 그러므로 터 굳은 世界觀, 人生觀, 藝術觀 우에서 비로소 批判 製作되어야 할 것이다. 함에 不拘하고 朝鮮의 諸 詩人은 言語의 獵奇와 暗寫의 橫行이 지금의 우리

209 이하윤(異河潤)의 「유행가 작사 문제 일고(전3회)」(『동아일보』, 1933.9.22~24)를 가리킨다.

210 '劇詞로'는 '副詞로'의 오식이고, '假正的'은 '否定的'의 오식이다. 2회 말미에 정정해 놓았다.

211 '否定하는'의 오식이다. 2회 말미에 정정해 놓았다.

詩壇을 잠재우고 閑散沈滯케 하고 半身不遂 患者를 만든 것이다. 리듬의 均整, 詩想의 統一이 없고는 決코 詩가 아니다.

反復과 對比의 美妙한 律動으로써 定形式 안에 音律의 魅力이 優越한 詩 — 이것이 우리가 要求渴望하는 流行歌다. 流行을 따르는 詩가 아니고 流行을 만드는 詩, 大衆을 성내게 하는 노래가 아니고 大衆을 休息시키는 노래 우리의 眞意는 여기 잇다.

崔應相, "最近 流行歌 瞥見(下)", 『동아일보』, 1933.10.4.

順序로 格調詩와 散文詩를 論定하야 流行歌와의 相關關係를 硏究하여야 할 것이로되 煩瑣를 避하고 直接 流行歌의 內容으로 붓을 옴기자.

現下 流行歌는 大別하야 民謠와 童謠로 分類할 수 잇다. 製作上 創作詩와 飜譯詩로, 形式上 古來律과 新興律로 等 主觀 如何로 相當히 많은 區分을 지을 수 잇으나 筆者는 大體로 民謠와 童謠를 分離하야 私見을 費코저 한다.

勿論 流行歌로서의 民謠는 一定한 約束 아래 創作되여야 한다.

卽 現代人 — 尖銳化한 神經質的 過敏性과 無味乾燥한 生活의 倦怠, 激勞로 充血된 頭腦에 安息과 慰撫와 活力을 넣어 주며 痲痺된 心琴에 快樂의 줄이 먼저 울려야 할 것이다. 그러므로 歌詞는 明朗하고 快活하며 一種 懷古的 哀戀과 耽美的 音律을 內包하여야 한다.

보라. 只今에 流行되는 所謂 新歌謠 리듬의 喘息과 粗硬한 象徵句로 連結된 多分히 日本 流行歌의 흉내 未成, 或은 半 剽窃의 절눔바리 作이 氣焰을 吐하고 잇다. 이 무슨 流行 價値가 잇으랴만 新粧과 探新의 好奇心이 衝動하는 곧에 며칠의 짤막한 生命을 僅僅히 支拂하는 것이다.

마는 그中에 이미 過去로 流失되엇으나 아직 記憶에 새로운 「피 식은 젊은이」, 「강남 달이 밝어서」, 「新調 아리랑」, 「荒城 옛터」 等에서 免落第

品의 收穫을 볼 수가 잇다.

勿論 歌詞는 世紀末的 頹廢性과 絶望的 感傷 氣分에 싸여 잇으나 曲과 詞의 融合, 하모니, 페도쓰가 現代人의 欲求하는 隱遁, 忘却, 哀傷을 곳잘 利用한데 過分한 流行을 持續할 수 잇엇든 것이다.

그러나 우리의 民謠는 가장 가려야 한다. 노래 後에 오는 極惡한 感傷의 殘宰[212]와 空虛의 恐怖가 다시 大衆을 疲勞시켜서는 안 된다. 노래는 어디 까지든지 休息과 安慰로써 大衆을 재워야 할 것이다.

가까히 日本 流行歌壇의 哀然한 感傷主義의 橫溢은 極度로 昂奮緊張된 國民의 心情을 까러앉침에 多大한 效果를 볼 수 잇다.

粗疎無味한 軍歌밖게 모르는 軍人들의 입에까지 센티멘탈한 流行歌의 口吟과 耽溺的 陶醉는 歷歷히 流行歌의 威力과 그 響應의 偉大함을 雄辯하는데 다시금 驚歎을 不禁하는 바이다.

우리가 流行歌의 大本營 레코-드에서 하고 많은 朝鮮 歌盤을 제치고 日本盤을 選擇하는 것이 强烈한 淸新慾의 所爲일가? 或은 그릇된 自尊心의 發露일가? 이 奇異한 現象은 무엇으로 說明할 것인가? 두말할 것 없이 두 번 들어 실증나는 歌詞의 貧弱과 曲調의 嫌惡가 巨因인 것이다.

여기서 우리는 最大의 關心과 周密한 用意로써 좀 더 努力하며 좀 더 徹底한 硏究를 거듭하고 나아가야 할 것이다.

센티멘탈해도 좋다. 로만티시즘에 耽溺되엇거나 리알리즘의 洗禮를 받엇거나 別無相關이다. 어떠튼 現代人을 잠재우는 民謠 製作에 邁進 勇鬪하여야 될 것이다.

다음 童謠에 잇어서 우리는 잠재우는 民謠와 그 傾向을 달리하야 덤비는 노래 男性的 勇壯美를 힘잇게 讚美하는 歌詞를 要求한다.

아니 咏歎과 讚美와 哀傷에 끄치지 않고 前進하려는 힘을 찾는 바구어 말하면 勇氣가 버썩버썩 나는 健實한 童謠를 쏟아 놔야 할 것이다.

보라! 참으로 어린이들의 心情을 노래하고 唱和케[213] 할 좋은 노래가 果

---

212 '殘滓'의 오식이다.

然 몇 개나 잇엇든가?

詞에 잇어서는 좋은 것이 잇엇다마는 作曲者 諸氏의 엄청난 名曲(?) 때문에 불러지지 못하고 或은 불러진대도 意味 모를 童謠로 埋葬되어 버렷다. 그래서 純眞하고 潑剌하고 童話的이어야 할 어린이들에게 어른의 노래와 어른도 힘든 노래를 强制로 注入시켜려다 한숨 쉬고 물러앉고 아직 精力旺盛한 몇 분이 失敗를 되푸리하고 잇다.

過去는 그러타 하고 現在는 어떠냐? 역시 過去의 舊殼을 未脫한 채 옛날의 途轍[214]을 그대로 헤매고 잇는 것이다. 그것은 웨? 옳타 그들의 力量은 甚히도 微弱하고 그들의 硏究는 너무도 不徹底하엿으므로서다.

우리는 이 땅에서 돋고 이 땅에서 크는 어린이들의 心流를 把握하고 誘導하고 指示하야 第二世의 健全한 成長을 目標하여얄 것이다. 이곳에 童謠의 存在價値와 流行意義가 發生되는 것이다. 그러므로 우리는 作曲家에게 苦心과 硏究와 猛省을 要求, 促進하는 同時 알기 쉽고 明朗하고 고운 리듬의 反復으로 洗練된 童謠의 作詞를 强調하는 것이다. 野卑, 淫亂, 醜惡한 골통저린 零價의 所謂 流行歌라는 反動物과 새로 提示한 잠재우는 노래에서 完全히 分離시키어 어린이 獨特의 덤비는 노래를 입으로부터 입으로 펴치어야 할 것이다.

以上 流行歌 內容에 關하여 槪觀하엿다. 이제 流行歌는 어디로 가느냐? 이 問題를 結語삼어 未熟한 本稿의 幕을 닫을가 한다.

朝鮮의 流行歌는 어디로 가느냐?

傳統的 '소리'에 沓沓과 憂鬱을 느낀 大衆은 좀 더 새롭고 좀 더 마음에 맞는 노래를 求하야 模倣詩로부터 飜譯物로 優婉, 典雅, 沈靜한 在來 歌曲에서 喧騷, 錯雜, 煽動의 째즈 歌曲으로 安息을 찾어 왓다. 刻刻으로 變動되는 時代의 濁流에 휩쓸려 不具的 成長과 畸形的 發展을 避할 길이 全然

213 창화(唱和)는 '한쪽에서 구호를 외치거나 노래를 부르고 다른 쪽에서 그에 이어서 외치거나 부름'이란 뜻이다.

214 도철(途轍)은 '어떤 일을 해 나갈 방도(方道)' 곧 '도리'라는 뜻이다.

없엇든 것이다.

마는 騷亂과 템포와 生의 苦役은 野性的 째즈에서 다시 閑雅한 懷古症을 誘發시키고 安息과 유모어를 渴望케 하엿다.

저 — 啜泣하는 기타 — 의 간곡한 振音, 해지는 廢墟의 荒涼과 月夜에 철석이는 海潮音과도 같이 …… 또 洞穴에서 짝을 찾는 쌕쏘폰의 幽遠雄壯한 悲鳴, 이는 잎지는 秋霜夜에 애끊는 부엉이 울음과도 같이 우리의 心情을 사로잡고야 만다.

이것은 무엇을 말함이냐?

意識的 教村 內容에서 刹那的 亨樂[215] 氣分으로 — 덤비는 歌謠에서 잠재우는 노래로 —

다시 말하면 明日의 活動을 準備키 爲하야 休養의 一 手段으로서의 歌謠 — 卽 哀然한 센티멘탈리즘의 거침없는 橫溢이 今日 乃至 明日의 流行歌壇을 風靡할 것이다. '끝'

◀ 訂正 昨揭 本稿 第三段 "'참아'는 劇詞로 그 아레 假正的 動詞가 없는 以上"의 '劇詞'는 '副詞'의 誤植. '假正的'은 '否定的'의 誤植. 또 同 第三段 最終行 "'決定'하는 動詞가 잇지 않은가"의 '決定'은 '否定'의 誤植.

---

215 '享樂'의 오식이다.

朴哲民, "싸베트의 人形劇(上)", 『조선일보』, 1933.11.12.[216]

×

人形이라는 것은 文字 그대로 人形을 가지고 演劇으로서 演出하는 것이다.

卽 人形을 製作하여서 衣裳을 입혀 실을 매여 가지고 布張 뒤에 役者가 숨어서 그것을 操縱하면서 對話를 하야 演劇으로 꾸미는 것이다.

勿論 人形劇이 最初로 發生하게 된 것은 兒童의 玩弄物로서 端初를 지은 것은 숨길 수 업는 事實인 것이다. 이것은 그 演劇 形式을 보아도 大概 推想하기에 어렵지 안흔 것이다.

그러나 人形劇이 創始된 것은 그의 歷史가 퍽으나 悠久한 것이며 純全히 民衆 속에서 發生하야 가지고 民衆과 가치 成長 發展하야

現今에 이르게 된 가장 素朴한 것이면서도 歇價로 看過키 어려운 한 個의 演劇的 形態인 것이다.

×

現今 朝鮮에 잇서서는 人形劇이 잇지 안이하며 이에 對한 一般의 關心도 全然 沒却되여 잇는 것이다.

그리하야 人形劇이 如何한 것인지 鑑賞의 機會를 엇지 못한 사람이 大部分일 것이며 甚함에 이르러서는 人形劇이라는 名稱부터가 귀에 새롭게 생각할 이도 不無할 것이다.

그러나 朝鮮에도 古代로부터 人形劇이 相當히 民衆 속에 流布되어 잇섯스며 世界 어느 國家를 勿論하고 人形劇이 存在하여 잇섯든 것이며 現今도 存在하고 잇는 것이다. 이만큼 人形劇은 가장 民衆的인 一般的 한 個의 演劇的 手段인 것이다.

그리하야 '싸베-트'에 잇서서도 人形劇에 對하야 極히 重大한 關心을 가

---

216 '박철민'은 〈카프〉 맹원 박완식(朴完植)의 필명이다.

지고 成長 發展식히며 同時에 새로운 形式을 抽出하기 爲하야 硏究를 게을리하지 안는 것이다.

朴哲民, "'싸베트'의 人形劇(二)", 『조선일보』, 1933.11.14.

이것은 人形劇이 社會 文化上에 잇서서 精操敎育上으로 보아 相當한 意義가 잇는 藝術的 形態이며 따라서 그에 對한 重要한 資料라는 것을 正當히 認識케 되엇기 때문일 것이다.

×

'싸베-트'의 國立博物館 中에는 古時로부터의 人形劇을 陳列하야 一般에게 公開하게 되여 잇다.

그리하야 '레-닌・그라-드'에 잇는 '라시아博物館' 內의 人類學部에와 莫斯科의 '民俗學博物館' 等에는 人形劇에 關한 諸般 資料가 豐富히 大大的으로 蒐集되여 잇다. 如斯히 '싸베-트'의 國立博物館 가튼 곳에서 人形劇에 對하야 不少한 關心을 가지고 重要히 取扱되는 것은 人形劇을 民衆化시키며 通俗化시키기 爲한 大衆的 宣傳을 目的한 때문일 것이다.

이것은 人形劇이 朝鮮과 가튼 데서 一般的으로 超現實的의 것이며 兒戲的의 玩弄物에 不過하다고 冷笑를 바더 그 存在가 沒却되는 것과는 正反對의 現象이다.

그리하야 이것은 朝鮮과 가튼 데서는 人形劇에 對한 社會的 敎化性을 捕捉치 못한 데 反하야 '싸베-트'에 잇서서는 얼마나 人形劇에 對한 前進的 見解로서 社會的 文化 領域 內로 人形劇이 內包한

藝術的 機能을 助長시키고 上昇시키엇는가를 證左하는 것이다.

×

如斯히 '싸베-트'에 잇서서 人形劇에 對하야 關心을 깁히 가지게 되여 各處에 잇는 各 人形劇團의 責任者라든가 그 同人들은 定期的으로 또는

機會를 지어 會集한다. 그리하야 各自 不斷히 硏究한 結果를 發表하고 相互 討議를 거듭하야 人形劇의 質的 向上과 形式의 發展을 圖謀하기에 全力한다.

이에 人形劇으로서 兒童의 私生活에 잇서 그 生理的 變化와 本能的 活動을 考慮하야서 積極的으로 客觀的 作用을 加하기에 힘쓰고 잇다. 이것은 勿論 兒童의

情緖的 組織이라든가 그 社會生活의 向上을 目標로 한 것일 것이다.

그리하야 人形劇이 多數 陳列되여 잇는 博物館이며 또는 그에 關한 集會에는 每年 數十萬의 兒童이 來集케 된다고 한다.

朴哲民, "'싸베트'의 人形劇(三)", 『조선일보』, 1933.11.15.

×

'레-닌 · 그라-드'에는 兒童의 劇的 敎養을 爲하야서 一九一九年 以來에 國立兒童劇場이 設立되여 兒童劇에 對하야서 不斷히 硏究와 上演을 하는 中에 人形劇에 對하야서도 愼重한 考究를 繼續하야 온다. 그리하야 脚本의 選擇으로부터 人形劇의 演出에 關하야서 一般的 問題에 亘하야 各各 專門的 技術家에 依하야 本格的으로 甚深한 硏究와 實踐이 敢行되고 잇다.

只今까지 이 劇場에서 가장 人氣를 集中한 것은 '가리봐-의 小人國 探險'이라는 脚本이라고 하는대 이것은 '싸베-트'에서뿐 만이 안이라 獨逸에 잇서서도 相當한 好評을 博한 것이엇다. 더욱기 '라이브치히'市 가튼 곳에서는 實로 百五十餘 回 以上을

各 學校를 通하야서 上演할 만큼 評判이 嘖嘖하엿스며 人形劇의 社會的 効果를 一層 놉히엇다고 한다.

×

'싸베-트'에 잇서서는 人形劇을 兒童을 對象으로 하고 上演함으로서만

그의 任務를 完了하는 것이 안인 것이다. 人形劇을 直接 兒童 自身에게 研究를 식히며 演出케 하야 各自의 情操를 鍊磨케 할 것을 重要한 人形劇 運動의 一部分으로 認識하는 것이다. 그리하야 美에 對한 觀念과 意識을 深刻히 하며 同時에 集團的 精神을 涵養식히려는 것에 그의 特質이 存在하여 잇다. 이것은 아직 社會的으로 處女地인 兒童의 情緖的 活動을 正當히 發展식히어 將來의 健全한 社會를 一層 健全히 守護할 수 잇는 社會人으로서 把持하여야 할 豫備知識을 注入시킬 것이 最大의 目的이라고 할 것이다.

人形劇이 兒童劇에 近似한 形態인 것은 否認치 못할 事實인 만큼 이것으로서 兒童의 敎化 手段으로서 利用한다는 것은 人形劇의 全體的 性能을 最大 限度로 完全히 發揮식히는 것이어서 가장 合理的이라고 할 것이다.

×

'싸베-트'에는 兒童을 爲한 人形劇 運動의 機關은 到處에 잇는 것이며 莫斯科의 數處에 잇는 工兵俱樂部 內에까지 人形劇이 流行되여 잇다. 그리고 兒童 娛樂 中央部에서는 人形劇에 對하야 가장 熱烈히 問題 삼고 잇스며 隨時로 上演되는 人形劇은 實로 '싸베-트'에 잇서서 技術的으로 가장 模範的인 것이며 또한 가장 一般의 注目處가 되여 잇다.

朴哲民, "'싸베트'의 人形劇(四)", 『조선일보』, 1933.11.16.

그의 獨立的인 一座의 人形劇 演出은 社會의 文化上 그리고 敎育上 至重한 意義를 內包한 것이다.

그러나 人形劇은 決코 兒童을

對象으로 할 것에 限局된 것이 안일 것이다. 그의 內容과 形式의 如何로서 成人에게 잇서서도 藝術로서의 그의 全的 機能을 敢行할 수 잇는 것임으로 '싸베-트'에서는 一般 民衆을 爲하야서 人形劇의 上演을 또한 愼重히

取扱하는 것이다.

×

'싸베-트' 文部委員會의 莫斯科 支部에 所屬된 '人形劇座'는 人形劇의 社會的 効果를 嚴密히 考慮하야 그의 藝術로서의 社會的 機能을 認定하게 되기 때문에 人形劇을 利用하는 것을 最大의 役割을 삼는 機關으로 되여 잇다. 그리하야 이 機關은 '싸베-트'에 잇서 가장 注目되는 特色을 가진 것으로서 長足의 發展을 示하고 잇다.

이 一座는 그의 本來의 使命을 다하기 爲하야 恒常 各 農村 等地로 地方巡廻를 하야서 人形劇이 가진 機能을

完全히 遂行하고 잇스며 如斯한 그의 目的을 貫徹하기 爲하야 最大의 勞力을 다하고 잇다. 더욱히 最近에 地方巡廻로서 上演한 것이 그 回數가 六百餘 回 以上을 超過하고 잇서 '싸베-트'에 잇서 한 記錄的 業蹟을 지엇다.

그리고 그의 上演하는 人形劇의 內容은 大概 政治問題와 公共生活을 取扱한 것이며 이것은 各地에서 一般 大衆에게 激甚한 衝動을 주엇다. 그럼으로 該 人形劇座는 將次로도 가장 効果的인 社會的 建設의 偉大한 事業을 爲하야 邁進할 것이다.

朴哲民, 「'싸베트'의 人形劇(五)」, 『조선일보』, 1933.11.18.

×

'싸베-트'의 人形劇은 (略)로서의 使命을 遂行하기 爲하야서만 存在한 것은 안이다. 그것은 一般的 演劇 運動의 潮流에 影響을 밧고 그 自體의 形態가 招來하는 機工性에 依하야 '메이엘・호리드'가 提唱한 '피오・메카닉크'[217]的의 人形劇도 上演되여

近代的인 機械文明의 理智와 尖銳한 藝術的 感覺과의 融合을 實現하

려는 努力도 窺知된다. 그리고 原始的인 傳統的 遺産에 對한 愛着에 基礎를 둔 近代的 古典藝術의 更生을 願하는 것이라든가 또는 音樂이 隨伴되는 詩劇 가튼 것을 人形劇으로 上演하기도 하며 新興的인 民俗的인 喜劇을 代用하기도 하야 各種의 形態로 人形劇이 利用되며 잇다. 그러나 이것들은 決코 '싸베-트' 以外의 世界 各國에 잇서 上演되는 人形劇과는 同一한 名稱下에 演出된다 하드래도 質的으로 根本的 差異를 形成하고 잇는 것이다.

×

人形劇이 演劇의 濫觴이라고 할 만큼 長久한 歷史를 가지고 잇슴에도 不拘하고 過去에 잇서 藝術的 價値로서만 그의 機能이 默殺되엿슬 쑨만 안이라 그의 社會的 存在性도 實로 一般에게 沒却되여 왓든 것이다. 그리하야 人形劇은 兒童의 玩弄物인 形態에서 一步도 前進치 못하엿스며 한 個의 好奇的 觀物에서 獨自的 解脫을 보지 못하엿든 것이엇다. 그러나 '싸베-트'에 잇서서 人形劇은 비로소 實로 遺感됨이 업시 兒童의 情操的 敎育手段의 形態로 飛躍하고 一般的 藝術로서의 (略)로 躍進하게 된 것이다. 보다도 無慘히도 埋沒되엿든 人形劇의 本質的 機能이 燦然한 光彩를 發揮하게 된 것이다. 그리하야 모든 藝術의 一般的 進展과 가티 人形劇도 '싸베-트'에 잇서서만 眞正한

自體의 軌道를 脫線함이 업시 前進할 수 잇슬 것이다.

그리하야 人形劇이 將次 全世界 民衆 속에서 人形劇으로서의 眞正한 社會的 効果가 認定밧게 될 時期에는 各國의 民衆的인 人形劇에 새로운 生命을 吸入하야 주어 가장 正當한 向路로 導出식혀 줄 것이라고 본다. 이러한 意味에서 '싸베-트'의 人形劇에 對하야 關心을 가질 必要가 잇다고 할 것이다.

---

217 메이예르홀트(Meierkhol'd, Vsevolod Emil'evich: 1874~1940)는 러시아(구 소련)의 연출가이다. 대담한 무대 구성과 비오메하니카의 제창, 고전의 새로운 해석 따위로 연극계에 큰 영향을 미쳤다. 비오메하니카(biomekhanika)는 연극의 기본을 감정 계발이 아닌 배우의 육체적 훈련에 두는 연기 이론으로, 러시아의 연출가 메이예르홀트가 고안하였다.

그럼으로 '싸베-트'의 人形劇에 關하야 積極的 關心을 가지게 됨에 잇서 이와 同時에 世界 各國의 人形劇 運動에 對하야도 視野를 돌리지 안흐면 안 될 것이다. 이렇케 하는 데서만 '싸베-트' 人形劇 運動에 直接 關與치 못하엿드래도 人形劇으로서의 本來의 使命을 遂行함에 잇서 全世界的으로 目的을 貫徹할 수 잇슬 것이다. '싸베-트'의 人形劇을 問題 삼는 것도 그의 眞意는 여긔에 잇는 것이다.

一九三三.二.一五.

최봉측, "조선기독교 문화사업에 은인 반우거 씨-기독교 봉사 二十五주년 기렴", 『아이생활』, 제8권 제11호, 1933년 11월호.

옛날 공자의 말슴에 "군자는 푸주깐을 멀리한다."는 말이 잇습니다. 이는 즘생을 잡는 푸주간 근처에 살게 되면 자연이 그 참혹한 관경을 보게 되기 때문입니다. 그러나 그 참혹한 일을 하는 사람이 없엇든들 우리는 육식하기에 많은 불편이 잇을 게 아닙니까? 하여간 그 직업을 좋다고 하기는 어렵습니다. 의사가 돈을 모으랴면 병인이 많이 생기여야 하고 관 장사가 시세가 좋을랴면 회통이[218] 돌아야 할 것 같은 한편 측은한 사업이 아니겟습니까?

한 말도[219] 말하면 사람에게 유익하고 좋은 일이라고 해서 다 좋은 것도 아닙니다. 한편에 좋으면 한편에 재미없는 것이 세상에 흖이 잇는 일입니다.

그러나 어느 편으로 보아도 세상에 좋은 일이 없는 것도 아닙니다. 농사를 짓거나 교육사업을 함도 다 좋은 일입니다. 그러나 서적을 발행하는 사업은 오늘날 사람들의 눈을 열어 줄 뿐만 아니라 그 기록이 두고두고 후세에까지 밎이며 유익을 주는 좋은 사업입니다. 책 중에도 사람들의 정신생활을 지배하고 륜리와 도덕적 표준을 높게 하야 널리 말하면 영생에 이르는 그 질리까지 전파해 주는 종교서적을 출판해 내는 사업은 철두철미 아름다운 사업입니다.

조선 사천여 교회에서 쓰는 찬송가와 三十여 만 주일학생이 공부하는 주일공과와 천이오 만인 교역자들에게 새로온 종교적 진리를 전하여 주는 온갓 종교서적을 발행하므로 조선 三十만 교도의 무식을 깨치고 도덕적 생활을 향상케 하는 그 사업은 현재뿐만이 아니라 그 발행된 책이 후만세에까지 이르는 이 사업이라면 누구나 다 흠모할 것이오 찬양할 것입니다.

---

218 '회통(蛔痛)'을 가리키며, '회충으로 인한 배앓이'를 뜻한다.

219 '한 말로'의 오식이다.

감정상 불쾌를 느끼기 쉬운 다른 사업과 달리(이상 24쪽) 한편의 측은할 것도 연상할 도리 없이 그 우미(優美) 완전한 사업이 현세를 통하야 후세에 이르기까지 빛나게 하는 종교서적을 발행하는 이 큰 사업에 누구를 물론하고 공통 되는 생각은 이는 인류사업에 잇어 가장 우미하다고 아니할 사람이 누가 잇겟습가까?[220]

이제 신흥 조선에 잇어 아동으로부터 어른들까지 남녀노소를 물론하고 종교서적을 발행하는 이 큰 사업으로 깨여 가는 조선 동포들을 위하야 과거 二十五년 동안을 꾸준이 일해 오기에 백발이 성성하게 된 이가 우리 조선 종교사업계에 엄연한 존재의 역사를 가진 이가 잇습니다.

백발홍안(白髮紅顔)의 노구(老軀)라도 아직 식식한 건강에 아츰 저녁으로 끊임없이 서울 서대문 밖에서 종노 네거리를 통하야 남이 다 호화롭게 자동차를 호기 잇게 달릴지라도 거기에 주의할 바 아니라는 듯이 친히 자전거 하나에 몸을 의탁하야 춘풍추우 二十五년을 하로같이 보내고도 앞으로 꾸준이 그 사업을 하는 이가 잇으니 그가 곳 본지 발행인인 동시에 〈조선예수교서회〉[221] 출판부 총무로 게신 반우거(班禹巨) 씨 그 어른입니다.

그는 볼래 오스트리아에서 세 살 되던 해에 부모를 따라 영국 론돈으로 이사하야 일즉이 소중학교 교육을 마친 후 다시 고등상업학교를 졸업하고 三년간 실업게에 종사하다가 一八九三년부터 영국 구세군에 입영하야 구세군 참령(參領)까지 지낫습니다. 그 부인 쫀쓰[222] 여사와 같이 구세군 참령으로 조선에서는 二년간 시무한 후 一九一二년부터 〈조선예수교서회〉의 초빙으로 시무한 지 이제 二十五년 六十 한갑입니다.[223]

---

220 '잇겟습니까?'의 오식이다.

221 1889년 10월 의사 헤론(Heron, J. W.)의 제안으로 언더우드의 집에서 조직된 〈조선성교서회(Korean Religious Tract Society)〉가 1919년 〈조선야소교서회(朝鮮耶蘇教書會, The Christian Literature Society)〉이다. 1910년부터 반우거가 출판총무 일을 맡았다.

222 반우거(Bonwick, Gerald William: 1872~1954)의 부인 Bonwick, Catherine Amy Jones를 가리킨다.

223 이력에 오류가 있는데 바로잡으면 다음과 같다. 반우거는 오스트레일리아 멜버른 출생이지만 3세 때 영국으로 이주하여 1888년 부친이 교장으로 있던 고등학교를 졸업하고, 1892년

이만치 우리 조선 형제들에게 끼치어 놓은 그 아름다운 사적을 기렴하기 위하야 지난 十월 十八일 오후 네 시 서울중앙기독교청년회 대강당에서 내외국 인사가 담북이 모히어 그의 조선기독교 봉사 二十五주년 기념식을 성대히 거행하엿습니다.

이 기렴식은 한때에 잇고 지나거니와 조선 안에 서회를 통하야 각 곧으로 흩어지는 모든 종교적 서적 끝에는 그의 일흠이 찍혀 잇음은 영원한 기렴비오 변치 아니할 기렴탑입니다. 다달이 조선 六백만 유소년을 향하야 끊임없이 새로온 면목으로 나아가는 본지 『아이생활』 끝에 발행인 '班禹巨'라고 뚜렷이 백혀 잇음도 이 백발을 흐날리면서도 조선 유소년들의 지식 향상에 잇어서도 한 부분 큰 역활을 하고 게신 이가 바로 그 어룬입니다.

우리는 외국인으로 이러한 사업의 공헌을 볼 때 우리 스사로도 그러한 좋은 일을 본뜨고 감상하야 우리들의 손으로 그러한 사업을 경영하고 힘써 하는 것이 그들에 공헌을 더욱 빛나게 함이오 우리 스사로의 발전일 것입니다.

아모쪼록 반우거 선생의 공헌이 과거와 현재에도 크거니와 앞으로도 그의 노력하는 바가 우리들의 정신생활과 종교적 지식과 수양을 더하게 하는 일에 더욱더 번영하소서 하고 빌기를 말지 아니하는 바입니다.(이상 25쪽)

런던 메트로폴리탄상업학교를 졸업한 후 3년간 직물업상을 하였다. 1892년 구세군 사관이 되어 15년간 봉직하고 참령으로 승급하였으나, 1908년 10월 1일 개척사관으로 조선에 왔다. 2년 후인 1910년 10월 구세군을 떠나 〈조선예수교서회〉의 총무를 맡았다. 1938년 정년은퇴할 때까지 28년을 총무로 있으면서 두 차례의 회관 건립(1911년과 1931년)과 1천여 종의 도서 및 찬송가, 주일학교공과, 신문 등을 발행하여 조선 기독교 문서선교에 큰 공을 남겼다. 최봉칙(崔鳳則)이 이 글을 쓴 1933년이면 23년간 〈조선예수교서회〉 일을 한 것이고, 조선에 들어와 구세군 활동을 한 기간까지 포함하면 25년이 된다.

林鴻恩, "우리들을 웃겨 주는 만화에 대하야", 『아이생활』, 제9권 제1호, 1934년 1월호.[224]

1. 머리ㅅ말

우리 아이들이 가장 기뻐하며 새 희망과 새 이상과 포부를 부디 안을 새해 첫날을 빈손으로 무심이 맞이할 수 없어서 부족하고 아는 것이 없는 나이지만 여러 사랑하는 벗들을 웃켜 드리며 가슴속과 마음속에 말하여 주고 싶은 생각과 다-같이 이야기하며 놀고 싶은 생각이 간절하여 붓을 들기는 들었읍니다마는 무슨 말을 먼저 하여야 좋을런지 무슨 이야기를 하여야 여러 동무들에게 조그마한 유익이라도 있을런지 멍-멍해집니다.

우리 조선 어린이들은 언제나 동무 없이 외롭고 쓸쓸하게 지내왔읍니다. 그러나 하느님께서 불상이 여겨 주시고 여러 선생님이 힘써 주신 결과 귀하고도 아름다운 우리 『아이생활』을 우리들에게 동무 삼어 주었읍니다. 『아이생활』이 생긴 다음부터 우리들은 새 정신과 새 힘을 얻어 그 조그마한 입을 통하여 자미있는 이야기를 들으며 서러운 노래도 함께 부르(이상 30쪽)며 애닯은 사정 이야기도 서로 주고받지 않었읍니까? 비록 적은 책이지만 우리들에게는 둘도 없는 귀하고 사랑스러운 참동무입니다.

×

그렇나 한 가지 크게 유감된 것은 우리들을 웃겨주며 우리들에게 용기를 길러 주는 만화가 적었읍니다. 우리 『아이생활』뿐만이 아니라 조선 안에 어느 잡지, 어느 신문을 물론하고 다- 아이 만화(어른들이 보시는 어른 만화는 말고 우리 아이들이 보고 웃는 아이 만화)가 적다는 것보다 아조 없다고 하여도 과언이 아닌 줄 생각합니다. 물론 고상한 학문도 공부하여야 하겠고 우리끼리 우리 말과 우리 글로 우리들의 속살과 속정을 서로 알려주기도 하여야겠읍니다마는 첫재로 우리 조선 아이들이 웃어야 살겠읍니다.

224 원문에 '載寧 林鴻恩'으로 되어 있다.

하! 하! 하! 하! 이렇게 자유롭게 마음 놓고 마음껏 웃어야 살겠읍니다. 둘재로는 冒險心을 길러야 하겠읍니다. 하낫 둘 좀 더 활발하게 좀 더 용기 있게 자라나야 하겠읍니다. 우리 조선 아이들의 생활을 좀 드려다봅시다.

집에 들어가면 집안 근심, 학교에 가면 월사금 걱정, 자- 이러하니 어데서 즐거움을 맛볼 수 있으며, 무슨 일에 마음 놓고 웃어 보겠읍니까? 또 옳은 일인 줄 알면서도 행할 용기가 없고, 맞당이 하여야만 될 일이지만 우리의 모든 형편에 못하게 되니, 어데서 우리들의 용기를 뽐내며 무슨 일에 활개처 보겠읍니까? 우리들이 마음 놓고 웃으며 좀 더 쾌활하게 살어 보랴면 만화를 많이 찾어보아야 하겠다고 생각됩니다.

×

그래서 새해 선물로 드릴 말슴은 많으나 먼저 웃어야 살고 활발하여야 될 우리들에게는 무엇보다도 먼저 우리들을 웃겨 주며 용기를 내 주는 만화란 무엇인가? 또 만화란 웨? 웃어우며 어떻게 용기를 주는지를 아조 짤막하게 조금이라도 알어 두는 것이 좋을 것 같고, 알고 보는 것이 더 자미있을 것 같애서 알기 쉽고 짤막하게, 또 만화 중에도 여러 가지 만화가 많으나 다- 말할 수는 없고 그저 우리 아이들을 표준으로 한 아이 만화에 대하야 서투른 글로 몇 말슴 써 볼까 합니다.

2. 만화(漫畵)란 무엇인가

(먼저 이곧에 만화라고 쓴 것은 아이 만화인 줄 알구 보아 주십시요.)

만화는 그림(繪畵) 종류 가운데 하나입니다. 그림 중에도 우리들의 잘 못(評), 지나간 일(過去), 앞에 닥처올 일(未來), 몹시 하고 싶은 일, 몹시 하기 싫은 일, 좋은 일, 언짢은 일, 이런 일, 저런 일, 흖이 우리들이 당(當)하여 볼 수 있고 들을 수 있는 우리 어린아이들의 생활(生活)을 웃업구 자미나게 그리며, 우리의 힘으로는 도저히 할 수 없는 생각(空想), 우리의 늘 생각하며 그리워하는 여러 생각(理想)을 다- 일운 것처럼, 다- 된 것처럼 자기의 마음대로 그려 내인 자미있구두 웃어운, 웃업구두 유쾌하고 알기 쉬운 그림입니다.(이상 31쪽)

그렇기 때문에 그 그림은 우리들에게 많은 유익과 많은 느낌을 주며, 누구나 다- 알어볼 수 있고, 우리들 머리속에 오래 남어 있으며 우리들 마음을 끌어당기는 큰 힘을 가지고 있는 그림입니다.

3. 만화는 웨? 웃어운가

만화가 웃업구 자미있다는 것은 사람이 도저히 할 수 없고 될 수 없는 일을 다- 된 것처럼 그려 놓기 때문입니다. 예(例)를 들면 사람이 도저히 날러다닐 수 없으며, 또 비행기를 타고 날러다닌다 할지라도 월세계(月世界)나 화성(火星) 같은 데는 도저히 갈 수 없읍니다. 그렇나 만화로써는 우리 아이들이 비행기도 타지 않고 마음대로 훨훨 날러다닐 수 있으며, 월세게나 화성 같은 데두 마음대로 날러가서 옥(玉)토끼들과 춤도 추며, 떡도 얻어먹고, 반작이는 별을 따서 하나, 둘, 실에 곱게 꿰여 목에다 줄레줄레 달고 나려올 수도 있읍니다. 또 그뿐입니까? 저- 어름 속에서 흰 곰들과 함께 사는 칩고 치운 북국(北國)에도 갈 수 있고, 저- 끝없는 모래밭이서 벌거벗고 사는 덥고도 더운 남국(南國)에도 찾어가서 그곧 무서운 사자, 범 같은 즘생들과 싸홈도 하고 씨름도 하며, 노래 잘 불르는 남국의 어여쁜 새들과 노래도 함께 불르고 그곧 토인(土人)들과 궁덩이춤도 함께 출 수 있읍니다.

자- 말만 들어도 어깨가 들석들석하며 이렇게 자미있고 씨원-한데 실(實) 그림으로 본다면 그 얼마나 남자답고 유쾌하며, 장하고 자미있겠읍니까? 따 끝에서 하늘 끝까지…… 거침없이 마음대로…….

이렇게 우리들의 어린 생각과 공상과 모든 하고 싶은 여러 생각을 고대로 그려 내는 좋은 그림이기 때문에 웃업구 쾌활하며 자미있읍니다.

4. 만화의 목적(目的)

보통(普通) 그림은 인물(人物)이면 인물, 풍경(風景)이면 풍경을 고대로 보기 좋고 아름답게 색(色)칠하며, 묘하게 꾸미여, 여러 사람들에게 미(美)를 나타내는 것이 목적(目的)입니다. 그렇나 만화에 있어서는 색을 곱게 칠하며 선(線)을 아름답게 꾸미는 것보다 그 안(案)에 내용(內容)을 웃업구 알기 쉽게 하고 그림을 웃업게 그려 여러 사람을 웃기며, 알어보기 쉽고도 머리속에 오래 남어 있게 하는 것이 만화의 목적입니다. 그렇다고 만화에 색(色)과 묘한 선(線)이 전(全)혀 쓸데없다는 것은 아닙니다.

5. 만화의 권리(權利)

보통 그림은 이 세상에 여러 가지 과학적 규측(科學的規則)과 권리(權利)에 구속(拘束)을 받으며 세상 여러 가지 형식(形式)을 따러 가지 아니하면 아니 됩니다. 그렇나 이 만화에 한(限)하여서는 모다가 다- 자유(自由)입니다.

예(例)를 든다면 사람의 머리를 몸보다 크게 그릴 수도 있고, 큰 코끼리가 작은 개에게 줄줄 끌리어다니게도 그릴 수 있읍니다. 아마도 보통 그림 (이상 32쪽) (과학적 규측과 권리에 구속 받는)에 사람 머리를 몸보다 크게 그렸다면 그 그림은 하나도 되지 않은 그림이요, 규측에 어그러진 그림이라고 볼 수 있읍니다. 그렇나 만화로 본다면 안 된 것도 없고 어그러진 일도 없이 잘된 만화라고 보며, 당연(當然)한 만화라고 볼 수 있읍니다. 웨 그렇냐 하면 토끼 귀가 탁없이 길지만 토끼기 때문에 웃업지 않고 이상하게 보이지 않는 것같이 만화기 때문에 사람의 머리를 몸보다 크게 그려도 관게치 않다는 말입니다. 그렇다고 무리(無理)로 크게 그려서는 도리여 잘못입니다. 다 그 특장(特長)을 잘 취하여 그리지 않으면 아니 됩니다.

6. 만화의 유익(有益)

만화가 우리들에게 이러한 유익을 줍니다.

1. 인격(人格)을 훌륭하게 양성시키며 천성(天性)을 펴게 합니다.
2. 우리들의 생활(生活)을 즐겁고 맑게 해 줍니다.
3. 거짓말하지 않게 하며 언제나 기쁜 낮을 가지게 합니다.
4. 어떠한 것이든지 똑똑이 살피어보는 힘을 길러 줍니다.
5. 우리들의 취미(趣味)를 고상(高尙)하게 가라처 줍니다.

6. 공부(工夫)에 연구심(硏究心)을 길러 줍니다.

7. 우리들에게 기억력(記憶力)과 주의력(注意力)을 길러 줍니다.

8. 모험심(冒險心)을 길러 주며 쾌활(快活)하게 만들어 줍니다.

9. 마음을 합(合)하여 주며 뜻(意)을 같이 세우게 됩니다.

10. 옛것을 버리고 새것을 취하게 되며 나쁜 작난을 하지 않게 됩니다.

11. 부자유(不自由)로운 우리 마음과 정신을 자유롭고 깨끗하게 만들어 줍니다.

7. 만화의 역사(歷史)

우리 조선에 아즉 만화 역사는 없다고 생각합니다. 그렇나 내가 지나본 일을 비최여 쉽고 쩗게 몃 차 써 볼까 합니다. 내가 소학교 삼학년 때(나이는 열 살) 교실에 들어앉어 공부하면서 늘 공책에다 연필로 선생님의 얼골을 웃업게 그려 보기도 하며, 학생들의 작난치는 모양도 끄적끄적 그려서 보여주기도 하였읍니다. 그렇면 여러 동무들은 보고 다 같이 웃으며 야단쳤읍니다. 또 나 혼자만 그러한 작난을 한 것이 아니요 여러 동무들도 다- 공책이나 조히 조각에 그러한 작난을 많이 하였읍니다. 지금 알고 생각해 보니, 그것이 즉 훌융한 만화였읍니다. 그러나 그때는 그것을 지상에나 신문에 발표하지도 못하였고 장려하지도 않었으며 만화인지도 몰랐읍니다. 다만 그저 우리들이 흖이 하는 붓작난인 줄만 알고 그저 웃으운 놀음이라고만 생각했을 뿐입니다. 그렇기 때문에 여때까지 우리 조선에 자미있는 만화가 하나도 없었고 이에 대한 역사도 어느 선생에게 들어 보지 못하(이상 33쪽)였읍니다.

또 우리가 늘 눈을 놀래게 하는 문명(文明)의 도구(道具)를 보지 않읍니까? 비행기, 기차, 기선 여러 새로운 기계를 볼 때 만화라는 것도 그러한 기게 문명과 함께 외국에서 들어온 줄 아시는 이가 많겠지요. 그것은 큰 잘못입니다. 물론 외국(外國)에서 건너온 만화도 있지요. 그러나 그것은 외국 만화(外國漫畵)요, 우리나라 만화는 아닙니다. 말을 바꾸어 내 고향은 쉬골 구월산(九月山)이 멀리 보이며 나무리 벌판이 뻗히어 있는 황해도 재령(黃海道載寧)입니다. 내가 어렸을 때(지금도 나이가 많지 않습니다만) 비행기가 무엇인지, 기선이 어떻게 생겼는지 아지 못하며, 그림이 어떠한 것이며 만화란 무엇하는 것인지 도저히 알려 하여도 알지 못할 그때에도 담벽이나 바람벽에 사람을 토필로 그려 놓은 것을 종종 볼 수 있었읍니다. 이러한 것을 보드래도 우리 조선에 만화가 퍽 오래전부터 있었다는 것을 알 수 있으며 또 산골 절간에를 가 보드래도 잘 알 수 있읍니다. 절간 벽에 그린 그림을 보면 거반 다 만화입니다. 그렇기 때문에 우리 만화가 언제부터 어떻게 생겼는지 자서히 알 수 없으며 알어볼 길도 없읍니다. 다만 원통한 것은 우리 할아버지, 할머니들이 우리 자손들에게 어렸을 적에 본 것과 그리든 그림을 가르켜 주지 않어서 그 귀(貴)한 만화가 많이 전해 나려오지 못한 것입니다. 또 우리 아버지, 어머니께서 우리들이 작난하는 만화를 장려시켜 주지 않은 것을 참 원통해 합니다.

8. 만화와 조선아이

만화에도 각각 그 민족의 국민성을 가지고 있는 만화가 있읍니다. 그러한 만화는 오즉 그 민족만이 그려 낼 수 있으며, 볼 수 있는 귀한 보물입니다. 더구나 아이 만화는 그 민족 중에도 가장 히망(希望) 많고 앞길이 먼-우리 나어린 아이들만이 그려 낼 수 있으며 볼 수 있는 그림입니다. 혹(或) 어른들이 그려 내며 보실나면 반듯이 어렸을 때에 그 기억을 떠나서는 도저히 안 될 귀하고 중(重)한 그림입니다. 만화는 참으로 우리 어린아이들의 큰 작난감이며 동무입니다. 동무 중에도 가장 귀애하면 사랑하는 동무입니다. 아이들에게 좋은 놀이터가 없으며 사랑하는 동무가 없다면 그들은 얼마나 가깝하며 섧겠읍니까? 그와 마찬가지로 우리 조선 아이들은 뛰놀 놀이터가 없으며 같이 춤춰 줄 동무가 없기 때문에 늘 눈물로 날을 보내는 것입니다.

그와 반면(反面)에 좋고 맑은 놀이터에 귀애하며 사랑하는 동무가 있다면 그 아이들은 복 된 아이며 울음을 끄치고 춤추며 자미있게 잘 놀 것입니다. 그와 같이 근심 속에서 날을 보내는 우리 조선 아이들에게도 맑은 놀이터(자미있고 깨끗하며 참스러운 우리 『아이생활』)를 소개해 준다면 그들도 눈물을 씻고 춤추며 자유롭게 뛰놀 것이 아닙니까? 그렇기 때문에 우리들은 만화를 많이 찾어보아야 하겠고 만화를 떠나서는 안 되겟읍니다.(이상 34쪽)

또 서러운 일을 당(當)해 본 사람이래야 서러운 사정(事情)을 알어 주는 것같이 우리 아이들의 정신을 넣어 우리 손으로 우리들이 힘들여 그리인 그림이라야 우리 조선 아이들에게 좀 더 사랑과 귀염을 받는 동무가 되며 웃기고 위로해 줄 좋은 동무가 될 것입니다. 벌-서 서양(西洋) 각 나라에서는 만화 독본(讀本)이 난 지 오래고 요지움은 학교 교육(教育)에까지 크게 사용(使用)한다고 하며, 가까운 일본에서도 요지음에는 각 잡지에 많이 싫리며 독본까지 나오게 되었답니다.

9. 만화를 보시려는 동무들에게

1) 만화를 리해(理解)하고

맨 먼저 우리 조선에 만화라는 것은 우에 말한 바와 같이 아즉 역사가 아득하고 경험이 없기 때문에 잘못되는 점(點)이 많이 있을 것을 알어야 하겠읍니다. 그렇기 때문에 보시는 여러 동무들이 넓히 리해(理解)하서야겠고, 리해만 할 것이 아니라 다 같이 도아주어야 되겠다는 말슴입니다.

조선에 만화는 첫재로 선구(先驅) 즉 선생이 없고, 둘재로는 만화에 대한 서적(書籍) 한 권을 찾어볼 수 없으며 역사적 기록이 없기 때문에 만화에 뜻을 두고 연구(研究)하시려는 동무들이 하나도 보이지 않고, 혹(或) 뜻을 두고 외국 만화(外國漫畫) 서적과 역사를 살피어 만화를 연구하시는 동무들은 여간한 고생과 노력(努力)을 하여 가지고서는 도저히 그려낼 수 없고 발표할 수 없읍니다. 또 조그만 볼 것 없는 만화를 그려 내일래도 모다 창작(創作)하지 않으면 할 수 없기 때문에 조선에 만화란 참 노력과 참 정신이 드는 귀하고 가치(價值) 있는 만화입니다. 그러므로 여러 동무들이 만화를 보실 때 그저 철필(鐵筆)로 몇 번 끼적끼적해 놓은 작난인 줄 알지 말고 그 한 끝의 선마다 그 붓끝마다 그린 사람의 정신(精神)이 들어 있고 땀이 젖어 있다는 것을 좀 아시고 보서야겠읍니다.

2) 만화 보는 장소(場所)

여러 동무들이 만화 보는 장소라니까 이상히 생각하시는 동무도 게시겠지요. 그러나 그 장소라는 것은 다른 것이 아니라 더운 여름방학 같은 때 땀 냄새를 맡으며 땀을 흘리며 집안에서 보는 것보다 책을 끼고 동무들을 찾어가지고 산이나, 강이나, 들에 나가 시원한 바람을 맞으며 자연에 싸여 보는 것이 더 자미있고 시원할 것이 아닙니까? 또 겨울에는 눈쌈하며 눈사람을 만들어 놓고 동무들과 집안에 들어와 화로가에 모여 앉어 얼은 손을 녹이어 가며 동무 중에도 아조 웃읍게 노는 동무에게 만화 이야기를 시키면 그는 표정(表情)도 하며 자미있게 이야기할 것입니다. 그렇게 봄과 가을에도 집안에 들어앉어 혼자 보는 것보다 동무들과 좋은 곧을 찾어가 보는 거이 자미있고 많은 유익이 있을 것이란 말입니다.(이상 35쪽)

3) 만화를 보는 심리(心理)

노래를 불을 때는 슬픈 밤 휘파람 같은 슬픈 곡조를 불을 때는 자기의 마음을 전부 노래에 부어 길고 가늘게, 슬프고 애연하게 불러야 노래의 효험이 있으며, 마음에 위로를 얻을 수 있고, 또 골목대장과 같은 활기 있고 힘있는 노래는 땅이 꺼지도록 발을 굴르며 힘있게 불러야 여게서 힘을 언을 수 있고, 활개를 칠 수 있을 것이 아닙니까? 그와 꼭 마찬가지로 이 만화도 노래와 같이 슬픈 만화도 있고 웃어운 만화도 있고, 활기 있는 만화도 있읍니다. 예(例)를 들 만한 만화가 없기 때문에 예는 들지 못하고 이론으로 이제 말해 두고, 이후로 실행해 봅시다. 용기 나고 힘이 나는 모험만화를 볼 때에는 보는 우리들도 주먹을 쥐고 자기가 당(當)한 것처럼 보아야겠고, 웃어운 만화를 볼 때에는 집웅이 떠나가라 하고 웃어 주십시요. 그러면 거기서 자미를 얻을 수 있으며 힘을 낼 수 있으며 살이 질 수 있읍니다. 아이들에게 고량진미를 주는 것보다 좋은 노래와 웃어운 만화를 알게 하여 웃기여 주며, 노래를 부르게 하면 그들은 거기서 만족을 얻으며 살이 질 수 있으며 몸에나 정신에 많은 유익이 있을 것입니다.

이 붓을 떼기 전에 마즈막으로 한마데 부탁하는 것은 다른 것이 아니라 우리 동무들도 좀 더 만화를 사랑하며 만화에 대하여 연구하여 달라는 것입니다. 웨 그러냐 하면 우에 말한 바와 같이 우리 조선 아이들의 손으로 그려 내인 그림이라야 우리 조선 아이들에게 만족을 주며 힘을 줄 것입니다. 그렇기 때문에 여러 동무들이 많이 힘써야겠다는 말입니다.

×

참 너무 부끄럽습니다. 내가 쓰고도 무엇을 써 놓앗는지 모르겠읍니다. 이렇게 서트른 글이라도 이후에 만화에 대하야 늘 붓을 들까 합니다. 넓히 용서하여 주시고 보아 주서요.

이 한 해를 웃음으로 즐겁게 지내 봅시다.

一九三三. 十二. 一日 (이상 36쪽)

異河潤, "詩人 더·라·메-어 研究(一)", 『문학』, 창간호, 시문학사, 1934년 1월호.

一. 序論

現代에 잇어서 아무리 散文이 時代的 要求라 하야 詩의 散文化를 云謂한다 하드라도 우리가 永遠히 文學의 母體인 詩를 輕視하는 것은 一大難事이기도 하거니와 또 크다란 冒險에 틀림없는 일이다. 特히 英文學에 잇어서의 詩는 古今을 通하야 恒常 그 形態에 잇어서나 或은 또 內部에 숨은 思想에 잇어서나 조금도 遜色을 띠인 일이 없다고 해도 좋을 것이다. '쵸-서'며 '쉑스피-어'에 依하야 또는 '스펜서'를 지나서 저 浪漫主義 全盛時代를 前後하야 英詩壇을 가장 꽃다웁게 裝飾한 數많은 天才的 詩人 '블레이크', '버언쯔', '워쯔워-쓰', '콜러릿지', '바이든', '쉘리', '키-츠' 等이어서 '테니슨', '브라우닝 夫妻', '로젯티 兄妹', '스윈번' 等 이러케 列擧해 보면 世界에 자랑해서 足한 훌륭한 詩史를 가지고 잇는 英國이 現代에 이(이상 25쪽)르러 가장 많은 詩人을 輩出하게 된 것은 必然的 事實이 아닐까 생각한다. 이러한 意味에서 보드라도 우리는 現代 英詩에 關하야 研究할 만한 理由를 크게 가지는 것이다.

浪漫主義의 뒤를 이어서 十九世紀 中葉으로부터는 全 歐洲의 思想界가 거이 科學의 힘에 支配를 밧게 되엇다. '다-윈'에 의하야 '콘트'에 의하야 主張된 自然科學的 思想은 드듸어 過去 傳來의 信仰을 破壞하고 空想的이엇든 文藝思潮에까지 侵入하야 靈界에서 우리들을 全혀 離去시킬 지경에까지 到達한 것이엇다. 從來의 因襲的 Idea에서 脫却하야 現實을 赤裸裸하게 暴露함으로써 그들의 作品을 鍊磨해 낸 自然主義가 잇는 反面에는 地上의 歡樂을 追求하야써 煩苦로운 人生의 慰安을 삼는 데카단主義까지도 나하 놓게 되엇다. 特히 十九世紀 末葉에 잇어서의 佛文學에 近親한 英國詩人들에게 그 傾向이 顯著해지게 되엇다. 多少 그 意味를 달니는 하지마는 '와일드'를 爲始하야 Savoy며 Yellow Book를 發刊한 '시몬쓰'며 '다

우슨'을 筆頭로 하는 詩人俱樂部員들의 作品은 우리들로 하여금 이것을 充分히 窺視케 할 수가 잇으리라고 생각한다.

그리하야 새로히 輩出한 많은 詩人들에 依해서 그들은 지금 그 姿態를 감추게 되고 말엇다. 卽 말하자면 破壞에 繼續하는 建設이 새로운 理想을 가진 그들에 依하야 實行되고 世紀末의 病的 思想은 새로히 마지한 二十世紀의 '네오・로-맨틔시즘'에 依하야 밧고여진 것이다. "現實暴露의 悲哀가 새로운 理想에 依하야 씻기울 時代가 到來하엿다. 新理想主義 時代가 卽 그것이다. 그것은 現實에다 根據를 두고 잇는 點에 잇어서 自然主義와 그 軌를 가치하는 것이지만 社會惡을 除去하려는 慾望과 正義 人道를 尊重하려는 意志에 잇어서 自然主義와 全혀 反對로 建設的 精神이 漲溢하다 하겟다. 그와 同時에 人工樂園에 怪異한 꿈을 내리 꿔 오든 사람들도 그 꿈에서 發生하는 蒼白한 幻想 속에서 朦朧하나마 非現實的 世界의 影子에 接觸하고 交錯든 象徵的 情調로 말미암아 喚起되는 꿈의 神秘境에 나가 보려고 하게 되엇다. 그리하야 여기 그러한 사람들의 思想의 潮流에 繼續되는 사람들은 漸次로 健全한 非物質的 思想의 方向으로 나아온 것이엇다. 그런 故로 二十世紀의 새로운 英詩人을 이러한 見地에서 大別한다면 新理想主義의 詩人과 新神秘主義의 詩人과의 두 '그룹'으로 난홀 수가 잇으리라고 생각한다. 그래서 우리 Walter de la Mare는 後者에 屬하는 가장 典型的 詩人의 한 사람이라 할 수 잇을 줄 생각한다."(井上思外雄)[225] 實로 驚嘆에 갑할 만치 特有한 詩境을 가진 그는 아마 現代에 잇어서 或은 英文學史上에 잇어서 매우 獨特한 地位를 차지할 것이다. 그러치마는 作品의 眞實한 評價를 나리울 수 잇을 批評 乃至 解說은 相當한 時代的 距離가 必要하다. 그럼으로 블런덴이 말한 것 같이 His essential poetry is as yet missed

225 이노우에 시게오(井上思外雄: 1901~1945)은 효고현(兵庫縣) 출신으로 도쿄대학(東京大學)을 졸업하였다. 영국 근대문학 중 희곡과 연극 연구자로 알려져 있다. 주요 저서로 『(영국 근대현대극집(英吉利近代現代劇集)』(번역본 : 近代社, 1929), 『(영어영문학강좌)영시발달사(英詩發達史)』(英語英文學講座刊行會, 1933), 『영미풍물지(英米風物誌)』(研究社, 1942) 등이 있다.

by the present public(그의 詩의 본질은 아직도 現在의 民衆에게 理解받지 못한다.)인 것이 차라리 當然할런지도 모른다.(이상 26쪽)

二. 童謠 作家로서의 그

그가 거이 三十이 다 되어 비로소 내놓은 詩集이 『Song of Childhood(童謠詩集)』인 거와 같이 그의 詩人됨을 論하려 함에 잇어서 爲先 우리는 그가 한 著名한 童謠 作家이라 하는 事實을 잊어서는 안 된다. 或은 그를 童謠作家라고만 보는 것도 그實은 十年 后에 또다시 『Peacock Pie』를 냄으로써 童心을 如實히 描寫한 明朗한 詩를 많이 우리들 앞에 보혀 준 까닭이라 하겟다. '스터-전'(Sturgeon)이 There is one sense in which this poet has never grown up.(이 詩人은 어른이 되여 보지 못햇다 할 수 잇다.)이라고 말한 것 같이 그는 兒童 特有의 '센스'를 永遠히 잊어버리는 일이 없다. 그럼으로 We may, if we please, recapture our own childhood as we wander with him through his enchanted garden(1) 할 수가 잇다. 그가 『Rupert Brooke and the Intellectual imagination』(류-퍼트, 브루크와 智的 想像)에서 There is no Solitude more secluded than a child's, no absorption more complete, no insight more exquisite and, one might even add, nore comprehensive.(2)이라고 말한 다음 곳 繼續하야 As we strive to look back and to live our past again, can we recall any joy, fear, hope or disappointment so extreme as those of our childhood, any love more impulsive and unquestioning, and unutterable?(3)이라 한 것은 그의 詩 가운데 살고 잇는 童幼의 心境이 그의 恒常 保有하는 特殊한 보배인 것만치 그의 童謠作家로서의 資格을 充分한 것이라고 말하게 하는 가장 좋은 說明이다. 實로 그의 興味의 第一로서 出發한 것이 어린이의 空想의 世界이엇고 또 그 '리듬'이엇든 것이다.

I would sing a brief song of the children magic has stolen away.(4) (The Truants)

功利의 現實世界야말로 凡事에 어린이를 빼앗어 가는 magic다. 이것이 어린이들의 마음을 잃어버린 우리들을 다시 옛적 世界로 돌려주지 아니하는가.

童謠의 童謠다운 價値는 實로 兒童의 心理를 巧妙하게 取扱하는 데 잇으며 또 童幼의 語句를 써서, 노래하는 데 잇다. 그의 詩는 블레잌의 『Song of Innocence』나 스티븐슨의 『Child's Garden of Verses』나 또는 '워-쯔워-쯔'의 童謠 '크리스틔나 · 로젯틔'의 그것보다 童心의 奧妙한 境地에 到達함이 훨신 甚大하다고 말하지 아니할 수 없다. 그것은 어린이의 참으로 기뻐할 수 잇는 것이며 또 聰明한 父兄이 安心해 읽혀도 좋을 만한 것이다. 엘리스는 自己 두 살 되는 딸과 세 살 반 되는 딸이 '메-어'의 詩를 鑑味하는 데 發達되엇다고 하엿으며 세 살 반 된 아이는 Alas, Alack!(Megroz는 어린이의 '기마구레'[226]를 노래한 이것을 Serio-comic pathetic fallacy라고 하엿다.)의 全部를 되푸리하며 두 살에 난 아이가 이 哀感에 잇어서 못한 바 없을 만할 뿐 아니라 形而上學的한 Jim Jay를 읇는 데 놀냇으며 또 세 살짜리가 Some one에 印象 받은 바가 크다는(이상 27쪽) 等의 말을 記述하엿다.

以上의 引用은 오직 그 童謠가 童心과 童語로써 巧妙 完滿하게 된 것이라 함을 證明함에 끄치는 것이지만 그의 特有한 心境에서 울어나온 이리도 優秀한 童謠는 어룬이라도 그 雰圍氣에 直時 充分하게 浸透되어 고요히 생각케 하여 준다. 萬一 한번 그의 體境에 誘導된다 하면 우리는 밝은 그림자며 은빛 日光의 번득이는 fairy land에 늘 머믈러서 마음을 고요히도 現實과 꿈과 童心과 어룬의 마음과의 境界까지도 밝히 알지 않고서 헤매이게 되지마는 He is not building up wonders from an extravagant imagination, but vivifying truth.(Speight)(5)인 것을 우리는 確實히 認識하는 同時에 그러기 때문에 그의 詩의 價値도 亦是 瞭然해지는 것이다.

'프리-스틀리'의 하는 말과 같이 그의 童謠에 잇어서의 Fairies며 witches며 ghosts는 모다 그의 마음이 本質的으로 要求하는 想像의 世界의 一部를 形成하고 잇는 것으로 그들이 거기에 實際로 산 活動을 알므로

226 '기마구레(きまぐれ)'는 "변덕, 변덕쟁이"를 뜻하는 일본어이다.

써 自然히 그의 詩 속에 들어오게 된 것이다. 實로 이는 '메-어'로 하야곰 참다운 童謠를 쓸 수 잇다는 理由를 立證하는 것이라고 말할 수 잇다.

The fact remains unchanged that it requires a very great poem about any subject, and that only great poets have succeeded with the subjects of children.(6) 이라고 말한 Hearn의 說은 여기 符合된다고 할 수가 잇다.

(1) 우리가 그와 한가지 그의 仙園을 逍遙하면 우리는 우리 自身의 童幼期를 다시 자블 수 잇다.

(2) 兒童의 그것과 같은 分離된 孤獨, 完全한 專心, 精妙한(該博하다고도 할 수 잇는) 直觀은 없다.

(3) 우리가 過去를 回顧하고 다시 그 過去 가운대 사라 보려 할 때에 우리는 童時의 그것과 같은 기쁨, 무서움, 希望, 失望을, 그러케 衝動的이오 躊躇 없는 사랑을, 그러고 그러케 完全하고 表現할 수 없는 倦怠를 回想할 수 잇느냐.

(4) 나는 魔術이 빼앗어 간 어린이들의 짧은 노래를 부르련다.

(5) 그는 비상한 想像으로부터 驚異를 맨드러 내는 것이 아니라 眞理를 生動시킨다.

(6) 어떠한 主題던지 偉大한 詩句를 要求하는 것이지마는 偉大한 詩人만이 兒童의 主題를 가지고 成功할 수 잇다는 것은 不變의 事實이다.(이 大意譯은 編者가 부친 것이다.) (이상 28쪽)

異河潤, 「더·라·메-어의 詩境－詩人 더·라·메-어 硏究(二)」, 『문학』, 제3호, 시문학사, 1934년 4월호.

많은 詩論을 여기 例擧할 것 없이 나는 Prescott의 "Poetry is essentially the language of the imagination; it expresses the poet's imagination;

and therefore if it is not read imaginatively it is not read in spirit and in truth."(1)라고 말한 데 共鳴하는 것이며 또 Drinkwater가 "What is Poetry?"에 對한 One Perfect and final answer[227]로서 "Poetry — the best words in the best order"(2)를 들어 說明한데 크게 讚意를 表하는 것이다.

'메-어'의 詩集를 繙讀하면 爲先 그 題目부터 우리들은 그 獨特하고 豊富한 想像을 感得하는 同時에 技巧의 자최조차 보히지 안는 巧妙한 手法을 볼 수가 잇다. 그의 詩魂은 科學이 探究할 수 없은 보히지 안는 世界 몽롱한 意識 어렷슬 때의 記憶과 幻影과 그리고 쑴이 수수썩기 속을 거러 다니고 잇다. 實로 '예이츠'의 初期의 詩集을 除하고는 '메-어'만치 淸新한 幻想의 詩人을 英文學에서 求하기는 困難하다. 그러나 그것도 예이츠의 詩는 스사로 '켈트' 民族의 悲愁를 씌이고 "肉體의 가을"에 늙은 頹廢期의 抒情詩임에 反하야 '메-어'의 詩에는 幼兒의 生命과 歡喜에 드러찬 것이 만타. 달리 飜譯으로 紹介할 機會가 잇겟기에 原文을 여기 省略하거니와 그의 거의 全貌를 엿볼 수 잇는 『The Listners』[228] 一篇을 우리는 다시 읽어 보지 않을 수 없다.

그는 어쩌한 事實을 通하야 神秘의 나라를 憧憬하는 夢幻의 나라에의 一旅客이니 神秘로운 이 詩境을 自由로 訪問하며 逍遙할 수 잇는 唯一의 詩人이라고 할 수가 잇다. 거기서는 그의 特徵으로 되어 잇는 가늘고도 幽玄한 音聲들이 恒常 그 憧憬을 속삭이고 잇다. 그리고 大개는 "孤獨"한 가운데 노래를 하며 기억에 쩌오는 밤의 "恐怖"를 늣기기도 한다. "그림자"를 보고 생각하며 "Echo"를 듯고서 微笑하며 "달밤"에 차저오는 數많은 靈界의 "Gohsts"[229]와 "Fairies"와 "Witches"에 귀를 기우리고는 혼자 고요히 情緖를 滿足식히는 것이다. 거기서 사람은 "Gohst"가 되는 것이오 목소리는

---

227 'answer'의 오식이다.

228 'The Listeners'의 오식이다.

229 'Ghosts'의 오식이다.

오직 "Echo"가 될 짜름이다. '스터(이상 1쪽)-젼'이 말하는 것 갈이 "Wonder lives here, but not fear; smiles but not laughter; tenderness but not passion"(3)이며 또 '웰프스'의 말한 바 "Mare's Shy muse seems to live in shadow"이기도 하나 그러나 "It is not at all the shadows of Grief, still less of bitterness, but rather the cool, grateful shade of retirement"(4)라고도 말할 수 잇을가 한다. 이러한 意味에 잇어서 그는 많은 詩人들과 그 類를 달니하고 잇는 것이다. 그는 豐富한 暗示와 幽玄한 餘韻을 가진 詩를 單純하고도 平明하게 쓴다. '데예슨'의 評을 빌닐 것도 없이 "In poetry he had achieved an unmistakable style of his own, and, like all good poets, had invented a world equally his own, a world whose atmosphere could not be matched for sheer magical color by any living poet"(5)다.

科學에 依하야 모든 것을 解釋하랴고 하는 現代에 잇서서도 恒常 우리들의 령혼과 마음이 無限한 幻夢의 나라를 彷徨할 수 잇는 以上 그의 詩는 더욱더욱 우리의 靈魂 속 깁히 潛入할 것이다. 그가 恒常 차저가는 詩境은 靈界에 對하야 盲目이기 쉬운 現代人에게는 異常한 小說的 天地이며 獨自의 夢幻的 世界임은 『The Listeners』 한 篇만을 읽어도 充分히 悟得할 수 잇슬 것이다. 그의 '델리케이트'한 마음의 振動이 늘 우리 人生의 深奧한 가슴을 다치고 이 人生을 包圍한 神秘로운 그의 世界로 잠겨서 잇글려 가는 것을 感知할 수 잇다. 고요한 憂鬱, 月光의 蠱惑, 귀여운 妖精은 쓰님없이 出入하고 神秘의 門戶는 두다려도 열니지 않으니 우리에겐 저 '마-테를링크'의 세계에서 感하든 바가 생각키어 마지아니한다. Magical한 데 잇어서 想像이 豐富한 點에 잇서서 '키-츠'며 '콜러릿지'며 '포-'에 比肩되기는 하지마는 그것은 차라리 '마-테를링크'에 갓가웁다고 하겟다. 萬一 「열두 노래」며 「파랑새」며 「溫室」 等에 잇는 各色 妖精과 「그림자」와 「빛」이 우리들에게 엇더한 것을 주며 어듸로 引導하는가를 생각해 본 사람이면 모름직이 '메-어'의 世界에 드러가서 決코 그 以上 落膽하는 일은 업스리라고 생각한다. 더구나 그의 詩는 明快하게 우리의 마음을 '촤암'할 뿐만 아니라

決고 現代를 써나버린 無關係한 것이 아니다. 現實을 超하야 그 獨自의 超自然의 追憶의 꿈의 世界로 中世紀的 氣分을 고요히 주면서도 恒常 讀者를 現實로 돌녀보내 준다. 實로 extravagant imagination이 아니라 Truth를 Vivify하랴고 하는 것이다. 너무나 科學에 中毒되어 버린 우리는 잘못하면 오직 現實로만 看過해 버릴 데 그는 背後에서 그의 神秘境이 疑心 없이 存在하는 것을 늣긴다. 더구나 在來의 浪漫主義者와는 달나서 그 手法에 잇어서 古典派의 簡素와 洗練과를 볼 수가 잇다고 생각한다. 任意로 그 一篇을 읽어 보면 곳 讀者는 그의 詩 속에 '스터-젼'이 看破한 說을 듯지 안아도 "熱病"이 업는 것을 아는 同時에 教訓도 寫意도 차저볼 수 없을 것이다.(이상 2쪽)

가만히 울니는 數絃에 의해서 直時 먼 幻影의 境地로 誘導되며 그리고 그 神秘한 나라에 逍遙하면서 各自가 모다 무엇인가를 悟得할 짜름이다. 그러나 그것은 決코 曖昧한 것이 아니다. 그런 故로 "Wisdom may be profound, but obscure thought cannat[230] contain the highest wisdom, The best art, therefore, can be symbolical or allegorical, but the idea must be clear and the form evident"(6)라고 말한 '그리어슨'의 說에 反하는 일은 조곰도 없을 것이다. 압서 나는 '마-테를링크'와 그를 比較는 하엿스나 '그리어슨'이 "They may borrow from one another, but they do not imitate"(7)라고 말한데도 異議를 가지지 안코 만일 '마-테를링크'와 같이 그도 亦是 神秘主義의 한 사람이라고 하자. 그러나 決코 模倣은 거기서 發見할 수 업다.

다만 그에 對하야 批難을 無理로 試驗한다면 Ellis가 말한 바 그의 作品의 一部를 읽은 Some People이 "find Mr. De La Mare's verse a little unsatisfying, a little too limpid, and inhuman"(8)할넌지도 모르나 『Collectted Poems』[231] 두 卷과 그 後에 나온 『The Veil』[232]과를 우리가

230 'cannot'의 오식이다.

231 'Collected'의 오식이다.

손에 펴 본다면 이런 批難은 할 餘暇도 없이 a remrakable atmosphere에 包圍될 짜름일 것이다.

'몬로'가 그를 評하야 "One way of stating the truth about him is to say that he finds it almost impossible to distinguish between the two worlds usually known real and unreal"(9)이라고 말한 바와 같이 각금 그의 作品 속에는 超自然的 힘을 가진 意識이 隱然히 빗나고 잇서서 깨어 잇는 生活과 잠자는 生活의 어느 것이 참인가를 疑心함과 같이 眞實과의 區別은 거이 不可能하다. '스파이트'는 그를 晝間에 꿈을 꾸는 詩人이라 하야 Lights와 Colours와 Sounds가 잇는 晝間의 珍奇한 꿈속의 Vision과 Sense에 對하야 그의 作品과 關聯식혀서 "you will be familiar with passages from Vangan, Wordsworth, Coleridge, Keats, and Rossetti which seem as if they had been written in the atmosphere of a higher world"라 하엿고 다시 "But there is no poet in the whole rang of English Literature so constantly steeped in this feeling as Walter de la Mare, who is probably the best beloved, as he is certainly the most whimsical, of living poets."(10) 이러케 結論을 지엇지마는 何如間에 그의 詩境이 英文學史上에 確然한 무엇을 차지하고 잇다는 것을 證明해 주는 것이며 '엘리스'가 그 評의 單頭에서 "Perhaps no poet, except Shakespeare and Coleridge, has ever written such good magic poetry as Mr. de la Mare"(11)라고 쓴 一節을 여기 引用하는 것은 차라리 蛇足의 感이 업지 아니하다.

그의 作品에는 教訓도 寓意도 存在치 안음과 같이 "his art needs little discussion"이다. 主로 "depends on harmony"며 melody며 그리고 또 rhyme이다.(Monroe) 그럼으로(이상 3쪽) 그는 勿論 科學에 對하야 論及한 作品도 거이 업다. 오직 "Happy Encounter"라는 '소넷트'가 잇을 뿐으로 이것이 우리가 그의 科學과 詩歌에 對한 意見을 窺視할 수 잇는 唯一의

---

232 『The Veil and Other Poems』(1921)를 가리킨다.

것이 되어 잇다. 여기 依하면 科學에는 詩와 反對로 피(血)도 살(肉)도 업다. 躍動하는 生命도 업다. 짜라서 참다운 美는 잇을 수 없은 것이다. 이리하야 우리는 그의 科學에 對한 見解를 알 수 잇다고 하나 決코 거기서 엇더한 argument를 發見할 수 업다. "His Poetry is not contribution by way of revolt, prophecy, or argument to the mighty economic and philosophical debates of the present age."(gayley, etc)(12) 恒常 明朗한 銀의 '하-모니' 달(月)의 '멜로듸'를 가진 音樂的 詩文 속에 一脈의 짜뜻한 情이 흘으고 잇스나 거기에는 또 一種 表現할 수 업는 靜寂한 神秘域으로 부터서의 외로움과 哀愁를 씌이고 잇다. 우리들이 본바들 수 없은 delicacy와 tact가 잇스며 Shy에 갓가운 Lively하고 graceful한 同情이 잇서서 우리에게 解釋하기 어려운 Quintessence를 暗示해 준다. 以上에서 말해 온 바어는 意味로 보아서 '예이츠'나 '마-테를링크'보다 한거름 압서서 생각해도 좋은 우리 '메-어'가 開拓한 特有한 詩境을 압흐로 그의 作品의 年代에 依하야 더듬어보고저 한다.

(1) 詩는 本質的으로 想像의 言語다. 그것은 詩人의 想像을 表現한다. 그럼으로 그것을 일금에 想像的으로 읽지 아니하면 그 精神과 眞意를 읽은 것이 못 된다.

(2) 詩 — 最善한 順序의 最善한 言辭

(3) 여기는 驚異가 잇스나 恐懼가 업고 微笑가 잇스나 哄笑는 업고, 愛情은 잇스나 熱情은 업다.

(4) 메-어의 붓그럼 많은 詩神은 그림자 속에 사는 듯싶다. 그것은 決코 슬픔의 그림자도 아니오 더구나 怨恨의 그것도 아니오, 오히려 冷靜하고 感謝的인 退隱의 그늘이다.

(5) 詩에 잇서 그는 自己 獨特의 스타일을 成就하엿다. 또 모든 좋은 詩人들과 같이 自己 獨自의 世界를 發明하엿다. 그 世界의 雰圍氣의 透明한 妖魅的 色彩는 現存 詩人 가운대 拮抗할 사람이 없다.

(6) 智慧는 深幽할 수 잇다. 그러나 曖昧한 思想에는 最上의 智慧가 包含될 수 없다. 그러므로 最上의 藝術은 象徵的이거나 友誼的이 될

수는 잇서도 그 意味는 分明하고 形은 明確해야 한다.
(7) 저의들은 서로 빌려올 수는 잇스나 模倣하지는 안는다.
(8) 더・라・메-어의 詩가 조금 不滿하고 조금 지나치게 淸澄하고 非人間的이라고 햇다.
(9) 그에게 對해서 眞理를 말하는 한가지 길은 一般으로 現實 非現實이라고 하는 두 가지 世界를 그는 거의 區別할 수 업섯다고 말하는 것이다. (十九頁로) (이상 4쪽)
(四頁 續)
(10) 그대는 앤-ㄴ, 워즈워뜨, 콜러릿지, 키-트스와 로쎄티의 非現實의 더 노픈 世界의 空氣 속에서나 써워진 듯한 詩句들과 親熟해질 것이다.
그러나 英文學의 全野를 通해서 더・라・메-어같이 恒常 感情에 잠겨 잇는 詩人은 없을 것이다. 그는 現存 詩人 中에서 가장 奇變的이며 또 아마 가장 사랑받는 詩人일 것이다.
(11) 아마 쉨스피어와 콜러릿지를 除하고는 아모도 더・라・메-어같이 훌륭한 妖魅의 詩를 쓴 일이 업다.
(12) 그의 詩는 反抗이나 豫言이나 論議에 依해서 現代의 經濟的 哲學的 大論爭에 貢獻하는 것은 아니다. (이 大意譯은 編者가 부친 것이다.) (이상 19쪽)

洪鍾仁, "新歌謠集『도라오는 배』出版", 『조선일보』, 1934.2.28.

朴泰俊 氏라면 作曲家로서 卓越한 才能을 가진 분으로 우리 樂壇에서 잘 알려진 분이다. 그의 作曲의 大部分인 童謠曲 民謠曲은 벌서 우리 幼稚園이나 小學校에서는 敎材로 만히 씨우고 잇다. 그의 作曲의 特徵은 勿論 歌詞의 本意에 딸은 바이겟지만 모다가 小曲이나 보드랍고 純情的인 點에서 가장 거즛이 업는 아름다운 멜로듸다. 그동안 作曲集으로 發表된 것은 尹福鎭 氏의 童謠와 民謠詩를 主로 作曲한 것을 謄寫版으로 두 차례 出版하야 同好者에게 分配하엿섯는데 이번에 다시 前者에 兩次 刊行햇든 中에서 「도라오는 배」 등 十三曲을 拔編하야 『도라오는 배』라는 題名으로 亦是 謄寫版으로(限定版) 刊行햇다. 大端히 보암즉안 것으로 推薦한다. (洪鍾仁 記)

◀發行所 大邱府 本町通 武英堂書店 振替 京城 一〇八二四番 定價 三十五錢(郵料 竝)

尹石重, 「편집을 마치고」, 『어린이』, 제12권 제2호, 1934년 2월호.

신년호에 난 사진으로 여러 선생님의 얼골은 여러분이 잘 아시겟지오마는 글씨는 안직 못 보셧지요. 편집도 다 끝나고 햇스니 여러 선생님의 글씨 이야기나 하겟습니다.

車相瓚 선생님 글씨는 엉킨 실 모양으로 어수선 산란하구요, 李定鎬 선생님 글씨는 깨알 같애서 李 선생님 자신도 이담에 늙으셔서 못 알아보실 지경이지요. 崔泳柱 선생님 글씨는 인절미처럼 네모 반듯반듯하구요. 李善熙 선생님 글씨는 방그이같이 납작납작하답니다. 朴花城 선생님 글씨는 운동선수 글씨 모양으로 활발하시고 李光洙 선생님 글씨는 꼭 여자 글씨 같으십니다. 尹白南 선생님 글씨와 李殷相 선생님 글씨는 어슷비슷하시고 또 馬海松 선생님과 李泰俊 선생님 글씨도 서로 비슷하십니다. 그러고 보니까 沈亨弼 선생님과 林炳哲 선생님 글씨도 좀 같으신데요. 金素雲 선생님과 金福鎭 선생님 글씨는 글자 하나가 막버리꾼 집신짝만 하구요, 洪蘭坡 선생님 글씨는 새색씨 문안편지 글씨처럼 조심성스럽고 얌전하시고, 李永哲 선생님 글씨는 모두가 四角形이여서 아ㅅ 자가 마ㅅ 자로 보이기도 합니다. 李無影 선생님 글씨는 행(ㅇ)이 잇슬 데에 그 대신 점이 찍혓습니다. 皮千得 선생님 글씨는 영어 글씨 같으십니다. 그리고 金慈惠 선생님, 朴泰遠 선생님, 崔秉和 선생님 —— 아이구 이러케 수다를 뜰다가는 정작 여러분께 드릴 말슴을 적을 데가 없겟습니다. 글씨 이야기는 이만침 하지요.(이상 72쪽)

京城保育學校 白丁鎭 氏 談, "아이들한테 들릴 어머니의 이야기 엇던 것이 조흔가", 『조선일보』, 1934.4.29.

과자나 작난감, 유희, 이야기 가튼 것은 어른에게는 말하자면 제이차적 입니다마는 어린이나라에는 업서서는 안 될 것입니다. 그런대 음식물이나 유희와 작란감에 대하야서는 리론이 만흔 모양이나 이야기에 대하야는 그닥지 크게 생각지 아니하는 모양입니다. 그러나 사실은 아이들은 여섯 살쯤 만 되면 퍽으나 이야기를 듯고 십허합니다. 그럼으로 가정에서는 — 더구나 어머니 되는 이는 아이에게 들릴 이야기를 잘 선택하지 안흐면 안 되겟습니다. 이에 대하야 경성보육학교 백정진(白丁鎭)[233] 선생의 말을 들으면

대체로 아이들에게 들리는 이야기는 간단한 것, 들어서 재미잇게 생각할 것, 조곰이라도 아이들에게 근심을 주지 안을 것, 리듬이 만흔 것, 이런 것이 조흘 것입니다.

저녁밥 먹은 후에 어머니가 아이들에게 한 시간쯤 이야기를 들려주면 얼마나 조와하겟습닛가.

미국 '코-리스' 부인이 "어머니로서 이야기를 못한다고 해서는 말이 아니된다. 시험해 볼 뿐이다. 곳 될 것이다."라고 말한 적이 잇거니와 조선의 어머니들도 꼭 아이들에게 조흔 이야기를 해 주도록 하는 것이 조켓습니다.

만약 정말 할 수 업거든 책을 읽어 주십시오. 그러케 잘할 필요는 업습니다. 전문가처럼 손짓 말짓을 못해도 아무 상관업습니다. 다만 사랑이 차고 넘치는 마음에서 흐르는 말이면 아이의 하루의 피곤을 풀고 깁붐을 줄 것이라고 생각합니다. 그런데 이 방면에 대한 책으로는 방정환(方定煥) 씨의 『사랑의 선물』이 조흔대 그것은 이야기가 너무 길어서 보통학교 삼사학년 정도가 아니면 적당치 아니하고 그 박게 유치원에 다니는 정도의 아이면

233 '백정진(白貞鎭)'의 오식이다.

동경녀자고등사범학교 안에 잇는 유치원협회에서 맨든『子供ガ聞イテ樂シイ話』, 『子供ニ聞カセルオ話』[234]가 조흐리라고 생각합니다.

京城保育學校 **白丁鎭** 氏 談

234 『子供ガ聞イテ樂シイ話』는 '어린이가 듣기 좋아하는 이야기', 『子供ニ聞カセルオ話』는 '어린이에게 들려주는 이야기'라는 뜻이다.

吳章煥 譯, "英國 童謠 한다발", 『아이생활』, 1934년 8월호.

머릿말

여러분, 영국이란 나라는 여러분이 가-끔 보시는 눈이 노랗고 코가 크고 머리털 노-란 서양사람들이 살고 있는 한 섬나라입니다. 우리는 그 영국 사람 하구는 옷두 달르구 집두 달르구 산두 달르구, 물두 달르구 마음세두 달르구 해서 우리가 다른 동네만 가두 이상스럽구 알 수 없는 것처럼, 영국 사는 어린이들이 부르는 노래가 아무리 좋와두 그대로는 당최 모를 것이 많고 또 우리들에겐 재미난 줄 모르는 것이 있지요. 그래서 나는 어떤 것은 제목을 갈고 어떤 것은 서양(영국) 사람이 노래하는 데에서 몇 줄을 또 반을 이렇게 떼여서라도 여러분이 알 수 있도록 노래할 수 있도록 고쳤으니까 이것은 서양사람의 노래이면서도 우리 노래가 되는 것입니다. 많이 읽고 노래하여 보시요.

바람은 어떤 길로 불을까?

바람은 어떤길로 불을까?
바람은 어떤길로 지날까?(이상 10쪽)
물위루도 불고
풀밭에도 지나가고

수풀사이로
골작이 사이로
늑대두 못 올라가는
높고 뾰-족한 바위위를
바람은 날러서 간다.

닢새떠러진 나무가지에
성난바람이 불어제친다

위를 봐라
그것이 잘 보일테니.

그랬든
바람이 원제왔다
어디루 가는지
그것은 그것은
너-두 나두 모른다.
(노래 지은 사람 = 루이시 · 에-킨)

달속의 톡기야

어떻게 글루 갔니? (이상 11쪽)
달속에사는 톡기야.

연꼬리에 매달려
그렇게 높이 올라갔니?

증말이다 얘
어여 얘기 좀해라
응? 톡기야.
(노래 지은 사람 = 알레씨 · 촤푸린)

어여 이러 나거라

참새새끼 한마리가
영창 맞은짝
판장에 앉어서
눈을 동그랗게 뜨고
호령합니다.
"부끄럽진 안니? 이 잠꾸레기야"

내가 어른이 되믄 말야

내가 어른이 되믄 말야 (이상 12쪽)
아-주 막 뽐낸단 말이지.

지금 나만한 애들보군
"이놈! 내장난감은 만지지 말아!"하구 딱정을 준단 말이지.

내요는 조-그만 낙시배

내요는 조-그만 낙시배 입니다
엄마가 나를 태워 주구요 사공의 두렝이를 가러입혀서 깜깜한 곳으로 띠워 보내죠.

나는 밤마다 배를 타구서 뚝에 섰는 동무한테 인사하구요 꾹-꾹-눈감고 저어 가면은 암껏도 안뵈고 들리 잖지요.

나는 사공이 하는것 같이 빈재떡 한조각 집어놓거나 두어개 작난감을 배안으로 가저 갑니다.

먼동이 터서 집에 올때엔 한오쿰의 꿈얘기를 낚어 가지고 내방안 선창옆에 매여두지요.

(노래 지은 사람 = 로버-드 · 루이쓰 · 스티븐)[235] (이상 13쪽)

이 위에 세 가지는 모두 한 분이 쓰신 겝니다. 이분은 「모르는 나라」라는 우리들의 노래책에 재미난 노래를 백두 넘게 쓰셨읍니다. 이분의 노래는 거진 다 우리가 보긴 어렵고, 한 육학년쯤 다니는 자근언니나 누나가 읽으

---

235 스티븐슨(Stevenson, Robert Louis: 1850~1894)은 스코틀랜드(Scotland)의 에든버러(Edinburgh)에서 출생한 소설가이자 시인이다. 『보물섬(Treasure Island)』(1883), 『지킬 박사와 하이드씨(The Strange Case of Dr. Jekyll and Mr. Hyde)』(1886) 등의 소설과, 동요집 『어린이의 노래 화원(Child's Garden of Verses)』(1885)이 있다.

면 좋와하겠지요. 여기 이중엔 「내요는 조그만 낙시배입니다」가 어렵고 남어지는 쉬운 것입니다. 모두 많이 읽어 보십시요. 그러면 알으실 것입니다. 또 틈나는 대로 이분의 쉬운 노래를 적어 드리겠읍니다.(이상 14쪽)

림홍은 글, 그림, "(만화·만문)여러 선생님들의 얼골", 『아이생활』, 제10권 제3호, 1935년 3월호.

머리ㅅ말

여러 선생님의 귀하신 얼골을 그리게 된 저로서는 무한한 영광으로 생각합니다. 그러하나 여러 선생님을 대면해 본 적도 없고 사진도 똑똑지 않은 데다가 시간과 자신까지 없어 붓을 들지 않으려 했으나 편즙 선생님의 부탁을 받어 부족을 느끼면서도 붓을 들었읍니다. 글세 이 글과 그림이 도리어 여러 선생님에게 욕이나 돌리지 않을런지요? 참 두렵습니다.

될 수만 있다면 여러 선생님을 한 번만이라도 방문하여 그리운 그 얼골, 취미, 가정형편, 특장 같은 것을 써 놓아서야 할 것인데 모든 것이 허락지 않어서 그렇게는 못하고 그저 부족한 나의 공상으로 되는 대로 그려 놓았으니 이 그림과 글을 보시는 여러 선생님과 독자 여러분은 그만쯤 양해하시고 넓히 용서하시며 보아 주시기를 바랍니다. (來月號에 계속)

金昶濟 先生 "모자 벗고 운동장에 못 간다누나. '대매리'라는 레코드를 누가 취입했드라." 노하셨지요?

李光洙 先生 아! 일할 것 많은 이 땅에 일군이 없어 탄식하시는 선생님 이마에 땀이 흐릅니다.

金允經 先生 자! 이 고기가 물니지를 안하 낙시대를 꽂아 놓고 기다리는 선생님! (이상 28쪽)

李泰俊 先生 꼴프 치기 좋은 시절이 왔읍니다.

李允宰 先生 구명절에 여러 독자들이여! 세배드리지 않으렵니까.

朱耀翰 先生·朱耀燮 先生 의좋코 같은 길로 가치 거러가는 우리 兄弟가 부럽지 않습니까?

朴念珠 先生 아홉 살 적에 동생을 업어 기르든 때.

柳光烈 先生 어떴읍니까? 여러분! 아직도 학생 같지요? 경렛!

李殷相 先生　에화라 좋구나. 또 봄이 찾어오는구나. 봄을 즐겁게 맞는.

(이상 29쪽)

方仁根 先生　「소영웅」을 실려 주시는 선생님.[236] 오날은 한가지 우리들에게 또 좋은 소설을 들려주시려고 생각.

徐恩淑 先生[237]　나물 캐는 處女 어린 때가 그립지 않습니까?

田榮澤 先生　이랴 이랴 어서 가자. 해지기 전에 —

朴恩惠 先生[238]　— 미국 계실 때 아마도 고국이 그리워 끼타를 치고 눈물진 때도 있겠지요?

李容卨 博士　박사님! 아홉 살 되는 해 작난!

金泰午 先生　문허진 성벽에 기대여 옛날을 생각하시며, 동화 등을 쓰시는 — (이상 30쪽)

朴龍喆 先生　동요를 입속으로 불으고 목동들의 피리소리도 드르며 우리들을 위하여 동요를 많이 써 주실여고 —

張貞心 先生　三月이라 꽃을 꺾어 들고…… 봄을 맞는.

金保榮 先生　자 — 여러분. 제일은 건강입니다. 조선 땅덩이를 들고 나갈 사람은 여러분입니다. 자! 이렇게.

柳在順 先生　풀닢을 입에 물고 뷘 들판에서 우리들을 위하여 생각하시는.

申東旭 先生　아홉 살 되는 해 생각을 해 보십시요.

林鴻恩 君　　編者 = 우리 어린이를 위해 붓드시는 선생님들을 만화로

---

236 방인근(方仁根)은 『아이생활』에 1933년 12월호에 「소영웅」(제1회)을 연재하기 시작해 23회(1935년 12월호)로 끝을 맺었다.

237 서은숙(徐恩淑)은 인천(仁川)에서 태어나 1923년 이화학당 고등과를 졸업하였다. 1930년 미국 신시내티사범학교를 졸업하고 1931년 컬럼비아대학에서 아동학 석사학위를 취득한 후 귀국하여 이화여자전문학교 교수로 복직했다.

238 난석(蘭石) 박은혜(朴恩惠)는 이화여자전문학교 영문과를 졸업하고 미국 아이오와주 두부크대학(Univ. of Dubuque)에서 석사학위를, 뉴욕의 비벌리컬신학교(Biblical Seminary)에서 종교학 석사학위를 취득하였다. 1933년 『아이생활』을 편집하였다. 1937년 장덕수(張德秀)와 혼인하였다.

턱 그려 놓고 보니 만족한 듯 머리도 쉴 겸 끼타 한 곡조로 '아이생활 九주년 만세'를 노래한다지요. 하하….(이상 31쪽)

림홍은 글, 그림, "(만화 · 만문)여러 선생님들의 얼골", 『아이생활』, 제10권 제5호, 1935년 5월호.

李玉順 先生[239] "지금은 새살림에 새로온 취미도 계시렸마는 그래도 이렇든 옛날의 처녀 시절이 그립군 하죠?"

金慈惠 先生[240] 그 잘 쓰시는 붓솜씨도 한때에 취미로 돌리고 이제는 고요한 春川 늘어지는 수양버들 가지를 스치며 물동이를 이시는.
(이상 20쪽)

崔奎南 博士[241] 송고(松高) 시절에 록샤구 피춰(投手)로 전선에 이름을 날리시든 선생은 미국 가서 철학박사가 되어 오신 뒤론 연히전문에서 교편을 쥐시는 지금에 때로는 "어떻게 우리에게 과학적 오묘한 이치를 가장 알아보기 쉽게 쓸 수 있을가" 믁연이[242] 생각하시죠.

咸大勳 先生 소설가이신 선생은 비스듬이 깡깽이를 드시고 년전에 새로 맞으신 피아니스트 귀부인으로 피아노 건반을 눌으게 하고 우리가 잘 아는 "아리랑 아리랑 아라리요"를 한 곡조 아조 멋들었게 켑죠.

---

239 난사(蘭史) 이옥순(李玉順)은 가토 쇼유린(加藤松林)에게 사사하였고, 1931년 조선미술전람회에 「조춘(早春)의 채소(菜蔬)」로 처음 입선하였고, 1933년 「외출제(外出際)」로 조선미술전람회에서 특선을 하였다.

240 김자혜(金慈惠)는 『신동아』 기자로 활동하였고, 1936년 주요섭(朱耀燮)과 결혼하였다.

241 최규남(崔奎南)은 연희전문학교 수물과(數物科)를 졸업하고, 1929년 미국 오하이오 주 웨슬리안대학을 졸업하고, 이어 석사학위를 받았다. 1933년 미시간대학에서 물리학을 전공하여 이학박사 학위를 받았다. 귀국하여 모교에서 교수로 재직하면서 물리학을 보급하는 데 전념하였다.

242 '믁연이'는 '黙然히'의 오식이다. '묵연(黙然)하다'는 '잠잠히 말이 없다.'는 뜻이다.

裵德榮 先生 그 얌전하심이 큰애기 같소이다. 우리 어린이들에게 종교 교육을 지도하시노라고 전선을 순행하실라기에 자전거 바퀴에 노상 불이나 일잖나요? (이상 21쪽)

申興雨 先生 조선 감리교계의 히틀러라는[243] 둥! 남녀 교제에 어쩌는 둥! 예이 도대체 구찮은 세상. 이 기회에 일절 교계의 직임을 헌신짝 집어던질 법하게 내놓고 고요이 구미에 만유나 해 볼가나? "조선아 잘 있거라." 하면서.

崔昶楠 先生 "어떻게 하면 유익하고 재미론 글로 몰취미한 우리 어린이들의 생활을 좀 더 풍부히 해 드릴고…" 하고 생각에 잠기신.

尹活彬 先生[244] 북만주 거센 바람에 단년[245] 받고 자라난 선생은 유년소설 그 속에 억세인 뛰놂을 보야 주시는 그 점은 퍽도 귀하두군요. 지금은 평양신학 기숙에서 북만에 자라든 그 시절이 그리워서…….

(이상 22쪽)

蔡弼近 先生 종교계의 신문과 잡지에 선생의 수양 깊은 글이 안 실리는 때 없지마는 장광설을 한 번 휘두르면 청중은 모다 "웅변! 웅변!" 하고 감탄이지요. 숭전[246] 강단을 단연 사퇴하시고 요사이는 정신 계발을 표방하시어 목사로서의 설교를 이렇게 준비하시거든요.

毛麒允 先生 '일월일화(一月一話)'로 간곡히 우리에게 교훈을 주시는 선생은 연전서[247] 공부하노라고 바쁘신 그 틈을 타서 이달에는 무슨

---

243 신흥우(申興雨)는 감리교계의 중심적인 인물로 활약하였다. 1930년대에 접어들면서 사상과 활동에 큰 변화를 가져왔는데 1932년 4월 미국 여행 중 『히틀러전』을 읽고 10월 「자유와 통리」라는 글을 발표하면서 파시즘을 제창하였다.

244 윤활빈(尹活彬)의 본명은 윤영춘(尹永春)이다. 북간도 밍둥춘(明東村) 출생으로 윤동주(尹東柱)의 당숙이다.

245 '단년'은 '다년'의 오식으로 보인다.

246 채필근(蔡弼近)은 1925년 도쿄제국대학 철학과를 졸업하고 귀국해 모교인 숭실(崇實)전문학교에서 교수로 재직하였다.

247 모기윤(毛麒允)은 1937년 연희전문학교 문과를 졸업하였다. 1934년 4월호부터 1935년 6월호까지 『아이생활』에 '1월 1화'를 연재하였다.

말슴을 주시려고 또 펜을 잡으시나요.

東京 留學[248] 林鴻恩 君　만경창파에 일엽편주(萬頃蒼波一葉扁舟) 그 원수의 돈이 내게는 웨 못 태 났든고? 나 하고 싶은 공부를 마음껏 못하도록. 그러나 나는 고학해서라도 그 목적을 달해지라고 깊고 검프른 이 현해탄을 돛도 없는 한 뽀트로 눈물겨워 젓고 있읍니다. 그러나 약한 이 노가 꺾어지는 한이 있드라도 억세이게 노질하지요. 어야차 데야차! 저어 갑니다. 오! 하느님! (이상 23쪽)

림홍은 글, 그림, "(만화 · 만문)여러 선생님들의 얼골", 『아이생활』, 제10권 제6호, 1935년 6월호.

故 宋觀範 先生　四五년 긴긴 세월에 우리 『아이생활』을 키워 주신 선생. 그는 발서 옛날 사람만 크나크게 자라는 『아이생활』은 선생의 동상을 이렇게 우리 머릿속에 세운답니다.

都瑪連 博士[249]　〈조선주일학교연합회〉 일도 보시면서 만주에 있는 조선 형제도 찾어 정신적 부흥을 시기려 합니다. "예수께서 제일 귀애하신 어리신 벗들이어 날 위하야 기도 안해 주시렵소." (이상 8쪽)

許大殿 博士[250]　"얼시구 좋구나!" 오! 조선의 육백만 어리신 동무들이어! 나는 十二년 전부터 조선의 五천여 주일학교와 一천여 하기학교를 위하야 여러분의 친구도 되어 옴이 하도 기뻐서! "띵따라 띵따라"

---

248 임홍은(林鴻恩)은 1935년 니혼대학(日本大學) 예술과에 입학하였으나 2년만에 학비를 대지 못하여 퇴학하였다.

249 도마련(都瑪連, Stokes, Marion Boyd: 1882~1968)은 미국 남감리회 해외 선교부 한국 선교사로 파송되어 한국에 왔다.

250 허대전(許大殿, Dr. Holdcroft, James Gordon: 1878~1972)은 미국인으로 1902년부터 1940년까지 조선에서 선교사로 헌신하였다.

따따따! 춤을

班禹巨 先生[251] 조선 종교서적 발행에 가장 이름이 높으신 이 어른. 얼골은 서양인이면서도 실상은 우리를 위하야 익숙해진 정신적 길앞잽이. "조선옷을 입고 갓을 들었으니 어! 이만하면 당신들의 친구지요?"

石根玉 牧師[252] "하누님을 두려워함이 지식의 근본!" 자! 여러분. 사람이 연구해 발달시킨 과학 문명은 되려 세상에 어지런 문제가 많소. 자유와 평와와 사랑의 질리인[253] 이 책의 말슴을 믿으시요! 라고.(이상 9쪽)

委員長 白樂濬 博士 아즈랭이 끼는 시굴의 꽃동산 흐들어진 그때가 오즉이나 좋아요. 박사 선생님. 이러한 봄철엔 옛날의 무즈럭 총각시절이 하도 그립지 않으십니까요?

柳瀅基 先生 "쉬쉬! 이놈 미끄러지 저놈 꺽재기!" 熙川이라 明月寺 앞 맑게 흐르는 청게수에서 소년시절 한창 적에 둥이루 고기 잡던 생각 얼마나 유쾌하슈!

王來 先生[254] 일즉이 태화여자관장으로 남감리교 녀선교회장으로 조선선교잡지(영문)의 주필로 『아이생활』 위원으로 우리 조선을 위하야 교화사업에 힘을 쓰다가 지금 안식년으로 미국 가 있으면서도 때로는 조선옷을 기념 삼아 입고 "어떻게 하면 조선을 위하야 좀 더 유익

---

251 반우거(班禹巨, Bonwick, Gerald William: 1872~1954)는 호주에서 태어나 영국으로 이주하여, 구세군 사관으로 조선에 와 〈조선예수교서회〉(현 대한기독교서회)의 2대 총무를 지냈다.

252 석근옥(石根玉: 1883~?)은 장로교 목사다. 평안남도 평원(平原)에서 출생하여 명륜사범학교와 평양 장로회신학교를 졸업한 후 목사 안수를 받고, 1924년부터 총회종교교육부 부장, 〈조선주일학교연합회〉 대표, 순안(順安) 숭의(崇義)학교 교장을 역임했다.

253 '진리인'의 오식이다.

254 왕래(王來, Wagner, Ellasue Canter: 1881~1957)는 미국 남감리교 독신 여선교사로, 한국 감리교회 역사상 최초로 목사 안수를 받았다. 1926년부터 1934년까지 경성(京城) 태와여자관 관장으로 재직하였다.

한 일을 할고!" (이상 10쪽)

金保麟 선생 선생은 언제 보나 누구를 대하나 봄바람이 돌거든요. 방싯이 含笑하시는 스마-트하신 그 표정, 나물 캐다 말고 수양버들에 의지하신 양. 저이도 그 속정을 알은 간해요. "우리는 커도 술과 담배는 안 먹을 테니요."

金東吉 先生 당나귀 타고 장가가는 초립둥이로 잘못 알어선 큰일이요. 꽃 피는 좋은 시절에 천년 전 옛 도읍 우리 조상들이 만들어 놓은 신라고적(新羅古蹟)을 보려구 경주(慶州)로 갔었든 길이라오. "이랴 낄낄? 이랴 이랴."

崔仁化 先生 『아이생활』 발송에 통신 정리에 가끔 재미론 동화를 추어내다가도 때로는 깔깔대학에 허리 잘록해질 暴笑 재료를 만드노라 지긋해지는 머리를 쉴 겸. "엘하! 낙시대나 메고 개울루 가서 아들놈 모세를 위하야 미끄러지나 한 통 잡아 오자!" (이상 11쪽)

崔鳳則 先生 둔한 재조를 짜내노라고 무척 애를 쓰는가 보아!

鄭仁果 先生 말슴 않기로니 당신의 크신 포부 저이는 잘 알고들 있지요.(이상 12쪽)

鄭瑞鎬, "(위인들의 어렸을 때(八)) 톨스토이", 『아이동무』, 1935년 3월호.

지금으로부터 二십五년 전까지도 저- 로서아에는 아조 훌륭하신 어른 한 분이 살아 게섯는데 그이가 여러분도 다 잘 아시는 톨스토이! 이 사진에서 보시는 바와 같이 점지않은 사랑스러운 얼굴을 가지신 분입니다. 이번 달에는 이 분의 어렸을 때 이야기를 하기로 했읍니다.

외로운 톨스토이

톨스토이는 一천八백二十九년에 지금 로서아 서울 모스코에서 멀지 않은 조고마한 촌에서 나섰읍니다.[255] 이 지방에는 자기의 선조들이 대대로 물려오는 넓은 토지(土地)가 잇고 또 원래부터 집은 로서아 귀족 가운대의 하나이었기 때문에 톨스토이는 퍽도 행복스러운 가정에 태여난 셈입니다. 그러나 그는 어려서부터 퍽- 많은 슬픔을 당했읍니다. 그가 두 살 때에 어머니는 철없는 톨스토이를 두고 세상을 떠나시고 여덟 살 때에 모스코에서 아버지까지 마저 세상을 떠나시매 의지할 곳은 없고 여간 외로운 아이가 아니엿읍니다. 그래 별수 없이 숙모(叔母)를 따라 고향에 돌아왔으나 三년이 지나 숙모까지 별세하시고 보니 이번에는 다시 적은 숙모에게로 이렇게 그는 어려서부터 부모의 따뜻한 품속을 떠나 헤매엿읍니다.(이상 15쪽)

그러나 집이 원래부터 부자요 귀족이고 보니 그리 많은 고생은 하지 않고 학교 공부도 하고 불란서 사람, 독일 사람 선생들에게서 외국말을 배우며 고요히 대학(大學)에 들어갈 준비를 하고 있었읍니다.

톨스토이는 커서 자기의 어렸을 때 지나든 이야기로 소설을 썼는데 우리는 거기서 그가 얼마나 부모를 잃고 외로이 지났다는 것과 그의 어렸을

---

255 톨스토이는 1828년 8월 28일(구력: 율리우스력), 9월 9일(신력: 그레고리력)에 모스크바에서 200km 떨어진 툴라(Tula)의 야스나야 폴야나(Yasnaya Polyana)의 대농장에서 태어났다.

때 생활이 또 어떠했다는 것을 자세히 엿볼 수 있읍니다.

훌륭한 락제생

톨스토이는 열다섯 살에 대학 문과에 들어갔읍니다. 그는 어려서부터 퍽 글 읽기를 즐겨 열 살 때에 벌서 그가 읽은 책이 여러 종류에 달하였고 대학에 들어간 후부터는 철학(哲學), 문학(文學), 과학(科學), 기타 여러 가지 서적을 읽어 벌서 자기의 주견이 서 있었읍니다.

그렇다 보니 한편으로는 좀 교만도 하야 무엇이나 자기 마음대로 하려는 고집이 적지 않었읍니다. 그래 공부를 해도 자기가 좋아하는 과정만 선생의 명령이라도 자기 뜻에 맞어야만 순종 이 모양으로 그는 언제나 자기를 내세웠읍니다. 그래 문과에 겨우 一년이 지나서 어떤 선생과 싸움을 하고는 그만 그해 시험에도 락제(落第)를 하고 말었읍니다.

"에러! 그만 법과로 넘어가면 그만이지." 하고 그는 법과로 올마갔으나 또 락제! 이리하야 그는 학교를 그만두고 말었읍니다. 말하자면 후에 그처럼 훌륭한 어른이 된 톨스토이도 어려서는 한 훌륭한 락제생이였든 것입니다. 그러나 물론 그가 그렇게 머리가 나뻤든 것은 아닙니다.

대학이 무슨 소용이냐?

그가 아직 대학 법과에 있을 때 이야기입니다. 어떤 날 톨스토이는 고만 학과 시간에 니여밎지를 못하야 지각(遲刻)을 하게 되였읍니다.(이상 16쪽) 그랬드니만 엄한 법과 선생은 드디어 그를 조고마한 방에 다려다 간우고는 벌로 二十四 시간을 기다려야 된다고 합니다. 들어가 보매 음침한 방에 자기보다도 먼저 들어와 같은 벌을 쓰는 학생 五, 六명이 있는데 모다 고개를 푹 숙이고는 풀이 죽어 있읍니다.

그러나 이 톨스토이를 보십시요. 조곰도 상한 기분의 빛이 없이 그 방안에서도 유쾌스럽게 왔다 갔다 하며 창문으로 밖을 내여다보기도 하고 저고리의 단초를 풀었다 끼웠다 조곰도 근신의 빛이 없이 떠들고 있읍니다. 다른 학생들도 좀 기분이 나서

"글세. 이거- 벌이 심해-"

"그런데 너는 이 대학을 마치고는 무엇을 할 작정이니?"

"대체 대학이라고 하는 것은 ……"
하며 장히들 의견을 들어 다토기 시작합니다.
이것을 본 톨스토이!
"헤-헤- 대학? 대체 대학이 무엇 하는 데냐? 대학을 마치고 촌에 돌아간댓자 무슨 소용이냐? 그런 리론(理論)과 형식(形式)만의 학문이 무슨 쓸데 있니?" 하고 내여 쏘매 여러 동무들의 놀란 눈동자들은 톨스토이를 향하야 던저졌읍니다.

공이다 공이야

어떤 날 역사(歷史) 시험 때 일입니다. 선생은 대단히 엄한 이였었는데 문답시험으로 하기로 하고 차례차례 순번대로 돌아가고 있었읍니다. 어느듯 톨스토이 차례가 되지 않었겠읍니까. 모든 학생들은
"늘 자기 재조만 믿고 공부도 안 하는 놈! 아마 또 신기한 대답이 나올 게다."
이렇게 속으로 생각하며 모다 톨스토이를 향해 주목하고 대답이 떨어지기를 기다리고 있읍니다.
한 푼! 두 푼!
나올까 나올까 춤을 삼키며 이제! 이제!(이상 17쪽) 하고 기다리고 있든 학생들은 제각기
"하하 — 또 골았구나!" 하며 속삭이고 있읍니다.
四, 五분이 지났으나 톨스토이는 입을 꼭 담은 채로 아모 말이 없드니만 팔을 끼고 고개를 앞으로 푹- 숙으렸다 다시금 힘 있게 들며 선듯 일어나 교실 밖으로 나아가고 맙니다. 등 뒤에서는
"공이다. 공이야."
하는 여러 동무들의 비웃는 소리가 들려옵니다. 여러 학생들에게 여지까지 그렇게 교만을 부리며 선생들께도
"그 애는 심상치 않어!"
"자우간 그 애는 크면 비상한 인물이 되기는 될 게야."
이렇게 물망이 있든 톨스토이가 뜻밖에 아모것도 모르는 아이로 보여졌

든 까닭입니다. 그러나 톨스토이는 그 문제를 몰라서 그런 것이 아니였읍니다. 다- 알고 있으면서도 짐짓 대답을 아니 했든 것입니다.

그 후 그는 중간에 학교를 그만두었으나 집에 돌아와서는 열심으로 공부하야 二십세 때에는 당시 서울 국립대학에서 학사시험을 처서 우수한 성적으로 급제를 하였읍니다. 대학을 졸업은 못했으나 자습으로 이렇게 훌륭이 대학교육을 받은 다음 학생으로의 그의 생활은 여기서 끄첬읍니다. 아마 이분의 어렸을 때 이야기도 여기서 끝이 나야 될 것 같습니다.

그 후 톨스토이는 군인(軍人)이 되여 전장(戰場)에도 나가 보고 학교 선생이 되여 어린이들을 가르치기도 하여 보며 여러 가지 경험을 쌓었읍니다. 특별히 그가 가진 천재(天才)의 붓을 날려 二十四세부터 벌서 그의 문명(文名)은 전국에 알려지고 그의 머리로부터 손끝을 통하야 나아오는 글은 당시 어두운 로서아의 날카로운 불이 되었읍니다.

그 후 다시 그는 마음의 일변을 보아 지난날의 생활을 참회하고 예수의 일생을 본받아 행하려고 불상한 사람들을 위하야 여생을 보내다가 一천九백十년 十一월 二十일에 八十二세를 일기로 세상을 떠났읍니다.[256] (끝)

(이상 18쪽)

256 톨스토이는 1910년 11월 7일(구력), 11월 20일(신력)에 사망하였다.

韓晶東, "童謠小話－별과 꽃", 『소년중앙』, 제1권 제7호, 1935년 7월호.

하늘에도 꽃피지
별애기반짝
밤에피는 그꽃은
언니랍니다.

땅우에도 별애기
꽃송이발쭉
낮에피는 그꽃은
아우랍니다.

하늘과땅 두사이
너무멀어서
언제나 마주보고
반겨웃을뿐.

해돋아 아침이다
별지게되면
웃는꽃 송이메고
눈물한방울.(이상 18쪽)

두 남매가 해와 달이 되엿다는 전설(傳說)은 우리 조서에[257] 잇서서는 너무도 유명하지오. 그러나 언제 어느 곳에서 생겨난 것인지 모르기 때문에 그저 한 옛적이라고 하엿지오.

그 어느 때인지 모르거니와 옛적 어떤 곳에 아름다운 꽃 두 송이가 생겨

257 '조선에'의 오식이다.

낫드랍니다. 그 꽃은 아우 형제엿습니다.

그 아우 형제 꽃은 어찌 곱고 아름다웟든지 이 땅 우에서 두 송이가 다 피게 되면 온 사람들은 그 꽃 구경 때문에 볼일을 못 보앗습니다. 그래서 이래서는 안 되겟다고 언니 꽃은 하늘로 올려 보내고 아우 꽃만은 땅 우에 두게 하얏답니다.

그 자매(姉妹)는 원래 의가 조흔 터라 서로 멀리 떠나고 보니 밤낮을 서로 보고 울기만 하얏답니다. 그리하야 언니꽃은 별을 만들어 밤에만 피게 해서 낮에는 서로 그리게 하얏답니다. — 그립다 보면 반가우니까 — 그러므로 지금 우리가 보아도 하늘에 반짜기는 별이 꽃 같기도 하고 땅에 피는 꽃이 별 같기도 하답니다. 뿐만 아니라 원래가 자매엿스니 별이자 꽃이요, 꽃이자 별이라고 하여도 조켓습니다. 그리하야 그 자매는 밤마다 서로 마조 보고 반겨 웃군 하엿습니다. 그러나 반나절이라도 서로 헤여지는 것은 의조흔 자매에게 또한 슬플 것이 아니겟습니까. 아침 해가 뚜렷이 떠오를 때에는 별은 그만 서름을 참는 사람 눈처럼 깜박어리다가 기운 없이 슬몃이 사라져 가군 하는 것이랍니다. 피여나는 아침 꽃닢의 이슬! 그는 눈물이 아니고 무엇이겟습니까 —. (끝) (이상 19쪽)

"'안더센'의 아버지는 佛蘭西 사람이다", 『조선일보』, 1935.12.6.

【'코펜하-겐'發 聯合郵信】 北歐 出生으로 童話大家인 '한스 크리챤 안더세'[258]의 父親이 佛蘭西人이엇다는 것을 요지음 그가 出生한 나라 丁抹서 發見되야 好事家의 評判거리가 되고 잇다.

그 事實의 發見者는 에취 지 올리크 氏라고 하는 안더센 硏究家인 바 氏는 數年間에 亘한 硏究 結果로 從來 國籍 姓名이 模湖하든 그 父親인즉 실상 훌륭한 佛人이엇다는 것을 明確히 言證하기에 이르럿다.

올리크는 말하기를 —

"안더센의 母親은 다 아는 바와 가치 시집을 여러 번 밧구어 다닌 까닭으로 안더센 自身의 父親이 누구라는 것을 지금까지 모르고 지냇다. 從來 알려진 바로만 보면 그 子는 펜島 오덴세라는 적은 거리에서 非常히 가난하게 사는 中 그때 갓금 나폴온 一世로부터 派遣되는 佛蘭西 兵士들과 戀愛를 하얏다. 一七九九年 엇던 兵士와 살아서 한 사나이를 나헛스나 곳 그 女子는 다른 사람에게로 가서 또 한 아들을 나케 되얏스니 그 둘째아들이 안더센이라는 것이다. 그러나 나의 調査에 依하면 그것은 잘못 안 것이다. 그의 父親은 잔 니콜라스 고말이라는 말누 縣 出生의 佛蘭西人으로 丁抹 와서 오덴세 學校에서 佛語 敎授를 해 가지고 裕福한 生活을 하는 中 그 女子와 結婚해서 안더센을 나핫다. 나는 近間 나오는 안더센傳 中에다가 그 調査結果를 너흐랴고 생각하고 잇다."

258 '한스 크리챤 안더센'의 오식이다.

姜信明, "兒童歌謠曲選三百曲을 내여놓으면서", 『아동가요곡선삼백곡집』, 평양: 농민생활사, 1936.1.[259]

우리는 여러분들의 要求에 應하야 이 책 하나를 만들어 놓았읍니다. 愚鈍한 우리가 더구나 學窓에 잇는 우리가 이것이라도 만들어 놓기는 쉬운 일이 안이엿읍니다. 이제 이것을 完全하다고 할 수 없지만은 學生의 뷘 주머니를 갖이고 後援도 別로 없이 資料를 엇기에는 때안인 땀방울이 적지 않게 흘넜읍니다. 일을 畢하고 보니 바로 크리쓰마쓰이라 祝賀 準備에 熱中하고 있읍니다. 비록 今日에 벧을네헴 넓은 들 뭇 별 아레에서 羊 직히든 牧者가 듯든 天軍天使의 노래는 못 들어도 하늘의 天使와도 같이 귀엽고 재롱스런 어린이들의 노래는 오늘 우리가 들을 수 있읍니다. 우리가 들어야 할 또한 밮어야 할 그 노래는 우리가 주어야 하겠읍니다. 대개 그들에게는 노래가 끊어진 까닭이외다. 우리는 이 要求에 應하려고 그들이 불너야 할 노래 三百四十余曲을 추리여 이 책을 내놓는 것이외다. 노래들의 出處는 우리의 歌人 金水鄕(尹福鎭 氏의 号) 謠와 在米 中이신 音樂 朝鮮을 빛내고 잇는 朴泰俊 先生 曲으로 된 『중중때때중』, 『양양범버궁』 三版도 絶版 中인 『童謠九十九曲』,[260] 小竹 姜信明 作曲集 『새서방 새색시』 等과 最近 六七年間 新聞 雜誌에 發表된 것과 崇義保育科에서 取集한 것과를 總合하야 만든 것입니다.

긴말을 피하고 東京 게신 尹福鎭 氏와 京城 게신 尹石重 氏의 厚誼와 直間接으로 도와주신 權泰羲, 卓昌信, 曹活湧, 金有聲, 南宮堯卨[261] 諸氏

---

259 『아동가요곡선삼백곡』(초판, 1936)을 보지 못해 『아동가요곡선삼백곡집』(재판, 1938)에 있는 서문을 옮긴 것이다. 책명이 초판은 『아동가요곡선삼백곡』이고 재판과 증보정정판 『아동가요곡선삼백곡집』이다.

260 박원임(朴源棽) 편, 『동요구십구곡집(童謠九十九曲集)』(평양: 농민생활사, 1932.1)을 가리킨다. 이 책은 겉표지엔 '朝鮮童謠新曲集'이라 되어 있으나, 속표지엔 '童謠九十九曲集'이라 되어 있다. 판권지를 보면 '編輯兼發行人 米國人 朴源棽'으로 되어 있고, '印刷人 姜信明', '發行所 農民生活社'이며 발간일자는 1932년 1월 9일이다.

에게 謝意를 表합니다.

昭和 十一年 一月 十日　柳京 一隅에서

姜信明 識

再版에 際하야

音樂은 喜悲哀樂의 情緖를 表現함에 가장 高貴한 藝術이다. 그래서 이 音樂은 人生에서 떠날 수 없는 것이다. 더욱히 어린 幼年들에게는 무엇보다도 노래를 좋아하는 것이다.

本社는 斯界에 高名한 諸位의 後援으로 數年 前에 本書를 刊行하야 兒童音樂에 助力하여 왔으며 賣盡되매 이제 다시 各界에 本書의 再出現을 絶叫함에 따라 新曲 數十曲을 加하고 正訂 發行하게 되니 앞으로 本書가 어린이 音樂에 더욱 多大한 貢獻이 잇기를 바라는 바이다.

今番에 本書의 歌詞를 校正하여 주신 曺應天 博士와 金炯淑 先生의 挿畵와 柳韶 夫人의 贊助를 感謝하오며 直間接으로 도아주신 朴潤模 氏와 權泰鎬 氏께 感謝를 들이는 바입니다.

昭和 十三年 十月 一日

農民生活社長 柳韶[262] 識

---

261 권태희(權泰羲)는 종교인이자 정치인이다. 작곡가 권태호(權泰浩)는 권태희의 형이다. 탁창신(卓昌信)은 숭실전문 출신의 목사이다. 조활용(曹活湧: 1912~?)은 경북 달성군 출생으로 대구 계성학교와 평양 숭실전문학교를 졸업하였다. 이후 평양신학교에 진학하였고, 1940년에는 경성제국대학 의학부에서 공부하였다. 김유성(金有聲: ?~?)은 확인하지 못했다. 남궁요설(南宮堯卨: 1919~2013)은 음악인이자 사진작가이다.

262 조응천(曺應天: 1895~1979)은 과학자로 1928년 인디애나대학원에서 이학박사 학위를 받고 귀국하여 기독교 청년운동에 참여 『농민생활』을 발간하였고, 1957년 체신부 차관을 지냈다. 유조 부인(柳韶夫人, Lutz, Lenove Harpster: 1888~1979), 유조(柳韶, Lutz, Dexter Nathaniel: 1890~1985)는 선교사이다. 김형숙(金炯淑)과 박윤모(朴潤模)는 확인하지 못했다. 유조는 1936년부터 1942년까지 윤산온이 귀국한 후 『농민생활』의 발행인이었고, 조응천은 1942년부터 1945년까지 『농민생활』을 『개로(皆勞)』로 개제하여 발행하였다. 『아동가요곡선삼백곡집』의 발행소는 『농민생활』을 발행한 농민생활사(農民生活社)이다.

姜信明, “兒童歌謠曲選三百曲을 내여놓으면서”, 『아동가요곡선삼백곡집』, 평양: 농민생활사, 1940.6.

우리는 여러분들의 要求에 應하야 이 책 하나를 만드러 노왔읍니다. 愚鈍한 우리가 더구나 學窓에 잇는 우리가 이것이라도 만드러 놓기는 쉬운 일이 아니엿읍니다. 이제 이것을 完全하다고는 할 수 없지만은 학생의 뷘 주머니를 갖이고 후원도 別로 없이 資料를 언기에는 때 아닌 땀방울을 적지 않게 흘였읍니다.

일을 畢하고 보니 바로 크리쓰마쓰 씨-즌이라 축하 준비에 熱中하고 있읍니다. 비록 今日에 벧을네헴 넓은 들 뭇 별 아래에서 羊을 직히든 牧者가 듯든 天軍天使의 노래는 못 들어도 하늘의 天使와도 같이 귀엽고 재롱스런 어린이들의 노래만은 오늘 우리들이 드를 수 있읍니다.

우리가 드러야 할 또한 빛어야 할 그 노래는 우리가 주어야 하겠읍니다. 대개 그들에게는(어린이 — 地上天使 — 들) 노래가 끊어진 까닭이외다. 우리는 이 要求에 應하려고 그들이 불러야 할 노래 三百四十余曲을 추리어 이 책을 내놓는 것이외다.

노래들의 出處는 우리의 歌人 金水鄕(尹福鎭 氏의 펜네임) 謠와 在米中이신 음악 조선을 빛내고 계시는 朴泰俊 先生 曲으로 된 『중중때때중』, 『양양범버궁』 三版도 絶版 中인 『童謠九十九曲』, 小竹 姜信明 作曲集 『새서방 새색시』 等과 最近 六七年間 신문 잡지에 발표된 것과 崇義保育科(이제는 옛이야기외다 — 1940 註)에서 取集한 것과를 總合하야 만든 것입니다.

긴말을 피하고 동경 계신 尹福鎭 氏와 京城 게신 尹石重 氏의 好意를(作品 中 出版된 것을 記載許諾함 1940 註) 감사하오며 直接 間接으로 도아주신 (氏名 省略함 — 1940 註) 諸氏에게도 謝意를 表하나이다.

一九三六. 一. 一○. (원고 등사 맞이기는 1935.12.20)

柳京 一隅에서
姜信明 識

增補 訂正版을 내여 보내면서

이 책을 또 맨드러 달나는 부탁을 지나간 三四年 동안 많이 받었으나 形便이 할 수 없어 그대로 오든 中 이번 이곳을 오게 되자 간절한 부탁들이 있어서 着手하게 되엿다. 그러나 때가 때인 만큼 돈이 있대도 물건을 자유로이 또는 容易하게 求하기 어려운 것은 긴 말이 必要치 않을 것이다.

이제 이 책 가운대는 전에 것은 가급적 그대로 넣었으나 부득불 삭할 것은 삭하고 代身 새로 나온 곡조들을(主로 少年에 發表 되였든 것) 많이 넣었으며 특히 梨花保育科에서 教業으로 하였든 것을 많이 얻게 된 것을 기뻐한다.

나로서 히망하는 것이라면 흙속에 무치여서 말없이 썩어지는 거름(肥料)과도 같이 어린이들을 지도하시느라고 受苦하시는 여러분들에게 도음이 되기를 그리고 귀여운 어린이들 天性을 직힐 수 있는 힘이 되여지기를 바라면서 우리 지도자들도 하늘나라에 드러가기에 합당한 어린이가 되여지기를 바라마지 안는다.

원컨대 하나님께 영원토록 영광을 돌니기를 그리고 인간 세상에는 참된 평화가 임하기를 바란다.

昭和 十五年 六月 十五日(二女 昇天 記念日)
東京 一隅에서 小竹 姜信明 識

咸大勳, "演劇 女優 金福鎭-老婦少女에 모다 能爛타", 『조선일보』, 1936.2.21.

한 會에 잇는 會員을 禮讚한다는 것은 내 自身 크게 惶悚한 일이나 오늘날 研究, 興行을 다 털어노코 演劇女優로써 꼽는다면 金福鎭이 넘버-원이라고 하지 안흘 수가 업슬 것 갓다.

나는 그가 京保[263]時代 童劇에서 보혀 준 능난한 演技에 感嘆한 바 잇섯지만 그는 劇研[264]에 入會한 以來 〈노라〉에서나 〈버드나무 선 洞里〉에서나 〈紅髮〉에서나 또 〈祭祀〉에서나 그 演技는 每番 進展을 보혀 주엇다.[265]

그는 少女의 役이나 中年 夫人의 役이나 老役이나를 勿論하고 自己가 마튼 役을 살리기에 커-다란 勞力을 하는 同時 또 나타나는 그 演技가 果然 능난하다는 讚辭를 보내기에 앗갑지 안타. 伊太利 女優 '엘데오노라 듀-제'[266]가 六十에도 少女役을 능난히 햇다는 것 有名한 演劇史의 에피소-드이지만 金福鎭은 그의 力量이 넉넉히 이에러 役을 살리기에 充分하다. 〈버드나무 선 洞里 風景〉에서의 그의 少女役을 보라. 아직도 十五六歲의 少女가 안이든가? 그리고 〈祭祀〉의 老婆를 보라. 비록 목소리를 變하는 데 多少 無理는 잇섯지만 演技만은 老役으로 훌륭하지 안는가?

그뿐 아니라 〈노라〉에서 어린이를 더리고 재롱하는 장면이랄지 그건 퍽

---

263 경성보육학교(京城保育學校)를 가리킨다.

264 〈극예술연구회〉를 가리킨다. 〈극연〉은 약칭이다. 1931년 7월 8일 창립하여 1938년 2월 14일 해체하였다. 창립동인은 윤백남(尹白南), 김진섭(金晉燮), 이하윤(異河潤), 이헌구(李軒求), 장기제(張起悌), 정인섭(鄭寅燮), 서항석(徐恒錫), 최정우(崔挺宇), 함대훈(咸大勳), 조희순(曹喜淳), 홍해성(洪海星), 유치진(柳致眞) 등 12인이다.

265 '노라'는 헨리크 입센(Henrik Ibsen)의 〈인형의 집〉을, '버드나무 선 동리'는 유치진(柳致眞)의 〈버드나무 선 동리의 풍경〉을, '홍발'은 르나르(Renard, Jules)의 작품이고, '제사'는 유치진의 작품으로 〈극예술연구회〉 제8회 공연작을 가리킨다.

266 엘레오노라 두세(Duse, Eleonora: 1858~1924)를 가리킨다. 이탈리아의 배우로 어려서부터 이탈리아 및 구미 각국을 순회공연하고 1897년 파리로 가서 세계적 명성을 얻었다.

훌륭한 마담의 役이 아니엿든가?

×

그리고 映畵에서 나는 文藝峰[267]을 第一 조하한다. 첫재 그것은 스크린에 나타난 그 印象이 賤해 보히지 안는 때문이다. 勿論 그 役이 그리해야 할 演技를 그러케 보혀 주는 때문도 되지만은. 그런데 文藝峰은 表情이 업다. 그게 큰 恨이다. 石膏로 깍은 듯 조금도 얼골의 근육이 놀지를 안는다. 이것은 特히 東洋男女에 잇서서 커-다란 通弊지만 藝峰은 그게 좀 度를 지나친다. 좀 더 美學과 繪畵와 表情에 對한 硏究가 必要할 것이다. 世界 名優史를 보면 그들이 얼마나 美學, 彫刻, 繪畵, 表情 等을 硏究하기 爲해서 博物館으로 圖書館으로 헤매엿는지 알 수 잇거니와 적어도 名優가 되려면 이런 智識이 잇서야 한다.

그래도 文藝峰은 애처러운 印象을 주는 데서 一般 팬의 人氣를 끈다. 이것마저 업섯드면 文藝峰은 映畵 女優로써 스크린에 비칠 수가 업슬 것이다.

如何間 이런 缺點이 잇는데도 不拘하고 나는 文藝峰을 조아한다. 그것은 그의 나희가 아즉 十九로 將來가 요원한 때문에 發展性이 잇스리라는 것과 어덴지 애처러운 印象이 내 맘을 끄는 때문이다.

---

267 문예봉(1917~1999)은 함경남도 함흥(咸興)에서 출생한 일제강점기 여배우이다. 아버지는 배우 문수일(文秀一)이고 남편은 극작가 임선규(林仙圭)이다. 〈임자없는 나룻배〉, 〈춘향전〉, 〈춘풍〉, 〈아리랑 고개〉, 〈장화홍련전〉 등 다수의 작품에 여주인공으로 출연하여 '삼천만의 연인'으로 불렸다.

主幹, "(紹介欄)만화 잘 그리는 임홍은 씨가 왔어요. 林鴻恩 氏 入社", 『아이생활』, 제11권 제4호, 1936년 4월호.[268]

작년 이래로 "만화 「무쇠의 모험」이 웨 아니 납니까?"고 성화스럽게 독자의 글월을 받었었지오. 그 만화 집필의 주인공 임홍은 씨는 작년 재령 명신중학을 졸업하고 단연이 큰 뜻을 갖고 현해탄을 건너 동경에 있는 일본대학 미술과에 학적을 두고 그림 미술에 대하야 전심하는 중에 학비가 또한 부족한지라 아츰 저녁으로 신문을 배달하고 밤에는 가정 장식픔으로 접시에 유화(油畵)를 그려 야시장에 친히 내다 팔고 또는 평일(平一)이라는 이름으로 동경조일, 일일, 독매(東京朝日, 日日, 讀賣)[269] 세 신문에 만화를 투고하야 약간 약간의 학비도 벌어 쓰랴니 어느 하가에 본지에 붓을 들 새가 있었겠읍니까? 고학이란 글자 그대로 고생 고생 배우는 길이라 그처럼 뼈에 슴이는 고생이었만 오히려 떡 먹듯 견디며 강철 같은 의지로 한 해를 계속하고 나니 뜻 아니한 몸에 건강이 저억이 걱정되야 지난 三월 하순에 안탁가운 심정을 품고 고향으로 돌아오게 되었읍니다. 본사에 거쳐 고향으로 나려가면서 기왕이면 쉬고 있을 테니 귀사에서 일을 좀 보면 어떻겠느냐고 간곡한 글월이 왔읍니다. 마츰 창간 十주년을 맞으며 본지의 발전은 그야말로 전보다 두 갑절 세 갑절 발전하야 지금 인원으로는 미처 사무를 감당할 길이 없어 한창 쩔쩔매던 끝에 지상으로서 해를 두고 가치 자라온 동무 임홍은 씨가 때마츰 기회에 나서니 이는 참으로 신통한 일이오 만천하 육백만 동무들에게 "본사에 임홍은 씨"가 들어왔읍니다고 반가운 소식을 라팔소래 같이 전해드리는 것입니다. 바루 이해 四월 一일부터 근무

268 '주간(主幹)'은 정인과(鄭仁果)이다.

269 『朝日新聞』은 1879년 오사카(大阪)에서 창간하였으나 1888년 7월 10일부터 도쿄로 옮겨 『도쿄아사히신문(東京朝日新聞)』(1888~1940년까지 도쿄에서 발행)으로 개제하여 발행한 신문을 가리키고, 『도쿄니치니치신문(東京日日新聞)』(1872년 창간), 『요미우리신문(讀賣新聞)』(1874년 창간)을 가리킨다.

합니다. 앞 달 五월호부터는 초순이 지나도 잡지가(이상 8쪽) 웨 아니 옵니까. 무쇠의 만화가 웨 아니 남니까? 하든 안탁가운 기대는 차차로 사라지고 매월 초에 잡지를 일즉 받는 기쁨과 잡지 속에 그동안 그리웠든 그림을 두고두고 보게 되는 그 기쁨이 있을 따름입니다. 이 반가운 소식을 동무 동무 사이에 널리 전해 주시기를 바랍니다(사진은 임홍은 씨)

林鴻恩, "인사하는 말슴"

나의 가장 사랑하는 여러 동무들이여. 바보같이 아무것도 아지 못하는 제가 이 귀한 아이생활사에 와서 여러 동무들과 다시 뛰놀게 된 것을 무한한 영광으로 생각합니다. 그러나 아무것도 아는 것이 없고 철없는 제가 여러분의 사랑을 받는 『아이생활』을 더럽히지나 않을까 하는 염녀도 없지 않습니다. 그러나 내 힘 달하는 데까지 내 정성을 다—하여 일해 볼려구 결심하였읍니다. 다만 한 가지 바라기는 여러분이 많이 인도해 주시고 잘못이 있거든 많이 꾸짖고 가르쳐 주십시요.(이상 9쪽)

韓晶東, “(봄과 童謠 童謠와 想)문둘레”, 『동화』, 1936년 5월호.

물둘레[270] 꽃이폇다
해바래기다
포군한 짬디언덕
따스도하다
드누어 굴고싶다
조름이온다.

이른 아츰에는 가느단 바람이 솔々 부러오군 한다. 아직도 치운 感이 업지 안타.

낫쯤 되야 散步하는 짬디 언덕에는 新鮮하게 곱게 샛노란 문둘레쏫이 피여 웃고 잇다. 거기에는 아름다운 이른 봄빛이 넘처 흐르리만치 싸순 맛이 담쑥 담기여 잇다. 가만이 보고 잇노라면 슬그머니 조름이 온다. 마음은 空然이 어질어질한다.

문둘레 꽃이폇다
한길가에도
먼지판 풀가운데
혼자빛난다
놀아케 웃는양이
곱기도하다

저 멀리 지질편々한 벌이 내다보이는 郊外의 길가는 往來하는 사람이 만은 까닭인지 히검은 먼지가 안탑갑게도 파라우리한 풀닙들을 더퍼 주고 잇다. 그 가운데도 여기저기 피여 잇는 문둘레곳만은 핀 지 아직 몃 날

270 ‘문둘레’의 오식이다.

되지 안은 까닭인지 그 염요한[271] 黃金色을 자랑하는 듯이 新鮮한 光彩를 내던지고 잇다. 그것은 먼지판 가운데이니만치 一層 더 곱게 보인다. 都會의 동무들이어 봄은 決코 먼 곳에만 잇지 안타. 짜라서 우리의 노래도 決코 싼 곳에 잇지 안은 것은 알 것이다.

들창문 열따리고
앉엇누라면
문둘레 꽃은날라
반기여든다
날맞어 바람타고
반기여든다.

덥도 칩도 안은 기지개 날 만한 봄날! 들창문을 열어 제치고 안젓누라면 져 가는 문둘레 꼿닙은 힌 닭의 털과도 갓티 그리 힘 잇는 바람이 아니엇만 空中을 날러 썻다 잠겻다 한가로이 춤을 추며 날라든다. 그는 마치 天上仙女가 仙樂을 마추어 춤추어 가며 나를 맛즈러 오는 양하야 나는 날르는 문둘레 꼿닙에게 나의 精神을 다 악기고 마럿다. 아! 곱다란 봄의 노래여! 문둘레꼿이여!

昭和 十一年 三. 一五 (이상 3쪽)

271 '요염한'의 오식이다.

金泰午, "兒童과 映畵", 『조선영화』, 제1집, 1936년 10월호.

心理學上 見地에서 兒童은 活動 本能 卽 遊戱本能이 있다. 그러므로 그들의 日常生活은 그 本能을 滿足시키기 爲하야 不斷히 活動하기를 질겨한다. 例를 들자면 솟곱작란, 숨박국질, 뜀뛰기, 술레잡기, 어른숭내, 動物숭내, 병정노리, 음악대노름, 편싸움, 이러한 모든 짓거리가 그들의 藝術的衝動에서 나온 演劇이오 그를 박휜 寫眞을 곧 兒童映畵라고 하겠다. 그도그럴 것이 만일 어린이 生活에서 그러한 演劇과 映畵가 없다고 하면 얼마나無味乾燥한 生活이겠는가. 더 나아가서 그를 禁止한다고 하면 얼마나 그들의 生活이 壓縮되고 無氣力하고 希望을 끈어 주게 할 것인가. 그러므로兒童과 映畵는 서로 떠나서는 아니 될 密接한 關係를 가지고 있다. 그러나부끄러운 일로는 아직까지 우리의 손으로 敎育的 價値가 있는 兒童映畵를製作한 일이 있었는가?

近年 映畵藝術에 對하야 非常한 興味를 가지고 있는 듯하다. 그러나 그것이 普遍化하기에는 아직도 相當한 時期를 要求할 터이오 더군다나 兒童映畵에 있어서는 實로 處女地의 狀態라 하겠다.

兒童映畵는 兒童의 綜合藝術이기 까닭에 兒童文化 向上에 있어서 없어서는 아니 될 것이다. 그러나 童心을 떠난 兒童映畵는 存在치 못한다. 있다고 하면 그것은 無理다. 그러므로 兒童映畵 製作者는 兒童의 生活과 心理狀態를 잘 理解하지 못한다고 하면 그것은 完全히 失敗의 作品이 되고 말것이다. 映畵 그것은 民衆藝術이기 때문에 어떠한 貴族的 上流階級에만奴屬된 玩弄物이 아니다. 一般 細民階級에까지 大多數의 民衆娛樂 慰安民衆藝術로써 必要하다는 것은 여긔(이상 106쪽)에 새삼스리 論及할 바 아니다. 今日의 映畵는 民衆藝術로서 首位를 占하고 있는이만치 자못 至大한關心을 가지고 있다고 하겠다.

그런데 兒童에게 活動寫眞(映畵)을 보여주는 것이 敎育上 有害無益하다고 反對 乃至 阻止하는 父兄을 많이 보게 된다. 그러나 조곰이라도 兒童

의 心理와 따라서 그들의 藝術的 衝動을 理解하는 者라고 하면 다시금 考慮할 餘地가 있는 것이다. 勿論 商業化한 低級한 映畵 營利를 目的한 興業映畵는 兒童에게 보이는 것은 나의 贊成치 안는 바이다. 그러나 映畵라고 해서 더퍼놓고 못 보게 하는 것은 兒童의 本能을 抹殺시키는 憂慮가 있다. 그리하여 그들 兒童은 못 보게 하면 못 보게 할사록 보고 싶어 하는 衝動과 好奇心이 못 견듸게 發作한다. 그로 말미암아 마침내 아버지의 포켙 속에 있는 돈을 훔처 가지고 劇場에 가게 되는 實例를 從從 볼 수 있게 된다. 그러면 거기까지 이르게 된 그 責任이 어데 있는가. 그러기 까닭에 父兄된 이는 여기에 細心의 注意를 가지고 小學校 四五六 學年期에 있는 兒童들은 더욱 映畵를 질겨하는 터이니 此 時期의 兒童은 一個月에 두 번이나 한 번쯤은 좋은 映畵가 있거든 兒童에게 適當한 映畵가 있거든 미리 觀覽시켜 주는 것이 妥當하다고 본다.

나는 兒童映畵를 敎育 手段으로서 小學校 敎課에 編入해도 좋다고 생각한다. 그것은 歷史, 地理, 理科를 敎授할 때에 平面的으로 不動하고 變化가 없는 敎科書보다도 活動에 依하야 直觀하게 된 映畵敎育이 보다 더 效果的이라 하겠다. 例를 들면 兒童 自身이 가 보지 못한 또는 肉眼으로 보지도 못한 有名한 山川草木, 日月星辰, 바다, 都市, 漁村, 外國의 風景, 鷄卵의 成長, 파리의 傳染病 媒介, 身體의 發育, 빡데리아의 繁殖狀態 等等의 地理映畵, 理科映畵는 短時間에 많은 收獲을 얻게 된 것이다.

米國의 學者 中에는 映畵를 學校 敎科에 編入하자는 主張이 있을 뿐 아니라 오랜지市에서는 이미 活動寫眞學校라고 하는 것을 開設하고 映畵를 가지고 敎科書에 代用하고 있다고 한다. 英國에서도 倫敦에 六個의 學校가 映畵 敎授를 開始하고 필림에 依하야 直觀 敎授를 하고 있다고 한다. 獨逸에서는 함부르그, 망하임, 하바- 諸市는 映畵를 가지고 兒童敎育을 한다고 한다. 그리고 通俗 講演會에는 반드시 映畵를 利用한다는 것이다. 果然 映畵는 一時에 數千 數萬 觀衆에게 慰安과 敎育을 주는 現代化한 尖端 藝術이다.

그런데 한가지 問題 되는 것은 映畵를 營利의 道具로 使用하여 한갓 商

業 改策으로 製作된 映畵, 말하자면 低級한 人情風俗이라든가 또는 男女關係의 醜惡한 場面, 盜賊, 殺人, 强盜, 惡魔, 危險한 光景, 殘忍한 場面 이러한 것을 兒童에게 보이는 것은 재미없다고 생각한다. 그것은(이상 107쪽) 藝術이란 兒童의 心靈을 美化시킴이기 때문이다.

나의 調査에 依하면 兒童이 映畵를 보고 印象 깊게 남아 있는 것이 가장 슬픈 映畵와 滑稽的 映畵이다. 그렇다. 어떠한 悲慘한 場面에 드러가서는 實際 自己가 그러한 일을 當한 듯이 울고 안타까워한다. 그리하여 그 天眞爛漫한 아름다운 마음이 깊이 印象되어 살아지지 않는 것이다. 그리고 '촤푸링'[272]의 滑稽的 活動을 좋아한다. 따라서 숭내까지 내 본다. 그리고 少年期에 있어서는 勇敢 冒險을 좋아한다. 따그러쓰의 冒險이나 달마치의 텀부링 숭내를 곳잘 부린다. 그리고 때로는 竊盜의 숭내도 부린다. 그러나 映畵에 나타나는 冒險과 재주는 活動寫眞으로서의 속일 수가 있는 것을 영문도 모르고, 그대로 숭내내다가 각금 危險한 일을 當하게 된다. 여기에 父兄된 이는 映畵에 對한 常識이 必要하다.

그러므로 필림 活動의 光景은 無常 迅速하여서 注意를 集中 固定할 수 없다. 그리하여 兒童들은 그 判斷이 正確하지 못하므로 父兄된 이는 映畵를 아이들과 본 다음에는 正當한 批判을 하여 주어야 效果的일 것이다. 와린 氏는 말하기를 映畵에는 四十 퍼-센트 以上이 有害한 것이 包含되였다고 한다. 그런데 클리-뿌랜드 人道協會의 調査한 二百九十의 필림 중에 有害한 것은 左記와 같다고 하였다.

竊盜	一三,四 퍼-센트
殺人	一,三一 퍼-센트
酒酊軍	一三,一 퍼-센트
男女醜態	八,二 퍼-센트

272 채플린(Chaplin, Charlie: 1889~1977)은 영국 태생의 미국 배우이자 감독이다. 독특한 분장과 인간에 대한 뛰어난 관찰력, 가난한 민중의 정의감과 비애감에 바탕을 둔 날카로운 사회 풍자로 명성을 얻었다. 작품에 〈황금광 시대(The Gold Rush)〉(1925), 〈모던 타임스(Modern Times)〉(1936), 〈독재자(The Great Dictator)〉(1940) 등이 있다.

不良結婚　　　六,五　퍼-센트
家庭의 不和　　五,八　퍼-센트
自殺　　　　　三,○　퍼-센트

以上과 같이 分類하였다. 이것은 더욱 兒童에게 있어서 그러하다. 兒童心理學上으로 보아서도 勿論 그러한 內包를 가진 映畵가 있다고 하면 敎育上 有害無益한 것이라 하겠다. 映畵는 兒童藝術에 있어서 다른 것에 比하야 直觀的 寫眞을 通하야 그 影響됨이 빠르기 때문에 父兄됨이나 兒童을 指導하는 이들은 兒童에게 보여줄 映畵는 그 選擇 取扱에 格別한 注意를 要하게 한다.

映畵라고 해서 全部 民衆에게 좋은 影響을 준다고 斷言할 수는 없는 것이다. 勿論 民衆의 娛樂, 民衆藝術로서의 役割을 하는 좋은 映畵가 있는 反面에 個中에는 所謂 商業的 手段으로서 製作된 興業映畵는 文化向上에 害毒을 주는 것이 從從 나타나기 때문이다.

今後로 映畵製作者의 任務는 그러한 商業映畵, 低級한 興業映畵를 一掃하고 正히 民衆文化 事業에 많은 寄與가 될 만한 좋은 藝術品을 내어놓기를 바라매 따라서 純潔健全한 敎育的 映畵, 兒童映畵, 促成에 賣盡하여 주기를 懇望한다.

조선에는 文藝映畵로서 처음으로 製作된 〈春風〉[273]이 映畵界에 새로운 (이상 108쪽) 衝動을 주었음은 이미 自明한 事實이다. 그러나 아직 조선에 있어서 藝術에 있어서 本質的 使命인 藝術映畵와 從屬的 使命을 띤 敎育映畵의 眞正한 發展은 今後의 일이라 하겠다.

듯자오니 朝鮮映畵株式會社[274]가 斯界의 權威가 網羅하여 創立함과 同時에 그 機關誌로 『朝鮮映畵』를 發行하게 된 것은 朝鮮 映畵界를 爲하야 기뻐할 現狀이다. 願컨데 그 生命이 길게 빛나서 獨特한 映畵, 外國映畵의

273 1935년 11월 30일 개봉한 박기채(朴基采: 1906~?) 감독의 영화를 가리킨다.

274 1937년 7월 18일 최남주(崔南周), 박기채(朴基采), 이필우(李弼雨) 등이 모여 발족한 영화사이다.

숭내 그것보다도 朝鮮的 情調 卽 鄕土色을 띈 그 이름 그대로의 朝鮮 映畵의 創作을 바라고 싶다. 따라서 健實한 朝鮮 映畵의 理論 樹立과 그 實踐에 꾸준하기를 付托하고 싶다. 끝으로 朝鮮 兒童에게 適當한 兒童 本位의 敎育映畵, 藝術映畵에 좀 더 關心하여 眞正한 映畵에 굶주린 조선 兒童에게 心靈의 糧食이 될 만한 좋은 作品을 製作하여 주기를 期待하는 바이다.(이상 109쪽)

"이것저것", 『아이생활』, 제11권 제2호, 1936년 12월호.

★ 이번 十一月號는 날개가 돋었는지 發行한 지 十日도 되지 못하여 絶版되엇읍니다. 고맙고 感謝하기는 하나 추후로 注文하신 분에게 보내주지 못하여 崔 先生님은 울상이 되엿지요.

★ 十二月號는 크리쓰마쓰라는 날개와 送年 날개 둘이 돋어서 눈깜작할 새 없이 다- 날어갈 염여가 있사오니 어서어서 속히 잡어 가시요.

★ 여러분 田榮澤 先生님이 쓰시든 「洪吉童傳」이 얼마나 보고 싶씁니까. 신병으로 이番 號에는 못 실리여스나 新年號에는 꼭 실리겠읍니다.

★ 新年號는 참 가진 재조 가진 그림 가진 때때옷을 입혀서 보내려고 벌-서부터 준비 중이오니 여러분도 준비하섯다가 곧 맞어 주시면 고맙겠읍니다.

★ 崔 先生님은 눈, 코, 뜰 새 없이 분주하신 데다가 師母님이 病席에 누어 게시고.

★ 林홍은 先生님은 가득이나 분주한 데다가 입병이 나서 苦生하시고.

★ 이 거북主事(配死)까지 설사가 나서 便所간에 다닐려기 참 분주합니다.

★ 이번 十二月號는 病席에서 만들어냈읍니다. 병자년는 끝까지 우리를 못 살게만 굽니다.

★ 이번 달에 本社를 訪問하신 先生님들.

★ 朝鮮 童謠 大王 尹福鎭 先生님께서는 平壤 童謠發表會에 가시는 길에 本社를 두르섯는데 솜두루막을 입고 '도리우지'[275]를 쓰시고.

★ 「새벽하늘」을 써 주시는 信川 康承翰 先生님 童話放送도 하시고 앞으로 더 자미있는 것을 써 주시겠다고 약속도 하시고.

★ 童話作家 盧良根 先生님께서는 新年號부터 創作童話를 계속해서 써 주

---

275 도리우치보(とりうちぼう(鳥打(ち)帽・鳥打帽)의 준말이다. "헌팅캡: 사냥모자(운두가 없고 둥글납작한 모자)"을 가리킨다.

시겠섯지요.

★아기그림책을 꽁게꽁게 꾸미여 주시는 任元鎬 先生님은 비나리는 날 오서서 童謠研究書冊을 한 짐 잔득 사 가시고.

★作曲 先生 朴泰鉉 氏는 寫眞機械를 가지고 오서서 앞으로 童謠作曲집을 꾸미신다고.

★元山 朴永夏 先生님은 韓服을 입으시고 오서서 童謠集을 내시겠다고.

★漫畵家 金湘旭 氏는 외투를 입고 와서 우서운 이야기를 한바탕 버려놓고 가시고.

★엽집에 게시는 崔仁化 先生님도 앞으로 本誌에 또 童話를 써 주시겠다고.

★延專 毛麒允 先生님은 卒業 때가 되여서 바쁘시다고 얼골만 보이시고.

★童謠 作曲家 柳基興 氏는 作曲한 것을 기지고 오서서 林홍은 先生과 무슨 약속을 하시고.

★新年號에 또 뵈옵겠읍니다.(이상 59쪽)

량주삼, "序", 朴裕秉, 『(어린이애기책)사랑의 세계』, 광명사, 1936.[276]

어린아이가 좋은 음식을 먹음으로 몸이 자라는 것과 같이 좋은 교훈과 이야기로서 어린아이의 정신적 생활을 풍부하게 할 수 있는 것이 사실이다. 이에 있어 어린아이의 이야기와 교훈이 얼마나 귀함을 생각할 수 있는 것이다. 우리에게는 이야기가 많이 있으나 특히 그리스도의 정신으로 지도할 만한 그것이 부족함을 유감으로 생각하든 바 이제 이 방면에 수고를 하여 온 박유병(朴裕秉) 목사가 취미 있고 아름다운 솜씨로써 도덕적 종교적 교훈이 될 만한 十여 편의 이야기를 저술(著述)하여 내여놓게 됨은 참으로 기쁨을 마지않는 바이다. 이것이 우리 어린이를 지도하는 여러분 특별이 어린동무들에게 많은 도음이 있을 줄 믿고 열심으로 이를 소개하는 바이다.

一九三六年 十一月　日

기독교조선감리회총리원에서

량 주 삼 (이상 1쪽)

田榮澤, "序", 朴裕秉, 『(어린이애기책)사랑의 세계』, 광명사, 1936.[277]

붓을 가지고 일삼는 이가 우리 교계에는 극히 드믈고 설혹 있다고 하여도 세상이 도라보지 않고 쓰일 길 없어 묵고 있는 형편인데 저자는 이 드문

276 원문에, "기독교조선감리회총리원에서 량주삼"으로 되어 있다. 양주삼(梁柱三: 1879~?)은 일제강점기 기독교조선감리교회 초대 총리사였다. 일제 말기 친일행위로 해방 후 반민족행위특별위원회에 의해 구속되었다가 기소유예로 풀려났다. 1950년 8월 납북되었다.

277 원문에, "秋湖 田榮澤"으로 되어 있다.

사람, 도라보지 않고 쓰일 길 없어 묵고 있는 이 가운데 한 사람이다. 그러나 그는 오래전부터 꾸준이 이 문필도에 종사하는 중 특별이 어린이를 위하야 많은 흥미를 가지고 아름다운 이야기를 힘써 써 왔다. 이제 저자 스스로 『사랑의 세계』란 적은 책을 내이면서 나에게 서문을 구하시매, 우리 그리스도계의 문필 운동에 한걸음 기세를 올리고, 특히 가난한 우리 어린이 문학을 한층 부(富)하게 하고 장식할 것을 기뻐하여, 단마음으로 붓을 들어 크리스마스를 가장 즐거워하는 조선의 많은 어린이들에게 아름다운 선물이 될 줄을 믿고 또 그렇게 되기를 빌기를 말지 아니하는 뜻을 표하노라.

十一月 六日

경성 문밖 소곰골에서

秋湖 田榮澤 (이상 3쪽)

朴裕秉, "序", 朴裕秉, 『(어린이애기책)사랑의 세계』, 광명사, 1936.

나는 얼마 전부터 이야기를 좀 써 보았읍니다. 그것을 모아 한 책을 만들어 보고 싶은 생각도 많이 있었읍니다. 그러나 여러 가지 사정으로 여의치 못하다가 이제 이 글을 내여놓게 되었읍니다. 벌서 오래전 『신학세계』, 『청년』, 『아이생활』 등 잡지에 발표된 것 중에서 골라 이 책을 만들게 된 것입니다. 비록 적은 것이나 우리 어린 동무들에게 도음이 있기를 빌면서 이 적은 선물을 삼가드립니다. 끝으로 이 적은 책을 임이 세상을 떠나신 씨, 에취, 빨넨타인 선생의 긔렴으로 드림을 말합니다.

一九三六年 十一月　日

著者 識 (이상 5쪽)

社說, "소년판을 내면서", 『조선일보』, 1937.1.10.

一

어느 나라에서든지 지난날보담 압날을 더 놉고 더 크고 더 거룩하게 하고자 바라고 힘쓰게 될 것은 사실이나 우리와 가티 뒤떨어진 곳에서는 한층 더 지난날보담 빗나는 압날을 가저야 합니다. 조상 중의 위대한 분을 모시고 잇다는 것도 확실히 우리의 영광이요 자랑꺼리겟지만은 아프로 우리 어린이들을 그보담 더한층 위대하게 키워야 합니다. 부모에 대한 효성과 함께 자질의 양육을 생각할 것이며 로인에 대한 경의와 한께 아히들에 대한 교훈을 생각할 것입니다. 어린이는 한갓 한 부모와 한 가정의 가계를 상속할 사람이 아니요 한 거름 나아가서 우리 사회를 뒤ㅅ 니이어 줄 사람입니다. 그러나 재래의 동양 도덕으로는 로인에 대한 경의만을 치우치게 표현하느라고 자현히 아이들에 대한 교훈은 다소 소홀히 여긴 것이 아닙니까? 오늘날까지 우리들에게는 그러한 폐단이 남아 잇지 안습니까? 전날 우리 사회가 진보되지 못하고 도리어 퇴축된 것은 거기에도 큰 이유가 잇습니다. 지금부터라도 우리는 어대까지 어린이에 대하야 소중한 생각을 가지고 그 양육, 교훈, 대우 등에 주의하여야 할 것입니다.

二

그러한 견지에서 본사에서는 매해 유치원 원유회도 개최하고 또 매 월요일마다 소년조선일보라는 한 페-지를 내어 왓습니다. 작년으로 제일회를 비롯한 학생미술전람회는 비록 어린이만을 중심 삼은 것은 아니로되 그 역시 보통학교 생도들의 작품까지를 포함시키어 미술에 대한 어린이들의 교육을 좀 더 돕고자 한 것입니다. 그런데 출판물로나 기타의 교육재료로나 넘어도 빈약한 오늘날의 현상으로서는 우리 어린이의 귀엽고 아름다운 지식욕을 안타까웁게도 만족시키지 못하고 잇습니다. 그래서 본사에서는 드디어 소년란을 회장하야 본보의 부록으로 매 일요일마다 타브로이트형의 네 페-지를 발행하게 되엿습니다. 한번 그 발행의 사고가 나자 교육게에 게신 분들의 격찬은 우리의 예상 이상으로 들리어옵니다. 한편으로는 조선 신문사상에 잇서 항상 선구자로의 지위를 가지는 본보의 거름을 스스로 만족하는 동시 다른 한편으로는 오히려 때가 느진 것을 못내 한합니다.

三

소년판의 부록은 오늘로써 첫 자태를 내어 놋습니다. 거기서 선생을 모시고 또 거기서 동무를 차즐 수백만의 우리 어린이들은 응당 기뻐 마지할 것을 의심치 안습니다. 첫 호로부터 두 호, 세 호, 내지 천 호, 만 호가 나가는 동안 이 소년판은 여러 어린이들과 함께 자라고 커 갈 것입니다. 그러케 의조케 커 가는 동안 이 조선도 점점 더 커 갈 것을 생각한다면 참으로 대견스럽기 끗이 업는 일입니다. 그러나 이 소년란은 여러분 어린이의 유일한 벗입니다. 유일한 그 벗을 위해서 교육자 되시는 선생님들이나 어린이 자신들이 다 함께 조력을 해 주시고 교정을 해 주시기 바랍니다.

遠湖, "이숖 호화판", 『아이생활』, 제12권 제2호, 1937년 2월호.

산덤이같이 쌓여 있는 천만 가지 이야기책 그중에 『이숖이야기』처럼 이 세상 어느 나라 사람들에게나 칭찬을 받으며 친하게 된 책은 다시 없으리라고 생각합니다.

기원전(B.C) 육세기(六世紀) 때 쁘리지아[278]에 있든 곱추로 코는 나팔코 뻬-루통 같은 배 그리고 발까지 완전치 못하던 노예족(奴隷族)의 한 사람이었다고 전하는 이숖. 이분이 남기고 간 우화 한 책이 주후(A.D) 四十년에 바부리아쓰[279]의 손으로서 희랍말로 번역되어 나온 다음 이제껏 세계 각 나라말로 다시 번역되어 몇 천 만의 헤일 수 없을 만치 여러 가지 판으로 나오게 되었읍니다. 그런데 이번에 그 여러 가지 잔 책들을 찌눌르고 호화판이 런던에서 출판되었다고 합니다. 번역한 이는 로-쟈・레쓰토란지. 삽화와 장식은 스테-펜끄스덴. '산양의 가죽'이란 표지 그림은 된 모양이 이숖의 몸꼴 생김새와 얼추 같다고요.

출판소는 하라프. 五백 二十五부의 한정판(限定版)으로 한 권의 값이 九□一. 우리가 헤는 돈으로 따지면 一백 五十원이랍니다. 여러분 누구 한 분 아버지께 졸라서 한 권 사다 않 보시려우? (遠湖) (이상 43쪽)

---

278 프리기아(Phrygia)를 가리킨다. 소아시아 중서부에 있던 고대의 나라로, 기원전 13세기경에 트라키아(Thracia)인이 세운 것으로 추정되며 에게해(Aegean海)와 흑해(黑海) 연안의 땅을 영토로 하였다.

279 바브리우스(Babrius: A.D. 2세기경)는 그리스어 우화 선집의 저자이다. Babrias 또는 Gabrias로도 알려져 있다. 생애에 대해 알려진 게 없다. 바브리우스의 우화는 대부분 이솝(Aesop)이라는 이름과 관련된 흔한 이야기 형태들이었다. 바브리우스는 이 이야기들을 불규칙 단장격 운율(scazon 혹은 choliambic)로 표현했는데, 이는 로마의 시인 카툴루스(Catullus)와 마르티알리스(Martialis, Marcus Valerius)가 이미 그리스인들로부터 받아들여 쓰고 있던 것이었다. 대부분의 바브리우스의 우화는 그 갈래의 전형인 동물 이야기이다. 언어와 문체(style)는 매우 단순하지만, 풍자적 요소는 이 이야기들이 세련된 도시 사회의 산물임을 암시하고 있다. 바브리우스의 우화는 파이드루스(Phaedrus)의 우화와 함께 페리(Perry, Ben Edwin: 1892~1968)에 의해 영어로 번역・편집되어, 1965년에 출판되었다.

雲山 北鎭 朴奇龍, "(投書)方定煥 先生님을 생각함", 『동아일보』, 1937.9.18.

方定煥 先生님! 先生님이 가신 지도 벌서 여섯 해입니다. 여섯 해 전 이만때 先生님의 悲報를 듣고 저는 가을밤을 새여 가며 얼마나 울엇는지 몰음니다. 참말로 선생님처럼 敏捷한 사람, 至誠스러운 사람의 존재는 이 땅에 잇어서 너무나 貴한 存在엿읍니다. 새 세상의 건설에는 그 主人公인 어린이를 위하야 한다 하야 그 뚱뚱하신 몸집으로 朝鮮의 坊坊曲曲을 차저 다니시며 童話會를 여신다. 언제나 檢閱難의 苦痛을 받으시며 雜誌나 어린이 讀物을 刊行하신다. 한편으로는 少年少女의 童劇, 歌劇團을 指導하신다. 그러자 한참 무럭무럭 자라나는 저의를 남기시고 不幸히 가시고 말엇지요! 그 후 牧者를 일흔 어린 羊들은 풀ㅅ기 없이나마 자라고 자라서 그때 나무하든 동무는 한 사람 健全한 農夫가 되고 工場에서 일하든 동무는 한 사람 充實한 要役을 맡고 또한 공부하든 동무는 학교를 맛추고 제각기 社會에 나와서 맡은 일을 하고 잇는데 아 선생님! 저의를 몹시도 위하시든 先生님은 어른이 다 된 저의를 좀 더 씩씩하고 참된 길로 指導하시지 못하시고 지금 어데서 저의를 생각하시고 울고 게시나요!

(雲山 北鎭 朴奇龍)

朴龍喆, "考選 작별 인사—李軒求 先生을 소개합니다", 『아이생활』, 제12권 제9호, 1937년 9월호.

독자문예 고선이라고 여러분의 글을 맡어본 지가 어느듯 이 년인지 삼 년인지 아득할 경지입니다. 그동안에는 여러분의 글 가운대서 자미있는 글도 많이 보았고 재조 있는 분도 여럿 보았읍니다. 나는 이 란을 통해서 여러분이 문학에 대한 이해가 생기게 하고 취미를 길러서 여러분을 문학의 길로 인도하려 했읍니다. 또 여러분의 동요에는 어느 사이엔지 동요식이라고 할 틀이 딱 잡혀서 이 사람이 쓴 동요와 저 사람이 쓴 동요 사이에 별반 차이가 없읍니다. 그래 될 수 있으면 그 틀을 깨트리고 여러분의 동요 재료 취하는 것이 될 수 있는 대로 여러 가지 방면으로 나가게 하려고 했읍니다.

그러고 우리 사이에는 아즉도 조선말 작문이 성하지 안코 특별히 문학이나 질기는 소수를 제하고는 조선말로 반듯한 작문 하나 못 짓는 형편임으로 될 수 있는 대로 많은 독자가 이 란에 투고하는 가운대 작문 연습이 되여서 반듯한 작문을 짓게 되게 하려고 작문난을 동요난보다 더 세워 보려고 애도 썼읍니다.

그러나 몇 해 동안 매달 맛나든 얼골들을 이제 작별하려고 할 때에 나는 몇 가지 뜻같이 되지 아니한 것을 말하려(이상 34쪽) 합니다. 물론 그동안에 동요난은 많이 발달되였다고 하겠읍니다. 투고하는 분의 수효도 처음 열아문밖에[280] 안 되든 것이 지금은 매달 백명을 내리지 않습니다. 또 동요를 짓는 솜씨도 일반으로 퍽 높아졌읍니다. 그러나 이 꽃밭에 꽃들이 제각기 모양도 빛갈도 달러서 찬란한 꽃밭을 이루어야 할 것이 어쩐지 곱기는 하나 한 빛갈의 꽃 같습니다. 이 동요식 틀을 써 보려고 이 고선문 가운대서 맘먹었든 목적은 도달되지 못한 것 같습니다.

또 여러분에게 큰 걸작이라는 것보다 반듯한 작문을 지을 수 있게 인도해

---

280 '열이 조금 넘는 수'라는 뜻의 '여남은밖에'이다.

보려든 것도 어느듯 실패에 돌아갔는지 작문난은 그럭저럭하는 사이에 없어지다싶어 되여버리렸읍니다.[281]

나는 이 난에서 몇 사람 재능 있는 사람을 발견하고 기뻐했읍니다. 나는 그 재능이 반듯이 발전할 것을 믿고 화려한 꽃이 피기를 기다렸읍니다. 그러나 어느 사이엔지 그분들의 일홈이 사라저버립니다. 그분들이 언제나 동요만 쓰고 있을 리도 없고 또 문학의 길이란 장구한 시일을 필요로 하는 것이라 나는 그분들의 일홈을 다시 맛날 날을 앞으로도 두고두고 기다리겠읍니다마는 이를테면 세상 바람이 하도 험한지라 이 어린 꽃봉오리들이 꽃이 피여 볼 틈이 없이 꺽거 버릴가 그것이 근심되고 슬픈 일입니다.

내가 이번에 사정으로 이 고선을 그만두게 되고 이헌구(李軒求) 선생이 요다음부터 여러분의 글을 보아 주시게 되였읍니다. 이헌구 선생은 이미 여러분이 다 아실 터이지마는 우리 문단에서 평논가로 일홈이 높으신 분입니다. 조도전대학[282] 불란서문학과 출신으로 전공은 불란서문학이나 아동문학에 대해서는 일즉부터 연구가 많으십니다. 앞으로 이 선생님의 넓으신 연구를 기초로 하신 훌륭한 지도를 믿고 따라가면 여러분의 글이 더욱더욱 늘어갈 것을 믿습니다. (사진은 李軒求 先生) (이상 35쪽)

---

281 '없어지다싶이 되여버렸읍니다.'의 오식이다.

282 와세다대학(早稻田大學)을 가리킨다.

"신춘을 장식하는 삼대 소년소설", 『조선일보』, 1937.12.11.

시방 서울 시골 할 것 업시 물 끌틋 야단인 것은 『少年』에 다달이 나는 탐정모험소설 金來成 선생의 「白假面」[283]이다. 서울 한복판에 돌연히 나타난 白假面! 저 무시무시한 白白教와 한속이나 아닌가 하고 白假面이 서울에 나타낫다는 호외가 돌자 서울 사람들은 두 다리 뻣고 잠을 자지 못한다. 그런데 흰 복면을 한 괴상스러운 白假面의 정체는 과연 무엇인가? 잡힐 듯 잡힐 듯 아니 잡히는 신출괴몰(神出鬼沒)의 白假面! 新年號 『少年』에는 대준이와 수길이, 이 두 용감한 소년이 白假面의 뒤를 쫏는 데서부터 시작된다. 거진거진 자피게 된 白假面! '비밀수첩'을 어든 탐정왕 유불란[284] 씨, 과연 그 수첩에는 무엇이 적혀 잇는가?

白假面과 아울러 『少年』의 二大 자랑인 것에 北京 계신 朱耀燮 선생의 「웅철이의 冒險」[285]이 잇다. 이 소설은 저 유명한 세계적 명작동화 『이상한 나라의 아리스』[286]보다 훨신 더 재미잇고 아기자기한 조선 초유의 장편 동화로서 웅철이란 어린 소년이 땅속 나라로 달나라로 해나라로 또 별나로로[287] 토끼 한 마리를 데리고 가진 모험을 무릅쓰고 훨훨 돌아다니며 가지가지 기맥힌 고생을 격는 이야기, 모험을 조하하는 씩씩한 소년들은 누구나

283 『소년』(1937년 6월호~1938년 5월호, 전12회)에 연재되었다. 이후 「황금굴(전57회)」(『동아일보』, 1937.11.1~12.31)과 묶어 『백가면과 황금굴』(한성도서주식회사, 1938)을 출간하였다.

284 「백가면」의 주요 등장인물로 조선 제일의 발명가 강영제 박사와 아들 수길이, 수길의 친구 박대준 그리고 탐정 유불란(劉不亂) 등이다. 백가면은 박대준의 아버지로 밝혀진다. 유불란은 르블랑(Leblanc, Maurice Marie Émile)에서 따온 것이다. 일본 추리문학의 대가 에도가와 란포(江戸川亂歩)가 에드가 앨런 포(Poe, Edgar Allan)에서 이름을 따온 것과 같다.

285 「웅철이의 모험(전10회)」(『소년』, 1937년 4월호~1938년 3월호)을 가리킨다. 해방 후 『웅철이의 모험』(을유문화사, 1949)으로 간행되었다.

286 루이스 캐럴(Carroll, Lewis)의 『이상한 나라의 앨리스(Alice's Adventure in Wonderland)』(1865)를 가리킨다.

287 '별나라로'의 오식이다.

다 한번 꼭 보아 두어야 할 대모험동화. 그리고 또 하나 새해의 선물로 이 두 소설과 동화 외에 또 한 개의 장편모험 소년소설을 실엇스니 숨은 아동문예가 史又春 선생의 「선모슴 武勇傳」[288]이다. 선모슴 소년 아주전 장난꾸레기인 톰과 학크의 모험담. 이 三大讀物은 오십전짜리 잡지에서도 구해 읽을 수가 업는데 단 十전박게 안 하는 『少年』 한 책에서 한꺼번에 읽을 수가 잇는 것이다. (鄭玄雄 畵伯 밤을 새워 그린 삽화가 장장이 잇다.)

288 사우춘(史又春)의 「선머슴 武勇傳」(『소년』, 1938년 1월호~8월호)을 가리킨다. 제1회는 「선모슴 무용전」으로 표기되었으나 이후 「선머슴 무용전」으로 바로잡혔다. 사우춘(史又春)은 춘파 박달성(春坡朴達成)의 필명으로 보인다.

"동화작가로 인테리 女性 劇研 金福鎭", 『동아일보』, 1938.2.20.

金福鎭 氏는 京城 出生으로 當年 二十九歲의 女性으로서 朝鮮이 가진 女俳優 中 가장 教養이 깊고 學力이 豊富한 이로 世人이 周知하고 잇는 터이다. 氏는 舞臺에 올르면 女俳優라 하겟지만 氏를 아는 이는 女俳優로 알기보담 童話作家로서 氏의 이름은 더 널리 알려지고 잇으며 높이 울려 잇는 것이다.

이제 氏가 今番 演劇競演大會에 優秀한 演技者의 한 사람으로서 名譽의 賞을 獲得하기까지의 劇人으로서의 活動 經歷은 어떠한가.

氏는 眞明女高普를 卒業하고 다시 京城保育을 卒業한 後 釜山에 네려가 幼稚園 保姆生活을 하다가 다시 京城에 올라와 甲子幼稚園 保姆로 勤務하며 어린 天使와 벗이 질거운 날을 보내며 한편으로 童話 著作에 熱과 誠을 다하야 間接 直接으로 朝鮮의 어린이들을 곱게곱게 길러내기에 힘을 쓰다가 다시 劇藝術에 關心을 가지게 되어 또한 研究的 態度와 實演의 實踐을 兼하야 〈劇藝術研究會〉 第四回 公演인 〈武器와 人間〉[289]에 大佐의 婦人役으로 첫 舞臺에 오르게 되엇다 한다.

그래 그 後로 늘 研究를 繼續함과 同時에 機會 잇을 때마다 繼續하야 今日에 이르러 今番 本社 主催 演劇 競演大會에 劇研 所演의 〈눈먼 동생〉[290]에 '山月'이라는 酌婦 役으로 出演하야 優秀한 演技와 才能을 나타내어 一般에게 큰 好評과 期待를 가지게 한 것이다.

---

289 영국의 극작가 쇼(Shaw, George Bernard: 1856~1950)의 희곡 「Arm and the Man」을 공연한 것이다.

290 〈눈먼 동생〉은 오스트리아의 극작가 슈니츨러(Schnitzler, Arthur: 1862~1931) 원작, 일본의 극작가 야마모토 유조(山本有三: 1887~1974) 각색, 유치진(柳致眞) 번안의 1막 3장의 연극으로 이준규(李駿圭)가 연출을 맡았다.

林鴻恩, "아기그림책, 임원호 선생님이 오셨읍니다(任元鎬 先生 入社)", 『아이생활』, 제13권 제3호, 1938년 3월호.

아기네 마음씨를 고대로 그려내시는 고운 이야기 동무로 알락달락 아기그림책으로 많은 정 깊이 들은 임원호 선생님이 오셨읍니다.

지나간 해 九월에 어쩔 수 없는 사정으(이상 44쪽)로 하여금 주간 최봉측 선생님께서 오랫동안 수고하시던 그 자리를 물러나신 뒤 우리 사 안(社內)에 여러 가지 사정이 바뀌이매 마침내 우리는 임원호 선생님을 맞게 되었읍니다.

임 선생님으로 말씀하면 동무 여러분께서 잘 아시고 깊이 정드신 터이어니와 그동안 취미 방면으로 시내 영등포 자택(永登浦自宅)에서 글 읽으시는 틈틈이 아기그림책에 많은 수고를 애끼지 않으신 터입니다.

그러다가 지난해 十二월부터 오시어 이제로는 전혀 『아이생활』에 힘을 다하실지니 선생을 맞는 오늘 『아이생활』의 발전을 위해 다행한 일이며 여러분 동무 앞에 자랑을 외치고 싶습니다. 더욱이 열두 돌을 맞은 우리 『아이생활』의 아기그림책(이제로는 아기네차지라 이름함)은 오는 봄 따라서 명랑해질 것입니다.

여러분과 선생의 사이는 이제껏 독자와 독자로서 정들었으나 인제는 독자와 편자로서 대하게 되었으니 한긋 더 가까우시리이다. 앞으로 자조 맘과 정을 통하시며 동무들에게도 이 말씀을 전하여 알리십시요. 그래 『아이생활』 통신에 우리 七백만 동무 소리쳐 뛰놉시다요. (사진은 任元鎬 先生)

(이상 45쪽)

編輯室, 「崔鳳則 先生님을 보내고」, 『아이생활』, 제13권 제3호, 1938년 3월호.

한번 만났다가 한번 헤어짐은 우주 간의 철측이었마는 헤어지는 날에 서글퍼함은 또한 우리네의 상정인가 합니다. 우리 『아이생활』을 위하여 여러 어린 동무들 앞에 반갑다 못할 소식을 알리거니와 긴긴 해포를 거듭해 고운 정 거센 정 담뿍 들은 최봉측 선생님을 섭섭할손 우리는 이별하였읍니다.

그러니까는 그것이 一九三二년 一월이었읍니다. 우리는 최 선생님을 주간으로 맞었으니 그때로 말하면 『아이생활』이 세상 밖에 나온 지 얼마가 못 되었을 뿐으로 아직도 어리고 약한 몸 하마하마하던 무렵일세라 이를 길러내시노라 선생님의 수고가 어떠하였겠읍니까. 하지만 선생님은 재능하심과 민활하심과 굳건하심과 깐깐하심과 침착하심으로 새룩새룩 닥쳐오는 백 가지 천 가지 곤란을 물리치시고 이를 북돋아 오시기 어언 여섯 해! 마침내 『아이생활』을 만세 반석 굳은 터전 위에 힘지게 세워 놓으셨읍니다.

그러다가는 지나간 해 九월입니다. 어쩔 수 없으신 사정으로 선생님은 손공[291]과 정서가 깊은 이 자리를 물러나시고야 마셨읍니다. 그날에 진시[292] 여러분 앞에 못 알렸음은 그도 또한 우리 사안에 사정이 있음이었었답니다. 아무려나 섭섭한 심정 — 좀 더 오래 이 자리에 계셨드라면 좋을 것을요. 열두 돌을 맞이하는 오늘 우리는 저윽이 선생님을 못 잊어 서글퍼하는 바입니다. 이 돌맞이 잔채를 선생님의 손수 차리셨더면 참 좋을 것을요.

우리가 하는 노릇이면서도 우리가 맘대로 못하는 이 세상일 선생님을 보내고 다만 가심 아퍼 할 뿐입니다. 하지만 우리가 이럴 일이 무엇입니까. 육칠월(六七月) 별도 쬐다 물러나면 서운하다는 말이 세상에 떠돌거던 하

291 '손功'으로 '손재주나 손의 힘으로 이루어 낸 공적'이란 뜻으로 '수공'과 같은 뜻이다.
292 진시(趁時)는 '진작'이란 뜻이다.

물며 귀여운 우리 七백만 동무들을 멀리하시고 물러나신 선생님 우리를 항상 못 잊어 하시리니 가지나 선생님의 귀를 울려 드릴 것이 무엇입니까.

선생님을 보내고 우리는 한 빛을 잃은 듯합니다마는 선생님의 뒤를 이어 강병주(姜炳周) 목사님께서 주간의 책임을 맡으시고 새로 임원호(任元鎬) 선생님도 들어오셨으니 『아이생활』 앞길엔 별별 낭패가 없으리라고 믿습니다.

동무 여러분 우리 다 같이 기운을 돋읍시다요. 최 선생님의 닦아 놓으신 이 터전에 꽃피우고저 힘씁시다요. 그리고 최 선생님께서는 우리와 이웃, 아니 한집안인 종교교육부(宗教教育部) 안에서 일 보시며 우리를 항상 못 잊어 하시는 터이니 그리운 사정 문안편지나 자조 드립시다요.(이상 59쪽)

"俳優觀相記 5. 金福鎭-고생도 만타마는 재간이 놀납고나", 『조선일보』, 1938.4.3.

동화(童話) 잘하고 률동(律動) 잘하고 그보다도 연극 잘하기로는 조선서 첫손을 꼽지 안흘 수 업는 뚜렷한 존재-십오륙 년 전 소녀시절 녀학교 일학년 시대 윤백남(尹白南) 씨의 극단에 참가하야 전선을 순회한 오랜 역사를 가진 김복진 여사(金福鎭女史), 여사가 극연(劇硏)의 오직 하나인 중진 여우(重鎭女優)일 뿐 아니라 조선의 신극운동에 잇서서 가장 빗나는 공노를 가진 분이다.

여사의 능난한 연기는 이미 경성역 공회당 부민관 무대를 통해서 널리 알여저 잇기에 여기 새삼스러운 이야기를 비저 낼 필요도 업거니와 그러나 혹시 여사의 타고난 운명은 어찌나 되엿는지 궁금히 생각하실 뿐도 잇스리니 이제 조선 관상계의 대가인 함학구(咸鶴臯) 선생을 청진정관상소(淸津町觀相所)로 차저가 그 일생을 문복하엿다.

×

"초년에 고생 만히 한 상이로군!" 처음 여사의 인상에 대한 판단이다. 일편단심 구든 마음이 매웁기 한이 업스나 직힐 길이 바이 업다. 일직이 거문고의 줄이 끈어저 마음에 근심이 만혓도다. 그러나 타고난 재질(才質)이 뭇사람을 뛰여나 만 사람이 우러러보는고야.

이맛백이 평만(平滿)하야 학문에 능통하고 광대뼈가 코허리에 가즈런하니 넉넉히 한 남자 이상의 일을 하리로다. 여사가 가정에 살림사리를 잘할 뿐 아니라 스사로 한 집의 호주가 되야 뻔잡한 현실과 싸와 나가는 수완은 실로 보통 남자의 따를 바 아니다.

×

눈에 조금 살기가 잇어서 홍왕한 중에도 근심이 잇다. 그러나 아모리 풍파를 만히 격거도 三十 이후에 대통운이 올 것이다. 입에 비하야 턱이 뽀매 북방(北方)을 삼갈지니라. 턱 아래 잘 붓도아 주지 못하야 가진 땅이 업서도 부하고 귀한 사람이 되리니 이 역 기특한 일이로다.

×

한평생은 어떠할꼬? 二十 이전에 곤하게 춘광을 보내엿고 二十四五에 마음을 정할 길이 업서 진퇴양난(進退兩難)의 곤경에 잇섯스리라마는 스스로 한 몸을 떨처 세상의 잡답 속에 뛰여드럿다.

三十에 신왕재왕(身旺財旺)이라 새길이 열리기 시작하야 三十一, 二에는 길성(吉星)이 비치리니 이때는 일홈이 중외(中外)에 떨치거나 불연이면 새로운 가연(佳緣)이 잇스리니 이때를 일치 말고 일생의 번영을 꾀할지니라. 이후로 십 년은 대운이 계속되리라. 가다가 소액(小厄)이 잇더래도 몸을 숨겨 분수를 지키면 가히 패를 면하리로다.

한 가지 외로운 것은 자식궁이 후하지 못하야 평생 한 아들의 효도를 바들 뿐이로다.

×

여사의 것는 길이 고난(苦難)의 길이요 이 고난의 길에서 여사의 심혈을 다하야 찻는 공든 탑은 영원히 이 땅에 빗나리니 행여 마음을 상할세라 기운이 꺼길세라 구든 마음 변하지 말고 눈물의 빗나는 역사를 이 땅에 길이 남길지로다.

田榮澤, "톨스토이의 民話", 『박문』, 제5호, 1939년 2월호.

나는 톨스토이의 民話를 그의 다른 小說을 읽기 전에 먼저 읽었다. 『二人巡禮』라든지 『바보 이반』이라든지 『사랑 있는 곳에 하느님이 있다』든지 하는 것은 내가 後日에 『復活』 等 다른 作品을 읽은 뒤에도 더욱 感銘이 새롭고 죽는 날까지 잊어버릴 수 없을 줄 안다.

×

토 翁의 晩年의 作인 이 民話들은 이 人間에 무엇을 좀 주어 보겠다, 人間을 보다 낫게 하겠다는 誠心을 가지고 쓴 것인데 翁 自身이 이것을 가장 重하게 여기는 것일 뿐 아니라 로만·로랑으로 하여금 藝術 以上의 藝術이라고 讚嘆케 하고 近代藝術의 唯一無二의 作이라고까지 한 가장 뛰여나는 값이 있는 作品이다. 그것은 勿論 童話도 아니요 所謂 大衆物語도 아니요 恒常 小說도 아니나 世界文學史上의 獨自의 地位를 가진 것이다. 後人들은 무어라고 이름을 붙였으면 좋을는지 몰라 民話라고도 해 보고 童話에 집어넣어도 보고 宗敎小說이란 이름을 붙여보기도 한다.

이 作品들은 崇高한 宗敎的(道德的) 感情을 土臺로 삼아서 明瞭, 單純, 簡潔, 三要素를 完全히 具備한 民衆藝術의 完璧이며 人生에게 永遠한 眞理를 보여주는 하나이라고 할 수 있는 것이다.

×

그 作品들 가운데는 純全한 創作이 아닌 것이 많다. 大部分이 傳說과 民話에서 取材 改作한 것이지마는 그 가운데 있는 어떤 深遠한 眞理가 큰 迫力을 가지고 讀者의 마음을 붓잡는 것이 마치 땅속에 묻혔던 金덩어리나, 眞珠를 닦고 닦아서 거기에다가 作者 自身의 神秘스러운 生命을 부어 넣은 것이라고 할 수 있다.

비록 알기 쉬운 平凡한 말로 쓴 것이지마는 거기에는 作者 自身의 피눈물로 體驗한 사랑의 福音을 말하였고 人生의 永遠한 眞理의 빛이 數없이 번쩍이고 있다.

우리 春園은 ― 토 翁의 모든 다른 作品 (『復活』, 『안나 카레니나』, 『戰爭과 平和』 等)의 다 없어지고 이 作品들만 있어도 좋다. 그가 다른 것을 다 아니 쓰고 이것만 썼드라도 좋다. 『戰爭과 平和』 같은 것은 다른 사람도 쓸 수 있지마는 이 이야기들은 다른 이는 쓸 수 없다 ― 고까지 한다. 여기에는 나 亦是 同感이다.(이상 13쪽)

×

『바보 이반』 같은 것은 亦是 로시아의 오랜 國民傳說을 가지고 쓸 것이지마는 그 가운데 그의 人生觀, 社會觀, 國家觀, 宗敎觀, 道德觀 等 全思想을 具像한 것이다. 그 가운데 全 톨스토이가 있다고 해도 過言이 아닐 것이다.

『二人 巡禮』 같은 것은 그 宗敎觀, 人生觀이 들어나 있고 사람의 虛欲, 虛榮과 宗敎의 形式主義를 경계하고 眞正한 사랑의 福音을 高調한 것이다.

×

나는 이러한 貴한 冊이 하루바삐 朝鮮말로 옮겨져서 한글만 볼 수 있는 婦人네들과 모든 大衆에게 널리 다 읽어지기를 希望한다.(이상 14쪽)

"新春懸賞文藝 應募 期限 十日!", 『동아일보』, 1939.12.10.

作家가 童話 한 篇을 쓸 때에 단지 自己의 藝術的 滿足과 兒童의 興味만을 助長할 때에 童話는 屈曲된 形態로 그 本質과 精神을 저바리게 될 것이다.

作家가 좀 더 높은 곳에서 一步라도 兒童의 精神生活을 높은 곳으로 끄러올리랴고 애를 쓸 것 같으면 조고마한 平和와 滿足을 가르키는 欺瞞的 童話創作의 態度를 버리고 飛躍的 大乘的인 童話를 創作해야 될 것이다. 時代는 바야흐로

生動하고 混亂하다면 混亂할수록 새로운 光明面을 찾게 된다. 人間의 努力과 意志의 發動으로 그리고 文學을 그 그림자를 作品에다 反映한다. 兒童은 그 時代의 影響과 時代의 感覺을 第一 銳敏하게 받어드린다. 作家가 時代의 色彩 感覺 方向을 正確히 把握 못하고서는 그 藝術은 生氣를 일흔 情的인 倦怠한 存在밖에 아무것도 아닐 것이다.

一切의 功利主義的 概念的인 指導精神을 떠나서 作品에다 指標와 理想을 갖일 때에 今日의 社會에서도 움즉이는 한 幅의 그림으로 音響 잇는 詩로서 光과 色이 錯雜하고 流轉하는 現代詩로서

感得할 때에 今日의 現實에서도 한 篇의 童話를 夢幻할 수 잇지 안흘가.

이런 意味에서 童話는 創作할 수 없지만 發見할 수 잇으며 童話作家는 叡智인 同時에 多感해야 될 것이다. 끝으로 作家를 떠나서 前日 한가지 宋昌一 氏는 本紙 「童話文學과 作家」[293]란 論文에서 "世間에서는 童話作家라면 아모 姓名조차 없고 도로혀 嘲笑를 사는 形便이지만은 나는 때때로 童話作家의 自慢을 느낀다. 그 理由는 世上이 貴重히 여기지 안는 文學을 그냥 維持해 보려는 忍耐가 크다는 것보다도 事業이 너무나 聖스럽기 때문이다."라고 하엿지만 이 땅 兒童文學 作家의 悲愴한 心情을 높이 사 주어야

293 송창일(宋昌一), 「동화문학과 작가(전5회)」(『동아일보』, 1939.10.17~26)를 가리킨다.

될 것이다.

朝鮮의 文化가 思想的으로 形態的으로 아직도

過渡期的 模倣文化 階級을 벗지 못하엿다고 하지만은 "한 社會가 그 社會에 품안에 안은 兒童들을 어떠케 取扱하나—하는 것으로 곧 그 社會에 文化 程度를 測定할 수 잇는 것이다."(『批判』 十三年 十二月號 「兒童問題의 再認識」)[294]라고도 하엿거니와 朝鮮에 新文學 發生 四十年에 兒童文學이 今日과 같이 形骸만 남엇다는 것은 그 責任이 이 時代의 쩌-널리즘의 指導者일까 이 땅의 인테리겐챠일까. (끝)

294 범인(凡人), 「아동문제의 재인식」(『비판』, 1938년 12월호)을 가리킨다.

(社說), "歌謠 淨化에 對하야", 『조선일보』, 1939.12.22.

一

歌謠처럼 그 世態와 民情을 赤裸裸하게 나타내는 것은 업다. 어떤 國民의 思想과 어떤 民族의 情感을 살피려면 먼저 그 國民과 그 民族의 民謠와 歌曲을 들으면 될 말큼 그 時代相을 率直히 表現한다. 歷史上으로 回顧해 보더라도 그 國家와 民族이 燎原之勢로 興할 때에는 그 歌謠가 몹시도 씩씩하고 高尙하며 文化가 爛熟하여 바야흐로 衰해 갈 때에는 몹시도 俗되고 淫亂하여짐을 알 수 잇다. 그런데 現在 우리의 歌謠를 들을 때 우리는 어떠한 느낌을 갓는가. 우리는 '레코드'를 들을 때나 또는 '라디오'를 들을 때나 歌謠를 들을 때마다 너무나 우리의 歌謠가 頹廢的이며 너무나 野卑함에 赤顔치 안흘 수 업다. 大衆의 情緖敎育에 至大한 影響을 미치는 歌謠를 이 가튼 狀態로 放任하여서 될 것인가 하는 識者간의 부르지즘에 呼應하여 再昨年에 本社에서는 歌謠를 淨化하려는 目的으로 流行歌謠를 募集 發表한 일도 잇섯다.

二

그러나 當時 '아메리카니슴'의 直接 影響을 바든 歌謠는 도저히 자그만한 힘으로는 淨化할 道理가 업서 極度로 頹廢되고 低俗化한 歌謠는 '레코드'로 '라디오'로 全朝鮮 坊坊曲曲에 傳布되어 所謂 口尙乳臭의 兒童의 입에까지 俗된 歌謠가 오르내리게 되엇다. 支那事變이 勃發되며 當局에서도 '레코드' 取締를 强化하고 또 軍歌가 一時에 輩出됨에 따라 流行歌謠는 自然으로 若干 淨化되어 왓스나 아직도 一部에는 野卑한 歌謠가 流行되어 軍歌에 屬하는 以外의 것은 如前히 推奬할 만한 것이 하나도 업다. 勿論 流行歌謠 그 自體가 그 時代의 世態를 表現하는 것이라면 抑制로 이를 淨化시키려 하여 그 正常的 表現을 阻害하는 것도 考慮할 바가 아닌 것은 아니나 現今의 歌謠는 純營利的인 '레코드' 會社를 通하여 오로지 營利를 目標로 大衆에게 傳布되는 만큼 이것은 所謂 作詞, 作曲者가 大衆에게 阿諛함에 不過

하는 것인즉 이런 意味에 잇서 歌謠를 淨化하려고만 하면 方法만 確定된다면 그야말로 容易하게 되고 또 歌謠 그 自體의 發展도 도리어 助長하게 될 수 잇슬 것이다.

三

現代 文明의 中樞神經으로 一般大衆과 接觸面이 넓은 〈朝鮮放送協會〉에서 요즘 歌謠淨化를 꾀하여 從來의 野卑低俗한 歌謠는 斷然 一掃하고 古來로 朝鮮에 傳해지는 地方 獨特한 歌謠와 밋 一般에게 健全하고 씩씩한 歌謠를 넓이 募集하여 '마이크'와 '레코드'를 通하여 普及시킬 具體案을 세워 가지고 明春 三月부터 實施할 計畫이라 하니 이는 適宜한 計畫이라 하겟다. 特히 曲調에 잇서서도 洋曲의 模倣을 버리고 朝鮮 曲調의 獨特한 것을 取하여 朝鮮 情緖를 遺憾업시 發揮할 터이라 하니 더욱이 그러하다. 그러나 朝鮮의 獨特한 情緖를 나타낸다 하여 排他的이여서는 안 된다. 洋曲이고 洋曲 模倣이고 純朝鮮曲이고 要點은 그 歌謠가 聽衆에게 어떠한 影響을 줄 것인가가 問題일 줄 안다. 如何튼 今番 放送協會의 計畫인즉 이를 잘 實施하여 有終의 美를 맷기를 비는 同時에 千篇一律인 現在의 第二放送 '프로'를 더 좀 興味 잇고 有益하고 參考되게 꾸며 주기를 아울러 付託한다.

社長 鄭仁果, "(社說)本誌 發展의 再出發－옛 主幹 韓錫源 氏를 再迎하면서", 『아이생활』, 1940년 11월호.

반도 어린동무들에게 본란을 통하여 오래간만에 말씀할 기회를 얻은 것은 심히 기뻐하는 바입니다.

요사이는 조희를 구하기가 어려울 뿐만 아니다.[295] 조희값과 인쇄비도 수년 전에 비하면 몇 갑절 비싸졌습니다.

아수운 생각을 금할 길 없으면서도 본지 페지를 훨신 주리어 예산을 치드라도 지금 매 책 실비가 十六전가량 듭니다. 지국에 二활인해 드리면 본사로는 매 책에 八전씩을 미찝니다.

세상에서는 흔히 잘 아니 되는 것도 잘된다고 광고하고 한 五천부 발행하면 한 五만부나 발행하듯이 선전하는 수가 있습니다만은 본사로는 위에 말한 바와 같이 실상을 독자 여러분에게 솔직이 말씀해 드린 것입니다.

본지가 창간한 지 十五년 채나 되는 것을 장로회총회 유지와 그타 각 방면으로부터 부대 계속하여 달라는 간곡한 부탁이 있습니다.

우리는 그만한 형편을 보아 미쩌 가면서라도 여전이 한 책 十전이란 정가에 조선 어린이 잡지 중 가장 긴 역사를 가진 본지를 발전키 위하여 지난 十월 二十六일 서울 있는 본사 이사(理事) 만찬회를 열고 오래간만에 간담도 하였습니다.

그 결과로 교회 유지에게 사우금의 찬조를 얻어 부족금을 보충하기로 하고 그 활동은 한석원 목사에게 일임하는 동시에 본사 이사들도 서로 협력하기로 되었습니다.

한데 한 가지 기쁜 소식은 十五년 전에 본지 『아이생활』을 처음 만들어 낼 때에 제一대 주간으로 활동하시던 한석원 목사가 그동안 아메리카에 가서 공부도 여러 해 하고 돌아왔었는데 제八대 주간으로 다시 취임하여

295 '뿐만 아니라 조희값과'의 오식이다.

본지를 중흥시키기로 된 것은 여간 반가운 일이 아닙니다. 지방 유지 여러 분과 독자 일반은 크게 환영하여 주실 줄 믿고 이 기쁜 소식을 전하여 드리는 바외다.(이상 7쪽)

尹福鎭, "選後感", 『아이생활』, 제17권 제3호, 1942년 5월호.

童謠

수레길

張鳳顔

눈오신 들판에 수레길두줄
마을로 질러간 수레길두줄

학교간 철이가 타고갓지요
장에간 봉이도 타고갓지요

새벽에 지나간 수레길두줄
나란이 뻐더간 수레길두줄

하로해 다가도 지지않고요
도라올 수레를 기다립니다.

【評】千正鐵 氏의 「싀골길」을 聯想케 한다. 이만 程度의 模倣은 詩者의 童謠로써 容納할 수 있다고 생각한다. 이 노래는 直觀的인 田園風景의 한 幅의 그림이다. 多分이 詩的인 템페라멘트(受質)[296]를 가진 將來의 詩人으로 생각된다. 앞으로 表現에 있어서 着實한 工夫가 있기를 바란다.(이상 24쪽)

童謠

아가야거름

張東根

압바 거름은
황-새 거름

296 temperament이므로 '受質'이 아니라 '氣質'의 오식이다.

누나 거름은
오-리 거름

아가야 거름은요
병아리 거름

【評】 재미있는 着想이요 對照라고 생각되나 넘우나 單調롭다. 좀 더 各自(황-새, 오-리, 병아리)의 거름을 그 性格을 나타냈드라면 한다.(이상 25쪽)

동요

색동저고리

—린수 돌상에—

尹童向

돐마지 저고리
색동 저고리
고저고리 입고
마당에서 놀-면
바둑이가 부러워
한번 입어 보재고

돐마지 저고리
색동 저고리
고저고리 입고 (이상 26쪽)
꽃밭에 가 놀-면
나비손님 반가워
머리우에 와놀고-.

【評】 貴여운 着想이다. 무엇보다 表現에 있어서 不足함을 느낀다. 全體의 리즘(韻律)의 흐름(流)에 스므-스(流暢?)하지를 몯하다. 個個의 말이 選擇과 그 驅使가 能難[297]하다면 能難하다고 볼 수 있는데 反하야 全體의 흐름이 스므-스하지 몯하다. 詩란 外在律보다 속으로 숨어 흐르는 內在律

을 보담 더 高揚하여야 하고 그것을 詩歌 더구나 詩歌보담 韻律的, 音樂的 要素를 具備한 謠에 있어서 高貴한 生命과 같이 遵奉하여야 한다.

選後感

이番 回는 前番보다 質的으로 훨신 떠러진 二百餘 首 가운데 四 首를 뽑았다면 應募한 作家들의 섭섭하였지만 考選한 選者 또는 섭섭하다기보다 寂寞한 느낌을 禁할 수 없다. 무엇보다 몬저 信實한 態度에서 붓을 들이고 思索에 思索을 더하고 冥想에 暝構을[298] 더하여 構想할 일— 한편이 노래는 내 살(肉)의 한 점이요 내 피(血)의 한 방울이요 이 노래는 내 마음의 내 靈魂의 노래이란 것을 굳게 信奉하여 眞眞한 態度에서 作詩에 對할 일— 表現이 어색하고 着想이 未熟한 것은 貴엽게도 볼 수 있으나 信實치 몯한 態度에서 쓴 詩는 아모리 곻은 비단옷을 입고 비단 신발을 신으로 꾸몄다 하나 이렇한 種類에 노래는 두 番 對할 생각이 나지 안는다. 虛僞가 없이 꾸밈이 없이 自然스럽게 眞實한 態度에서 習作하기를 바란다.

尹福鎭 (이상 27쪽)

297 능란(能爛)의 오식이다.

298 '暝想을'의 오식이다.

尹福鎭, "尹福鎭 先生 選", 『아이생활』, 제17권 제7호, 1942년 9월호.

오디가 익을 때

李鍾星

오디가 까마케 익을때
엄마랑 뽕따러 갔읍지요

오디를 먹고 또먹고
입설이 검도록 먹고먹고

산에는 뻭국새 뻭국뻭국 울고
들에는 보리가 노라케 익어감니다.

【評】 구수한 田園의 情趣가 充滿한 詩입니다. 어쩐지 내 어린 날에 고향이 그리웁고 어린 날에 놀던 그때가 그리웁습니다. 三行五聯으로 된 노래를 三行三聯으로 곧쳤읍니다. 이 詩想의 焦點이 돌다리처럼 여기저기 놓여있는 것을 한곧에 모아 보았읍니다. 처음 對하는 분이나 豊富한 詩想을 가진 분으로 생각됩니다. 많은 工夫가 있기를 바랍니다.(이상 25쪽)

시냇물

張東根

시냇물 돌-돌
어듸로 가나

골짝길 돌아서
꽃닢을 실-고

마을을 돌아서
물방아 돌니고

시냇물 돌-돌
어디로 가나.

【評】 說明的인 句節을 잘나 바렸읍니다. 기픈 詩想이 없는 것을 反復하고 重復하게 되면 結局은 散漫해집니다. 더구나 抒情的인 갓분한 노래에 있어서는 갓분 산듯하게 을퍼야 하겠읍니다.(이상 26쪽)

金英一, "李龜祚 兄 靈前에", 『아이생활』, 제17권 제7호, 1942년 9월호.

개고리 우는 서글픈 밤 뜻하지 않은 형의 부고를 받어 들고 어찌할 바를 몰랐읍니다.

생각하면 너무나 짧은 인생의 거름이요 조용한 최후였읍니다.

형은 조금도 성을 내는 사람이 아니였고 따라서 고요히 생각에 잠긴 사람이였읍니다. 뻑꾹새 우는 산밑 조용한 오막사리집에서 형과 같이 사러 본 적도 어제인가 생각되는데 이제는 형과 멪 만 리를 떠러저 지내지 안으면 안 될 안타가운 운명의 흐름이 되고 마렀구려.

모든 것이 일시에 뚫어지는 듯한 공허한 감이 드옵니다. 이 일만은 장란이라 우서 버릴 수도 없고 참이라 믿어지지도 앗는그려.

그러나 우리는 모도가 잠시 다녀가는 나그네의 한 사람이라. 그저 자기 인생수업을 마치면 원시로 도라가는 것이 천측(天則)이어늘 어찌 우리 인간의 힘으로써야 자우할 수 있사오리까!

도리켜보면 짧은 인생의 거름 우에 형은 많은 발자최를 남기고 도라갔읍니다.

조선 아동문학게에 새로운 동화도(童話道)를 만드러 주었고 새로운 창작동화의 신필법(新筆法)을 보여 주었읍니다.

형의 창작동화집 『까치집』은 그것을 보여 주고도 훨신 나음이 있읍니다.

형의 꾸준한 연구 태도에는 많은 기대를 가저 와섰고 형의 눈물계운 창작열에는 자현이[299] 머리를 숙였든 것입니다.

형은 멪 년 전부터 조선 전래동화를 수백 편 모아 두었고 또 제이 창작동화집을 내겟다고 꾸준이 원고를 정리하든 형의 얼골이 환하게 어립니다.

그리고 조선 아동문학 총집성을 저와 같이 내기로 하고 원고는 전부 모아

299 '자연이'의 오식이다.

두었으나 여러 가지 사정으로 지금것 내놓지를 못하여 형께 죄를 진 듯하옵고 미안하옵니다.

형! 무더운 여름밤 달빛 아레 개고리 우름소리를 드르면 그 언제인가 형과 같이 논뚝에 앉어 하늘을 처다보며 아지 못할 말을 중얼거리며 생각에 잠기든 때가 문뜩문뜩 생각키워 오늘도 산 넘어 쪽을 바라보며 멧 번인가(이상 30쪽) 형을 불러 보았읍니다.

아까운 천재의 친구를 하나 보내인 것이 너무나 안타가웁고 좀 더 사러 주었드면 하는 안타가운 미련이 드옵니다.

형은 바쁜 사람이였읍니다.

나제는 延專에 나가 일을 보시고 밤이면 또 新村商科學院에 일을 보시고 형은 조곰도 쉴 사이 없는 분주한 몸이였읍니다.

그런 중에서도 형은 꾸준이 창작에 힘을 써 왔고 아동들을 퍽으나 사랑하여 자부라고 공경을 받어 왔읍니다.

형은 아직것 술과 담배를 모르는 거록한 사람이였고 따라서 이 사회의 추태를 몰랐읍니다.

형! 형은 좋은 곳으로 도라가섯쓸 줄 아옵니다. 하늘나라에 고요히 잠든 형의 얼골이 거륵하고 평화해 보입니다.

여러 선여들에게 이야기를 들여주는 형이 부드러운 말소리와 곻은 음성이 들여옵니다.

맑에 개인 밤하늘에 별을 헤여 보며 형의 남기고 간 이야기를 드르려 하옵니다.

가을이 도라올야는 늦은 여름밤에 형의 영전에 세 번 절하옵고 생전에 잘 지내 주옵신 호이에 감사하옵니다.

개고리 우름소리가 하늘나라에 들리옵거든 동무의 마음이라 아러주옵시오.

(七月도 다 가는 날) (이상 31쪽)

李元壽, "(붓치는 편지)農村兒童과 兒童文化", 『半島の光』, 第62호, 1943년 1월호.

김 형!

惠書는 반가이 읽엇습니다.

적어 보내주신 兒童文化에 關한 형의 卓越하신 意見에서 엇는 바 만헛습니다.

諸般施設이 完備된 서울에 게신 형께서 切實히 느끼시는 兒童文化의 貧寒은 直接 農村兒童의 生活과 그 文化의 眞狀을 삷히실 때 一層 深刻함을 痛感하시리다.

오늘의 半島의 兒童은 지난날의 兒童과 同一視할 수 업는 크나큰 任務를 가진 寶貝로운 存在임을 生覺할 때 父兄된 者는 勿論, 兒童問題에 關心을 갓는 者 再考三考 아니 할 수 업습니다.

오늘의 兒童이야말로 日本精神을 막바루 그 生命에다 불어너흘 수 잇는 皇國臣民입니다.

우리는 어린 生徒들이 스스로 神社 압헤 나아가 공손히 參拜하는 아름다운 光景을 봅니다.

그들이야말로 强制 밧지 안코서 日本精神을 가슴에 색이고 훌륭한 皇國臣民이 되여 가는 것입니다.

오늘의 成人들에 比하야 얼마나 多幸한 그들인지요. 허지만 이런 多幸한 오늘의 兒童들에게도 文化的으로 悲慘한 處地에 써러진 不幸은 實로 큽니다.

都市의 兒童은 그래도 多少 나흔 點이 잇겟습니다만 시골일수록 兒童의 生活은 荒涼하고 그들의 環境은 어른들의 舊態와 因習에 물들게 되여 잇는 것입니다.

이들 精神的 糧食에 주린 農村 兒童이 數的으로 半島 兒童의 大部分을 차지하고 잇는 것과 그들이 어른들의 루추한 生活 精神까지 繼承하게 되여

皇國臣民으로서의 潑溂한 將來를 開拓함에 支障이 되는 바 만흘 것을 生覺할 때 憂慮하지 안흘 수 업습니다.

內地에서는 過去의 亂發한 兒童文化財의 淨化와 强化를 위하야 〈日本兒童文化協會〉[300]의 結成까지 보게 됏다 합니다만 內地 以上의 周到한 用意와 熱意로서 이루워저야 할 特殊한 地域인 이곳 兒童文化가 이럿틋 貧寒해서 되겟습니까.

兒童讀物, 童話, 映畵, 演劇, 繪畵, 音樂, 舞踊, 玩具, 그 어느 하나 반반하게 주워지는 게 업습니다. 우리가 國民學校에 이 點에 關하야 特別한 留意 잇기를 바라는 바도 큽니다만, 同時에 우리의 힘으로 건전한 兒童讀物의 出生을 바라는 마음, 또한 간절합니다.

김 형!

항상 아동 문제에 마음 쓰시는 형께서 戰時下 農村 兒童의 實情을 짐작하서서 이네들을 위하야 積極的 盡力이 잇서 주시기를 바라면서 이 두서업는 글을 맺겟습니다.(이상 15쪽)

---

300 〈닛폰지도분카교카이(日本兒童文化協會)〉는 1937년 9월 30일, 통제 지도를 목적으로 결성되어 1941년 9월 5일 〈닛폰쇼코쿠민분카교카이(日本少國民文化協會)〉 결성으로 해산된 문화단체이다. 동화작가, 구연동화가, 동화가(童畵家), 작곡가, 동요시인, 무용가 등으로 조직하였다.

宋昌一, "自序", 『少國民訓話集』, 아이생활사, 1943.2.3.

自　序

영부야!

너는 나의 사랑하는 아들이다. 나는 너의 둘도 없는 아버지다.

아들은 아버지에게 효성을 다할 의무가 있고 아버지는 자식을 잘 키울 책임이 있다.

아버지는 네에게 밥만 주는 것으로 책임을 다했다고는 결코 생각치 않고 네의 머리속에 좋은 지식과 생각을 넣어 주려는 욕망을 가졌다.

아버지는 본시 이야기를 즐기는 탓으로 지금까지 주어들은 이야기 중에서 유익한 것을 추려 모두아 책 한 권을 만드러 네에게 주련다.

책을 만들고 보니 내 자식인 너에게만 주는 것은 박절한 생각이 들어 부끄러운 줄도 모르고 세상에 많은 너의 동무들께도 나누와 주련다.

내 아들에게 주는 이 이야기가 수백만 아동에게 조금이라도 유익이 된다면 나는 천하를 얻은 기쁨을 가질 수가 있겠다.

昭和 十七年 盛夏

涓城에서 著　者 (이상 1쪽)

任英彬, "宋昌一 氏의 『少國民訓話集』을 읽고", 『아이생활』, 1943년 4-5월 합호.

이런 冊이면 아이들에게 읽어서 아이들이 재미나게 읽는 중에 教訓도 얻고 마음에 새로운 感激과 決意를 얻을 수가 있겠다고 생각할 冊을 찾아보았다. 그러나 쉽사리 찾을 수가 없었다.

世上에 아이들을 위한 冊 가운데는 흔히 두 가지 種類가 있는 것을 보앗으니 하나는 教訓的은 教訓的이나 넘어 굳어 아이들이 읽기 始作하기가 무섭게 하품만 하고 말게 되는 冊들이오, 또 하나는 깨가 쏟아지듯 재미는 나기는 나나 읽고 난 뒤에 아무 얻는 바가 없는 冊들이다. 첫째 種類의 冊들은 멋없이 딱딱하게 가르치기만 하려 하여서 아이들은 진저리를 내게 된다. 그러나 둘째 種類의 冊들은 넘어도 달콤하여서 아이들이 밥 먹을 줄 잠잘 줄을 모르고 읽기는 하나 그 달콤한 맛에 中毒이 되어 도리혀 弱하고 게으른 마음을 가지게 된다.

아이들에게 좋은 冊은 以上에 두 가지 種類의 冊들이 될 수 없다. 그러나 아이들이 재미나게 읽으면서도 教訓을 얻고 또 생각을 굳건케 할 수 있는 冊이라야 될 것이다. 이런 冊이 어디 있는고?

나는 이런 冊을 아이생활社 發行 宋昌一 氏 著 『少國民訓話集』에서 發見하였다.

이 訓話集은 그 이름만 듣고서는 딱딱한 느낌이 있지만 그 속을 드려다보면 매우 보들보들하다. 그렇다고 보들보들만 하고 무슨 건덕지가 없는 것이 아니라 아이들의 마음과 精神에 좋은 營養이 될 營養素가 가득하다. 아이들은 이 冊을 들면 놓을 줄을 모르고 읽을 것이오, 읽으면 재미난다 하고만 알 것이 아니라 생각을 굳건케 하고 뜻을 바르게 할 수 있을 것이다. 이 冊이야말로 少國民이 읽어 趣味 있는 中에 少國民다운 德을 길을 수 있는 冊이다.

나는 이 冊을 少國民과 少國民 指導者들이 다 한 卷씩을 所有하기를 즐겨 勸하고저 한다. 그리하여 忠君愛國의 큰 精神을 가진 少國民이 만들어지게 되기를 바라는 바이다.

實로 少國民의 教育은 한 國家의 前程에 큰 힘이 있는데 多幸하게도 이 冊이 나와서 우리 少國民의 教育을 잘하게 되었으니 우리나라 億萬年에 이런 稀罕한 일이 어디 있으랴?

(宋昌一 著『少國民訓話集』定價 壹圓 五拾錢 아이생활社 發行) (이상표 1)

淸風舍, "人事消息", 『아이생활』, 제18권 제7호, 1943년 9월호.

◁ 韓錫源 先生　先生께서는 아이生活社 初代 主幹으로써 功勞가 많으신데 只今도 繼續하야 編輯을 보시는 한便 얼마 前부터는 基督敎新聞協會 主筆로 編輯을 맡흐셔서 不眠不休의 時局色! 그러나 언제든지 元氣旺盛하심에는 驚嘆不堪也.

◁ 金澤潤 先生　主幹 先生을 도와 혼자서 三,四人의 用務를 보시기에 奔忙. 先(이상 21쪽)生은 好人으로 첫 印象부터가 滿點이시라고.

◁ 崔鳳則 先生　朝鮮예수敎長老會總會宗敎々育部 會計를 맡허 보시는데 羊가치 부드러운 性格은 언듯 善한 牧者를 聯想식힌다고. 허나 牧師는 아니시라나.

◁ 金昌勳 氏　咸境道 地方 出場을 마치고 서늘한 가을바람에 불녀서 無事히 歸京하섯다고.

◁ 張東根 氏　興南에서 얼마 전 上京하서서 就職運動 中이시라고.

◁ 香村薰 氏　여름 동안 쉬지 못하시고 執務하시드니 요새는 秋夜長 긴-밤 새워 小說 執筆하시노라 뼈가 쏙쏙 쑤시신다고.

◁ 李世保 氏　꾸준이 精進 後援會 援助에 땀을 퍽퍽 흘이시는 中.

◁ 金村哲男 氏　극히 작은 鈴蘭 或은 白鳥로서 開城을 中心으로 숨박곡질하시든 분. 現在 東京明治學院 高等學部 厚生科(前 社會科)에 在學 中이시라고.(이상 22쪽)

◁ 張時郁 氏　어느 작난꾸럭이가 죽었다고 떠들더니 지금 東京에 가서 게시다고… 하하하 ….

◁ 李鍾星 氏　氏는 榮譽의 詩人 金村龍濟 氏의 外동생이시라고.

◁ 禹曉鍾 氏　平南 龍岡에서 敎鞭을 잡고 게시다가 가을바람이 불자 故鄕 仁川 自宅에 歸巢 目下 文學 修業에 沒頭하시는 모양.

◁ 林仁洙 氏　때때로 염소수염을 길너 가지고는 푸른 '가을 하늘'을 멀끔이 바라보는 것으로…… 自慰를 삼으시는 모양 —. (淸風舍 白) (이상 23쪽)

金英一, "金英一 先生選 小國民文壇-選辭", 『아이생활』, 제18권 제7호, 1943년 9월호.

풀밭에서(推薦)

李鍾星

빨리가는 구름
고향은 멀-다.

나는 '동요집'을 덮고
풀냄새 맡었다.

저녁마을(推薦)

李鍾星

이슬에
꽈리잎이 젖고

타마고리 소래—

햇님이 빩앟게
마을에 잠잔다.

가을밤(推薦)

李鍾星

파-란 전등밑에

'동요'라고만 쓴
원고지가 놓였고

밖은 낮같이 밝은데

끼투리 소래—

해바라기 기운 책상우에
나는 눈을 감었다.

가을 오는 날(推薦)

李鍾星

김장밭 파고
댑싸리 뽑아
아빠가 짚웅에 얹었네.

담벽에 감긴 넝쿨에
여이주가 셋이나 빩-애지구
밤에는
끼투라미 울었네.

거름마(推薦)

禹曉鍾

보리가 내키만큼 자랐다.

병아리애기 종 종
마당 한바퀴 돌-고
울애기도 아장 아장
마당 한바퀴 돌-고 (이상 37쪽)

하늘에 흰구름
동 동 뜨고
마당에 아카샤꽃
활작 피고

보리가 내키만큼 자랐다.

병아리애기 종 종
거름마 배-고

울애기도 아장 아장
거름마 배-고

애기바람(推薦)

禹曉鍾

저녁노을
나려온
언덕길에
애기바람이 간다.

숲으로 코-하라
숨기낙 하며 간다.

選辭

여게 여섯 편의 推薦作을 내놓았다.

이 여섯 편의 詩를 대할 때 나는 퍽으나 놀랐다.

내가 제일 좋와하는 自由型의 詩요 想도 좋을 뿐 아니라 表現도 좋다. 詩人의 豊富한 想이요 銳敏한 感覺이다. 作者의 個性이 잘 나타났다. 누구나 模倣할 수 없는 作品이라.

먼저 李鍾星 君의 「풀밭에서」는 詩人이 아니고서는 맺 맛수 없는 作品이다.

나는 멧 번인가 거듭 읽었다.

"빨리가는 구름 고향은 머-ㄹ다"

이 두 절만이래도 훌륭한 詩다. 멀-리 고향을 떠나온 사람으로써는 누구나 다 같이 늣기는 그리움이다.

"구름은 빨리가도 내고향은 아득하고나" 하는 아득한 그리움이 잘 나타난다.

후절에 '나는 동요집을 덮고 풀냄새 맡었다.' 고향은 갈래야 千里길이라 풀냄새를 맡으며 아득한 고향의 그리움을 그려 보는 이 詩人의 情景이 잘 나타나 나도 모르게 고향의 하늘을 바라보게 한다.

"고향은 千里길이라 하늘에 그린다"

나도 이렇게 한 절 읊어 보았다. 갈래야 갈 수 없는 고향에 모든 생각과 그리움을 하늘에다 그려 보는 나도 좋을 상싶다.

다음 「저녁마을」은 아마도 作者가 이슬 나린 풀밭을 거린[301] 듯하다. 타마고리(귀뜨라미) 소래 자지게 들여오는 가을의 저녁 빩-안 저녁노을이 마을에 머물러 있는 것이 마치 꿈나라와도 같이 보여 읊은 詩와도 같다. "햇님이 꼬아리 불고 간다" 해도 좋을 상싶다.

「가을오는날」 題目부터 좋다.

"밤에는 끼투라미(귀뜨라미) 울었네"만 해도 가을이 오는 것을 짐작할 수 있다. 가을이 온다는 것을 잘 나타내였다. 여이주도 잘 끄러 넣었다.

「가을밤」 밖은 낮같이 밝은데 끼투리(귀뜨라미) 소래 자지게 들여와 눈을 감고 동무 생각 고향 생각 부모 생각(이상 38쪽) 이것저것 그려 보는 情景이 잘 나타난다. 동요를 지을야고 동요란 글짜만 써 놓고 空想하는 그 場面이 환하게 나타난다.

李鍾星 君의 四篇의 詩는 꿈의 그러움이[302] 잘 나타나고 詩人의 空想을 잘 그려 놓았다. 旣成作家에 부끄러움이 없으리만치 豊富한 想과 筆才를 가졌다. 많은 期待 된다.

禹曉鍾 君의 二篇의 作品도 近來에 볼 수 없는 作品이다. 「거름마」에 "보리가 내키만큼 자랐다" 하는 제일 처음의 "투"가 좋다. 그리고 아카샤꽃 활작 핀 마당에서 강아지 따라 애기가 아장아장 거름마 애기는 귀여운 情景이 잘 나타난다.

다음 「애기바람」은 조금 고친 데가 있다. 參考하기 바란다.

---

301 '그린'의 오식이다.

302 '그리움이'의 오식이다.

作者는 自己의 詩를 만들기 위하야 퍽으나 애쓰고 있다. 作者도 말했거니와 三年 四年 심지어 죽을 때까지라도 좋다. 自己의 詩를 完全이 세워놓는 것이 좋다. 그만한 努力과 情熱과 硏究가 있기 바란다.(이상 39쪽)

漂童, "文壇 寸評", 『아이생활』, 제18권 제8호, 1943년 10월호.

金英一 氏　　들고나오신 自由型의 詩란 언제쩍 누가 써먹든 퇴물입니까? 時期 錯覺이 아닌지? 투나-투나 北原白秋를 우려먹다 말려거든 하루바삐 金英一로 도라가시요.

張東根 氏　　寫實을 위한 寫實은 果然 우리들에게 무엇을 주었읍니까?

香村薰 氏　　統一性이 없읍니다.

張時郁 氏　　젓 좀 더 먹어야겠읍니다.

李世保 氏　　奮發, 憤發— 그렇지만 까치가 機械처럼 우는 그런 예기는[303] 그만두시옵.

林仁洙 氏　　賞 줘야 하겠고.

李鍾星, 禹曉鍾 氏들　　이제 새삼스리 무슨 推薦이요?

대머리 氏　　하루바삐 文壇 淸掃工作을 하두룩 評壇 創設하시옵.

(이상 24쪽)

303 '애기는'의 오식이다.

대조사 편집부, 「머리말」, 계용묵 편, 『세계명작동화선』, 대조사, 1946.2.

동화는 어린이의 정신적 양식입니다. 동화가 어린이의 마음을 키우는 힘은 실로 지대한 것입니다.

그러나 진즉 우리 어린이들은 우리의 마음을 키울 동화를 모르고 지내왔습니다. 그러기 때문에 우리 조선의 어린이들은 조선 사람이면서도 조선 사람으로서의 정신적 양식에 얼마나 주려 왔던 것입니까.

우리를 저희 나라 사람으로 만들려고 우리의 입을 막고 말까지 못하게 하던 그렇게도 고약하던 일본은 이제 손을 들고 물러가고 우리 조선은 자유 해방이 되었습니다. 활기를 펴고 마음대로 우리말을 쓰고 우리글을 배워야 할 때는 인제 돌아왔습니다.

그리하여 앞으로 조선을 위해서 일을 하는 조선 사람이 되기에 힘을 길러야 할 의무가 여러분 소년소녀의 두 어깨에 무겁게 짊어져저 있습니다.

이에 본사에서는 여러분 소년소녀를 위하여 재미있는 이야기책을 내어 재미있게 읽는 가운데서 저도 모르게 저절로 마음을 키우게 되면서 또 글도 배우게 되기를 꾀하고 전 세계에서도 가장 재미있는 동화를 추려 모아 『세계명작동화선』 세 권을 짰습니다. 그리고 거기에 우리 한글을 하루바삐 바르게 알리기 위하여 〈조선어학회〉의 한글 교정까지 받아 완전을 다하기로 했습니다.

이 적은 책이 여러분 소학교의 과외독본으로, 또는 가정교사로서의 임무가 되어 주어 여러분의 조선을 위한 의무 이행에 얼마만치라도 보람 있는 힘이 되어 준다면 그에서 더한 다행한 일은 없을가 합니다.

一九四六. 二月

大潮社 編輯部

崔秉和, "동화 아저씨 이정호 선생", 『새동무』, 제7호, 1947년 4월호.

소파 방정환 선생님을 생각할 때면 자연 연달아 생각나는 분이 있으니 이분이 즉 미소(微笑) 이정호(李定鎬) 선생님이십니다. 이 선생님은 방정환 선생님과 손을 맞잡고 『어린이』 잡지를 꾸미시었고 미담(美談)을 많이 쓰시었는데 맨드신 책으로는 『세계일주동화집』과 『사랑의 학교』(쿠오레)가 있습니다. 어린이를 위하여 동화도 많이 하여 주시고 또 동화 방송도 수를 세일 수 없을 만치 하여 어린이들을 즐겁게도 하여 주고 슬프게도 하여 주시었습니다.

이 선생님은 방 선생님께서 일즉 돌아가신 것을 항상 슬퍼하시더니 1939년 5월 3일 34세를 일기로 아깝게도 이 세상을 떠나시었습니다. 돌아가시기 전에 방정환 선생님의 동화집 『사랑의 선물』과 선생님이 지으신 『세계일주동화집』을 관 속에 넣어 달라고 유언하시었습니다. 이것만 보드라도 얼마나 동화를 목숨같이 생각하시었던 것을 넉넉히 짐작할 수가 있을 것입니다. (崔秉和) (이상 20쪽)

李彙榮, “佛文學과 어린이－빅토오르 유고오(上)”, 『경향신문』, 1949.5.9.

불란서 문학에서 어린이가 한낱 중요한 자리를 차지하게 된 것은 近代에 이르러서의 일이라 할 수 있다.

물론 中世紀文學이나 十七世紀의 이른바 古典文學에 있어서도 例外는 없지 않았으나 그 일반적 경향을 살펴보건대 어린이를 어린이 자체로서 다룬 文學은 좀처럼 찾아보기 어렵다. 中世紀에도 騎士들의 유년 시절을 이야기한 따위의 어린이를 取材한 作品들이 있기는 하였다. 그러나 대개는 敍事詩에 있어서나 혹은 小說에 있어서나 어린이이가 계집애라면 장차 이뻐져 용감한 騎士와 결혼하게 될 것을 미리 생각하고 사내라면 장차 그의 族屬과 家門의 希望을 한 몸에 질머지고 家族과 同族에게 榮光을 돌리게 될 것을 바라는 등 — 어린이 자체로서 어린이에게 관심을 갖는 일은 퍽 드물었던 것이다. 中世紀文學이란 心理分析의 文學이라기보다는 훨씬 더 行動의 文學이었으니 그럴 법도 한 일이다. 그러나 所謂 分析文學(Literature d'analyse)의 黃金時代라고 하는 古典主義 時代에 있어서도 역시 어린이는 作家들의 문제거리가 그다지 되지 못하였다. 왜냐하면 古典文學이란 理性을 尊重한 文學이었던지라 古典作家들은 어린이의 心理라는 것이 存在할 수 있으리라고는 꿈에도 생각지 않았던 것이다. 물론 여기에도

例外는 없지 않아 「쌍드리용(Cendrillon)」, 「프티 푸우쎄(Le petit poucet)」[304] 等 오늘날 비단 佛蘭西의 어린이들뿐만 아니라 世界各國의 어린이들의 귀에 익은 傑作童話를 남긴 ‘샤를르 · 페로오’[305]가 있었고 『텔레

---

304 「신데렐라(Cinderella)」, 「엄지동자(Le petit Poucet)」를 가리킨다.

305 페로(Perrault, Charles: 1628~1703)를 가리킨다.

막크(Telemaque)』, 『寓話』로 有名한 '풰늘롱'[306]이 있었다. 그러나 그 時代의 사람들은 '페로오'의 『콩트』[307]에 그리 注意를 하지 않았던 듯하며 '퓌늘롱'의 『텔레막크』나 『寓話』는 多分히 敎訓的인 것이어서 純粹한 어린이 文學이라 하기 어렵다. 寓話작가로서는 또 大詩人 '라·퐁테에느'[308]가 있었으나 그의 『寓話』는 순전히 어른의 文學이며 그 自身 어린이를 조금도 부드러운 눈으로 바라보지 않았었다. 그러면 어린이가 참말로 文學의 舞臺 前面에 나타나게 된 것은 언제인가? 그것은 感性의 解放을 부르짖고 想像力을 높이 추켜들고 나선 浪漫主義와 더불어 비롯한 일이라 할 수 있을 것이다. 왜냐하면 어린이의 世界란

理性 以前의 感情의 世界 超自然的인 想像 가득한 驚異의 世界이기 때문이다. 文學에 있어서의 이 어린이 解放의 先驅者로서 우리는 『에밀』의 作者 '쟝·쟉크·루우쏘오'와 「포올과 뷔르지니이」의 作者 '베르나르댕·드·쌩피에에르'[309]를 들 수 있다. "自然으로 돌아가라"고 웨친 '루우쏘오'에게는 自然의 손에서 갓 떨어진 어린이야말로 完全無垢한 存在이었으며 하나의 神이었던 것이다. 또 '베르나르댕·드·쌩피에에르'는 아카데미이 辭典에 다음과 같은 過去의 낡은 思想의 遺物인 例文이 남아 있는 것을 분개하여 그것을 抹消할 것을 提言하였다는 사실은 유명한 이야기다. 그 例文이란 "아버지는 子女를 벌할 權利를 가졌다."라는 것이었다. 이처럼 어린이를 取材한 文學은 浪漫主義에 이르러 꽃피게 되었던 것인데 이는 또한 그때에 社會的으로 하나의 커다란 變革이 있었음을 말하는 것이기도 하다.

---

306 페늘롱(Fénelon, François de Salignac de La Mothe: 1651~1715)을 가리킨다. 작품에 『우화집(Recueil des fables)』(1689), 『텔레마크의 모험(Les Aventures de Télémaque)』(1699) 등이 있다.

307 페로의 『옛날이야기(Histoires ou contes du temps passé)』(1697)를 가리키는 것으로 보인다.

308 라퐁텐(La Fontaine, Jean de: 1621~1695)을 가리킨다. 작품으로 『우화집(Fables choisies mises en vers)(전12권)』(1668~1694)이 있다.

309 베르나르댕 드생피에르(Bernardin de Saint-Pierre, Jacques Henri: 1737~1814)를 가리킨다. 작품으로 「폴과 비르지니(Paul et Virginie)」(1788) 등이 있다.

卽 어린이를 家庭 한구석에 처박아두는 貴族社會의 時代는 이미 물러가고 어린이를 家族의 中心으로 여기는 平民의 時代가 왔던 것이다.

李彙榮, "佛文學과 어린이－빅토오르 유고오(中)", 『경향신문』, 1949.5.10.

以上 論述한 바와 같은 어린이라는 存在에서 본 文學的 社會的 變換을 具現한 文學者로서 나는 서슴치 않고 浪漫主義 運動의 首領格이었던 '빅토오르・유고오'를 들겠다. '빅토오르・유고오'는 어린이를 가장 사랑하고 가장 많이 노래한 詩人의 한 사람이다. 물론 '유고오' 이전에도 어린이를 귀해하고 사랑한 인자한 아버지 詩人이 없었던 것은 아니다. 가령 '라씨인느'[310]가 그랬었다. 그러나 '라씨인느'의 作品에서 어린이가 차지하는 자리란 얼마나 적은 것인가? 과연 '라씨인느'의 作品에도 「아탈리이」의 '죠아쓰' 같은 어린이가 있기는 하다. 그러나 그는 보통 어린이가 아니며 우리는 '죠아쓰' 안에 例外的이요 奇蹟的인 어린이 아닌 어린이를 볼 수 있을 다름이다. 또 「앙도로막크」의 '아스타낙쓰'가 있기는 하지마는 '라씨인느'는 當時에 風潮를 따랐음인지 「아스타낙쓰」를 舞台 위에 내세우기를 꺼렸던 것이다. 다만 우리는 어머니 「앙드로막크」의 말에 의하여 어머니가 그다지도 사랑하는 어린이를 상상하여 볼 수 있을 뿐이다. 이에 비하여 '빅토오르・유고오'는 얼마나 자유스럽게 터놓고 어린이를 노래하였던가?

'유고오'의 個人的 生涯를 살펴볼진대 생각하면 참말 그가 어린이를 사랑하고 노래할 만한 理由도 충분히 있었다. '나폴레옹' 皇帝 麾下의 將軍을

310 라신(Racine, Jean: 1639~1699)을 가리킨다. 작품으로 「앙드로마크(Andromaque)」(1677), 「브리타니퀴스(Britannicus)」(1669년 첫 공연, 1670), 「아탈리(Athalie)」(1691년 첫 공연 및 출판) 등이 있다.

아버지로 가졌든 그는 젖을 빨면서부터 "밤마다 砲架 위에서 잠자고, 쨈발 소리를 들으면서"(Je aormis Sur I affu des i Canons meurtrers … Jentendais le Son Clr des trémhlantes Cymbales …) 歐羅巴 各地의 戰場을 달렸던 것이니 차후에 詩人으로 하여금 유년시대의 追憶을 **詩化** 시키기에 足할 만큼 色彩 짙은 事件이 그의 어린 시절에는 수북히 있었다는 것도 그 理由의 하나이겠고 또 遠征에서 돌아와 '푀이양틴느(Feuillantines)'의 옛 修道院에서 행복스러운 나날을 보낼 수 있었던 것이었으니 그 즐거운 印象은 詩人으로 하여금 後에 슬플 때나 기쁠 때나 항상 어린 시절을 回想하여 그것을 노래하게끔 만들었다는 것도 그 理由의 또 하나이리라. 사실 '유고오'의 作品에는 어린 시절의 追憶에서 우러나온 詩作이 적지 않다. 「나의 유년 시절(Mon en fance)」, 「어린 시절의 추억(Souventr Denspance)」 따위의 題目만 보아도 넉넉히 그 사실을 짐작할 수 있다. 그러나 그가 어린이를 가장 잘 노래하였다는 그 가장 큰 理由는 무엇보다도 그가 아버지로서 또 晩年에는 할아버지로서 어린이를 사랑할 줄 알았었다는 사실이리라.

어린이가 나타나면 둘러앉는 가족들은 손바닥을 치며 맞이한다. 그 빛나는 부드러운 눈은 모든 눈을 빛나게 하고 가장 슬픈 이마 가장 찡그린 이마들이라도 어린이가 나타나는 것을 보고서는 주름살을 편다.

李彙榮, "佛文學과 어린이－빅토오르 유고오(下)", 『경향신문』, 1949.5.11.

(「어린이가 나타나면Lorsque Lienfant Parmt」의 한 구절)

어린이를 取材한 '유고오'의 수많은 詩作 중에서도 이와 같이 家庭의 中心은 家族의 덕으로서의 어린이를 노래한 詩가 가장 많으며 가장 感動 깊은 것들이라 할 것이다. 사랑하는 딸 '레오 폴딘느'가 '쎄엔느' 江에서 溺死하였을 때 '유고오'가 읊은 그 비통한 몇몇 篇의 詩는 일찌기 佛文學史上에 볼 수 없었던 것이며 『할아버지 구실하는 법(Lart Detre Grand pere)』[311]이란 表題를 붙인 그의 詩集이야말로 어린이 文學의 金字塔이라 아니할 수 없다.

그뿐이 아니었다. '빅토오르 · 유고오'의 作品에 있어서 어린이는 단지 詩人의 귀염과 사랑을 받을 뿐만 아니라 하나의 象徵的 存在化하여 詩人의 倫理를 表現하고 있다는 것은 注目할 만한 사실이다. 卽 人類가 正義와 理想을 向하여 前進하는 過程을 그린 그의 敍事詩 『世紀의 神話』[312]에 보면 世界는 두 陣營, 神人民美德, 善의 陣營과 惡魔의 陣營으로 나누어 있는데 어린이는 前者에 屬하는 것이다. 어린이는 우리들의 잘못을 뉘우치게 하고 우리들을 가르쳐준다.

> 우리는 자기보다 옳은 자 앞에 있음을 느낀다. 어린이가 앞에 있으면 우리는 우리 자신을 살펴보고 깊이 생각하며 우리의 넋을 그의 넋과 비교하여 본다. (『世紀의 神話』에서)

또 그의 小說 『레 · 미제라블』[313]에서도 利己的인 社會에서 보람없이 再生을 希望하는 主人公 '장발장'을 둘러싸고 가장 중요한 자리를 차지하고 있는 것은 어린이들이다. 徒刑場에서 나왔을 때 아직도 惡人의 마음을 씻지 못한 '장발장'의 가슴속의 영원히 말라버린 듯하였던 感動과 人情의 샘이 다시금 솟구치게 한 것도 '프티 · 제르붸에'라는 어린이었고 '장발장'이 人生의 目的을 發見하여 再生의 길을 걸을 수 있게 되는 것도 어린이

311 『할아버지 노릇하는 법(L'Art d'être grand-père)』(1877)을 가리킨다.

312 『여러 세기의 전설(La Légende des siècles)』(1859, 1877, 1883)을 가리킨다.

313 『레미제라블(Les Misérables)』(1862)을 가리킨다. 장발장(Jean Valjean), 프티 제르베(Petit Gervais), 코제트(Cosette), 가브로슈(Gavroche) 등은 작품 속의 등장인물들이다.

'코젯트'에 대한 愛情으로 말미암아서이다. 또 革命戰場에서 총알도 안 나가는 피스톨을 휘두르고 노래를 부르며 싸우다가 웃으면서 쓰러져 죽는 어린이 '가보롯슈'는 人民과 가난한 者의 良心을 대표하는 것이 아니고 무엇이랴. (筆者는 文理大 佛文科長)

정현웅, "머리말", 『그림 없는 그림책』, 을유문화사, 1949.6.[314]

이상한 일입니다. 나는 가장 되게, 또 가장 깊이 감동된 때에는, 마치 손과 혀가 얽어 매인 것처럼, 내 속에 생동(生動)하는 것을 고대로 그려낼 수도 없고 고대로 말로 표시할 수도 없습니다. 그래도 나는 화가(畵家)입니다. 이것은 내 눈이 내게 말하는 것이요, 또 내 스케취와 그림을 본 사람들이 모두 그렇게 인정하는 바이니까요.

나는 가난한 아입니다. 나는 저 위 어느 좁은 골목쟁이에 삽니다. 그래도 햇볕은 부족하지 않습니다. 내 사는 곳이 높아서 집집의 지붕 넘어로 바라다보게 되었으니까요. 내가 이곳에 온 처음 몇 날 동안은 이 거리가 내게는 비잡고 적적했습니다. 수풀도 없고 푸른 언덕도 없고 그저 뿌연 굴뚝들이 지평선으로 보일 뿐이었습니다. 나는 이곳에 친구 하나도 없었고, 아는 얼굴이 날 보고 인사하는 일도 없었습니다.

어느 날 밤 나는 마침 시름겨워 창가에 섰었습니다. 창을 열고 내다보았습니다. 아아, 그때 내 얼마나 기뻤던고! 나는 아는 얼굴을 보았습니다. 둥그런 반가운 얼굴입니다. 먼 고향에서부터 가장 친한 친구입니다. 그는 달이었습니다. 그리운 옛날(이상 3쪽)의 그 달, 저곳에서 늪가에 있는 버드나무 사이로 나를 내려다보던 그때와 조금도 변함없는 바로 그 달입니다. 나는 손으로 키쓰를 던져 보냈습니다. 달은 바로 내 방을 들여 비치고 이런 약속을 하였습니다. 그가 나오는 밤이면 언제나 내게로 잠간 들르겠다구요. 그 이후로 그는 이 약속을 꼭 지켜 옵니다.

섭섭한 것은 그가 다만 극히 짧은 동안 밖에 머물러 있지 못하는 일입니다. 그는 오면 언제나 그가 그 전날 밤이나 바로 그날 밤에 본 일을 이것저것 내게 이야기합니다. 그가 처음 나를 방문한 때에 내게 말하기를 "내 이야기

314 '머리말'을 쓴 이가 밝혀져 있지 않지만, '그래도 나는 화가'라는 표현이나 글의 내용으로 보아, 서항석(徐恒錫)의 '뒤풀이'에 화가로 소개한 정현웅(鄭玄雄)이 쓴 글로 보인다.

하는 것을 그려 보렴. 예쁜 그림책이 될 게다." 하였습니다. 그래서 나는 여러 밤째 그렇게 하여 옵니다. 나는 나대로의 천일야화(千一夜話)를 그림으로 그려 낼 수도 있을는지 모르겠습니다. 그러나 이것은 지나친 말일지도 모르지요. 나는 고르기를 하지 아니하고 달이 내게 이야기한 대로 차례로 그려낼 뿐이니까요. 위대한 천재적인 화가나 시인이나 음악가 같으면 하자고만 들면 이것을 좀 더 좋은 것으로 만들어 낼 수도 있으련마는 나는 그저 종이에 산만한 윤곽을 그려 놓는데 지나지 못합니다. 더구나 내 의견도 곁들여 있습니다. 그것은 달이 밤마다 오는 것이 아니요, 또 가끔 구름이 한 조각 두 조각 달을 가리는 일도 있는 까닭입니다.(이상 4쪽)

서항석, "뒤풀이", 『그림 없는 그림책』, 을유문화사, 1949.6.

한스·크리스티안·안데르센이 세계적으로 유명한 동화작가(童話作家)라는 것은 새삼스러이 말할 것도 없는 일입니다. 그는 소설도 썼고 시도 썼고 희곡도 썼지마는 아무래도 그의 가장 빛나는 업적은 좋은 동화를 많이 남긴 데 있는가 합니다.

그는 一八○五년 四월 二일 덴마르크 나라 페에넨이라는 작은 섬의 오덴스라는 땅에서 나서 一八七五년 八월 四일 七十세로 죽었습니다. 가난한 살림에 연거퍼 불행을 겪고 일찍부터 집을 떠나 여러 나라로 돌아다녔습니다. 여행에서 그는 많은 것을 얻었습니다.

이 『그림 없는 그림책』은 그의 창작력(創作力)이 가장 왕성하던 一八四○년에 출판한 그야말로 그림 아닌 그림 같은 고운 글입니다. 이 서른세 밤의 이야기에는 그가 여러 나라에서 몸소 보고 들은 일들도 많이 섞였을 것입니다. 우리는 이것이 재료는 다 다르면서도 거기에 한 줄기 시미(詩味)가 흘러 있어 마치 알알이 모은 고운 구(이상 103쪽)슬을 한 오리 비단실로 꿰어 놓 듯하였음을 보겠습니다.

이 좋은 글이 나의 서투른 번역으로 완전히 소개되지 못함을 부끄러워하면서 번역이 채 옮기지 못한 원문의 화경(畵境)을 정현웅 화백의 고운 그림이 도와주어서 그림책으로서의 면목을 갖춘 것을 감사히 생각합니다.

이 번역은 에드몬드·촐레르의 독일 역으로 된 라이프치히 레클람 판을 원본으로 하여서 일찌기 잡지 『신가정(新家庭)』에 연재하였던 것을 이번에 다시 손을 대어서 책으로 내놓는 것입니다.[315]

一九四八년 十二월 一일 번역한 사람 적음 (이상 104쪽)

315 서항석의 「그림 없는 그림책」 번역은 『신가정』, 제3권 제7호(1935년 7월호)부터 제4권 제7호(1936년 7월호)까지 10회 연재되었다. 제1회에 '뒤풀이'에 해당하는 '역자의 말'과 정현웅의 '머리말'에 해당하는 '서문'이 실려 있다. '뒤풀이'는 '역자의 말' 뒷부분에다 일부 내용을 덧붙여 놓았고, '머리말'은 '서문'의 자구만 수정한 정도이다.

任元鎬, "(新刊評)世界名作兒童文學選集", 『조선일보』, 1949.8.6.

兒童文學에 몸을 이바지함이 近於 三十年間 童謠詩人 尹福鎭의 온갖 정성과 사랑은 오로지 兒童들에게 향하는 그것뿐일 게다.

그 길에 이미 많은 歷史와 功勞를 지닌 분 구구히 紹介의 말씀 必要 없거니와 그 능난한 筆致로 아기네 꽃동산에 또 한 권의 아롱진 수를 놓았으니 바로 『世界名作兒童文學選集』이다. 지난 世紀의 '휴마니즘'의 빛나는 文學作品를 추려 모와 엮어 놓은 가장 아름다운 책이다.

하늘의 별처럼 변함이 없는 '友情'을 謳歌한 저 쉐ㄱ스피어의 「베니스의 상인」과 어머니와 아들의 '愛情'을 읊은 아미티스의 「어머니를 찾어서」와 家門과 地位만을 生命처럼 여기는 英國의 어느 老侯爵이 어린 孫子의 '純情'으로 封建心이 꺾이는 버네트의 「소공자 이야기」와 그리고 또 黑奴의 解放과 그들의 서름을 그린 스토오의 「톰 아저씨 집」 등 이 四篇의 名作을 童話風으로 찬란하게 옴겨 짜 놓은 책이다.

編譯者 自身이 序文에 말하듯이 "아름다운 人情의 이야기를 모은 '휴마니즘' 文學의 珠玉篇들"이 아닐 수 없다. 이 한 권은 과연 이 땅 어린 벗들에게 마음의 糧食이 되리라 굳이 믿는 바이며 아울러 감히 권해 마지않는 바이다. (서울 兒童藝術園 發行 갋 二五○圓)

李鍾星, "(新刊評)소학생문예독본 다섯 권", 『조선일보』, 1949.9.20.

이제야 이 땅의 兒童書籍도 제법 軌道를 찾아드는 것 같다. 요지음에 發刊된 兒童書籍이 수효로 그리 많은 것은 없으나 바른 兒童書籍의 正道를 指向하는 데 애써 努力이 있다는 흔적을 보는 것은 즐거운 일이 아닐 수 없다. 한층 當事者들에게 우리는 聲援과 옳은 批評으로 매질해야 할 것이며 當事者 또한 보다 좋은 것을 내이기에 애써 探究가 있어야 할 것이다. 이번에 兒童藝術園에서 낸 『소학생문예독본』 다섯 권(2, 3, 4, 5, 6학년 치)을 보고서 반가운 것은 그 體裁와 부피의 比重에 따져서 오히려 그 정성의 成果가 몇 배나 빛나고 있다는 點이다. 菊版 五○頁의 紙面에 多彩로운 內容의 重量이 壓倒的으로 □은 부피를 彩花하였다. 童話, 小說, 童詩, 偉人傳, 傳說 等에다 科學漫畵, 童謠曲, 繪畵鑑賞에 이르기까지 너무나 親切하고 다채로운 編輯 意圖에 찬사를 올리고 싶다. 조금 험을 잡아 본다면 한 권 속에 같은 作家의 作品이 數篇식 자리를 찾이하고 있는 것이라고나 할까 — 그 編輯方針이 雜誌 體裁를 띄운 데다가 같은 作家의 이름이 나란히 연달아 있는 것은 퍽 눈에 띄인다. 좀 더 넓은 範圍에서 兒童 作家의 것을 모았더라면 하는 욕심은 지나친 慾心일는지—.

어떻든 이러한 조그만 욕심은 덮고 小學生들의 情緖 讀本으로 이만한 것이 나왔다는 것은 솔직이 愉快한 일이라고 말하고 싶다.

父兄들에게 간절히 바라거니와 좀 더 어린이들의 讀書意慾에 關心을 가져 줍시사고 부탁드린다.

짙어가는 가을과 더불어 책을 親하기 좋은 이때에 父兄들은 좋은 것을 選擇하야 어린이들의 讀書指導에 마음 있어 줍시사고 말하고 싶다. 문교부 문화국 추장 『소학생문예독본』을 보고서 한층 이렇게 외치고 싶음을 느끼었다.

(各卷 갑 一○○圓, 兒童藝術園 發行)

金奎澤, "어린이와 方定煥", 『민성』, 1949년 10월호.

小波 方定煥. 그가 세상 떠난 지 벌써 스므 해가 되었는가! 그러자 또 머리에 떠오르는 것은 그 시절의 開闢社 編輯同人으로 朴達成, 宋桂月, 李定鎬, 車相瓚, 崔泳柱, 申瑩澈 諸公이 차례로 가 버리고 남은 군이 몇 안 되니 서글프고, 허무하기보다 命 긴 것이 죄송스럽기가 짝이 없다.

小波를 追慕할 사람이 어찌 나 하나뿐이리오마는 나는 내 處地대로 그가 나를 發見했다는 자별한 情으로 해서 泛然할 바 아니나 산 사람에게 罪 많다는 격으로 그의 幽宅이 있는 忘憂里 산먼댕이를 오르나릴 기회가 더러 있건만 한 번도 찾지를 못하여 그가 생각날 적마다 늘 떠름하고 섭섭하다.

그의 한 짐 되는 遺骨을 몇 해 후에야 親知들이 모시어 面牧里 뒷山에 安葬을 하고 세멘트로 標石을 해 세웠을 적에는 新開地 墓村이라 그 周圍가 □然하더니, 四年 前에 내 先親을 묻을 때 보매 웬 墳塚이 그렇게 빽빽히 찼는지 그의 所在를 알 도리 없었을 뿐더러 옛 기억에 비겨서 으리으리한 群塚 中에 그가 오직 초라할 것을 생각하니 콧날이 저리었다.

小波를 잊을 수 없는 것은 아니 잊어서 안 될 것은 人間 小波에 있다. 朝鮮의 少年들을 위해서 짧으나마 그의 全 生涯를 바친 것은 너무나 有名하고 거룩한 일이지만.

'어린이'란 말부터가 그에게서 出發한 것을 세상에서는 잘 아는지! 그러나 그는 決코 有名하기 위해서, 장하다는 歷史를 남기기 위해서 그처럼 억척스럽게 일한 것이 아니라는 것을 나는 누구보다도 잘 안다. 세도 쓰는 사람 앞에 나갈 까닭도 없었거니와 어느 모임에고 덥적어린 일이 없었다. 자고, 먹고 하는 行動만을 빼놓고 생각하는 일, 일하는 일이란 오직 어린이를 위해서, 指導者라기보다 어린이의 동무가 되어 童心 속에서 살던 사람이었다.

언젠가 培英學院이란 초라한 學院에서 어린이들에게 童話를 들려주는 現場을 우연히 엿볼 기회가 있었다. 이야기 題目이 무엇이었던지 이제 記

憶은 나지 않으나 小波가 그 뚱뚱한 얼굴에 눈(이상 74쪽)물이 흘렀고 滿 聽衆이 우름바다가 되었었다. 이것은 話術의 能이 아니라 眞情의 所致였다.

小波라면 모를 사람이 없을 만큼 有名했었다. 그러했었것만 公立小學校에서는 달갑게 안 역였고 가난한 私立學院 또는 少年團體에서만 招請 大歡迎이었던 것이다. 日帝의 監視 밑에 어린 동무들에게 할 말을 다 못하면서도 그 무슨 얼을 넣어 주려고 애쓰던 것을 이제 생각하면 그는 確實히 愛國者였다. 그가 만일 지금까지 살았드면 어찌 되었을까? 朝鮮 사람이 다 富者가 되고, 다 長官이 될지라도 小波만은 여전히 어린이의 동무요 또 불상한 어린이들을 위해서 눈물이 마를 새가 없을 것이다.

그는 술을 못했다. 肥大한 탓으로 血壓이 두리워한 것도 아니었다. 料亭出入도 없었을 뿐 아니라 艶聞도 全혀 없었다. 그러나 明朗한 그는 술 먹고 同僚들과 선술집 앉인 술집 作件은 늘 있었다.

『別乾坤』, 『新女性』, 『어린이』 세 雜誌의 組版 印刷가 朝鮮印刷株式서 우리 조선 사람 勞務員 側의 特別한 好意로 받아들이게 되어 每月 三, 四日씩은 定例的으로 校正을 보러 가게 되었었다. 왼종일 일에 시달리다가 저녁때 돌아갈 때는 萬里재 고개에서 나려와 蓬萊橋 電車길 건너 和泉洞 너른 마당 집이란, 앉인 술집에서 疲勞를 풀곤 하는 것이 큰 樂이었다. 입심쟁이 靑吾(車相瓚)를 비롯해서 술 먹보들의 틈에 끼어 小波는, 안주 헤방과 談笑로 한목 보군 했다. 酒席의 小波란 기껏해야 이 程度였다.

술은 이렇지만 담배는 귀신이었다. 왼종일 가야 그냥 있는 법이 없이 무엇을 企劃하고 무엇을 쓰고 했지 그냥 멍하니 있는 일이 없었다. 담배는 食事, 就寢, 口演 外에 입에 안 물고 있는 적이 없었을 것이다. 물뿌리 없이 피어 문 담배의 最後 一쎈치까지 煙氣가 성이 가시어서 한 눈을 찡그리고 분주히 執筆하고 있던 모습이 지금도 눈에 서언하다.

憂鬱이란 것을 모르는 快活한 性格, 明快한 웃음, 所信에 對해서는 억지가 세어 끝까지 主張 通過시키는 鬪爭力, 그러나 하나도 自己本位란 것이 없이 公明正大하였었다.

나는 턱없이 남을 추켜세우는 성미가 아니다. 小波란 人間이 또한 비행기 타는 것을 질색하는 性格이다. 그의 一去 後에 그를 좋다 어쩧다 하는 것이 쑥스런 일 같기도 하지만 아무 財閥 없이 同人들의 奮鬪로 그만큼 세상에 알려진 雜誌 王國이 그가 간 후부터 웬일인지 시름시름 不振의 길을 걷게 된 것을 보면 아무리 時勢를 憑藉한다 할찌라도 開闢社의 繁榮은 역시 小波의 福에 屬한 것이 아니였던가 싶다.(이상 75쪽)

박화암, "(신간평)꽃초롱 별초롱", 『조선일보』, 1949.11.12.

우리는 한때 우리의 하늘을 잃었었다. 푸른 하늘! 자유의 하늘! 높고 높이 한없이 높아야 할 우리의 하늘이, 넓고 넓어 가없이 넓어야 할 우리의 하늘이, 그만 손바닥만하게 좁아졌던 것이다.

解放되던 이듬해, 童謠詩人 尹福鎭은

지붕 위에 올라가도
하늘은야 높고 높고

산 머리에 올라가도
하늘은야 높고 높다
하늘 위에 하늘이 또 있구나야
하늘 위에 하늘이 또 있구나야

이렇게 맑고 솔직한 노래로서 解放과 함께 가냘픈 "感想"과 어두운 '센티멘탈리즘'을 脫殼하고 밝고 씩씩하고 "希望"과 "生長"을 노래하려 들었다. 이것은 童謠詩人 尹福鎭이나, 우리나라 어린이를 위하여서나 참으로 다행한 일이다.

웨냐하면 尹福鎭은 三十年 가까이 이 땅의 어린이들 마음속에 살아온 우리의 童謠詩人으로서 이 나라의 어린이들과 함께 울고 웃고 뛰고 했을 뿐 아니라 흐르는 歲月과 움직이는 歷史에 대해서 돌아앉지는 않았었다. 그는 흐르는 歲月과 움직이는 歷史의 바퀴 앞에서 울며 웃으며 자라 왔던 것이다. 二十年代 中間에서 그가 노래한 저 유명한 「고향 하늘」 —

....

언제나 고향 집이 그리울 제면
저산 너머 한울만 바라 봅니다

하고 울던 「고향 하늘」의 童謠詩人이 오늘도 '센티멘탈니즘'으로 더불어 울고 있었다면 그 얼마나 애달펐을 童謠詩人이었으리라!

그렇다! 童謠詩人 尹福鎭이 오늘도 내일도 이 땅의 어린이들의 꽃초롱 별초롱일 수 있음을 우리는 찬양한다.

노래도 좋고 그림도 좋고 책도 좋은 『꽃초롱 별초롱』. 그리고 새 童謠曲 가운데 羅雲英 作曲 「진달래」, 「고욤」 두 편은 새로 된 꽃이며 하늘의 샛별이다.

兒童藝術園 發行　定價 二五○圓 (박화암)

鄭飛石, "(新刊評)봄의 노래", 『國都新聞』, 1950.4.5.

집에 아이들이 있는 關係로 兒童讀物에 對해서는 나도 格別한 關心을 가지고 있는데 언제나 安心하고 아이들에게 읽기를 勸할 수 있는 少年少女小說은 鄭人澤 氏의 作品들이었다. 氏의 作品은 읽어서 기막히게 재미가 있을 뿐만 아니라 少年少女들의 情緖敎育에도 크게 도움이 된다. 앞서 나온 氏의 少女小說 『하얀 쪽배』가 讀者들의 絶讚을 받아 方今 映畵로까지 製作 中이거니와 이번에 새로 나온 少年小說 『봄의 노래』도 前者보다 못지않게 재미있고 有益한 小說이다.

흔히 少年小說이라면 어른들이 내려다보는 少年世界를 그리는 程度에 머무르기 쉬운 것이건만 鄭人澤 氏는 몸소 少年의 世界에 뛰어들어서 少年들 自身의 微妙한 心理의 動搖를 氏 一流의 銳利한 感覺으로 感受하여 그것을 氏 一流의 纖細하고도 輕快한 文章으로 비단결같이 곱게 그려 나갔다. 『봄의 노래』 같은 作品은 少年을 眞心으로 사랑하고 또 少年의 世界를 正確히 理解하는 鄭人澤 氏가 아니고서는 도저히 쓸 수 없는 作品일 것이다. 어린 사람들에게 어느 한 冊을 指名해서 읽기를 勸하는 것은 相當히 責任을 져야 할 일임을 나도 알고 있지만 『봄의 노래』를 爲始해서 『하얀 쪽배』 같은 鄭人澤 氏의 一連의 少年少女小說에 限해서는 나는 責任지고 읽히기를 勸하는 바이다. (동지사아동원 發行. 값 三〇〇圓) (鄭飛石)

권해희, "(新書讀後記)윤복진 엮음 『노래하는 나무』－세계명작동화선집", 『경향신문』, 1950.4.23.

어린이들의 마음의 양식이 되는 좋은 책이다. 아름다운 이야기의 꽃다발이다. 어린이들을 위한 책은 첫째, 그 뜻이 높고 맑아야 할 것이오, 둘째, 재미나게 읽을 수 있도록 꾸며야 할 것이오, 셋째, 아름다운 우리말을 잘 살리어 특히 어린이들이 이해하고 평소에 쓰고 있는 그들의 귀여운 말로 써 되어져야 할 것이다. 아동문학가 윤복진 형이 손수 옮기고 엮은 세계명작동화선집 『노래하는 나무』는 이 세 가지 조건이 갖추어 있을 뿐 아니라 옥쟁반에 검푸른 포도송이를 담아 놓은 것처럼 기품이 높고 아름답다. 여러 나라의 재미나고 유익하고 아름다운 이야기가 소복소복 담겨 있다. 그리고 이 열네 가지 이야기는 모두가 아름다운 나라와 아름다운 세상을 꾸며 보려는 큰 뜻이 뚜렷하게 나타나 있다. 진실로 이 책이야말로 아름다운 이야기의 꽃다발이다.

이 빛나는 세계명작동화집은 우리의 어린이들은 물론 어머니와 아버지 그리고 국민학교나 중학교 선생님들도 귀여운 아기를 위해 한 권씩 가질 만한 보배로운 책이다. (아동예술원 발행, 값 四○○원) (권해희)

소년운동

리명호(李定鎬), "민족뎍(民族的)으로 다 가티 긔렴(紀念)할 '五月一日'-조선의 장래(將來)를 위(爲)하야 이날을 축복(祝福)하십시요", 『부인』, 1923년 5월호.

오날은 五月초하로
　어린이(少年)의날입니다
해마다 이날은
　어린니(少年)의날입니다
집안이잘살랴도
　어린이가잘커야하고
나라가잘되랴도
　어린이가잘커야함니다
동포(同胞)가일심(一心)으로정성(精誠)껏
　이'어린이'의날을축복(祝福)하십시다

'어린이의 날'? '어린이의 압길에 대한' 끗업는 광영(光榮)을 뜻하며 민족(民族)의 압길에 대(對)한 끗업는 끗다운 행복(幸福)을 누리기 위(爲)하야 가장 깨끗하고 가장 아름다운 동긔(動機)에서 이뤄진 이날을 다 가티 나서서 맘과 힘을 다하야 긔념(紀念)합시다.

부흥민족(復興民族)의 모든 새 건설로력 중(建設努力中)에 잇는 우리 조선(朝鮮)에 잇서서는 아모것보다도 긴졀(緊切)한 일로 아버(이상 10쪽)지나 어머니나 누구를 물론(勿論)하고 다 가티 나서서 이날을 긔념(紀念)하십시다.

더할 수 업시 곤경(困境)에 쳐하야 가진 박해(迫害)와 신고(辛苦)를 격그면서도 그래도 우리가 안탑갑게 무엇을 구(求)하기에 로력(努力)하는 것은 오즉 '래일(來日)을 위(爲)하야' 한 가지 희망(希望)이 남어 잇는 까닭임니다. 그런데 만일(萬一) 그 한 가지 희망(希望)이 마주[1] 사러진다면 우리는 죽고 말 것입니다. 금일(今日)의 쳐디(處地)는 이러하야도 래일(來日)의 생활(生活)은 잘될 수 잇슬 것입니다. 그러면 오늘부터 래일(來日)의 조선(朝鮮)에 영예(榮譽)로운 일꾼 소년소녀(少年少女)들을 잘 키우고 잘 지도(指導)하여야 될 것입니다.

한 가뎡(家庭)을 살이는 데도 그럿코 조선 전체(朝鮮全體)를 살리는 데도 그럿코 이것쁜만은 됴선민족 전부(朝鮮民族全部)가 이것을 깨닷고 이 '어린이의 날'에 주력(注力)한다면 우리는 부활(復活)하는 사람입니다. 부활(復活)만 안이라 남보담 더 잘살 수가 잇슴니다.

한 가뎡(家庭)으로나 젼 민족(全民族)으로나 영원(永遠)히 잘살 터를 닥자면 '어린이'를 잘 키워야 할 것입니다. 현대(現代) 우리 조선(朝鮮)이 지금(只今)은 이와 가티 구차(苟且)해서 온갓 것이 보잘것업는 가난방이로 잇스나 새로 자라는 어린이를 잘 키운다면 동산(東山)에 아름답고 빗 조흔 꼿나무가 겨울에 치운 바람과 무애의 공즁(空中)에서 휘날려 나리는 찬 눈 속에 파뭇치여 그 아름다움과 고흔 빗은 조금도 볼 수 업다가 다시 보드럽은 봄에 텬사(天使)가 짜뜻한 바람과 가느른 비를 안고 달녀들 째에 온 세상(世上)에는 울긋불긋한 꼿으로 색(色)옷을 곱게 입고 향긔(香氣)를 몰신몰신 피며 한번 자긔(自己)의 곱다란 빗과(이상 11쪽) 어엽븐 그 형용(形容)을 이 세상(世上)에 자랑할 째가 반듯이 잇슬 것입니다.

여러분 여긔 꼿나무를 하나 기르는대 그 꼿나무를 어렷슬 째부터 잘 갓구어 주어야 장래(將來)에 어엽븐 꼿이 되게 할 수 잇는 거와 가티 어느 사회(社會)에 어느 민족(民族)을 물론(勿論)하고 평화(平和)와 안락(安樂)의 생활(生活)을 하랴면 먼저 그 사회(社會)에 씨가 되는 뿌리가 되는 어린이를 잘 키우는 것밧게는 다시 업습니다. 그러나

우리 조선(朝鮮) 사람들 가운대 아즉까지도 이것을 확실(確實)히 깨닷지 못한 이가 잇다면 이 즉시로 깨다르십시요. 그러시고 우리 어린 사람들을 위(爲)하여 열성(熱誠)을 잘하여 주십시요.

---

1 '아주'의 오식으로 보인다.

근래(近來)에 항용(恒用) 부르짓는 개혁(改革)이니 무어니무어니 하고 귀가 압흐고 눈이 휘둥그러케 떠듭니다. 그러나 그 개혁(改革)이 소년(少年)에게 대(對)한 것은 별(別)로 업섯습니다. 우리 조선(朝鮮)에서는 소년(少年)을 위하여 하는 사업(事業)이 그 무엇입니까? 하는 일이라고는 학교(學校)에 보내여 공부(工夫)만 시키고 그 학교(學校)도 졸업하기 젼(前)에 열 살만 넘으면 장가드리리고 시집보내 주지 못하여 애를 쓰는 것밧게는 업고 항용(恒用) 조흔 사람 만들기보다도 조흔 며나리 엇기와 조흔 사위 엇기만 힘씀니다.

그런고로 장성(長成)하여도 쾌활(快活)치 못하며 말이 씩씩치 못하고 일에 참되지 못하는 병신(病身)을 만들어 버립니다.

제일(第一)이 '어린이의 날'을 긔념(紀念)함을 쌀하 이 아래 몃 가지를 꼭 실행(實行)하여 주신다면 우리 조선(朝鮮)에 장(이상 12쪽)래(將來)를 보아 퍽 행복(幸福)일 것임니다.

一. 어린사람을 헛말로 속히지 말아 주십시요.
二. 어린사람을 늘 갓가히 하시고 자조 이약이하여 주십시요.
三. 어린사람에게 항상(恒常) 경어(敬語)를 쓰되 되도록 부드럽게 하여 주십시요.
四. 어린사람들을 목욕(沐浴)과 리발(理髮)을 때 마춰 시켜 주십시요.
五. 어린사람에게 잠자는 것과 운동(運動)을 충분(充分)히 하게 하여 주십시요.
六. 낫분 구경(求景)을 시키시지 마시고 동물원(動物園)이나 식물원(植物園)에 자조 보내 주십시요.
七. 장가나 싀집 보낼 생각(生覺) 마시고 사람답게만 하여 주십시요. 씃흐로

우리의 가튼 어린 동모들에게

매년(每年) 五月 一日 이날은 우리의 날임니다. 이날부터 우리는 꼭 이

알에 몃 가지를 실행(實行)하는 가운대 깨끗하고 참된 소년(少年)이 될 것임니다.

一. 어른에게는 물론(勿論) 우리끼리도 서로 존대(尊大)합시다.
二. 손으로 코 풀어 문지르지 말고 손수건 가지고 다닙시다.
三. 길거리에 광고(廣告) 부친 것 찟지 마십시다.
四. 뒷간이나 담벽에 글씨도 그림도 쓰지 맙시다.
五. 도로에서 쩨지여 놀지 말고 류리 가튼 것 버리지 맙시다.
六. 꼿이나 풀을 사랑하고 동물(動物)을 잘 보호(保護)합시다.
七. 젼차(電車)나 긔차(汽車)에서 자리가 좁을 때는 나 만흔 이에게 자리를 사양합시다.

이 우엣 것은 우리 소년회(少年會)에서 언제든지 입으로 서로 이르고 실행(實行)하는 업지 못할 요결(要訣)입니다.

사랑하는 우리 소년(少年)들이여? 우리는 아즉까지(이상 13쪽) 숨어 살아 왓습니다. 그럼으로 우리 반도(半島)에도 가튼 동모가 만핫건만 우리의 소리는 업섯스며 우리의 어린이가 몃 백만(百萬)이 되건마는 소년(少年)의 단톄(團體)는 하나도 업섯나이다. 잇섯다 할지라도 우리의 이름을 선전(宣傳)치 못하엿나이다. 오늘부터는 어룬들의 도아주심과 사랑하여 주심을 힘입어 우리는 우리의 이름을 선전(宣傳)할 때는 되엿나이다. 힘대로 무엇이든지 작구작구 일하면 나아갈 때는 되엿나이다.

먼져 그 운동(運動)에 향응(響應)한 우리 소년회(少年會)로서 그의 첫 사업(事業)으로 『어린이』라는 순젼히(純全)히 어린 동모들을 위(爲)하여 만든 새 잡지(雜誌)를 발간(發刊)케 되엿나니다.

우리 근역(槿域)에 새로 돗아나는 소년운동(少年運動)의 형세(形勢)를 크게 하기 위(爲)하야는 다 가티 우리가 이 운동(運動)에 힘과 힘을 다하야 나아간다면 우리들을 락원(樂園)에 꼿밧 속에서 행복의 생활(生活)을 맛볼 것이고 우리의 쥬위(周圍)에는 찬란(燦爛)한 셔광(曙光)이 기리기리 나빗겨 흐르는 가운데 평화(平和)에 땐스(dance)를 계속할 것입니다.

六四. 四. 一日.[2] 松峴洞에서 (이상 14쪽)

2 '六四'는 천도교(天道教) 포덕(布德) 64년으로 1923년을 가리킨다.

社說, "어린이날", 『조선일보』, 1925.5.1.

一

오늘은 五月 一日이다. 世界的으로 본 오늘날이 勞働祭日인 것은 天下의 萬人 골고로 아는 바이다. '메이데이'! 그는 勞働者의 紀念日로 祝福日로 쏘는 그의 氣勢와 威力을 보이는 날로 매우 有名한 날이 되는 것이다. 그러나 朝鮮的으로 본 오늘날 五月 一日은 다시 아릿답고 어엽부고 귀엽고도 깃부고 쏘 보드러운 紀念日이 된다. 그는 곳 오늘이 '어린이날'이 되는 까닭이다. 모든 朝鮮의 幼年男女들의 希望과 祝福의 날이 되는 까닭이다. '메이데이'로서 본 오늘날은 雄糾糾한 鬪爭의 氣分을 磅礡[3]케 하는 바 잇지마는 '어린이날'로서 본 오늘날은 潑剌剌한 生命의 發音 및 伸長을 禮讚 쏘 祝福케 하는 바가 잇다.

二

〈朝鮮少年協會〉[4]에 依하야 本日을 '어린이날'로 決定한 後로 오늘로써 마침 第三回의 紀念日을 마지하게 되엇다. 아즉 그 歷史가 오래다 할 수 업지마는 今年의 紀念 參加者가 京鄕 二百餘 團體의 二十餘萬人에 미친다 하니 자못 盛大하다 아니 할 수 업는 바이다. 吾人은 그의 隆盛 圓滿 쏘 快活한 紀念이 預定대로 進行 및 終了되기를 切祝한다. 그러나 全朝鮮 四百萬을 算하는 大多數의 어린이들에 比하면 二十餘萬이란 人數는 아즉도 그의 一少部分에 지나지 안는다. 吾人은 이 깃붐을 가티 하고 질거움을 나누지 못하는 大多數의 어린이들을 爲하여서도 날로날로 이에 均霑[5]할 수 잇도록 그 機會를 提供하며 그 境遇를 改新하도록 努力하여야 할 것을 切實히 늣기는 바이다.

---

3 방박(磅礡)은 '(기세가)드높다. 광대하다. 성대하다. 충만하다' 등의 뜻이다.

4 〈朝鮮少年運動協會〉의 오식이다.

5 균점(均霑)은 '고르게 이익이나 혜택을 받음'이란 뜻이다.

三

어린애 어린놈 어린애놈 어린계집애 이러한 熟語는 自來로 만히 輕視 蔑視 또는 無視의 意味로서 使用되어 왓섯다. 어린이는 人類社會의 生命의 쎡입이다. 그의 將來의 運命을 支配하는 尊貴한 天使이다. 그는 愛護할 것이오 珍重할 것이오 또 尊敬 崇拜할 것이다. 決코 輕視 蔑視 또는 無視할 수 업는 것이다. 이제 全朝鮮的으로 이 어린이들을 禮讚 祝福하는 紀念을 두게 된 것은 우리 民族의 將來를 爲하야 또 人類社會의 永遠한 福祉를 爲하야 매우 慶賀할 일이다.

四

아아 일즉 情熱에 타는 一靑年이 잇서 純潔無垢한 우리의 어린 男女들이 깃분 노래로서 步調를 마치어 紀念의 式場에 들어오는 것을 보고 泫然[6]히 悲悵한 눈물을 뭇는 것을 經驗한 일이 잇섯다. 어엽분 그들의 將來가 지극히 지정된 까닭이엇섯다. 빌건대 無數生生하는 後進의 어린이들로 이날을 깃버 뛰며 질겁게 노래하며 긔지업시 紀念하게 하여라! 그리고 이 어린이들의 時代에는 改新된 轉換된 그리고 自由로운 裕足한 新世代가 되게 하여지고! 吾人은 어린이들의 時代가 행여나 다시 우리들의 時代와 가트지 안키를 切祝深祝 또 熱祝한다.

6 현연(泫然)은 '눈물이 줄줄 흘러 있는 모양. 또는 눈물을 흘리며 운 모양'이란 뜻이다.

"朝鮮少年運動 沿革－진주에서 첫소리가 나게 되여 이백여 단톄가 생기기에까지", 『조선일보』, 1925.5.1.

오월 일일은 '어린이날'이다. 장차 삼천리강산에 새 주인이 될 귀하고 중한 어린이들의 명절이다. 우리 조선에는 일즉이 어린이들을 위하야 특별히 긔념할 만한 즐거운 날도 업섯고 그들

정신을 지배할 만한 조흔 긔관도 업섯다. 전조선의 상하인심이 물끌틋하든 긔미년 삼일운동을 전후하야 진주(晋州) 소년들이 적으나마 자긔들의 힘을 아울러 사회뎍 성질을 씌인 모임 하나를 조직하고 그 일음을 〈진주소년회〉라 하얏스니 이것이 곳 조선소년의 운동을 이르킨 소년 력사의 첫 긔록이다. 그러나 그들은 자긔의 사업을 미처 펴기도 전에 그때의 세태와 함께 흔들린 몸이 되야 불행히 몃 해라는 긴 세월을 텰창 속에 가친 몸이 되엿섯다. 미성년(未成年)에게 징역을 처벌한다는 현대의 조선 법률은 너무나 그들에게 가혹한 늣김을 주엇슬 것이다. 그 후 이 년을 지난 일천구백이십일년 일흔 봄에 경성에서는 텬도교회(天道敎會)와 개벽사(開闢社)의 뜻잇는 몃 청년이 이에 전조선 소년의 사상을 지도할 긔관 하나를 조직하고 형편에 의지하야 일홈을 〈텬도교소년회(天道敎少年會)〉라 하엿다. 뜻 갓고 맘 가튼 쾌활한 소년들은 서로 손목을 이끌고 자긔의 사업을 자긔들이 개척하기에 노력하게 되엿스며 조선

십삼도 각 디방에 잇는 텬도교회에서는 디방 〈텬도교소년회〉를 조직하게 된 것이다. 바야흐로 눈을 뜨기 비롯한 전조선 소년들은 혹은 〈불교소년회(佛敎少年會)〉 혹은 〈긔독교소년회(基督敎少年會)〉 혹은 아모 종교 단톄에도 가입지 아니한 사회 청년들로 조직된 여러 가지 일홈의 소년회가 벌떼가티 니러나고 조철호(趙喆鎬) 씨의 발긔로 〈소년척후대(斥候隊)〉가 조직되엿스니 이것이 즉 서력 일천구백이십일년부터 이십이년까지의 전조선에서 이러난 소년들의 활동이다. 그들은 소년운동을 적극적으로 선전할 필요가 잇다 하야 한 날을 택하야 그것을 선전하는 동시에 또한 그날을

긔념하기로 작뎡하고 일천구백이십이년 오월 일일부터 해마다 '오월 일일'을 어린이날로 직히게 되엿다. 오월은 예로부터 동서양 어린아이들에게 가장 인상이 깁흔 날이다. 서양에서는 어린이들을 축복하는 ᄭᅩᆺ제사가 오월 일일에 잇스니 이를 오월제(五月祭)라 일홈하고 중국에서는 소위 초(楚)나라 충신 굴원(屈原)의 죽음을 긔념하는 오월

단오날을 명절의 하나로 직히고 조선에서는 그날을 녀자의 명절이라고 칭하야 어린녀자들의 머리에 창포(菖蒲)를 ᄭᅩ저 주는 풍속이 잇다. 그럼으로 오월은 동서양의 어린이 달이라고도 할 수 잇다. 어린이 달의 첫 날을 어린이날로 직히게 된 리유도 여긔에 잇고 희랍(希臘) 력사에 오월 일일은 ᄭᅩᆺ피고 닙 돗고 세상이 새로워지는 즐거운 날이라 하야 "종달새보다도 일즉 니러나 새 봄을 마즈러 들로 나갓다."는 긔록이 잇스니 하여간 오월 일일은 인정적 자연으로 누구나 깃붐으로 마지하게 되는 것도 그 원인의 하나일 것이다. 일천구백이십삼년 삼월부터는 전조선소년운동을 한 줄로 련락하기 위하야 〈소년운동협회(少年運動協會)〉가

경성에 조직되고 그들의 정신교육을 식혀주는 잡지 『어린이』, 『어린벗』, 『신소년(新少年)』, 『반도소년』, 『새별』 등이 나오게 된 것이다. 그때부터 각 디방에서는 소년운동 절차, 명부, 참고서를 청구하며 나날이 소년들의 운동이 증가하야 일천구백이십삼년부터 이십사년까지 약 일년 사이에 전조선에 조직된 소년단톄가 일백삼십여 곳이요 이십오년 사월까지의 도합 수효가 이백이십여 곳이 되엿다. 이러한 경로를 밟고 온 〈소년운동협회〉에서는 금년 '오월 일일'을 긔하야 '어린이' 명절로 굉장히 직히게 된 것이다.

鄭春田, "어린이날 祝賀式", 『동아일보』, 1927.5.5.

◇ 어린이는 맛당히 큰 尊敬과 愛慕를 바더야 할 것임을 不拘하고 우리 朝鮮의 어린이는 오랫동안 큰 壓迫과 賤待로 지나왓다. 그러나 畢竟이 矛盾은 깨트려지고 再昨年 五月 一日부터 우리 朝鮮의 어린이도 남의 나라의 어린이와 가튼 幸福을 누리게 되엿다.

◇ 五月 一日은 그 세 번째 돌이니[7] 應當 海內 海外 할 것 업시 朝鮮 사람이 모혀 잇는 곳이면 어듸든지 이날을 祝賀하는 노래가 하날에 사못처 잇슬 줄 안다. 이곳 京城은 우리 朝鮮의 首都인 만큼 그 豫定 規模도 가장 盛大하엿스나 不幸히 雨天으로 因하야 祝賀式을 擧行치 못하게 되엿슴은 莫大한 遺憾으로 생각한다.

◇ 그러나 京城의 '어린이날'에는 雨天으로 因하야 盛大한 祝賀式을 擧行치 못한 遺憾보다 더 큰 遺憾이 잇스니 祝賀式이 〈五月會〉를 中心으로 한 一派와 〈少年運動協會〉를 中心으로 한 一派의 兩派로 分裂되여 가지고 擧行되려 하든 것이 그것이다. 엇더한 理由로 同一한 地方에서 同一한 目的을 가지고

◇ 兩派로 分裂하야 祝賀式을 擧行하려 하엿는지 모르겟스나 누구든지 好意로 解釋하기는 어려울 것 갓다. 더욱히 예전부터 〈少年運動協會〉와 〈五月會〉 間에 多少의 軋轢이 잇서 온다고 들은 나로서는 到底히 깃븜 現象으로 볼 수 업다.

◇ 이 現象이 單純히 우리의 團體的 訓練의 不足으로 因함이라 하면 오히려 憂慮할 바이 아니라 하겟스나 萬一 그러치 아니하야 朝鮮을 亡치고 우리를 이 地境에 빠트려 노흔 黨派的 心理로 因함이라 하면 眞實로

7 '어린이날'은 1922년 〈천도교소년회〉가 어린이날 행사를 했고, 1923년 5월 1일에는 〈조선소년운동협회〉에서 제1차 '어린이날' 행사를 하였으므로 '재작년 5월 1일'과 '세 번째 돌'은 잘못이다.

痛嘆不已할 일이다. 勿論 그 原因이 데대 잇슴을 莫論하고

◇ 아즉 少年運動의 基礎도 確立되기 前에 발서 그 사이에 暗雲이 徘徊하게 된다는 것은 甚히 祥瑞롭지 못한 일이나 그 原因이 前者에 잇지 안코 後者에 잇다 하면 一層 더 祥瑞롭지 못하다는 말이다.

◇ 賢明한 兩會 幹部 諸君이여! 諸君은 우리 第二國民의 慈母役에 當한 사람들이다. 그럼으로 幼兒의 將來가 온전히 慈母에게 달닌 것과 가치 우리 第二國民의 將來는 온전히 諸君에게 달녀 잇다. 이러한 重任을 가지고 些少한 感情에 拘碍되여 百年의 大計를 그릇친다 함은 참아 諸君의 取치 못할 態度인가 한다.

◇ 諸君은 모름직이 眼目을 大局에 두고 勇往邁進하야 所期의 成功을 獲得하기 바란다. (鄭春田)

丁洪教, "戊辰年을 마즈며-少年 同侔에게", 『少年界』, 제3권 제1호, 1928년 1월호.

새해(新年)를 맛는다면 그만큼 질거움이 잇서야 하겟고 깃븜과 바람이 잇서야 할 것입니다. 어느 누구가 일년(一年)을 삼백륙십오일이며 열두 달이라고 정하엿는지는 몰으겟지만 일년이라이면 츈(春)하(夏)츄(秋)동(冬)을 합하야 지여 가면 또한 한 해 々々가 가는 것이라고 하겟습니다. 그러면 여긔에 짜라서 도라가는 때는 봄이면 봄에 당한 일을 하여야 하겟고 여름이면 여름에 적당한 일을 하여야 하겟스며 가을이면 가을에 적당한 일을 하여야 하겟스며 겨을이면 겨을에 적당한 일을 하여야 할 것입니다.

그러나 우리의 조선 사람은 일 년이 가고 잇해가 가도 그것이며 봄이 와도 그것이며 겨을이 와도 그것입니다. 새해가 와도 그것이며 묵은해가 잇서도 그것입니다. 깃거움도 업고 질거움도 업스며 바람에 용긔도 업습니다. 그럼으로 우리 백의인(白衣人)이 아들쌀이 된 소년 동모의게 한가지로 이와 갓흔 태도이엿던 것입니다. 우리의 살님사리는 차듸찬 바람이 부는 북만주(北滿洲)로 발길을 두는 살님사리이엿스며 게와집에서 초가집으로 기여 들어가는 살님사리며 눈물과 한숨 게운 살님사리입니다.(이상 10쪽)

조선에 소년 동모여! 이와 갓흔 살님사리 가운데에 토기에 해를 지내치고 다시금 룡(龍)의 해! 새해를 맛게 된 것입니다. 이 새해를 마즘에 잇서서 나는 다른 말을 하고 십지 안이하며 부탁을 하고 십지 안습니다. 어더한 처디(處地)에 잇는 어린 동모이든지 이와 가치 하여 줌을 한두 가지 적어 선물 삼아서 들이고자 합니다.

일. 엇더한 일이든지 마음과 힘을 합하야 성의(誠意)것 할 것.

이. 다른 나라에 글을 숭배하는 것보담도 먼져 조선의 력사(歷史)와 지리(地理)와 "글"을 배울 것.

삼. 동모끼리 서로々々 시긔하지 말고 서로 도읍고 붓잡아 나아갈 것.

사. 자긔만 위하야 살냐는 사람이 되지 말고서 다른 사람을 도읍고는

인격(人格)을 가질 것.

오. 헛된 공상(空想)과 쓸데업는 허영(虛榮)을 생각하지 말고 질박하고 진실하게 할 것.

륙. 좀 안다고 아는 척 말며 더욱더욱 수양하는 사람이 될 것.

칠. 우리는 항상 도라오는 조선은 우리의 소년소녀의 것이라는 것을 생각하야 모-든 일에 조심할 것.

팔. 다른 사람이 이리저리 한다고 거긔에 쓸니는 사람이 되지 말고 정신(精神)이 튼튼한 사람이 될 것.

구. 무슨 일이든지 시종(始終)이 갓게 만들도록 할 것.

금년은 룡에 해이며 새해입니다. 이러한 이야기가 잇습니다. 구룡치수(九龍治水)라고 하는 말과 갓치 희망의 물(希望水), 생명의 물(生命水)을 룡에 해는 우리에게 줄 것임니다.

이에 조선의 어린 동모 강원도(江原道), 황해도(黃海道), 경긔도(京畿道), 충청도(忠淸道), 젼라도(全羅道), 경상도(慶尙道), 평안도(平安道), 함경도(咸境道)와 외국(外國)에 흐터져서는 잇는 구동(九童)은 조선 사람이 바라는 사람이 되기를 맹서하며 룡에 해에 첫 아츰부터 색다른 정신으로 새길을 밟아서 나가심을 바람니다. — 끗 — (이상 11쪽)

"京城行進曲 (8) 어린이 萬歲－성풍하야 가는 어린이운동, 指導者이 도라볼 일", 『매일신보』, 1928.9.30.[8]

"어린이의 世紀!"

"어린이는 朝鮮의 새싹"

"어린이는 朝鮮의 산 希望"

別別가지 標語가 뒤를 이워 거리에 나붓기며 京城 天地는 그야말로 어린이의 世上이 된 것 갓하야젓다.

雜誌마다 破産을 하나 어린이 雜誌 社員은 배속이 유하게 지내가며 文藝作品 原稿를 들고 가서 사라고 請을 하면 그 자리에서 고개를 내두르는 冊장사들도 童話冊이라면 입맛이 당겨서 빗싼 原稿料도 앗기지를 안는다.

어는 洞里치고 少年會 업는 곳은 업고 어는 어린이치고 少年會에 단이지 안는다는 아해는 업스니 그야말로 少年의 天地이요 어린이 運動者의 世上 갓다.

어린이會가 全朝鮮 곳곳마다 잇고 그中에서 代議員이 나 가지고 京城 한복판에서 少年聯盟[9]이 生기고 그리다가 나종에는 全朝鮮 어린이의 大統領格으로 잇는 中央委員長 丁洪敎 君은 마참내 地方에 가서 當局이 不許하는 少年會를 몰내 열다가 禁錮까지 當하고 마랏다.[10]

---

8 「경성행진곡」은 여러 주제로 전9회(1928.9.22~10.1) 연재되었는데, 이 글은 그중 하나다.

9 1927년 10월 16~17일에 창립한 〈조선소년연합회〉를 1928년 〈조선소년총동맹〉으로 개칭하고자 하였으나 일제 당국의 불허로 〈조선소년총연맹〉으로 개칭한 것을 가리킨다.

10 1928년 8월 5일 〈조선소년총연맹〉 산하 〈전남소년연맹〉을 결성하기 위하여 정홍교(丁洪敎) 등이 광주(光州)로 갔으나 당국이 불허하였다. 광주에 모였던 회원들이 무등산 징심사(澄心寺)에 갔다가 검속되어 정홍교(丁洪敎) 등이 금고 4개월 형을 언도받은 것을 가리킨다.

◇

五月 一日은 어린이날이라고 하야 市內의 各 어린이 團體가 聯合하야 旗行列을 한다. 帽子를 쓴 아해, 맨발을 버슨 아해, 동저고리 바람으로 나슨 아해, 그야말노 어린이의 展覽會 가튼 一大 奇觀을 우리는 보앗다.

"온, 아모나 쌔려다가 어린이 會員 이러서야 어듸 밋엄성이 잇나."

하는 소리가 누고의 입에서인지 흘너나아 왓섯다.

◇

"아— 新聞에 무슨 少年會에서 總會를 열고 會長이니 무슨 部長이니 十餘人의 幹部 任員까지 쏍앗다고 하기에 그러도 할 만한가 보다 하얏드니 그 少年會 패는 草家집 行廊 기둥에 가듯 햇네그려."

少年運動者 諸君이 드르면 大恕할[11] 險口를 吐하는 사람도 生겻다.

◇

엇재ㅅ든 市內에 冊舍[12]마다 어린이 雜誌, 어린이 익는 冊이 洪水갓치 밀니고 동리마다 어린이會 熱이 高調되야 가는 것은 빗켜 놀 수 업는 事實이다.

◇

그러나 所謂 指導者 된 분들의 하는 態度는 父兄 되야서는 贊成할 수 업는 일이 만타. 空然히 新聞이나 利用하야 일홈이나 팔고 일이 잇슬 째마다 洞里 아해들을 닥치는 대로 모하다가 會員이라고 내세운다.

이러 가지고야 少年少女의 압길을 그릇처 놋키는 쉽지 바로잡기는 어렵다. 좀 人格 잇는 指導者가 나스고 좀 더 團體다운 團體가 生겨야겟다. 갓득이나 말셩 만흔 世上이다. "우리 團體는 그런 일이 업소." 소리를 지르고 新聞社로 쏘처 올 분이 잇슬지도 모름다.[13] 그러나 그런 분을 爲하야서 旣成 團體의 全部가 낫부다는 것은 안이라는 避難處를 모화 두자.

---

11 '대로(大怒)할'의 오식이다.

12 '책사(冊肆)'의 오식이다.

13 '모른다'의 오식이다.

고장환, 「깃거운 긔념날에 우리들은 엉키자–어린 동무들에게」, 『조선일보』, 1928.10.20.

우리들은 조선의 어린이입니다. 우리들 조상이 우리들을 나아 주신 어머니 아버지가 맑은 조선에 태어나시며 우리들을 위하야 피를 흘려 노으셧스니싼 우리들도 당당한 조선의 어린이인 것을 확실히 밋어야 할 것이며 우리들은 미래를 위하야 몸을 밧치어야 할 것입니다.

우리들이 수년 전 우리가 아니고 한겹 새로 진보햇다는 오늘의 우리인 이상 수년 전과 가티 어른에게 의뢰하고 어른을 바라며 어른의 학대 미테서 자라날 오날의 우리가 아닐 것입니다.

적어도 우리는 우리 자신으로써 우리들의 장래 우리들의 참된 살길을 차저 나가야만 할 것입니다.

우리들의 눈, 코, 입, 귀 모-든 혈관이 세계 어느 나라 사람에게 비하야 써러지겟습니까? 우리들은 남의 나라 사람에게 비하야 멧 갑절 뇌가 총명하며 건강하며 가장 아름다웁고 쪽쪽한 편입니다.

다만 힘업는 부모를 맛나 교육을 못 밧앗슬 뿐이지 왜 남만 못할 점이 잇겟습니까? 우리들이 참말 힘을 낸다면 반다시 이기고야 말 것입니다.

적어도 우리들은 지금 잠잘 때가 아니며 맘 노코 밥 먹을 때가 아입니다.

안 써지는 눈을 부벼 쓰고 힘업는 팔이나마 것어 들고 하로밥비 나서서 우리들의 맘 노코 잘살 도리를 채리며 참된 사람이 되고자 우선 배워 나가야 하겟습니다.

그러타고 학교에만 가라는 것은 아닙니다.

우리들은 배우기 위하야 우리들의 친한 긔관인 소년회에라도 다닙시다. 소년회에 다니면 첫재로 집단심, 사회심 모-든 조선 소년이 배울 만한 것을 정당히 알 것입니다.

자– 우리들은 벌서 이만큼 깨닷고 아라채리엇습니다. 조선 소년 된 우리는 조선을 위한 힘 잇는 일군이 됩시다. 그리하야 조선을 영구히 빗내고 온 세계와 함께 평화스러운 살림을 충만히 합시다.

〈조선소년총련맹〉 일주년 긔념날을 마지하야 우리들은 다- 가티 깃거운 낫츠로 소년회에 입회합시다. 그리고 다- 가티 씩씩한 긔상으로 한데 엉킵시다. 이것이 우리들의 잘살 도리이며 미래를 축복하는 한 도정일 것입니다.

조선 소년 만세!

〈조선소년총동맹〉[14] 만세!!!

— (쯧) —

14 1928년 3월 22일 천도교기념관에서 전조선소년연합회 회의를 개최하여 〈조선소년연합회〉를 〈소년소년총동맹〉으로 개칭하였다. 그러나 종로서(鍾路署)에서 '총연맹'으로 고치라는 요구가 있어 중앙집행위원의 결의로 〈조선소년총연맹〉으로 개칭하였다.

社說, "少年愛護週間", 『조선일보』, 1928.12.9.

一

이번 〈朝鮮少年總同盟〉에서는 十二月 八日로부터 同十五日까지를 特히 少年愛護週間으로 定하야 少年愛護의 標語 알에 그 愛護의 思想을 全朝鮮的으로 土擧宣傳하자는 計劃을 가지고 위선 京城에서는 곳곳이 어머니를 相對로 講演會를 開催한 데도 만커니와 或은 어린이를 爲하야 童話會를 開催하기도 한다. 어린이運動이 잇서 온 지 數年 以來 어린이의 날까지 생겻지만 어린이를 爲하야 愛護週間을 特設함은 이번이 처음인이만치 어린이의 運動에 對하야 한 발거름을 더 내드된 것이라고 볼 수 잇다. 어린이 集會가 잇고 어린이 雜誌가 잇고 그他 어린이 自身의 啓蒙을 目的하는 모든 것이 漸漸 出現한다마는 어린이를 爲하야서는 그의 直接 保育의 責任을 마튼 어머니 되시는 이부터 먼저 啓發할 만한 集會나 雜誌가 잇서야만 하겟다. 그러나 이것은 事實上 容易한 일이 아님으로 어린이 愛護週間 가튼 것을 設定하야 一般家庭의 어머니에게 一層 더 어린이에 對한 愛護의 精神을 徹底케 할 必要가 잇는 것이다.

二

在來 우리 社會에는 늙은이를 尊敬하는 美風이 發達되어 늙은이로써 家庭의 中心을 삼엇다. 오늘날 와서는 어린이를 좀 더 愛護하는 美風을 길으지 아니하면 아니 될 것이다. 그리하야 어린이로써 家庭의 中心을 삼게끔 되어야 하겟다. 늙은이의 家庭이 어린이의 家庭으로 轉換함을 딸아 늙은이의 社會가 어린이의 社會로 變化함을 要한다. 이것이 새 時代의 要求이오 새 朝鮮의 希望이다. 어린이를 愛護하야 그로써 家庭의 中心을 삼는 것이 늙은이에 對한 尊敬 그것을 조금이나 減殺케 하는 것이 아니다. 尊敬과 愛護는 서로 衝突되는 性質을 가진 것이 아님으로 아무리 어린이를 愛護하드라도 늙은이를 尊敬하는 데 妨害될 것이 아니다. 그러나 尊敬과 中心과를 混同함은 不可하다. 그럼으로 늙은이를 尊敬함은 可하되 그로써 中心을

삼음과 가틈은 不可한 것이란 말이다. 家庭의 中心은 어대까지든지 어린이로써 삼지 아니하면 아니 되겟다. 그는 어린이가 人生의 싹으로서 社會의 아들로서 만흔 未來를 가지고 잇는 때문으로 그로써 家庭의 中心을 삼는 것은 倫理에 비취어보아도 當然한 일이다.

三

그러나 어린이들 愛護하는 方法이 漠然하게 家庭의 中心 삼음으로써 다하게 되는 것이 아니다. 반듯이 그 保育과 健康에 끈임업시 注意하야 씩씩하게 아름답게 正直하게 하려면 困難한 것이다. 그러나 어머니의 義務는 이 困難한 것을 잘 츠러나아감으로써 愛護의 眞意를 다하려고 하는 곳에서만 發見할 수 잇다. 이 點에 잇서서 어머니 된 이의 責任이 크고도 무거운 것은 말도 할 것 업다. 이것을 깁히 理解하는 어머니가 우리 社會에 과연 얼마나 만흔 지 그는 알 수 업거니와 一般 어머니로 하여금 愛護의 眞意를 잘 깨닷게 하려면 今後 〈朝鮮少年總聯盟〉의 一層 더 多大한 努力이 잇서야만 하겟다. 그럼으로 이번 少年愛護週間의 設定이 家庭을 通하야 어린이 愛護를 鼓吹하는 第一步로서 그 效果를 내임에는 未來에 屬한 것인즉 그 實績의 如何를 目睹하기 前에는 아즉 이러고 저러고 말하는 것이 早計이다. 그러나 그 일만은 매우 조흔 것임으로 우리는 거긔에 對하야 贊成함을 애끼지 안는다. 우리네 모든 일이 흔이 有終의 美를 거두지 못함은 매양 物質의 不足한 關係도 잇지마는 꾸준이 나아가는 熱誠과 努力이 缺如한 때문으로 그리되는 수가 만흐니 이것이 어찌 깁히 생각할 바 아니랴.

社說, "어린이날에 際하야", 『조선일보』, 1929.5.5.

一

朝鮮에 어린이運動이 시작된 지도 이미 七年이다. 그동안 漸漸 자라나는 그의 運動이 氣分的으로부터 組織的에 進展되는 곳에 三百餘個 細胞團體가 結合하야 〈朝鮮少年總同盟〉이란 것까지 成立됨을 봄에 닐으럿거니와 每年 五月 첫재 공일을 어린이날로 定한 後 今年 今日로써 第二回 어린이날을 紀念한다. 어린이는 人生의 싹이다. 花卉의 長成을 바라는 이도 오히려 그의 싹을 愛護하거던 한 家庭이나 한 社會의 隆盛을 願하는 이야 누라서 어린이를 愛護하지 아니하랴. 그러나 오늘날 와서 特히 愛護를 부르짓는 것은 어린이에 對한 愛護의 方法과 및 그 愛護의 觀念이 從來와는 크게 다르게 된 바 잇슴으로써다. 그는 어린이를 반듯이 한 獨立的 人格者로 또 社會 一員으로 看做하야 그에 必要한 온갓 敎養에 努力함을 겨으르지 아니하되 —— 한편으로는 그의 自然的 成長에 조금이나 影響이 미치지 안케 하여야 하겟다. 오늘날까지 우리 朝鮮에서는 어린이를 어린이로 기르지 아니하고 억지로 成人의 範疇에 집어 넛코 거긔에 맛게 만글려고 힘써 온이만치 그 潑剌한 어린이의 生命力을 沮止함이 컷섯다 할 것이다.

二

그럼으로 오늘날 이만큼이라도 어린이를 爲하야 어린이의 愛護를 부르지즈며 한 獨立的 人格者로 待遇하자 함이 倫理上으로 어린이의 一大 解放運動임은 說明을 不要한다. 우리는 이 어린이날을 그의 解放日로서 깁부게 紀念하는 同時에 이 機會를 타서 어린이에 對한 愛護思想을 한층 더 넓게 깁게 宣傳하야 一般 父母兄姊 된 이로 하여금 어린이 養育에 만흔 힘을 傾注케 할 必要가 確實히 잇다. 위선 씩씩하고 굿세이게 元氣부터 길너 주어야 하겟다. 元述이 戰敗하고 돌아오매 그 아부지 金庾信은 내 아들이 아니라고 하야 永久히 보지 아니하얏다. 庾信이 죽은 뒤에 元述이 그 母에게 面謁[15]을 請하엿스나 그 母 역시 拒絶한 것이 아니냐. 이것이 비록 오늘날 眼目으로 보면 아주 人情에 어그러진 일 가트나 당시 新羅人이 얼마나 元氣를 崇尙하엿던 것을 짐작할 것이다. 오즉 이러한 元氣가 잇고 또는 崇尙한 때문에 조금마한 나라로서 三國統一 最後 勝利를 어든 것이다. 오늘날 우리네는 무엇보다도 어린이의 元氣를 길으워 줌으로써 어린이 愛護의 가장 重要한 條件의 하나으로 삼어야 하겟다.

三

장차 오는 時代의 主人 될 이 어린이에게 對하야 우리 社會가 가장 要求하는 科學 그것의 必要를 알리여 주는 것이 조흘 것갓다. 어린이의 指導者는 어린이의 情緖를 涵養하기 爲하야 童話, 童謠 或은 映畵 가튼 것을 高調하지마는 아못쪼록 그것을 함에도 實生活에 멀은 空想的에서만 資料를 取치 말고 얼마큼 大發明이나 大發見 가튼 科學的 趣味를 늘울 만한 것에서도 資料를 取하야 어린이의 情緖와 理智를 아울러 열어 줌이 一擧에 兩得이 되겟다. 그러나 오늘날 어린이 運動에 잇서 이 敎養問題가 急務임은 마찬가지 程度로서 保健問題에 한층 더 注意하지 안흘 수 업다. 現在 京城으로만 보드라도 어린이의 死亡率이 世界 各 都市에 比하야 第一位를 占領하게쯤 된 것인즉 그 原因의 營養不良에 잇다 하지만 醫療施設이 機關이 缺乏한데도 關係가 크게 잇슬 것이다. 今後 어린이에 對한 無料 醫療機關이 잇서 或은 定期로 될 수 잇스면 常設이 되여 잇서야 하겟다. 形便만 許하면 巡廻診察 가튼 것이 잇섯스면 더욱 조흘 것이다.

15 면알(面謁)은 '지위가 높거나 존경하는 사람을 찾아가 뵘'이란 뜻이다. '배알(拜謁)'과 같은 뜻이다.

方定煥, "전조선 어린이께", 『조선일보』, 1929.5.5.

돈 업고 힘업는 탓으로 조선 사람들은 이때까지 뒤지고 짓밟히어 왓습니다. 그러나 그 불상한 사람 중에서도 그 쓰라린 생활 속에서도 더 나리눌리고 더 참담한 인생이 우리들 조선의 소년소녀이엇습니다.

학대 밧앗다 하면 오히려 한목 사람갑이나 잇섯다 할가 —— 갓 나서는 부모의 재롱감, 작란감 되고 커서는 어른들 일에 편하게 씨우는 긔계나 물건이 되엇섯슬 뿐이요 한목 사람이란 갑이 업섯고 한목 '사람'이란 수효에 치우지 못하여 왓습니다. 우리의 "어림(幼)은 크게 자라날 '어림'"이요 새로운 큰 것을 지어낼 '어림'입니다. 어른보다 十년, 二十년 새로운 세상을 지어낼 새 밋천을 가졋슬 망정 결단코 결단코 어른들의 주머니 속 물건만 될 까닭이 업습니다. 二十년, 三十년 낡은 어른의 발 밋에 눌려만 잇슬 까닭이 절대로 업습니다.

새로 피어날 새싹이 어느때까지던지 나리눌려만 잇슬 때 조선의 슯흠과 압흠은 어느때까지던지 그대로 니어만 갈 것입니다.

×

그러나 한이 업시 뻣어날 새 목숨, 새싹이 어느때까지든지 눌려 업드려만 잇지 안헛습니다. 八년 전의 五月 어린이날 몃 백 년 몃 백 년 눌려 업드려만 잇던 조선의 어린이는 이날부터 고개를 들고 이날부터 윗치기 시작하엿습니다.

가리운 것은 햇치고 덥힌 것은 벗겨 던지고 새 세상을 지어 놀 새싹은 웃줄웃줄 뻣어나기 시작하엿습니다. 그 긔세는 마치 五月 햇볏가티 씩씩하고 또 五月의 샘물가티 맑고 깨끗하엿습니다. 어린사람의 해방운동이 단톄뎍으로 五百여 처에 니러나고 어린사람의 생명 량식이 수십 가지 잡지로 뒤니어 나와서 어린이의 살림이 커지고 또 넓어졋습니다.

아아 거룩한 긔념의 날 어린이날! 새싹이 돗기 시작한 날이 이날이요 성명도 업든 조선의 어린이들이 새로운 생명을 엇은 날이 이날입니다. 엄동은 지나갓슴니다. 적설(積雪)은 녹아 업서졋슴니다. 세상은 五月의 새봄이 되엇슴니다. 눌리우는 사람의 발 밋에 또 한 겹 눌려 온 조선의 어린 민중들이여! 다- 가티 나아와 이날을 긔념합시다. 그리하야 다 가티 손목 잡고 五月의 새닙가티 뻣어 나갑시다. 우리의 생명은 뻣어 나가는 데에 잇슴니다. 조선의 희망은 우리의 씩씩히 커 가는 데에 잇슬 뿐입니다.

梁河喆 외, “어린이날에 對한 感想”, 『조선일보』, 1929.5.5.

京城少年聯盟 梁河喆, “學術的으로 指導”

나는 소년운동에 잇서서 늘 생각하는 마음이올시다마는 소년운동이라는 것은 반듯이 교양(敎養)운동이 안이면 아니 될 줄로 생각합니다. 그리하야 좀 더 교양으로 하지 안흐면 안 될 것입니다. 그런 데 잇서서는 무엇이든지 학술뎍으로 하는 것이 가장 뎍당하다고 보는 바입니다.

朝鮮少年總聯盟 劉時鎔, “實踐을 重要視”

늘 어린이날을 당할 때면은 늣겨지는 일이지만 우리는 ‘어린이’에 대하야 말로만은 매우 잘 써들지마는 실제에 들어서 실천(實踐)을 우수웁게 생각하야 일을 그릇치는 일이 만습니다. 우리는 말이 만흔 것보다도 가만한 가운데에 꾸준한 실천을 게을리하지 안이하여야 할 것이라고 생각합니다. 올해에 가장 감상되는 것은 이 실천 문뎨입니다.

在東京 尹小星, “惡分子를 淸算”

삼월 십일 부산항을 써날 때부터 금년도 ‘어린이날’은 엇써케 될 것인가 하고 마지안타가 단 멧칠박게 안 남은 오늘에는 더욱 악분자들의 더러운 행동에 조선소년대중의 명절! ‘어린이날’에 대한 생각이 더욱 궁금하엿쓴 것이나 우리들의 동지는 가장 용감이 싸와 다행이 성대히 ‘어린이날’을 거행한다니 깃거웁거니와 이 긔회에 그 악분자의 청산을 철뎌히 하엿스면 합니다.

光州少年同盟 姜錫元, “信實한 連絡”

깁분 어린이날을 마지하며 무슨 감상이 잇겟습니까? 다만 깃붐으로 가득 찰 쌘입니다. 일부러래도 무슨 감상이 잇든지 감상을 말하라고 무르시면 나에게 잇서서는 디방에 잇는이만큼 신실한 련락을 하여 주엇스면 하는 것입니다. 우리는 늘 무슨 운동에 잇서서든지 신실한 련락이 부족한 것을 작구 늣겨집니다. 올해부터는 가장 신실한 련락을 취하엿스면 하야 마지안습니다.

朝鮮少年軍總本部 丁世鎭, "尙武的 氣質"

내가 소년군을 지도하고 잇서서 그런지는 몰으지마는 조선의 소년은 늘 무긔력하고 쇠뭉치로 마진 것가티 후줄근하야 보입니다. 짜라서 골샌님가티 보이는 경향이 만습니다. 다소 영양(營養)이 부족하야 그럴른지도 몰으나 대개는 넘우나 씩씩하고 활발하게 자라나는 무사뎍(武士的) 긔풍을 썩는 데 잇지 안흔가 생각됩니다. 짜라서 이로부터는 상무뎍 긔풍을 늘 배양해 주엇스면 하야 마지안습니다.

水原華城少年會 禹聖奎, "오로지 團結"

우리의 소년운동은 해를 쌀하 심각해 가고 진실해 가는 것은 누구나 다 아는 사실일 것입니다. 그러나 나는 늘 유감으로 생각하는 바는 단결 문뎨입니다. 사회뎍 훈련과 단톄뎍 훈련이 부족한지라 늘 말로만 단결을 써들지 말고 단결이 잘 실행하여야 하겟습니다. 다소 복종할 말에는 복종하는 것이 단결에 대하야 유익할 줄로 생각합니다. 말하자면 다소 아량과 관용을 가지고 고집을 피하는 것이 조흘 줄로 생각하는 바입니다.

開城少年聯盟 南千石, "派爭을 避햇스면"

깃분 어린이날에 이런 말 저런 말을 하는 것이 식그러운 늣김이 잇습니다마는 하도 답답하여서 멧 마듸 말하려고 합니다. 조선에서는 웨 그리 파쟁(派爭)이 만흔지 몰음이니 이 소년운동에까지 파쟁이란 악마가 들어와서 늘 괴롭게 굴게 되니 이것이 가장 한심한 일입니다. 올해부터는 파쟁을 써나서 진실한 운동을 뎐개하엿스면 합니다. 나는 가장 파쟁을 미워하고 실혀하는 바입니다. 디방에 계신 여러 동무들은 이 뎜에 대하야 만히 생각해 주시기를 바랍니다.

少年映畵製作所 金泰午, "科學 知識 涵養"

소년운동은 해마다 장족의 발뎐을 하는 것은 실로 깃븜을 니기지 못하는 바입니다. 그런데 우리 조선에는 보편뎍(普遍的)으로 과학뎍(科學的) 지식이 박약합니다. 사회과학(社會科學)은 말할 것도 업거니와 자연과학(自然科學)에 대한 지식도 부족한 것입니다. 이러하니 어린이야 말해 무엇하겟습니다. 우리는 올해에 잇서서는 과학뎍 지식을 함양하여야 하겟습니다. 짜라서 소년영화(少年映畵)가 과학계에는 가장 진보된 것이라고 생각하야 이 소년영화제작소도 창립된 것이라고 생각합니다.

襄陽少年聯盟 秋教哲, "理論의 統一"

우리 어린이운동이 이러케 발뎐이 된 것은 참으로 깃븜을 말지 안나이다. 그러나 늘 유감으로 생각하는 바는 리론(理論)의 통일이 되지 못하고 디방은 디방으로 서울은 서울대로 짜로짜로 서게 되는 것이 유감입니다. 올해의 감상은 리론을 통일하고 다 가티 한 긔ㅅ빨 아래에서 힘써 나갓스면 조켓습니다. 아무리 리론이 수백 개가 잇드래도 통일이 된 것이 업스면 무엇에 쓰겟습니다. 먼저 리론을 통일하야 실천으로 나가기를 바라서 마지 안습니다.

元山夜光少年團 河榮洛, "少年運動은 少年의 運動"

조선의 소년운동은 누구의 운동인지 몰읍니다. 우리 소년단은 씃까지 소년을 위하야 노력하는 것은 새삼스럽게 말슴하고도 십지 안흐나 지난 우리들의 총번영인[16] 소총대회를 통하야 참으로 소년운동이 소년의 운동이 안이고 어느 유한층인[17] 향락운동임을 한업시 슯퍼하엿쓴 것입니다.

오늘 '어린이날'에 잇서서 소년운동선상에선 우리는 우리의 고집을 버서나 어린사람의 주의주장을 잘 살펴 진실로 '소년소녀운동'을 제창 실시하자

16 '총본영인'의 오식으로 보인다.

17 '유한층의'의 오식이다.

는 말슴박게 할 말삼은 업습니다.

새벗社 李元珪, “까불게 말자”

소년시대에는 다소 경충대고 덤벙이고 까부는 일이 만습니다마는 요새 소학교나 졸업하고 잡지권이나 닑고 동요(童謠)나 동화(童話)를 흉내라도 내게만 되면 의외의 주저넘은 일이 만습니다. 마치 덝 닑은 학문이 사람을 해하고 덜 먹은 음식이 사람을 해하는 것과 맛찬가지로 사람에게 큰 해를 끼치는 일이 만습니다. 올해부터는 까불지 말고 진실한 소년이 되며 배우고자 하는 소년이 되고 아는 톄하고 잘난 톄하는 소년이 되지 안키를 바랄 뿐입니다.

丁洪敎, "朝鮮少年의 責任－어린이날을 當하야", 『조선일보』, 1929.5.5.

도라오는 압날의 세상(世上)은 어린사람의 것이다. — 라는표어(標語)와 가티 어느 나라를 물론하고 장차 도라오는 멧 십 년 후의 그 세상이라는 것은 언제든지 지금에 자라나는 여러분일 것입니다.

오늘날에 이 사회를 마튼 이는 장년(壯年) 이상에 늙은 어른들일 것입니다. 사회(社會)쁜만 아니라 한 가뎡(家庭)을 두고 보드래도 그럴 것입니다. 다시금 말하자면 장년 이상에 늙은이들은 오늘날의 주인이며 여러분인 소년 소녀는 래일의 이 사회를 마틀 주인일 것입니다. 여기에 잇서서 다만 선후의 틀림(差)만 잇슬 쁜이요 주인이라는 일홈을 갓기는 맛찬가지일 것입니다. 아니 맛찬가지라는 것보담도 지금의 주인인 늙은이들보담도 장차 도라올 세상을 마틀 여러분인 어린벗들의 책임이 더욱 중대(重大)하다 할 것입니다.

왜 그러하냐 하면 사람이라는 것은 압날이라는 막연하고도 현실 가튼 그것의 행복(幸福)을 엿보며 또한 바라며 사는 까닭에 — 오늘날에 망(亡)하면 래일에 흥(興)할 것을 생각하며 지금에 가난(貧)함을 억제하면서 래일의 잘살기를 꾀하는 까닭에 — 현재(現在)보담도 미래(未來)가 여긔에서 더욱 책임(責任)이 큰 것을 발견할 수 잇는 것입니다.

그럼으로써 어린벗들의 장차 할 책임은 지중지대(至重至大)한 것이외다. 여러분 조선(朝鮮)에 자라나는 소년소녀인 여러분 지금에 조선은 엇더한 현상에 잇는 것입니까. 조선이라는 이 조그마한 쌍을 한 개의 배(船)로 본다면 캄캄한 어두운 밤에 파도가 몹시 치는 태평양(太平洋) 가튼 넓다란 바다 가운데에서 배에 구멍이 나고 그 가운데로 물은 쏘다저 들어오는데 압길을 인도할 만한 등대(燈臺)조차 보이지 안는 격(格)인 조선이라고 하겟습니다.

그러나 이 가운데에서도 지금에 주인인 늙은이들이며 장년들은 녯것이라는 썩어 빠진 열대를 손에 잡고 입으로는 강상풍월(江上風月)만 찻고 잇스며 한 가지의 엇더한 모임이 잇다면 되기도 전에 발서부터 권리(權利)를 다투면 서로서로 파벌(派別)을 하야 리조(李朝) 오백년을 입으로는 무엇이 무엇이라고 욕은 하지만 행동은 그대로 가지고 잇는 것입니다.

오늘날에 세상은 하로가 가면 하로의 문명(文明)이 오는 것입니다. 오늘의 '라듸오'를 발명하엿다면 래일은 줄이 업시도 '안테나' 업시도 듯게 하고자 애쓰는 세상입니다. 달은 나라는 서로서로 생활경쟁(生活競爭)을 하야 (中略)

조선의 소년들이여! 당신네들의 책임은 과연 중한 것입니다. 헛된 마음과 자포자긔(自暴自棄)를 벌이고 부즈런이 배우고 일하며 정신(精神)을 닥그며 마음을 훈련하여야 하겟습니다. 이 조선이라는 배를 엇지할 것입니가? 이 배의 구멍을 막을 것도 여러분이며 튼튼한 돗대와 노가 되어서 압흐로 압흐로 나갈 자도 여러분입니다. 그리하야 길을 인도하는 밝은 등대도 여러분일 것입니다.

어린이날을 마지하는 조선의 소년소녀인 여러분은 씩씩하라. 그러고 튼튼하소서. 새로운 조선을 건설(建設)할 자는 여러분입니다. — 미래(未來)는 소년(少年)의 것입니다.

洪銀星, "어린이날을 當하야 - 父兄, 母姝 諸氏에게", 『조선일보』, 1929.5.5.

아버지와 어머니, 형님과 누님이 다 가티 깁버하고 귀애하는 것은 누구나 물론하고 잘 잘아나는 어린 아기일 것입니다.

집에 돌아와 밥이 업고 나무가 업고 가난에 쪼들리어 근심과 걱정으로 싸혀 잇다가도 귀여운 아들, 귀여운 딸을 볼 때에는 모든 것이 봄눈 슬듯 슬어지고 마는 것이 아니오닛가?

짤아서 우리들이 구태여 '어린이날'을 명하고 '어린이의 명절'이라고 써들지 안어도 여러분께서는 늘 잘 지도(指導)하시고 잘 교양(教養)하시는 배가 아닌 것을 몰으는 배가 아닙니다. 우리들이 '어린이날'을 직히고 소년운동(少年運動)을 닐으키는 것은 다른 것이 아닙니다. 그것은 두말할 것 업시 여러분들과 가티 어린이를 귀애하고 교양하려고 하는 것도 사실입니다마는 실상은 여러분께서 날마다 잡수시는 밥과도 가티 쏘는 말마다 마스시는 물과도 가티 자녀(子女)의 사랑에 잇서서도 중하고 귀여웁고 입맛추도록 걱정이 다 풀리도록 어엿분 것을 늣기시지마는 어느 때는 어써케 그들 자녀를 지도할 것인가 교양할 것인가를 닛게 되는 때도 만흔 것입니다. 그리고 쏘 한 가지는 어린이를 내 아들이나 내 쌀이라는 관념(觀念)만을 소유하시게 되는 폐단도 업지 안습니다. 그리하야 혹시는 그 어린이들에게서 일어난 잘못도 아님에 불구하고 때려 줄 때가 간혹 잇게 되는 것입니다. 곳 말하자면 어린이들을 내 아들이나 내 쌀이라는 관념만을 고집하고 조선의 아들이요 조선의 쌀이라는 것을 잇기 쉬운 것입니다. 짤아서 내 아우요 내의 누이라는 것만을 고집하게 되는 수도 잇는 것입니다. 이리하야 우리는 이 소년운동을 닐으킨 것이며 어린이날을 직힐 쑨 아니라 좀 더 나가서 우리 어린이로 하야금 장차 잘아서 우리는 반듯이 무엇을 할 것인가? 쏘는 어써케 하여야 참다운 사람이 될가 하는 문뎨를 좀 더 잘 알도록 일러주려는 운동입니다.

그리기 때문에 이 어린이날은 가장 중요한 날이며 가장 깁분 날이며 압날의 조선을 위하는 일에 가장 업지 못할 운동이라고 말하는 바입니다. 동시에 우리는 우리들만의 소년운동인 것이 아닌 것을 위하야 또는 여러분 부형모매(父兄母妹) 제위와 함께 어린이날을 가장 축복하기 위하야 우리들의 운동을 직접 혹은 간접으로 도아 주실 것을 미드며 분발하기 마지 안나이다.

짜라서 사회와 어린이, 가뎡과 어린이, 학교와 어린이, 어린이와 어린이 사이에 일어나는 모든 일을 좀 더 조직뎍(組織的)이요 효과뎍(效果的)으로 가장 자미잇고 씩씩하게 해 나가기를 바라기 마지 안는 바입니다. 동시에 어린이를 위하야 가장 참되고 진실한 사람이 되기 위하야 사회뎍 집합인 소년회(少年會)에는 자조 보내실 뿐만 아니라 소년회와 소년운동에 대한 만흔 리해가 계시기를 충심으로 바라며 마지안는 바입니다.

崔奎善, "少年指導者 諸賢에－어린이날을 當하야(上)", 『조선일보』, 1929.5.5.[18]

우리는 波瀾 만흔 過去 一年을 어느듯 다 보내고 이제에 또 다시 새로운 어린이날을 마지하게 되어습니다.

따라서 우리 運動이 自然發生期에서 目的意識期로 드러온 것을 深刻하고 意義잇게 하기 爲하야 地方에 게신 同志諸賢은 얼마나 잘 싸우신 것을 엿볼 수 잇는 것도 事實입니다.

그러나 우리는 將次 엇더한 方法과 어쩌한 指導로써 少年을 指導할가 하는 것이 問題되지 아니치 못하게 됩니다.

그러면 우리는 엇더한 方法을 取할 것이며 엇더한 指導를 要하여야겟는가? 在來와 가티 무슨 主義 무슨 意識 하는 混亂한 渦中으로 引導하여야 할 것인가? 그러치 안흐면 少年을 爲한 少年運動이어야 하겟는가? 우리는 늘 이러한 問題에 逢着하고 마는 것입니다.

그러면 우리는 果然 如何한 方法으로 指導하여야 할 것입니까?

在來의 指導方法이든지 指導精神이 틀렷다고 하는 것은 全然히 아니나 在來의 方法과 精神은 우에서도 暫間 말하엿거니와 무슨 主義 무슨 意識 하는 客觀的으로 混亂된 것을 우리가 번히 보면서 그리로 써러드렷스며 또는 朝鮮의 將來를 爲한 少年運動이 못 되고 其實은 少年을 爲한 少年運動이 되고 말엇습니다.

쉬웁게 말하자면 하나는 것지도 못하고 엉금엉금 기는 兒孩에게 飛行機나 競馬 가튼 것을 하라고 强要하엿스며 하나는 子孫이 귀여웁다고 그 兒孩가 病이 낫는지 몸이 不便한지도 살피지 아니하고 젓만 먹으라는 式에 指導를 하여 왓습니다. 이것을 좀 더 學術的 術語을 써러다 쓴다면 前者는 맑스

18 최규선(崔奎善)의 「소년지도자 제현에－어린이날을 당하야(상,하)」(『조선일보』, 1929.5. 5~7) 중 결락된 '상' 부분이다.

主義에 맛게 하려고 애썻고 後者는 少年愛護主義 그대로이엇습니다.

그러면 우리는 이 少年데-를 마지할 새 어써한 指導精神과 方法을 가저야 할 것인가? 우리가 늘 概念的으로 써들기만 하는 "씩씩한 少年이 되어라"든지 "어린이는 希望의 쏫이라"는 소리로만 滿足하고 말어야 하겟습니싸?

우리는 이제 가장 危機이요 가장 組織的으로 少年을 指導할 째는 온 것이라고 봅니다.

그것은 웨 그러냐 하면 在來의 概念的 指導와 運動으로부터 實踐的이며 效果的인데 이러케 된 싸닭입니다.

東京 金泰午, "(훈화)새해를 마지하며 조선의 어린이들에게 – 먼저 굿건한 쯧을 세우라!(상)", 『동아일보』, 1930.1.3.

새해! 새해마지. 이것처럼 어린이의 생활에 깃븜과 원긔를 주는 것은 다시 업섯슬 것입니다. 새해는 누구에게든지 깃븐 째이지만 특별히 어린 사람에게는 한해! 한해 새 생각을 가지고 열어 나아가는 어린 사람에게는 가장 귀중한 째입니다. 그 마음과 그 생각에 가장 만흔 변화를 주는 싸닭입니다.

◇

한울과 짱이 억조만물의 생명을 실고 한가지로 새롭게 밝아 갈 째 왼 누리에 새벽종이 웁니다. 그러고 새벽닭이 웁니다. 깃븜에 날쒸는 어린이들은 종달새처럼 쒸놀며 "이제는 새해여요."하는 소리며 닭소리 종소리도 거룩하게 들리고 근심도 슯흠도 원망도 업시 깃븜에 찬 새로운 광휘만이 왼-세계에 가득합니다.

그럼으로 사람 사람들은 지난날의 모든 슬픔과 후회의 금음에서 쒸어나와 이 새해 새 아츰 새 빗을 마지하면서 "금년에는!" 하고 새로운 홍망과 새로운 쯧을 세우며 씩씩한 활동을 시작합니다. 새해가 즐거운 것도 이 싸닭이오 귀중한 것도 이 싸닭입니다.

어제싸지는 잘못하얏드라도 이 새해 아츰부터는 새로운 갑시 잇고 새 생명이 잇는 결심과 쯧을 세워야 하겟습니다.

사람은 쯧으로 살아갑니다. 그러나 쯧이 서지(立志) 못한 사람은 조곰만 어려워도 못 견대고 조곰만 괴로워도 못 견대어서 고만 변하고 쏘는 실패하고 맙니다. 그쑨 아니라 이 사람이 이러면 이 말이 올코 저 사람이 저러면 저 말이 올아서 나종에는 아모것도 일우는 것이 업습니다. 그러고 쯧을 세우지 못한 사람은 세상에 산다고 한들 일종의 '송장'이나 '허수아비'에 지나지 못할 것입니다.

아! 六百만의 조선의 새살림을 건설할 씩씩한 어린이들이여! 우리는 이 뜻깁흔 새해를 마지하며 먼저 굿건한 뜻을 세웁시다. 새해! 첫 아츰 새 생각 새 맘으로 원대한 뜻을 세웁시다. 전정이 만리 가튼 소년소녀 제군은 한번 목적을 정하는 대로 일울 수가 잇고 실력을 준비하는 대로 성공의 문에 들어갈 수가 잇습니다.

쏘 다시금 여러분의 장래를 비하야 말하면 밀가루 한 되에 물 한 사발을 푹 솟고 반죽을 하여 둥그런 덩어리를 만든 것과 갓습니다. 이 덩어리를 가지고는 둥글납작한 것을 맨들 수도 잇고 배가 퉁퉁한 송편도 맨들고 가늘고 긴 제비도 만들고 쑥쑥 뜻어내는 쑤덕제비도 만들 수가 잇습니다. 그 둥근 덩어리를 가지고는 무엇이나 마음대로 할 수가 잇습니다.

이와 가티 우리 소년의 장래는 무엇이든지 되구 십흔 대로 될 수가 잇고 맘먹은 대로 어들 수가 잇습니다. 그러나 뜻을 세우매 비렬(卑劣)하여서는 안 됩니다. 가령 — 나는 공부하여서 재판소 '규-지'나 하겟다, 경찰서 '고쓰까이'나 하겟다, 감옥소 '간수'나 하겟다, 서양집 '뽀이' 노릇이나 하겟다, 일본집 '게죠'[19]나 하겟다 하면 이와 가튼 소년이나 소녀는 소용업습니다. 우리 어린이들은 아모조록 위대하고 고상한 뜻을 세워야 하겟습니다.

東京 金泰午, "(훈화)새해를 마지하며 조선의 어린이들에게 — 먼저 굿건한 뜻을 세우라!(중)", 『동아일보』, 1930.1.6.

우리는 장래에 큰 장수도 될 수가 잇고 유명한 박사도 될 수가 잇고 영웅

---

19 규지(きゅうじ, 給仕)는 잔심부름을 하는 사람, 고즈카이(こづかい, 小使)는 사환, 게조(げじょ, 下女)는 하녀나 가정부를 뜻하는 일본어이다.

호걸이 될 수 잇스며 성현군자가 될 수 잇습니다. 만리전정에 희망이 가득 찬 소년제군이여! 깃버하고 놀애하소서. 당신네들은 동양 삼국(三國)을 놀래게 하든 개혁가 김옥균(金玉均: 1851~1894) 선생 가튼 영웅도 될 수가 잇고 이조 오백년(李朝五百年)에 명성이 자자한 률곡(栗谷) 선생 가튼 성현도 될 수가 잇습니다. 그 누가 여러분 뜻을 헤아릴 수가 잇겟습니까. 오! 사랑하는 소년소녀 제군이여! 아모리 여러분의 뜻이 고상(高尙)하다 하드래도 준비와 노력(努力)이 업스면 안 됩니다. 농부가 봄에 심으지 안흐면 가을에 무슨 소망이 잇스며 사람이 소년시절에 배움이 업스면 로년(老年)에 무슨 행복이 잇겟습니까.

우리는 조선 사람입니다. 우리는 가난하여 헐벗고 썰며 주려 우는 설음 만흔 사람입니다. 그러나 우리는 새해 새 아츰 소사오르는 찬란한 해ㅅ발과 가티 씩씩하게 뻐더 나아가는 소년이 됩시다. 우리의 장래를 위하야 과학(科學)도 연구하고 농업, 상업, 공업, 문학도 합시다. 그리고 발명도 하고 발견도 합시다.

東京 金泰午, "(훈화)새해를 마지하며 조선의 어린이들에게 – 먼저 굿건한 뜻을 세우라!(하)", 『동아일보』, 1930.1.7.

전조선 六百만 어린이 여러분이 모든 것을 잘 배워 알아서 다- 흔어저가는 쓸쓸한 이 집을 다시금 훌륭하게 건설하는 역군(役軍)들이 다 됩시다. 특히 부탁하는 것은 뜻이란 한번 세우면 변할 수 업다는 것을 알어야 합니다. 뜻을 세우려면 깁히깁히 생각도 하고 어른이나 나오다[20] 더 나흔 사람에게 들어도 보아야 합니다. 그리하여 한번 세운 이상에는 제 아모리 목숨과

---

20 '나보다'의 오식이다.

밧구는 한이 잇드라도 변하지 말어야 합니다. 그래야 되는 일이 잇고 뜻을 세운 보람이 잇습니다.

그럼으로 우리는 우리의 뜻을 완전히 일우기 위하야 압날에 닥트려오는 모든 장해를 박차고 씩씩한 걸음으로 의협(義俠)의 용사(勇士)가 되어 꾸준히 싸와 나아가는 투사(鬪士)가 됩시다. 그리면 바야흐로 머지 아니한 장래에 리상(理想)하든 바 그 뜻을 반드시 성취(成就)하리다. 나는 이 새해를 마지하야 특히 사랑하는 六百만의 힌옷 입은 조선의 어린이들에게 '선물'로 보내오니 이 뜻을 저버리지 말고 말보다 실행이 압서기를 성심껏 바랍니다. 그리고 새해부터 만흔 복과 건강이 항상 가티 하기를 두 손을 밧들어 조선을 향하야 축복하기 마지 안습니다.

社說, "'어린이날'을 마즈면서", 『조선일보』, 1930.5.4.

一

只今으로부터 十年 前 一九一九年에 朝鮮의 어린이運動이 그 첫거름을 쎄여 노흔 뒤로 一九二四年부터는 五月 첫 공일날을 어린이날로 定하고 年年이 少年運動에 한 重要한 年中行事로서 그날을 직혀 나오든 것이다. 이 어린이날의 第七回를 맛는 今年 今日에 잇서서는 一層 그것의 內容이 量으로 質로 擴大되여 가고 充實되어 가는 것을 보는 것이니 이 싸에 父兄母姊로서 누구인들 이것을 깁버 아니 할 수 잇슬 것인가. 모락모락 자라는 半島의 少年은 이날을 거듭 마지함으로서 그 身體는 물버들가티 자라 오를 것이오 그 精神은 自由와 規律에 平衡을 어더 二世 國民의 素地를 더욱 아람답게 할 것이며 또 父兄母姊들의 감치웟든 사랑은 짓터 가는 春陽에 피여나는 쏫가티 열니어 層一層 그들의 愛育에 싸뜻한 恩情이 喚起될 것이니 이날을 거듭거듭 보내는 것이 우리의 깁붐인 同時에 이날을 새로히 새로히 마지하는 것도 우리에게 慶事스러운 깃붐이 안일 수 업다.

二

그러나 우리의 어린이를 爲하야 設定된 이날의 使命은 다시금 精密하게 高調치 안을 수 업는 것이니 이것이 비록 吾人의 새로운 究明이 안일지나 첫재로 吾人은 어린이를 어린이로 對하야 어린이를 成人 範疇에 집어너허 無理히 그 成人化를 鞭撻하는 그릇된 訓育方法을 곳처서 天眞爛漫한 그 意志를 북도두어 주고 自由活潑한 그 擧動을 익글어 주어야 할 것이며 둘재는 威嚇과 欺瞞과 鞭撻로서 어린이의 자라는 心身을 주러들게 하지 말고 恩愛와 誘導로서 그 發達의 最善을 圖謀할 것이오 셋재로 어린이에게 空想乃至 妄想의 傳說이나 童話를 들니지 말고 事實과 合理한 趣味를 高調하야 情緖와 理智를 아울너 發達식힐 必要가 잇스며 넷재로 어린이의 健康을 注意하야 兒童 死亡率로 世界 第一位를 占하게 된 이 悲慘한 境地를 脫出하여야 할 것이다. 이리하야 어린이날은 어린이의 조흔 名節이 되는 同時

에 父兄母姊에게 兒童愛護 '데이'로서의 意義가 徹底히 實現되지 안으면 안 될 것이다.

鄭聖釆, "世界 少年斥候運動의 紀元", 『아희생활』, 제5권 제8호, 1930년 8월호.[21]

멘 처음으로 뽀이스카웃을 창설한 이는 영국인 써- 로버-드 스티븐손, 에쓰 뻬-덴 파우엘 경(卿)이다.[22] 씨는 군인으로 중장에 잇다가 그 직분을 사면하고 〈소년척후대〉 총장이 되여 일생을 이 사업에 헌신하엿다. 소년척후운동이 처음에 시작되기는 지금부터 二십三년 즉 一九○七년 여름에 영국 롤셋트 쑤라운 섬에 뻬덴 파우엘 경(卿)이 몃 소년으로 조직한 일대 야영(野營)으로 된 거시다.

그 잇듬해 一九○八년에 『소년척후교범』[23]이 발간되여 완전히 소년척후운동의 터가 되엿스며 영국 전국에 각 학교와 소년 교양 조직에서 이 훈련법을 크게 환영하(이상 5쪽)야 채용함으로 각처에 〈소년척후대〉가 조직되고 一九一○년에 '크리스탈' 궁전에 처음으로 소년척후 모듬이 잇게 되엿는대 인원수는 一만 一천이 되엿다.

一九一○년에는 미국에 소년척후운동이 시작되고 유롭 여러 나라에 널니 조직되여 세계뎍으로 발전케 되엿다. 一九二○년 七월에 제一회 소년척후세계대회(쌤보리)가 영국 론돈 '오림피아'관에서 열니엿는대 참가한 단체가 二십二나 되엿스며 인원은 약 五만 七천 五백인이엿다.[24] 이때에 맛츰 졔一회 국졔회의가 되고 〈소년척후세계련맹〉이 조직되여 소년척후국졔사무국이 론돈에 상설되엿스며 년 四회의 『쌤보리』라는 긔관 잡지를 발간한

---

21 원문에 "少年斥候團朝鮮總聯盟 副幹事長 鄭聖釆"라 되어 있다.

22 Robert Baden-Powell, 1st Baron Baden-Powell(1857~1941)을 가리킨다. 생략하지 않은 성명(full name)은 Robert Stephenson Smyth Baden-Powell, 1st Baron Baden-Powell of Gilwell이고 Sir Robert Baden-Powell, 1st Baronet으로도 불린다.

23 『소년을 위한 정찰 활동(Scouting for Boys)』(1908)을 가리킨다.

24 1920년 런던 올림피아에서 개최된 제1회 국제야영대회를 '제1회 국제잼버리'라고 한다. 34개국 8,000여 명의 스카우트들이 참가하였다고 한다.(『한국민족문화대백과사전』)

며 각 나라의 련락하는 완전한 소년운동이 되엿다.

그 후 一九二三년에 졔二회 국졔회의가 불국 파리에 개회되고 一九二四년에 졔三회 소년척후세계대회와 졔三회 국졔회의가 '덴막' '코펜하-겐'에서 열니고 一九二六년에 '서서' '칸탤스텟듸'에서 졔四회 국졔회의가 열니고 一九二九년에 영국 론돈에서 졔三회 소년척후세계대회와 졔五회 국제회의가 열녓다.[25] 一九二九년도 조사에 의하면 국졔련맹에 가맹된 나라 수가 四십五요 총인원 수가 전 세계에 一백八십七만 一천三백十六인이다.(이상 6쪽)

25 1920년 제1회 잼버리(London, United Kingdom), 1924년 제2회 잼버리(Ermelunden, Denmark), 1929년 제3회 잼버리(Arrowe Park, Upton, Birkenhead, United Kingdom)가 개최되었다.

정성채, 「朝鮮의 少年斥候」, 『아희생활』, 제5권 제8호, 1930년 8월호.

〈소년척후대〉를 처음으로 창설한 분은 영국 사람 쎄-덴 파우엘 씨임니다. 그는 영국을 참으로 사랑하는 분임니다. 또는 영국 사람쑨만 안이라 인류 전체를 귀중하게 녁이는 분임니다. 그는 군인으로 중장까지 되여서 영국을 위해 전쟁도 만-히 한 분임니다. 그러나 그는 전쟁이 참으로 인류에게 참혹한 것이며 붓그러운 일이라고 늘 생각하엿슴니다. 또는 영국를 사랑하는 까닭에 영국의 소년들을 위하야 늘 생각하엿슴니다. 나라가 오래오래 강하랴면 어린아희들이 쪽쪽하고 영리하며 참사람다워야 할 것이라고 밋엇습니다. 그럼으로 그는 어린아해들을 쓸 만한 인격이 될 사람으로 길느기를 연구하엿습니다. 그가 군인된 까닭으로 군대뎍 훈련을 잘 압니다. 그러나 군대뎍 훈련은 압제뎍 훈련이며 개인의 인격을 무시하고 억지로 복종하게만 하는 것인 고로 인격을 양성하는 데에는 합당치 안흠 줄노 단정하엿습니다. 인격을 무시하고 인격 길울 수가 업는 까닭입니다. 그래서 그는 一九〇七년에 소년에게 완전한 인격을 줄 수 잇는 가장 효력 잇는 훈련법을 만드러 냇는데 그것이 곳 소년척후뎍(쏘이스카웃) 훈련입니다. 소년척후운동을 시작한 후에 군대의 중장을 사면하고 소년척후 사업만 하다가 죽기로 결심하엿습니다. 덕성을 터로 삼고 그 우에 신체의 강장과 정신의 수양과 모-든 긔능과 사교뎍 능률을 발달식히되 인도자의 표본으로써 소년들이 각기 자긔들을 훈련해 가는(이상 12쪽) 것입니다. 이 훈련법이 몃 해 안 되여서 구라파와 미국에 퍼지고 전 세게에 퍼저서 인제는 전 세게뎍 소년운동이 된 것입니다.

우리 조선에는 一九二一년 九월에 〈중앙긔독교청년회〉에서 소년부 안에 소년 여덜 사람이 척후복을 입고 〈소년척후대〉가 조직되엿스니 이것이 조선에 가장 처음인 '쏘이스카웃'입니다. 그 후 한 달 된 十월에 또한 '쏘-이스카웃' 복장을 입은 소년 단톄가 한 군데 더 조직되엿는데 일홈을 〈조선소년군〉이라 하엿습니다. 나도 처음에 이 〈소년군〉도 〈소년척후대〉와 갓흔 쏘-이스카웃인 줄 알엇더니 나종 얼마 후에 〈소년군〉 처음 조직한 분으로부터 〈소년군〉은 순전한 '쏘-이스카웃'의 조직이 아니고 복장과 어느 한도의 훈련법만을 채용하는 것이라 함을 듯고서 비로소 〈소년척후대〉와는 다른 것인데 복장만 갓흔 것을 입은 것이며 정신과 조직은 아조 다른 것을 알앗습니다. 후에 一九二四년 三월에 조선 안에 잇는 네 단톄가 합하야 〈소년척후단조선총련맹〉이 조직되엿는대 그때부터 확실히 〈소년군〉만은 싸로히 나가게 되엿습니다.[26]

조선 안에 〈소년척후대〉들이 각처에 조직되여 잇는데 〈소년척후대〉라고 일홈을 가진 쏘-이스카웃 단톄들은 다- 〈소년척후단초선총련맹〉에 가맹된 갓흔 단톄들입니다.

여러분 〈소년척후대〉를 군대식 조직으로 알지 마십시오. 군대식과는 아모 관계가 업습니다. 소년척후를 지도하는 선생들을 척후대쟝이라고 하는데 군대의 대장(大將)으로 잘못 아는 이가 만습니다. 그것은 잘못 아는 것입니다. '쏘이스카웃' 마스터(斥候隊長)이라는 것입니다. 학교의 교장이라는 뜻과 갓흔 일홈입니다.

조선의 〈소년척후대〉들은 해마다 늘어감니다. 어려운 가운데서라도 지도자들의 희생뎍 진력과 소년들의 열심으로써 한 번 설립되면(이상 13쪽) 잘- 발전되여 나갑니다. 〈소년척후대〉에서는 함부로 아모나 입대케 아니 하고 열한 살부터 열다섯 살 이내의 소년을 밧습니다. 그 이상 나희 만흔 사람은 입대를 허락하지 안습니다. 전 조선 안에 지금 활동을 게속하는 〈소년척후대〉들이 사십대인대 이 사십대 외에 그동안 업서진 대들도 만습니다. 업서

26 「소년척후총연맹-조선소년운동의 일신긔」(『동아일보』, 1924.3.21)에 의하면, 1924년 3월 1일 〈소년척후단〉의 "피차간 련락과 통일이 업서 매오 불편한 뎜이 만흠을 유감으로 녁이어 위선 경성(京城), 인천(仁川)에 잇는 네 단톄 관계자가 모도혀", "중앙긔독교청년회에서 소년척후단조선총련맹 발긔회를 열고 임원 선거와 통용 헌법 뎨뎡이 잇섯다"고 하였다. 임원은 총재 이상재(李商在), 부총재 유성준(兪星濬), 신흥우(申興雨), 박창한(朴昌漢), 간사 유억겸(兪億兼), 부간사 조철호(趙喆鎬), 정성채(鄭聖采) 등이었다. 이러한 사실로 볼 때 정성채의 주장은 좀 더 확인할 필요가 있다.

진 대들은 총련맹에서 가맹한 번호를 취소하야 버립니다. 그래서 지금 사십 대들은 잘 유지해 갑니다. 소년척후의 총 인원 수는 팔백명이고 지도자 수는 일백오십인이나 됩니다. 다른 나라에 비교하면 퍽 적은 수효지만 우리 조선은 여러 가지 어려운 형편이 만-흔 고로 오히려 이만콤 발전된 것도 조흔 성적이라고 볼 수밧게 업스며 압호로는 더욱더욱 잘 발전될 것입니다. 평안남도에는 디방련맹까지 조직되고 척후대들도 다른 디방에 비하야 수효가 만-히 조직되는 고로 참 훌늉하게 발전되여 가는 중입니다. 〈소년척후단총련맹〉에서는 이 모든 척후대들을 련락 통일하야서 규측잇게 진행하도록 함으로써 여러 디방에 벌녀 잇는 척후대들이 쪽갓흔 행동을 취하야 나아감니다. 경성에 금년 제四회의 소년척후 지도자 수양 야영을 개최하고 대구와 평양에도 각각 한 번식 개최하얏슴으로 지도자 양성하는 사업을 합니다.

〈소년척후단조선총련맹〉의 총재는 뎨일 처음에 리상재 선생님이시엿고 지금은 윤치호 선생님이십니다. 사업을 실행하는 책임자로 유억겸 씨가 간사장이십니다.[27] 그 외에도 임원이 만-히 게시나 다 긔록지 아니합니다.

---

27 이상재(李商在: 1850~1927)는 정치가이자 종교가로 자는 계호(季皓)이고 호는 월남(月南)이다. 1881년 박정양(朴定陽)의 추천으로 신사유람단 수행원으로 유길준(兪吉濬), 윤치호(尹致昊) 등과 함께 일본에 갔다가 신흥문물과 사회의 발전상을 보고 큰 충격을 받고 개화운동에 참가하기로 하였다. 1888년에 주미 공사 서기로 부임하였으며 귀국 후에 의정부 참찬을 지냈고, 서재필(徐載弼)과 독립협회를 조직하여 민중 계몽에 힘썼다. 3·1운동 후 『조선일보』 사장을 거쳐 1906년에 기독교 청년회장이 되었다. 1927년에 〈신간회〉 초대 회장에 추대되었다.

윤치호(尹致昊: 1865~1945)는 구한말의 정치가로 호는 좌옹(佐翁)이다. 대한제국 군부대신을 지낸 윤웅렬(尹雄烈)의 아들이다. 신사유람단의 일원으로 일본에 다녀와서 개화 사상에 눈을 뜬 후 미국에 유학하였다. 서재필 등과 독립협회를 조직하였으며, 국권 강탈 후 총독 암살 계획에 가담한 혐의로 6년 형을 받았다. 1927년 10월 〈소년척후단조선총연맹〉 총재가 되었다. 일제강점기 말기에 귀족원 의원을 지냈으며 광복 후 일본에 협력한 것을 자탄하다가 자결하였다. '일제강점하 반민족행위 진상규명에 관한 특별법'에 의해 친일반민족행위자로 규정되었다.

유억겸(兪億兼: 1895~1947)은 교육자이다. 유길준(兪吉濬)의 둘째 아들이자, 중추원 참의를 지낸 유만겸(兪萬兼)의 동생이다. 1909년에 계산(桂山)학교를 졸업하고 일본에 가서 도쿄대학에서 법학을 공부한 뒤 국내에서 교사 생활을 하였다. 중일전쟁(中日戰爭) 이후 여러분 누구던지 나희 십오세 이내이면 다— 소년척후가 될 수 잇습니다. 되여야 합니다. 경성에도 〈소년척후대〉가 일곱 군데나 잇스며 디방에도 여러 곳에 헷처 잇스니 아모데나 〈소년척후대〉에 가서 입대할 수 잇스며 만약 척후대가 업는 디방이며 주일학교 선생님이나 학교 선생님이나 그외에 동네에 조흔 선생님에게 조직하야 달나고 하시오. 소년척후는 혼자만이라도 될 수 잇습니다. 그 방법은 총련맹에 무르시면 아실 수 잇습니다. 총련맹의 본부 사무실은 경성 종로 중앙긔독교청년회관 안에 잇습니다. 장래에 조선의 소년척후운동을 위하야 힘쓰는 여러분들이 되시기를 바랍니다.

(一九三〇. 七. 二五) (이상 14쪽)

일제에 협력하였다. 해방 후 YMCA 회장, 문교부 장관, 대한체육회장을 지냈다. '일제강점하 반민족행위 진상규명에 관한 특별법'의 친일반민족행위자로 규정되었다.

申哲 譯, "共産主義 少年運動의 狀勢와 當面 任務", 『학지광』, 제30호, 1930년 12월호.

譯者의 말 　이것은 K. J. I 第十四回 中央執行委員會 決議 中 그의 一部만을 飜譯한 것이다. 이것이 少年運動者 — 學生運動者의게도 — 의게 多少 參考할 點이 잇다면 譯者는 이것을 滿足으로 생각하고 貴重한 紙面에 譯載하는 바이다.

1. 共産主義 少年運動은 K. J. I 第五回 世界會議가 決議한 것을 遂行치 못하얏다. 그럼으로 獨, 佛, 英과 갓튼 强國에 잇서々는 少年運動의 一大 危機가 切迫하야 잇다. 그 外 다른 諸國에 잇서々도 우리 運動線上에 有利한 諸條件이 잇슴에도 不拘하고 우리의 狀勢는 極히 沈滯되얏다. 그리고 우리 少年同盟은 靑年同盟과 黨에 比해서 無數한 缺点이 잇다는 것이다. 卽 삐오닐團(赤色少年同盟 - 譯者)은 다른 組織보다도 더욱 强力的으로 少年運動의 增大되야 가는 政治的 活動性을 過小評價하엿스며 全勞働少年의 本性에 適合하지 못하얏섯든 것과 이것을 單純한 大衆活動에로 轉向 宗派로부터서의 完全한 脫却 只今 組織의 原理的 變化 그것만이 우리 少年運動의 大衆 組織의 前進과 發展의 길을 開拓하는 것이라고 생각함에 잇다.

2. 資本主義的 合理化는 그 自身이 勞働少年의 狀態를 惡化식히며 또한 生産 過程의 푸로레타리아 少年大衆을 大量的으로 吸收하기 爲하야 그의 基礎를 세운 것이다.

쑤르조아의 敎育機關은 資本主義的 合理化와 帝國主義 戰爭 準備 等을 少年의 頭腦에 너어주기 爲하야 全力하고 잇스며 社會 파아시스트, 파아시스트 坊主 等의 모든 團体는 學校 內外의 帝國主義的 敎育의 利益에 全力하고 잇다. 그들은 國家的 豊富한 支持와 個人的 支持를 어드며 잇다.

社會 파아시스트는 特히 平和主義的 國際聯盟式의 空虛한 言辭로써 狂奔하고 잇스며 共産主義 少年運動은 只今이야 增大될 危險性(이상 42쪽)에

直面하고 잇다.

3. K. J. I의 强固한 方針은 불쇠뵈키的 大衆組織으로 發展됨에 잇서々 다음과 如히 指令한다.

“共産主義 青年運動은 小年運動에 對하야 積極的 支持와 K. J. I의 方針의 遂行에 잇서 小年의 大衆的 同盟의 設置에 努力하지 아니하면 아니 될 것이다.”라고. 푸로레타리아의 少年 鬪爭能力의 增大는 스투라이키와 大衆的 데모에 푸로레타리아 少年의 向上的 參加와 諸國에 잇서々 頻繁히 이러나는 學生의 革命的 스투라이키- 大槪는 삐오닐이 이것을 組織하며 指導함 — 에의 參加에 잇다.

廣汎한 大衆의 急進化와 革命化에 伴하야 勞働少年의 廣汎한 層의 쉬임 업는 活動과 政治的으로 進出하게 되는 모든 事實은 K. J. I의 모든 支部에 잇서 特히 緊急한 任務이다.

4. 黨과 青年同盟의 新戰術은 少年運動에도 實現되지 안으면 아니 될 것이다.

이것은 只今까지의 少年의 教育的 傾向과 缺点의 만은 鬪爭性 그것보다도 計劃的 鬪爭活動과 大衆活動으로가 아니면 아니 된다. 少年 組織은 如何한 때이든지 黨과 青年同盟의 型態와 方法 — 少年동맹에 ‘少年黨’의 性質을 가진 — 을 機械的으로 注入식힘은 不可하다.

共産主義 少年運動은 鬪爭을 土臺로 한 푸로레타리아 少年의 教育 組織이며 그 運動은 青年運動보다도 廣汎하게 하지 안으면 아니 될 것이다. 또한 少年들의 一切의 利益과 要求에 適合되는 것이 아니면 아니 된다. K. J. I는 一切의 右翼的 不正曲 또는 우리의 組織活動에 多方面에서 直接으로 防害하는 社會民主々義的 分子를 排擊하여야 한다.

以上과 갓튼 原則的 基礎로부터 出發한 共産主義 少年同盟은 大衆活動에로 轉換 — 다음과 갓튼 諸 方針에서 — 하지 안으면 아니 된다.

A. 푸로레타리아 少年의 廣汎한 大衆을 經濟的으로나 政治的으로 連結된 具體的 스로칸 — 少年이 잘 理解할 수 잇는 — 의 命題에 依한 働員이여야 할 것, 勞働少年의 利益을 代表할 것이다. 이 少年層을 獲得하기 爲하야

赤色 勞働組合 안에 特別한 少年部를 設置하거나 또는 다른 型態를 取하지 안으면 아니 된다.

搾取當하고 잇는 少年의 鬪爭을 激發하며 組織 同時에 뿌르조아 敎育과 學校 內에 잇는 社會 파아시슴에 反對 學校鬪爭과 學校 스투(이상 43쪽)라이키을 激發식히는 等의 가장 尖銳化한 方策을 쓰지 안으면 아니 된다.

스투라이키에 參加는 連帶性을 띈 活動일 뿐 아니고 스트라이키한 少年 — 學生=譯者 — 를 統括하며 廣汎한 少年層을 스투라이키 支持者로써 動員식히고 鬪爭을 學校의 內部까지 注入식히지 안으면 아니 된다.

푸로레타리아 少年大衆을 爲한 鬪爭에 잇서々 共産主義 少年組織은 反動的인 또한 社會 파아시씀的 少年 組織에 反對하는 一切의 푸로레타리아 少年組織의 統一戰線을 지을 것이며 同時에 帝國主義的 敎育과 戰爭 準備에 關한 鬪爭은 只今까지와 갓튼 消極的 命題로써 指導할 것이 아니며 赤色×裝을 하기 爲한 敎育과 連結하여야 한다.

B. 이런 鬪爭 任務는 다만 活發하고 勇敢한 少年에 適合한 活動 型態와 方法의 適用에 잇서々만이 그의 任務를 達할 수 잇는 것이다.

쎄오닐의 모든 活動을 抑制하는 一切 從來의 少年同盟 그것보다 少年活動을 充分이 活揮[28]식히며 少年 各層의 利益 部門에 侵透하야 모든 쎄오닐 活動과 鬪爭의 擔當者로 한 一切의 組織을 出現식히지 안으면 아니 된다. 少年活動의 指導部의 設置와 그의 向導에 極히 注意하지 안으면 아니 된다. 活動的인 쎄오닐의 確實性이 업시는 少年 大衆鬪爭의 組織的 成功은 不能한 것이다. 被搾取 階級少年 信任者의 組織을 建設하는 것도 또한 緊急한 任務이며 少年 代表者會議와 少年會議를 모든 組織 안에로 가짐도 亦是 緊切한 任務일 것이다. 學校 工場 또는 一定한 少年의 集合所에서 發刊하는 新聞의 統括을 爲한 規則的으로 發刊되는 大衆少年新聞이 잇서야 할 것이다. 革命的 鬪爭은 우리 少年運動에 잇서々 모든 組織活動에 重要한 手段이 될 것이다.

---

28 '發揮'의 오식이다.

C. 少年 大衆의 計劃的 事業에는 多數의 少年을 包含한 組織的 土臺를 必要로 한다. 學校와 工場 안에 그 細胞組織을 두지 안으면 아니 되며 또한 地域的으로 少年을 包含하기 爲하야 一定한 方針이 서지 안으면 아니 될 것이다. 삐오닐 組織은 少年 一切의 利益과 要求를 充分 식혀야 할 任務를 가젓다. 그럼으로 삐오닐 組織은 救援 組織의 下層部가 되여야 하며 赤色 스포스 組織, 自由思想家 또는 革命的 組織 內部에 잇는 少年部가 組織化 되지 안으면 아니 된다. 同時에 모든 다른 組織과 삐오닐 組織과의 密接한 協同的 型態가 發展되지 안으면 아니 될 것이다.(이상 44쪽)

D. 共產主義 靑年同盟의 緊切한 任務는 指導部의 形成과 그 機能의 發揮에 잇다. 푸로레타리아的 要素와 大衆 勞働者로서 形成된 少年運動 指導部의 刷新과 擴張 少年同盟의 中央 部下級 — 統制部 內部에서의 活動能力이 잇는 指導的 機關의 設置 指導部에서의 幹部의 組織的 敎化 — 等은 모도가 當面의 任務이다.

5. 植民地에 잇는 勞働少年과 農民少年의 包括이 또한 緊切한 任務이다. 勞働組合 反帝國主義同盟 靑年同盟의 救援組織과 革命的 農民組合 갓튼 것을 利用하야 經濟的 文化的 性質을 띈 一切의 合法的 救援 組織이 形成되여야 할 것이다.

强力的 大衆活動과 鬪爭活動과의 展開에 따라 모든 反動的 勢力과 彈壓과를 一蹴하고 少年同盟은 廣汎한 大衆層과 勞働者와의 動員으로써 合法性을 獲得하기 爲한 鬪爭을 指導할 任務를 가진 삐오닐 組織을 禁止當한 곳에는 少年運動의 合法的 現態를 發展식히지 안으면 아니 될 것이다. 또한 이것까지도 不可能한 때에는 鬪爭을 合法的으로 展開식혀야 할 것이다.

6. 靑年同盟으로서 少年同盟에 對한 連接的 嚮導와 强力化는 少年同盟이 大衆活動에 必然的 轉向을 遂行하기 爲한 重要한 前提가 된다. 現在各 靑年同盟은 이 点에 잇서々 적지 안은 誤謬을 犯한 것이다. (中略)

國際 少年 '삐유로'의 活動도 不充分하얏다. 第五回 世界會議의 決議를 充分히 遂行치 못하얏스며 方針 轉換의 問題도 또한 第十一回 國際 指導者 會議에 처음 具体的으로 展開되얏슬 뿐이다. 그와 同時에 K. J. I 中央委員

會는 國際少年 '쎄유로'의 政治的 指導가 不充分하얏슴을 指摘하지 안으면 아니 된다.

— (一九三〇年 一一月 三〇日 大田 茅屋에서) — (이상 45쪽)

高長煥, "(어린이조선)(一人一文)거짓탈 업는 새 세상으로", 『조선일보』, 1931.2.22.

녯날부터 세계를 통하야 거짓탈 안 쓴 사람이 어듸 잇스리오만 오늘날 조선 사람은 거짓탈을 쓰기에 너무도 애를 쓰고 잇는 것가티 보입니다.

조선 사람은 거죽에다만 뻔질한 탈을 썻지 속에다가는 무서운 죄악을 짓고 잇다는 것입니다.

조선 사람은 업고도 잇는 체하며 모르고도 아는 체하는 사람이 만타는 것입니다. 또 남이 한 일을 가장 자긔가 한 것가티 시침이를 딱 떼는 일이 만타는 것입니다.

— 요사히 정초에 길 가는 사람을 보십시요. 늙은 사람 젊은 사람 어린 사람 할 것 업시 모도 다 비단이니 인조견이니 감고 잇습니다. 이 사람네들 중에는 물론 잇서서 그런 사람도 잇겟습니다만 업는 사람도 억지로 맨들어 입는 사람이 만습니다.

가령 공장에 다니는 사람이면 그 공장에 다니는 옷을 깨끗하게 튼튼하게 해 입으면 얼마나 더 광채가 나며 더 아름다웁게 뵈리오만 엇잿다고 아랑곳 아닌 비단옷을 입는 것입니까? 그만한 여유가 잇다면 모르거니와 실상 집에서는 밤을 굶어도 비단옷만 입는단 말입니까? 갑만 빗싸고 쉬 해지고 업는 조선 사람에게 더 미웁게만 뵈일 쁜이지 무엇이 좃케 뵙니까? 그 갑스로 미명옷이라도 멧 벌 해 두고 오래오래 깨끗이 입으면 얼마나 더 좃코 무게 잇게 뵈겟습니까!

이런 일은 자긔 개인쁜 아니라 국가 경제상으로 보아서도 크게 해로운 일입니다.

— 또 속에 조금만 배운 게 잇스면 무엇이 든 게 만타고 가장 위대한 체하며 힘드는 일이나 로동 가튼 것은 꿈에도 생각지 안습니다. 이리하야 직업이 업시 편편히 노는 사람이 — 굶고 잇는 사람이 만흠니다. 모다 어리석은 거짓탈이 식히는 것입니다.

왜 허다못해 막버리 로동이나 짱 파는 일은 못할 것입니까? 놀고 잇는 것보다는 얼마나 신성하며 갑 잇는 사람입니까? 세상에 농사짓는 사람 로동하는 사람가티 더 위대한 사람이 어듸 잇겟습니까? 조둥아리만 까는 것보담 실제로 일하는 사람이 몟 갑절 훌륭한 사람입니다.

거짓탈을 쓴 사람은 반 죽은 사람이나 다름 업습니다. 그런 사람은 어느 때나 길을 못 피며 부자연스러우며 한평생 맘을 노치 못하고 지냄니다. 거짓탈을 쓰지 안코 량심 잇는 사람은 바른길로만 향해 가는 고로 언제나 씩씩하고 얼골이 환하며 우슴으로써 지내게 됩니다.

이러케 개인 개인의 거짓탈로 하야금 우리 조선 전체가 정치적 경제적 사회적으로도 거짓탈을 면하지 못하고 잇는 것 갓습니다. 이 거짓탈로 하야금 작고작고 더 망해 가는 것 갓다는 것입니다.

새 조선을 지어 나가는 새 조선의 어린 동모여! 이 세상은 반거짓탈을 쓰고 잇습니다. 당신들도 이 거짓탈을 쓰시렵니까? 그럿타면 오는 세상은 거짓탈 세상이 되고 말 것입니다. 동모여 비노니 여러분은 여러분의 힘으로 세상 사람이 가진 바 우리 조선이 가진 바 묵은 거짓탈을 온전히 깨트리고 여러분이 차지할 바 새로운 길을 — 아름다운 장래 — 를 거짓탈 업시 걸어 나가 주십소!

거짓탈 잇는 세상은 싸홈의 세상이며 계급을 맨드는 세상이며 거짓탈 업는 세상은 평화의 세상이며 아름다운 세상입니다.

우리들의 적? 거짓을 버리자!

— 舊 正初 三夜 —

金自平, "世界 青年運動 槪觀", 『신민』, 1931년 6월호.

우리 農村 靑年 指導 問題가 날로 急해 감을 생각하는 바에 鑑하야 記者는 歐米列强의 靑年運動 或은 此에 類似한 運動을 두루 紹介하야 우리 運動의 參考에 供코저 한다. 그 思想 그 運動의 形式은 彼此가 相異하다 할지라도 그 民族의 今日의 隆盛과 文化의 發達의 低流에는 어느 힘보다도 偉大한 指導者를 擁한 靑年 同志의 團結이라는 '新興力'의 强調가 흐르고 잇슴을 否認할 수 업슬 것이다.

獨逸은, 勞農露國은, 樂園의 丁抹은, 黃金의 米國은, 其他의 地球上에서 覇權을 다투는 先驅 列强들이 그 柱礎를 삼은 靑年運動은 果然 如何한 體系 如何한 方式으로 하엿는가. 決코 遇然의[29] 盛事가 아닐 그들의 血汗의 跡은 十分吟味하야 그 取할 바를 取하고 捨할 바를 捨하야 우리 運動의 一端이라도 助하는 바 잇다면 엇지 幸甚이 아닐까부냐 — 記者

露西亞 '피오니이로'의 訓練

露西亞의 '피오니이로'[30] 運動에 對하야는 日本의 秋田雨雀[31] 氏의 이애기를 紹介하려고 한다.

"나는 피오니이로의 敎育을 日本의 보이스카우트의 敎育에 比하야 그 文化 要素가 만흠에 놀냇다……莫斯科[32]에서는 피오니이로 第二會館의 團體와 五十八分隊의 피오니이로 生活에 가장 만히 接近하엿슴으로 거기에서 본 男女敎育 狀態를 이애기하려고 한다.

---

29 '우연(偶然)의'의 오식이다.

30 '피오네르(пионéр, pioner)'를 가리킨다. 피오네르는 "개척자, 선구자, 탐험가"라는 뜻으로 옛날 사회주의 국가에 있었던 소년단을 지칭한다.

31 아키타 우자쿠(あきた うじゃく: 1883~1962)는 일본의 극작가이자 동화작가이다. 와세다 대학(早稻田大學) 영문학과를 졸업하였다.

32 '막사과(莫斯科)'는 모스크바(Moscow)의 음역어이다.

피오니이로의 教育은 宇宙的 教育, 生物學的 教育, 勞働教育의 三要素에 依하야 八歲부터 十七歲까지의 兒童을 教育하고 잇다. 가령 宇宙的 教育 方面으로는 土地와 人間과의 關係를 가르치고 生物學的 教育으로는 動植物과 人間과의 關係를 보이고 最後에 勞働教育으로는 人類의 生産及 勞働의 基礎教育을 施하는 것이다. 生物學的 教育 方面으로는 兒童에게 動植物과 自己와의 關係를 보이기 爲하야 兒童의 所持品 가령 帽子걸고리 우에 動植物의 形態를 그리고 그 動植物의 習性과 人類에게 對한 效用 等을 表示하엿다. 그리고 또 勞働教育 方面으로는 自己 生活에 가장 接近한 器物 又는 機械의 製作에 從事한다. 五十八分隊의 피오니이로 會館에는 썩 훌늉한 頭腦와 技術을 가진 老人의 木手가 잇서 피오니이로 男女兒(이상 33쪽)童에게 데-불과 椅子와 農民藝術風의 箱子, 煙草 서랍 等을 맨들이고 잇는 것을 보앗다." …… "分隊는 全體 百四十人쯤인데 그中 九十人은 '十月 어린이' 卽 孤兒들로서 分隊에서 留宿하고 잇고 그 남어지 五十人이 普通 家庭에서 通往하고 잇섯다. …… 이 少年團의 教育은 …… '웰스'의 所謂 國家教育을 施하기 前에 먼첨 宇宙教育을 施하고 잇는 동안에 '콘뮤니즘'을 不知不識間 알어버리는 것이다. 이 少年團을 맛치 軍國主義的인드시 非難하는 사람이 잇스나 그것은 逆宣傳에 지내지 안은 것이오 事實은 日本의 教育보담은 훨신 文化的이엇다." …… "가령 敵軍이 온다 하드래도 우리들은 決코 武力으로 對敵하려고는 하지 안는다. 그리고 對敵할 수도 업다. 그러나 文化로 그리고 精神으로 우리들은 반드시 익일 것을 밋고 잇다."는 것이 이 少年團 幹部들의 精神이다.

階級鬪爭의 前衛分子로 武裝한 그들로서 그 教化 內容에 잇서는 이럿케 文化的이라는 것이 얼핏 생각하면 矛盾인 듯도 하나 그것은 決코 그럿치 안타. 이러하야서라야만 아니 프로레타리아 運動 그 自體의 自然性이 이러한 것이다.

樂園 丁抹[33]의 基盤 國民高等學校의 精神

'그룬드위ㅅ히'[34]의 所謂 '폴캐・호이・스코-레', '國民高等學校'[35]의 建設

資金에는 여간 困難을 늣기지 안은 것이다. 그 單獨으로서는 一八四四年 十一月 北스레ㅅ히의 로ㅅ텐그[36]에 創立한 것이 그 始初이엇다. 一八六四年에 이르러 普國[37]과 丁抹 사이에 戰爭이 이러나 그 結果로 丁抹은 맛츰네 스레ㅅ히 홀시타인[38]을 일허버렷슴으로 氏는 그 學校를 아스코-로 옴기지 아을[39] 수 업게 되엿다.

그룬드위ㅅ히는 七十年 誕生 記念金으로 一萬四千 크로-네의 돈이 모엿슴으로 이것을 資金을 삼아서 千八百五十六年 十一月 三日 코-펜하-갠 附近에 國民高等學校를 建設하엿다. 氏의 二十年來의 希望이 비로소 達成된 것이다. 그의 鴻業을 讚美하는 사람이 말하되 "그룬드위ㅅ히 氏는 깁흔 꿈을 꾸고 그 꿈의 世界를 建設한 사람"이라고 한 것은 實로 適評이다.

國民高等學校가 後年 非常히 發達된 것은 平民階級의 社會的, 政治的, 經濟的, 文化的 潮流의 發達과 서로 關聯하엿슴으로서다. 後年 國民高等學校는 農民의 政爭에 參與할 精神的 準備場이란 理由로써 一時 地主 及 宗教家級의 攻擊을 밧은 일이 잇섯스나 中流 以下의 國民은 갈사록 此에 對한 信念이 두터워젓다. 國民高等學校가 到達코저 한 目標는

1. 宏量하고 道義的인 公民 精神의 涵養
2. 自然의 흙과 鄕村 及 國家에 對한 熱愛(이상 34쪽)心의 養成
3. 農業生活者에게 對하야는 公正한 擁護를 줄 것

33 '丁抹'의 덴마크(Denmark)의 음역어이다.

34 그룬트비(Grundtvig, Nikolai Frederik Severin: 1783~1872)는 덴마크의 시인·종교가·교육자이다. 덴마크의 부흥에 힘쓴 농민 교육자이며 국민 대학 제도를 창시하였다. 저서에 『북구 신화(北歐神話)』 등이 있다.

35 '국민고등학교'는 근로 청년을 주대상으로 한 덴마크의 대표적 사회 교육 기관의 하나로, 'Folkehøjskole(독일어로 Volkshochschule)를 번역한 말이다. '풀캐·호이·스코-레'도 'Folkehøjskole'를 가리킨다.

36 슐레스비히(Schleswig)의 뢰딩(Rødding)을 가리킨다.

37 프로이센(Preussen)을 가리킨다.

38 슐레스비히홀슈타인(Schleswig-Holstein)을 가리킨다.

39 '안을'(않을)의 오식이다.

4. 階級 宿命觀을 脫却케 하고 自由의 民權思想을 養成하며 또한 國民自身 中에 發生되는 政治的 勢力 行事에 對하야 가장 適切한 길을 열 것
5. 地方 農學校에서 배호는 專門的 知識에 對하야 넓게 一般的 修養을 施하야서 그 基礎를 確立케 할 것
6. 處世難에 對抗하야 屈치 아니할 만한 技能과 識見을 엇게 할 것. 換言하면 聰明하고 大膽스리 家族, 鄕土 及 祖國의 運命을 질머지고 설 만한 有爲의 靑年을 養成할 것

지금은 人口 三百四十一萬, 面積 四千三百一萬粁에 不過한 丁抹 內에서 約八十個의 國民高等學校가 잇서 約一萬의 靑年男女를 受容하고 잇다.

學校에 쌀아서 그 開校의 期間, 入學者의 經歷, 授業時間 數, 學科目 等은 서로 一定치 아니하나 期間은 大體 男子 五個月 或은 六個月(十一月부터 비롯하야 四月 又는 五月末까지), 女子는 三箇月(五月 一日부터 八月 一日까지)이다. 生徒의 年齡은 大部分 十八歲로부터 二十五歲까지오 入學者 資格은 小學校를 卒業하고 國民高等學校에 入學하기까지 實務에 從事한 者이다.

國民高等學校에 入學한다는 것은 丁抹 靑年의 한 크다란 자랑이니 그들의 大部分은 自身의 學資를 實務에 依하야 貯蓄한다. 우리 朝鮮의 中學或은 專門學校들과 가티 學制 又는 學父兄에 끄을여 실허하면서도 억제로 드러가는 것과는 天壤의 差異가 잇다. 말하면 一切의 勞役으로부터 써나 一時 天國에 逍遙한다는 깁븐 생각을 가지고 그들은 이 國民高等學校의 校門을 드러오는 것이다.

每日의 授業은 通常 八時間 乃至 九時間 午前 八時부터 十二時까지 午後는 二時부터 七時까지이다. 午前 中 少時間 又는 午後 四時부터 五時까지에는 體操를 課한다. 體操, 音樂, 歷史의 三科目은 特히 丁抹 國民高等學校 精神이다. 體操로 身體를 剛健케 하야 向上과 努力 奮鬪의 源泉을 培養하고 一方 '힌테헤-데-' 氏의 營養法에 依하야 健康增進을 計하고 누구나 부르는 國民歌로 元氣를 鼓舞하고 其他 音樂에 依하야 純眞快活한

感情을 涵養하야써 人格을 高尙케 한다. 이러한 然後에 歷史로 世界의 大勢로부터 國家의 地位를 分明히 하고 自己의 處地를 自覺케 하야 健全하고 善良한 國民이 되게 한다는 생각으로부터 이 三科目을 特히 重要視하는 것이다. 이 三科目 外에는 文學을 置重한다.

그룬드위ㅅ히의 所謂 活歷史 敎授法은 사람과 써나지 안코 사람의 本質과 힘과를 顯現케 하는 歷史 敎授法이라는 것이다. 그 時代의 代表的 人物 又는 事件을 力說하고 다음에 그 時勢와 歷史發展의 法則과를 聽者에게 理解케 하는 것이다.

國民高等學校는 이러한 精神的 自由敎(이상 39쪽)育을 標榜하고 잇슴으로 그 組織은 勿論 私立이니 組合式 又는 株式 組織下에서 經營되고 잇는 學校도 잇스나 大槪는 校長의 私經營이다. 結果 그 學校長의 個人的 人格의 活動 餘地가 豊富하다. 卽 校長의 人格은 自然 그 學校의 特色을 定케 되는 것이다. 다른 學校에 比하면 國民高等學校는 卽 活人格으로 하야곰 活感化를 주자는 것이다.

校長이나 敎師나 무슨 檢定試驗 合格者가 아니면 아니 된다는 法은 업다. 이 學校에는 卒業이라는 것이 업고 또 敎育에 對한 아모 保證이 업다. 무슨 精神的 保證도 勿論 업다. 그럼으로 卒業 後 무슨 榮達을 하는 것은 아니다. 다만 無價値한 社會의 低級한 狀態에서 脫却하야 生命에 充滿한 向上 發展의 世界를 求하자는 것뿐이다. 經營者며 그 先生들의 人格을 敬慕하며 純美한 校風을 憧憬하야 그들은 無條件하고 國民高等學校의 校門으로 모여들 뿐이다. 무슨 農學校라고 할 수도 업고 또 무슨 貧民大學도 아니다. 잇다금 富豪 貴族의 子弟도 업지는 아니하나 정말 自己의 人格을 陶冶하고 知的 慾望, 國民的 識見을 엇기 爲하야 農民의 着實한 子弟들이 就學하는 곳이다. 이 學校의 先生은 다만 '산 書籍'에 不過한 所謂 '學校의 先生'으로서는 適當치 아니하다.

現在 丁抹 農業 經營者의 的三分一은[40] 國民高等學校를 밧친[41] 者라 한

40 '三分一'에 '的'이 잘못 들어간 오식이다.

다. 그들은 다만 國民 經營生活上으로뿐이 아니오 政治生活의 嚮導가 되야 議會에는 多數한 議席을 차지하엿고 文藝上으로도 크다란 貢獻을 하고 잇다. 정말 祖國의 리-다-는 오즉 그들 中으로부터이다.

普通學校에 依하야 特權階級을 驅逐한 丁抹의 農民과 勞働者들은 世界에 다시 類例가 업는 데모크라틱한 政治의 運用者가 되엿다. 一九〇一年 七月 二十四日 改革黨에 依하야 組織된 丁抹 內閣은 最初의 平民 內閣이엇다. 首相은 村夫子로 國民高等學校 出身, 農務大臣은 勿論 一農夫, 其他 閣員은 모다 農業組合의 首腦者라는 奇怪한 內閣이엇다. 아니 이것이야말로 곳 國民高等學校가 築造한 半世紀間의 偉業이엇다.

世界의 畜産國, 牛乳國, 鷄卵國! 大正 十三年 農家 一戶當 四千二百圓의 生産으로 輸出總計 十億圓, 一人當 牛 一頭, 豚 一頭, 鷄 七羽, 貯金 百七十圓이라는 것을 드르면 그들의 偉大한 奮鬪力을 넉넉히 짐작할 수 잇슬 것이다.

丁抹 國民歌

(一) 아름다운 땅
　撫花香 놉흐고
　　潮水는 잠자네. 潮水는 잠자네.
　물결치는 溪谷
　너 일홈은 丁抹
　　이걸 세우리 鄕土. 이걸 세우리 鄕土.

(二) 지내간 그 녯날
　무거운 鐵甲에
　　桂歌를 부르든. 桂歌를 부르든.
　武士의 뼉다귀들
　이제는 잠자네
　　언덕 우 묘에. 언덕 우 묘에. (이상 40쪽)

---

41 '맛친'의 오식으로 보인다.

(三) 榮華로워라

바다는 가로 누어

푸름이 어렷네. 푸름이 어렷네.

여엽븐 새악시와

聰俊한 산아히가

너 품에 안겨서. 너 품에 안겨서.

教育의 實生活化 加奈陀[42]의 靑年組合制

온타리오·카-렌트郡에서는 一九一二年 十五에-카-[43] 以上을 所有하고 잇는 農家의 十二歲 以上 十八歲 以下의 少年을 糾合하야 馬鈴薯[44] 크라프(組合)를 組織하엿다. 會員數 三十五名 中 豫定의 作業을 完了한 者가 二十二名이 잇다. 耕作地의 面積은 一에-카-의 十分一이엇다. 受賞者 六名 中 最高 收穫量은 一에-카-에 對하야 三八八 붓셀[45]이엇다.

이렇케 加奈陀의 最近의 農事 改良은 全혀 少年少女들의 種子 選擇에 依한 것이라고 할 만큼이다. 이 種子 選擇은 三個年을 繼續하야 實行한 成績에 徵하면 小麥 百本의 穗에 對하야 粒數 一八%를 增加하고 同 百本의 麥穗에 對하야 重量 二八%를 增加하엿다.

이 運動의 教育的 效果는 經濟的 結果와 맛찬가지로 偉大하엿다. 少年들은 各自 栽培한 作物에 特殊한 注意를 加할 뿐 아니라 다른 作物에도 또한 注意케 된다. 그들은 어쩌케 하면 簡單한 報告書를 作製할가. 어쩌케 作業狀況을 記錄할가를 배호고 쌀아서 農業에 對한 初步의 知識을 엇게 될 뿐 아니라 社會 本能 及 他人과 共同하는 能力을 强하게 하고 農業 經營者로서 最高의 成功을 엇는 데에 不可缺할 協同心을 養成케 된다.

---

42 '加奈陀'는 캐나다(Canada)의 음역어 '加那陀'를 가리킨다.

43 '에이커(acre)'이다.

44 '마령서(馬鈴薯)'는 감자를 가리킨다.

45 부셸(bushel)은 곡류 따위의 무게 단위이다.

가. 靑少年의 修養機關

加奈陀에서는 成人 農夫의 修養機關은 相當히 施設되여 잇고 쏘 有望한 成績을 엇고 잇다. 그러나 小學을 맛치고 中學 又는 高等學校에 入學치 못하는 十四歲 以上의 少年少女에게 對하야는 그리 適當한 施設이 업섯다. 쌀아서 未來의 農民될 此等 靑少年에게 農業敎育을 施하기 爲한 適當한 敎育機關이 업서서는 아니 될 것을 痛切히 늣겻다. 그러나 此等의 靑少年들은 大槪 그날의 生活費를 엇기 爲하야 勞働치 아니하면 아니 될 處地에 잇슴으로 嚴格한 正規의 敎育을 施하기에는 到底히 어려운 일이오 不得已 直接 職業敎育을 施함을 그 主眼으로 하지 안을 수 업는 터이다. 卽 그 必要한 目的으로 할 것은 最善한 穀物의 增收法, 耕作法, 收穫物 販賣에 對한 知識을 주어서써 農業의 改善을 改하는 것이다. 換言하면 어쩌케 하면 돈을 버릴 수 잇느냐. 어쩌케 하야서 有效하기 돈을 消費(이상 41쪽)할 수 잇느냐를 가르치는 것이 그 眞正한 目的이다.

이럿케 敎育的 機關은 一面 小學敎育과 關聯하고 쏘 一面은 成人 修養機關과 密接한 連絡을 取치 안을 수 업다. 此種 機關은 적어도 靑少年으로 하야곰 自發的으로 그 一生의 職業으로 農業을 選擇케 할 만큼 有力한 訓練을 주어 從來의 農業敎育 系統에 對한 改善의 第一段階를 삼지 안으면 아니 된다.

十四歲로부터 十八歲까지의 靑少年에게 對한 農業敎育의 必要는 아즉 充分히 認識되지 못하엿다. 그러나 크라프에 對한 興味의 熾烈한 事實을 觀察하는 者는 어쩌케 此等 靑少年이 各自의 年齡, 到達點, 要求에 適應하는 것이면 農業 及 家庭經濟에 關하야 좀 더 훨신 正式이오 確定한 敎育을 밧아 보앗스면 하는 希望을 가지고 잇느냐를 理解할 수 잇슬 것이다.

農村 靑少年의 職業的 訓練은 都會의 工業的 訓練보담 훨신 閑却되여 잇다. 工場主는 每主 一定한 時間數만을 職工을 就學케 하라는 要求가 여러 번 問題 되엿섯다. 그러나 農村에서는 아즉 이러한 要求를 雇主에게 提出하엿다는 말을 듯지 못하엿다.

此等 靑少年의 敎育機關은 적어도 學校 當局者의 손으로 指導하지 안으

면 아니 된다. 모든 方面으로 보아서 地方廳의 視學官이 此를 組織 統一하는 것이 가장 合理的이다. 웨 그러냐 하면 學校當局은 小學 卒業 兒童과 密接한 關係를 가진 地方 小學校 教員의 活動을 要望할 수 잇슴으로서다. 이 機關은 小學 卒業 兒童과 이 組合 加入과의 사이에 틈이 버러서는 成功할 수 업는 일이다. 教師는 兒童을 熟知하고 잇다. 짤아서 이러한 組合의 有利하다는 것을 가르치지 안으면 아니 된다. 그리고 郡視學, 農業利益增進組合 講師, 農會長 及 小學教師 等으로 誘說[46] 委員團을 組織할 必要가 잇다.

다. 青少年 修養團體이 目的

이 修養機關의 目的을 드러보면 다음과 갓다.

一. 最善 農業法에 關한 實際的 知識을 줄 것. 特히 그 地方에서 實行하고 잇는 農業 形式에 注意케 할 것

二. 教授의 實際的 應用 如何를 보이는 品評會의 開催

三. 農村問題에 關하야 意見 發表의 訓練을 줄 것. 이 見地에서 充分한 練習을 식히게 爲하야 會合時에는 될 수 잇는 데로 會員들에게 意見開陳의 機會를 줄 것

四. 經濟知識을 涵養식힐 것. 勿論 農夫들이 거의 無視하고 잇는 農業簿記 가튼 것을 教授할 것

五. 會務 處理法을 가르칠 것

六. 少年들에게 家庭의 知識을 普及케 하야 무슨 짜닭으로 愉快한 家庭이 農業의 成功에 不可缺한 것이냐를 理解케 할 것. 又 農場에 新式機械를 必要로 하는 것과 맛찬가지로 家庭에도 便利한 器具를 쓸 것을 가르칠 것

七. 高尙한 手藝的 思想 涵養에 努力할 것(이상 42쪽)

八. 各 修養機關에는 文庫를 設置하야 適當한 方法으로 될 수 잇는 데로

46 유세(誘說)는 '달콤한 말로 꾐'이란 뜻이므로, '자기 의견 또는 자기 소속 정당의 주장을 선전하며 돌아다님'이란 뜻인 유세(遊說)의 오식으로 보인다.

讀書의 機會를 줄 것

라. 任員과 그 義務

靑少年의 機關은 그 組合을 統制하기 爲하야 選定된 任員에 依하야 支配될 것이다. 卽 規則을 制定하야 各 任員의 義務를 限定할 必要가 잇다. 가령 一例를 들면 '인데안 쏘-이스 크라프'의 任員 規則은 다음과 갓다.

副會長, 記錄係, 通信係, 會計係, 批評係, 會場係이다. 任員의 義務는 副會長, 記錄係, 通信係, 會計係의 四 任員은 一般의 會와 맛찬가지요 批評係는 言語의 誤謬, 文法, 語의 選擇 發音 及 會議場에 對한 批評을 任務로 하고 會場係는 會場의 整理, 通風, 淸潔, 裝飾 等에 留意하야 會員 及 招待者를 愉快케 하는 것을 任務로 한다.

少年 野營團 境遇에 依하야는 農業組合 又는 農科大學 等이 主催者가 되야 少年 野營團을 編成하는 일이 잇다. 野營은 一週 乃至 二週間 繼續한다. 團員은 共同生活을 經營하고 各種의 硏究를 行한다. 이 期間 中 一部는 講演, 示威運動, 判斷 競爭 及 一般 修養에 關한 講話 等을 行한다. 期間이 終了될 때에는 各種 判斷 競爭의 優勝者 及 開期 中 作業의 最終 試驗에 合格한 者에게 賞品을 준다. 此等 野營團 中 가장 興味 잇는 것은 '그로-트 農場 野營團'이다. 이것은 年々 스코ㅅ트郡 이리노이스의 少年을 爲하야 '그로-트' 氏의 主催로 開催되는 것이니 크다란 天幕을 치고 食事 及 其他 一切 經費는 無料이다. 이 出席者는 每年 五十名 乃至 百名이라 한다.

國力 振作의 元素 獨逸 體育聯盟의 現相

獨逸은 나포레온戰爭[47] 後 祖國의 復興을 圖하려는 運動이 熾烈하야 到處에 志士의 奮起를 보게 되엿는 바 그中 '얀-ㄴ'[48]이라는 사람이 引率한

47 나폴레옹전쟁은 '나폴레옹 시대에, 프랑스가 유럽 각국과 싸운 전쟁을 통틀어 이르는 말이다. 프랑스혁명(1789~1799) 이후 나폴레옹 1세(재위 1804~1805)의 지휘하에 유럽의 여러 나라와 전쟁을 벌였다.

48 얀(Jahn, Friedrich Ludwig: 1778~1852)은 독일의 체육 교육가이다. 체육장을 창설하고 체조 교육에 힘썼으며 체조의 발전에 이바지하였다.

體操家의 一團은 항상 第一線에 驅馳하야 偉功을 세웟다. 이럿케 그 身命을 賭하고 興國運動에 盡瘁한 '야-ㄴ'의 誠心이 나타나서 맛츰네 體育聯盟 成立의 機運을 促成케 한 것이다. 그 처음은 普魯西[49] 一部와 웨스트흐아리아에 限定되엿섯다. 이것은 '캐룬' 新聞에서 特히 該 運動에 援助를 加하엿슴으로써이엇다. 그러나 當初 體操教師 中에는 정말 誠心껏 協力코저 하는 사람도 업지 아니하엿스나 그 大部分은 아즉 無關心하거나 또는 全然 反對의 態度를 取하고 잇섯다.

또 一方으로는 '피히테'[50]와 '야-ㄴ' 等이 盛히 愛國心을 鼓吹하야 體育에 對한 全 獨逸의 一致協同을 奬勵한 結果 맛츰네 學生(이상 43쪽)의 結束으로 된 〈獨逸學生愛國者聯盟〉이 생기게 되엿다. '야-ㄴ'은 伯林[51] 크로-스텔 中學生 及 푸라만 教育學校 生徒와 協力하야 一八一一年 第一回의 體操場을 하-펜하이데에 開한 것을 비롯하야 戰爭에서 돌아온 者는 水曜日과 土曜日 午後의 自由時間에 課外의 體操를 行케 하고 體操 參加者의 範圍는 生徒 及 教師의 自由意思에 맥겨서 定케 하엿다. 이럿케 團體는 그 後 雨後竹筍과 가티 일어낫다. 當時의 團體로 지금 아즉 繼續되고 잇는 것은 한붉그體操會(一八一六年 創立) 及 마인첼體育聯盟(一八一七年 創立)이 잇다. 體育聯盟은 幾多의 盛衰를 지내서 現在 六百餘萬의 會員을 算하기에 이르럿다. 다음에 某 氏의 實見談을 紹介하면 伯林만의 회라인(體操會)[52]의 數는 百五十, 全獨逸에는 一萬一千九百十四 그 회라인에 屬한 運動場의 數는 約 九千七百에 이른다. 本 聯盟 總裁는 '활틔난드・개요에ㅅ드'라는 醫學者이다.

내가 본 '회라인' 中에는 生徒 兒童의 部와 成年 男子의 部가 싸로 잇서서

---

49 보로서(普魯西)는 '프로이센(Preussen)'의 음역어이다.

50 피히테(Fichte, Johann Gottlieb: 1762~1814)는 독일의 철학자이다. 칸트 철학을 이어받아 이상주의적 철학을 전개하였다. 프랑스 점령하에 베를린에서 「독일 국민에게 고함」이라는 강연을 하였다. 저서에 『지식학의 기초』, 『인간의 사명』 등이 있다.

51 백림(伯林)은 베를린(Berlin)의 음역어이다.

52 Verein을 가리킨다. '단체, 조합, 클럽'이란 뜻의 독일어이다.

前者는 七百人의 會員을 가젓고 後者는 六十人의 會員이 잇섯다. 生徒 兒童部는 午後 六時부터 七時까지 成年 男子部는 同 七時부터 八時까지로 되여 잇다. 建物은 市設 運動場을 借用한 것이오 其他의 것은 大概 學校 運動場를 使用하엿다. 그리하야 生徒 兒童部 七百名은 年齡 及 體質, 技術 等에 쌀아서 A, B, C의 三部로 區別되여 잇서서 下級으로부터 漸次 上級에 昇進하기 되여 잇는 것이엇다.

그 體操 實施 方法에 對한 一端을 드러 보면 기다리는 時間 中에는 저 各其 備置해 둔 器械를 使用하야 運動하다가 豫定時間이 되면 一同 整列하야 먼첨 莊重한 國歌를 부르고 最初에 行進運動 그다음에 器械體操 及 其他의 運動을 行하는 順序이엇는 바 그 技能은 모다 優秀하엿다. 쌋뜻한 날에는 屋外 運動場에서 傾注, 蹴球, 庭球 等을 行한다. 敎師, 助手 等은 모다 無給으로 獻身的 努力을 하고 잇다.

그 以外에 '포-ㄹ 와ㄹ네ㄹ'(師範)이라는 것이 數名 잇섯다. 그리고 女子는 特別한 部가 잇스나 때로는 男子部와 同時에 行하기도 하엿다. 費用은 會員으로부터 少額의 會費를 徵集하야서 그中 一部를 聯盟 本部에 納入하고 그 남어지로 회라인 事業에 充當하고 잇다.

會員의 種別은 劇히 廣範圍에 及하야 學生, 意思, 店員, 官史[53] 等 多種 多樣이오 女子部에는 良家 令孃을 비롯하야 女店員 等이 參加하고 잇다. 그러나 大概는 結婚 前 處女들이다. 各 會員들은 모다 다만 運動 愛護者의 興味로써쑨만이 아니오 身體가 虛弱한 者는 健康增進을 爲하야 또 或은 職業上 運動不足者 等 各々 그 一身上의 特別事情이 잇다.

一九一二年 獨逸政府에서는 伯林 郊外에 宏大한 屋內 屋外의 運動場을 設備한 國立體育場을 建設하엿다. 屋外 大運動場에는 競馬場, 自轉車 及 自動車 競路가 잇고 八萬人의 大觀覽席과 其他 諸種의 競技 練習所, 水(이상 44쪽)泳場 等의 設備에 이르기까지 充實하다. 그러나 지금은 이 宏大한 運動場도 每日의 練習者로 充滿된다 한다.

---

53 '관리(官吏)'의 오식이다.

一九二○年에는 伯林 郊外에 政府의 補助를 엇어서 私立體育大學이 設立되엿다.

現在 獨逸 國民은 그 國力의 振作이 全혀 國民의 體育에 잇다는 것을 徹底히 깨닭고 잇다.

(獨逸 靑年運動의 詳細에 對하야는 本誌 第五十九號 參照)

黑샤스 伊太利의 '프아시즘'의 猛威

一九二一年 四月 二十七日 겨오 五十有三名으로써 組織된 것이 今日 有名한 伊太利의 '프아시즘' 一名 '파ㅅ쇼'[54] 運動이다. '파ㅅ쇼'라는 말은 卽 團結을 意味한 것이니 말하면 모다 한 덩어리가 되야서 일하자는 것이다.

그 主義 綱領은 僞體를 버리고 絶對的으로 일하자는 것뿐이다. 正裝은 上衣도 아모것도 업고 다만 검은 '샤스'와 綠色 短袴[55]에 脚絆을 친다. 所謂 '黑샤스'黨이란 일홈은 여기에서 비롯된 것이다. '파ㅅ쇼'의 靑年들이 사람에게 向하야 朝鮮으로 치면 萬歲를 부를 때면 二千 멧 百年 前 羅馬[56]時代의 軍人들이 使用하던 音聲으로 音頭를 取하는 者가 먼첨 '에야- 에야-' 하고 부르지즈면 그 남어지 全體가 '아라라-' 하고 和唱한다. 그 활과 창을 碧空에 놉히 현들며[57] 부르짓든 으아ㅅ 소리다. 敬禮法도 亦是 羅馬時代의 사람들이 쓰든 敬禮法을 그대로 右手를 水平보담 조곱 놉게 들고 '아노-이' 하고 부르짓는다. 이 '아노-이'라는 것은 '우리들에게' 하는 意味이다. 우리들에게 맥겨 다오, 敵은 우리들에게 向하야 오나 우리들은 能히 堪當할 自信이 잇다는 意味이다.

特히 注意할 것은 '파ㅅ쇼'의 徽章이다. 樫木[58]의 丸棒을 十本쯤 結合하

---

54 'fascism'은 이탈리아어 'fascio'에서 유래되었다. 파쇼(fascio)는 이탈리아의 정당으로 1921년에 정식 결성되었으며, 1922년 정권을 획득하여 일국일당주의를 실행하다가 1943년에 무솔리니(Mussolini, Benito Amilcare Andrea: 1883~1945)가 실각한 후에 해체되었다.

55 단고(短袴)는 짧은 바지를 뜻한다.

56 나마(羅馬)는 로마(Roma)의 음역어이다.

57 '흔들며'의 오식이다.

고 그 가운데 한 개는 조곰 더 길게 棒端이 나왓는데 그 우에 낫(鉞)[59]이 매여 잇다. 이 낫은 羅馬時代의 執政官이 行列할 째면, 그 先頭에 揭揚하는 旗標로 쓰든 것이니 卽 堅固한 것을 結合하고 그 겻헤는 어쩌한 것이라도 截斷할 수 잇는 낫을 보인 것이 卽 '파ㅅ쇼'의 精神을 象徵한 것이다. 그 낫의 일홈이 '프와ㅅ쇼토리테'임으로 此를 取하야 徽章으로 한 것이다. '파ㅅ쇼' 運動은 어데까지 青年運動이다. 伊太利語의 青年의 뜻은 年齡에 依하는 것이 아니오 그 사람의 氣稟 如何 熱 如何에 依한 卽 氣力의 魂의 젊음을 말하는 것이니 짤아서 伊太利에서는 青年이란 말을 사람에게 對한 敬語로 쓰고 잇다.

이것은 우리 朝鮮과는 아조 正反對이다. 朝鮮에서는 '젊지 안타' 卽 늙엇다는 것을 尊敬語인 줄 알아 왓다. 젊은이는 아즉 사람이 되지 못한 未成品으로 누구에게나 下待(이상 45쪽)를 밧는다. 그러나 伊太利에서는 그 나히야 六十이 되거나 七十이 되거나 元氣橫溢한 사람이면 青年이라 하야 尊敬한다. 七十餘歲의 文豪 '다눈초'[60]가 伊太利 航空隊長이 되야 碧空을 나라다니며 機關銃을 發射하고 하엿다. 그 自身도 自己를 가르처 青年이라 하엿스나 伊太利 國民들도 쏘한 그를 青年이라고 부름에 躊躇치 안은 것이다.

그러면 이 '파ㅅ쇼'의 青年들은 어쩌한 생각을 가지고 잇느냐? 世界大戰中 四個年에 亘하야 伊太利는 惡戰苦鬪한 結果 맛츰네 戰鬪員의 缺乏을 來케 하야 全國 十八歲 青年까지 兵隊로 出戰을 식혓다. 그 結果 實戰의 體驗을 엇어 膽力의 丹鍊이 된 것과 쏘 한 가지는 國家를 爲하야 自己네도 싸호지 안으면 아니 된다는 自覺이엇다. 卽 自己네의 힘에 對한 自覺이 原因이 되엿다. 惡戰苦鬪의 結果는 名譽의 勝利이엇다. 이러한 青年들이

---

58 견목(樫木)은 떡갈나무를 가리킨다.

59 '월(鉞)'은 도끼를 가리킨다. 낫이라면 '겸(鎌)'이라야 하는데 오식으로 보인다.

60 단눈치오(D'Annunzio, Gabriele: 1863~1938)를 가리킨다. 단눈치오는 이탈리아의 시인・작가이다. 데카당 문학의 대표자이며, 관능적 이단주의에 의한 독자적인 작풍(作風)을 수립하였다. 작품에 『쾌락(Il piacere)』(1889), 『죄 없는 사람(L'innocente)』(1892), 『죽음의 승리(Il trionfo della morte)』(1894) 등이 있다.

伊太利 全國에 散布하엿다. 그러하야 中等學校 上級生 及 高等專門學校 學生들과 가티 祖國에 對한 自己네의 任務와 그 實行에 對한 彈力性과이[61] 養成되엿든 것이다.

무ㅅ소리니-가 各處에서 "今日의 伊太利를 救할 者는 伊太利 靑年의 힘이다." 하고 부르지지는 바와 가티 實로 伊太利는 訓練된 靑年의 힘에 依하야 움적이고 잇다. 一九二二年 十月 二十日은 무ㅅ소리니-가 비로소 內閣組織을 爲하야 미라노에서 特別列車로 羅馬에 進入하던 날이다. 그는 千餘名의 '파ㅅ쇼'에게 擁護되야 羅馬 停車場에서 宮城으로 向하엿다. 王에게 謁見하기 겨오 三十分 退出하는 무ㅅ소리-니에게 對하야 群衆은 伊太利 萬歲, 皇帝 萬歲, 프아시스 萬歲, 아라-, 아라-, 아라- 소리가 天地를 震動케 하엿다.

黑샤스團이 비로소 羅馬에 入城할 當時 全 伊太利에 告示한 貼札은 다음과 갓햇다.

前略 …… 프아시즘은 伊太利의 生活을 紛糾錯雜케 하는 '고데이안노ㅅ트'를 切斷키 爲하야 칼을 빼엿다. 全能의 神과 五十萬 戰死者의 靈은 照鑑하라. 이 唯一의 希望, 이 唯一의 情熱만이 우리들을 움적이게 한다. 우리 國家의 救濟와 偉大 이것이야말로 곳 '파ㅅ쇼'의 企待하는 바 唯一한 希望이다. 後略. 우리는 그들의 思想 如何는 暫間 別問題로 하고 그 意志의 壯함에는 感服치 안을 수 업다.

米國式 堅實主義 四 'H' 組合의 發達

職業敎育이 가장 넓게 實行되고 잇는 나라는 米國이다. 그러나 國情에 짜라 各州 各(이상 46쪽)市가 모다 相異한 方法을 取하고 잇는 것은 不得已한 일이다. 보스톤市에서는 벌서부터 職業指導를 爲한 學校가 되여 잇고 一九一○年에는 이미 國民職業指導協會가 되엿스며 一九一五年에는 職業指導 雜誌가 刊行되야 其後 더욱이 運動은 全 米國을 通하야 發達되고 잇다.

61 '탄력성이'에 '과'가 잘못 들어간 오식으로 보인다.

米國 勞働省 職業紹介事務局에는 一九一九年 以來 少年局을 設置하고 全國的으로 聯盟 指導를 하고 잇다. 지금 여기서는 農村少年 職業指導를 目的한 '포-아・에ㅅ취・크라프'[62]에 對하야 이애기하려고 한다.

가. 크라프의 起源

米國의 '크라프' 運動은 一八一八年 뉴-욕州에서 開始되엿는 바 當時의 一般人들은 農事敎育에 對한 要求가 熾烈할 때이엇슴으로 이 運動은 맛치 燎原의 火와 가티 대번에 全國에 퍼젓다. 最初는 '穀物 크라프' 그다음 '토마토- 크라프', '綿花 크라프', '馬鈴薯 크라프', '家禽 크라프' 等으로 續々 組織되여 갓다.

크라프는 最初 郡 當局者가 經營하엿든 것이 其後 郡 視學이 此를 管理케 되엿다. 當事者는 第一年의 種子를 分配하고 全部의 少年을 中心地로 모아 一定한 指導를 行하는 것이다. 會員들은 이 指導에 依하야 一에-카-(約 四段 二十四步)의 土地에 穀物을 栽培한다. 그리고 米國 農業省에서는 種子의 選擇, 施肥, 耕耘, 灌漑 等에 對한 注意書를 會員들에게 配付한다. 一定한 用紙에 作業을 記入 報告케 하야서 그 成績을 判定하는 것이다.

크라프의 標語는, 'Make the best Better'(조흔 후에도 더 좃케)라는 것이오 크라프들은 다음과 가튼 誓約을 行하는 것이다.

나는 나의 크라프, 나의 部落 及 나의 나라를 爲하야

나의 머리(Head)를 보담 더욱 明晰한 思考로

나의 마음(Heart)을 偉大한 忠順으로

나의 손(Hand)을 넓은 奉仕로

나의 健康(Health)을 보담 조흔 生活로 맨들기를 誓約합니다.

'포아・에ㅅ취・크라프'라는 일홈은 卽 英語의 Head, Heart, Hand, Health의 頭文字에 依하야 지은 것이다.

各州에 依하야 多少 다른 點이 잇스나 여기에 워싱톤州立大學 擴張部에서 定한 크라프의 目的은 다음과 갓다.

---

62 '4H Club'이다.

一. 少年少女(又는 그들을 通하야 그 父母들에게)의 部落 改善의 興味를 가지게 할 것
二. 農場 及 家庭의 實技을 보담 조흔 方法에 依하야 그들을 訓練케 할 것
三. 此等 實技를 다른 사람들의 利益을 爲하야 實演 指示할 것을 補助할 것
四. 村落生活에 對한 굿센 信念 及 農業의 實務에 對하야 그들을 奬勵할 것
五. 學校 及 大學에서의 農業 及 家庭 經營의 組織的 訓練에 對한 欲求를 그들 사이에 喚起케 할 것
六. 少年少女에게 村落 指導, 部落 共同(이상 49쪽) 及 公民的 精神을 涵養케 할 것

나. 그라프의 計劃에 對한 最低 要求

一. 同一의 計劃을 實行할 五人 以上의 團員을 가질 것
二. 크라프는 團法 及 團規下에 管理되지 안으면 아니 된다. 크라프의 任員은 團長, 副團長 及 理事이다. 此等 任員은 當該 任員으로서의 通常의 任務를 다할 것
三. 地方 指導者의 管理下에 둘 것
四. 其年에 對한 一定한 實施 目標, 計劃 及 行事割을 가저야 할 것
五. 一年間에 六回의 會合을 開催할 것
六. 一年에 한번식 地方的 展覽會를 開催할 것
七. 各 크라프는 적어도 一年에 한번식은 그 年中 그 團員에게 依한 所得을 公開 實演會를 行할 것
八. 적어도 會員의 六割은 一定한 計劃을 遂行하야 州 事務所에 그 終末報告書를 提出할 것
九. '成就日'은 크라프 年度의 最終日로 할 것
十. 一定한 課程을 完了하면 成就하엿다는 國家的 證票가 잇는 '證明書'를 엇을 수 잇슴

다. 크라프의 種類 及 其 事業

一. 蜜蜂 크라프 적어도 生産的 蜜蜂 一群을 所有하고 此들[63] 管理할 것

二. 麵麭[64] 크라프 三種類로 된 十二의 速成 빵을 구을 것. 크기는 家庭形

三. 罐詰 크라프 적어도 十五 과-트(과-트는 六合三勺餘)의 罐詰을 製造할 것[65]

四. 衣服 크라프 四個의 問題를 完成하라.(衣服에 對한 十餘의 問題中)

五. 玉蜀黍[66] 크라프 적어도 一에-카-를 耕作할 것

六. 酪乳 크라프 적어도 一頭의 優良 純粹種의 家畜

七. 園藝 크라프 적어도 廣 二平方 로-드(一로-드 一丈 六尺 三寸)의 家庭園 又는 園藝에 對한 專門技師의 承認을 經한 特別 作物

八. 食物 크라프 果實, 蔬菜, 穀物, 牛乳, 卵 及 肉類로 二十 접시를 準備하라. 적어도 三個의 簡單하고 잘 調和된 食品을 提供하라.

九. 家畜 크라프 豚, 肉牛, 羊 中 적어도 一種의 家畜을 所有하며 管理하라.

十. 馬鈴薯 크라프 적어도 四分一에-카-

十一. 家禽 크라프 十二의 牝鷄와 牡鷄 又는 二十五의 産卵用 牝鷄 又는 五十의 雛鷄[67]

---

63 '此를'의 오식이다.

64 면포(麵麭)는 개화기 때에 '빵'을 이르던 말로, 중국에서 만든 단어를 우리 한자음으로 읽은 것이다.

65 관힐(罐詰)은 두레박 혹은 양철통을 뜻하는 것으로 보인다. '과-트'는 부피의 단위인 쿼트(quart)를 가리킨다.

66 옥촉서(玉蜀黍)는 '옥수수'의 열매를 뜻한다.

67 빈계(牝鷄)는 암탉, 모계(牡鷄)는 수탉, 추계(雛鷄)는 병아리를 뜻한다.

謹告 本誌 中 自 第三十三頁 至 第三十八頁, 自 第四十六頁 至 第四十八頁 及 自 第五十一頁 至 第五十二頁은 當局의 忌諱에 因하야 此을 削除하고 改冊 發行케 되엿사오니 諸位는 넓게 諒解하야 주시기를 바라나이다. (이상 50쪽)

丁洪敎, "이날을 당하야 우리 가정의 책임－부모들은 깁히 생각합시다", 『조선일보』, 1932.5.8.

조선의 어린이날이 지내여간 지 일주일이 된 오늘인 오월 둘재 일요일은 세계의 어머니날로써 닥치여 왓습니다. 이날은 우에도 간단이 소개한 바와 가티 세상의 어린아이들이 자긔의 어머니들을 위안식히기 위하야 창설한 날인 바 조선의 어린이날에 비치여 보게 되면 그의 간격이 천양의 차가 된다고 하겟습니다. 왜 그러냐 하면 조선의 어린이날이라는 것은 최초에 창설되기는 아버지와 어머니에게 우리들을 잘 키워 달라고 하기 위하야 창설함과 동시에 어린이 자신에 대한 단결과 수양을 식히기 위한 조선의 어린이날이라고 하겟습니다. 즉 말하자면

조선의 가정교육이라는 것은 세계에 비치여 보게 되면 무엇이라고 말할 여지 업시 한심한 처지에 잇서서 어린 아들과 쌀을 사랑한다고 하나 실상은 그것이 어린아이에게 잇서서 해롭게 되야서 나종에 큰일을 저즈러 노케 되는 것이 오늘날까지 조선의 가정교육이라고 하겟습니다. 그리하야 어느 때든지 요구할 일이겟지만은 더욱이 한 날을 정하야 가지고 전조선이 일차적으로 부모에게 대하야 이러한 모순된 가정교육을 철폐하고 새로운 방식으로 압날의 조선의 일꾼을 만드러 달라고까지 요구하게 된 것이 조선의 어린이날이라고 하겟습니다. 이 얼마나 조선의 부모로써는 붓그러운 노릇입니까. 이러한 반면에 세계에서는

아들과 쌀을 잘 키워 주웟다고 하야 어머니만을 위하야 한 날을 정하고 어머니의 싸스한 사랑과 아울러 훌륭한 사회인들을 만드러 준 은혜를 사은케 되엿스니 우리들은 이날인 오월 둘재 일요일을 우수웁게 볼 날이 아니라고 하겟습니다. 이날을 당하야 조선의 부모들은 깁히 생각하는 바가 업서서는 안 되겟습니다. 조선의 부모들은 어린아이에 대한 본성들을 잘 알지 못하는 부모가 만은 것입니다. 간 나서부터[68] 장성할 때까지 우리의 쌀은 엇더코 우리의 아들은 엇더하닛가. 엇더케 양육하지 안으면 안 되겟다고

확연한 양육방법을 세워 가지고 길너 낸다고 할 수 업는 것입니다. 다만 내 아들 내 쌀하면서 거저 막연하게 키우게 되는 것입니다. 여러분 조선의 어머니여! 여러분은 젓 먹는

어린아이에게 젓 먹이는 방식을 아시고 먹이는 어머니가 몃 분이나 계십닛가. 거저 울기만 하면 하로에도 열 번 수무 번 수업시 먹이는 것이 아닙닛가. 그러다가 체하게 되면 굿을 하느니 죽을 쑤어다가 내여 버리느니 하면서 써들지를 안는 것입닛가. 그리하야 좀 크기만 하면 째리며 욱박질느며 하야 자긔의 아들과 쌀은 한 노예와 가티 아모런 자유가 업시 길너 노치를 안습니까. 그러고 엇더한 가정에서는 거저 귀엽다고 마음대로 내여 버리여 두게 되야 나종에는 말도 잘하지 못하는 천치를 만드러 노치를 안습니가. 그러고 음식 가튼 것을 보아도 가정에서 어린아이를 상대로 하야 만드는 일이 잇습니가.

아츰 저녁으로 어른들 입에만 맛도록 반찬 가튼 것도 해들 먹지 안습니까. 이 얼마나 자녀를 가진 부모들의 모순입니까? 그럼으로 조선의 부모는 오늘의 세계 어머니날을 당하야 과거의 그릇된 가정교육을 깨끗이 업새여 버리고 새 형식으로 어린아이들을 양육하도록 결심을 하서야만 하겟습니다. 이것이 결코 다른 사람을 위하는 것이 아니라 여러분의 가정을 위하는 것이며 조선의 사회를 위하는 것입니다. 왜 그러냐 하면 지금의 자라나는 어린아이는 압날의 가정으로든지 사회로든지 희망의 싹인 까닭입니다! 조선의 어머니여 도라오는 압날은 조선도 세계와 거름을 마추워서 우리들의 아들과 쌀이 어머님께 사례하는[69] '어머니날'이 성대히 열리도록 하여 주심을 바람니다.

---

68 '갓 나서부터'의 오식으로 보인다.

69 '사례하는'의 오식으로 보인다.

柳光烈, "어린이運動의 뜻", 『실생활』, 1932년 5월호.

五월 첫재 일요일은 어린이날이다. 어린이날이라는 것은 어린아이를 위하야 직히는 명절이다. 어린이를 위하야 생각하고 어린이를 위하야 일하는 날이다.

조선서는 일즉이 어린아이를 위하야 생각하는 일이 극히 적엇다. 어린아이를 귀애하는 부모가 업섯든 것은 아니지만 그것은 전혀 어쩌한 물건을 사랑하듯이 마치 사람이 짐승을 사랑하야 어르만지는 것과 가튼 것이엿다. 그러나 조선에도 새로운 문화가 들어온 후에는 이에 대한 해석이 달라지고 어린이도 한 사람으로 대접하겟다는 생각이 잇게 되엇다.

조선의 유교(儒敎) 도덕은 흔히 압흘 보고 사는 것이 아니라 뒤를 보고 사는 것이엇다. 아버지는 할아버지를 숭배하고 할아버지는 증조부나 고조부를 숭배하엿고 그들은 또 그보다 더 옛날 사람을 숭배하여 언제까지든지 옛날 사람이 장한 사람이요 나 만흔 사람이 장한 사람인 것 가튼 해석이 잇섯다. 이 결과는 필경 녯 문화에(이상 8쪽) 대한 수구(守舊) 사상이 구더지고 새 문화에 대한 진취사상이 업서진 것이니 이것이 새로운 조선을 세우는데 정신상 물질상으로 얼마나 만흔 해가 잇섯는지는 이로 측량할 수 업다. 이 어린이날은 어데까지든지 우리의 어린 사람을 우리의 가지고 잇는 문화를 더욱 광휘 잇게 만들 사람으로 밋고 이를 북돗고 길으자는 말이다. 이것이 적은 일 가트나 인류 력사에 대한 근본 태도가 변하여지는 것이다. 실상 인류 문화는 녯날부터 점차로 발달하여 온 것이다. 녯날 사람의 문화가 혹— 지금보다 나흔 째도 업지 아니하엿스나 대체로 보아 문화생활은 지금만 못하엿든 것이다. 그럼으로 우리는 과거를 보고 살지 말고 미래를 보고 살어야 한다. 우리 조상에 정승 판서가 잇섯든 것이 아모 자랑거리가 아니요 우리의 어린이가 씩씩하고 용감하게 자라면 우리의 장래는 잘된다고 할 수 잇는 것이다.

그러면 우리는 우리의 어린이를 어쩌한 태도로 길러야 할 것인가. 인격적으로 그들을 우리보다 더 발달될 새 사상으로 보는 동시에 구체적으로는 그들이 조선 사회에 낫으니 조선과 조선인을 사랑하여야겠다는 것을 알릴 것과 사회에 대한 과학(科學)과 자연(自然)에 대한 과학을 가르처서 인도하여야 할 것이다. 조선인이라는 관념은 터가 되고 과학은 기동이 되고 대들쏘가 되어 한 개의 훌륭한 집이 되도록 힘써야 할 것이다. 어린이날에 전 조선에서 깃버 뛰는 수백만 소년은 우리의 쏫이다. 이 쏫에서 새 조선의 열매가 열 것이다.(이상 9쪽)

權煥, "(紹介)미국의 영·파이오니아", 『신소년』, 1932년 7월호.

미국은 황금의 나라 돈 만흔 나라라고 누구든지 생각하고 잇습니다. 그러나 미국 사람은 다 가치 호화로운 생활을 하고 잇스리라고 생각하는 것은 잘못입니다. 크다란 공장을 멧 개씩 차지하고 잇는 큰 부자가 잇는 반면에는 그 공장에서 얼마 안 되는 삭을 밧고 일하고 잇는 수만흔 로동자가 잇습니다. 그러면 그 공장주인의 생활은 호화로울 것이지마는 직공들의 생활이 훌륭하지 못할 것은 빤한 일입니다. 미국 가튼 나라에도 퍽 만흔 실업자가 잇고 어느 나라보다도 만흔 로동자가 잇습니다. 그러면 그 로동자들의 아들 딸들은 역시 풍족하지 못한 생활을 하고 잇습니다. 그리고 그들도 역시 그들의 모임을 가지고 잇습니다. 내가 여긔 이야기하려는 것은 그들의 모임인 '영 · 파이오니아'[70]입니다. 파이오니아라는 말은 피오니-ㄹ[71]이란 말과 갓습니다.

부자 아희들은 모다 '뽀이스카웃'(소년군)이란 것에 듭니다. 그러나 가난한 집 아해들은 '영 · 파이오니아'가 되여서 활(이상 2쪽)동하고 잇습니다.

그들은 엇던 교육을 밧고 잇느냐고 하면 일요일에는 부잣집 아해들이 교회에 가서 긔도를 드리고 동화를 듯는 대신에 그들은 근처의 로동학교의 방을 비러 가지고 우주(宇宙)의 이야기라든지 생물(生物)의 이야기 가튼 것을 드르며 사회에 이러나는 여러 가지 사건들을 아저씨들에게 이야기하여 달라고 하야 드릅니다. 그 외에 여러 가지 유익한 이야기를 드르며 배홉니다. 그리고 교회당에서 찬미가를 부르는 대신에 그들은 그들의 씩씩한 노래를 힘 잇게 부릅니다.

---

70 〈Young Pioneers of America〉 또는 〈Young Pioneers League of America〉를 가리킨다. 미국 공산당과 연계된 어린이들 조직으로 1922년부터 1934년까지 다양한 이름으로 불렸다. 1934년 〈국제노동자단체(International Workers Order)〉의 소년부로 흡수되어 해체되었다.

71 '피오네르(pioner; 러 пионéр)'를 가리킨다. 피오네르는 "개척자, 선구자, 탐험가"라는 뜻으로 옛날 사회주의 국가에 있었던 소년단을 지칭한다.

그리고 때때로 연극 가튼 것을 연습하여 보기도 합니다.

그들은 열여섯 살까지 이 단원이 될 수 잇습니다.

그들에게는 전국적인 긔관지 『영 · 카무라-드』[72]라는 잡지를 가지고 잇습니다.

『영 · 카무라-드』라는 젊은 동지라는 말인데 이 잡지에는 사방에서 오는 그들의 통신이며 그들의 활동 형편이며 당시에 이러나는 사건들의 비평 가튼 글을 실습니다.

그들은 그들의 아저씨들에게 무슨 일이 발생될 때 용감히 나가 그 일을 도읍니다. 오월 일일 '매- 데이'날, 다른 긔렴일 날 가튼 때 그들은 다 붉은 복장을 하고 한 사람의 소녀에게 지휘되여 씩씩한 노래를 부르며 열 살밧게 안 된 소년소녀들이 나와서 어른들 압에

"우리는 크면 여러분 가튼 용감한 로동자가 됩니다." 하고 소리를 노펴 연설을 합니다.(이상 3쪽)

72 『Young Comrade』를 가리킨다. 시카고에서 발간된 것이 확인된다. 창간호는 1923년에 나왔고, 6호가 1928년에 발간되었다.

정홍교, “(새해 한말슴)장님 조선의 눈을 씌우시게 하십시요－먼저 우리의 글을 전부 아는 사람 됩시다”, 『조선일보』, 1933.1.2.

새해를 마지하며 우리 조선 어린 동모들에게 한마듸의 부탁을 하고자 하는 바는 다른 문제는 둘재로 하고 날마다 한 자씩이라도 아는 사람이 되자는 것입니다. 지난날의 조선 사람은 전체가 알기를 시려하는 사람들이라고 하겟습니다. 왜 그러냐 하면 오늘날의 조선 사람의 머리를 드려다보게 되면 반수 이상이나 무식계급(無識階級)에 속하야 잇는 것입니다. 그리하야 우리들의 글을 ‘가’ 자 ‘아’ 자도 모르는 조선의 사람이 얼마나 만은 것입니까. 이것을 본다면 현재 조선은 장님의 조선이며 무식의 조선인 것입니다. 이와 가티 무식의 조선을 만들고 눈 어두운 장님의 조선을 만들게 된 오늘의 조선의 어른들이 얼마콤 배움에 게을니하엿다는 것은 여러분 어린 동모도 어른에게 무러보지 안어도 알 일입니다.

조선 사람이 우리의 글을 배우지 못한 것은 여긔에다가 경제문제 즉 학비(學費) 문제를 내여 걸 수 업는 문제인 것입니다. 지금 조선을 직킨다는 어른들이 어렷슬 때 즉 조선의 녯 어린이들은 놀기만 하고 영리치 못하엿다고 할 수밧게 업는 것입니다. 글방에를 가지 안어도 또는 학교에를 가지 안어도 륙칠 세 때부터 어머니의 품속에서 배운다고 하여도 반년까지 가지를 안어도 넉넉키 알게 될 것인데도 어렷슬 때에 배우지 못하고 어른이 되어서 다른 사람에게 가서 비밀한 편지를 대신 써 달나고까지 하면서도 어른들은 한 달이면 배우게 될 것을 왜 안 배운다는 것입니다.

이것은 녯날 조선의 소년들의 겨을은[73] 마음 배우지 안으랴는 마음이 어른이 되여도 떼여버릴 수 업시 구더버린 까닭입니다.

그럼으로 오늘에 자라는 어린 동모들은 다른 문제는 둘재로 하드라도 녯날 어린 사람 모양으로 배움에 겨을니하지 안는 조선의 어린이가 되여야

73 ‘게으른’이란 뜻이다. 아래의 ‘겨을니하지’는 ‘게을리하지’의 뜻이다.

만 하겟습니다.

알지 못한다는 것갓치 세상에서 북그러운 것이 업스며 따라서 오늘의 세상에서도 문명(文明)이라는 내음새조차 바더 볼 수 업는 아주 락오자(落伍者)가 되고 말게 됩니다.

조선의 어린이들이여 당신네들은 조선의 모든 어려운 문제를 전부 해결하여야 할 것인 바 이 가운데에서도

제일 먼저 생각하며 실행하지 안으면 안 될 것은 무식의 조선 장님의 조선이라는 이 탈을 버서 내여 버리도록 하여야만 하겟습니다.

그리하야 압날의 조선 사람은 한 사람이라도 우리의 글을 모르는 사람이 업시 자긔가 쓸 것을 자긔가 쓰도록 되는 사람이 되여야만 하겟습니다.

이러케 하려면 조선의 어린 동모들은 전체적으로 배움을 질기는 사람이 되여야 하겟습니다. 농촌(農村)의 어린이들은 학교에를 못 간다 하드라도 괭이를 들고 밧에 가고 지게 지고 산에 오르드라도 틈틈이 우리 글만은 배우서야만 하겟습니다. 또한 공장에 다니며 노동을 하는 어린

동모나 가두(街頭) 우에서 노동하는 어린 동모들도 우리의 글 조선의 글을 아시도록 하서야 하겟습니다. 그러고 우리의 글을 아신 후에 점점 다른 방면으로 연구를 거듭하서야만 하겟습니다.

그럼으로 이러케 하기 위하야 새해를 마지하는 조선의 어린동무들은 날마다 날마다 한 자 한마듸식이라도 알게 되는 것을 그날그날에 일과로 하서야 하겟습니다. 그리하야 당래하는 조선의 찬란한 광명(光明)의 빗을 가저오도록 하십시오. 조선에 굿세게 자라나는 어린 동모들이여!

— 새해 새 아츰에 드림 —

“(봄빗과 발마추어서)時代思潮에 쌀아 躍進하는 少年運動－조선이 가진 귀여운 새 힘, 軍呼 맛처 步步 前進”, 『조선일보』, 1933.1.3.

거대한 괴물(怪物)! 지구(地球)는 간단업시 그 위대한 구체(球體)를 움즉이어서 일회전(一廻戰)을 마치고 그대로 곳 간발(間髮)의 틈 업시 다시 일천구백삼십삼년의 새 회전을 개시하야 그 속에 담겨 잇는 모든 인류(人類)에게 새 광명(光明)과 새 환희(歡喜)를 던저주엇다. 이 신광(新光)을 마지한 인간들은 과거의 오뇌(懊惱)를 일절 집어 던지고 신생(新生)을 향하야 다시 약진을 시작할 때 그 희망은 장래가 멀고 긴 소년(少年)에게 만흔 전도와 위대한 가치를 발견할 것이다. 조선의 싹이며 조선의 새 생명으로써 지금까지 붓도드고 커 나온 조선소년운동의 그동안 발버 온 자옥을 이해 머리에서 다시 차저보고 압흐로 나아갈 길을 바라보기로 하자.

구습을 벗고 나선 조선의 소년운동

조선에서 소년운동(少年運動)은 다른 모든 운동과 가티 일천구백십구년 이후에 그 발생을 차즐 수 잇다. 지금까지 수백 년 동안 완전히 어른의 예속물(隷屬物)로써 그 생장성을 짓발피어 오든 조선 소년들이 자긔의 성장(成長)을 위하야 그 가치를 찾고 그 권위를 세우며 리익을 위하야 의식적으로 운동을 이르키기는 이해 긔미(己未)년 진주(晋州), 광주(光州), 안변(安邊) 등지를 비롯하야 단체가 생긴 것으로써 시작된다. 니어서 각지에서 친목 혹은 교양을 위한 목적으로 움도든 이 운동이 일천구백이십사년 봄에 와서 서울에서 〈소년운동협회(少年運動協會)〉라는 비상설 긔관이 생기고 여긔서 주최하야 이해 오월 일일 조선에서 처음 ‘어린이날’이 개최되어 일반 조선 사회에 소년운동에 대한 큰 관심을 가지게 하얏다.

자연성장에서 의식적 운동에

그 이듬해 일천구백이십오년에 경성에서 이 운동의 리론가, 지도자, 각 유지 등이 모이어 〈오월회(五月會)〉라는 긔관을 조직하고 지금까지의 자연성장의 이 운동을 당시 도도하게 흘르고 잇는 시대사조(時代思潮)에 빗추어 어린싹부터 의식적으로 지도할 필요가 잇다 하야 지금까지에 나아오던 키를 돌이어 방향전환(方向轉換)을 하고 이제부터 왕성 또 착실한 운동이 버러지게 되엇다. 일천구백이십칠년에 〈협회(協會)〉와 〈오월회(五月會)〉가 자진 해체로 〈조선소년련합회(朝鮮少年聯合會)〉를 조직 그다음 해 일천구백이십팔년에 소년운동을 더욱 확대 강화하기 위하야 〈조선소년총련맹(朝鮮少年總聯盟)〉을 조직하엿고

어린이의 날은 오월 첫 일요로

해마다 조선 소년을 위하야 만장의 긔염(氣焰)을 쏘하는[74] '어린이날'을 오월 첫 일요일로 변경 시행하게 되엇다. 이해에 다시 〈경성소년련맹(京城少年聯盟)〉이 조직되어 조선에 소년운동의 뿌리가 깁히 박히엇다. 한엽헤 소년운동의 왕성을 따라 당시 조철호(趙喆鎬) 씨의 주창으로 조선에 〈소년군(少年軍)〉 운동이 이러나 단체적 훈련과 자주적 정신을 함양하엿다. 이와 가티 여러 계단을 지나서 커 나온 소년운동은 압흐로 더욱 건실히 나아갈 것이니

귀여운 새싹을 북도드고 키우자

조선의 아름다운 새싹이며 귀여운 새 희망인 이들 소년들은 또 그 운동을 닥처온 이 새해에 밝게 힘잇게 빗처 온 봄빗에 군호와 발을 맛추어 성(誠)과 열(熱)과 힘(力)을 다하야 북도드고 키우고 다시 약진(躍進) 비동(飛動)케 하자!

---

74 '토하는'의 오식으로 보인다.

李定鎬, "어린이날의 由來", 『신가정』, 제1권 제5호, 1933년 5월호.

오월 첫공일 어린이날

희망을 살리자, 래일을 살리자.

잘살려면 어린이를 위하자.

어린이날을 당하야 조선 五百萬 가정에 고함

해마다 하로를 '어린이날'로 정하야 전 민족이 그날 하로에 어린이에 대한 모든 반성 계획의 긔회를 삼는 것은 심히 좋은 일입니다.

어린이날이란 것이 다만 시가로 항렬지어 다니는 것만으로 알지 말고 각 가정이 이날을 어린이의 가장 큰 명절로 여겨서 새로운 행실을 가르치거나 새로운 습관을 기르는 첫날로 하고 또 어른들도 어린이에게 대하야 취한 과거의 잘못된 정책을 교정하고 앞으로 취할 새로운 교육방법을 세우는 것은 참으로 필요한 일인가 합니다.

이 어린이날은 오늘에는 세계적인 것이어니와 조선에서는 아직 역사가 짧고 또 어룬들의 어린이에게 대한 관심이 아직 부족하야 그 정신이 철저하지 못한 것이 유감입니다.

에렌・케이[75] 여사는 二十세긔를 어린이의 세계라고 하엿거니와 인류는 어린이가 어떠케 소중한 것인지 한 민족의 문명이 얼마나 어린이에게 달린 것인지 약하든 민족이 강하여지고 못 살든 민족이 잘살게 되는 것이 얼마나 어린이의 양육과 훈련에 달린 것인지 또 어린이란 잘 양육 훈련하면 몸도 튼튼하고 정신도 튼튼한 어룬이 되지마는 잘못 양육 훈련하면 몸과 정신이 다 약한 어룬이 되는 것인지를 새삼스럽게 통절히 깨닫게 되엇읍니다.

---

75 케이(Key, Ellen Karoline Sofia: 1849~1926)는 스웨덴의 사상가이다. 근대 여성 운동의 선구자로 휴머니즘 입장에서 남녀평등, 여권 신장을 주장하였다. 저서에 『아동의 세기(世紀)』(1900), 『여성 운동』(1909) 등이 있다.

그리하야 선진민족들은 어린이의 먹을 것, 입을 것, 어린이의 작난감, 작난터이며 어린이의 자는 시간 낮잠 자는 시간이며 어린이와 자연…… 이 모양으로 어린이의 건강에 관한 것을 많은 돈과 많은 사람을 드려 연구하고 연(이상 70쪽)구한 결과 열심으로 실행하며 또 교육방법에 관하여서도 때리는 것, 욕하는 것, 꾸짖는 것, 벌 씨우는 것, 칭찬하는 것, 남을 사랑하는 것, 엉석부리는 것, 성내는 것, 달래는 것, 위협하는 것, 이와 같은 모든 일을 다 심리학적으로 경험으로 연구하야 낮븐 습관을 기루지 않도록 좋은 습관을 기루도록 감정은 곧게 활발하게 그러나 절제 잇게 발달하도록 그리고 의지는 굳게 변치 않게 발달하도록 진력하는 것입니다.

그런데 우리 조선 사람은 아직도 어린이를 어룬의 한 부속물로 또 노리개로 알고 또 어린이에 대한 지식이 부족하여서 그 음식, 의복, 거처, 행동에 주의할 줄을 모릅니다. 그래서 몸은 약하게 거즛말쟁이로 교만하게 리긔주의적으로 게을으게 휘기 잘하고 변하기 잘하게 견딜성 냅들성이 부족하게 단체를 위하여서 제 몸을 바치는 정신이 부족하게 독립자존이 없이 의뢰추수하는 일이 많게 길러지는 일이 많습니다.

(1) 가정에서는 자녀를 중심으로 하라. 자녀를 위해 어룬을 희생하라.
(2) 건강한 사람이 되도록
(3) 의지 굳은 사람이 되도록
(4) 감정이 원만한 사람이 되도록
(5) 미신적이 아니오 과학적인 사람이 되도록
(6) 개인주의 사람이 되지 말고 단체주의 사람이 되도록
(7) 의뢰하는 사람이 되지 말고 제 일은 제가 하도록
(8) 그러면서도 부모나 교사나 법이나 약속이나 지도자를 존중하야 복종하는 사람이 되도록

우리는 이러케 자녀를 양육해야 하겟읍니다. 이 조목을 생각하고 우리 五백만 조선 가정은 깊이 깨닫는 점이 잇어야 할 것입니다.(이상 71쪽)

(八行 不得已 省略)

학대받앗다면 오히려 한몫 사람의 갑이나 잇엇다 할까 — 갖 나서는 부모

의 재롱감 — 즉 작난감이 되고 커서는 어른들 일에 편하게 씨우는 긔게나 물건이 되엇을 뿐이요 한몫 사람이란 값이 없엇읍니다.

어른보다 十년 二十년 새로운 세상을 지어낼 새 밑천을 가지고도 무지(無智)와 인습(因習)으로 인하야 어른들의 주머니속 물건이 되고 二十년 三十년 낡고 병들은 어른의 발 밑에 눌려만 지냇읍니다.

부모는 뿌리(根)라 하고 거기서 나온 자녀는 쌗(芽)이라고 조선 사람은 늘 말해 왓습니다. 그러타면 뿌리는 쌗을 위하야 땅속에 들어가서 수분(水分)과 지긔(地氣)를 뽑아 올려 보내주는 사명 때문에 필요한 것이요 귀중한 것입니다. 그러나 조선에 뿌리란 뿌리는 왼통 그 임무를 잊어버리고 뿌리가 근본이니까 웃자리(上座)에 가 앉어야 한다고 쌗 우에 가 올러 앉어 왓습니다. 뿌리가 위로 가고 쌗이 밑으로 가고 — 이러케 꺼꾸로 변태를 부려 왓기 때문에 뿌리와 쌗이 함께 말라 죽엇습니다.

× ×

이상과 같이 종래의 조선 어린이는 그 가정에 잇어서나 사회에 잇어서나 아무런 지위도 인정되지 못하야 그들의 인격은 유린되고 정서는 고갈되고 총명은 혼탁되고 건강은 모손되어 말할 수 없을 만치 참담한 처지에 빠져 잇엇습니다. 이러함에도 불구하고 십년 전까지 우리 사회에서는 이것을 문제조차 삼지 않엇습니다.

— (此間 三行 略) —

문화적으로 또는 사상적으로 한층 또 한층 깊이 뿌리가 백혀짐을 따라 여러 갈래의 부분운동과 구체운동을 일으킴이 되엇으니 지금에 말하는 이 어린이운동(이상 72쪽)도 그중에 하나엿습니다. 그리하야

"어린이는 조선의 새쌗이다."

하는 표어 아래 비로소 이에 대한 방대한 각성과 아울러 발날한 운동이 일어낫습니다.

즉 지금으로부터 十二년 전 — 一九二二년 봄 五月 초하로를 긔하야 몇 천 년 동안 나리눌리고 짓밟혀만 잇든 조선의 어린이는 비로소 고개를 쳐들고 새 세상을 지어낼 조선의 새쌗은 우쭐우쭐 뻗어나기 시작하엿습니다.

一九二○년 경상남도 진주(晋州)에서 처음으로 소년회가 일어난 것을 비롯하야 경성에서 〈천도교소년회〉가 창립되고 그 뒤를 이어 경향각처에서 소년회가 벌떼같이 일어낫습니다. 그리하야 경성의 유수 소년단체와 당시 동경에 유학하는 이들로써 조직된 순 아동문제연구단체 〈색동회〉와 의논하야 매년 五月 초하로를 '어린이날'로(지금은 五月 첫 일요일) 정하고 이날을 긔하야 전선 六百여 만의 어린 사람들로 하여금 일제히 한날한시에 소년운동의 자축 시위를 하는 동시에 정월 초하로를 설 명절로 직히듯이 이날은 어린이의 명절로 영구히 직히기로 하고 그해부터 이를 실행해 온 것입니다.

× ×

간단히 어린이날의 유래만을 적어 달라는 부탁이기에 이만 적고 끝으로 '어린이날'을 일 년 중 하필 五月 달로 작정한 것은 무슨 까닭인가? 이 대답만 쓰고 그만두겟습니다.

첫재 — 다른 아모 때보다도 하눌이 유특히 좋아지는 것

둘재 — 다른 아무 때보다도 해ㅅ볕이 유특히 좋아지는 것

셋재 — 다른 아무 때보다도 공기가 유특히 좋아지는 것

하여간 한 말로 말하면 아무 때보다 온갓 자연이 가장 새롭게 변하는 때인 고로 요때의 새로 뻗는 새 힘과 새싻과 같이 우리들의 어린 동무들도 이 五月의 자연과 같이 희망 많고 힘차게 커 가야 할 것이라고 생각한 때문입니다.(이상 73쪽)

盧一, "朝鮮의 어린이날", 『실생활』, 奬産社, 1934년 5월호.

一

'어린이날'은 朝鮮의 한 祝日로 되엇다. 每年 五月 첫 日曜日이 어린이날로 決定되어 벌서 멧 해재 이날을 紀念하게 되엇다. 어린이가 人生의 싹이오 民族의 '순'이오 社會의 꼿으로서 全人類的 祝福의 갑어치가 잇는 것은 새로히 말할 必要가 업는 것이지만 이 社會的 要求에 依함이런지 지금까지 해마다 이 어린이날은 京鄕을 뭇지 안코 자못 盛況 속에 紀念하게 되엇다. 첫재 어린이 그들은 純眞 그것처럼 社會 各層의 一般的인 讚揚을 밧는 것과 둘재 이러한 純眞한 어린이들의 祝福에는 어쩌한 政治的 處地에 잇는 사람이고 그 順成을 冷視하면 하엿지 일부러 干涉 或은 沮害할 理由가 업는 데에 因함이다. 今年에 잇서서도 오는 五月 六日의 첫 日曜日을 잡어서 이 紀念의 擧行을 準備하는 터이니 平靜보담은 차라리 寂寥를 늣기는 이즈음에 반듯이 活潑 밋 潑剌한 式의 行列이 進行될 것을 預期하여 남음이 잇슬 바이다.

二

여긔에 잇서 어린이 關係의 諸 機關에서 朝鮮 獨自의 어린이날이 國際的 無産少年 '데이'의 統制에 써나는 것이란 意味에서 反對의 意向을 가진 바 잇다 하니 이것은 아즉 正確한 意思表現이라고까지에는 못 미츤 바 잇스나 그러나 그 見解의 妥當치 못한 것은 우선 이에 指摘하여 둘 必要가 잇다. 朝鮮의 問題가 國際的 一 連鎖를 써나서 孤立 乃 排他的 存在는 잇슬 수 업스나 朝鮮이란 地域 朝鮮人의 集團 그 傳統과 當面의 傾向 밋 利害를 同一히 하는 具體的인 特殊의 事다. 이제 절로 朝鮮 獨自的의 情感 意識 밋 一定한 實踐的인 作爲를 要하는 바이니 어린이날에 잇서서도 全然 同一한 理由에 依하야 獨自的인 紀念의 날로 가질 수 잇는 것이다. 祖上崇拜와 長上偏重的인 過當한 道德觀念에서 어린이들의 擁護伸長되어야 할 意味로서도 이날은 一定한 初期的 價値를 가지는 터이지만 現下 朝鮮의 어린

朝鮮人的 處地에서도 그 擁護 및 伸長의 意識을 培養 生長케 하는 點으로서 朝鮮 어린이날의 獨自的 紀念의 必要가 充分한 것이다.(이상 6쪽) (以下는 不得已한 事情으로 略함) (이상 7쪽)

長白山人, "(一事一言)어린이의 것", 『조선일보』, 1935.5.7.[76]

五月 첫 日曜日을 '어린이날'이라는 생각은 朝鮮에도 꽤 普及되엇다. 그리고 朝鮮에 잇는 어린이의 것으로는 少年軍, 塔골의 변변치 못한 兒童公園, 開城의 少年刑務所, 各大病院의 小兒科, 다음에는 孤兒院 等屬, 公州의 託兒所 等.

少年이라면 法律上 十八歲 以下의 男女를 稱하거니와 이, 말을 배홀 때로부터 思春期까지의 期間이 保健上으로 보거나 訓育上으로 보거나 가장 重大한 時期요 危險한 時期인 것은 말할 것도 업다. 善惡의 習慣도 이 時期에 形成되도 社會와 人生에 對한 基本的 正解와 誤解도, 肉體의 健不健도 대개 이 時期에 判定되는 것이다.

그럼으로 各國에서는 國家的으로는 各種 少年法을 制定하고 社會로서는 少年團, 少年游園, 少年舘, 少年文學, 少年 指導者 養成 等에 注意함이 깁다. 그中에도 少年團은 少年의 社會的 訓練에 가장 큰 效果를 生하는 것이라 하야 各國이 다 만흔 金力과 精力을 쓰고 잇다.

少年團은 대개 보이스카우트 卽 少年軍의 方法에 依倣하야 規律, 社會奉仕 等 國際的으로 共通되는 精神을 基調로 하는 外에 各國마다 제 國民의 特殊한 精神(例하면 日本에서는 武士道)을 加味하야 實社會에서 實行的으로 訓練하는 少年訓育法으로서 小學에서 中學에 亘한 十餘年間의 少年 發育의 最重最長한 時期를 擔當하는 것이다.

朝鮮에서도 十數年來로 少年軍의 制가 잇섯스나 첫재로는 社會에서 이 精神을 잘 理解하지 못하야 加入者와 돈 내는 이가 적고 또 適當한 指導者도 엇기 어려운 까닭에 微微不振한 狀態에 잇섯거니와 진실로 少年을 爲한 施設을 하랴거든 이 少年軍을 擴張함이 고작일 것이다. 그박게 少年遊園, 少年舘, 少年文學 가튼 것도 社會 有力者의 돈과 힘의 犧牲이 아니고는

---

76 '장백산인(長白山人)'은 이광수(李光洙)의 필명이다.

아니 될 것들이다. 이제는 朝鮮도 少年 訓育事業을 爲하야 멧 萬, 멧 十萬 圓의 돈을 내일 사람도 생길 때다.

"兒童虐待防止法", 『동아일보』, 1935.8.29.

우리 동양 사람처럼 어린이를 존중히 생각지 안는 데는 없는 만큼 오늘까지의 어린이 권리는 말할 수 없이 유린을 당해 왓고 보잘것없는 존재로 잇엇든 것이 금번에 아동학대방지법이 되어 이로부터는 아동의 권리가 회복되는 듯십습니다. 참고삼아 아동학대방지법을 여기 소개합니다.

第一條 本法에 兒童이라는 것은 十四歲 未滿된 아이를 말함

第二條 兒童을 保護할 責任 잇는 者가 兒童을 虐待하거나 또는 其 監護를 게을리하야 刑罰法令에 저촉될 경우에는 地方長官은 左의 處分을 할 일

一. 兒童을 保護할 責任 잇는 者에 對하야 訓誡를 하는 일

二. 兒童을 保護할 責任 잇는 者에 對하야 條件을 부처서 兒童 監護를 하도록 할 것

三. 兒童을 保護할 책임 잇는 者로부터 兒童을 다려다가 다른 親族이나 그 外에 다른 家庭 또는 適當한 施設에 委託할 일

前項 第三號 規定에 依한 處分을 할 경우에 兒童을 保護할 責任 잇는 者, 親權者 또는 後見人이 아닌 때는 地方長官은 兒童을 親權者 又는 後見人에 引導할 것. 但 親權者 又는 後見人에 引導할 수 없는 경우나 又는 後見人에 引導할 수 없는 경우나 又는 地方長官이 兒童保護上 適當하지 안타고 認定하는 때는 此限에 不在함

第三條 地方長官은 前條 規定에 依한 處分을 할 경우에 必要하다고 認定하는 때는 兒童이 十四歲에 達하엿다 할지라도 一年을 經過하기까지 그 사람에게 대하야 前條의 規定대로 處分을 할 수 잇음

第四條 前條 規定에 依한 處分을 爲하야 必要한 費用은 勅令이 定하는 대로 本人 又는 其 扶養義務者의 負擔으로 할 것. 但 費用負擔을 하는 扶養義務者는 民法 第九百五十五條 及 第九百五十六條 規定에 依하야 扶養義務를 履行할 者에 對해서 求償하는 것을 방해 못함.

第五條 前條의 費用은 道府縣에서 一時 이를 貸與支辨할 것. 前項 規定에 依하야 貸與支辨한 費用, 辨償金 徵收에 대해서는 府縣稅 增收의 例에 依함

本人 又는 其 扶養義務者로부터 辨償을 얻지 못하는 費用은 道府縣을 負擔으로 함

第六條 國庫는 勅令이 定하는 대로 道府縣의 負擔하는 費用에 對하야 二分의 一 以內를 補助함

第七條 地方長官은 輕業,[77] 曲馬 又는 집집이나 道路에서 行하는 諸藝의 演出이나 物品 販賣나 其外에 業務 及 行爲로서 兒童虐待가 되고 又는 이를 誘發하게 되는 경우에 必要하다고 認定하는 때는 兒童 쓰는 일을 禁止하고 又는 制限할 수 잇음

前項의 業務 及 行爲 種類는 主務大臣이 定함

第八條 地方長官은 第二條 或은 第三條 規定에 依한 處分을 하고 又는 前條 第一項 規定에 依한 禁止 或은 制限을 하기 위하야 必要하다고 認定하는 때는 當該 官吏 又는 吏員으로 하여금 兒童의 住所 或은 居所 又는 兒童의 從業하는 場所에 들어가 必要한 調査를 하도록 하는 것이니 이런 경우에는 證票를 携帶케 할 것

第九條 本法 又는 本法에 딸아 發하는 命令 規定에 依하야 地方長官 이하는 處分에 不服하는 者는 主務大臣에 訴願할 수 잇음

第十條 第七條 第一項 規定에 依한 禁止 或은 制限에 違反하는 者는 一年 以下의 懲役 又는 千圓 以下의 罰金에 處함

兒童을 使用하는 者는 兒童의 年齡을 아지 못햇다는 이유로 前項 處罰을 免할 수 없음. 但 過失인 경우는 此限에 不在함

第十一條 正當한 理由 없이 第八條 規定에 依한 當該 官吏 或은 吏員의 職務執行을 拒絶 妨害 或은 忌避하고 又는 其 審問에 對하야 答辯을 하지 안커나 或은 虛僞陳述을 하거나 又는 兒童으로 하여금 答辯을

77 '경업(競業)'의 오식으로 보인다.

못하게 하거나 或은 虛僞陳述을 식히는 者는 五百圓 以下 罰金에 處함

附 則

本法 施行期日은 勅令으로써 定함(昭和 八年 勅令 第二百十七號로써 昭和 八年 十月 一日부터 施行)

昭和 八年 勅令 第二百十八號

(兒童虐待防止法에 依한 費用負擔 及 國庫補助에 關한 件)

第一條 兒童虐待防止法 第四條 規定에 依하야 本人 又는 其 扶養義務者의 負擔할 費用은 兒童養育(敎育 及 醫療를 包含함) 及 移送을 爲하야 必要한 費用으로 함

前項 費用 限度에 關하야 必要한 規定은 地方長官이 이를 定함

第二條 兒童虐待防止法 第六條의 國庫補助는 各年度에 同法 第五條 第三項 規定에 依하야 道府縣의 負擔한 前條 費用으로부터 其年度에 대한 費用에 補助할 寄附金 其他 收入을 控除한 精算額에 對하야 豫算 範圍 內에서 함

前項 規定에 依한 控除額이 其年度에 대한 負擔額을 超過한 경우에는 其超過額은 後年度에 대한 負擔額으로부터 이를 控除함. 附則 本領은 兒童虐待防止法 施行하는 날부터 施行함

리해신, "우리들의 새 명절 오늘이 '어린이날'—이 세 가지 결심으로 긔렴합시다", 『조선일보』, 1936.5.3.

오늘은 우리 칠백만 어린이의 새 명절인 오월 첫 공일입니다. 이 명절은 설보다도 낫고 추석보다도 낫고 엇더한 명절보다도 제일 나흔 명절입니다.

이날에 우리는 맛잇는 음식을 먹고 새 옷을 입고서 가장 깃분 마음으로 이 명절을 긔념하지 아니하면 안 되겟습니다. 그러나 우리는 이 명절을 긔렴하는데 잇서서 다만 맛잇는 음식과 새 옷을 입고 깃부게 노는 것만으로서만 긔렴할 것이 아니라 그보담도 우리는 새로운 마음과 새로운 행실로서 이날을 긔렴하지 아니하면 안 되겟습니다.

왜 그러냐 하면 이날은 비단 우리 어린이들끼리만 긔렴하는 날이 아니라 아버지나 어머니나 누나나 옵빠나 모도 다 가티 긔렴하는 날인 때문입니다. 그런데 우리 어린이날을 엇재서 어룬들까지 긔렴하느냐 하면 어린이는 어룬들보다도 더 소중한 때문이라고 합니다. 물론 어룬들도 나라나 사회를 위해서 만흔 일을 하섯고 만흔 공을 끼첫지마는 그보담도 래일의 나라를 위하고 래일의 사회를 위해서 올케 일을 할 사람은 우리들인 때문이라고 합니다.

그럼으로 우리는 항상 새 힘과 새 뜻으로 새 희망을 품고서 어룬들이 우리들에게 바라는 바를 헛되이 하지 안토록 힘을 써야 하겟지마는 특히 오늘에 와서 우리는 이러한 결심을 한 번 더 굿게 먹고 또한 이러한 결심을 늘 실행하기를 맹세하지 아니하면 안 되겟습니다. 어룬들은 우리를 소중히 녀기고 귀해 하는데 우리는 지각도 늘지 안코 공부도 늘지 아니하면 어룬들께서 밧는 대접이 아주 헛되게 되지 안습니까?

그러니까 우리는 해마다 이날이 되면 다 가티 모혀서 뛰고 노래하고 반기는 중에서도 서로 굿게 맹세하는 선서문이 잇지 안습니까? 이 선서문은 우리가 말로만 할 것이 아니라 우리가 참으로 실행하지 아니하면 안 되겟습니다. 첫재는 우리들의 몸을 튼튼하게 가저야 하겟습니다. 건강한 몸을 가진 사람은 정신도 건전하다고 합니다. 그러니까 아침잠을 자지 말고 밤에도 너무 늦게 놀지 말고 나제도 공부할 때는 해도 조흔 운동을 만히 하면 또한 몸을 매양 깨끗하게 가저서 무엇보담도 우리 몸이 튼튼해야 하겟습니다. 그다음에는 공부입니다. 운동을 만히 하고 질겁게 노는 것도 조치마는 이것이 넘우 도를 넘치면 도리혀 건강하지도 아니할 뿐만 아니라 공부에 재미를 붓치지 못합니다. 그러니까 운동하고 노는 남여지에는 또한 공부도 만히 해야 하겟습니다.

그다음으로는 동무들끼리 서로 사랑해야 하겟습니다. 동무들끼리 욕이나 하고 쌈질을 하는 것은 즘생들끼리나 하는 짓입니다.

그러니까 우리는 동무들끼리 서로 사랑하고 도아 주기로 합시다.

우리는 다 가티 이 세 가지 결심으로 우리 명절 '어린이날'을 긔념합시다.

방정환, "어린이를 위하야", 『중앙』, 1936년 5월호.

이 글은 '어린이날'의 創始者요 朝鮮少年運動의 先驅이던 故 小波 方定煥 氏의 遺稿입니다. 이번 '어린이날'을 기렴하는 의미에서 왼 조선 父老母姊님께 이 글을 다시 선사해 드립니다. (記者)

남편 없고 여산(餘産) 없는 빈한한 과부를 보고 쓸쓸하고 서름만 많고 또 당장 살기가 구차하기까지 하니 일직 자살(自殺)이라도 하지 무슨 재미로 무슨 낙으로 고생사리를 하고 있느냐고 물으면 아직 젖메기 유복자를 가리키면서 "참말 자살이라도 하야 일직이 고생을 면해버리는 것이 상팔자지요. 그러나 이것이 자라서 사람 구실을 하게 되면 지금 고생을 옛말 삼아 웃으면서 살아 볼 날이 있겠지 하고 단 하로라도 그날이 있을 것을 기다리느라고 살지요." 할 것이다.

×

못살게 되었네 못살게 되었네. 어느 구석을 보아도 못살게 된 형편뿐인 지금 우리의 살림은 참말로 누구나 다 하는 말과 같이 살 수 있어 사는 것이 아니요 죽기보다도 더 괴로운 생활이다. 만일 어떤 유명한 예언자가 있어서 "너이는 죽는 날까지 조곰도 지금보다 나어지지 못하고 지금 요 꼴대로만 살다가 죽으리라." 한다면 우리는 지금 곧 자살해 버리는 것이 영리하다. 하로 한 해를 더 살아서 하로 한 해의 고생을 더 계속하는 것보다는 차라리 일직 죽어 한 해 하로라도 고생을 덜 하는 것이 나은 까닭이다.

그러나 이 세상에는 앞일을 예언해 줄 사람이 없다. 우리의 이다지 악착한 고생도 오늘뿐이요 내일이나 모레 내년이나 후년에는 이보다 나은 생활이 오겠지 오겠지 하는 그것 하나를 바라고 오늘의 고(이상 148쪽)생이 아모리 악착하더래도 오히려 그것을 참아 이겨 가면서 사는 것이다.

×

그렇다. 우리는 오늘보다 좋게 변할 '明日'을 기다리느라고 오늘의 생활이 아모리 악착하여도 오히려 참아 이겨 가면서 사는 것이다.

그러나 '明日'이란 것이 '希望'이란 그것이 우리의 앞에 있는 것이냐 뒤에 있는 것이냐 하면 시계 바늘이 뒤로 돌지 않는 이상 아침 해가 서편에서 솟지 않는 이상 그것은 우리의 뒤에 있을 것이 아니요 언제던지 앞에 있는 것이다.

×

앞을 보고 살자 앞을 향하고 나가자.

三十살에 아들을 나었으면 아버지는 벌서 三十년 뒤진 사람이요 아들은 三十년 앞 사람이다. 아모리 잘낫어도 아버지는 발 뒤로 밀리우는 사람이요 과거(過去)의 명부(名簿)로 들어가는 사람이요 아모리 아직 코를 흘리고 아모것도 모르는 것 같애도 그는 일직이 아버지가 못하던 모든 일을 할 수 있는 앞 사람이다.

어린이는 앞으로 나가는 사람이요 아버지는 뒤로 밀리는 사람이다. 조부가 아모리 잘낫어도 람포불밖에 켜지 못하고 자동차, 비행기란 몽상도 못하고 죽었다. 그러나 그 앞에서 코를 흘리며 자라던 어린이는 전등을 켜고 자동차를 타고 라디오를 듣고 있다. 사람은 어린이를 앞장세우고 어린이를 따라가야 억지로라도 앞으로 나가지 어른이 어린이를 잡아 끌고 가면 앞으로 나갈 사람을 뒤로 꺼는 것이다.

×

그런데 이때까지의 조선의 집집에서는 한 집안 예외(例外)가 없이 모다 늙은이가 새 사람을 껄고 뒤로만 갔었다. 어린이가 가는 곳은 새 세상이요 새 일터다. 늙은이가 가는 곳은 무덤뿐이다. 아모리 섭섭하여도 이것은 피할 수 없는 사실이다. 그런데 조선에서는 가장 늙은이 가장 무덤으로 앞장서 가는 이가 호주(戶主) 즉 인솔자가 되어 가지고 무덤으로 갔었다. 무덤으로 가기 싫어서 돌아스는 사람이 있으면 부명(父名)을 거역하는 불효자라(이상 149쪽) 하야 왼 동리가 결속해 가지고 박해하였다. 재하자(在下者)는 유구무언(有口無言) 아모 말 말고 무덤으로 땋아가는 것이 효의 도(道)였다. 웃사람이 너무 완명(頑冥)할 때 재하자로서 간할 수 있다는 것이 용허

되어 있으나 그러나 세 번 간해서 듣지 않거던 울면서 짢아가라고 하였다. 울면서 무덤으로 가라는 말이 되는 것이다.

이리 하야 조선 사람은 누천년 두고 앞을 못 보고 뒤만 향하야 살았던 것이요 호주를 짢아 무덤으로 걷고 있었든 것이다. 그래서 모다가 완전히 무덤 속에 들어 버린 지도 오래다.

×

조선 사람의 가옥(家屋)을 보라. 모다 늙은 호주(戶主)의 집일 뿐이지 어린 새 사람의 방이라고는 단 한 간도 없지 않은가? 七十 간 혹은 백여 간 크나큰 집을 보아도 늙은 한 사람이 쓰기 위하야 웃사랑, 아랫사랑이 있고 안사랑, 밖알사랑이 수十 간식 있을 뿐이지 그 집의 四남매, 五六남매들이 거처할 방은 단 한 간도 없지 않은가. 음식을 작만해도 늙은이를 위하여서뿐이지 어린 새 인물을 위해서 작만하는 것은 아니니 이때까지의 조선 부녀들은 시부모를 위하여 조석을 지었지 어린 새 인물을 위해서 지은 적이 없었다. 조선 사람처럼 아들딸의 덕을 보려고 욕심내는 사람이 없음에 불구하고 그 덕을 보려는 '明日의 戶主'를 조선 사람처럼 냉대, 학대하는 사람은 없다. 새로 자라는 어린 인물들뿐만이 우리의 기둥감이요 들보감이건마는 그들을 위하지 아니하고 아끼지 아니하고 존중하지 아니하고 어떻게 덕만 바라는 것이냐.

×

戶主를 바꿔야 한다. 터주를 바꿰야 한다. 옛날에 터주대감을 위하야 잘 산다고 믿고 정성을 받히듯 어린 사람을 터주대감으로 믿고 거기다 정성을 받혀야 새 운수가 온다. 늙은이 중심의 살림을 고쳐서 어린이 중심의 살림으로 만드러야 우리에게도 새살림이 온다. 늙은이 중심의 생활이였던 까닭에 이때까지는 어린이가 말성꾼이요 귀찮은 것이었고 좋게 보아야 심부름꾼이었었다. 그것이 어린이 중심으로 변(이상 150쪽)하고 어른의 존재가 어린이의 생장에 방해가 되지 말아야 하고 어린이의 심부름꾼이 되어야 한다.

×

낡은 묵은 것으로 새것을 누르지 말자! 어른이 어린이를 나리누르지 말자. 三十년 四十년 뒤진 옛사람이 三十년 四十년 앞 사람을 잡아 껄지 말자! 낡은 사람은 새 사람을 위하고 떠받혀서만 그들의 뒤를 밟아서만 밝은 데로 나갈 수가 있고 새로워질 수가 있고 무덤을 피할 수 있는 것이다.

×

부모는 뿌리라 하고 거기서 나온 자녀는 싹이라고 조선 사람도 말해 왔다. 뿌리는 싹을 위하야 땅속에 들어가서 수분(水分)과 지기(地氣)를 뽑아 올려 보내 주기 위하야 필요한 것이요 귀중한 것이다.

그러나 조선의 모든 뿌리란 뿌리가 고 사명을 잊어버리고 뿌리가 근본이니까 상좌(上座)에 앉어야 한다고 싹 위에 올라 앉었다. 뿌리가 위로 가고 싹이 밑으로 가고 이렇게 거꾸로 서서 뿌리와 싹은 함께 말라 죽었다. 그 시체(屍體)가 지금 우리의 꼴이다.

싹을 위로 보내고 뿌리는 一제히 밑으로 가자. 새 사람 중심으로 살자. 어린이를 터주로 뫼시고 정성을 밝히자!

×

외국 사람을 보아라. 그들은 완전히 어린이 중심으로 생활을 하고 있다. 집도 어린이를 위하야 음식도 어린이를 위하야 정원(庭園)도 어린이 비위를 마쳐서 심지어 산보도 노리도 어린이 중심으로 그리고 그것도 부족하여서 어린이만의 공원(公園)이 있고 유원지(遊園地)가 있고 어린이를 위한 책이 수없이 나오고 학교에 부족함이 없고 그리고도 부족하여서 소년단(少年團)이 있고 영국에서는 황실의 내친왕(內親王)이 반드시 그 총재(總裁)가 되는 법이요 미국에서는 현 대통령(現大統領)이 싫어도 총(이상 151쪽)재(總裁)가 되고 전기 대통령(前期大統領)이 부총재(副總裁)가 되는 법이요 일본 내지에서는 그 본부 사무소를 내무성 안에 두고 각각 새 생명을 기르기에 전력을 기우리고 있다.

×

옛날 스팔타 사람들은 전승국(戰勝國)이 "너이 나라의 어린 사람들을 종으로 부려 먹게 갓다 받혀라." 하는 것을 "어린 사람 대신은 그 十배라도 가겠으나 스팔타의 어린 사람은 단 한 사람이라도 남의 나라 사람의 손에 빼끼지 못하겠다."고 거부하였으니 이것은 어른은 전패(戰敗)하고 돌아왔으니 장래를 위하야 무용물이로되 어린 사람들을 갖다 받히는 것은 차기(次期)의 전사(戰士)들을 빼았기는 것인 고로 우리의 장래까지 멸망하는 것이라고 생각한 까닭이었다.

×

구주전쟁(歐洲戰爭)에 패전하고 돌아온 독일사람들은 오년 만에야 열리는 전후 최초의 국회에서 '어린이'의 신보육안(新保育案) 十八개 조건을 가결하야 국운(國運)의 회복(回復)을 도모하였다.

우리는 자녀보육을 등한시(等閑視)하고 어디서 무엇에 의지하야 새 운수를 기다리는가?

×

죽은 사람의 제사(祭祀)에 돈을 쓰고 늙은이 환갑(環甲), 진갑(進甲)에는 돈을 쓰면서 자녀의 월사금을 못 내겠다는 것은 어쩐 까닭이며 아비어미는 집에 앉아 있거나 나드리할 옷감을 작만하면서 어린 자녀 먼저 공장에 보내는 것은 어쩐 심사인가. (中略)

×

어린 사람의 성장(成長)에 제일 필요한 것은 '기쁨'이다. 어린 사람은 기뻐할 때 제일 잘 자라(크)는 것이다. 몸이 크고 생각이 크고 기운이 크고 세 가지가 크는 것이다.

그러면 어느 때 어린 사람이 제일 기쁨을 얻느냐? 어린 사람이 제(이상 152쪽) 마음껏 꿈직어릴 수 있는 때 즉 소호(少毫)도 방해가 없이 자유로 활동할 수 있는 때 그때에 제일 기뻐하는 것이니 그것은 꿈직어린다〔活動〕는 그것뿐만이 그들의 생명이요 생활의 전부인 까닭이다.

가만이 주의해 보라. 갓난아기로부터 十五六까지의 사람이 잠자는 때를 빼이고는 한 시 반 시라도 꿈직어리지 않는 때가 있는가? 꿈직어리지 말고 가만이 있으란 말은 자살(自殺)을 하라는 말이다. 그들은 부지런이 꿈직어려야 부지런이 크는 것이다. 그런데 조선의 부모는 어린 사람의 꿈직어림을 작난이라고만 알고 작난 마라, 좀 얌전해라 하고 꾸짖어 왔다.

×

꿈직어리는 것은 사지육체(四肢肉體)에만 그치는 것이 아니라 눈에 보이지 않는 생각〔精神〕도 부지런이 꿈직어리는 것이다. 어린 사람들이 다름박질을 하고 씨름을 하고 방문을 두다리고 나무에 기어올르고 하는 왼갓 꿈직어림은 모다 육체를 활동시키는 노력(努力)이다. 그런 때 그의 활동을 도아 주어 더욱 부지런이 꿈직어리게 하여 더욱 부지런히 자라게 해 주기 위하야 작난감이 필요하다.

×

그와 마찬가지로 눈에 보이지 않는 속생각이 활동하느라고 아버지는 누가 낳었소? 할아버지는 누가 나었소? 나종엔 하느님은 누가 나었소? 하고 끝까지 캐여묻는 것이다. 팥은 웨 빨갓소, 콩은 웨 노랏소? 강아지는 웨 신발을 안 신고 다니오? 하고 묻는 것도 다 속생각이 활동하려 하는 것이니 그 활동을 더욱 도아 주기 위하야 동화(童話)며 동요(童謠)며 그림〔繪畫〕이 필요하다.

×

어린이를 기쁘게 해 주라. 그리고 싱싱하고 씩씩하게 자라게 하라. 이것이 오직 우리의 '히망' 전부며 '명일'의 전부이다. (끝) (이상 153쪽)

楊美林, “본받을 히틀러- 유-겐트와 뭇솔리-니 靑少年團”, 『소년』, 제4권 제1호, 1940년 1월호.

여러분도 잘 아시다싶이 히틀러-와 뭇솔리-니는, 오늘날 세계에 살아 있는 두 분의 큰 영웅(英雄)입니다.

그리고 이 두 분의 조국(祖國)인 독일(獨逸)과 이태리(伊太利)는 이상하게도 모두 우리나라의 맹방(盟邦)입니다.[78]

여러분 중에는 그 두 분의 전기(傳記)를 읽으신 분도 많으시겠고, 또 이 두 맹방의 국정(國情)을 쓴 책을 읽으신 분도 적지 않으실 것으로 생각되나 참으로 그 두 나라의 장래(將來)를 위한 가장 큰 국가적 사업(國家的事業)의 하나이며 또 그 나라 동무들의 자랑거리인 동시에 즐거운 단체생활(團體生活)인

히틀러- 유-겐트[79]와

뭇소리-니 청소년단(靑少年團)

에 대해서 아시는 분은 비교적 적을 듯합니다.

참으로 그 두 청소년운동은 세계 어느 나라에도 류(類)가 드문 매우 본받을 만한 것입니다.

---

78 1939년 5월 독일과 이탈리아가 군사동맹을 체결하고, 독일, 이탈리아, 일본이 국제 파시즘 진영을 구축한 것을 이르는 것이다.

79 Hitler-Jugend(영 Hitler Youth). 1933년 히틀러(Adolf Hitler)가 나치 강령에 따라 청소년의 교육과 훈련을 위해 조직한 단체이다. 1935년까지 독일 청소년의 60%가 가입하였다. 1936년 7월 1일, 히틀러 유겐트는 국가기관이 되었고 모든 아리아족(Aryan) 독일 청소년은 모두 가입되었다. 10세 생일에 등록 및 검사(인종적 순수성)를 받고 입증이 되면 독일청소년단(Deutsches Jungvolk; 영 German Young People)에 가입되었다. 13세가 되면 히틀러 유겐트가 될 수 있었고, 18세에 졸업하였다. 이 기간 동안, 부모의 도움을 최소화하여 헌신과 유대감, 나치에 순응하는 스파르타식 생활을 하였다. 18세부터 21세까지 나치당의 당원이 되어 국가 노무와 군대에 복무하였다. 소녀들은 10세부터 14세까지 Jungmädel(Young Girls)에, 14세부터 18세까지는 Bund Deutscher Mädel(The League of German Girls)에 편입되어 동료애, 가사, 어머니로서의 도리 등에 대해 훈련받았다.

○

뭇솔리-니와 히틀러-의 어린이들을 위하는 마음은 대단한 것입니다.

이 두 영웅 정치가(政治家)는 별르고 노리던 정권(政權)을 손에 잡자 맨 먼저 천하에 호령하고 손을 내린 일은 한 나라의 기둥이고 들보인 청소년들을 위한 여러 가지 사업입니다.

그중의 대표적인 것이 독일(獨逸)의 히틀러- 유-겐트와 이태리(伊太利) 뭇솔리-니 청소년단입니다.

히틀러- 유-겐트

히틀러-는 一九三六年 十二月 一日에 히틀러- 유-겐트에 관(關)한 법률(法律)을 내려 전 독일 청소년에게 의무적(義務的)으로 이 단체에 들어 히틀러- 정신의 교육을 받게 하는 제도(制度)를 내여 그전까지 수많은 단체로 갈려 있던 청소년운동을 한 국가적 단체로 통일(統一)해 버렸읍니다.

이것이 바로 히틀러- 유-겐트의 탄생입니다.

그런데 그 법률의 첫머리 몇 조를 보면

第一條, 獨逸 青少年은 누구나 히틀러- 유-겐트에 義務가 있음.

第二條, 獨逸 青少年은 身體上, 精神上, 道德上, 獨逸精神으로써 國民사이에 서로 團體生活을 할 수 있도록 教育을 받어(이상 58쪽)야 함.

第三條, 獨逸의 青少年 指導者는 히틀러-에게 直屬함.

이런 것이니 가히 어떤 제도(制度)이며 어떤 정신으로 훈련(訓練)을 받을 것인지 짐작될 것으로 믿습니다.

자세한 것은 소개할 지면이 없으나 남녀(男女)의 구별 없이 나이를 표준으로 십오(十五)세 이하는 소년반(少年班) 그 이상은 청년반(青年班)의 둘로 나누어 편대(編隊)는 군대식(軍隊式)으로 짜고 또 제복을 입고 정신, 신체, 량 방면으로 즐거운 단체생활을 하며 철저한 훈련을 받아 씩씩하고 굳센 독일 국민으로 자라는 것입니다.

뭇솔리-니 靑少年團

히틀러- 유-겐트나 뭇솔리-니 靑少年團이나 그 정신 제도, 훈련방법에 있어서 그리 큰 틀림은 없습니다. 다뭇 하나는 독일의 것이오, 다른 하나는 이태리의 것이니만큼 다소 그 국정과 국민성(國民性)에 맞도록 되여 있을 뿐이오 이태리에서는 유년(幼年)들까지도 넌 것이 좀 특색(特色)입니다.

이 제도가 정식으로 생긴 것은 一九三七年 十月 二十七日의 그에 관(關)한 법령의 발포(發布)입니다. 나이와 반의 편성(編成)을 표시하면

六세부터 八세까지	유치부(幼稚部)
八세부터 十三세까지	유년부(幼年部)
十三세부터 十七세까지	少年部
十七세부터 二十一세까지	청년부(靑年部)

이와 같이 되여 있는데 도시(都市), 농촌(農村)의 구별 없이 참으로 왕성하며 그 큰 원인의 하나는 뭇솔리-니 자신이 단장이 되여 그들과 가치 나가기 때문입니다.(이상 59쪽)

"文化戰線 統一 活潑-두 團體가 朝鮮文學家同盟으로 統合", 『조선일보』, 1945.12.7.

문화전선의 통일을 위하야 〈조선문학건설중앙협의회〉와 〈조선'푸로레타리아'예술연맹〉 산하에 잇는 각 단체가 부문별로 각각 통합을 하기로 되엇다 함은 이미 보도한 바어니와 六일 오전 十一시 서울시문협회관(文協會館)에서 문협 산하의 〈조선문학건설본부〉와 예술연맹 산하에 잇느 〈'푸로레타리아'문학동맹〉 두 단체로부터 합동위원 十一명이 회합을 한 결과 완전히 의견이 일치되어 곳 두 단체를 해소하고 〈조선문학가동맹(朝鮮文學家同盟)〉으로 발전적 통합을 하기로 결정하는 동시에 다음과 가튼 공동성명을 발표하였다.

따라서 두 단체에서는 각각 다섯명식의 위원을 선정하야 각 부문별 통합촉성위원회를 조직하고 이와 함께 〈조선문학가동맹〉의 새 기관과 부서를 전형하기 위하야 전형위원이 선출되엇는데 아프로 총회를 거처 새 기구가 결성될 때까지 동맹 사무는 이 위원회에서 보게 될 터이다.

합동위원과 성명서는 다음과 갓다.

◇ 文建 側　李泰俊, 李源朝, 林和, 金起林, 金南天, 安懷南

◇ 文同 側　尹基鼎, 權煥, 韓曉, 朴世永, 宋完淳

健全한 文學 樹立

聲明書

우리 民族解放의 歷史的 事實에 際會하여 完全獨立과 自主獨立 政府의 樹立을 위한 民族統一戰線의 完成은 政治部面에서만 아니라 實로 모든 分野에 亘한 絶對的 要請으로 되어 잇다. 이때에 잇어 우리 文化人 - 特히 文學家는 가장 正當한 世界觀과 純粹한 愛國心으로 이 歷史的인 絶對的 要請으로 完成하는데 가장 誠實한 努力을 해야 할 것이며 나아가 우리 民族文化의 自由스럽고 健全한 發展을 위한 遠大한 展望下에서 積極的 活動을 해야 할 것을 새로히 强調하는 바이다.

이러한 意味에서 八月 十五日이란 感激의 날을 마지하자 우리 文學家들은 歷史的으로 賦課된 自己課業을 認識하고 日本帝國主義의 死滅的 政策下에서 움추렷던 날개를 펴고 이러선 것이엿다.

그러나 日本帝國主義의 너무나 惡毒한 彈壓 때문에 우리는 이 重大한 課業을 完全히 遂行하기에 主體的으로 弱햇다는 것을 率直히 告白하지 아니할 수 업는 것이다.

그럼으로 우리 文學運動의 正當한 路線과 基本方向을 探索과 樹立에 잇서 우리의 가진 努力이 잇섯슴에도 不拘하고 自體內의 意見의 差異로 말미아마 〈朝鮮文學建設本部〉와 〈朝鮮프로레타리아文學同盟〉이 一時的이나마 分立되엿다는 것은 極히 遺憾스러운 일이엿다. 그러나 우리는 그 뒤 서로 嚴肅하고 誠實한 自己批判을 通해 마침내 朝鮮文學運動의 基本方向을 決定하는데 完全한 意見一致를 보고 이에 組織的으로 合同하기를 決定하엿스니 이것은 決코 一時的 妥協이나 讓步가 아니라 실로 우리 文學運動의 正當하고 活潑한 出發의 準備가 完成되엿다는 한 개의 뚜렷한 證佐로 나타난 것이다. 그러면 압흐로 大河와 갓치 奔流할 우리 文學運動의 基本方向을 決定하는 우리의 行動綱領은 무엇이고 이것은 現下 政治的으로 要請되는 우리의 完全 解放과 함께 文學에 잇서서는 朝鮮文學의 自由스럽고 健全한 發展을 위해

一. 日本帝國主義 殘滓의 掃蕩

一. 封建主義 殘滓의 淸算

一. 國粹主義의 排擊

이 세 가지 課題가 우리 두 어깨에 지여진 當面任務란 것이다. 그럼으로 우리는 함께 힘을 모아 우리 文學의 自由스럽고 健全한 發展을 爲한 이 세 가지 鬪爭 對象을 오직 果敢하고 勇氣 잇게 鬪爭 克服함으로서만 우리 文學이 가장 健實하고 燦爛하게 建設될 것을 確信함으로 이에 두 團體를 解體하고 나아가 〈朝鮮文學家同盟〉으로서 새 出發을 하는 바이다.

一九四五年 十二月 六日 朝鮮文學家同盟

"어린이 명절-5월 5일은 어린이날", 『어린이신문』, 제12호, 1946.3.30.

그 나라의 장래가 잘되고 못 되고는, 그 나라의 어린이가 씩씩하고 굳세게 커 가느냐 못 커 가느냐에 매인 것입니다. 조선을 구하려면 먼저 어린이들을 잘 키우며 인도해야 되겠다고, 돌아가신 소파(小波) 방정환(方定煥) 선생의 부르짖음으로 1922년에 처음으로 "어린이날"은 시작되었습니다. 그 후 해마다 이날에는 전국에서 동화, 동요, 동극대회가 열리고, 극장, 유원지는 어린이를 위하여 무료로 문을 열고, 병원은 어린이의 건강을 거저 진찰해 주며, 사진관은 싼값으로 귀여운

어린이의 사진을 찍어 주는 등, 재미있고 즐겁게 축하하여 왔습니다. 그런데 이 뜻깊은 명절에, 노는 날이 아니어서 참예하지 못하는 학교 동무들을 위하여 5월 1일로 되어 있던 것을 그 후 5월 첫 공일로 고쳐, 해가 갈쑤록 성대히 기념해 왔던 것입니다. 그러나 우리나라 어린이들의 기세가 이렇게 점점 올라가는 것을 속으로 못마땅히 생각한, 그전 "조선" 총독 남차랑[80]은, 1937년 드디어 이 어린이들의 명절마저 못하게 금지하고 만 것입니다.[81]

그러나 이제 해방된 나라의 어린이들, 무슨 거리낄 것이 있겠습니까? 이제부터는 해마다 5월 5일, 이날이 공일이거나 아니거나, 마음껏 노래하고 축하할 수 있는 "어린이날"로 하게 된 것입니다.

---

80 미나미 지로(南次郎)를 가리킨다. 일본 메이지(明治) 시대 육군 군인으로, 제7대 조선 총독(1936.8~1942.5)으로 6년간 재임하면서 내선일체(內鮮一體)를 표방하여 "國語常用〔일본어 상용〕", 창씨개명, 지원병 제도 실시 등 조선민족 말살정책을 강행하였다.

81 제16회 어린이날은 1937년 5월 2일 첫 공일 날 휘문고등보통학교 교정에서 5개 단체 1,200여 명 어린이들이 모여, 남기훈(南基薰) 씨 사회로 어린이날 노래를 합창하고 정홍교(丁洪教) 씨의 선서문 낭독을 한 후 조선신궁(朝鮮神宮)을 참배한 후 해산하였다. 1938년에는 "금년은 시국 관계로 거리에 행렬을 지어 이날을 축하하지 안키로 되었"(「8백만 소년소녀에게 어린이날을 당하야」, 『동아일보』, 1938.5.1)다. 따라서 1937년 금지하였다는 것은 사실과 다르다.

“5월과 어린이날”, 『어린이신문』, 제17호, 1946.5.4.

해방 후 처음 맞이하는 어린이 여러분의 명절인 “어린이날”이 왔습니다. “어린이날”의 유래에 대해서는 요전에 알려드렸고 이번에는 어째서 “어린이날”을 5월로 정했는지, 그것을 알려드리겠습니다.

먼 히랍(希臘)이란 나라의 역사에 보면, “5월 1일은 꽃피고, 잎 돋고, 세상이 아름다워지는 즐거운 날이니 종달새보다도 일찍 일어나 새봄을 맞으러 들로 나가자.”는 말이 있듯이, 5월은 오랜 겨우살이에서 새봄의 단장을 하는 때입니다. 그래서 서양에서는 5월에 어린이들을 축복하는 놀이와 잔치가 있고, 중국에서도 5월 5일을 ‘단오’라 하여 가장 큰 명절로 지키고 있습니다. 그뿐만 아니라 ‘소련’에서는 노동자나 농민들의 명절인 ‘메이데이’를 5월 1일로 정해서 이날은 ‘소련’ 사람 전부가 큰 놀이를 하는 것입니다.

우리 조선서도 5월 단오ㅅ날이면 여자의 명절이라 해서 소녀들이 창포물로 머리를 감고 새 옷을 입고는 창포잎을 머리에 꽂는 풍습이 있습니다. 이렇게 어느 나라를 막론하고, 5월에는 즐거운 놀이며 잔치가 베풀어지는 것으로 그래서 우리 어린이들의 명절인 ‘어린이날’도 5월로 정해진 것입니다. 오랜 구속과 압제 아래서 해방이 된 우리 조선의 어린이들은 5월의 자연(自然)처럼 즐겁게, 힘차게, 이날을 지내야 할 것입니다.

간단히 조선의 어린이날에 대한 역사를 써 보겠습니다. 지금으로부터 27년 전 기미년 만세 사건이 일어날 무렵, 경상남도 진주(晋州)의 어린이들이 “우리는 항상 조선의 어린이인 것을 잊지 말자.”라는 표어를 내걸고 어린이에 대한 여러 가지 운동을 시작한 것이 조선의 어린이, 즉 소년운동의 시초입니다. 그 후부터 조선 안에는 각처에 소년운동이 일어나고 따라서 소년회가 연달아 조직되었습니다. 그러자 여러 가지 고난과 일본의 포학한 정치의 탄압을 무릅쓰고 1922년에 이르러 한칭 더 어린이운동이 맹렬하게 되자 돌아가신 방정환(方定煥) 선생께서 “어린이의 인격을 존중하자.”는 표어를 내어 걸고 '어린이날'을 시작하신 것입니다. 그래서 매년 5월 1일이 "어린이날"로 정해졌다가 5월 첫 공일로 변경을 해서 이제는 5월 5일로 이 날을 정하게 된 것입니다.(이상 1쪽)

편집부, “어린이날의 由來”, 『아동』, 제2호, 1946년 5월호.

어린이날의 지내온 내력을 적어 가며는 그것은 곧 조선 아동문화운동의 역사가 되는 것이다.

지금으로부터 이십팔년 전 서력 一九一九년에 경상남도 진주(晋州)에서 어느 분이 지도하였는지 똑똑지는 않으나 어린이운동이 조그맣게 일어났다가는 이내 사라지고 그 이듬해 서울 천도교(天道教) 안에 소년회라는 것이 조직되었다. 회원 아홉 명, 이것이 횃불이 되어 조선 어린이운동이 차차로 넓어졌다. 그때 동경 유학 가서 계시던 방정환(方定煥) 선생님이 여름방학에 도라와서 이 소년회를 이끌어 나가게 되었다. 당시 방 선생은 연세 스물, 그러다가 방 선생은 다시 동경으로 건너가서 동경제대 문과(東京帝大文科)[82]에 다니시며 개벽사(開闢社)의 도음을 입어 나오게 된 것이 『어린이』 잡지다. 그때가 一九二三년, 잡지 『어린이』를 가진 어린이운동은 점점 불꽃 일 듯 성해저서 그 이듬해 一九二四년에 조선 아동문화사(史)에 오를 어린이날이 서울 〈천도교소년회〉의 이름 밑에 비로소 태여나게 되었다. 해마다 오월 첫 공일을 어린이날로 정해서 기념행사를 하게 되었는대 그것은 이름뿐 실로 미약하기 짝이 없었던 것이다. 그해 여름에 동경 〈색동회〉 여러분과 지도자대회(指導者大會)를 모아서 어린이운동에 관해서 의론을 하는 등(이상 12쪽) 여러 가지 힘을 썼든 것이다.

그동안 방 선생은 조선 십삼도 방방곡곡을 찾아다니시며 어린이 문제의 강연도 하시며 동화회도 열어 많은 감명을 주었스며 동화집 『사랑의 선물』도 그때의 소득이었든 것이다.

그러자 一九二五년 방 선생도 동대를 마치시고 어린이운동에 온 마음과 온몸을 떤져 넣게 되었다. 그러나 천도교회 단독으로는 힘이 약하니 어린이운동을 크게 넓일 양으로 서울 四十여 단체를 모아 〈소년운동협회〉라는

82 방정환은 도요대학(東洋大學) 철학과를 졸업하였다.

것을 만들었스나 좀 무리한 곳이 있어 뜻을 달리하는 분들이 탈퇴하야 〈오월회〉라는 것을 달리 만들게 되었다가 다시 양쪽에서 서로 양보하야 〈소년련합회〉를 만들어 나아가게 되었다.

一九二八년에는 一九二五년부터 개획하여 왔던 세계 스므 나라의 아동작품을 모아서 세계아동예술전람회를 열기까지 되었다. 이런 어린이운동이 가장 성황을 이루던 一九三○년 전후에는 조선 아동문학도 그중 성하여저서 신문마다 동요, 동화를 위하야 지면을 아끼지 않었던 것이다. 다시 이것은 일반 개몽운동에도 한 가지 큰 역활을 하였던 것이다. 그러나 辛未년 七월 二十三일 방정환 선생이 돌아가시고[83] 차차 일본의 압박도 심하여저서 『동아일보』 '부나로드'의 게몽운동 같은 것도 길이 막히고 그러자 어린이날도 점점 쇠하여질 운명에 빠지게 되었던 것이다. 잡지 『어린이』가 一九三四년에 폐간. 一九三七년의 어린이날에는 외놈 국기를 들고 외놈 국가를 부르며 기행열을 하지 않으면 않 되게 되었다. 여기에 이르자 이때까지 이끌어 나오든 몇몇 분들도 어린이날을 그만두고 오히려 마음속에 직혀 나가는 것이 옳다 하야 그후에는 어린이날의 행사를 끊고 묵묵히 지내왔으나 이제 다시 어린이날을 맞이하였으니 새로운 이 동산에서 씩씩하게 커나가자. 끝 (이상 13쪽)

---

83 신미년은 1931년이다. 방정환은 1931년 7월 23일에 사망하였다.

"'어린이날'이란 무엇인가", 『주간소학생』, 제46호, 1947년 5월호.

"하늘에는 별이 있고, 땅에는 꽃이 있고, 사람에게는 어린이가 있다." 이 한 마디로 어린이는 세상에서 가장 순진하고 아름다고 귀여운 존재라는 것을 알 수 있습니다. 그뿐만이 아니라, 어린이는 앞날을 짊어지고 나갈 희망에 찬 일군입니다. 그러나 가장 자유롭고 활발하게 자라나야 할 우리 조선의 어린이는 집에서나 밖에서나 따뜻한 사랑 대신에 천대를 받아 왔습니다. 이와 같이 천대만 받는 어린이들에게 따뜻한 사랑과 희망과 힘을 주자는 것이 즉 이 '어린이날'의 시작입니다. 이날에 어른들은 어린이들이 커서 아무쪼록 훌륭한 사람이 되고, 사회를 위하여 많은 공헌을 하여 달라고 비는 날이요, 어린이들은 어른들에게 감사하는 동시에, 커서 훌륭한 일을 많이 하겠다고 맹세하는 날입니다.

그러면 이 "어린이날"은 대체 누가 시작하였으며, 언제부터일까요? 여러분은 궁금하실 것입니다. 그것은 지금으로부터 25년 전인 1922년 5월 1일에 소파 방정환(方定煥) 선생이 시작하신 것입니다. 그리하여 그 뒤 2년간은 5월 1일을 "어린이날"로 정하고 맑은 하늘 밑 푸른 잔디 위에서 즐거운 하루를 보냈었으나, 5월 1일로 하는 데는 불편이 많았으므로, 다음 해부터는 5월 첫 일요일로 변경하였었습니다.

그러던 중에, 우리 조선의 어린이들을 위하여 한 가지 슬픈 일이 있었으니, 그것은 1930년 7월 22일에[84] 우리의 방 선생이, 서른세 살로 이 세상을 떠나신 것이었습니다. 그의 죽음을, 전국 어린이는 물론 어른들까지 슬퍼하지 않는 이가 없었습니다.

방 선생이 돌아가신 뒤에는 그의 뜻을 이어, 여러 어른들이 힘썼으나, 폭악하고 야만적인 일제의 탄압은, 드디어 우리 어린이의 명절 "어린이날"까지 빼앗고 말았습니다. 그리하여 시작된 지 16년만인 1938년에 "어린이

---

84 방정환은 1931년 7월 23일에 사망하였다.

날"은 없어지게 되고, 그 후 8년이라는 긴 세월을 어둠 속에 갇혀 있게 되었었으나, 정의는 영원히 빛을 잃을 이 없어, 우리 조선이 해방됨에 따라, "어린이날"로 밝은 빛을 보게 된 것입니다.

해방 후 첫해인 작년에는 "어린이날전국준비위원회"에서 5월 5일을 "어린이날"로 정하고 전국적으로 성대한 기념행사를 하려고 하였으나, 여러 가지 지장과 방해가 있어서, 계획과 같이 하지 못하고, 결국 쓸쓸한 "어린이날"을 보내고 말았으니, 어찌 한심한 일이 아니겠습니까?

올해도 "어린이날"을 5월 5일로 정하였으며, 작년과 같은 그러한 불명예한 일이 없도록, 모든 힘을 아끼지 않고 준비 중에 있으니, 전국 800만 어린이는 이날을 기쁘게 맞이합시다. 그리고 세상을 떠나셨지만 방정환 선생께 다 같이 감사를 드립시다.

씩씩하고 참된 어린이가 됩시다. 그리고 늘 서로 사랑합시다.(이상 18쪽)

조풍연, "맨 처음 '어린이날'-25년 전 이야기", 『주간소학생』, 제46호, 1947년 5월호.

내가 아홉 살 적에, 서울 교동보통학교(국민학교) 1학년생일 때의 일이니까 지금으로부터 꼭 스무다섯 해 전 일이다. 입학한 지 얼마 안 되는 어느 날, 학교에서 나오려니까, 학교 문 앞에 어떤 뚱뚱한 사람 한 분이 서서 싱글싱글 웃으면서 광고지를 나눠주고 있었다. 그 광고지를 받아 보니까, "어린이날"이니, "씩씩한 소년이 되라"느니, 하는 뜻의 글이 적혀 있었는데, 어쨌던 5월 1일은 "어린이날"이라는 것과, 어린이를 어른들이 좀 더 위하라는 것과, 이날 천도교당에서 기념식을 거행하니 어린이들은 모두 참가하라는 것이 적혀 있었다고 기억이 된다. (그때 나는 일곱 살 적부터 아홉 살까지 집에서 한문과 조선글을 배웠으므로 광고지에 적힌 것을 읽을 줄 알았다.)

천도교당은 우리 학교 바로 앞이므로 나는 5월 초하룻날 "어린이날 기념식"에 참가하였다. 나중에 알았지만, 그 뚱뚱한 어른은 방정환 선생이신데, 우리가 다달이 애독하던 『어린이』라는 잡지의 주간이시었다.

회장에는 수천 명의 어린이들이 모이었고, 어른들도 많았다. 그런데 방정환 선생께서는 높은 단에 올라서서 "어린이날"을(이상 18쪽) 새로 꾸민 것과, 어린이를 위해야 된다는 것을, 땀을 뻘뻘 흘려가면서 힘 있게 연설하시었다. 그 열렬한 연설이 어찌 힘찼던지, 모든 사람들은 말끝마다 우뢰 같은 박수를 하였고, 우리들도 따라서 박수를 하였다. 그때의 심정을 시방 설명하기는 어려우나 "삼일운동"이 있은 지 3년밖에 안 되던 해요, 또 일본 놈들이 어린이는 고사하고 조선 사람이면 무슨 핑계를 대서라도 압박을 하려던 때였으므로, 방 선생의 연설은 우리들의 울분을 한꺼번에 토해 놓은 듯하였다. 그래서 순사들이 빙 둘러서서 눈을 부릅뜨고 있었다.

식이 끝난 뒤, 우리는 고무풍선을 띄워 날리고, 곧 시위 행렬을 하여, 서울 장안에 "만세"를 부르며 다니었는데, "어린이 만세"라는 것을, 그저

"만세!"라고 부른 것도 지금 생각하면 무슨 뜻이 있었는지 모른다.

방정환 선생이 어린이를 위하여 동화대회, 동요대회, 추석놀이 같은 것을 열어 주신 것은, 너무 유명하고, 또 여기서는 길게 얘기할 수도 없지마는, 이 "어린이날"이 있은 뒤에 우리는 해마다 "어린이날"에 참가하였고, 방정환 선생이 나오신다면 어느 모임에도 빠지지 않고 쫓아다녔다.

그러던 것인데, 그 후 경찰에서는 "어린이날"을 좋아하지 않았고, 학교에서도 그런 데 참가하지 말도록 하기 시작하더니, 방 선생이 돌아가신 뒤에는 별로 흥이 안 나서, 흐지부지 참가 안 하게 되었다. 스물다섯 해 전 일을 생각하며, 그때 역시 "어린이날"에 참가하였던 윤석중 씨와 함께 지금 여러분 어린 동무들을 위하여 일을 한다는 것을 생각하면, 퍽 감개가 무량하다.
(이상 19쪽)

全秉儀, "머릿말", 『조선소년단교본』, 조선소년단중앙연합회, 1947.9.5.[85]

1. 우리나라에 이 運動이 創設된 지 이미 二十五年이라 하여도 오랫동안 잠자고 있다가 이제 다시 일어남에 있어서는 거의 新規의 出發이나 다름없으니 우선 急한 데로 당장 所用될 것만 收錄하여 大體의 輪廓을 그리는 데 그쳐 두었다.

2. 그러므로 內容이 現在 世界 各國에서 施行하고 있는 水準에 到達하진 않었고 또 우리의 練習과 處地 等을 參酌하여 다른 나라의 것과는 많이 修正 加減되어 있으며 또 더러는 科學性이 缺如한 點도 업지 못할 뿐 아니라 技工 解說, 安全第一과 天幕製法 等 省略해서는 안 될 것까지 줄이게 되어 未及함이 너무 크다. 그러나 무릇 事物의 改良과 創建이란 한꺼번에 될 理 없음에 當分間은 이 程度의 것으로 努力함이 順當한 줄 믿는 바이다.

3. 解說은 從來의 慣習으로 國文과 漢文을 섞어 씀이 解得하기 便할 것이요 編者 自身도 또한 所期한 바와는 判異한 感이 不無하나 그러나 한 卷의 冊이라도 새로 내는 以上에는 多少의 不便을 免키 爲하여 우리글 쓰기를 忌避함은 맛당한 일이 아니므로 編修局의 修正을 힘입어 斷然코 우리글로 고쳤다. 이 點에 對하여는 特히 指導者 諸位의 諒解와 堪耐를 要請하는 바이다.

그리고 綴字法은 첫째로 내 自身이 無識하고 둘째로 活字가 不足하여 誤謬가 甚할 것이나 不得已한 事情이였다.

4. 元來 教本은 指導者의 것과 隊員의 것을 區分함이 妥當하나 當分間 形便이 許諾하지 않음으로 한 卷에 뒤섞어 收錄하려고 한 無理가 있었으니

85 전병의(全秉儀: 1904~?)는 경상남도 양산(梁山) 출생으로 중국 중산대학(中山大學)을 졸업하였다. 삼일운동에 참가하여 1년 6개월을 복역하였고, 상해임시정부(上海臨時政府) 연락원, 중국 국민당원 등으로 활약하다가 3년을 복역하였다. 해방 후 〈조선소년단중앙연합회〉 간사장을 맡았다.

어찌 整然한 內容을 期待하리요마는 이 程度의 內容이나마 所用에 닿지 않을 만큼 進展 發達하려면 相當한 時日과(이상 1쪽)努力이 必要한 것이므로 그동안에 第二卷을 繼續 編輯하기로 하고 只今은 頁數를 줄여 急速히 出刊하기에만 注力하였다.

5. 이 運動의 實際 展開에 있어서 都市와 農村의 實態가 相異할 것임에 그 어느 便에 重點을 두고 編述할 것인가 함에 對하여는 深甚한 考慮를 거듭하고 어느 便에도 過히 相剋되지 않도록 맞추어 놓은 셈이나 實地 利用한 結果를 보지 않고는 適否를 判斷하기 어렵다.

6. '運動의 大意'를 說明함에 있어서는 政治, 宗敎, 學校, 家庭과의 關係等을 分明히 하지 않은면 運動 展開의 實地에 다달아 疑問과 拘碍가 不少할 것이지마는 課程 解說조차 주리고 또 주리는 形便에 理論的인 意義 解說을 넉넉히 할 수는 없었다. 各其 適當한 方法으로 硏究하는 한便 다음 冊의 刊行에 努力함이 옳겠다.

7. 敎本의 內容에 對하여도 訓練 方式이 世界 共通의 것이므로 他國의 模倣으로써 足할 點도 많지마는 課目의 輕重과 取擇의 緩急 及 運營上의 諸 問題 等 우리는 우리로서 特異한 點이 없을 수 없는 터이니 앞으로 坊坊谷谷에 잠겨 指導와 硏究에 沒頭하는 참된 일군들의 熱誠한 協力을 입어서 산 資料를 收集하고 이를 根據하여 우리의 實情에 最適한 敎本이 다시 刊行되기를 祈願하여 마지않는 바이다.

8. 敎本은 輕輕히 他國의 것을 飜譯하거나 함부로 模倣하면 全面的 失敗에 돌아가기 十上八九일 것이요 또 몇몇 硏究者가 獨善的인 見解로 規定하지도 못할 바이니 一般의 眞摯한 協力이 絶對로 必要하며 萬若 그 援助와 協心을 입지 못할진대 長久한 期間을 두고 實際에 適切한 內容을 收錄하기는 困難할 것이다. 무릇 이 運動에 干與하고 關心을 가진 이는 些少한 點에라도 所感과 體驗, 硏究와 發見을 中央에 報告 連絡하는 努力을 애끼지 말 것이요 中央幹部 諸位도 亦是 自己 常識에만 依存하지 말고 一般의 協力을 尊重하여야 할 것이다.

9. 課目의 說明은 너무 簡單하여서 實地 敎導와 隊의 經營에 依支할(이상

2쪽) 만한 거리가 채 못 될 줄은 編者 自身도 잘 알고 있지마는 實은 아무리 說明이 緻密精細하여도 敎本만 依支하여서는 되지 않는 법이니 大體의 目標를 세운 뒤에는 實地의 要領을 自己 努力으로서 몸소 體得함이 옳을 것이다.

10. 物資의 缺乏과 其他의 事情으로 充分한 調査硏究를 쌓아 刊行에 自信을 갖지 못하고 淺薄한 經驗에만 依據하여 內容이 疏荒한 대로 抑制로운 노릇을 敢行한 結果 良心의 苛責을 免치 못할 點도 있고 痛嘆不已할 餘恨도 많으나 區區한 內情을 어찌 一一히 說明할 수 있으랴. 萬若 識者의 叱責이 있을진대 이를 甘受할 覺悟를 가질 뿐이다.

11. 끝으로 一九二三年 二月 故 趙喆鎬 先生이 朝鮮少年軍敎範의 執筆을 要請해 왔을 때에 나는 出監 直後여서 健康도 容納치 않거니와 未熟한 所以로 敢히 할 바 못 된다고 固辭하였더니 先生은 이미 돌아가시고 世上은 今昔의 變遷도 激甚한 오늘날 偶然히 이 敎本을 執筆케 됨에 感慨도 또한 無量하다.

비록 內容은 疏荒하나마 이 病中의 勞汗으로써 저윽히 先生의 冥福을 빌며 그 扶植한 事業이 빨리 이 疆土를 건지는 힘이 되도록 祈願하여 마지않는다.

一九四七年 七月 日

全秉儀 (이상 3쪽)

尹福鎭, "어린이를 偶像化 말자", 『대구시보』, 1948.5.5.

어린이는 天眞爛만하다고 한다. 때로는 天眞爛만하게 뵈이는 적도 없진 아[86] 있다. 그렇다고 해서 現實의 '어린이'를 지나치게 人格化하고 偶像化하여 어린이를 무슨 超時化的, 超現實的, 超人間的인 存在로 取扱하는 분들이 있다. 甚한 분은 '어린이'를 '天眞爛만' 그것으로 그 自體로 맨들어 낼 뿐더러 現實의 어린이를 무슨 꿈나라의 天使로 武陵桃源의 仙人으로 信仰하는 분도 있다.

그러나 어린이도 人間이다. '現實'에 살고 '時代'에 呼吸하는 人間의 한 部隊이다. 그저 '成人'을 이루지 못한 '成人'을 向해 나날이 지나가는 成人 以前의 한 人間이다. '어린이'를 百番 神秘化하고 千番 偶像化시켜도 現實에 있어선 어린이는 '天使'로 化身될 수 없고 '仙人'으로 化身될 수 없을 것이다.

보시라 — 지금에 거리마다 넘처나는 憂鬱한 將來를 가진 街頭의 어린이들을 — 넓은 세상에 조고만은 몸둥아리 하나를 둘 곳이 없어 큰 빌딩 돌층대를 寢臺를 삼고 漂流乞食하는 어린이들을 배워야 할 어린이들이 生地獄과 같은 生活難에 빠져 버금찬 勞働과 飢餓의 구렁덩이에서 허득이는 어린이들 —

母國의 말과 祖國의 歷史와 文化를 배우려다가 또다시 侵略을 꿈꾸는 敗亡한 日帝의 凶彈에 쓰러진 우리의 十六歲 少年 學童을! 이들은 嚴然한 現實의 한복판에서 오히려 成人보다 한層 더 深刻한 衝擊을 받고 있다!

그러므로 어린이의 將來의 그들의 幸福을 祝禱하는 '어린이날'은 從來의 一部의 經濟的으로 社會的으로 惠澤을 입은 學童들만을 中心으로 고븐 옷을 가라 입고 아름다운 노래와 어여쁜 춤으로 뛰고 노는 名節式 '어린이날'에 前進하여 우리나라 五百萬 名의 어린이들의 許多한 現實的인 課題를

86 '않아'의 '않'이 빠진 오식이다.

討議하고 그 運動을 活潑히 展開시키는 '어린이날'로! 멀지 않는 날에 우리 나라 五百萬 名의 어린이들이 누구나 다 같이 福된 '어린이날'을 하루빨리 우리들 앞에 實現시키는 '어린이날'로! 그 方向을 옮겨□□세다.

ㅈ·ㅏ·ㅇ 編, "(五月行事)어린이날 五月 五日", 『새한민보』, 1949년 5월호.

少年運動의 發現과 때를 같이 하여 一九二二年의 봄에 京城 〈天道敎少年會〉에서는 當時 東京에 있는 생동會[87](이 會는 일찌기 東京에 留學하는 故 方定煥 氏 外 몇몇 사람의 發起로 組織된 兒童問題硏究團인 것이다.)와 其外 京城에 있는 少年團體와 議論하여 每年 五月 초하루를 '어린이날'로 定하고 이날을 期하여 全朝鮮 六百餘萬의 어린 사람들로 하여금 一齊히 한날한시에 少年運動을 시작, 示威를 하기로 하고 그해 五月 초하루로부터 이를 實行해 온 것이다.

勿論 이 '어린이날' 記念이 첫해에 있어서는 一般에게 對한 宣傳이 未及한 關係로 그에 對한 意識이 明確치 못하였고 理解가 적었음으로 그다지 큰 成果를 얻지 못하였으나 해가 거듭함에 따라 놀라운 成績을 얻게 되어 一九二五年의 이날에는 처음으로 朝鮮 全國에서 約 三十餘萬의 어린 사람이 이 運動에 參加하여 盛大한 記念式과 行列이 있어 많은 成果를 얻었던 것이다.

그러면 이와 같이 盛況을 이룬 '어린이날'은 根本的으로 어떠한 意義를 가진 것이며 또 五月 초하루를 選定한 理由는 奈邊에 있는 것인가? 여기에 關하여 簡單히 說明해 본다.

어린 사람 편으로 본다면 사람의 갑에 치우지도 못하고 어른들에게서 내리눌리고 짓밟혀만 있던 자기네들이 비로소 처음으로 고개를 높늦이 처들고 활개를 쫙 펴고 生命의 값을 찾아온 唯一한 명절날인 同時에 十三道 道마다 골마다 온 朝鮮 사람이 한결같은 마음으로 자기네를 爲하여 祝福해 주는 즐거운 날이다.

또 少年運動의 氣勢와 威力을 一般에게 보이며 그 運動의 意義와 進行을

87 '색동會'의 오식이다.

年復年으로 새롭게 하고 추진시켜 가는 少年運動의 示威의 날이다.

어른의 편으로 본다면 國家의 보배요 초석인 어린이를 愛護하며 建實한[88] 어른으로 育成시키기 위하여 "幼少年 保育의 날"로 作定하고 이날에는 特히 幼少年의 保育에 對해서 眞劍하게 생각하고 硏究하는데 盡力하여야 한다. 卽 一. 어린이는 어른보다 새로운 사람인 것을 알어야 할 것이요 二. 어른보다 잘 接待하여야 할 것을 잊지 말어야 할 것이며 三. 生活을 恒常 즐겁게 해 주어야 할 것요 四. 어린이는 恒常 稱讚해 가며 길러야 할 것이며 五. 욱박지르지 말아 주어야 할 것요 六. 몸을 자주 注意해 보아주어야 할 것이며 七. 環境을 깨끗이 해 주어야 할 것이다.

어린이날을 五月 달로 작정한 것은 다른 때보다도 하늘이 유특히 조아지는 것, 해볕이 유특히 좋아지는 것, 따라서 空氣가 生生하다는 것, 自然이 유특히 새로워지는 때임으로 五月로 한 것이다.

그러므로 世界의 有名한 詩人 쳐 놓고 五月을 讚美하지 않은 이가 없고 世界 어느 곳 사람 쳐 놓고 이 五月을 祝福하지 않는 사람이 없다. 그리하여 西洋에서도 어린이들을 祝福하는 "꽃제사"가 五月 一日에 있어 여러 가지 興味 있는 노리를 하는데 이를 五月祭라 하여 中國에서는 楚나라 忠臣 굴원의 죽음을 記念하는 五月 端午의 명절날이 있어 이날은 朝鮮의 어린 少女들도 창포 뿌리에 색칠을 하여 머리에 꽂는 등, 그네를 뛰는 등, 재미있는 노리가 있고 또한 希臘 歷史에 五月 초하루를 꽃 피고 잎 돋고 세상이 새로워지는 즐거운 날이라 하여 數萬의 어린 사람이 '종달새'보다도 일찍 일어나 새봄을 맞으려 들로 나갔다는 記錄이 있는 것으로 미루어 보더라도 이 五月 달은 하여간 어린이의 명절로 第一 適當한 時期이다.

이렇게 좋고 希望과 새 生命의 象徵이라 할 五月 달을 特別히 어린이날로 記念하고 즐기게 된 것은 意義 깊고 無限이 기쁜 일이다.

五月 첫 공일 — 五月 첫 공일 — 이날의 새로 뻗는 새 힘과 새싹과 같이 우리들의 어린 동무들도 希望 많게 자라고 커 가야 할 것이며 몇 萬年 가도

88 '健實한'의 오식이다.

變치 않을 이날의 幸福과 함게 어린들의[89] 앞길에 永遠한 幸福이 있어지라고 特別히 이날을 따로 잡아 '어린이날'로 정하고 세상에 많은 어른과 함께 생각하고 일하고 빌자는 것이다.

그런데 여기에 다 같이 슬퍼하지 않으면 안 될 일이 있다. 그것은 解放後에 있어서 우리 어린이들의 八割에서 九割까지가 營養不足으로 말미아마 衰弱한 몸을 가지고 있다는 것이며 또한 그中 六割 以上이 肺가 좋지못하다는 것이고 死亡率이 至極히 많다는 것이다. 이 어찌 國家 將來를 위하여 寒心지 않을 일이겠으며 慮慮하지[90] 않을 일이겠는가. 여기도 災禍가 주는 不幸이 있다. 當局에서는 時急한 措置를 講究하여야 할 것이요 父母 되시는 분들도 이에 對한 어떠한 施策을 考慮치 않으면 안 될 것이다. 同時에 어린이의 教育에 關하여 보다 더 많은 關心과 善導가 있어야 하겠다.

(ㅈ・ㅏ・ㅇ 編) (이상 10쪽)

89 '어린이들의'의 오식이다.

90 '念慮하지'의 오식으로 보인다.

申朝民, "少年運動은 새로운 民族性을 創造한다(上)", 『충청매일』, 1949.10.28.

少年은 純眞과 理智를 兼備한 民族의 始作입니다. 어느 國家에 있어서나 그들의 活動은 그 民族文化의 偉大한 繼承者가 되였으며 社會革命의 中心的 推進力을 이루는 學徒의 先峯[91]이며 그 民族의 時代의 初出發입니다. 青年學徒를 民族의 꽃이라고 하면 少年은 그 國家 民族의 꽃봉오리라고 할 수 있을 것입니다. 鱗皮에 고히 싸인 꽃봉오리는 日光과 時間의 호흡에 따라 마츰내 아름다운 꽃을 맺게 됩니다.

이 꽃봉오리를 萬若 蜜虫이 먹게 된다면 그것이 아무리 좋은 꽃이며 또한 꽃봉오리 以後의 成長이 아무리 좋다 할지라도 그 꽃은 完全한 꽃이 되지 못하며 꽃잎에는 구멍이 뚤려 보는 사람들로 하여금 아깝다 하는 감을 禁치 못할 것입니다. 그러나 꽃봉오리 時節에 버레가 먹으려는 것을 이미 防止하였다면 그 꽃은 完全한 꽃이 되며 보는 사람들에게 흡족한 快感을 느끼게 할 것입니다. 이것은 自然의 簡單한 例이지마는 여기에 빛우어 보건데 少年運動은 決코 헛된 것이 아니라는 것을 알 수 있을 것입니다. 않이 青年運動에 지지 않을 만큼 重要性을 띄고 있읍니다. 過去 우리나라가 倭帝에 억킨 後 이 땅의 學生運動도 光州學生事件을 筆頭로 恒常 抗日 革命鬪爭의 先峯이[92] 되어 왔읍니다. 그러나 解放 以後의 活動을 가만이 살펴보건데 방々谷々에서 破竹의 猛烈한 氣勢로서 여러 各種各色의 學生團體가 生起어 遠大한 目的과 理念下에 組織되여 씩々하게 나간 것을 볼 때 三千萬 民族 누구에게나 다 그 무엇인가 든々한 感을 주어 앞날의 大韓을 바라보면서 빵긋한 우슴을 던졌을 것입니다.

그러나 오늘날의 結果는 어떠하였음니까. 他人의 장단에 춤추는 徒勞에

---

91 '先鋒'의 오식이다.

92 '先鋒이'의 오식이다.

돌아갈 뿐 아니라 一層 더 混亂과 分裂을 이르키고 學生이라는 自由스러운 美名과 立場을 惡用하여 放從放蕩[93]의 그릇된 길로 나가서 마침내 麗水, 順天 地方의 反亂事件에 主要한 役割을 하여 非愛國的 非民族的인 學生의 行爲가 있었다는 것은 아즉도 世人의 머리에 새로울 것입니다. 이 나라의 歷史와 이 나라의 文化를 創造할 國家의 礎石인 學徒 靑少年들의 이러한 狀態이니 이 얼마나 民族的 수恥이며 實로 痛嘆 아니할 수 없는 事實입니다.

申朝民, "少年運動은 새로운 民族性을 創造한다(中)", 『충청매일』, 1949.10.29.

여기서 그 原因을 가만이 살펴보건대 今日의 靑年學徒는 大部分이 日帝時에 奴隷敎育的인 初等敎育을 받아 온 사람입니다. 俗談에 "세 살 버릇이 여든까지 간다."는 等 "될 나무는 떡닢부터 아러본다."는 格과 같이 오날의 國家 礎石이며 民族文化의 繼承者인 靑年學徒가 어찌 過去 少年時代였든들 나라 없는 서름을 느끼지 않었으며 이 분푸리를 "내가 크면" 반드시 하고야 말겠다는 決心이 없었겠읍니까.

이러한 心情 속에서 少年 時期를 지나온 今日의 靑年學徒가 解放과 同時에 이 쌓였든 復讐를 하였다 하며 團體를 組織하였을 줄로 믿고 疑心치 않는 바입니다. 그러나 過去 少年時節에 참된 愛國心을 못했으며 보지도 못하였기 때문에 結局 그 분푸리를 共産主義의 魔風의 煽動으로 因하여 아차하는 瞬間에 사랑하는 同族에게 그러한 恐慘한 事態를 招來할 줄 믿읍니다.

万若 少年時節에 愛國的 愛民族的 敎育을 徹底히 받었다면 아무리 共産

---

93 '放縱放蕩'의 오식이다.

主義의 魔風이 이 江山을 휩쓸드라도 그와 같은 悲劇은 일어나지 않었을 것입니다. 여기에서도 再次 少年運動의 重要性을 느끼게 됩니다.

그리고 우리나라 青年 않이 우리 民族에게 第一 결함된 것은 協助와 犧牲과 奉仕 精神입니다. 過去 오래 전부터 그랬지만 특히 强盜 魔手와 같은 倭놈들의 植民的 政治 及 教育으로 因하여 될 수 있으면 三千万 겨레를 分裂시키며 또한 自己의 榮譽만 바래서 倭놈의 忠僕이 될 수 있게큼 하는 教育으로 因하여 現在의 青年은 不幸한 過去를 가졌기 때문에 좀체로 나 個人을 完全히 犧牲하고 奉仕 協助한다는 心境에 到達하기는 어려울 것입니다. 그러나 今日의 青年이 過去 日帝와 같은 奴隷教育을 받지 않고 참된 民族的 教育을 받었다면 今日과 같은 國土兩斷의 서름을 느끼고 民족的 悲運의 時期가 到達했다 할지라도 今日과 같은 分裂과 同족殺傷은 일어나지 않었을 것입니다. 왜냐할 때 地理的으로 國土는 兩斷되엿지마는 心理的인 分裂은 兩斷되지 않었을 줄 믿기 때문입니다.

以上의 모-든 點을 보아서 먼저 少年時代에서 協調的 精神과 犧牲奉仕의 精神을 스々로 培養하는 것이 將來를 改良하는 最善의 方法일 것입니다. 그러면 犧牲奉仕와 協助의 精神은 어데서 生起며 어데서 培養하느냐의 問題에 있어서 나는 簡單히 보이스카웃(少年團)의 實生活과 訓練을 말하는 데서 自然히 解釋되리라고 믿습니다. 少年運動은 主로 캠푸 生活(野營生活)입니다. 남이 하지 않을 일을 하고 싶허하는 것이 人間의 心理이며 特히 이것은 少年 時期에 더욱 그러합니다. 山이나 들에나 가서 天幕을 치고 나무를 하여 自己들의 손으로 밥을 지어 먹으며 같은 도래 기리의 少年들이 한테 모여서 자고 깨는 生活을 한다 함은 少年들에게 있어서는 더할 수 없는 기뻠일 것입니다. 그러나 이것은 단순이 遠足이나 旅行이 않인 것을 알어 주기를 바랍니다. 여기에는 指導者가 있어서 規則的으로 生活을 시켜 自立性을 創造하며 때로는 危險하다고 生覺하는 일도 體驗시켜 冒險心을 助長하며 어려운 일을 當하드라도 끝까지 참고 견디는 忍耐性을 갖게 하며 혼자서는 할 수 없는 일도 여러 사람이 하면 된다는 것을 實地로 行하는 가운데서 스々로 느끼게 됩니다.

申朝民, "少年運動은 새로운 民族性을 創造한다(下)", 『충청매일』, 1949.10.30.

이러한 生活을 거듭하는 가운데서 個人行動을 取하여서는 안 되며 團體를 爲하여 自己 個人을 犧牲시키는 品質을 스스로 넣어 주는 生活이 少年運動의 重要한 캠푸 生活입니다. 그럼으로 指導者는 이 캠푸 生活에서 協助 아니 할래야 아니할 수 없으며 自己 個人事情을 犧牲 아니 할래야 아니할 수 없게크름 끈임없는 꾸준한 研究를 하고 있읍니다. 例를 들면 하이킹을 한번 實施하드래도 會計 責任者, 書記 卽 文藝 責任者, 用度 責任者, 野營 責任者, 誤樂[94] 責任者, 라팔手, 衛生 責任者, 飮食 責任者 等々 이렇게 責任이 分擔되여 한 사람이라도 없어서는 그날 하이킹을 못하게큼 되여 있읍니다. 過去 新羅時代에 花郎道라 하여 少年들을 모아 武術을 가르키며 國家에 忠誠, 協助, 犧牲의 精神을 넣어 주면 少年들을 同居同樂시켜 가며 一路 少年들로 하여금 國家 有事時에는 모-든 것을 다 버리고 外敵을 막든 愛國心을 가르켜 줄 때 비로서 거기서 金庾信 將軍과 같은 世界 名匠이 난 것이며 찰란한 新羅文化를 創造하였든 것입니다. 오늘날 美國이 全世界에 强大함을 자랑하고 있는 것도 民族의 꽃봉오리인 少年을 잘 指導하며 二十七年間의 少年運動의 結果라고 心理學者, 指學者,[95] 政治家들은 말을 하고 있읍니다.

그러므로 美國은 莫大한 經費와 優秀한 指導者는 먼저 少年運動에 注力시키고 있으며 뉴-스, 新聞, 雜誌 等을 보십시요 여지끝 美國 靑年이 어쨌다고 하는 記事는 차저보기 어려우며 없다고 해도 過言이 않일 것입니다. 모-두가 少年들의 앞길의 指導에 對한 것을 많이 보았읍니다. 世界 어느 나라고 少年運動을 重要視 아니 한 나라는 없읍니다. 蘇聯에서도 '삐오네

94 '娛樂'의 오식이다.

95 '指導者'의 오식으로 보인다.

루'라 하여 猛烈한 少年運動을 하고 있고 英國은 少年運動의 創造國家이고 日本에서도 愛國少年團이니 海洋少年團이니 하고 있읍니다.

結局 少年運動의 目的은 本來의 主人公인 少年을 좋은 習性을 갖게 하며 참된 길로 引導하는 것입니다. 現在는 過去에서 온 것이며 未來는 現在에서 가는 것임니다. 至今 少年들은 언제든지 소年이 않임니다. 얼마 안가서 靑年, 壯年이 됩니다. "아이들 크는 것을 보면 우리는 늙지 않는다." 흔이 하시는 말씀임니다. 이와 같이 現在 소年들이 主人公 노릇을 할 날은 瞬息間에 닥처옵니다. 國家社會의 富强 原則은 國民 한 사람 한 사람이 犧牲과 協助 奉仕로서만이 保持할 수 있거늘 그 犧牲과 協助 奉仕의 精神은 人間 道場인 소年運動에서 創造한다는 것을 깊이 銘心하시와 大田에 이미 種子가 뿌려 논 꽃봉오리를 物心兩面으로 잘 가꾸고 잘 指導鞭撻하는 데서 새로운 大韓民國性을 創造할 줄 믿어서 市民 않이 道民 여러 先輩先生任들의 긊임없는 사랑의 매차리가 있기를 바라나이다. (筆者는 大韓소年團 忠南 第二隊長)

배준호, “어린이날의 유래”, 『경향신문』, 1950.4.30.

어린이 여러분은 오월만 되면 어서 어린이날이 돌아오기를 손곱아 기다리게 됩니다.

그렇지만 왜 어린이날이 생겼으며 어린이날의 참뜻은 무엇인지를 잘 모르시는 분도 많으실 줄 압니다. 그래서 여러분에게 간단하게나마 그 유래와 참뜻을 알으켜드림으로써 돌아오는 어린이날엔 지나간 해보담 더욱더 재미있게 즐겨 주시길 바랍니다.

어린이날이란 지금으로부터 약 오십년 전에 태어나신 소파(小波) 방정환 선생님께서 만들어내신 것입니다. 첫 번 어린이날은 四二五五년부터[96] 시작되었으며 처음 이 년 동안은 오월 일일(五月一日)을 어린이날로 정해였던 것입니다.

이날을 만든 뜻은 우리나라의 어린이들이 너무나 길을[97] 못 피고 자라나고 있었으므로 좀 더 어린이들을 씩씩하게 굳세게 자라도록 하여 장차 우리나라의 큰 일꾼이 되게 하자는 생각에서 시작된 것입니다.

그러나 무엇이든지 자기네 눈에 거슬리고 우리에게 힘이 될 만한 것이면 모조리 없애버리고 방해를 놓던 일인(日人)들이 이런 것을 그대로 둘 리가 있겠읍니까? 그래서 마침내 십이년 전 즉 四二七一年부터는[98] 해마다 즐기던 어린이날의 모든 재미있는 행사를 고만두게 하였던 것입니다.

그러자 해방이 되어 사년 전인 四二七九년부터[99] 다시 시작하게 되었으며 여러 곳에서 어린이들을 위한 재미있고 유익한 행사가 벌어지는 여러분의 날이 된 것입니다.

---

96 4255년은 1922년이다.
97 ‘기를’의 오식이다.
98 4271년은 1938년이다.
99 4279년은 1946년이다.

그러니까 여러분은 이날을 맞이해 씩씩하게 노는 한편 이다음에 나라를 위해서도 역시 씩식한 일꾼이 될 것을 잊어서는 아니 될 것입니다.

★ 글 쓰신 분은 방송국 어린이시간을 맡아보시는 분 ★ 방송국 배준호 선생

社說, "어린이날의 意義", 『조선일보』, 1950.5.5.

一

人生의 봄은 幼年時代이다. 새싹이 돋아나는 봄날을 즐겨함은 自然의 美觀에서만 意義가 있는 것이 아니라 萬物生成의 原理에 따라 茂盛한 여름과 收穫의 가을을 期待키 때문이다. 幼年時代는 將次 少年期 靑壯年期를 지나 圓熟한 老境에까지 連結되는 것이다. 發芽期를 지난 植物이 巨木도 될 수 있고 結實도 할 수 있는 것과 마찬가지로 幼年期는 人生의 一部요 決코 分離할 수는 없는 것이다. 初生期에 屈曲되었던 나무가 成長하여 直木이 될 수 없는 것은 人生에게도 어느 程度 適用될 수 있는 일이다. 勿論 人類에게는 高貴한 倫理가 包含되어 있어 簡單하게 利害打算으로 말할 수 없으나 民族이나 國家라는 大局에서 본다면 一種의 功利觀도 無視할 수 없는 것이다. 今般의 社會가 今日의 幼少年으로 組成되리란 確實한 事實을 알게 될 때 國家와 民族의 將來가 어린이에게 있다는 것은 더 말할 必要가 없다. 우리는 宇宙自然의 原理에서 그들을 사랑하는 것이며 國家社會와 根源이란 데서 그들을 貴해 하는 것이다. 今日의 喜悅을 그들에게서 받을 수 있고 將來社會의 運營이 그들에게 있다고 하면 幼少年들이야말로 우리의 온갖 囑望을 할 수 있는 唯一한 相對者란 것을 알 수 있다.

二

그러면 幼少年을 어떻게 養育하며 어떻게 指導해야 하는가 하는 것이 重大한 일이 아닐 수 없다. 우리 自身에 對한 일 以上으로 그들에 對한 일이 重要하다고 보면 無爲自然으로 放任할 수는 없다. 우리는 너무 지나친 兒童 中心主義도 贊成할 수는 없지만 이보다도 父母의 附屬物視하던 舊道德은 더 贊成할 수 없다. 또한 子女를 家庭의 花草로만 알던 생각은 고쳐야 한다. 兒童에게는 兒童의 世界가 있다. 너무도 急速히 그들을 大人의 世界로 끄러들이는 것도 또한 좋은 結果를 얻을 수 없을 것이다. 그렇다고 그들의 잘못된 人生觀이나 社會觀을 그대로 認定하자는 것은 아니다.

醇美한 兒童世界에서 純潔無垢한 生活을 하도록 努力하고 指導해야 한다. 이것이 容易한 일이 아님은 勿論이다. 새싹을 북도두워 주어야 하는 同時에 너무 지나친 손질은 植物의 成長을 妨害할 뿐 아니라 잘못하면 枯死케 하는 수도 있다. 이에 適當한 方法이란 것이 必要함을 느끼지 않을 수 없다. 사랑과 教訓과 嚴格이 다 같이 있어야 한다. 同時에 한사람으로서의 個性을 잃어버리지 않도록 해야 한다. 그들이 무엇이 될가 하는 것은 그들 自身에 있다기보다 그들의 父母 또는 保育者에게 있다고 함이 옳을 것이다.

三

씩씩하고 바르고 勇氣 있고 智慧 있고 情趣 있는 어린이를 만들도록 하자. 그리고 民族의 精神을 體得하고 社會의 禮節을 알고 人生의 眞意를 理解하게 된다면 그 以上 더 바랄 것이 무엇이랴? 兒童을 이러한 方向으로 指導하여 將來 有爲한 人物이 되게 하는 것은 그 責任의 大部分이 家庭에 있다는 것은 먼저도 말한 바이지만 그렇다고 모든 것을 家庭에만 맡겨 둔다는 것은 社會나 國家를 爲하는 일이 아니다. 家庭에서는 家庭대로 最善을 다하여야 하겠지만 國家나 公共機關으로서도 이에 對한 適當한 施策이 있어야 할 것이다. 吾人이 要望하는 바 兒童에 對한 施設은 한두 가지가 아니다. 于先 時急한 것 몇 가지를 들어 말코저 한다. 全國 各 部落마다 兒童館(假稱)이란 것을 設置하여 兒童의 智, 德, 體 發達에 도움이 될 일을 하도록 하여야 할 것이다. 勿論 經費가 問題이겠지만 一定額의 地方費 補助를 받아 一 部落의 公共經營으로 하였으면 어떨가 하는 것인데 幼稚園과 規模를 달리하여 全部落의 兒童은 누구나 隨時로 利用할 수 있도록 하여야 할 것이다. 이에다가 托兒所 같은 것도 附設하여 子女에게 손이 억매인 父母로 하여곰 마음 놓고 職業에 從事토록 하였으면 더 좋을 듯하다. 勿論 都市에도 이것은 必要할 줄 안다. 그리고 特히 都市 兒童들을 爲하여는 兒童專用의 小公園을 可及的 多數 設置하여야 하겠다. 우리 都市民의 家屋制度를 보면 너무도 密集되어 있는 데다가 庭園이란 것은 좀처럼 볼 수 없어 居室을 나선다면 道路밖에 없으니 兒童들이 어데서 마음 놓고 놀 수 있으며 어데서 自然의 片貌나마 對할 수 있으랴. 이러한 環境에서 자라난 兒童이 무슨 情緖가 있으며 어떻게 醇化된 生을 볼 수 있을까? 그러므로 感情이나 知識이 狹少해지고 習慣은 第二 天性이 되어 成人 된 뒤에도 都市人의 좋지 못한 一種 特性을 띠우게 되는 것이다. 不良兒가 都市에서 많이 나는 것도 이러한 環境의 影響이 아닐까 한다. 最近 都市로 人口集中의 傾向이 甚한 것을 볼 때 더욱이 그 必要性을 느끼게 됨과 每年 마지하는 어린이날을 一年 中 行事의 하나로서 兒童들로 하여금 즐기게 하는 것도 勿論 좋은 일이지만 이것을 一日間의 行事에만 끄치지 말고 以上과 같은 兒童保育의 社會的 意義를 깨달어 兒童에 對한 有用한 施設을 積極 推進키를 힘써야 할 줄 안다.

社說, "어린이날에 즈음하여", 『경향신문』, 1950.5.5.

오늘은 어린이날이다. 지금으로부터 三十八년 전 그 당시 남의 나라의 어린이들 다 같이 가정에서 사회에서나 이해 있는 대우를 받지 못하고 그 성품을 마음대로 펴지 못하고 그늘에 핀 꽃송이처럼 어린이 자신의 힘을 마음대로 피어 보지 못하던 우리나라의 어린이들에게 명랑하고 희망차고 용감한 정신과 생활을 북돋아 주기 위하여 만든 것이 즉 五월 五일 어린이날이다. 그 후 해마다 이날을 어린이들의 명절날로 정하고 학대받고 불행하고 불상한 기를 못 피는 소년소녀에게 힘을 북돋아 주는 여러 가지 행사를 거행하여 온 것이다.

서울을 비롯한 도시는 물론 벽지, 벽촌, 두메산골에서도 이날을 맞이하면 비록 헐벗고 배움에 굶주려 있던 어린이들이었으나 일본 관헌의 탄압도 무릅쓰고 어린이날 기빨을 휘두르며 "기뿌도다 오늘날 어린이날은 우리들 어린이의 명절날일세."의 어린이날 노래를 목이 메이도록 부르짖고 자칫하면 스러지려는 이 강산 소년소녀의 기상과 정기를 북돋았으며 이 운동을 통하여 흐른 어린이날의 정신은 그대로 우리나라 자주독립운동에 둘도 없는 순결한 피가 되었으며 이렇게 자란 어린이들은 오늘날 이 나라 이 백성을 위한 일꾼이 될 것이다.

오늘은 어린이날이다. 자주독립 된 떳떳한 제 나라를 차지하고 八백만 소년소녀가 기꺼웁게 맞이하는 어린이날이다.

이 기꺼운 어린이들의 명절을 이제는 다시 누가 말가심하고 간섭할 리 없다. 즉 우리를 내려눌르고 짓밟고 가시 채쭉질하던 원수는 망하여 물러가고 우리는 이 기꺼운 어린이날을 우리들의 뜻대로 우리들의 마음대로 우리들의 하고 싶은 대로 마음것 즐기고 뛰놀 때 희망찬 노래소리가 三천리 이 강산을 뒤흔들도록 기꺼웁게 맞이하게 되었다. 그러나 기꺼운 날을 기꺼웁게 맞이하는 것만이 뜻있는 것은 아니다. 어린이를 위하여 나라를 위하여

민족을 위하여 사회를 위하여 세계의 평화를 위하여 뜻있게 맞이하려면 우리는 이날을 통하여 八백만 다음날의 일꾼들에게 새로운 계몽과 지도를 하여야 하겠고 또 그러므로써 확실한 촉망을 가져야 할 것이 다 이제부터의 어린이날은 너무나 과거에 흔히 보던 정치운동에 관련시키지 말고 순진한 어린이들의 각자의 성품과 장기를 발휘시킬 수 있는 한 기회를 삼는 의의 있는 여러 가지 일을 하여야 옳을 것이다. 즉 이들을 구부러지고 비트러지고 음침하게 자라게 하지 말고 어른의 세계에 참견시키어 지나친 지혜를 가지게 하지 말고 어린이가 타고난 성격을 올바로 지도하도록 하는 뜻있는 기념일을 삼아야 할 것이다.

맑게 개인 五월의 푸른 하늘 아래서 전국 방방곡곡에서 벌어질 어린이를 위한 잔치날인 이 어린이날에 우리는 그 어느 기념일보다 가장 큰 기대와 희망을 붙이고 있으니 즉 이 八백만의 소년소녀가 씩씩하게 자라서 다음날에 이 나라의 주인공이 되는 날 오늘 우리가 민족적으로 받고 있는 시련이나 불행은 다 사라지고 참으로 살기 좋은 나라가 될 것이고 우리는 세계 어느 사회나 나라나 민족에 부럽지 않은 사회를 만들고 온 백성이 행복을 다 같이 누릴 수 있기 때문이다. 오늘은 어린이날이다. 칫여름 짙어가는 푸른 물과 나무 사이로 푸른 五月의 하늘을 넘어 “기쁘도다 오늘날 어린이날”의 축복된 이땅 八백만 어린이들의 기꺼움에 넘치는 노래가 들려온다. 우리는 이날을 뜻있게 맞이고 보내자.

참고자료

丁洪教, "少年運動의 回顧와 展望－二十五回 '어린이날'을 맞이하여", 『조선일보』, 1954.5.3.

오는 五月 五日 第二十五回 '어린이날'을 맞이하여 우리나라 少年運動의 발자죽을 돌아보는 小史를 엮으려 하니 내가 少年運動에 從事한 지 해를 거듭하여 於焉間 三十三年 當時 紅顔少年이던 나는 中老境에 이르렀으며 그때 奸惡한 日政 밑에서 한뜻으로 運動을 일으키던 方定煥, 李定鎬, 高長煥, 延星欽 等 諸 同志가 黃泉의 客으로 되었음을 생각하니 알지 못할 눈물이 흐르며 萬感이 交交하다.[1]

우리나라의 少年運動에 있어서 家庭教育 社會教育을 힘차게 보여 준 것은 멀리 千餘年 前 '高句麗'와 '百濟'를 征服하고서 大新羅를 建設하게 된 花郎道의 運動에 있어서 찾을 수가 있으며 近代 少年運動의 始發은 三千萬 民族이 總蹶起하여 우리의 主權을 찾고 國土를 恢復하고자 暴君日帝에 反抗한 己未獨立運動에 뒤따라서 民族運動이요 獨立運動의 一部分 運動으로서 처음에 晋州, 光州, 安邊 等 여러 곳에서 일어나게 되었다.

그 뒤 서울에도 〈天道教少年會〉, 〈半島少年會〉 等 少年團體의 看板이 걸리게 되었으며 四二五六年 봄에는 우리 少年運動의 先驅이신 故 方定煥氏가 日本 東京에서 組織된 〈색동회〉의 幹部의 한 사람으로서 서울에 돌아와 非常設機關인 〈朝鮮少年運動協會〉를 組織하고 主宰하게 되었다.

이러한 한편 文化人과 社會人과 少年指導者들을 會同하여 少年日을 定하기로 하고 '어린이날'을 五月 中에도 첫째날인 五月 一日을 擇하여 이해부터 實施하게 되었다. 그리고 이해 가을에 몇몇 同志가 〈서울少年團〉을 組織 途中에 日警의 禁止로 流産이 되고 말았는데 이것이 韓國少年運動에 있어서 첫 번의 禁止令이었다.

그 후 서울의 이곳저곳에 少年少女會가 開設되자 四二五八年 봄에 서

---

1 '交叉하다.'의 오식으로 보인다.

울에 散在한 各少年少女團體를 總網羅하여 京城少年聯盟으로 〈五月會〉를 組織하게 되었는데 責任委員으로는 方定煥, 高漢承, 筆者였다. 그 뒤 〈五月會〉에서는 全國巡廻童話會를 開催하는 等 多角的으로 全國少年少女會와 緊急한 連絡을 取하게 되었다. 이렇게 되자 〈朝鮮少年運動協會〉와 〈五月會〉는 理念이 對立되게 되었는데 故 方定煥 氏는 "어린이는 羊과 같으므로 白紙主義로 指導하여야만 되겠다." 하여 筆者는 中央紙에 「少年運動의 方向轉換論」[2]을 發表하여 이를 排擊하게 되고 自然 方定煥 氏는 〈少年運動協會〉만 掌握하게 되자 幹部陣도 양쪽으로 갈리게 되어 全國的으로 少年少女會도 양쪽으로 갈리게 되었다.

이렇게 되자 自然的으로 '어린이날' 記念行事도 統一이 되지 못하고 〈少年運動協會〉와 〈五月會〉가 全國的으로 各各 擧行하게 되었다. 이와 같이 分烈되기 數年 〈五月會〉에서는 〈少年運動協會〉에 提議하여 우리나라 少年運動의

統一을 圖謀하여 只今으로부터 二十八年 前인 四二六○年 十月 十六日에 國內 少年團體總聯合體를 組織하게 되었는데 (〈朝鮮少年運動協會〉와 〈五月會〉는 解體) 그 委員長에 故 方定煥 氏가 被選되었다.

그 이듬해인 四二六一年 三月 〈朝鮮少年聯合會〉의 第一回 定期總會를 天道敎紀念舘에서 全國 三百五十餘 少年少女會의 代議員이 會同하여 開催하게 되었는데 이 자리에서 在來의 自由聯合制를 中央集權制인 〈朝鮮少年總同盟〉으로 再建 强化하게 되엇다. 委員長에는 筆者가 被選되었고 中央委員에는 崔青谷, 高長煥, 洪僯,[3] 尹小星, 李定鎬, 劉時鎔 等 諸 同志였다. 이 자리에서 只今까지의 五月 一日 '어린이날'을 五月

첫째 日曜日로 變更하게 되었는데 그 理由의 첫째는 五月 一日은 '메이데이'와 같은 日字라는 것과 둘째로는 일요일이 아니어서 記念式에 兒童

---

2 정홍교(丁洪敎)의 「少年運動의 方向轉換 – '어린이날'을 당하야」(『중외일보』, 1927.5.1.)를 가리킨다.

3 '洪麟'의 오식으로 보인다.

들이 自由롭게 모일 수가 없다는 것이다. (그 時는 日政下에 있는 普通學校 日本 先生들이 絶對로 이런 會合에 參席치 못하게 하엿다.) 이리하여 이해부터 全國 各地에서는 〈朝鮮少年總聯盟〉(暴惡한 日警의 干涉으로 同盟을 聯盟으로 改稱) 旗빨 아래에서 統一된 '어린이날' 記念式을 擧行하게 되었다.

이와 같이 우리나라에 少年運動이 統一되자 〈朝鮮少年總聯盟〉에서는 한 걸음 더 나아가서 各道別로 道聯盟을 組織하게 되었는데 여기에 特記할 것은 四二六一年[4] 八月에 光州 '무등산'에서 日警에게 四十餘名이 檢擧되어 光州刑務所에서 高長煥, 金泰午, 筆者 等 八名이 禁錮刑까지 받게 된 것이다.

이렇게 植民地政策에 날뛰는 日警은 날이 갈쑤록 干涉이 極甚하여 四二七○年[5]에는 '어린이날'만이 억지로 擧行이 되고 四二七八年 八·一五解放이 되기까지 八年 동안을

地下運動으로 들어가게 되었다.

八·一五解放이 되자 우리나라 少年運動도 地下에서 地上으로 蘇生이 되어 이듬해의 '어린이날전국준비위원회'를 組織하고 全國的으로 擧行하게 되었는데 이 準備委員會를 組織하는 席上에서

解放 前까지 五月 첫째 日曜日인 '어린이날'을 五月 中에도 五日이 좋겠다 하여 '五月 五日'로 '어린이날'을 定하고 이날을 國慶日로 定하여 달라고 美軍政時 文敎部에 提議하였으나 뜻을 이루지 못하게 되었다. 이렇게 日字를 세 번 고치어 가지고 '어린이날'準備委員會에서 十八回까지 擧行을 하게 되고

十九回부터는 少年指導者들의 總合體로서 우리나라에 새로운 少年運動을 展開하고자 組織된 〈韓國少年運動聯盟〉에서 全國的으로 擧行하게 되어 今年에 第二十五回 '어린이날'을 맞이하게 되었다.

---

4 서기(書記) 1928년이다.

5 서기(書記) 1937년이다.

새로운 計劃으로 組織된

〈韓國少年運動者聯盟〉에서는 四二八二年[6] 七月에 民族少年團體로 〈大韓三一少年團中央總本部〉를 組織하고 서울을 비롯하여 全國 各地에 組織網을 넓히며 '少年運動强化週間'을 開催하여 數萬의 團員으로써 우리나라 少年運動을 組織的으로 展開하던 中 六·二五動亂으로 活動치 못하게 되었다.

6 서기(西紀) 1949년이다.

丁洪教, "少年運動의 意義－五月 五日 어린이날을 맞이하여", 『조선일보』, 1955.5.5.

少年少女는 國家의 보배요 來日의 主人公입니다. 앞날의 새로운 희망과 새로운 建設을 하기 爲하여 봄날의 새싹과 같이 뒤를 밀며 자라고 있는 少年少女들을 잘 保育하여야 되겠다는 것은 공통된 理念이라 하겠읍니다. 그러나 옛날이나 只今이나 우리의 家庭과 社會에서는 어른들이 中心이 되어 自己爲主로 兒童에게 對하여는 家庭的으로 등한이 할 뿐만 아니라 國家的으로나 社會的으로나 하등의 施設을 보지 못하는 現狀입니다. 그래서 우리들 少年少女運動에 있어서 이렇다 할 만한 關心을 가지지 않을 뿐만 아니라 協助조차 않고 있으니 참으로 寒心事가 아닐 수 없읍니다. 少年運動은 一個人의 運動이 아닙니다. 나라의 歷史를 새롭게 創造하고 民族의 대를 이을 少年少女들을 잘 保育하자는 社會的 國家的 運動입니다. 그래서 健全한 家庭과 民族을 만들어 世界에 빛나는 國家를 永遠히 建設하자는 것이 少年運動입니다. 그러므로 少年運動은 우리들의 民族運動이며 社會運動이며 家庭運動이 되는 것입니다. 只今의 우리 社會는 누런 잎을 띤 낡은 나무와 같읍니다. 우리들은 이 낡은 나무를 잘 가꾸려는 마음은 보이지 않고 이 낡은 나무조차 흔들어서 땅속에서 겨우 水分이나 吸收하여 生命을 維持하고 있을 程度입니다. 이러한 상태를 바로잡는 것은 健全한 새싹과 새 뿌리입니다. 우리 人間社會의 發展은 守城的인 老人에게 있지 않고 創意力을 가진 지금에 자라고 있는 少年少女들에게 있읍니다. 卽 봄이 되어 누런 나무에 싹이 돋아 그 나무를 茂盛케 하여 한 매디 한 매디의 매디를 이어주는 것과 같이 자라나는 少年少女들은 人間社會의 싹입니다. 이 싹을 잘 가꾸는 것은 우리들의 至上의 義務이라 하겠읍니다.

여기에 對하여는 여러 가지의 方法과 研究와 實踐이 있어야 하겠읍니다. 少年少女의 保育에 있어서는 家庭教育으로만에 滿足할 것이 아니며 學校教育으로만에 滿足할 것이 아닙니다. 여기에 少年少女運動인 社會教育에 있어서 鼎立的인 教育이 必要하게 됩니다.

이렇게 社會的 教育의 必要를 느끼게 되는 우리의 少年運動은 日帝 壓政下에서는 우리 民族運動이었으며 우리나라의 主權恢復의 革命的인 運動이었던 것이 四二八○年 大韓民國 政府樹立 後부터는 그야말로 새로운 民主主義 나라의 國民으로 그 基本 性格을 달리하는 새로운 民族民主主義 少年運動으로 展開를 하게 된 것입니다. 이것은 民族的 要求라 하겠으며 새로운 社會的 環境 그리고 國際關係와 새 時代의 要請이라 하겠읍니다.

우리 民族運動은 國家 實權의 强力한 發揮에 있고 國家 內容의 忠實에 있는 것과 같이 우리 民族 少年運動은 少年少女로 하여금 어떻게 하면 나라와 民族이 要求하는 새 일꾼이 되도록 힘차게 精神的으로 教育하고 身體的으로 訓練을 시킬가 하는 것이 오늘날의 少年運動입니다.

己未年 獨立萬歲 以後 民族運動의 一翼的 運動으로 日政과 鬪爭하여 일어난 少年運動은 오늘날 社會運動, 國家運動, 家庭運動으로써 他 外國에 지지 않게 少年少女들을 連續的인 保育과 指導에로 努力하여야만 되겠읍니다. 그래서 只今부터 三十三年 前인 檀紀 四二五六年에 創設된 少年少女들의 名節日인 '어린이날'은 한 團體에서만 擧行되는 行事가 아니고 擧族的인 行事로서 이날을 契機로 하여 子女教育에 對한 새로운 指針을 發見하여야만 하겠읍니다. 그래서 새로운 家庭教育, 새로운 學校教育, 새로운 社會教育으로서 指向하여 健全한 兒童指導가 있어야만 되겠읍니다. 이러한 少年運動의 意義를 '어린이날'인 하루의 行事로만 그치지 않기 爲하여 〈韓國少年運動者聯盟〉에서는 二十六回 '어린이날'을 契機로 兒童愛護週間(五月 二日~八日)을 設定하여 오늘에 이르렀는데 이 兒童愛護週間 中에는 多角的으로 行事를 擧行하게 되었읍니다. 今年에는 五月 五日 '어린이날' 記念行事를 서울運動場에서 擧行함을 비롯하여 祝賀藝術典, 少年少女懸賞雄辯大會, 勞動少年(신문팔이, 구두닦이)의 慰安會, 乞食兒童의 慰安會, 少年少女 體育大會 等을 開催하게 된 바 이 愛護週間은 各 方面에 少年運動에 對한 意義를 더욱 强調하게 되었으니 우리 少年運動에 있어서 社會 人士의 絶對的인 協助가 要請되는 바입니다. (筆者는 〈韓國少年運動者聯盟〉 委員長)

丁洪敎, "韓國 少年運動의 歷程－第27回 '어린이날'을 맞으며", 『조선일보』, 1956.5.5.

오늘 五月 五日로 第二十七回(年數로 三十四回)의 '어린이날'을 맞이하게 되었다. 八·一五解放 前 日帝의 奸惡한 壓制 아래에서 우리들은 맛보지 못할 苦楚를 當하면서 解放 以後 오늘까지 이끌어온 우리의 少年運動, 이 少年運動 中에서 큰 名節인 '어린이날'을 當하게 되니 내가 少年運動에 從事한 지 그간 三十五年, 그 옛날 이 運動에 對하여 是是非非로 路線에 對한 論으로 헤여지기도 하고 뭉치기도 했던 物故한 方定煥, 趙喆鎬, 李定鎬, 高長煥, 延星欽 등 옛 同志들의 모습이 떠오르며 萬感이 交交하여지고[7] 있다. 二十七回에 當한 '어린이날'을 맞이한 〈韓國少年運動者總聯盟〉에서는 五月 二日부터 八日까지 兒童愛護週間을 設定하고 家庭과 社會에 우리들 子女保育에 對한 問題를 宣傳하며 實施하게 되었다. 이 期間中 〈韓國少年運動者總聯盟〉에서는 文敎部, 保健社會部, 서울特別市, 公報室 等 關係當局의 後援을 얻어 거리거리에 懸垂幕을 걸어 少年少女에 對한 愛護思想을 鼓吹하며 五月 五日은 서울運動場에서 우리의 새싹인 少年少女들과 같이 즐겁고 기꺼운 제 二十七回의 '어린이날' 記念 慶祝의 잔치를 베풀고 이 자리에서 '캬라멜'을 나누워 참가한 아동들을 더욱 즐겁게 하게 되었다. 이어 六日에는 勞動少年과 거리의 天使인 乞食兒童들을 慰安하게 되었으며 十日에는 少年少女懸賞雄辯大會를 열고 十五, 十六, 十七 三日間은 서울運動場에서 第五回 少年少女體育大會를 열어 우리들 少年少女들에게 身體의 健全을 圖謀하게 되었다.

이와 같이 家庭의 꽃이며 國家의 보배인 우리들 少年少女들의 앞날을 爲하여 智 德 體로 行事를 하게 된 오늘에 있어서 지난날에 걸어온 少年運動을 간단히 紹介하며 社會人士에게 關心을 돋우고자 한다.

---

7 '교차(交叉)하여지고'의 오식으로 보인다.

우리나라의 少年運動은 暴惡 日帝의 虐政에 對한 反對의 炬火를 들고 己未獨立運動에 뒤이어 民族運動의 一翼的 運動으로 發足하게 되었는데 第一期, 第二期, 第三期, 第四期, 第五期, 第六期(解放 前까지)로 나누어서 그 발자취를 더듬어볼 수 있다. 第一期는 우리 民族運動에 뒤따라서 晋州, 光州, 安邊 等地에서 少年會가 組織이 되어 漸次로 全國各地에 少年運動이 일어나게 되었으며, 第二期는 서울에 〈半島少年會〉, 〈天道教少年會〉 等이 組織됨에 따라서 故 方定煥 氏는 天道教를 中心으로 非常設機關인 〈朝鮮少年運動協會〉를 組織하는 한편 各方面의 文化人들이 한자리에 會同하여 方 氏의 提議로 五月 一日 '어린이날'이 設定되어 檀紀 四二五五年[8]부터 始發이 되게 되었으며 그 後 筆者와 崔奎善, 李白岳,[9] 韓榮愚 等 諸氏의 發起로 서울에 있는 少年少女會를 網羅하여 京城少年聯盟 〈五月會〉를 組織하게 되었다. 責任委員에는 方定煥, 高漢承, 丁洪教 등 三氏였다. 이리하여 全國的으로 우리의 少年運動은 活潑히 展開되어 各地에 少年少女會가 많이 組織되게 되었다. 第三期는 常設機關인 〈五月會〉가 組織되게 되자 各地에서는 〈少年運動協會〉와 〈五月會〉에 各各 連絡하는 團體가 생기게 되자 方定煥 氏는 指導理念을 少年少女는 羊과 같으니 白紙主義로 指導하여야 된다는 데서 〈五月會〉에서는 이를 排擊하여 『中央日報』 紙上에 「少年運動의 方向轉換論」[10](執筆은 筆者)을 發表함에 따라 두 단체는 自然的으로 갈라지게 되고 方 氏도 〈少年運動協會〉에만 관계하게 되었다. 그리하여 해마다 擧行되는 '어린이날' 記念行事도 두 곳에서 擧行됨에 따라 地方에서도 各各 擧行하게 되었다. 第四期는 이와 같이 우리의 少年運動이 두 곳으로 갈라지게 됨을 유감으로 생각한 〈五月會〉에서는 〈少年運動協會〉에 提議하여 四二五九年[11] 十月 十六日 〈朝鮮少年聯合會〉를 組織하는

8 서기(西紀) 1922년이다.

9 백악(白岳) 이원규(李元珪)이다.

10 정홍교(丁洪教)의 「少年運動의 方向轉換－'어린이날'을 당하야」(『중외일보』, 1927.5.1)를 가리킨다.

11 서기(西紀) 1926년을 가리킨다. 그러나 〈조선소년연합회〉는 1927년 10월 16일에 창립되

同時에 두 團體는 解體를 하였다. 그 후 이듬해인 四二六○年 三月에 全國 三百五十餘 少年少女 團體가 天道敎紀念舘에 會同하여 〈朝鮮少年聯合會〉를 中央專權制인 〈朝鮮少年總同盟〉으로 再組織한 後 五月 一日의 '어린이날'을 五月 第一 日曜日로 日字를 變更하고 이해부터 두 곳에서 擧行되던 '어린이날' 記念行事도 少總旗빨 아래에서 統一的으로 擧行케 되었다. 第五期는 이렇게 統一機關인 '少總'이 創設되자 少總에서는 全國各地에 一面一少年會制의 組織을 目標로 〈京城少年聯盟〉, 〈慶南少年聯盟〉, 〈全南少年聯盟〉을 組織하게 되었는데 光州에서 全南少聯을 組織함에 있어서는 日警의 保安法 違反으로 高長煥, 金泰午, 丁洪敎 等 八 氏는 禁錮刑을 받았다. 第六期는 이와 같이 各地의 組織이 中斷되자 '少總'은 各地의 少年少女會와 緊密한 連絡을 取하면서 翌年 十二月에 '少總' 定期總會를 開催하려 하였으나 成員未達로 여러 가지 問題를 일으키게 되어 그 후에는 別로 活動을 하지 못하면서 每年 '어린이날'을 擧行하며 秋期에는 '兒童愛護週間' 等을 設定하여 家庭과 社會에 대하여 奸惡한 日警과 싸워가면서 兒童保育問題를 宣傳 實施하기를 끊임없이 繼續하였다. 이렇게 繼續하기 四二七○年[12]에 이르자 日警의 간섭은 度를 더하여 少年運動이 解散을 當하게 되고 이듬해부터 '어린이날'도 擧行하지 못하게 되었다.

그 後 八·一五解放이 되자 少年運動者들이 한자리에 모여 論議한 結果 日政時代의 五月 第一 日曜日인 '어린이날'을 五月 中에 五日로 擇하여 五月 五日로 '어린이날'의 日字를 變更하여 實施하게 되었는데 이해에는 '어린이날' 全國準備委員會를 構成하여 擧行하게 되었으며 이듬해에는 少年指導者들이 〈朝鮮少年運動中央協議會〉를 組織하여 '어린이날'을 擧行하며 『少年運動』이란 機關紙도 發刊하게 되었는 바 그 後 이렇다 할 만한 活動을 展開치 못하고 말았다.

그 後 四二八一年[13] 四月 五日에 筆者의 發起로 少年 指導者들의 聯盟

었다.

12 서기(書記) 1937년을 가리킨다.

體로 〈韓國少年運動者總聯盟〉을 組織하여 智 德 體로 兒童에 關한 問題를 研究 實踐하며 이해부터 '어린이날' 記念行事와 '어머니날'에 對한 記念行事를 擧行하며 오늘에 이르렀다. 이後에 組織된 少年團들의 活動과 今後에 進路를 쓰고자 하였으나 紙面關係로 後日로 미루게 됨을 유감으로 생각한다.

(筆者 〈韓國少年運動者聯盟〉 委員長)

13 서기(西紀) 1948년을 가리킨다.

"어린이날의 由來", 『조선일보』, 1959.5.4.

어린이의 人格을 尊重하고 앞으로 新世代의 主人公이 될 그들에 대한 오늘의 社會的 希望을 基盤으로 하여 어린이들의 健全한 成長과 將來를 祝福하는 날로 定해진 '어린이날'의 起源은 世界的으로 考察하면 書記 一八五六에 美國의 '마사추셋츠'州에 있는 '유니버샬리스트' 第一教會의 '레오날드(G. H. Leonald)' 牧師가 六月 第二主日을 '어린이날'로 定하고 어린이들의 信仰心을 높이기 위한 儀式을 매년 擧行한 데서 發端한 것이다.[14] 그後 一八六八年에 美國의 監理教會에서 六月 第一 主日을 그 記念日로 制定하자 一八八三年부터는 全國的으로 이를 施行하게 되었다. 韓國에서는 같은 '어린이날'이라도 性質上 美國과는 多少 相異한 바가 있다. 一九一九年 己未獨立運動이 일어나자 겨레의 새싹인 어린이들에게 民族精神을 鼓吹하여 日本統治의 굴레에서 벗어나게 하기 위하여 一九二三年 서울 〈天道教少年會〉 및 日本 留學生들의 〈색동회〉가 主動으로 어린이運動의 先驅者인 小波 方定煥 先生 指導 아래 五月 一日을 '어린이날'로 定하였다. 그해의 第一回 行事는 널리 宣傳되지 못하였으나 一九二五年의 記念行事에는 全國의 少年少女들이 約 三十萬名 參加함으로써 큰 發展을 보게 되었다. 一九二七年 〈朝鮮少年運動協會〉와 〈五月會〉가 合作하고 全國 三百五十個少年少女 團體가 合하여 그들의 指導機關이며 '어린이'運動의 母體가 된 〈朝鮮少年總同盟〉을 組織하여 더욱더 本格的인 運動을 展開하였다. 그러나 五月 一日은 '메이데이'와 마주쳤기 때문에 五月의 첫 日曜日로 '어린이날'을 變更하여 行事를 거듭하였다.

그러던 中 一九三七年에는 日帝의 强壓으로 한때 그 行事가 中斷되었으

14 1856년 매사추세츠 주 첼시(Chelsea)의 제일 유니버샬리스트교회(First Universalist Church)의 레오나드 목사(Rev. Leonard, Charles H.)가 6월 둘째 일요일에 예배를 드린 데서 비롯되었다.

나 八·一五解放과 함께 다시 復活하여 一九四六年부터 解放 後 五월의 첫 공일인 五月 五日로 '어린이날'을 定하였던 바 해마다 盛大한 行事가 各 地方에서도 벌어졌으며 一九五六年에는 國家에서 正式으로 이날(五月 五日)을 '어린이날'로 制定하게 된 것이다.

찾아보기

ㅅ

ㅇ

엮은이

류덕제 柳德濟, Ryu Duckjee

경북대학교 대학원 문학박사(1995)

대구교육대학교 국어교육과 교수(1995~현재)

The State University of New Jersey(2004),

University of Virginia(2012) 방문교수

대구교육대학교 교육대학원장(2014~2015)

한국아동청소년문학학회 회장(2015~2017)

국어교육학회 회장(2018~2020)

논문

「『별나라』와 계급주의 아동문학의 의미」(2010)

「일제강점기 계급주의 아동문학의 방향전환론과 작품적 대응양상 연구」(2014)

「윤복진의 아동문학과 월북」(2015)

「송완순의 아동문학론 연구」(2016)

「일제강점기 아동문학가의 필명 고찰」(2016)

「김기주의 『조선신동요선집』 연구」(2018) 외 다수.

저서

『한국 아동청소년문학연구』(공저, 2009)

『학습자중심 문학교육의 이해』(2010)

『권태문 동화선집』(2013)

『현실인식과 비평정신』(2014)

『한국아동문학사의 재발견』(공저, 2015)

『한국현실주의 아동문학연구』(2017)

『김기주의 조선신동요선집』(2020)

『한국현대 아동문학비평론 연구』(2021)

『한국 아동문학비평사 자료집 1~9』(2019~2022)

『한국 아동문학의 발자취』(2022)

E-mail : ryudj@dnue.ac.kr

보유편
한국 아동문학비평사 자료집 9

2022년 12월 27일 초판 1쇄 펴냄

엮은이 류덕제
발행인 김흥국
발행처 보고사

책임편집 황효은
표지디자인 김규범

등록 1990년 12월 13일 제6-0429호
주소 경기도 파주시 회동길 337-15 보고사
전화 031-955-9797(대표), 02-922-5120~1(편집), 02-922-2246(영업)
팩스 02-922-6990
메일 kanapub3@naver.com / bogosabooks@naver.com
http://www.bogosabooks.co.kr

ISBN 979-11-6587-291-5 94810
979-11-5516-863-9 (세트)

정가 35,000원